中國文化美學文集

王振復◎著

陸

復旦大學出版社

目 录

建筑美学 ———————————————————

中华古代文化中的建筑美 ——————————

建筑美学

"门类美学探索丛书"序

蒋孔阳

  云南人民出版社组织出版一套"门类美学探索丛书",征询于我,并要我写篇序。虽然我对门类美学并无研究,但感到这是一件好事,有利于我国美学事业的进一步繁荣和发展,因此,也就不揣冒昧,欣然答应。

  我国美学研究目前发展的趋势,主要有三个方面:一是继续进行哲学的、心理学的、艺术学的综合探讨,着重从理论上来探讨美学上的各种基本问题,如美的本质、美感、美的创造、美学范畴等。二是从历史上来进行纵向的研究,追本求源,探寻美学发展的规律及其已经取得的重大成就。中国美学史、外国美学史、以及一些重要的流派和思潮,都有同志披荆斩棘,辛勤耕耘,从而取得了不少成绩。三是横向的联系,适应近代各门学科相互分工而又相互渗透的发展趋势,美学也就突破了自身传统的范围,与各门艺术、各种科学以至各个社会生活的领域,发生联系,从而形成了各种各样的门类美学。从艺术方面来说,有多少门艺术,差不多就有多少门艺术的美学,如文艺美学、绘画美学、音乐美学、建筑美学、摄影美学、舞蹈美学等。从科学方面来说,当人类科学技术的活动,不仅仅涉及物质的生产,同时也关系到人的精神面貌的时候,它就常常与人发生审美的关系,从而形成了不同门类的美学,如科学美学、技术美学、生产美学、工业美学、生物美学、体育美学等。至于社会生活,那更因为领域的不同,而成为不同的美学研究的对象和范围,如环境美学、服装美学、家具美学、语言美学、生活美学等。因此,门类美学的天地非常广阔，它在美学研究的对象中，虽然是后起的，但却前途无穷。

门类美学为什么如此广阔呢？这和美的性质分不开。清人叶燮说："凡物之美者，盈天地之间皆是也。"那就是说，天下到处都有美。既然到处都有美，任何事物都可以给人美或不美的印象，因而也都可以与人发生审美的关系，成为美学研究的对象。艺术固然要美，生活也要美。艺术是在按照"美的规律"在创造，人类的一切活动也都在按照"美的规律"在创造。人要把世界改造成为"属人"的世界，他不仅要使这个世界满足自己物质的需要，而且也要满足他的精神需要，使之成为自己的"创造物"。这样，他所到之处，他都感到这个世界是他的"自我创造"，是他的本质力量的"对象化"，因而他处处感到亲切，感到美。那么，研究人与现实之间不同方面的审美关系，不同方面的美，也就不仅无可非议，而且是非常必要的了。门类美学，就是对于不同方面的审美关系的研究，对于不同方面的美的研究。

目前，出版一套门类美学丛书，我认为至少有两方面的重要意义：第一，加强门类美学的研究，扩大美学研究的范围和领域，使之从单纯的哲学理论的探讨，深入到各个艺术门类、科学门类、生活门类，从而使美学走向各个方面的实际，加强美学理论与实际的联系。门类美学可说是美学研究中理论联系实际的一个重要环节和步骤。第二，加强美学理论的社会作用，使美学理论能够像其他理论一样，积极地在现实生活中发挥作用。美学要发挥作用，就得走向现实生活的各个方面，参与和解决各门艺术、各种学科以及生活各个方面所存在的美学问题。

因此，门类美学不仅扩大了美学研究的对象和范围，而且是美学联系实际、美学发挥作用的重要途径。这样，门类美学不能等闲视之，也就很清楚了。为此，我热烈地祝贺云南人民出版社出版门类美学这一套丛书，预祝他们能够取得预期的效果。

1986年6月12日

序　言

罗哲文

　　复旦大学中文系王振复同志的《建筑美学》一书即将出版了。我作为一个搞了将近半个世纪的建筑历史与理论学习研究和将近四十年文物建筑保护的工作者，感到十分的高兴。因为这正是在我几十年的工作中，迫切希望能看到的一本书。我也曾经做过一些努力想收集这方面的资料加以整理，但终究由于事务缠身和其他方面的种种原因，未能如愿，每每引以为憾事。我还知道有不少建筑师、艺术家、文史家们也曾对建筑美学做过很多深刻的钻研，发表过很有见地的论文或作品。但是迄今为止还没有一本关于建筑美学方面的专著。振复同志在从事文学与美学教学之余，经过长期努力，收集了大量的中外建筑历史与理论方面、艺术与美学方面、哲学与科技等方面的资料，其中特别对中国古代建筑历史理论方面的资料的收集尤为丰富。然后再运用马克思列宁主义、毛泽东思想的观点进行系统的分析研究。探索了建筑美学的特点和规律。因此，我认为这本书是一本首创之作、成功之作，值得推赞。

　　振复同志要我为此书写一个序言，实在愧不敢当。但是正是由于上面所提到的在我几十年的实际工作中感到这样一本书的迫切需要的原因，又不能不说几句话，便写了如下一点意见。

　　我想首先谈的是建筑的两重性问题。建筑一方面是物质资料，人人皆知。衣、食、住三者是人类赖以生存的最为不可缺少的条件。住，不仅是宿舍住房，还包括了工作、生产、文娱、医疗、教育等等各方面的建筑物。在作为物质资料方面，它们是没有阶级性的，任何人都可以使用它。例如北京的天安门，从前是帝王宫殿的一部分，新中国成立以后却成了中华人民共和国成立的主席台。用途变了，性质也转变了，但它的物质性仍然未变。其他的工厂、学校、医院、剧场、图书馆等等建筑物也同样如此，这也可以说是建筑的物质使用方面。但是在另一方面，人们与建筑物朝夕相处，生老与共，除了实用之外，还需要精神上的娱快，美的享受，这就要求建筑物要具有艺术性的问题。甚至有些建筑的主要用途并不是作为物用而是作为精神方面，意识形态范畴的用途，如像古代的宗庙、坛庙、寺观、园林、坊表等等，它们在艺术方面的要求就更为突出了。也正是由于建筑所具有的这种两重性，所以在世界各国的建筑设计审查，对某一建筑物的评价，莫不以适用、经济、坚固、美观四个条件作为标准。具体到某一个建筑上或以适用为重或以美观为重，也还要根据其性质作用而定，但决不能偏废其一的。美观问题，也可说是艺术性的问题，不仅是豪华的建筑如此，简朴的建筑也是如此。有时甚至豪华的建筑并不美观，简朴的反而美观，这就需要美学理论作为指导。再从文物古建筑的价值来说，按照我国和世界各国的通例，主要分为历史、艺术、科学三方面的价值来评定。其中的艺术价值也就是美观的问题，更需要以美学理论来取决。振复同志这本《建筑美学》无疑会在这方面起到积极的作用。这是我要说的第一点意见。

第二，是建筑的文化性问题。由于我几十年来一直是在从事文物建筑的调查研究和保护工作，所以我体会得较深。建筑是各门科学技术与艺术的综合体，它反映了它所产生（建造）时代的科学技术水平，文化艺术的成就。因此，它是各个国家、各个民族文明的重要标志。当人们看到金字塔的时候，必然会想到埃及的古代文化。看到比萨斜塔的时候，必然会想到意大利的文化。看到万里长城时，必然会想到这是中华民族的象征。在公元前二世纪的时候，曾经有一位名叫帕蒂伯尔的旅行家和诗人编制了第一个世界七大奇迹的名单（称作上古七奇），用来形象地显示当时人类文明的高度成就。可惜除金字塔外其他六个早已不存了。其后又有人编制了第二个世界七大奇迹的名单（称作中古七奇），这"七奇"还大多保存着，有意大利的比萨斜塔、罗马大斗兽场、君士坦丁堡的索菲亚大教堂，英国的督伊德神庙，亚历山大的地下莹窟和中国的万里长城、南京磁塔（琉璃塔）。其中除南京磁塔外，大都还保存着。我们只要略加考查，这两个世界七大奇迹的名单中，几乎全是建筑。这就充分说明了建筑确是不愧作为人类文明的具体标志。建筑无疑是一个民族、国家的重要文化组成部分。建筑还与一个民族、一个国家的文化传统、包括语言文字、思想意识、宗教信仰、风俗习惯等等有着密切的关系。在多民族国家中，各民族的建筑还有各自的民族风格与地区特点，形成了民族的建筑文化。在建筑作为文化的重要部分这一问题上，还没有得到充分的重视，我认为是应当努力加以宣传的。振复同志的《建筑美学》一书中以大量章节叙述了建筑的历史文化传统，如建筑美的起源，建筑形象与音乐、绘画、文学的关系，以及中国古塔、中国陵寝审美观点等等，都引用了大量传统文化的资料与论述，特别对中国古代哲学思想、文字、文学、艺术等等的深厚传统对中国建筑的影响作了较为详尽的论述。这对于建筑实践工作者、文化艺术工作者以及其他读者关于建筑第二功能美观，艺术价值的认识也无疑有重大的参考价值。

第三，是建筑文化的交流问题。建筑作为文化的成果，文明的标志，它和其他文化艺术作品一样，它既不是孤立的，也不是千篇一律的。建筑有它共同的物质材料性能、结构技术方法、适合特定用途的空间布局等等共同的规律，但是它作为建筑艺术，文化的成果，随着自然环境、地理条件、民族传统等等各方面的因素的影响，必然会产生各种不同形式，不同风格的建筑。它们好像一朵朵不同姿态、不同色彩的鲜花在世界大花园中五彩缤纷，各争芳艳。我在这里要谈的一个意见就是建筑艺术花朵不是孤芳自赏而是相互交流，相互影响，相互促进，共同提高的。建筑文化的交流，可分为两个方面，一是国内各民族建筑文化的交流，一是国际建筑文化的交流。就拿我们中国来说，国内各民族建筑文化都在不断地交流，例如河北承德就有许多蒙、藏、维各族地区建筑的影响，西藏拉萨、江孜、日喀则等地也有许多汉族地区建筑的影响。在国外的文化交流也是如此，不仅在交通发达的现代，就是在交通不很发达的古代，也都在不断交流着。中日两国的建筑相互的关系，其交流的密切，固不待言。就以中国建筑来说，有许多都是从国外引来的。在这一点上我们的祖先从来是开放的（清末近百年前除外）。不仅不排外而是欢迎和引进的。在距今两千年前就把佛教建筑引进了洛阳，随后在全国各地相传了将近两于年，现存佛教建筑之多，成了古代建筑中的一大项。其他如伊斯兰教的清真寺以及耶稣基督教堂等等都是原来没有的。但是在这里我要着重强调的是建筑文化的交流，不管是国内也好，国外也好，都有着一个坚实的基础，就是以本民族、本地区、本国的建筑作为基础。外来的建筑不断地被本国的建筑所吸收、所融化。举一个例子，我们现在在国内看到各式各样的古塔，它是两千年前从印度传来的，是埋释迦牟尼的"佛骨"（舍利）之用的。它原来的形式很简单，好像个圆坟，但它一经与中国原有的建筑相结合之后，就完全不同了，成了中国建筑的一种新类型了。其他的外来建筑莫不如此。这种变化，我把它称之为"华化"或"中化"，不仅古塔如此，其他各种外来建筑都如此。因此它决不可能"西化"、"东化"、"南化"、"北化"。不仅中国如此，各个国家也都是如此。

振复同志的《建筑美学》一书中，也从美学原理方面，对此作了论证，我想对建筑理论研究与创作，也都是可以参考的。

第四，我还想说一点建筑与环境的问题。建筑本身是一个空间，是人们为了一定的需要而创造的空间，所谓的"上栋下宇"以进行各种的活动。然而建筑本身又处于广阔的环境之中。一个建筑物不能独善其身，它还要与周围的兄弟姐妹，即各式各样的建筑发生关系。不仅如此，它们还要与周围的山川形势、林木花草、鸟兽鱼虫等发生关系。彼此配合融恰得好了，才能谱写出一曲和谐的交响乐章。建筑与环境的组合（包括建筑与建筑之间，建筑与各界之间）是一门很高的艺术。过去曾经有过中外许多建筑大师们提出这一论题，在我国古代建筑理论与实践中也有很高的成就，很多的例子。但是至今还未引起足够的重视，这是应当大声疾呼的事，建筑的美观如果脱离了它周围的邻居，脱离了它所存在的环境，恐怕很难称赞，至少也是不算完善的。在振复同志的这一著作中以大量的篇幅在不少的地方提出了这一问题，而且把它提到了美学的高度来加以论述。我认为是特别应该推赞的。

在《建筑美学》一书中，我认为还有许多值得推赞之点，这里我只是提出我所认为突出之点，所见只是一斑。至于还有一些独到之处或是还有需要进一步研究的问题，就请高明的读者自己去考虑了。

1987年2月

第一章　建筑的基本特征

当人们沐浴在晨风朝晖之中，远眺万里长城巍峨飞动的雄姿，在黄昏夕照之际，倘徉于清丽宁静的江南民居之前；或为北京明清故宫的雄浑博大所深深撼动，被边陲山寨"低吟小唱"般的茅屋竹楼轻轻扣动心弦；或去异国他乡，埃及金字塔的"静穆孤寂"、希腊帕提农神庙的"明丽典雅"、印度泰姬陵的"冰清玉洁"与"绵绵情思"、法兰西埃菲尔铁塔的"力量"之美，与美利坚现代摩天高楼的"冲天"形象，不由人心撼神驰，深感其美无比，催人遐想沉思……

人们自然会问：建筑，你究竟是什么？

打开中外建筑史，关于建筑到底是什么这一问题的论辩时有所见。有的振振有词，说"建筑是一门艺术"，引经据典，看来无可辩驳；有的说得十分肯定，"建筑是一种技术"，观点鲜明，毫不吞吞吐吐；有的干脆主张，"建筑，什么也不是，它就是它自己。"如此等等，不一而足。

我们的头脑，有点被弄糊涂了，我们碰到了难题吗？的确，尽管凡有人烟之处，都有建筑存在，可以说，建筑是尽人皆知的，然而，究竟什么是建筑，却未必人人了然。

"熟知非真知。"

当然，即使是希腊神话传说中的"司芬克斯"之谜，也有可解的时候。笔者认为，要回答建筑究竟是什么的问题，还得从建筑的基本特征谈起。

第一节 广义的"艺术"

德国古典美学家黑格尔认为，"就存在或出现的次第来说，建筑也是一门最早的艺术"①。这种古典建筑美学见解具有代表性。在古代与近代西欧，人们将建筑喻为"抽象的雕刻"与"凝固的音乐"，盛行西欧于一时的洛可可与巴洛克建筑潮流，贴金贴银，建筑形象富丽堂皇，非常重视装饰效果，艺术意味十分浓郁，尤其反映出这种古典建筑美学思想的深远历史影响。

建筑，是一门文学艺术一般的艺术吗？

倘说是，又究竟是怎样的一门"艺术"呢？通常所谓"艺术"，可作广义狭义两解。

我国当代著名美学家朱光潜先生指出：

（Art）（艺术）这个词在西文里本义是"人为"或"人工造作"。艺术与"自然"（现实世界）是对立的，艺术的对象就是自然。就认识观点说，艺术是自然在人头脑里的"反映"，是一种意识形态；就实践观点说，艺术是人对自然的加工改造……所以艺术有"第二自然"之称。②

如此说来，广义的"艺术"，实即"本义"的"艺术"，指从实践观点看，"人对自然的加工改造"，"人为"或"人工造作"，及所创造的"第二自然"，也就是一切社会生产劳动的技艺及其成果，具有技术与技巧之义。

因而，凡经过一定的技巧、技艺与技术"人工造作"的"第二自然"，均可统称为"艺术"，难怪有所谓烹调艺术、裁剪艺术、栽培艺术甚或军事艺术等等的习惯说法，这些说法的来由，正是基于对"艺术"的广义理解。

当然，在广义"艺术"领域中，亦包括音乐、舞蹈、绘画及文学之类。而所谓狭义"艺术"，即就认识观点看，是"自然在人头脑里的'反映'，是一种

---

① ［德］黑格尔：《美学》第三卷上册，朱光潜译，商务印书馆，1979，第27页。
② 朱光潜：《谈美书简》，上海文艺出版社，1980，第107页。

意识形态"，仅指文学艺术。

这就是说，现在人们通常所说的科学技术以及文学艺术等等，均可称为广义"艺术"。

显然，建筑首先是一种技艺、工艺，西文Architecture（建筑）的本义，指"巨大的工艺"。任何建筑物，从史前最原始的茅屋到现代感十分强烈、结构非常复杂的摩天大楼，都是"人对自然的加工改造"，体现出一定的技术与技巧，因而，说建筑是一种广义"艺术"，是合乎逻辑的。

问题在于，当人们通常称建筑为广义"艺术"时，实际上，却并未将建筑与其他一切"人工造作"的事物区别开来，而混淆了建筑与一般的文学艺术以及建筑与一般的科学技术的严格界限。

或者将建筑与一般的文学艺术等量齐观，要求建筑必须具备文学艺术一样的艺术性，且以衡量文学艺术那把意识形态性的尺子来评论建筑，削足适履，不适当地要求建筑必须像文学艺术那样再现（不是表现）社会生活，如运用什么"现实主义"创作方法去塑造建筑"艺术形象"，企图通过建筑，具体地再现什么"公民特有的乐观主义和自信心情，善良、朴素、真诚和人道"[①]等等具体特定的思想情感与道德观念。

或者将建筑混同于一般的科学技术，把建筑看成与烹调、军事之类"艺术"一样的东西，认为建筑"什么都不能反映"，忽视甚至抹杀两者在材料、空间构造、实用与审美诸方面不尽相同的自然与社会属性，企图完全斩断建筑与文学艺术这些意识形态之间的必然联系。

这两种倾向，都难以对建筑的本质特征作出准确的把握。

实际情况是，建筑是沉重的物质材料堆砌而成的物质产品，一般它不能挤进社会意识形态领域去硬充一个角色，它给人的形象感受亦非文学艺术可以同日而语的，显然，建筑独立于其他文学艺术门类。

且不说，解放前北京龙须沟的茅棚、上海肇嘉浜的"滚地龙"是穷人栖身之处，决不是也不能是那种狭义的艺术；且不说，地震灾区临时搭建的抗震棚，

---

① ［苏］穆·波·查宾科:《论苏联建筑艺术的现实主义基础》，清河译，建筑工程出版社，1955，第140页。

农村、工矿地区某些简陋的生产用房，尽管那都是"人对自然的加工改造"，亦不是狭义的艺术品。

即使某些著名建筑（比如长城、金字塔），确实是美的，由于建造之初没有意识地对其进行狭义的艺术加工，并未将一定的艺术情趣物态化，同样不能是狭义的艺术品；即使一些纪念性建筑、宗教性与园林建筑，一开始就是人们在一定的科技与经济条件制约下，对其进行有意识的艺术（狭义）装饰，比如雕梁画栋、敷彩饰面、镶嵌以壁画、布置以雕像等等，然而，建筑正因其受诸多物质条件、功能要求的"制约"，这种狭义的艺术装饰，仅仅是绘画、雕塑甚或文学、音乐等等狭义艺术因素对建筑的渗透，或者说，作为广义艺术的建筑，为了丰富其美的具体形态而向文学艺术的一种有限的借用，并不能也没有从根本上改变建筑的本质特征，只是增加了决定建筑本质的因素而已。

建筑沉重的物质材料，是使建筑只能成为一种广义"艺术"的关键，这种物质材料的特性，为其他一切"艺术"所未有。黑格尔认为，美的本质是显现于具体事物的"理念"，而"建筑只是一种理念的不清晰的媒介物，它不能充分表现理念，因此只能把它列入纯粹的象征型艺术的水平。"①实际上，黑格尔是站在文学艺术角度来看待建筑的。在他看来，由于建筑不像诗那样摆脱了物质材料的"纠缠"（这正好抓住了建筑的一个基本特性即物质材料性），不是所谓的"最自由的艺术"，它受到沉重、庞大的物质材料的限制与压迫，因而，建筑不能不是一门"最早的艺术"，"最早的"，亦可理解为"最初级的"。所以，在黑格尔庞大的艺术序列中，建筑确实被列于首位，但并非说明这位古典美学家特别推崇建筑，恰恰因为建筑巨大沉重的物质性，据说是"阻碍"了"理念"的"充分显现"的缘故，这一看法，如果剔除其唯心主义思想因素，其合理内核颇为值得玩味。

但是，尽管建筑只是一种广义"艺术"，不能混同于文学艺术，却并不等于说建筑形象的意义，与社会意识形态即一定的社会思想观念情绪绝对无关。

---

① ［德］黑格尔:《美学》第一卷，引自［英］罗杰斯·斯克拉斯《建筑美学》，载《美学译文》，中国社会科学出版社，1982，第109页。

且不说，那些渗透狭义艺术因素的建筑装饰，可以反映生活的某些本质方面，即使就建筑的平面布局、立面安排、空间序列本身而言，它们虽不是属于狭义艺术范畴的，但在满足一定的实用性要求的同时，也能在一定程度上反映出一定地域、种族、民族、时代风貌甚至建筑师个人的生活理想、美学追求与艺术情趣，关于这一点，建筑史上的实例俯拾皆是，后文自必谈及。

同时值得注意，作为广义"艺术"的建筑，与狭义的文学艺术之间，其实并无一条不可逾越的鸿沟。如上所述，且不提适当的艺术装饰是建筑所常需的，建筑物成了一定艺术装饰的"载体"，同时又美化了建筑物本身。更重要的是，建筑的诸如平面、立面造型的多样整一、对称均衡、比例尺度与色彩质地等美学规律，在文学艺术中亦同样存在，当然，其具体表现形态与程度是各不相同的。建筑的这些美学规律、同时又是技术、技巧与技艺的规律，在反映生活，"说明生活""给生活下判断"[①]方面，同文学艺术相比，建筑一点也不逊色，只是其反映的角度、方式与效果有所不同罢了。

第二节 "待风雨"与"辟群害"

原始初民，大约都是朴素的"经济学家"，他们所从事的各项社会活动，起初都是十分"讲究"其"经济效益"的，这就是求其实用也。比如说造房子，《易·系辞传》有"上古穴居而野处，后世圣人易之以宫室，上栋下宇，以待风雨"之说。《韩非子·五蠹》亦说："上古之世，人民少而禽兽众，人民不胜禽兽虫蛇，有圣人作，构木为巢，以辟（避）群害。"

显然，作为广义"艺术"的建筑，其第二个基本特征，在于"待风雨"、"辟群害"的实用性。今天，建筑的实用性功能已经十分丰富，"艺术""待风雨"与"辟群害"仍是其基本的实用性功能。

文学艺术从人类劳动生活中起源，发育成熟于"实用"这一母胎，开始时亦有某种实际用途的，比如先民在岩壁上刻划野牛形象，是为了在现实中打杀更多的野牛，狩猎者在狩猎前跳模仿狩猎动作的舞蹈，是现实狩猎活动的一

---

① ［俄］车尔尼雪夫斯基：《生活与美学》，周扬译，人民文学出版社，1957，第133页。

种预演，这已为史前艺术史所一再证明。然而，文学艺术一旦成熟，就断然舍弃"实用"这一母体，犹如鸡雏一旦被孵出，就永远不再去理睬那残破的蛋壳一样。画出橡树虬曲的枝干，不能砍下来打家具或是当柴烧，板桥"竹"、悲鸿"马"、白石"虾"，都没有任何实际用途，这还用多说吗？文学艺术的认识、教育与审美三大社会作用都是精神性的，在其发展过程中，文学艺术历史地筛洗干净了"实用"这一因子，变得很是纯粹，因而被人称为"纯粹艺术"或"自由艺术"不是没有道理的。

建筑则不然。

建筑的起始，首先是为了满足人对自然空间的居住要求，建筑，为我们提供了一定的生活环境。建筑的功能，当然不限于实用，但其实用功能却是基本的，并且一般而言，其他社会功能，比如认识、审美与崇拜等等，都是依存于实用性功能的，或者起码并不妨碍于实际用途的发挥。

世界上到底有没有一种毫无实用价值的建筑呢？看来很难发现。有些建筑物艺术装饰程度高些？精神意义丰富强烈，使人几乎找不到或直感不到有什么实际用途，但在一定的精神意义的背后，一般总是仍然隐伏着实用这一因素的。古希腊帕提侬神庙的精神性功能显而易见，但其实它是当时人们建造的供雅典娜（雅典的保神庙）这个神"居住"的"寓所"，是人的寓所的一个变种，并且为那些信奉神的信徒提供了一个实际的瞻仰的场所与目标。在虔诚的人们看来，为了使神永驻，是应该有个固定住所的，才将神庙的柱廊建造得如此雄伟典雅，出发点在于实用。或者说，神庙的客观意义是精神性的，然而，又与一定的实用观念相联系着。一般庙宇除了作为精神崇拜与审美的对象，又往往发育成为庇护和储存神像、雕塑和壁画等艺术品的历史"博物馆"。陵墓呢，埋葬死人的地方，是供死人"居住"的"寓所"，它是人世间活人居住形式的继续。人为在活着时生活得更舒适美好，虔诚地相信祖先灵魂和鬼神的福佑能帮助他们达到这一物质目的，才愿意建造陵墓。陵墓直接用于掩埋遗骸、不至于暴尸于野，是保存死者遗物的"场所"。有些佛塔可供登临，成为人们俯瞰四时自然美景的一个制高点、观赏点。有些佛塔建于军事要冲，如宋代的河北料敌塔，可供"瞭敌"之用。有的则建于航道必经之地，在古代有导航之功。而公园的长廊、小桥、美人靠或凉亭等建筑形象，一般起着点景、调节整座园林艺术节奏的观赏作用，它们本身是审美对象，也不能否认，其建筑实体，同时兼有比如导游、渡水、凭眺或休憩等实际用途。

正因如此，建筑的实用性功能是普遍的、主要的、基本的，其精神性功能必然受到其实用性功能的深刻影响，故而将建筑这种广义"艺术"称为"羁绊艺术"或如工艺品那样的"次要艺术"①这种建筑美学观点颇为值得参考。建筑的实用性不可避免地要影响到建筑形象的审美品格，对建筑形象的赏析，必须将建筑的这一重要特性估计在内。审美观点固然必暂时"忘却"建筑的实际用途，而去专注于对形象的体验与领悟，否则，就不可能使人进入审美境界。但建筑的实用性，必然参与培养了人们欣赏建筑美的一种特殊的尺度与"口味"。文艺复兴时期意大利著名建筑理论家阿尔伯蒂说得好："所有的建筑物，如果你们认为它很好的话，都产生于'需要'（Necessity），受'适用'（Convenience）的调养，被'功效'（Use）润色，'赏心悦目'（Pleasure）在最后考虑。"为了这个缘故，他又说："我希望在任何时候，任何场合，建筑师都表现出把实用和节俭放在第一位的愿望。甚至当做装饰的时候，也应该把它们做得像是首先为实用而做的。"②

第三节　从安泰所想起的

指出建筑具有一定的实用性功能这一点无疑是正确的，必要的，然而，仅仅指出这一点，甚至还不能将建筑同一般物质产品（包括工艺美术品）区别开来。一辆性能优良的、美观大方的小轿车既实用又有审美意义，美的家具、衣物、文房四宝以及烟斗、拐杖之类，一般都具有实用性，但它们都不是建筑物。因此，说建筑的基本特征，仅仅在于一定的广义"艺术"性与实用性，其实并未全面地把握到建筑的本质特征。

人们要问，倘若一部《红楼梦》的珍本，埋在地下，藏于世界著名的图书

① ［英］李斯托威尔：《近代美学史评述》，蒋孔阳译，上海译文出版社，1980，第191—193页。

② ［意］阿尔伯蒂：《论建筑》。引自陈志华：《外国建筑史》，中国建筑工业出版社，1979，第121页。

馆或寻常百姓家，会改变这部不朽的中国古典文学名著的美学品格吗？贝多芬的《英雄》或是《命运》，在不同场合被某些演奏家重复演奏，大约亦不会大大改变其艺术价值吧？一座花岗岩雕像，被置于大自然环境之中，亦可陈列于室内，其艺术形象的审美属性，看来受周围环境的影响也不是很大。这是因为，文学艺术，它所创造的"世界"，按照里格尔所说，是一个"灌注生气"的"独立自足"的艺术世界、心灵世界与幻相世界，其典型环境就熔铸在整个作品所创造的艺术世界之中，因其具有"幻相"的特点，文学艺术所传达的艺术场景、意境，虽然是客观存在的现实世界的反映，却是独自封闭的，与现实世界保持着一段实际心理距离的。

建筑却不然。

世上没有另一种"艺术"，能像建筑这样如此彻底地与大自然紧密联系在一起，这倒使人想起了希腊神话中的英雄安泰。安泰一旦离开他的大地母亲，就毫无力量，也不成其为英雄了。

建筑一旦离开一定的自然环境，也就不成其为建筑。

建筑物一旦建立，便可能长久地屹立于一定的自然环境之中，成为改变环境的一个积极而有力的因素，同时，一定的自然环境亦影响建筑的风貌。"建筑物总是构成了它所在环境的重要面貌特征……同样，随心所欲地改变环境也会影响到建筑本身。"①即使地下、水下或将会出现的太空建筑，亦不能摆脱建筑与一定自然环境的有机联系，这种自然环境就是地下、水下与太空。因此，建筑作为一个"系统工程"，一定的自然环境，无疑是整个建筑形象艺术属性与技术属性的不能排除的有机组成部分，好比安泰，"大地"这种环境是其生命与力量的源泉。附带说一句，西方有机建筑论的精蕴，就在于十分重视建筑与一定自然环境的有机的血肉联系。

一个事先不考虑自然生态因素的建筑设计，必然是缺乏美学追求的失败的设计，建筑的基本特征，就在于它始终与一定的自然环境不可分离。

正因如此，有的建筑论文在讨论建筑的本质特征时，试图从马克思著作那

---

① ［英］罗杰斯·斯克拉斯：《建筑美学》，引自中国社会科学院哲学研究所美学研究室编：《美学译文（2）》，中国社会科学出版社，1982，第111页。

里寻找答案和理论依据，认为："所谓建筑物，无非是一种具有固定工程形态的人类生活设施。这就是我们对于建筑物或作为物的建筑的本质和特征问题的结论。"①

这一"结论"，的确具有比较广泛的理论概括意义。只要是"人类生活设施"，并且是"固定工程形态"者都是建筑。马克思确曾指出，房屋的特点在于其"物理的不动性"，而比如船舶具有"物理的可动性"。②但是，能否由此说，建筑的"本质和特征"，仅仅在于它是与一定自然环境相联系的"固定工程形态"呢？看来值得商榷。

建筑，固然具有与自然环境结合在一起的固定性，然而，具有固定性的"人类生活设施"，却未必都是建筑。公路、铁路与人工运河之类，谁能说不是"固定工程形态"的"人类生活设施"呢？但显然都不是建筑。当然，它们都可称为"物的建筑"，然而，这里"物的建筑"之"建筑"一词，是相当于"建造"之义的一个动名词，同"建筑物"毕竟是两个虽有联系又有不同本质内涵的概念，它们各自所规范的客观内容是不相同的。因此，"结论"包含着未曾得到解决的一个理论上的矛盾。

第四节　空间，建筑的主角

"空间，建筑的主角"，这个颇为有趣而发人深省的比喻，在国外的建筑美学界相当流行，它形象地道出了建筑的又一个基本特征，即空间性。是的，建筑既然是对一定自然空间的人为占有，建筑是经过"人工造作"的一种空间秩序，那么，人们对建筑美的理解与欣赏，就不能离开建筑的空间形象。

著名的意大利建筑美学家布鲁诺·赛维指出：

> 建筑的特性——使它与所有其它艺术区别开来的特征——就在于它所使用的是一种将人包围在内的三度空间"语汇"……建筑则像一座巨大的

---

① 李行：《建筑的本质和特征》，引自《建筑学报》1982年12期，第45页。

② 王珏、吴振坤：《〈资本论〉介绍》第二卷，中共中央党校出版社，1982，第90页。

> 空心雕刻品，人可以进入其中并在行进中来感受它的效果。[①]

这种建筑美学见解，倒是抓住建筑的要害了。

其一，布鲁诺所说的"空间"，是"一种将人包围在内的三度空间"，即内部空间，他的意思是说，只有具有能够"将人包围在内"的内部空间的东西才是建筑，雕刻品虽也是三度空间的（其外部具有长、宽、高三个向量），一般却不具有内部空间这一特性。其二，这里的"空间"，还兼指所谓"第四度空间"即时间因素，指"人可进入其中并在行进中来感受它的效果"。这里，又有两点值得注意，就是：建筑，一般都是庞然大物，人对其"效果"的"感受"、观赏与理解，或者是在围绕其四周的"行进中"进行的，因为一眼不能看遍；或者，人必须"进入其中"，即走进建筑物内部才能获得，这种对建筑总体"效果"的把握，当然是需要时间的，因此，建筑具备了"第四度空间"（时间）这一基本特性。雕刻品呢，人对它的观赏，虽然也可围绕其四周进行，具有时间性，但是，无论怎样巨大的雕刻品，一般而言，由于其不具有一定的内部空间，人是不能"进入其中"的。在三九严寒季节，我国黑龙江的"冰雕"，人是可以"进入其中并在行进中来感受它的效果"的，但这种"艺术品"，与其称为"雕"，倒不如说它是以冰块作为材料所建成的"房子"更为合适，那仅仅在建造时大量借用雕刻工艺罢了。

根据布鲁诺说的这两点，运用"空间"（实际上是建筑的内部空间）这一概念，以及"空间"与人的活动（时间因素，即建筑的第四度空间）的相互关系，很容易地、雄辩有力地将建筑与雕刻、绘画之类艺术区别了开来。的确，既然建筑物一般是人运用一定的物质材料，通过一定的建造手段，对一定自然空间的围合与占有，那么，建筑的本质特征，就不能不与这种空间性密切攸关。

然而，这种"空间"论又不是无懈可击的。空间性是建筑的一个基本特征，但建筑的基本特征，却并非仅仅是它的空间性。人们要问，假如只有具有内部空间的建造物才是建筑，只有"空心"的、人能够"进入其中"的东西才算建

---

① ［意］布鲁诺·赛维：《建筑空间论（一）》，张似赞译，载《建筑师》编辑部：《建筑师》，中国建筑工业出版社，1980，第193页。

筑，那么，比如有些纪念碑、凯旋门、华表以及基本上不具有内部空间的长城等等还算不算建筑呢？难道应当将它们从建筑的大家庭中开除出去吗？此外，比如飞机的座舱、轮船的客舱以及火车的车厢等等，反而倒是地地道道的建筑物了，因为它们建造时所使用的确实是"一种将人包围在内的三度空间'语汇'，人可以"进入其中"，"并在行进中来感受它的效果"。对座舱之类，虽说的确进行过一定的建筑装修，但说飞机、轮船、火车等等是建筑物，这毕竟违反常识常理。而且，当人们正确地指出，一般不具有内部空间的华表、长城之类是建筑物这一点时，又须十分小心，人们要问，像华表、长城一样，同样一般不具有内部空间的一排直立于旷野的电线杆子，是建筑物吗？一般的建筑物同时具有内部与外部两个空间区域，但有些建筑物只具有内部空间，另一些呢，又只具有外部空间，情况复杂多样，未可一概而论。这说明，建筑丰富复杂的现实存在，难免使企图全面把握建筑本质的"空间，建筑的主角"说显得有点捉襟见肘。

第五节　展现于空间形象的社会人生

有一种观点认为："建筑，只是它自己，它什么都不能反映。"这就等于说，在人类社会这个大系统中，建筑，只是一种绝然孤立的存在，此论其实大可商榷。

凡是人所创造的一切，无论是艺术还是技术，都是社会人生的一部分，并且是一定的社会人生的形象展现。"碧云天、黄花地、西风紧、北雁南飞，晓来谁染霜林醉，总是行人泪"，或"鸡声茅店月，人迹板桥霜"，是这样的一种展现；柴可夫斯基的《悲怆》，罗丹的《欧米哀尔》，莫高窟的思维菩萨，张旭、怀素的狂草，或是法国十九世纪的风俗画，当代美国的乡村歌曲与西方现代荒诞派戏剧的《等待戈多》等等，都是这样的一种展现。并且，即使是冷冰冰的机器以及其他各类技术产品，也都是社会人生的一个缩影，从一个方面积淀着社会人生的丰富内容。建筑亦然。

不过，建筑的基本特征，是以按照一定的科学与美学规律，有组织地构成的木石之类，将社会人生内容，形象地展现于空间罢了。

让我们来看看古埃及底比斯地区大名鼎鼎的卡纳克阿蒙神庙吧。这是古埃及人为祈祷太阳神阿蒙所造的最大的一座神庙，位于底比斯的卡纳克，资格颇老，是公元前十六世纪的作品。

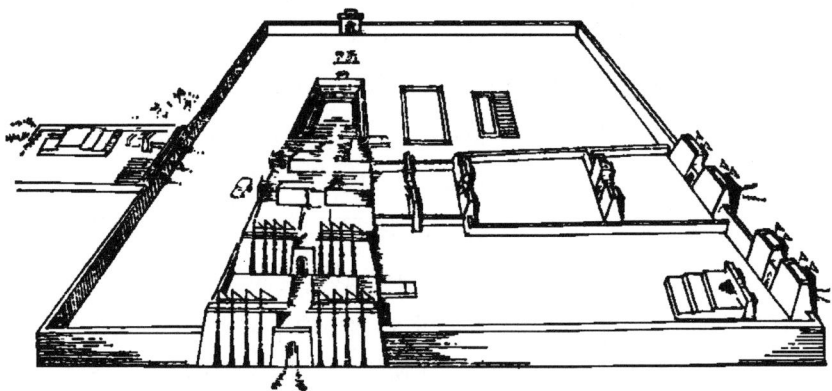

这座建筑规模不小。先由圣羊大道远远前来，大道两旁排列着许多羊头狮身像，其作用有点类似中国十三陵神道的石像。不过十三陵神道摆出了皇帝的架势，圣羊大道却显示了太阳神的威风。它促人凝神静虑，作拜谒前的"感情酝酿"，气氛庄严肃穆。圣羊大道尽头，接神庙入口的牌楼门。此门形体巨硕，花岗岩巨石堆垒而就的实体墙，坚不可摧。墙上中辟门洞，两旁拥立着四座方尖碑，其碑文图案极富神秘感。进入门内，迎面依次还有五道牌楼门，将整个神庙内院分割成空间尺度递减的五个小院。院子越来越小，令信徒心神收敛，一心事神。且在长八十多米，宽一百余米的第一个大院内，四周有一圈留下很深阴影的柱廊，显示了神的恐怖。最后是大柱厅，名实相符，厅内圆柱密密排列，据有的研究者计算，共一百三十四根，分十六行，最高的可有二十余米，直径三点六米，粗笨，密集而拥挤，具有令人喘不过气来的压抑的"力量"，极力渲染神的伟大与人的渺小。这是处于人类童年时代的古埃及人崇拜自然神这一社会人生内容的形象展现，并且是通过建筑这种空间形式来展现的。而古希腊的神庙建筑，在渲染一定的神性的同时，显现出打上了奴隶社会烙印的某种民主精神，故比如帕提侬神庙等等，都具有明朗典雅而非阴森可怖的审美特点。

宗教性建筑、政治性建筑以及园林建筑等等，无疑都是一定的社会人生的空间展现。即使是一般的住宅，亦无不如此。

西方现代主义建筑的早期代表人物柯布西埃，曾于本世纪二十年代提出"住房是居住的机器"①这一著名的建筑美学命题。在他看来，"住房"，是同一般的"机器"一样的东西，仅仅是供人"居住"的"机器"罢了。

这种"机器"般的"住房"，后来曾经几乎席卷了整个世界，称为国际性。在持"建筑，像文学艺术一样的艺术"观的人们看来，这种现代派建筑，是根本不能反映什么的。但是，恰恰是这一类建筑以及现代主义的"机器"说，盛行了一个时代，并且强烈地反映了一个时代。它反映了第一次世界大战到第二次世界大战以后，西方世界经济的萧条，随之便是建筑审美观的转变。人们要求先有房子住，要求简洁、质朴、明快，从对建筑的绚烂美的追求转到对建筑朴素美的向往。这种建筑"机器"观还发现了建筑与"机器"之间的亲缘关系，看到了并突显了建筑的技术因素，洋溢着一股葱郁的理性精神，反映出近现代大工业生产与科技水平的迅猛发展对古老建筑美传统的巨大冲击和对新建筑的有力滋养。它标志着人们对技术美的热衷，说明建筑已经成长了，从传统的手工艺阶段跨入了"机器"的时代。

的确，建筑是人的生活为现实和历史所看得见的空间面貌，它是"客体化的人生"、"空间化的社会生活"，或者说，"建筑就是凝固为物体的人生。人生在客观事物中体现得最全面、最完整，最生动具体的，莫过于建筑。"②

第六节　建筑空间形象的抽象意蕴

正如前述，一定的建筑空间形象，能够展现一定的社会人生内容，但其展现的方式，却是抽象的。建筑物，不是都很具体吗？佛塔、凉亭、茅舍、高楼、庭院、城市，或高峻飘逸、或庄严恢宏、或绚丽妖冶、或素朴淡雅，或孤屋独持、或鳞次栉比，它们都是视觉可以把握的对象，其地理位置、形态、体量、

① ［法］勒·柯布西埃：《走向新建筑》，吴景祥译，中国建筑工业出版社，1981，第191页。
② 郑光复：《负正论——建筑本质新析》，载《新建筑》编辑部：《新建筑》，1984年第2期。

尺度，以及色彩与质地等等，都是具体可感的，可以被衡量的。那么，何以说建筑形象又带有抽象性呢？

建筑的抽象性，表现在其形象意义上，就是说，建筑反映生活的方式带有抽象意蕴。

且以"黛玉葬花"为例。

小说《红楼梦》中的黛玉葬花，随故事情节渐渐展开，使人头脑中浮现出那落红遍地、潇湘妃子荷锄倚立、泪痕滴滴、哀哀欲绝的一个具体的悲剧形象。文学作品通过语言作为媒介，对人物性格、命运发展的具体历史，展开具体生动的艺术描写，使艺术形象如在目前，这是文学对一定社会人生内容的具体再现。

倘若以雕刻或绘画表现同一生活情景，可使黛玉那徘徊苦闷的具体艺术形象，甚或宝玉那"恸倒于山坡之上"的憨态已在目前，这也是再现。

就这点一般而言，雕刻与绘画（抽象雕刻与抽象绘画暂且除外）的艺术形象比文学更为具体。然而，雕刻与绘画作品塑造的只能是"瞬时"形象，无法对在时间上连贯而来的人物性格与命运发展的历程加以具体描绘（除非是系列作品），这样，它们又似乎比文学显得可能"抽象"些。

舞蹈，人的形体动作，是塑造艺术形象的材料与工具，并且直接就是形象本身，它的具体直感性当然更为强烈。然而特定的舞蹈"语汇"，一般不怎么适宜于表现那些情节和人物关系过分复杂的生活故事，只能比较概括、抽象地反映，舞蹈演员可以模拟黛玉葬花时的神态、身段、动作，以表达人物内心的痛苦与哀怨，不太可能向人具体显现同实际生活一个样子的社会环境，它必然省略了许多东西。

音乐，通常的艺术表现手法是写意式的。旨在通过一系列有组织的乐音（有时也通过不谐和音），在强弱、急徐、续断、起伏流动的旋律中，令人意会黛玉葬花时人物性格的某些特征、心理情感与环境氛围的某种抽象意蕴。尤其无标题音乐，旨在传达某些审美品格的情绪、气质与意境，在抽象性这一点上它渐近于书法。

书法，完全不能向人描绘具体的生活故事，它旨在通过点划，线条的伸展流变、布局的主从、倚正、大小、疏密、背白、呼应、断续、浓淡、枯润及显隐等艺术处理，表现审美客体一定的动态、风韵和气势，抒写书法家对一定社会人生的情感态度、心理气质和审美理想。王羲之的俊逸潇洒、颜真卿的恢宏博大、欧阳询的谨严坚韧及赵孟頫的秀丽婉约等等，都是如此。因此相对而言，书法是一门相当抽象的艺术门类。

在形象表现社会人生这一意义上，建筑与书法最为相通。要通过建筑像文学艺术那样去具体再现黛玉葬花的具体情节是徒劳的。建筑，不能具体地再现比如阿Q的悲惨命运、具体传达"哀其不幸、怒其不争"的特定审美态度，不能向人诉说比如罗密欧与朱丽叶那种花前月下相亲相恋的样子，亦不能再现比如"杨柳岸、晓风残月"或"执手相看泪眼，竟无语凝噎"的具体生活场景。建筑形象，将一切社会生活、包括爱情生活中那些具体的生活场面、事件、规定关系及人物的音声相貌等具象因素都过滤干净了，写实意义上具体可感的具体心理情绪也被荡涤无遗。而只是运用一系列建筑"语汇"，通过平面、立面与剖面的巧妙安排，抽象朦胧地表现人类那种普泛的思想情绪，抽象地将人的比如热爱与憎恶、崇高与卑琐、欢愉与压抑、幽默与怪诞、平静与惊讶甚至狂乱与恐怖等等心理情绪，通过一定的建筑空间型式表现出来，或者说，在具体确定于一定空间环境的建筑形象中，抽象地寄寓着这些心理情绪、观念与意向。建筑形象默默无语，都洋溢着激情，它以要人悟解的"语言"，向世界大声"发言"，确实，它是一种"有意味的形式"。

人们对印度泰姬陵加以审美时，确实可以朦胧地领悟到它所暗示着的一种情爱的心理，这种意蕴是通过象征手法抽象地表现出来的。

泰姬陵，世界伊斯兰陵墓建筑中的杰作，"印度的珍珠"。它尺度巨大，平面开阔，四周红砂石墙环围，墙上角楼耸立、园林装点独具匠心。陵体居陵园中央、正方形底座、边长百米、高近六米。台基之上设寝宫，亦呈正方形、边长六十米，使平稳庄严之感再度得到强调。寝宫之上为大型穹形圆顶，直径十八米，显得优雅匀称。圆顶之上饰一小型金色尖塔，骄阳照射，闪闪烁烁。陵体高约六十米，大穹顶四方各以一小穹顶烘托，台基四埵又有四座塔型柱体拔地标立。同时，陵墓左右各以一赫红色砂石建筑遥相呼应。正立面正中为一大凹廊，使立面节奏清晰，美感丰富强烈。前方筑池，与陵体尺度和谐，碧波倒影涟涟，交相辉映，颇能引发人们对泰姬·玛哈尔①生前对镜微笑的遐思。泰姬陵全部以白色大理石筑成，显得玉洁冰清，象征纯洁的爱情。陵体与陵园四周红色围墙、小型建筑、绿色草木在色感上对比强烈，又浑然一体。近配绿树清漪，远衬蓝天白云，正冷暖得体，英姿娟娟。又将正方形陵体四角抹圆，活现出温柔娴静端庄的建筑性格。难怪布鲁诺·赛维要惊叹起来，说泰姬陵是"温柔精致而女性化的，几乎弥漫着闺房气息。"②整个建筑形象的抽象意蕴表现在，既端庄，又愉悦，既绚烂，又清丽；既宁静，又飞动；既雍容华贵，又亲切可近，既蕴涵着深沉的哀思，又洋溢着乐生的喜悦。其形象底蕴，确实寄托着夏杰汗国王对玛哈尔王妃的绵绵情思。

综上所述，建筑的基本特征表现为，它是一种广义"艺术"，即技术，其基本功能在于实用，总是与一定的自然环境结合在一起，它具有独特的空间性，其空间形象能够展现社会人生的意义，而这种展现必然是抽象性的。

那么，建筑究竟是什么呢？当我们将建筑的这些基本特征加以总体思考时，人们发现，离全面地把握建筑的本质以及建筑美的本质这一目标，已经不远了。

---

① 按：泰姬·玛哈尔，为印度莫卧儿王朝第五代皇帝夏杰汗宠妃。玛哈尔中年夭折，夏杰汗悲痛欲绝，故耗费巨资，历时二十二年修成这一陵墓。

② ［意］布鲁诺·赛维：《建筑空间论（六）》，张似赞译，载《建筑师》编辑部：《建筑师》，中国建筑工业出版社，1981。

第二章　建筑美本质系统理解[①]

任何事物现象的本质之美，是多侧面多层次、由诸多因素而非单一因素决定的，建筑美亦不例外。

这里，试图运用一般系统论方法，将建筑美作为一个复杂的动态系统（有机整体），运用多维多向而非线性单向的思维方式，从决定建筑本质美诸多因素动态性的相互关联中加以理解。

第一节　先从图式来看一看

什么是建筑？什么是建筑的本质美？笔者绘制这一图式如右：

从图式可以看出，建筑本质，是由材料因，"场"素与功能质三大相关联的因素（基因）决定的。

一、材料因：指决定建筑本质的物质材料因素。材料的沉重、庞大与坚固性，是建筑所独具的。比如，著名的埃及金字塔，是庞然大

---

① 按：本章第一、二部分，曾以《筑建本质系统理解》为题，发表于《新建筑》，1985年第3期。

物，其中尤以第四王朝法老胡夫的金字塔为最大，这座大金字塔，共用二百五十万块花岗石垒砌而成，每块岩石重两吨半，充分地体现了建筑的这一特性。当然，随着建筑材料的发展，建筑的物质沉重性，有时可能不会显得如金字塔这般的沉重，但其庞大与坚固性，还是人类其它物质产品所无可比拟的。

同时，与建筑材料关系最直接的是建筑技术与结构，所谓建筑技术，即对一定的建筑材料按其性能与建筑的功能需求所进行的加工改造；运用一定的建筑技术，按一定的科学与美学规律对材料加以组合、装配（蒙太奇，法语Montage），就是建筑的结构。

二、"场"素：指建筑与自然界、建筑与入类社会的关系，指建筑在自然界与人类社会生活中所处的地位与作用，可分自然"场"与社会"场"。

自然"场"，建筑是人对一定自然空间的"人化"形式，因此，不能离开一定的自然"场"来探讨建筑的本质。一定的自然环境，是建筑的"根"、建筑的"母体"；一定的建筑，又是自然的"花"、自然的"产儿"。环境影响建筑的面貌，建筑亦以"人化"的方式，反过来装点自然环境的时空形象。

同时，一般由自然"场"所决定的建筑的自然质，又与建筑材料密切相关。材料取之于自然，取材因地制宜是建筑的一般的经济原则。山区便于采石，多石建筑；林区多木建筑；我国陕北地区黄土地带，由于水位低，黄土质地干结细密，就发展了独具特色的窑洞这一建筑形式。

社会"场"，建筑的诞生出于社会生活的需要，起源于人类解决居住问题的需求。建筑的发展，受全社会经济条件，归根结蒂受社会生产力发展水平的限制。社会生产力，为建筑提供了一定的经济力量，经过加工的建筑材料、技术与建造工具，前者与后者的发展往往是同步的。社会生产力的发展，也不断开拓建筑的社会需求。建筑既然是由人来建造的，当然打上了人的烙印，为的是满足人多种多样的社会需求，故建筑的社会"场"，也关系到功能质。

三、功能质：指建筑的社会功能价值，分物质性与精神性功能两部分。以往，在建筑界，有一种传统的建筑美学观点，认为建筑的本质在于其物质性与精神性这两种功能，称为"双重功能"说。应当指出，指明建筑具有双重功能，是正确的，建筑的本质，确与其双重功能密切攸关，然而，如果认为建筑的本质，仅仅被其双重功能所决定，又是不够全面的。

建筑的物质性功能，主要是建筑的居住功效如防寒、燥湿、通风、适度的日照、躲避敌害，以备生存休憩之用，也为其它一切适宜于在建筑环境中进行的人类生活与生产活动的需要，它满足的是人的生理性、实用性需求。

如前所述，建筑的首要目的在于求其实用，实用性必然是构成建筑本质的一个侧面、一个层次。当建筑兼备一定的精神性功能时，仍不排斥其一定的实用性功能，两者结伴而存，并且其精神性功能，往往是依存又升华于物质性功能的，或者可以说，其精神性功能应当并不妨碍一定的物质性功能的正常发挥。比如在中国封建社会的宫殿建筑中，有些作品由于过度强调所谓王权至上这一精神意义，一味追求高耸与巨硕，是当时的建筑材料与技术条件所不能胜任的，结果历时未久就倾坍了，连基本的居住这一实用性功能需求也谈不上。

精神性功能，指建筑在满足人的实用（生理）性需求前提下，同时具有的人的心理性功能，包括审美、认知、有时还兼备崇拜功能等三方面。

人类所创造的一切，其实都是人的审美对象，都不妨碍人以一定的审美眼光去审视它们，一部机器、一匹布、一只竹篮.人们在求实用的同时，还要求它们悦目中看。有时，人们故意将有些创造物弄得面目可憎，比如，农民为吓唬鸟类竖立在稻田里的稻草人、佛寺中的凶神恶煞、牛头马面之类，其形象都不美，但在这些丑恶的形象中，仍然渗透着一定的人的审美理想与审美需求。

建筑自然也是如此。

不过，在理解这一点时，传统的双重功能说，把建筑的精神性功能仅仅看作一定的艺术（狭义）审美功能，这是值得商榷的。应当说，建筑的审美功能，不仅是建筑的艺术（狭义）装饰所特有的，而且，建筑的材料因素、技术与结构因素、立面与平面安排等等因素，都应当具有一定的审美意义，在满足一定的实用性功能前提下，应当力求其充分的审美作用。

而且，也不应将建筑的精神性功能仅仅理解为审美，在审美中，还蕴含着建筑形象的一定的认知功能，有时还兼备一定的崇拜功能。诗人以言辞进行人生哲理的沉思与吟诵，建筑家亦可以用木石之物的时空意象，进行同样性质的审美与哲学思考。人们时时可以从一定的建筑形象中领悟到什么，认识到生活本质的某些方面。在欧洲，人们将建筑称为"石头的史书"，建筑是历史为人类在现实世界所看得见的真实面貌。建筑，也是一部"生活的教科书"。当然，这种审美兼哲学思考，是始终受到一定的经济、技术条件与实用意图的羁绊的。

建筑的崇拜性功能时有所见，许多宗教性建筑，比如古印度与中国古代的佛塔、西欧中世纪的教堂自不用多说，新石器时代晚期广泛存在于西欧、北非及亚洲古印度的"巨石建筑"，有的由上千块巨石排列成行，在广阔原野上连绵三于五百英呎，显然具有某种巫术意义，意在对有害的神异力量进行拦截与推拒，以便在初民的幻想中形成一个安全的空间环境。

应当指出，只要今后世界上存在宗教，人类头脑中存在着一定的宗教意识，那么，宗教性建筑及建筑的崇拜性功能便不可能从地球上消亡，无视建筑的这一宗教美学特性，可能会使人们对中外古代建筑史的研究以及对建筑审美品格的研究，变得肤浅，甚至出现迷误。

四、再从建筑的材料因角度考察。运用一定材料、按一定科学与美学规律加以结构组合，就构成一定的建筑实体。实体一经确立，建筑空间就被从一定的自然空间中划分出来，因此实体是划分空间的手段。空间的确立蕴含着建筑的实用性功能目的。一定的建筑空间，是由一定的建筑实体所限定的影响所及的那一个区域。没有无实体的建筑空间，就是说，墙、屋顶与台基之类，限定了一个建筑的空间，如无实体，空间就是无边无际的，它失去了属人的特性，没有无空间的建筑实体，就是说，凡被称之为建筑实体的东西，都是占有一定空间的，一道围墙，虽无内部空间，却具外部空间，一条过江隧道，虽无外部空间，却具有内部空间；一座建于地面之上的历史博物馆，同时具有内、外部两个空间区域。因此，建筑实体必然占据一定的自然空间环境。实体与空间同在，两者相辅相成，各以对方的存在为存在条件。我国先秦时代的哲学家老子，有一句名言，叫做"当其无，有室之用"[①]。老子的本意，并非在这里谈论建筑的美学性格，却意外地道出了建筑美的实体与空间的辩证关系。这里所谓"无"，本喻指老子哲学的最高范畴"道"，也可理解为建筑的"空间"。"室之用"有赖于"无"即建筑空间的存在，而"无"是依存于"有"（建筑实体）的。因而当老子肯定那个"有室之用"的"无"时，实际上也同时指明了建筑实体的存在。

---

① 王弼注：《老子道德经》，《诸子集成》第三册，上海书店，1986，第6页。

因此，如果说空间是"建筑的主角"，那么，实体其实就是建筑物（注意：不是建筑，建筑物与建筑在概念上是不尽相同的）本身。

同时，由实体与空间所组成的建筑环境，无论个体或群体，由于空间的隔断与序列，人只能进入其中或在其四周感受、认知其效果，因而，在建筑空间形象中，必然蕴含着时间（第四度空间）因素。

五、再从建筑的"场"素角度考察。建筑的社会"场"，不仅是建筑与社会经济生活的关系，而且，建筑形象是社会人生的空间展现。它一定程度上反映特定时代、民族、种族、地域，甚至阶级与个人的某些生活本质、观念、情绪与心理气质，蕴含以哲学、伦理学、美学、宗教学、艺术学及自然科学等多种社会意识，这些，中外古今建筑史已做了雄辩的证明。

而且，不应忘记自然"场"素中的自然环境对建筑形象、社会人生的空间展现具有深刻影响。优秀的建筑，总使建筑物与其周围自然空间环境达到浑然一体的和谐境界。天坛与泰姬陵的崇高神圣，离不开无垠的蓝天白云；崇山峻岭的有力烘托才显出万里长城逶迤飞动的雄姿；金字塔的静穆与一望无际的沙海恰成协调；悉尼歌剧院的"风帆"，如果出现在丘陵地区而不是在蓝色的港湾还有什么魅力？流水别墅的轻灵欢愉，显然是由于瀑泉的跌落，而朗香教堂的神秘之感，难道与其四周茫茫的田野景色没有任何联系？

六、概括起来，建筑的材料因及与建筑材料相关的建筑技术与结构所构成的建筑实体、空间（时间），显示出建筑的人工性；建筑"场"素中的自然"场"（包括材料因素），使建筑具有自然性；建筑"场"素中的社会"场"即建筑与社会经济生活等的关系、社会人生的空间展现，以及建筑的实用与审美、认知有时兼备崇拜的多重功能，体现了建筑丰富的社会性。建筑社会属性的获得，是在建筑自然质基础上进行建筑人为加工的结果。

七、这种自然与人工的结合，或者说，按一定功能需求对建筑自然"场"素（包括材料）的发现、开拓、占有与改造制作，就是建筑的技术、技艺，它具有机器性。从这一点看，西方早期现代主义建筑流派的"机器"观（比如勒·柯布西埃的"住房，居住的机器"说），实际上是一种技术观，对西方古代那种将建筑喻为"凝固的音乐"、"抽象的雕刻"的建筑艺术观，无疑是一个有力的历史性反拨。

作为自然与人工相结合的建筑，它意味着，其本质是在材料与一定的自然环境（自然质）、技术与结构以及适度的艺术装饰（人工因素）等三者的融合之中。因而建筑美，其实主要是由这三者的融合程度所决定的，融合程度愈高，即三者相融愈是和谐，便显得愈美。这里，尤其值得注意的是技术与艺术（即广义"艺术"与狭义艺术因素）的融合。建筑将它的根深扎在自然科学的沃土之中，亦不可避免地受到文学艺术的熏染（艺术装饰）。建筑美，决不是单纯的材料美、技术美与结构美，又以材料、技术与结构为其美的基本质素。艺术装饰在建筑美中的位置是十分微妙的。要是一切建筑摒弃任何艺术装饰，我们这个世界会变得单调乏味得多。反之，如果滥用艺术装饰，又会惹人讨厌。历史上洛可可与巴洛克建筑风格装饰过分繁缛华丽，大量运用艺术因素于建筑，固然是时风所趋，却也正好证明当时的建筑技术（包括结构）还没有达到历史性的长足的进步。西方早期现代主义建筑一般地排斥艺术装饰，亦恰好说明技术与艺术的交融汇合只有在将来才能实现。技术与艺术的本质虽有不同，却也是对应的，凡是应用到技术、技巧之处，必有艺术因素隐伏着，正如凡是艺术，必具有技术技巧的某些因子一样。建筑是使工程表达概念、观念与情绪的"科学性艺术"，"当技术实现了它的真正使命，它就升华为艺术"[1]之美，当艺术达到炉火纯青之时，便向技术回归。技术高度发展，为技术走向艺术化铺平了历史道路。对于未来高度发展的建筑而言，艺术的极致，便是技术的极致。

八、建筑是社会人生的空间展现，其形象具有审美、认知有时兼崇拜的意义，已如前述。然而，这一展现即反映生活的方式以及形象的精神意义都具有抽象性。建筑不能象文学艺术那样具体入微地再现一定的社会生活情状，只能抽象地暗示某种普泛朦胧的思想情绪、气质意蕴与风格意境。建筑形象这种对一定社会人生的抽象反映方式，其实就是建筑的象征。建筑形象的象征意义，如果能在人的审美过程中激活一定的生理心理机制，使审美主体的情感因素显得活跃起来，从而可能达到物我浑一的境界，这便是建筑形象的移情。

---

[1] 见同济大学、清华大学、南京工学院、天津大学编：《外国近现代建筑史》，中国建筑工业出版社，1982，第98页。

第二节　结论是什么

综上所述，据图式，决定建筑本质一切因素中的每一因素，都与其余各种因素构成诸多对矛盾，这是一个错综复杂、千丝万缕的网络动态结构与矛盾集聚。为约简篇幅，本章不准备将所有这些决定建筑本质的诸多对矛盾一一列出，前文已对其中一些基本矛盾稍加论述。并且以上所列，仅是笔者以十分有限的学力，所检索到的决定建筑本质的诸多因素，其实它们必然不止这些。建筑在不断向前发展，随时可能有新的因素参与其间，建筑本质之美也在不断地"向人生成"[①]。

这些复杂的矛盾集聚，可简化处理为一个数学公式：

$$R = \frac{C_a^2 + C_{a_1}^2 + C_{a_2}^2 + \cdots\cdots + C_{a_n}^2}{2}$$

这里，R 表示决定建筑本质美的矛盾总数，C 为排列组合的数学符号，a、a_1、a_2、a_n 为各个层次、各个侧面的诸多因素，n 代表层次数、侧面数，a、a_1、$a_2 a_n$ 均可能是变数。

据图式所示，建筑的本质美犹如一个"核'，围绕这个"核"的诸多因素组成旋转的多层次、多侧面的"环"。诸多因素是这个"核"的子系统，处于同一层次、侧面并与全部其余层次、侧面的一切其它因素，是相互关联、相互渗透而不是自封闭的，这是一个错综复杂有机整体而动态的系统。建筑形象的本质之美，是这些全部因素的相互撞击、吸引、凝聚、浓缩与哲学提炼。

建筑，是一个"系统工程"。

对这一"系统工程"科学意义上的理论解决，构成建筑学的全部内容。

对这一"系统工程"美学意义或艺术美意义上的理论解决，构成建筑美学或建筑艺术学的全部内容。

结论：建筑，是一种以一定物质材料与结构建造，与一定自然环境相结合，

---

① ［德］卡尔·马克思：《1844年经济学–哲学手稿》，《马克思恩格斯全集》第42卷，人民出版社，1979，第46页。

使一定社会人生内容抽象性地展现于空间，具有实用、审美、认知与有时兼崇拜的诸种社会功能，一般地渗融着艺术因素的科学技术。建筑形象的本质美，是以建筑的物质材料、技术与结构为基本质素，总是受一定建筑实用性功能需求羁绊、建筑自然性、人工性与社会性三者的统一和谐。

第三节　建筑美的模糊性

既然建筑美是建筑的自然性、人工性与社会性的统一和谐，那么要问，什么叫做"统一和谐"、什么样的建筑美才算达到了"统一和谐"？难道这种美的性状，可以用秤来衡、拿尺去量的吗？

这就涉及到与建筑本质密切相关的建筑美的模糊性这一问题了。谈论这一问题，为的是进一步加深对建筑本质之美的认识。

对于建筑美学来说，模糊性这一概念的借用，也许颇给人以强烈的新鲜感。

模糊性（Fuzziness），指客观事物的品质与性状，在与其他事物的关系中，缺乏明晰的临界值。事物质的规定性，总是在与他事物相互关联的"场"中得以确定的。倘若这种相互关联非常复杂并且呈动态的演变，那么，该事物就可能带有一定的模糊性。模糊性是事物与事物之间处于渐变状态的一种中介、过渡与连续性。因为没有完全被实践主体所认识——一经被认识，自然就变得清晰了，而且永远不会被完全认识，因而所谓模糊性，其实是有待于被实践主体所认识的那种事物质的规定性。

比如开水，指在一个大气压下加热到摄氏一百度的纯净的水，这没有什么模糊性。然而，温水则不然。它是热水与冷水之间的一个中介、过渡与连续。应当说，温水与其他事物的联系比开水显得更为复杂多变，缺乏明晰的临界值，因而具有模糊性。又如，当我们将美与丑加以比较时，美之本质是清晰的。但是，假如将美放在不断运动着的自然与社会这一整个大系统中加以考察，由于决定美的本质的事物因素十分复杂多变，那么，美的本质就不大容易被把握住，它不妨可以被看作诸多事物相关因素之间的一种中介、过渡与连续质。美究竟是什么？美是数的比例和谐，美是理式，美是对象为审美主体能够观照的完整性、美是光滑、小巧与明丽，美是理念的感性显现，美是符号，美是信息，美是移情，美决定于审美态度，美是主客观的统一，美是典型，美是人的本质对象化，等等，千百年来，人们对美下的定义不知凡几，但在理论上，总难以穷尽了美的本质，美是如此令人捉摸不透（这正是美之魅力所在），以至于古希腊时代的柏拉图早就发出感叹："美是难的"。这一切，都雄辩地证明美的本质带有一定的模糊性。

建筑美的模糊性也是如此。

建筑的模糊现象是十分有趣、值得令人深思的。

比如，建筑美与自然的关系是微妙的。当地球上尚无任何建筑时，人类无所庇护，对生存安全的心理需求，促成了建筑的起步，因而，从盲目的自然力对人的压迫来说建筑及其美，无疑具有"盾"的性质，但是，建筑又是人类浩浩荡荡地向自然进军的一种实践方式，是人对一定自然空间的一种"人化"，因此建筑的美，又具有"矛"的性质。非矛非盾、又矛又盾，显得有点模糊。建筑的出现，意味着人对生糙自然的改造，建筑的技术美、结构美与艺术装饰美，都是人工美。但是，且不说许多建筑材料直接取之于自然，就连许多经过人所加工的材料，也仍然保持着自然的质素；且不说许多艺术装饰的题材与主题，比如许多建筑壁画、藻井图案以及人体雕像等，都取之于自然，就连建筑的技术与结构的运用，也是因为那自然的限制与自然的启发。中国古代的版筑技术，发轫于北方黄土地带的营造活动。由于石材，发育成熟了垒的技术与石屋的结构。由于木材的运用，才有斗栱这种中国古建筑的错综之美的诞生。因此，当一座美的建筑突兀于前，在惊叹的一瞬时，头脑似乎有一点"迷惑"，有时便难以分辨这种美究竟是自然材料的赐予，还是人工的产物，它的美的魅力，就在那材料与技术（结构）、自然与人工的动态中介处、结合部。正是在这里，具有科学与美学头脑的建筑师，利用材料的性状、参照建筑的功能需求、寻找技术的适当运用与建筑结构的合理开拓，做了许多美的好"文章"。

又如，建筑物一旦屹立，就有可能同时形成建筑的内部空间与外部空间以及两者之间的空间联系。建筑实体的确立，意味着建筑空间被从一定的自然空间中划分出来。在这里，建筑美的模糊性又顽强地显现出来了。

其一，在建筑内部空间与外部空间之间，墙体、门窗与屋顶，作为建筑实体，到底属于建筑的内部空间，还是其外部空间呢？

如果孤立静止地看问题，建筑实体，它就是它自己，不属于任何其它别的。假如将它放回到建筑的空间与实体这一系统中去考察，那么，它既属于内部空间，又属于其外部空间，亦此亦彼，它是建筑内外部空间的一个中介与过渡，是分割建筑内外部空间的手段，又是使内外部空间得以在逻辑与情感上相互交流的一种连续，一种"蒙太奇"（组接）。因而，一般建筑实体的美，具有既内又外的性质。墙体的不同厚度、高度，其立面的不同色彩处理、不同材料质感、不同方式的开合闭敞等，都必然影响建筑内外部空间的美学性格。古代西欧的城堡要塞，中国明清北京四合院的围墙，以及现当代建筑的玻璃幕墙等之间，当然是不可同日而语的。墙体门窗的多寡、大小、位置、形状等，都会影响内外部空间的交流。当代著名的美国建筑家贝聿铭曾经说过，门窗可以是闭围、通风与日照的一种建筑"语汇"。这指出了门窗的实用性的、生理意义上的本质属性。作为内部空间与外部空间的一种连续方式，同时还应当是心理意义上一种模糊"语汇"。西方对门窗的处理，一般着眼于其生理与技术意义，而中国古代建筑的门窗，更重视建筑内外部空间审美情感的交流，"窗含西岭千秋雪，门泊东吴万里船"这两句杜诗，正好写出了中国古代所重视的关于门窗的审美属性。再说屋顶，希腊的平顶、罗马的拱顶与中世纪西欧教堂的尖顶，各自怎样极大地影响了建筑美内外部空间形象的审美意味。当代采用"篦状天棚"与玻璃天棚等屋顶方式，确会给人以"半有半无"、"亦内亦外"的美感，而中国古代的大屋顶，其厚重的檐部与起翘的反宇，是另一独具美学性格的建筑内外部空间的中介与组接。

其二，就建筑的外部空间而言，建筑的外部空间，其实是建筑的内部空间（按：有的建筑物没有内部空间，此当别论）与自然空间之间的一种过渡与中介。在这里，建筑美的模糊性表现得尤其显明。

中国古代建筑大屋顶挑出墙体的那一部分以及与外墙面组成的那个空间区域，就是建筑的一个模糊空间，古代日本建筑亦然。日本的谷崎润一郎说，一些寺庙建筑，大体上是由一个大屋顶向下扣着的，"房檐伸出很深，形成很深很广的阴影"，认为这是日本一些古代建筑，赐予大地的一种"阴影的美"。这种美，既不属于建筑的内部空间，亦非自然空间，而是两者之间的一个渐变状态。用日本著名建筑家黑川纪章的话来说，它是建筑的一种"灰"，也就是"模糊"，它非黑非白、亦黑亦白，处于白黑之际。

日本中古时代建筑的传统特征是所谓"缘侧"。寺院、茶室以及现代日本住宅形式的所谓"书造院"等，都有这样的"缘侧"，实际上指的是檐下的廊子，犹如中国只有顶盖、没有墙体、或仅一侧有墙体的长廊或回廊，都可称为"缘侧"。这种"缘侧"，就是处于建筑内部空间与外部空间之间的"灰"。正如黑川纪章所说，"作为室内与室外之间的一个插入空间，介乎内与外的第三域，才是'缘侧'的主要作用。因有顶盖可算是内部空间，但又开敞故又是外部空间的一部分。因此，'缘侧'是典型的'灰空间'，其特点是既不割裂内外，又不独立于内外，而是内和外的一个媒介结合区域"。

又如城市的街道，也是一种建筑的模糊空间，是连结建筑内部空间与自然空间之间的一个"灰"域。街道"既是私生活的延伸区域，又是公共活动的场所"[①]。使人们能够得到一个伸展到街道的公共空间与内部私自生活特殊联系的审美休验。这种关于"缘侧"的建筑美学思想是值得注意的。顾名思义，缘，连结之义，侧，旁边之义，"缘侧"两字，正好说明了"灰"空间的那种既在内部空间与自然空间之"侧"，又是连结（缘）两者的一种"暧昧空间"。

再如，就建筑美的功能质而言，这里也有许多关于美的模糊性的区域。建筑具有物质性（生理）与精神性（心理）两大相互关联的功能，这是清晰的，一点也不模糊。物质性功能满足人生理上的生存需求，表现为实用，精神性功能满足人心理上的精神需求，表现为审美、认识兼崇拜。但是，两大功能之间，并非风马牛不相及。物质性功能是建筑所必备的，只要建筑能满足人一定的生存需求，就必然随之给人带来一定的生理快感，这种快感又会在心理上引起反响。这种生理快感虽非美感，却为审美奠定了一个生理基础，它无疑具有可以发展为审美的一种潜在的质素。因此，从生理到心理，就一定存在着一个必然的"中介"，它也是一种"灰"域。只有抓住这一"灰"，那种既契合一定的生理机制，又契合一定心理机制的建筑美，才能被创造出来。

同时，就建筑美功能质的心理方面而言，笔者以为，自古至今，不仅几乎没有一座建筑仅仅只具某种精神（心理）功能的，而且，其精神性功能也往往

---

① ［日］黑川纪章：《日本的灰调子文化》。载《世界建筑》1981年第1期。

不是单一而线性的。我们说过，帕提农与提修斯神庙的心理功能在于崇拜，同时，具有一定的审美意义与认知作用。这座著名建筑物所表现出来的，有古希腊人那种童年时代对于神的虔诚，而且反映了对于美的世俗生活的追求，还在那种重情感的建筑美形象中，显露了强烈的偏于认知的理性，那是古希腊辉煌文化的象征，是那个时代的一个标帜。

而且，就认识、审美、崇拜三者的内部关系来看，也是错综复杂的。认知是审美的理性沉思，审美是认知的感性表现；崇拜既然是一种精神迷狂，它是理性的丧失，但崇拜又是人在神面前跪着的一种假性认知，史前形式的认知。它是认知的被扼杀，又是认知的前导。人类的历史已经证明，必须经过精神迷狂的历史阶段，然后才能清醒地跨入认知的时代；但一旦使理性醒悟，又难以绝然割断人与神的一切精神联系，这就形成了帕提农与提修斯神庙那种既迷狂、又清醒，既富于理性，又将那种由理性所规范的建筑美（比如建立于比例与数之和谐基础上的美）献媚于神的那种奇妙的结合。这一结合，难道不又是建筑美的一种"模糊"么？

第三章　建筑的起源

当你极目万里大江，水势浩瀚，奔腾不息，那巨大的形象，磅礴的气势，一定要令你惊叹这雄浑、壮硕的美。然而，你可曾想过，它的源头究竟在哪里？你是否留意过起初那在幽谷深处匍匐前进、或在枯枝败叶中漏隙而出的涓流滴泉呢？当你为托尔斯泰或曹雪芹的伟大杰出所深深撼动，难道不愿意去了解一下他们那也许是平淡无奇的起步么？当春天繁花竞放、夏日绿叶扶疏，你欢笑陶醉，但是可曾回想，"当初她的芽儿，浸透了奋斗的泪泉，洒遍了牺牲的血雨？"[①]

在对建筑的基本特征、建筑美的本质问题有个大致的了解之后，现在要同你探讨的是建筑的起源。

第一节　建筑起源的有关古文字资料拾零

在我国的一些古籍中，有关建筑起源的古文字记载时有所见，现择其要者，具列如下：

> 《易·系辞传》：上古穴居而野处，后世圣人易之以宫室，上栋下宇，以待风雨。

---

① 冰心:《繁星》五十五，引自木斧:《现代情操诗选》，1987，第11页。

《墨子·辞过》：古之民未知为官室时，就陵阜而居，穴而处，下润伤民。故圣王作为宫室，为宫室之法，曰：室高足以辟（避）润湿，边足以围风寒，上足以待雨雪霜露……

《韩非子·五蠹》：上古之世，人民少而禽兽众，人民不胜禽兽虫蛇，有圣人作，构木为巢，以避群害，而民悦之，使王天下，号曰"有巢"。

《礼记·礼运》：昔者先王未有宫室，冬则居营窟，夏则居橧巢。

《孟子·滕文公上》：当尧之时，水逆行，泛滥于中国；蛇龙居之，民无所定，下者为巢，上者为营窟。

《诗·大雅·绵》：古公亶父，陶复陶穴。

《淮南子·本经训》：舜之时……江淮通流，四海溟涬，民皆上丘陵，赴树木。

《淮南子·修务训》：舜作室筑墙茨屋，辟地树谷，令民皆知去岩穴，各有家室。

《礼记·月令》疏：古者窟居，随地而造。若乎地则不凿，但累土为之，谓之为复。若高地则凿为坎，谓之为穴。其形皆如陶灶，故诗云"陶复陶穴"也。

《太平御览·皇王部》引项峻《始学篇》：上古皆穴处，有圣人教之巢居，号大巢氏，今南方人巢居，北方人穴处，古之遗俗也。

以上各说，内容大同小异，似可归纳为以下三点：

其一，古代先民，本来"未知为宫室"，仅仅由于当时自然环境的恶劣，"人民少而禽兽众，人民不胜禽兽虫蛇"，"水逆行，泛滥于中国，蛇龙居之，民无所定"，为了"辟（避）润湿"、"围风寒"、"以待雨雪霜露"，一句话，为了"辟群害"，才开始建筑营造活动的。建筑是人类企望战胜盲目的自然力量的一种手段，目的在于使"民"有所"定"，因而由此可以推见，建筑的起源，其实应是原始初民趋向于定居生活的开始。

其二，这种建造营事活动，本当是古代一切劳动者（包括部落首领）一种共同进行的社会生产实践活动。但是，在中国古代，先秦诸子与后儒却把建筑的起源，看成是"圣人"、"先王"的发明与发现。登上这一历史"光荣榜"

的，有著名的"有巢氏（大巢氏）"、"尧"、"舜"以及"古公亶父"等。前者是中国古代神话传说中的人物，好比古代西方窃天火给人类的普罗米修斯，其历史自不可考亦不必考。但是，从美学角度看，塑造"有巢氏"这一光辉形象，反映出先秦、秦汉之际关于建筑起源的一种古老的历史意识，它在崇拜神圣的意味中渗透着美好的审美感情。将建筑的起源归之于"有巢氏"的个人历史行为，自然模糊了这一历史与建筑美学之谜的真正本质，表明当时人们尚无力在理论上科学地解答这一课题。但在美学意义上，它一般地表现出因建造营事活动的初次发生，人的那种开始战胜大自然的愉悦，"有巢氏"，其实是参与远古首次营事的一切劳动者的化身，它是对于人以及人的伟大力量的崇拜与赞美。

至于将建筑起源归之于尧舜与古公亶父等，亦并非偶然，这是中国古人历史观中"圣人"、"先王"造世说的又一显例，是先祖崇拜在建筑起源问题上的表现。

中国古人，对自己的老祖宗，总是佩服得五体投地的，因此，大凡好事，总说是那些老祖宗干的。不仅尧舜与古公亶父等充当了这样光荣的角色，而且那个曾经战胜了炎帝的黄帝等祖先，也被说成是这样那样的东西的发明者与创造者。比如有一种说法认为，"宫"起源于黄帝。

"内传曰：帝斩蚩尤，因建宫室。穆天子传曰：登昆仑观黄帝宫室。白虎通曰：黄帝作宫室以辟寒暑，此宫室之始也。"[1]

有的说："轩辕造门户。"[2]"轩辕氏始有堂室栋宇，则堂之名，肇自黄帝也。"[3]

有的说："古史考，夏后氏时乌曹作砖。""古史考，夏后时昆吾氏作瓦以代茅茨之始，洞冥记：商王无道使兆人入地千丈求青坚之土以作瓦。"[4]

有的还说："说文曰，瓦，土器也。烧者之总名也。礼记曰：后圣修火之利，范金合土，此瓦之始也。周书曰：神农作瓦器，博物志曰：夏

---

[1] 高承：《事物纪原》卷八，中华书局，1989，第41页。
[2] 王三聘：《古今事物考》卷十二，商务印书馆，1937，第290页。
[3] 高承：《事物纪原》卷八，中华书局，1989，第42—43页。
[4] 王三聘：《古今事物考》卷十二，商务印书馆，1937，第298页。

后氏昆吾氏作瓦"，"昆吾氏作陶，盖为桀作也，今屋之复以瓦，自夏桀始矣。"①

《事物纪原》、《格致镜原》等书是宋人及宋以后的著作，在记述建筑起源问题时的虚构成分自然更多，而且上述诸说不无抵牾，似未可信实。

然而，在这些近似扑朔迷离的历史记载中，人们可以发现，在建筑起源问题上反映出来的崇拜先祖的历史意识与审美意识是颇为强烈的。对先祖的崇拜，其实就是对人自身生产繁衍的崇拜。当世上出现人王，并且进入王位世袭的时代，那种东方的宗法制意识促使人们将原先对天帝敬畏的眼神渐渐转移到人王的先祖身上，于是先祖的形象便越来越显得崇高了。这种崇高感，一方面是宗教式的迷狂，另一方面又是审美的愉悦。我国有关古文字资料关于建筑起源的诸多记载，显然混杂许多虚假成分，它有些是唯心史观的反映，却断非是所谓"上帝创造一切"的宗教说教，这是历史的糊涂，也是历史的清醒。

其三，据我国有关古文字资料记载，最原始的建筑始于何时，尚不可定，但是，最原始的建筑样式，为居穴与居巢，则是无疑的，这就是所谓"人类藏身，古有两法，一居树上，一居穴中"②，所谓"冬则居营窟、夏则居橧巢"、"下者为巢，上者为营窟"、"民皆上丘陵、赴树木"盖异说而实一。

关于居巢，这里不打算多谈。生活于温湿地域的原始初民，起初，他们只会单纯地"赴树木"，选择树冠较大较密的大树作为栖息之处，后来学会利用又重又笨的石斧砍伐树的枝叶，在一棵大树的众多枝杈之间构筑居住面，但这地方当然是够狭窄的，令人深感不安全的。于是后来，人类祖先中不知哪一位或哪几位"发明家"，别出心裁地利用一棵树的几个枝干，构筑上有覆盖物的一个十分寒碜的类似窝棚一类的东西。继而，又利用邻近几棵大树的主干作支柱，建造居住面更为扩大的"巢"，这"巢"，简陋得令人羞惭，但那在建筑发生学上的意义，简直不亚于近代西方建筑发展史上不同凡响的伦敦水晶宫。支撑稳妥、居住面拓大，上遮蔽风雨和过度的日照，下抗御兽害与潮湿，这就是

① 高承:《事物纪原》卷八，中华书局，1989，第52页。
② 吕思勉:《先秦史》，上海古籍出版社，1982，第346页。

人工的"居巢"了，它可以看作后来我国南地"干阑"式木构建筑的一个原始雏形。

再说居穴。在我国黄河流域的黄土层地域，由于黄土质地细密而干结、不易倒塌和地下水位低等地理特点，这刺激了初民的创造灵感，使得古之居穴成为首先出现的居住常式。"穴居者穿土而居其中，野处则复土于地而居之，诗所谓'陶复陶穴'者也"[①]。

原始初民，首先在崖上挖掘横向洞穴，或在山坡之上挖掘半横向洞穴，有点类似今日的窑洞。这种横穴和半横穴，有一定的蔽雨挡风、避暑抗寒的功能，但对洞内炊烟的快速散发是不利的。于是，原始初民进而在平地上挖掘竖向洞穴，犹如袋形，洞内炊烟可通过"袋口"袅袅而出，不料，带来了不能遮雨雪霜露的新难题。于是，日益变得聪明的原始人，巧妙地在洞口添加一个用木棒支撑的、用植物枝叶结扎而成的顶盖，犹如帽子，可以随时按需覆盖或开启，大约，这就是屋顶的萌芽了。随着"屋顶"建造技术的日臻成熟，为使洞内更为通风与干燥，以及人们出入的方便，于是，全居穴渐渐让位于半居穴，由半居穴而终于让穴底渐渐升到了地面之上，这时，就初步完成了由洞穴向坐落于地面的屋的蜕变。[②]

于是，原先的活动顶盖，演变为固定的屋顶，其支撑物成了屋的柱，即所谓"极"也，穴内空间脱胎为屋内空间，穴的四壁发育为墙，洞口是门的渊薮，同时又是排烟的出口，此时分化为囱，又演变为通风的窗，于是，具有建筑学意义的最原始的茅屋，已经像样地、既默默无闻、又惊天动地地降临到了人间。

第二节　一些甲骨文给了我们怎样的启示

有趣的是，这种建筑始于居穴说，并非无端臆测，笔者认为，它多少可以从我国有关甲骨文字的造型中得到印证。

建筑古称宫室。《尔雅·释宫》："宫谓之室，室谓之宫。"宫室二字，从宀。

---

① 王国维：《明堂庙寝通考》，《观堂集林》卷三，海宁王氏本，1927，第129页。
② 杨鸿勋：《中国早期建筑的发展》，载《建筑历史与理论》第一辑，1981，第112—135页。

《说文·宀部》:"宀,交覆深屋也。象形。""覆"的意思,就是屋宇,"交覆"的意思,指人字形的屋宇,"覆"的相交处,便是"极"的所在。"极"是什么,栋柱也,又是房屋的最高点,就是"宀"这部首的"、",因而,"按宀,象一极两字两墙之形"。①甲骨文作∩(《续存上813》)或介(《屯乙八896》),由此可以看得更为清楚些。

又,《说文·宫部》:"宫,室也。从宀,躳省声。"甲骨文的"宫"字,写作𩫚(《前2、20、5》)、𠆢(《前2、3、7》)、𨸏(《前6、13、2》)、𩀱(《前4、15、3》)、𨸏(《菁10、2》)、𠈌(《戬11、9》)。由此可以看出,"宫从吕,从吕,象有数室之状;从吕,象此室达于彼室之状,皆象形也"。②"甲文宫字作𩫚,∩象屋架,吕,象房屋(按,当象两穴相连)"③。顺便说说,青铜彝器铭文的"宫"字,每作®(《颂鼎》)18)(《颂壶》、)fil(《克钟》)、俞(《庚嬴卤》)、@(《雖伯鼎》)、(《散盘》),对于建筑探源,亦具有重要意义。

甲骨文中,象征纯粹居穴的,还有"出"、"各"等字。"出",作"𤓱",表示人的脚趾已露于穴外,故有"出"之义。现在的"出"字,实际是"𤓱"的讹变。"各"写作"𤓱",表示人的脚趾已进入穴内,故有"格"之义。"出"、"各"两字,均从凵𠙴,都是居穴的象形。它们反映了原始初民出、进(格,有来、进之义)居穴的生活活动状况。

居穴的进一步发展,就是"復"。《说文》:"復,地室也。"这是在穴上加培低墙、置屋顶的一种建筑样式,实际上指的是半居穴式,它的特点是高出地面。甲骨文中有"高"字,写作"�高",下边的"𠙴",显然是居穴的象形,而上部的"𠆢",正是居穴上面的墙与屋顶的象形。④

与此相关的是宫室的基,"基"字,甲骨文写作𠀤,《佚存689、甲里》与《善斋藏片》均有"在𠣫"之说。𠣫即𠀤,"上从京省,下象箕形,疑即基之本字"。⑤另有一个与高字相联系的"京"字,甲骨文作𠆢、𠆢、𠆢,金文作

① 朱芳圃:《殷周文字释丛》,中华书局,1962,第45页。
② 罗振玉:《增订殷虚书契考释》,朝华出版社,2018,第12页。
③ 杨树达:《积微居小学述林》,中国社会科学院出版社,1954,第7页。
④ 李亚农:《殷代社会生活》,上海人民出版社,1955,第114页。
⑤ 孙海波:《甲骨文录》,艺文印书馆,1938,第5、16页。

帛、帛、帛。①因而，正如《说文》所说："京，人所以绝高丘也，从高省，象高形。"

纵观基，高、京三字，可以大略见出远古建筑从全居穴向半居穴到宫的演变。

与此相关的还有一个"舍"字，《院1、0、0、154甲里》："舍入，十"。《佚存》720、甲尾："舍舍入。"舍，亦写作◆。《前》7、10、1："己丑，子卜贞，子烎乎◆"。这个字，"王国维谓象城郭之上，四亭相对，本古文墉（高墙之义）字，是也。墉本四亭相对，卜辞多省两亭作舍，毛公鼎作舍，雕生毁作舍，拍尊盖作舍"②丁山又说，"舍即亶字，象墉垣形，世有定说。"③舍又简作舍，不管写法上怎样变化，其中象征居穴的"廿"不变。这个字道出了从居穴到城廓崇楼的一条历史发展轨迹。

但"舍字旧释享，其实应隶化为亯，上面象栋宇，下面象坛堂。这本来是享祭神明之处，后来竟借此字为'享祭'之'享'"。④值得注意的是，舍字何以从享墉垣之象征发展到具有"享祭"之义的呢？这揭示了建筑起源的一种远古历史现象，这一点，待下文论述。

总之，从一些有关的甲骨文字，给我们带来了关于建筑起源的某些真实消息，唯其因为远古现实生活中出现过全居穴、半居穴以及后来的发展为宫室，才能启发古人的理解力与想象力，创造出诸多象征建筑起源的古文字来，因而从一些古文字看建筑的起源，可能不失为一条可信的途径。

第三节　有关考古发现也在大声"发言"

假如仅从中国有关古文字资料与甲骨文的几个字来探讨建筑的起源，总还觉得似乎缺少了点什么，下面，让我们从有关考古发现来加以探讨。

---

① 容庚编著，严志斌补：《四版〈金文编〉校补》，吉林大学出版社，第60页。

② 丁山：《甲骨文所见氏族及其制度》，科学出版社，1956，第139页。

③ 同上。

④ 李亚农：《殷代社会生活》，上海人民出版社，1958，第114页。

据说，人类可能远在一百七十五万年前已能建造。二十世纪六十年代初，在非洲的奥杜韦峡谷（今坦桑尼亚境内），其旧石器时代最下层的文化层中发现的一段用熔岩堆成的"围墙"，支持了这一见解。"最早的建筑发生得这样早，因此使有些人以为远在更新世冰河期以前，在人正式居住在洞穴以前，大概人就会建造房屋了"。[①]其实，"有些人"的这一看法，是颇为值得商榷的。

人们会问，既然人类在正式居住在洞穴之前，已能建造房屋，且房屋，当然要比阴暗潮湿的自然洞穴或人工洞穴性能优越得多，否则，人类便不会去建造它们，那么，人们何以要退回到洞穴中去呢？我们说，由全居穴（同时还有居巢）、半居穴渐渐发展为地面建筑，这是世界范围内建筑起源及发展的一个比较普遍的现象，未独中国是这样。原始初民，一般总得首先利用自然山洞以备栖身之用，接着着手改造这洞穴，进而挖掘人工洞穴，甚至进行美饰。人工洞穴必然是后起的，因为那种自然洞穴，不是随处都有的，它既不易得，而且局限了先民的活动范围与生活视野，这必然会刺激人类在山坡与平地随需挖掘全居穴、半居穴。因此，如果说，一九六〇年在坦桑境内发现的那段"围墙"，确是一百七十五万年前的建筑遗构，那么在那之前，那里的原始初民，就可能经历过一个类似居穴或居巢的历史阶段。世界何等广阔，随时都可以有出人意料的现象被考古所发现，但说穴居反在屋居之后，这似乎是有点悖于建筑发生学的常轨的。况且，具有"围墙"的地面建筑，是文明生活的标志，一百七十五万年前地球上是否已有住进"围墙"的文明人类出现，是一个需要现代人类学加以证明的问题。

当然，有些建筑起源的考古发现，其对象所处时代要晚近得多。据《化石》一九八〇年第一期载：在法国尼斯河畔发掘的二十余间史前棚屋，据测定是十二万年前属于阿舍利文化层的建筑遗存。在捷克斯洛伐克和苏联乌克兰境内，发现了有供人居住的原始茅屋遗迹，它们距今三万至二万五千年。苏联科学家，不久前在位于亚洲东北角的楚科奇半岛，发掘了一处旧石器时代的建筑遗址，据推定是一个远古人的工场作坊。出土的燧石长刮刀、小刀、矛尖等工具考察，

---

① 朱狄：《艺术的起源》，武汉大学出版社，1982，第193页。

当时的人类已能捕猎猛犸象、野牛、北方鹿等兽类，已驯养了狗，学会捕鱼与建造寓所，距今约一万五千年至两万年。

属于新石器时期的建筑遗址时有发现，它们在建筑发生学上的意义，也是不可低估的。比如在西欧许多地区，据德国著名人类学家利普斯说，在新石器时代末期，可能经历过一个所谓"湖居文化"时期。这种建筑遗构于一八五三年首先在今天瑞士苏黎支湖区被发现。当年欧洲大旱，湖水干涸而遗构现。后来，又在德国和意大利许多地区陆续被发现。凡二百余处。这类建筑，建造于深埋湖底的木桩上，甚至整个原始村落都建造于打入水底的木桩上。似可推定木桩上面为木制屋架，四壁以树枝编结，涂泥而成。并有简易桥梁通往陆地，既宜于防潮、又宜御敌（包括兽害），这是生活于湖水或河水泛滥地区先民的"杰作"。这种木桩上的建筑遗构，在东亚与印度支那地区亦有发现。

同时，文明仍处于石器时代的一些原始部落，居住在一种被称为"风篱"的古老的"房屋"之中。这种"房屋"结构简单，以树干、树枝打入土中作为固定物，形成一道垂直于地面的"墙"或半圆形的"围墙"，它的上部覆盖着短枝、树叶、树皮或草，就形成了一个可避风雨日晒的简陋的"住所"。许多游徙部落，"像澳大利亚人，现已灭绝的塔斯马尼亚人，锡兰的维达人，菲律宾和马来亚的尼格利陀人，非洲的布须曼人和许多美洲印第安人，其经济方式迫使他们在广大地区不断迁徙，故选用风篱为家"。①因其结构简单，便于迅速建造，损毁了也不甚可惜，这对狩猎民族的游猎生活是适合的。布须曼人似乎建造技能高些，他们能熟练地把灌木的枝叶捆扎加工，弄成一个简便的"窝"。尼格利陀人的"风篱"顶部以青草覆盖，玻利维亚的查科人则喜欢选用灯蕊草，都是就地取材。印度安达曼人的"风篱"看来比较马虎，不过在四根"柱子"之上覆盖些遮阴的东西。而美洲印第安人中的阿佩切人显得比较讲究，他们用细枝间以粗枝建造"风篱"是专门为在夏季避暑而准备的。这种"风篱"后来发展为原始人喜爱居住的圆形小屋或方形小屋，两个半圆形"风篱"编结在一起，稍事建造，成为圆形小屋，两个互为平行的直立"风篱"之上加建一个顶

---

① ［德］利普斯：《事物的起源》，四川民族出版社，1982，第3页。（引者按：塔斯马尼亚人于一八七六年被英国殖民者所灭绝）

盖即为方形小屋。值得注意的是，这类"风篱"式的建筑遗构，曾在法国阿尔萨斯的斯皮乔地区附近被发现，它反证了现存原始部落的"风篱"在建筑发生学上的意义。

"我国已发现的最原始的建筑住所是黑龙江依兰县倭肯哈达地方的洞窟，当时原始人利用山腰间的一个天然裂缝作为洞窟的两壁，然后用大石块覆盖在裂缝的顶部，又用石块来铺设了地面，从而形成了一间原始的人造石屋。"①然这"最原始的人造石屋"建于何时，尚难断定。联系到中华民族祖先的中心活动地区在黄河流域与长江流域，因此似乎可以说，比"人造石屋"更古老的建筑遗构，正有待于在这些地区被发现。

据我国江苏、浙江、云南、湖北等地的考古发掘，曾出土大批新石器时代的竖于地下的木桩，有些排成规则的长方形或椭圆形，被证明为"干阑"式建筑即房屋建于木桩之上的建筑遗迹。如浙江吴兴钱山漆甲区，"这一层发现木桩很多……按东西向树立，长方形，东西长约2.5米，南北宽约1.9米，正中有一根长木，径十一厘米，似乎起着'檩脊'的作用，上面盖有几层大幅的竹席。"乙区"木桩只有东边的一排尚完整，排列密集，正中也有一根长木，径十八厘米。上面盖着大幅树皮、芦菲和竹席。"②这种"干阑"式建筑，在我国古籍中颇多记载，即所谓"高栏"（《蛮书》卷一〇）、"葛栏"《（蛮书》卷四）、"阁栏"（《太平寰宇记》卷八八、一六三）、"栅居"（《太平御览》卷七八五）以及"巢居"（《岭外代答》卷四）是也。《魏书》卷一〇一称："依树积木以居其上"、《旧唐书》卷一九七："人并楼居"之说，也是指的这种具有悠久历史的"干阑"式建筑。这种湖居、干阑式建筑源于古之巢居（即古人所谓"橧巢"）是不言自明的。

七十年代初，我国浙江余姚河姆渡属于新石器时代原始干阑式建筑遗址的出土，又为建筑的起源提供了丰富的新材料。它的建筑形式又以桩木为基，上架设大、小樑（龙骨）以承托楼板，构成架空建筑基座，上边再立柱、架樑、

① 朱狄：《艺术的起源》，武汉大学出版社，1982，第197—198页。
② 浙江省文物管理委员会：《吴兴钱山漾第一、二次发掘报告》，载《考古学报》1960年第2期，第74—75页。

盖顶，建筑木构工艺相当高超，只要想想这是七千年前的遗物，就会惊叹我们祖先非凡的创造力。

第四节　从实用走向审美

那么，建筑是如何起源的呢？

当原始初民诞生之时，所谓的造物主当然并没有真正为他们准备一个舒适的房间，诺亚方舟的"居民"四处流迁，无家可归。广阔的大自然慷慨地给以空气、阳光和水，以及其他一切可以果腹的东西，总是将生之希望变为现实，也把死的威胁残酷地降临大地。

建筑起源于人与自然的冲突。人为了求得生存繁衍，必须抵御自然的侵害，因此建筑首先是人的一种基本的生理性（实用性）需要，然后才是心理性需要。当原始狩猎者为追捕猎物而长途跋涉，他们有限的体力迫使其不得不停下来休息一下。黑夜的降临、酷暑或是严冬的威逼，毒虫猛兽的攻击，都逼得人必须为自己寻找进而建造一个栖息之所。自然界广袤的空间，使处于生产力水平十分低下的原始人尤其感到了本身力量的渺小，由此而可能产生万物有神的观念，又成了要建造一个庇护之所的一种精神刺激。同时，有时可能走运，过多的猎获物一时吃不了，也需要一个存放的地方。

于是，建筑便应运而生。

建筑是原始初民抵御强大有害的自然力的最初一道屏障。人通过劳动，第一次从异己的、神秘莫测的自然空间中划分一个人为的空间，属人的空间，确立人在自然界的一种空间秩序，以满足生存的需要以及由此而来的心理上的安全感。建筑是人的本质对象化的产物，既是人对自然的能动性改造，又是自然改造人的一个象征。

建筑的起源，是从人们企图解决居住问题起步的。关于这一点，从以上论述，已经可以看得颇为清楚了。

那么，从建筑的起源到建筑美的诞生，大致走过一条怎样的历史发展之路呢？

人之起初，求生存是其主要的生活目的，审美意识蕴涵在其中，却不会被自觉地意识到，所谓"古有无文者"①，"冬穴夏巢之时，茹毛饮血之世，斯文不作"②。因而，当时还不能使审美活动成为人独立的一种生活活动。人专注于寻找食物，无暇顾及其他。

但工具的制造，使原始初民的文明开化如地平线上红日东升。请你设想一下，当原始狩猎者第一次不再赤手空拳直接同野兽拼搏，第一次懂得选择一块与自己的臂力相宜的石块，向野兽作致命一掷时，这是怎样一个石破天惊的历史性跳跃呵！原始文明的一抹曙光难道不是从这里升起的吗？人们大约不会小看这第一块把握在原始狩猎者手中的石块吧，那是最原始的工具的雏形，最粗糙的石器，或者说是一种准工具，因为，它经过了原始狩猎者的头脑选择的，已经不同于自然界中任何一块自在的石块。它的重量和体量是经过大脑衡量的，它是人手的分始延长，原始初民体力和智力的初步"物化"和确证，它开始具有实用意义。

工具的制造与使用，使人真正开始惊喜地发现自己，肯定自己，实现自己的本质力量。长期的狩猎使人们渐渐领悟到，把石器打制得边缘锋利些，可加强其一定的杀伤力；形状规整些，便于手的把握；表面磨制得光滑些，不仅可减少其飞行时的阻力，投掷得远些。以上这些，都是基于实用的考虑而对石器的加工。不料这种加工，同时引来了悦目的效果，于是，从工具的实用性质中，滋生了一种审美的意义。于是，从原始狩猎者手中的那个石块发展到旧石器、新石器，实际上，也就是人的思维和情感得以滋生、发育且日益变得丰富起来的一个漫长历史过程，也是使工具从实用走向审美的漫长历史过程。

同时，工具的制造与改进，必然极大地给人以实际利益，这不能不在原始狩猎者的心理上，有一种初步的物质上的满足感，并激起某种对猎获物和工具的喜悦与爱的情感，这也渐渐唤起了人爱美的生理心理机制与创造美与艺术的欲望，开始培养了人对形象的初步审辨力和表现力。人们首先对工具加以初步美饰，以寄托对劳动的赞美和愉快的心情。这时，姗姗来迟的美、美的东西才带着它那实用的胎记，第一次向人绽露了笑脸。

---

① 毕沅：《墨子》卷十五，毕氏灵岩山馆刊本，第222页。
② 萧统：《文选》序，鄱阳胡氏重校刊本排印本，第1页。

建筑也是一种"工具"，一种供人居住或进行其他生活活动的"工具"。建筑美不是突然降临的，它是具有实用性功能的建筑物，发展到一定历史阶段的一个必然的社会现象。

人们在建筑实践中对建筑实用性功能的不断追求，必然会最终导致建筑美（包括建筑艺术美）的诞生。比如，为求其实用，不能不注重建筑形体的诸如比例、均衡、材料质地、牢固程度以及重量等等问题，结果却意外地迎来了建筑的形式美感。原始初民，想必从痛苦的失败教训中开始懂得，为使房子不易倒塌，实用，把它处理成形体对称均衡是适宜的。故我国仰韶文化期的方形与圆形建筑物，一般是符合对称均衡的几何律与稳定、坚固的物理律的。又比如，仰韶文化期的半居穴居住面铺以木板，起初想必是比较粗糙的，裸露在外的。后来为防火防蚀，原始居民运用"墐涂"之法加以墐涂，即将黏土掺以黍稷穰，烧烤成红棕色陶质地面，一举两得，实用而且美观，地面变得细密坚硬，有利于隔潮，且平添了一种光滑感。由于这种黏土材料经烧制后呈红褐色或青灰色，给建筑物增添了人工创造的色彩之美，这是原始制陶术在建筑美饰方面的初步尝试。

因为实现了建筑的实用性功能而引起的人的那种有别于对天然巢穴的满足感、舒适感和喜悦感，是一种真正的人的感觉，一种能够发展人的审美情感的心理因素。因舒适而满足，因满足而喜悦，油然而起爱的情感，于是，面对一定的建筑形象，使人深感其美。这时，"渐渐地、这本来仅是供躲藏和休息的房子，就被赐予了比暂时的利益更多的东西。"[1]这种"比暂时的利益更多的东西"，指的就是审美感以及与此相关的财富感。这种真正人的社会感觉，是人化的自然（建筑就是一种人化的自然）在人心理上的折光。这种感觉的发蒙是建筑美起源的一个侧面，正是其起源促成了这种感觉的萌生。"事实上，只要洞穴一旦换上茅屋或像北美印第安人那样的小屋，建筑作为一种艺术也就开始了，与此同时，美的观念也就牵涉于其中了。"[2]

---

[1] ［德］威廉·奈德:《美的哲学》。引自朱狄《艺术的起源》，武汉大学出版社，1982，第199页。

[2] 同上。

第五节 "建筑美源于实用"说的一个特例

"建筑美源于实用"说，一般为学界所公认。不过，理解这一建筑美学观点时，看来应力戒简单化、模式化。注意到出现于新石器晚期的"巨石建筑"么？似乎很难用"实用"说来解释这种建筑的起源。

据考古发现，所谓"巨石建筑"，分布于欧洲的丹麦、挪威、瑞典、法国、德国北部、荷兰、葡萄牙、西班牙、英国、非洲北部以及亚洲的印度等一个广大的地域。其建筑型式，大致可分六类。一，三石：树立二石于地，以一石覆其顶部；二，桌石：以三石为"桌腿"，其上覆以一巨石；三，石道坟：即法语之 Allèes Converts，亦称"巨石坟"，其基本样式由"三石"而演变为种种复杂型式，是民族成员的公共墓地，其塚穴多圆形或椭圆形，亦筑为长方形；四，立石，单独树立一巨石；五，列石：许多立石排列成行；六，环石：排列许多列石呈圆形或椭圆形构图。[①]

这种"巨石建筑"富于艺术意味。比如法国布列塔尼卡纳克附近的巨石建筑遗构，规模宏伟。加诺地区有一处列石，排为十一列，由一千二百个长方形花岗岩组成，横贯三千英尺与此相距一千英尺处，又有一处列石群，用九百八十二块列石组成，亦为十一列，连绵三千五百英尺之遥，另有一处有十三列的列石群，长五百英尺，造型单纯古朴雄伟。

这些建筑物上有些可见线雕作品，如法国摩巴享湾的瓦兰尼斯岛立石群，常为许多圆心同一的半圆形或螺旋纹样；在罗止马利魁的桌石上，刻着有柄的斧形；巴利斯、比烈特斯及曼尼、鲁特的巨石坟，其纹饰为圆形，又如亚尔逊的桌石，其线雕为曲线造型或人的足迹。爱尔兰巨石坟的线雕作品，常见的有几何纹、螺旋纹、菊花纹、菱形及山形等。[②]

显然，"巨石建筑"的社会意义，或在实用，比如石道坟、巨石坟，可能是原始氏族的公共墓地，有些"巨石建筑"，也不能排斥其防御敌侵（包括人或

---

① 参见岑家梧:《史前艺术史》，商务印书馆，1938，第93—98页。

② 同上。

兽害）的实际用途。其线雕纹饰，或在于表现原始人的劳动生活及对某些自然事物的初步审美情感，这一点，可从"有柄的斧形"、"人的足迹"纹饰以及菊花纹、菱形、山形纹饰上见出。或在表达他们对客观事物之间某种数的关系的一种朦胧的认知，以抽象形式出现的几何纹饰，似能说明这一点，那是原始人对客观世界稚嫩的、颇不成熟的、初步抽象思维能力的反映。

然而，就"巨石建筑"的整体形象来分析，尤其是那些横贯于原野三千至三千五百英尺之遥的"作品"，看来并非直接为了让人避风雨、求栖身而屹立于世界的。它们主要是原始宗教意识的一种标帜，或者可以说，建造这种"巨石建筑"的历史动机，是某种原始崇拜意识。

蒙昧时代社会生产力何等低下，盲目自然力的压迫成了产生原始宗教崇拜意识的历史性契机。先民的心灵常处于惧怕盲目自然力的报复中，于是，引起了对一些自然之物的顶礼膜拜。崇拜天地日月、山水草木，目的是要寻求一种精神上的支柱。天宇、大地、山岳、江河、风雨、雷电，万物有灵，以及相信先祖的灵魂不灭等等，使得先民们激起了巨大的宗教热忱，由此也培养了摆弄巨石列群的历史嗜好。岩石巨大的体积、沉重无比以及坚硬的质地等品性，加上偶然发生的岩崩等自然灾害，一定在先民心灵深处激起过由衷的震惊，因而对巨石加以崇拜是可以理解的。

在笔者看来，人们摆弄巨石的神学意义又有二。一、认为巨石是有灵性的，因而建造巨石列群，首先表达出人对巨石的服膺与崇拜，二、被人崇拜的巨石，在人想来，其体积庞大、质量沉重，一定有一种镇压妖孽的无比的威慑力，这是人祈求于巨石的一种原始宗教幻想。由此，推动他们艰苦卓绝地去建造工程浩大的"巨石建筑"，企望对有害的神灵起一种拦截或推拒的巫术意义，目的是要在天地间划出一个令人感到"安全"的空间区域。

因而，建造"巨石建筑"的初衷，是人在处于萌芽状态的宗教幻想中，对自然空间的一种心理上的"战胜"与"占有"。不料幻想中的"占有"，变成了现实的占有。本来，原始人在幻想中对神灵战战兢兢地推拒，以及为讨好神灵而供献的建筑，原是连一点审美之意也没有的，"巨石建筑"，确实曾经是历史圣桌上的一道供礼，也是人企望战胜神灵的一种"工具"，但它毕竟是一种现实的存在，就这建筑本身而言，仍然不能不是实践对现实的一种肯定。因此，它仍然意味着对于美的历史性呼唤。而且，尽管有些"巨石建筑"上的线雕作品，是为了献媚于神灵而刻上去的，但这些作品所反映的客观内容，由于其作者无一例外是现实生活中的人，不能不使其反映出现实的美来。

联系到本文前述的甲骨文字中的一个"畬"（即畬）字，这问题，也许可以看得更清楚些。畬，象墉垣，有"享祭"的意思，何也？

原来，原始初民的从事最初的营事活动，虽实际上是出于自身生存的需要，却并无自觉地意识到这是人的需要。因而在当时的一部分人的自觉意识中，人的需要变成了神的需要；满足了神的需要，也就同时满足了人的需要。并且，原始初民将营事这种对自然空间的占有，看作是神灵与先祖的恩赐，这一点只要看看卜辞中几乎随处可见殷民于建造作邑前必向天帝鬼神、祖宗神灵问卜求训便可明了，想必远古时代先民的营造活动，更会时刻看着神的脸色行事了。建筑，是一种清醒的现实存在，然在先民，却处处带有神奇的色彩，故对建筑加以崇拜是理所当然的。

而且，在原始初民生活中，火种的保存是头等大事，于是古人便狂热地崇拜火，他们把火的熄灭看成神最严厉的惩罚，总在想方设法使之长燃不熄夕。这种拜火的意识，刺激了建筑的起源。因为一旦建造了房屋，把燃火引进屋内，使之一直燃烧，便容易得多，因而，建筑也随之成了崇拜对象。一经拜崇便献祭，因而正如《说文·畬部》："畬（引者注：即畬，畬字），献也。从高省，曰象进孰物形。"《尔雅·释诂》说："享，献也。"享，也就是畬。《广雅释言》："畬，祀也。"总之，"畬，象修在宽大台基上的一座'庑殿式'房屋形……畬的初意概指献祭品于这座巨大庄严的建筑。"[1]

要之，建筑美起源的历史之途，无疑是从实用走向审美。但有时却是从崇拜走向审美。不过，原始初民的那种关于建筑起源的原始崇拜意识，其实是包涵着一定的、也是虚幻的"实用"意识成分。仅仅在于迷信可以从建造对象获得某种实际利益，先民们才愿意去建造似乎能显示神异力量的建筑、在崇拜心理上给人以"好处"与安慰的建筑。因而，这种从崇拜走向审美的历史现象，其实只是从实用走向审美的关于建筑起源的一个特例。

---

[1] 康殷：《文字源流浅说》，荣宝斋，1979，第319页。

第四章 建筑形象与音乐、绘画、诗的形象比较

谈到对建筑形象的审美，虽然不能将建筑与音乐、绘画、诗等艺术混为一谈，然而，在其形象的审美时空意识上，它们又有相通之处或相似之点。

第一节 "凝固的音乐"

建筑，"凝固的音乐"，一个多么古老而优美的比喻。传说在年代久远的欧洲，色雷斯地方出了一位著名的青年歌手。名叫奥尔菲斯，他的歌喉是天赋的，并且是第一位给各种木石之物起名字的神，能凭神力使本是一堆死物的木石具有活跃的生命，因而在奥林匹斯的神圣家族中，受到阿波罗神的青睐。阿波罗授之以七弦竖琴，请文艺女神缪斯为他教授音乐艺术。某天，奥尔菲斯灵感来袭，他弹起了竖琴，其音美妙绝伦，山岳动容，为之起舞；流水敛神，为之伫听。被灌注生气的木石为琴声所感染陶醉，立刻依其节律，平地构筑起幢幢美的建筑物。曲尽而余音袅袅不绝，音乐的节奏和旋律却永远凝固在这些建筑物上了。

这说的是建筑的起源么？是的，在古代欧洲的历史意识中，人们往往把事物的起源归之于神，建筑亦不例外。

同时，这一则神话传说更具有一定的美学价值，它道出了建筑形象与音乐艺术形象之间在美学上的联系，使"建筑，凝固的音乐"这一蕴含着美学意味的比喻得以流传。

音乐，作为一门时间艺术，通过有组织的乐音（偶尔也用不谐和音）的连续运动所构成的音响、节奏、旋律，反映社会生活及其人的丰富、微妙、深邃的内心世界。每当人们倾听《英雄》交响乐雄浑奔放的音调、感受《悲怆》低沉委婉的旋律，还是领悟《春江花月夜》那余音绕梁的绝唱，都会受到美的陶冶。

人们当然了解，音乐艺术形象，是在时间的流动中逐渐展开和塑造完成的。音乐所反映的社会生活，作为对象，不仅以一定的时间形式存在，而且也以一定的空间形式存在。因此，就音乐所反映的客观内容而言，是带有空间性的。而不仅是时间性。同时，就音乐艺术形象本身的存在形态而言，它是一定的音响按一定节奏和旋律的"流动"，它的美学特性无疑在"流动"，然而，这"流动"的形象所传达的意蕴，又不仅渗透着人的审美时间意识，而且包含空间意识。所以，成功的音乐艺术形象，往往给人以或珠润玉圆、或峭立、或溪流般平缓等等立体（空间）感受，如果说，建筑是"凝固的音乐"，那么音乐，就是"流动的建筑"了。当然，音乐的基本特性，在于空间的时间化。

作为空间存在，建筑的庞大形体无声无息，而且静止不动。然而，当你一旦面对美的建筑进入审美境界时，却虽静犹"动"，它似乎在你的意想之中活起来了，令人获得一种愉悦的"节奏感"和"韵律美"，使你仿佛全身心地沉浸在一支支风格迥异的"乐曲"之中，深深地妙悟到生命的律动。

比如中国古代园林（包括园林建筑），可谓诗情画意，意境深远，显然受到了历代诗画的艺术熏染，其实它与音乐艺术也有相通之处，这一点当然不应被忽视。藤萝掩映的流水小桥，似轻笛低吟；曲径通幽处别有洞天，如清音缭绕，一泓碧水畔矗立着飞檐小亭，简直是一段浸透了情感的、在调性上刚柔相济的乐章；巍巍高塔耸立，似乎如浩歌一曲；道道云墙呢，又给人以逶迤飞动的美；而屏风与照壁等空间隔断，是一个有力的休止符。至于说到一般建筑的细部装饰，不是同音乐乐曲中装饰音的功能相仿么？它又好比在和谐整一的乐曲高潮中，珍珠般地镶嵌着的华彩乐段。又比如，当你在扬州瘦西湖畔低回留连，那庭树楼台、红桥绿水、百卉相扶、成荫依依，那建于湖上的五亭桥、吹台和虹桥以及由小金山、白塔等所组成的胜景，不是活像一曲感情流溢、珠润玉圆的乐声么？每当在西子湖畔徘徊苦吟，水光潋滟、山色空濛，人的心灵便随那西湖十景的参差律动而一起跳荡。那格局、那构图，那建筑斑斓的色彩与变幻的光影，那建筑与山水的两重奏，那传达出来的缠绵优雅的情调，几乎令人醉倒，它催人联想南国随着田野春风一起吹送的江南丝竹。而金字塔重实、粗犷的形体和线条，简直是大提琴弦吼出的低音呢，这里有无数奴隶痛苦的叹息、愤怒的抗争和法老威严的呵斥，使人仿佛听到一种轰轰作响的历史的回声。另如伦敦"水晶宫"，简洁、明快，给人的"乐感"，又是不同一般的。

真的，假如你有幸去领略一番中外一些有名的建筑，从雅典卫城到大凯旋门的巴黎香树里舍大道，从北京古代皇城到承德避暑山庄，都可能捕捉到这种音乐般的美。

优秀的建筑，由于成功地处理了建筑个体的各部分之间、个体与个体、个体与群体、群体与群体以及个体、群体同周围环境之间的比例尺度，像一部成熟的乐曲，既千变万化，波澜起伏，又浑然一体，主题鲜明。这里有主旋律与副旋律、高潮与铺垫、独奏与合奏、领唱与和声。既有气势磅礴的交响乐、进行曲，又有缠绵徘恻、情切切的恋歌和清新愉快的田园小唱。有错落有致、突兀而起的险韵，也有"柱、窗、窗，柱、窗、窗"这种好比"嘭嚓嚓、嘭嚓嚓"一般平稳的节奏。"大弦嘈嘈如急雨，小弦切切如私语；嘈嘈切切错杂弹，大珠小珠落玉盘。"人们俯瞰北京明清故宫建筑群时的审美感受，难道不是正如"大弦嘈嘈"、"小弦切切"一般么？难怪我国古建筑专家梁思成先生比喻说，一柱一窗地连续重复，好像四分之二拍子的乐曲，而一柱二窗的立面节奏，则似四分之三的华尔兹。据说这位建筑大师，还就北京天宁寺辽代砖塔的立面谱出过乐章。

建筑，确是"凝固的音乐"，它的特性是"凝固"之中的"流动"，"凝固"与"流动"的辩证统一，"凝固"，就是空间，"流动"就是时间，确切地说，建筑形象，是一种具有时间因素的空间意象。

那么，建筑形象，为什么这样富于音乐般的美感呢？如果它不具有音乐般的"信息"，这种美感又从何而来呢？建筑并非音乐，但用"凝固的音乐"来比喻建筑美的形象及人们对这一形象的审美感受是很贴切的。这一比喻所以这样脍炙人口、不胫而走，恰好反证出建筑与音乐形象的相通相异处。钱锺书先生说："比喻包含相反相成的两个因素：所比的事物有相同之处，否则彼此无法合拢；又有不同之处，否则彼此无法分辨。两者不合，不能相比；两者不分，无须相比。不同处愈多愈大，则相同处愈有烘托；分得愈开，则合得愈出意外，比喻就愈新奇，效果愈高。"①对"建筑是凝固的音乐"这一比喻，也应作如是观。

首先，从审美客体角度看，"音乐尽管和建筑是对立的，却也有一种亲属关系。"②其"对立"在于，构成两者的物质材料不同，建筑材料是具有占据三度空间的庞大体积，"而音乐则运用脱离空间物质的声响及其音质的差异和只占时间的流转运动作为材料"；同时，两者形象的存在形态不同，"建筑用持久的象征形式来建立它的巨大的结构，以借外在器官的观照，而迅速消逝的声音世界却通过耳朵直接渗透到心灵的深处，引起灵魂的同情共鸣。"③一定建筑结构形体的建立和毁坏，使建筑形象有可能得以伴随其始终，而音乐形象，假如不采用现代录音技术，以物化形式把它储存起来，它就随生随灭。

但是，同音乐艺术形象一样，建筑形象，也具有一定的"节奏"和"旋律"，这是两者的"亲属关系"。这种节奏旋律，主要可以归结到一定的数的比例和谐。"实际上，这两种艺术（引者注：黑格尔也把建筑看成"艺术"，这说明他的建筑美学观不可能超越他的时代，是古典式的）都要靠各种并列关系的和谐，而这些比例关系都可以归结到数，因此，在基本特点上都是容易了解的。"④

---

① 钱锺书：《旧文四篇》，上海古籍出版社，1979，第37页。
② ［德］黑格尔：《美学》第三卷上册，朱光潜译，商务印书馆，1979，第334页。
③ 同上书，第336页。
④ 同上书，第64页。

古希腊的毕达哥拉斯学派认为，"数的原则是一切事物的原则"，"整个天体就是一种和谐和一种数"，而任何艺术的"成功要依靠许多数的关系"。[1]他们认为数是万物的"始基"，关于音乐，他们用一些数的不同比例，来解释品格不同的谐和音程，比如一比二是纯八度，二比三是纯五度，三比四是纯四度。他们测定，音质、音色和音阶的变化，同发声体的体积大小之间存在一定的因果比例关系，音的高低同弦的长短是成反比的。他们并把这个发现推广到建筑设计和研究上。

而建筑师的设计，也十分注意各种数的比例关系。建筑形体的大小错落和高低起伏；布局的主从倚正、疏密呼应和虚实有致；线条的刚健柔和；色彩的冷暖浓淡；质感的粗糙细腻；以及同周围景物是否和谐等等，都贯穿着一定的数的比例。

拿古典柱式来说，其美学性格的形成，关键在处理其柱高与柱粗之间的数的比例关系和柱与柱之间的不同间距。假如柱的直径与柱高之比为一比四，柱子形象就显得特别矮胖臃肿，如果两者之比小于一比十，柱子形象就显得细弱无力。陶立克柱式的柱高是柱径的八倍，造型刚健雄壮；爱奥尼柱式的柱高为柱径的十倍，显得轻盈秀逸，科林新柱式的柱高是柱径的十倍多，更为柔弱纤巧了。

同时，人对几何形体的观照，在一定时空条件下，不可避免地存在着一定的生理性错觉，所以，若是柱距相近，柱子形象就显得粗硬一些，相反，则细弱苗条一些。

建筑形象的色彩处理，也在一定程度上影响建筑形象的"节奏"与"旋律"。假如一幢建筑物色彩单一，"节奏"，就显得平稳。假如其各个立面色彩变化过繁，处理得好，可使其"节奏"丰富而有层次；处理不好，则过分跳跃摇荡，杂乱而无"节奏"美感。赤、橙、黄、绿、青、蓝、紫，色彩由明到暗，由暖到冷，由硬到软，组成了一系列整齐的色调。从浓黑到深灰的色调，有点像低音区的音符序列7654321；从浅灰到最明亮的白色，相当于高音区的1234567音符序列，这些色彩的变化，是与形成不同色相的数的变化密切攸关的。

其次，从审美主体角度看，建筑形象的"音乐感"，是与人的通感有关的。

---

① 北京大学哲学系美学教研室编：《西方美学家论美和美感》，商务印书馆，1980，第11—12页。

人的视、听、触、味和嗅觉器官各司其职，分别接受来自外界具有不同特质、不同存在形态的信息刺激，产生各种不同的感觉，经过大胆进一步加工，形成各自有别的知觉，引起一定的情感反应。然而，在一定条件下，这五种感觉又可以彼此打通和交融。眼、耳、体、舌和鼻各个器官的对象可以是一个，或者说，同一个外界刺激物，可以同时引起两种或两种以上感官的兴奋，这在生理心理学上被称为"通感"，即"联觉"或"感觉挪移"。费歇尔说："各个感官不是孤立的，它们是一个感官的分支，多少能够互相代替，一个感官响了，另一个感官作为回忆、作为和声、作为看不见的象征，也就起了共鸣，这样，即使是次要的感官，也并没有被排除在外。"①比如，柏辽兹说过，"瓦格纳的《女武神》第三幕'火幻'一场的小提琴处理（总谱例17）……为了描绘熊熊的火焰，瓦格纳写了一个……音型"，"由十六到三十二把小提琴合奏起来，就仿佛千百个混合的音响，刻画出熊熊火焰摇晃闪烁的形象，效果之惊人，实在无以复加。"②《女武神》这音乐形象是听觉的对象，却同时唤起了"熊熊火焰摇晃闪烁"的"视觉"感受，这就是"通感"。

建筑形象的审美，与此同理。在审美生理心理上，它是审美主体的审美感受、情绪和意识，从空间性向时间性的"挪移"。当建筑形象的美，以其视觉特征首先引起视觉器官兴奋时，也可以同时引起听觉器官的兴奋。条件是，建筑形象作为审美对象的刺激必须是强烈的，有审美趣味的，同时，审美主体必须具有一定的音乐修养，能够欣赏音乐美的。这种"听觉"兴奋伴随着深刻的视觉兴奋而来，协助视觉，共同完成对建筑形象整体性的审美感受与审美判断。这种"听觉"兴奋，固然不是直接来自建筑形象本身，因为建筑形象作为审美对象，的确没有向审美主体提供客观存在的听觉性信息（注：至于有些古代佛塔上装有铃铎，能随风吹摇荡而发出声响，这是建筑的听觉性信息，不过，这是另一个问题，此处不论），它一般并不能发出音乐声响来，但是，建筑形象的美，却蕴涵着与音乐美相通的、由数的比例和谐为数理基础的"节奏"与

---

① ［德］费歇尔:《美的主观印象》，载古典文艺理论译丛委员会编:《古典文艺理论译丛》第八册，人民文学出版社，1964，第5页。

② ［法］柏辽兹:《配器法》上卷，人民音乐出版社，1978，第32页。

"旋律"，因此，当这种建筑形象出现于眼前时，却可以同时使原已存储在审美主体头脑中的音乐意识、情绪和表象随之活跃起来，引起联想，再现某种同眼前的建筑形象相应的、一定的音乐意感，从而唤起一定的愉悦与爱的情绪。因而，建筑形象可能激起的"音乐感"，只是间接的、潜在的。

建筑形象审美活动中的这一通感现象，不是单纯的生理性的条件反射，它的生理心理基础，是包含着人们全部生活体验和审美经验所造成的各种感知之间的复杂联系。通感的产生，说明审美主体从建筑形象所获得的美感可能更深刻，它是一种深一层次的、"抽象"化的美感。

第二节 "立体的画"

将建筑形象喻为"立体的画"，并无意于要将建筑和绘画加以简单的类比。"许多不规则的建筑物会很自然地进入被称为'美如画'的境界，而且还具有这个词所包含的一种特殊魅力，但是在建筑中一味追求美如画是一种危险的思想"，比如：

> 一个昏暗、沉闷和设计不佳的工厂竖立着许多高大的烟囱，烟囱吐着浓烟，飘过冬日的夕阳，可算是相当美如画了，它的色彩和形状可以令人感到格外的兴奋，但是这幅画中的每一件东西，在建筑上都是糟糕的。[1]

一点不错。建筑的基本功能在于实用性，不能也没有必要让建筑物向绘画看齐。人总得有吃、有穿、有住，然后才考虑审美。没有一个人能够做到，他处在食不果腹、上无片瓦的境况中，却有闲情逸致去欣赏那些所谓"美如画"的建筑。

不过，"人也按照美的规律来建造"[2]。在建筑的实用性功能基本实现的同时，还到处随时在创造建筑的美。比如，人们往往采用绘画这一艺术手段，把

---

[1] ［美］托伯特·哈姆林：《建筑形式美的原则》，中国建筑工业出版社，1982，第48页。

[2] ［德］卡尔·马克思：《1844年经济学—哲学手稿》，《马克思恩格斯全集》第42卷，人民出版社，1979，第97页。

能引起美感的画意，加以审美物态化，组织到建筑美的创造中去。

就拿中国古代园林建筑或某些纪念性建筑来说，当然它们不是绘画作品，但"美如画"也往往是其刻意追求的一种审美境界。

梁思成先生曾经说过，"中国园林（引者注：由山水、花树与园林建筑三部分构成）就是一幅幅立体的中国山水画，这就是中国园林最基本的特点。"①比如苏州名园拙政园主厅"远香堂"西侧的"香洲"，这是形似画舫一叶旱舟的园林建筑。人站在"远香堂"廊下隔池相望，可见"舫"上楼阁灿烂、层次重迭、三面临水、隐隐浮动。随着观赏者缓移的脚步，景移引起了视感的错觉，仿佛那"旱舟"也在向前徐徐移动，这是一种画意般的美。又如扇亭，也是一处画意葱郁的胜景。扇亭顶盖原呈扇面形，站在那里静止地看，似乎不过平常。然则右移数步确如有的文章所言，亭顶已由扇面变为一把倒展的"折扇"了。而在特定的视点下，这把展开的"折扇"，恰与近傍的"笠亭"顶盖配成一把完整的"扇子"，这是"物体的象征"手法在园林建筑上的运用，真仿佛清风徐徐，园趣徒增，令人愉悦。

中国古代园理与乐理相通，也与画理相通。中国画的传统以线造形，注重白描、散点透视、虚实相映，在对瞬时形象的描绘中创造绘画的美。造园手法讲究虚实、透漏、因借和景移，园林建筑的布局安排疏密有致，虚虚实实，颇有章法。凉亭、水榭、小桥、回廊、扶栏、景梯，以及楼阁、小院等等，娟娟芳容，玲珑小巧，或玉立于小丘之巅；或濒水而筑；或假濮卧波；或逶迤如带，依势而曲；或盘旋而上，凌空飞动；或隐显于藤萝掩映之间；或凝伫在幽簧深处，意境深邃，情趣横溢。注意主从、显隐、争让、润枯、连隔等等布局特点，颇近于画理。中国古代园林建筑空间的量，在数理意义上当然是十分有限的，在审美情趣上却又无限。好就好在以有限之景寓无限之情，以有限的建筑空间表现无限的人生情趣。试看江南园林，云墙一道，可给人以建筑徘徊连续的丰富联想；孤亭碧水，可发人以深山濮濮之幽思；洞门花影，又令人感悟到深宅大院的含蓄与宏富。故有的园林虽仅据单亩之地，被称为"半亩园"，仍不给

---

① 梁思成：《中国古代建筑史六稿绪论》，《建筑历史与理论》第一辑，江苏人民出版社，1981，第10页。

人以局促之感。究其原因，在古代中国的民族审美心理中，呈现于眼前的一定的空间（立体），给人以美感的首先不是那种数理形式，而是充溢于一定建筑空间形象的人生无涯的绵绵情思。这就是为什么西方古代有些园林建筑用巨大的尺度，创造的却是有限的空间，中国古代园林建筑尤其江南私家园林建筑以较小的空间尺度，反而能给人以无限空间感受的缘故吧。

同时，在园林建筑的用色上，自然不能拿建筑去同绘画作简单的比附，但比如古代江南园林建筑的色彩性格，常从绘画用色上获得借鉴与灵感，确也是事实。陈从周先生说，"白本非色，而色自生"，"色中求色，不如无色中求色"。[①]这是中国画用色构思中关于"空白"的美学性格。园林建筑的色彩，一般也崇尚淡雅素朴而忌浓丽绚烂。这种建筑多采用冷色，屋面时为灰色或黑色，梁柱以栗色见长，配以灰白色粉墙，对比既强烈又和谐。一与近傍民居色调相称，二与江南多见之灰白天色谐调，三者南方气候趋于温热，在视觉上，取冷色调颇为适宜[②]。且看幽阁清流，小桥卧波；粉墙透迤，花影扶疏，有亭翼然，朗照似抚；日迷塔一影、绿树相依，长廊侵雨，雾失楼台；其色彩之清丽、形象之丰富、园境之淡泊、画意之深邃，非拙笔所能形容。

然而，我们将建筑形象喻为"立体的画"，其意不仅在此。

一般的绘画作品，作为绘画艺术形象的载体画布、宣纸等等，其平面是一个二度空间，敷彩其上的艺术形象的存在形式，一般也是二度空间的。只是由于线条的着意刻画，颜料的有组织地铺陈，才使艺术形象在一定光影下，看上去仿佛是三度空间的，富于立体感。但绘画艺术形象无论怎样真实，人实际上是不能走进画面所描绘的规定情景之中的。并且，在时间的跨度上，表现的是一瞬间的物象，是通过对一瞬间物象的描绘，让人联想到物象在时间上的连续。

但是西方立体派绘画别出心裁，有一点突破。立体派绘画家偏要在二度空间的画面上，描绘三度空间甚至"四度空间"（时间）的物象。他们的艺术探索热情，并不满足于对一个对象外观的直观把握，而要求把握对象的整个实体，

---

① 陈从周：《园林谈丛》，中国台湾明文书局，1983，第12页。

② 参见同上书，第1—8页。

包括外部与内部的，空间与时间的。比如人的机体，有外形与各种内脏器官，除皮肤外还有肌肉、骨骼及各种内部组织等等，并且在时间的每一顷刻，人的行动形态也是变化不定的。他们试图把对象的外部和内部形象及其每一瞬间的变化形态，都大致重叠地画在一个平面上。这就陷入了一个不可克服的矛盾，即这种审美理想与绘画这种艺术样式之间的矛盾，立体与平面之间的矛盾。并且，立体派绘画，由于受到几何学的影响，运用的基本艺术语汇，往往是些立方体，圆柱体、角锥体、球体之类，物象往往是运用这些几何形体构图组合起来的，艰涩难近，缺乏一点人情味，仿佛美感也不多。

立体派绘画对对象内部空间及"第四度空间"的发现，对内外部空间的描述，却在建筑这里找到了知音。或者也许是建筑形象的内外部空间属性，启发了立体派画家的头脑。建筑形象，一开始就轻而易举地克服了立体派绘画所无法克服的矛盾，或者说，这种矛盾根本不存在。一般而言，建筑同时具有内外部两个空间以及随之而来的内外部空间的交流，并在时间的行进中，使建筑空间在人面前显现不尽相同的形象。正是在这一点上，建筑与"立体的画"有一定的内在联系。

问题在于，怎样的建筑空间形象，才是美观宜人的，这就通常需要对建筑空间，在满足一定的实用要求、符合技术规律前提下，加以审美处理了。对于建筑的内部空间来说，空间的合理分隔与组合、色彩与采光，家具的安排，工具的放置、各种饰物的陈列，以及它们与人、人的活动方式之间的统一和谐等等，是必须认真考虑的。对于外部空间来说，平面布局、立面构筑，以及处理建筑个体与个体、个体与群体、建筑与周围环境之间的复杂关系时，同样必须把人的一定的生产方式、生活方式与审美需要，放在设计和建造的中心来考虑。同时还应注意内外部空间的相互制约关系。

总之，要使建筑空间形象契合人种种居住或活动要求、美观宜人，成为"立体的画"的话，必须在建筑空间形象处理上解决人与一定空间形式的尺度问题。

北京故宫太和殿的空间审美处理，是一个成功的显例。

体量最为巨硕的太和殿，位于整个故宫建筑群的中轴线上，它是皇家举行大朝典礼的重地。太和殿的外部空间形象十分壮观，汉白玉基座、黄琉璃瓦屋顶、殿前视野开阔、金碧辉煌、气宇轩昂，出色地体现了王权至高这一建筑主题。

但是，当处理其内部空间形象时，却碰到了难题。这就是，为要显示王权的至尊与气派，其内部空间的尺度必须尽可能地大，而在其间进行主要活动的帝王的人体，却是一定的、无法改变的，于是，其内部空间设计得愈是高大，帝王的人体形象便愈是显得渺小。

为了解决这一矛盾，建筑匠师们把其内部空间设计的重心，放在皇帝的金銮宝座上，千方百计地突出宝座形象，使达到帝王至尊高大的审美效果。

其一，宝座选址在殿内空间的后半部，南向，使座前的殿内空间部分比较开阔，一求实用，也有利于帝王下视群小，且宝座恰好建在太和殿也是整个故宫建筑群的中轴线上。

其二，宝座建造在一个高高的木台基上，木台基平面呈矩形，长宽之比为一点五比二，显得坚实而端庄，且贴金雕镂，装饰富丽，可由七级踏步拾级而上，宝座高度的超常，借以抬高皇帝的视点，居高临下，一副高高在上的孤家寡人的气派，使群僚须仰视才见或不敢仰视。

其三，相应缩小宝座后部的空间背景。后檐副阶的空间尺度相对缩小，仅为殿净高的三分之二左右，以反衬宝座的高大。

其四，刻意美饰副阶下檐处的倾斜天花与鎏斗栱，加深宝座后部空间的景深，以弥补由于背景相应缩小后的小家子气。

其五，为了求得宝座与整个殿内空间尺度感上的谐调，作为背景，还恰当地饰以楹联和匾额，成为烘衬宝座在空间构图上所不可缺少的"景框"。而左右金柱的相向而立，显得雄伟而坚不可拔。

其六，宝座前的踏步用垂直的扶手栏板，割为三段，中间一段略宽，与宝座尺度相当，左右两段相互呼应，打破了踏步层层水平线条横向扩展的僵直感，又在台基东西两侧中部、紧靠前立金柱设一条弧形阶梯，避免了因台基夹峙于两柱之间而可能出现的局促感。

其七，殿内空间在平面的纵向划分上，严格地选用对称型，象征王权的稳定与神圣不可动摇。[1]

---

[1]　张家骥:《太和殿的空间艺术》，载《建筑师》1980年第二期，第151—155页。

总之，建筑形象从容地表现出了绘画（包括立体派绘画）实际上无法表现的立体的美，空间的美，如果说，有些建筑形象达到了审美上的"画"的境界，那倒不妨被称之为"立体的画"。当然，这仍然是一种比喻，而比喻总是"似是而非，似非而是"的，建筑形象这一美学性格，就在这"是"、"非"之间；比喻"从逻辑思维的立场来看"，是"言之成理的错误"、"词语矛盾的谬论"①但在审美上，比如这"立体的画"，又是十分隽永而耐人寻味的。

第三节 "无声的诗"

这里想要探讨的是，建筑形象的诗情美和某种诗的性格。

诗是大家熟知的。有些诗的文字书写形式，是颇容易使人想起某些建筑形象的，比如俗称所谓"楼梯诗"，"宝塔诗"之类。这种诗的形式所以被人们所创造出来，难道不是因为受到了某些建筑形象的启发么？

同时，诗的内在结构，以及与其相联系的诗的思想情感逻辑，诗之艺术形象，其实是渗透着建筑般的、人的审美空间意识的。因此，人们往往可以借助于建筑的形象结构特点，来评价某些诗歌作品。

有一类新的形象结构，颇类于我国传统的古建筑。这种建筑的空间序列横向发展，一个院落又一个院落，徐徐展开，依次递进，逐渐推向高潮，形成鳞次栉比的发展势态，可称为递进式。北京四合院与古代皇城的空间序列，堪为典型。人们诵读这样一类诗作，可以从中领悟到逐渐递进所传达出来的建筑般的"美"。

> "昔闻洞庭水，今上岳阳楼。吴楚东南坼，乾坤日夜浮。亲朋无一字，老病有孤舟。戎马关山北，凭轩涕泗流。"②

全诗八句四联，自然形成四个层次。首联隐写初登楼的欢愉心情；二联写登楼

---

① 钱锺书：《旧文四篇》，上海古籍出版社，1979，第37—38页。

② 杜甫：《登岳阳楼记》，万表辑：《唐诗选》卷三，明聚好楼抄本，第15页。

所见：洞庭烟波浩淼，气势雄伟，三联触景生情，感叹身世；四联由抒发个人凄清情怀转入伤时忧国，形成高潮。全诗对仗用韵，工整严谨，结构紧凑自然，节奏平稳，情感深沉含蓄。以上所说的这首诗的美学特点，其实也就是我国古代建筑美典型的民族特点，笔者以为，"诗圣"杜甫的这首诗与中国古代建筑形象在审美空间意识上是一致的。又如陶渊明：

> 结庐在人境，而无车马喧。问君何能尔，心远地自偏。采菊东篱下，悠然见南山。山气日夕佳，飞鸟相与还。此中有真意，欲辨已忘言。①

似乎平平而起，信手拈来，平易随和，通过描绘东篱黄花、南山飞鸟等景色，使诗情步步积累。突然一个自然转折，以高潮作结，使诗的主题开拓深化。好比递进式的中国古建筑，进深很大。正如这首诗一样，中国古代建筑形象以亲切近人、"面善心和"为常见，少有西欧中世纪教堂式的突兀乖张，但在其形象的审美意义上，又并非失之肤浅，它所蕴涵的生活哲理与审美情趣，是隽永的、十分耐人寻味的。

另一类诗的形象结构，犹如建筑之层迭式。其空间序列层层重迭、纵向发展，诗情挺拔，摇摇欲坠。比如李贺《李凭箜篌引》：

> 吴丝蜀桐张高秋，空山凝云颓不流。江娥啼竹素女愁，李凭中国弹箜篌。昆山玉碎凤凰叫，芙蓉泣露香兰笑。十二门前融冷光，二十三丝动紫皇。女娲炼石补天处，石破天惊逗秋雨。梦入神山教神妪，老鱼跳波瘦蛟舞。吴质不眠倚桂树，露脚斜飞湿寒兔。"②

一系列奇特新巧的比喻，极写李凭箜篌弹奏技艺的高超，乐音之美妙绝伦。诗人运用层层排比，垒屋迭架一般，使诗的形象气势磅礴、扶摇直上、风光无限，好似高层建筑一般探出云端。在审美空间意识上，读这样的诗，确实可能勾起

---

① 陶潜：《饮酒》五，沈德潜辑：《古诗源》卷九，中华书局，2006。
② 李贺：《李凭箜篌引》，王琦汇解：《李长吉诗歌》卷一，乾隆25年刊本，第23页。

对那些摩天大厦的丰富联想的。

其实，诗的"建筑美"与建筑的"诗情美"，在一定条件下两者是相辅相成的，存在着审美心理上的对应关系。欣赏优美诗篇，可以获得建筑般的立体的"美"，已如前述。观赏一座美的建筑或建筑群体，也可以从其空间形象上找到某种诗的情趣。

当一座优美的递进式建筑或壮美的高层建筑在眼前出现时，反过来也会唤起审美主体对那些内在结构上相应的诗的丰富联想和情感律动。

> 建筑之于营造，就像诗之于文字一样；它同戏剧的狂热一个手法，人们谈论它时不能不心情昂奋。"[1]
>
> 园之佳者如诗之绝句，词之小令，皆以少胜多，有不尽之意，寥寥几句，弦外之音犹绕梁间（大园总有不周之处，正如长歌慢调，难以一气呵成）。[2]

所言极是。

许多建筑形象的空间序列，具有诗一般的格律节奏。有人说，西方十一世纪下半叶和十二世纪初罗曼内斯克时期的有些建筑空间序列，在节奏上，与那里晚近发展的诗歌格律相似，看来这不是牵强之辞。圣阿波利纳尔教堂的节奏比较急促，是aaaaaa式，圣萨宾纳教堂的节奏比较平缓，延长为a—a—a—a—a—a式；科斯美丁的圣玛利亚教堂的组合方式是b—a—b—a—b—a式，但圣安布罗乔教堂的"格律"，并非通常的a—b—a—b—a，而是由于作用于与主殿拱顶肋架相连的支柱上的应力，形成了一种A—b—A—b—A的节奏效果。正如布鲁诺·赛维所说，原先的a变成A，A值被强调突出了，相应地，b值退居到背景的地位。

同样，对称型的建筑，像诗之律句，不对称型的建筑，似散曲或长短句，虽然不对称，却有均衡的美感。而同一型式的高层建筑群，排列规整，色彩统一，好比诗之排律，处理得好，有一种奔涌而来的磅礴气势；处理不好，又

---

[1] ［法］列杜语，引自陈志华《外国建筑史》，中国工业出版社，1962，第193页。
[2] 陈从周：《园林谈丛》，中国台湾明文书局，1983，第4页。

可能显得僵直。至于园林别馆，小巧俊逸，节奏多变，生动活泼，又具有那种抒情散文般的美。

建筑形象的"诗情美"，首先不是由某些人看出来的，而是其本身所固有的。古往今来，许多骚人墨客有感于建筑美，在建筑物上题诗刻对。《两都赋》、《二京赋》、《阿房宫赋》、《滕王阁序》、《醉翁亭记》等名篇佳作，都在有意无意中真实地描绘出建筑形象的美。《红楼梦》里的贾宝玉，也曾在大观园诸景落成后"试才题对额"，一展横溢的诗才。然而，早在题诗刻对之前，建筑师或造园家就通过一定的建造手段，将那葱郁的诗情熔铸于木石结构之中，表现出诗人的气质和修养。可见，作为技术的建筑，与作为艺术的诗之间，并不存在一条"楚河汉界"，两者在一定条件下可以彼比交融。因而，首先是由建筑师或造园家灌注生气于建筑某种诗的信息，引发了诗人墨客的诗兴，然后才是题刻，匾对等进一步开拓了建筑形象诗的情趣，突现了它们本来已有的某种诗的性格，起到点题和润色的审美效果。

建筑形象与诗的某种对应关系，不仅表现在审美空间意识上，同时还表现在审美时间意识上。

诗虽然是语言艺术，与作为时间艺术的音乐大不相同。但诗的媒材既然是语言，这就使得它既能运用语言文字符号来描绘对象的空间存在形式，不能描述对象在时间中的发展延续。

建筑形象的美，固然伴随以一定的建筑实体与建筑空间而来，但正如前文所述，它也有一定的时间因素，正是在这一点上，又使建筑形象同诗相吻合。

其一，建筑实体和建筑空间一旦确立，建筑形象也就可能相应确立，所以，建筑形象与实体、空间的发展，基本上是同步的。但是，随着岁月流逝，一定的建筑形象，还会在时间的流迁中有所变化发展。可能进一步发育成熟，愈显其美。比如，中国长城的美，建造之初已经基本确立，但长城原是军事工程，审美只在其次。随着时日飞逝，一、二千年过去了，其实用性功能渐渐被历史所淘汰了，而今愈显其美。同时，虽则长城之美早已客观存在，但对那些还来不及或没有必要对其加以多方面审美观照的古人来说，当他们只是在长城边挥戈抗敌之时，长城的实用性自然会被更多地关注，他们对长城之美的观照还只是刚刚开始，历史还没有为进一步发现全部长城的美准备审美主体充分的审美心理条件。这时，客观存在的长城的美，对于某些审美主体来说，仅仅意味着有待于产生美感的一种美的"潜能"。要使这种建筑美的"潜能"充分显现出来，是需要时间的。长城之美在历史的进程中得到陶冶，历史愈发展，作为民族历史文化的象征，长城便愈美。

另外的情况是，随时间流迁，某些建筑美会遭到损蚀、破坏甚至毁灭，或者由于部分地被破损，改变了美的"容貌"和品格。例如现今的北京圆明园遗址，便给人一种悲剧的美感。

"一切物体不仅在空间中存在，而且也在时间中存在。物体在持续，在它的持续期内的每一时刻都可以现出不同的样子，而且和其他事物发生不同的关系。"①建筑形象直接处在客观存在的一定社会关系和自然环境之中。人的活动、地理环境、气候条件以及自然色彩、光影和声响等等因素的变迁，都可在一定程度上改变建筑形象的审美品性。建筑形象在时间中发展，春秋代序，晨昏交替，会使同一建筑形象呈现不尽相同的具体风貌。

寥落古行宫，宫花寂寞红。白头宫女在，闲坐说玄宗。②

洛阳上阳宫这一建筑，因唐玄宗之后的皇帝不常去而呈现寂寞萧疏的形象，虽则宫花年年常开，宫女却是老了，闲了，因而这同当年开元天宝年间的"行宫"形象大异其趣了。又比如：

应怜屐齿印苍苔，小扣柴扉久不开。春色满园关不住，一枝红杏出墙来。③

这首小诗所描绘的建筑形象，因一枝红杏探墙而出，以柴扉常关为反衬，而愈洋溢着喧闹浓郁的春的气息。假如诗人不以春色入诗，去描写冬雪弥漫柴扉洞

---

① 〔德〕莱辛：《拉奥孔》，人民文学出版社，1979，第83页。
② 元稹：《行宫》，《元氏长庆集》卷第十五，元刊本，第2页。
③ 叶绍翁：《游园不值》，曹廷栋编：《宋百家诗存》卷三十五，清乾隆六年嘉善曹氏二六书堂刻本，第2页。

开的小院，试看又是如何呢？很可能是一种冷落、孤寂的建筑美学性格了。同样，比如月光溶溶中的泰姬陵，或春风秋阳或狂风暴雨中的泰姬陵，其形象的性格特征也会不尽相同的。

真正美的建筑形象，应当经得住时间的考验，在任何社会关系和自然环境中，它总是与这种种关系和环境保持和谐，它的美是普遍可适应、普遍可传达的，水光潋滟，雨色空濛，在时间的流动中，都能激起美感。

其二，建筑形象"尽管在空间中发生，它们对观众的效果却是在时间中发生的。在许多并列的部分之中，我们一次能生动地认识到的却极少，所以就需要有时间去把这巨大的空间看遍，逐渐把其中丰富多彩的东西认识完。"①人们面对建筑形象，可以静观，亦可以动观。静观角度固定，不能"把巨大的空间看遍"，只有动观才能"把其中丰富多彩的东西认识完"。动观可作仰视或俯瞰。仰视显建筑形象之高峻，俯瞰显其平缓。对于建筑群体来说，高低参差，起伏律动，视向由近而远，会获得一种奔腾向前的运动感。动观亦可作巡视，人围着建筑绕行或进入其间，可获得一个整体感受。而且，在巡视过程的每一顷刻，随着视点不断改变，形象感受也会不尽相同。当观赏一座建筑物的主立面时，它是对称的，给人一种稳定、严肃的视觉形象感。稍稍移动一下脚步，向左向右、向前向后、向上向下，视感会发生差异。或者你去观赏它的侧立面，美的建筑应当是均衡的，却完全可以不对称。

总之，四季的更迭、昼夜的轮转，或者在朦胧的月夜和灿烂的早晨，或者在正午的朗照和黄昏的余晖中，建筑形象的美，也会在一定程度内有所变异。陈从周先生认为游园要注意四季时令这一时间因素，著名文学家冯其庸先生表示赞同："春宜观花；夏宜赏荷；秋则老圃黄花，枫叶流丹；冬则明月积雪，四望皎然。"这是很有审美眼光的。对建筑形象进行审美时，也应当将其时间因素考虑在内。

---

① ［德］莱辛：《拉奥孔》，人民文学出版社，1979，第196页。

第五章　建筑美的象征

　　诚如前述，建筑美的形象，完全无法在时间的跨度上和空间的广度上，具体地向人叙述娓娓动听的生活故事，提供某种现实斗争的具体细节，如实描绘现实生活中人的音容笑貌、反映具体入微的人的思想感情，因而，建筑美的形象，对一定社会人生的反映是表现而不是再现。这种表现，是通过具体可感的建筑美的形象，暗示出具有高度概括性的人一定的抽象观念情绪，比如崇高或卑琐、亢奋或压抑、欢愉或安详、活泼或宁静、富贵或寒伧甚至一定的人生哲理等等，这是没有疑问的。

　　这暗示，就是建筑美的象征。

第一节　抽象观念情绪的具象暗示

　　象征，希腊文Symbolon。在古希腊，原意指一块木板一分为二，两人各执一半，那半块木板作为信物，就是建立于两人之间的某种默契、信任这些精神联系的一种象征。

　　在我国古代，《周易》一书很早就反映了中华民族的象征意识。所谓伏羲画八卦、文王演周易。易者，由日月两字构成，日为阳、月为阴，以象征阴阳二元论的原始哲学思想。《周易》的"经"部六十四卦，由一与--两种被称为"爻"的符号（具有具体可感的特征），由下而上，顺序以六画构成，两者属性相反相成。一象征阳、刚、动、强与奇数之类；一象征阴、柔、静、弱与偶数之类的属性与观念（这是抽象的）。这两种符号的不同组合，象征宇宙人生一切阴阳、刚柔、动静等变演现象的性质与作用。

因而可以说，所谓象征，指的是通过一定的具体事物，暗示某种与具体事物相应相谐的人一定的抽象观念情绪。

黑格尔指出："在象征里应该分出两个因素，第一是意义，其次是这意义的表现。意义就是一种观念或对象，不管它的内容是什么，表现是一种感性存在或一种形象。"①显然，象征的"意义"，是运用象征手法的第一要素。因人们觉得有一定的抽象观念情绪（即黑格尔所谓"意义"）迫于表现；又因为这一定的观念情绪具有抽象性质；同时，现实所提供的表现手段与方式（比如建筑）又无法直接地、如实地将一定的抽象观念情绪再现出来，因此，只能以一定的具体事物（即"一种感性存在或一种形象"）加以象征。

象征，就是这样必然地成为建筑美的一种美学特性。

象征是一种建筑美的表现手法，是"一种在外表形状上就可暗示要表达的那种思想内容的符号。""象征所要使人意识到的却不应是它本身那样一个具体的个别事物，而是它所暗示的普遍性的意义。"②不用说，"符号"与"意义"之间存在着一种由历史形成的社会心理（甚至是生理）的相互对应关系，这种关系并非由任何个人随心所欲地决定的。对于建筑美的象征来说，什么样具体可感的建筑形象，对应地暗示出怎样的抽象观念情绪；或者怎样的抽象观念情绪，对应地要求什么样的建筑形象才能有效地被暗示出来，这是由于一定的历史生活及其社会审美心理（有时掺杂着一定的社会崇拜心理）长期陶冶的结果。用黑格尔的话来说，这种情况是一种"抽象的协调"③，实际上指的是抽象（意义）与具象（感性存在的建筑形象）之间的"协调"，也就是相互对应。

建筑美的审美价值，来自相互依存的建筑形式美与内容美两方面。建筑形式美除其相对独立的审美意义之外，还在这形式美背后蕴涵着或暗示出建筑形象一定的精神意义，其实这就是建筑美的内容，它是抽象性、象征性的。因而，建筑"毕竟是一种暗示，一个有普遍意义的重要思想的象征（符号），一种独

① ［德］黑格尔：《美学》第二卷，朱光潜译，商务印书馆，1979，第10页。
② 同上书，第11页。
③ 同上书，第5页。

立自足的象征"；它是"一种无声的语言"，"所以这种建筑的产品是应该单凭它们本身就足以启发思考和唤起普遍观念的"。①

建筑美的象征，确有"启发思考"的作用。当人们在对建筑形式美的审美观照中获得精神性愉悦的同时，有可能在理性认知上深化对一定社会生活某些本质方面的认识。建筑美的象征性是这样一种强烈的审美客体信息，它能够牵引审美主体对建筑美形象从直观的感受进入理智的境界，或者说，正因为建筑美的内容具有一定的象征性，才使得人对建筑美的审美愉悦显得更持久更深刻。象征性越强的建筑形象，其内涵可能越丰富越深邃，象征意义增强了建筑形象的审美愉悦，在中外古代著名建筑中，建筑美的象征是经常出现的，如何加强和如何评价中外古今建筑的某种象征性，是建筑美学值得研究的一个美学命题。

第二节　常见的建筑美的象征手法

建筑美的象征手法，常见的可有以下几种。

一、数的象征

这是一种通过一定的蕴涵着某种数的关系的建筑形象，对某种抽象观念情绪所作的颇为明确的暗示。

比如北京天坛，我国古代宗教建筑的代表作之一。为象征人对上天的崇拜之情，表达祭天、天人感应这一带有宗教意味的主题；据《周易》所阐述的易理，天阳地阴、天奇地偶，天圆地方，于是天坛的圆丘，被建成一个外方内圆的圆形坛，坛有上、中、下三层。第一层径九丈，取"一九"之意，第二层径十五丈，取"三五"之意，第三层径二十一丈，取"三七"之意，以全一、三、五、七、九之数，这些数都是奇数、阳数。并且，圆丘的三层径数相加，9+15+21=45，45=9×5，以符"九五"之意。古时，帝王被尊称为"九五至尊"，这也是根据易理所高唱的象征王权的"歌"。不仅如此，就连铺砌圆丘的白石，也都用奇数、阳数。比如第一层坛，其中心铺圆石一块，环绕圆石

---

① ［德］黑格尔：《美学》第三卷上册，朱光潜译，商务印书馆，1979，第34页。

的第一圈铺九块白石，第二圈用9×2块，依次以九的倍数递增，直到最外一圈为9×9块，形成9、9×2、9×3、9×4、9×5、9×6、9×7、9×8、9×9的一个系列。第二层，第三层也各为九圈，一共为二十七（9×3）圈。直到最后一圈，所铺砌的白石数为二百四十三块（9×27），反复强调关于"九"的帝王的象征意义。同时，天坛的祈谷殿（即祈年殿），是一座大跨度的技术高超的无梁殿，它由二十八根大木柱支承着巨硕的三重檐。这二十八根大木柱在祈谷殿的结构分布，不仅是建筑力学上的要求，而且具有精神性的象征意义，在最上一层，分布着四根柱子，称为"龙井柱"，象征一年四季春夏秋冬；中间一层，分布着十二根柱子，称为"金柱"，象征一年之中的十二个月份；还有，分布在外层屋檐下的柱子，称为"檐柱"，也是十二根，象征一天之内的十二个时辰。总之，祈年殿的数的运用，目的在象征"祈年"这一宗教性主题。农业丰收，是古代中国国计民生的头等大事，这种建筑美的象征，反映了当时的人们对与农业密切攸关的天时的崇拜。

又如，中国佛塔的精神意义，亦往往在于数的象征。平面为正四边形的佛塔造型象征佛教教义的"四重谛"；正六边形象征"六道轮回"，正八边形象征"八正道"；正十二边形象征"十二因缘"，圆形象征"圆寂"等等，正如西方中世纪哥特式教堂的"各个部分的尺寸都相当于圣数"[1]一样。

同样，在古埃及，"七和十二这两个数目经常出现在埃及建筑里，因为七是行星的数目，十二则是月份的数目和尼罗河水为着造成丰产所要达到的水位度数。像这样的数目是被看作神圣的，在被尊为统治全体自然生活的威力的那些基本关系中，这些数目都要出现。所以七级台阶和七座石柱都是象征的"。[2]古埃及的狮身人首象和麦姆嫩象的数目以及石坊和通道的位置还暗示出每年的日数，以及所谓黄道十二宫、七大行星、十二月之类的观念。

二、色彩的象征

色彩在建筑美的象征中显示出颇为活跃的表现力。建筑材料本有的色彩，

---

[1] ［法］泰勒：《艺术哲学》，沈起予译，群益出版社，1949，第52页。
[2] ［德］黑格尔：《美学》第二卷，朱光潜译，商务印书馆，1979，第66—67页。

或由人工附丽于建筑物的色彩，除了可能直接给人以美感以外，还可能具有一定的象征涵义。

我国江南民居多见的白墙灰瓦，坐落在田野、河畔、路旁，隐现于树木、竹林之间，常与周围环境的青绿恰成谐调，这种建筑材料本有的自然色彩，象征人的自然、质朴与清和的性格。金碧辉煌的古代北京皇城，象征中国封建王权的炫赫以及封建统治者内心的甜酣。天坛的大片松柏林海，象征古老封建帝国的气魄与长青不凋。天坛北部分的祈年殿，以青白石铺砌，顶圆而三重檐，原先"上青瓦、中黄瓦、下绿瓦、日光映之，霞光四射，色彩变幻无定，淘城中罕有之奇景也。"[1]象征天地万物。清乾隆十六年（1751）重修时，将这三色檐全部改为青色，象征青天苍穹。而祈年殿门窗户牖均嵌以青色材料，"日光映照入内，则殿中之空气景物，皆青色也。"[2]且每逢春和景明之时，皇帝亲临献祭，着青袍、用青色器皿，所祭礼物皆为青色，青色又为植物生命的象征，丰年的象征。而"地坛所用者皆黄，日坛者皆红，月坛者皆月白"[3]，这黄、红、白三色，分别象征土

地、红日与月亮对人的滋养与沐浴，渗透着人们对那些自然事物与现象的崇拜与审美感情。

世界上其他民族的建筑美，也重视色彩的象征。古希腊著名历史学家希罗多德曾经指出，在波斯境北的麦底亚国，其首都艾克巴塔拿的七重城墙，建于山坡之上，一重比一重高，色彩各不相同，"第一重白色，第二重黑色，第三重紫色、第四重蓝色、第五重红色、第六重镶银、第七重镶金"。它的象征意义在于"麦底亚的都城，禁城居中心，外面围着七重城墙，城垒涂着七种不同的颜色，代表天上七个星球围绕着太阳"。[4]这是色彩的象征与数的象征的结合，综合地暗示着麦底亚人的宇宙观念与王权观念，最高统治者好像七大行星围绕的太阳，是人间的主宰。

总的说来，建筑美的象征，在历史的发展中往往具有相对稳定的象征意义。

---

[1]　［英］波西尔:《中国美术》，戴岳译，商务印书馆，1923，第41页。

[2]　同上书，第41—42页。

[3]　同上。

[4]　［德］黑格尔:《美学》第三卷上册，朱光潜译，商务印书馆，1979，第39页。

诸如红色象征热烈、革命、庄严，黄色象征华贵、明朗、欢愉，蓝色象征幽深、沉静，白色象征坦荡、单纯，黑色象征凝重、死寂；橙色象征温和、敦厚，紫色象征丰富、神秘，灰色象征平和、质朴等等，这些色彩的象征，都是人们创造建筑美时所经常运用的。

三、物体的象征

这种建筑美的象征，实质在于以某种自然之物或人工之物的形象，概括地写意式地暗示一定的抽象性的精神意义，寄托一定的审美理想。

比如在佛教建筑中，以莲花形象象征西方净界，在我国敦煌石窟中，许多藻井都给以莲花图案。又以类似直立笔形的"文峰塔"，象征文气振荡、科举及第。在园林建筑中，石舫、扇亭以其形状有点类似舟、扇又不以舟、扇，而寄象征的意思，通过联想，给人以顺流轻舟、清风徐徐一般的快意。又，圆明园的一处水景中，人工构筑过九座岛屿，题名"九洲清宴"，象征"禹贡九州。"又在这座地处北国的皇家园林中，依江南名园、名胜格局仿造了兰亭、西湖、庐山等景区，以象征"移天缩地在君怀"的恢宏气度，这是用一处园林建筑的手段模仿另一处园林建筑，且使自然河山的尺度极为"缩"小，以示君临天下这一主题。同样，秦始皇当年在咸阳大事营造，在园事活动中引渭水，作长池，水中堆土为"蓬莱山"，象征神仙之想，且以渭水来灌王都，象征天河通于人间，天泽浩荡，又筑阿房前殿象征"太极"，以示天地混沌未开之时，混而为"一"的"元气"。①

建成于一九六三年的柏林爱乐音乐厅，其外墙如张于共鸣箱外的薄壁一般，整个造型仿佛一件乐器，又不是乐器的如实摹写，以便激发听众的乐感，象征"音乐寓于内"这一建筑主题。而著名的悉尼歌剧院，现已成为澳大利亚悉尼市的标帜。该建筑建于悉尼贝尼朗岛，其形象使人想起好似一大帆船，正鼓满"风帆"，迎风驶抵港湾，手法在于象征，"写意"式的，其魅力在于似与不似之间，故尤其招人。它象征白种人对澳洲这块土地的开拓以及悉尼作为国际港口，与世界各地进行经济文化交流，迎来送往的绵绵情意。

---

① 孔颖达：《周易正义》卷第一，清嘉庆阮刻十三经注疏本，第1—2页。

四、人体的象征

表现人体美，是雕塑与绘画的经常性主题。在古代西方，关于对人体美的审美，曾经达到很高的水平。人体之所以美，不仅因为人为"万物的灵长，宇宙的精华"，人具有灌注生气，流溢无穷的思想与情感，这种思想与情感是客观世界挖掘不尽的丰富深邃的美的心理上的反映，而且人体本身是发育得最完善的自然美。西方的一个传统审美观点，认为人体美在于数的高度和谐，达·芬奇从人体解剖学出发，论证过这种和谐。正常人体的身高是其头长或胸背厚度的八倍，两臂水平伸直等于身长，肩膀宽度与身高之比为一比四，胸部与肩骨处于同一水平面，胸宽等于大腿正面厚度，臀宽又与两腋宽度相等，等等。天设地造，简直不可思议，难怪文艺复兴时期的数学家巴奇奥里要带着惊讶的口吻说，在人体上仿佛可以找到所谓上帝揭示自然奥秘全部数的比例和谐。

建筑形象当然也能表现人体美，但这种表现只能是抽象朦胧的，象征性的。最成功的例子，就是古希腊、经过古罗马、在文艺复兴时期仍然活跃着艺术生命的古典柱式。

古典柱式首先是古希腊人基于数的比例和谐的美学观念，概括抽象地表现人体美的建筑形象创造。在古希腊，柱式有三种，即陶立克（Doric）、爱奥尼（Ionic）、科林新（Corinthian）。罗马时代，古典柱式发展为五种，在原有三种上增加了塔什干（Tuscan）与混合式（Composite）。

陶立克　　　爱奥尼　　　科林新　　　塔什干　　　混合式

在当时的意大利西西里一带的城邦建筑中，陶立克柱式发展得比较充分。这种柱式的石柱形象比较粗笨。柱身凹槽纵直平行分布、棱角鲜明、线条刚挺。柱头为倒立之圆锥台形，檐部显得重实。下部不垫柱础。整个造型似有一股顶天立地的男子气概，象征男性的刚健有力。爱奥尼柱式先在小亚细亚的城邦建筑中流行，它柱身比例修长，檐部轻盈，柱头的涡卷形感与质感比较柔和，并没有柱础、整个石柱形象秀丽端雅，象征女性的柔和娇美。科林新柱式的石柱形体更见修长，柱头常以忍冬草形装饰，好如少女身量未足，清丽秀美，是爱奥尼柱式的改造与发展。

古典柱式之所以显得美，不仅因为它们一般地象征人体美，而且在这象征涵义中，深深地寄托着西方古代的人本主义理想，是肯定人、人性这种抽象观念情绪的反映。宗白华先生曾经引近代法国诗人梵乐希《优班尼欧斯或论建筑》一书中的实例来说明这一点。一位建筑师向他的朋友介绍他设计的"珂玲斯"（即科林新柱式）说："四根石柱在一单纯的体式中，——我在它里面却寄寓着我生命里一个光明日子的回忆……这个窈窕的小庙宇，没有人想到，它是一个珂玲斯女郎底数学的造象呀？""这小庙是很忠实地复示着她的身体的特殊的比例，它为我活着。我寄寓于它的，它回赐给我"。那朋友对此深有同感："怪不得它有这般不可思议的窈窕呢！人在它里面真能感觉到一个人格的存在，一个女子的奇花初放，一个可爱的人儿的音乐的和谐。"宗先生接着指出，"这四根石柱由于微妙的数学关系发出音响的清韵，传出少女的幽姿，它的不可模拟的谐和正表达着少女的体态。"它的确如同其它几种柱式形象一样，是一首洋溢着人性、人情的"歌"。[①]

在现代主义建筑中，通过确立抽象概括地表现人体的建筑形象以象征某种抽象的精神意义的实例，是著名的朗香教堂（著名建筑师勒·柯布西埃的代表作）。这是一座宗教性建筑。中世纪教堂以高耸的尖顶直拾苍穹，象征信徒对天国的向往。朗香教堂的美学性格，在于一改中世纪教堂的高耸风格，不设钟楼，其平面亦不是象征基督精神的十字架形的。建筑师在设计这座教堂时，出色地运用象征手法，巧妙地体现出特定的创作意图。

教堂既然是人与上帝"对话"的场所，那么，把它设计成犹如一个人的听觉器官又不如实地按听觉器官的本来样子设计，以便"倾听"上帝的"声音"，并非缺乏美学头脑的奇思异想。于是，墙体扭曲歪斜，一般地象征人与神的痛苦冲突，卷曲的南墙末端稍稍上腾，暗示人对天国的向往又不愿远离尘世一般

---

① 宗白华：《美学散步》，上海人民出版社，1981，第192—193页。

的踌躇；沉重的反卷的屋顶，尺度过小而设置不对称的门窗，使内部空间几乎封闭，光线暗淡，确实能令人心神收敛，去专注于上帝的声音。然敞开的东部长廊，可以承受人间的雨露、空气与阳光，又与内部空间的神秘感相抵触。朗香教堂运用象征手法的成功之处，在于它通过运用节奏多变的建筑"语汇"，向人显示出它是带有现代西方社会心理烙印的教堂，而不是一般的中世纪教堂的因袭之作。现代西方社会那种特殊的社会矛盾冲突，深刻的精神危机，使得人不愿也不能完全割舍与上帝、彼岸的传统宗教感情，但在精神向往天国的同时，又不得不回眸自然科学技术昌盛的世俗社会。人对上帝的虔诚信仰毕竟动摇了，因而作为西方建筑史上的"时髦"，从巴黎圣母院那样的昔日威风，必然发展为今日朗香教堂式的扭曲挣扎，中世纪的压倒一切的神的威力削弱了，于是建筑师再也不去建造高耸入云的教堂尖顶，而弄出这样一个有点怪模怪样的教堂形象，它是现代西方人们对于上帝的复杂感情的象征。

创造建筑美，除了以上几种常用的象征手法以外，由于特定的审美要求和崇拜需要，还可能采用其他多种象征。如天坛为圆形建筑，地坛为方形建筑，何以如此？我国古代天圆地方宇宙观念之一象征也。明堂为祭祀天地之场所，故明堂建筑形体上圆下方。道教建筑的装饰图案，常采用"谐音"以示象征。如描绘鹿的形象以示俸禄有余之意；描绘以蝙蝠形象，是祝福的暗示；"鱼"者，"裕"也，建筑物装饰以鱼的图案，在于寄托着富贵丰裕的企望。"扇"与"善"音谐，因此"扇"的形象象征善的愿望。圆明园原有"万方和安"殿，其建筑平面为卍字形，以谐其"万"，象征天下万方太平。有些建筑通过题刻、匾联等辅助性的文学手段开拓幽远的审美意境，如庭园傍水而建，象征"沧浪之水清矣，可以灌我足"的文人高士情怀，楼阁摩天接云，反宇飞檐，暗喻神仙飞升的非非之想。或者建筑物上装饰以灵芝形象以示不老，装饰以兰草形象以示品德淡泊高雅，装饰以鸳鸯形象以示情爱；建筑环境引清流在于比拟廉洁，植松竹在于比拟坚贞持节等等，这与文学作品中以菊象征隐逸，牡丹象征富贵，莲花象征"出污泥而不染"、"濯清涟而不妖"的君子情怀，雄狮象征刚强、苍鹰象征矫健，松柏气节、云水胸襟，以及狐狸象征狡猾，老鼠象征委琐，骷髅象征死寂与恐怖，等等，出于同一审美意识。

精当的建筑美的象征，有利于增强建筑美的魅力，庸俗或神秘的所谓象征，则破坏建筑美形象的美感。

比如，为表现革命思想，有的建筑物的顶部饰一燃烧的火炬形体，远望犹如洋葱头，用意虽好，形象却俗不可耐。或以镰刀斧头红旗之类的如实造型装饰建筑的立面，作为一般的建筑装饰，也许可以吧，作为象征，往往不能成功。有的建筑师心裁独出，企图以建筑如实地模拟人体，由于建筑的材料是木石、钢筋水泥、玻璃塑料之类，同时又要满足一定的实用性要求，受到的限制较大，因而如实地模拟往往不能讨好。如国外有一种人面形建筑，将窗户做成两眼形状，门框做成嘴巴形状，给人以僵死恐怖之感。报载国外有一座人体科学博物馆，其建筑物本身造型犹如一个人体，"五脏"齐全。参观者从一扇模拟人的巨型大嘴的大门进入，有被吞吃进肚的不适感。接着，通过如人的气管一般的自动长扶梯，依次可以走进肺馆、心脏馆、直到经过直肠馆和肛门馆，最后，随同"噗"的一"放屁"声，连人带"屁"一起被排出这座人体博物馆。在实用性功能方面，这座建筑物也许是非常出色的，因为，它形象化地使人了解了关于人体内脏的许多科学知识，然而在审美上，看来是人所不能忍受的，因为这种如实的模拟，破坏了建筑美的象征，是缺乏建筑形象审美意味的表现。

第三节　现实主义创作方法不适于建筑美的创造

五十年代初，译介于我国建筑界的《论苏联建筑艺术的现实主义基础》一书提出："在苏联艺术所有的各个部门，在文学、音乐、电影、戏剧、绘画以及建筑（按：着重号为引者所加）中，都正在不断地加深和改善着社会主义和现实主义原则。"①这一观点，实际上在于要求建筑也应当像文学艺术那样，运用现实主义创作方法（这一创作方法当然是包括"现实主义原则"的）去进行创作，并且还要"不断地加深和改善"。这一观点，对我国建筑理论界的影响颇大，至今仍有争论。有的同志认为，"建筑艺术中根本不可能有什么现实主义"②有的同志则认为："社会主义现实主义是社会主义建筑创作的正确方法"③，那种关于现实主义创作方法不适于建筑美创造的观点"实在令人不敢苟同"、"倘非成见，实在费解"④。

笔者以为，要求社会主义时代的建筑事业，坚持社会主义方向，这无疑是正确的。然而，就现实主义这一创作方法与建筑美的基本美学特性来说，可以肯定，现实主义创作方法是不适于建筑美的创造的。

在西文里，现实主义一词的拉丁词原为 realis，英文写作 realism，有"实在"、"实体"、"写实"的意思。因而，所谓"现实主义"，实际上就是"写实主义"。我国"五四"时期，就曾将西方画论中的 realism，直译为"写实主义"。⑤

这种"写实主义"，实际上由古希腊早期的"模仿"说发展演变而来。"模仿"说的基本精神，在于要求文学艺术像镜子一样反映现实。"写实主义"，作为"模仿"说的一个积极的历史性发展（"模仿"说的另一个消极的历史性发展是自然主义），抛弃了原先某种机械的形而上学特性，吸取了其朴素唯物、要求写实的基本精神。

因此，不管文学艺术发展史的现实主义思潮、流派有多种——比如批判现实主义、社会主义现实主义、超现实主义等等，作为一种创作原则与方法，写实，是其基本精神实质，按照俄国伟大作家契诃夫的话来说，就是"按照生活的本来

---

① ［苏］查宾科：《论苏联建筑艺术的现实主义基础》，建筑工程出版社，1955，第41页。

② 吴甲丰：《"现实主义"小议兼评苏联有关"现实主义"的理论》，引自《人大复印资料》，1982年第9期，第17页。

③ 陈鲛：《"社会主义现实主义"是社会主义建筑创作的正确方法》，引自《建筑学报》，1984年第1期，第43页。

④ 李伟伟：《苏联建筑观随谈——兼谈社会主义现实主义》，引自《建筑学报》，1984年第一期，第74页。

⑤ 吴甲丰：《"现实主义"小议兼评苏联有关"现实主义"的理论》，引自《人大复印资料》，1982年第9期，第17页。

面目反映生活"。就是说，现实主义是一种精确、具体、细腻地描摹现实生活的创作方法，对于以塑造人物形象为基本美学特征的叙事体作品来说，同时还要求真实地再现典型环境中的典型人物，正如恩格斯早就指出："据我看来，现实主义的意思是，除细节的真实外，还要真实地再现典型环境中的典型人物。"①

现实主义创作方法，也要求一定的艺术虚构、想象与夸张，应当反映生活的真实与理想。不过，决不违背"如实"、"写实"这一"原则"，它是通过"写实"，来反映生活的本质、显现生活的理想的。现实主义要求真实，但不能因此

造成一个错觉，以为凡是能真实地反映现实生活的创作方法（包括原则与手法），都是现实主义。真实这一美学范畴，显然不等于"写实"、"如实"、"实在"等现实主义本义。

而且，我们已经说过，建筑形象对社会人生的反映，是抽象性的、象征性的，决不是如实地再现，而是表现，建筑美的创造，不能因为运用象征手法（当然，同时还可以运用其它手法），达到了真实地反映社会人生的审美境界，就误以为建筑美的创作方法是什么"现实主义"了，"现实主义"从来不是建筑美的"基础"，其基础只能是现实。

同时，建筑作为一种常常带有艺术因素的技术（即所谓广义"艺术"）是不能同文学艺术混为一谈的。建筑美，也并非如文学、音乐、绘画、舞蹈一样的纯粹性艺术美，它是以实用功利为目的与审美相关的技术美，它是与建筑密切联系在一起的自然美（自然环境），和一定程度的观念形态的艺术美三者的交融统一，也就是建筑的自然性、人工性与社会性的"交响共鸣"。建筑美的创造，既包括一定的处于支配地位的精神生产（比如建筑师的建筑设计），又包括在一定精神生产参与下的一定的物质生产活动（比如工人或匠师的建造），它必然多方面地受到一定的社会审美理想、科学技术观念以及可能的艺术情趣的精神性制约，还在很大程度上受到既定的社会经济条件、科学技术水平、实用性功能以及周围自然条件的种种物质性限制，因此，建筑美的创造过程是非常复杂的，它决定了建筑美的创作方法也是丰富多样的，根本不是"现实主义"

① ［德］恩格斯：《给哈克纳斯的信》，《马克思恩格斯全集》第四卷，人民出版社，1972，第462页。

所能包容代替的。那种把文学艺术所通常运用的现实主义创作方法，简单地套用到建筑美上来的理论，是轻率地抹煞建筑与文学艺术、建筑美与艺术美根本区别的表现。

恰恰是现实主义，不适用于建筑美的创造。倘若硬要现实主义创作方法在建筑美的创造中充当一个角色，那么，比如为要表现人的崇高感，岂不是必须通过创造一定的建筑形象，去具体细腻地描绘一系列社会悲剧事件、再现正面的社会力量，在诸如血肉模糊的现实冲突中被毁灭的种种现实关系，难道这是建筑所能办得到的吗？或者为了表现某种情爱的心理内容（比如印度泰姬陵的社会心理内容），难道还要建筑去精确、具体，细腻即"写实"地再现比如秋波暗递、唱唱情语等等现实情景吗？这是不可思议的。君不见，前述国外的人面形、人体形建筑，由于企图如实地模拟人体所造成的恶果么？恰恰是"现实主义"的"如实"摹写，破坏了建筑美的创造，因而，建筑形象对社会人生的反映，往往在于抽象的而非具体的、虚拟的而非写实的表现。

的确，在西方古代建筑史上，偶尔确有一二如实描摹具体人体美的建筑形象，比如古希腊神庙建筑上的人体形立柱等等，似乎那是现实主义即写实主义在建筑美创造上的胜利，其实那种情况，一般只出现于整座建筑的个别构件而非整体建筑形象，而且，与其说那是运用现实主义创造的建筑美，倒不如说那是附丽于整体建筑形象的现实主义的雕塑美，可以看作是现实主义的雕塑艺术向建筑美的一种渗透。

而且，在苏联文学艺术界，社会主义现实主义创作方法的提出，是本世纪三十年代的事。在那时，大有言必谈现实主义的势头，以至于波及苏联建筑理论界，也有人出面呐喊，不顾现实主义的本质属性，也不顾建筑、建筑美的独特性，将建筑与文学艺术一锅煮了。而苏联曾经蓬勃发展的建筑，从来没有、今后也不会按照"现实主义"的模式去发展，苏联的建筑实践，早已冲开了"现实主义"创作方法的模式。

第六章 建筑美的移情

　　站在埃及金字塔前流连忘返，内心的静穆枯寂感，仿佛与那大漠孤影融为一体；在故宫建筑群凝神观照。审美对象与审美主体一样显得深沉严峻、浩荡坦然；踏进青泥盘盘、幽静古朴的窄巷小弄，抚摸被岁月无情侵蚀的残垣断壁，建筑形象犹如历史老人正蹒跚脚步，那浓得化不开的古老气息，令人骤感现代生活的快速节奏拨慢了，整个心灵因而沉寂宁静，深切体验到一种古代生活的韵律。

　　这是什么？这就是建筑美的移情。

　　在对建筑美的审美中，移情现象是普遍存在的。这里，暂且不说关于陶立克或爱奥尼古典柱式的建筑审美移情。就是中国著名的长城、天坛、布达拉宫、香山饭店，抑或国外的悉尼歌剧院、西格拉姆大厦、联合国总部大厦与阳光大厦，概莫例外。比如，人们在观赏中国古代某些屋檐起翘的大屋顶建筑形象时，大屋顶的物理性能当然是十分沉重的，却由于飞檐反宇，观感上显出一种轻盈欢愉的情调，这也是建筑美的移情。

　　那么，建筑美移情现象的审美生理心理因素究竟怎样？让我们试图谈谈这一问题吧。

第一节　立普斯的建筑美移情说

　　应当指出，对建筑美的移情现象进行美学研究，在西方，并非始于立普斯。早在《判断力批判》一书中，著名的德国古典美学家康德，就曾对这种建筑美学现象加以关注。他说："我们说建筑物或树木是雄伟或壮丽的，平原是喜笑的，乃至于颜色也是纯洁的、谦逊的或柔和的，"诸如此类的论述，实际上已包括建筑美的移情现象。《德国美学史》一书的作者洛慈亦谈到：

> 我们不仅把自己外射到树的形状里去，享受幼芽发青伸展和柔条临风荡漾的那种快乐，而且还能用这类情感把本是一堆死物的建筑物变成一种活的物体，其中各部分俨然成为身体的四肢和躯干，使它现出一种内在的骨力，而且我们还把这种骨力移置到自己身上来。①

在这里，更是明确地涉及了建筑美的移情现象问题。

但是无可否认，建筑美移情说的主要代表当推立普斯，这不仅因为立普斯的美学思想，在近代德国美学移情说中占有重要地位，浮龙·李将美学中的移情说比拟为生物学中的进化论，说立普斯对移情说的理论贡献，犹如达尔文创立进化论。而且，当立普斯论述并发展移情说时，是以建筑形象的移情现象，作为其主要的研究对象的。

立普斯，十九世纪下半叶、二十世纪初德国近代心理学家与美学家。他曾先后发表过《空间美学和几何学·视觉的错觉》、《美学》与《论移情作用，内摹仿和器官感觉》等重要美学论著，其中也比较全面地阐发了他关于移情现象的学说观点。

立普斯指出，所谓审美移情，乃是当审美主体进行审美时，将人的一定情感"投射"到一定"对象"的"空间意象"之中，从而达到物我同一的一种审美心理现象。审美移情，必关乎审美"对象"与"自我"两方面。在审美活动开始之前，客体"对象"自在着；主体"自我"，亦是"本然的自我"，两者相对立，没有构成一定的审美关系。移情境界的出现，意味着"对象"与"自我"之间对立状态的消失，达到同一。这时，客体作为"对象"，成了被审美主体（"自我"）感知到、经验到的"对象"，已经不是"本然的形相"；"自我"，亦

---

① ［德］洛慈：《小宇宙论》第五卷第二章，引自朱光潜：《西方美学史》，人民文学出版社，1979，第600页。

即审美主体的感觉、情感与理智等等，亦由于它们已被"客观化"，而与被感知的"对象"相融合，也已经不是"本然的自我"了。这里，两者都失去了原先独立纯粹的本性。因此，某种意义上可以说，"对象"即"自我"，而审美主体所经验到的"自我"，同样即是"对象"。

立普斯以古希腊神庙建筑中的陶立克柱式来阐述他的建筑形象移情说。

陶立克柱式的石柱体形粗硕，下部与中部较粗，上部较细，柱面具有凹凸形的纵直槽纹，其下部往往不垫柱础，柱头处理亦显得相当简洁。用物理学的眼光看，即立普斯所说的"机械的解释"，陶立克柱式，不过是自身具有巨大重量以及承受希腊平顶式建筑巨大重载的一种石柱，它是一种无生命的死物，具有下沉的物理的"力"。然而，在审美观感上，这种柱式的石柱，偏偏能给人以耸立上腾、镇定自持、雄强的男性力量的美感。立普斯又将对石柱形象的这种解释，称为"人格化的解释"。

这，正如立普斯《空间美学和几何学·视觉的错觉》一文所说：

> 石柱的存在本身，就我所知觉到的来说，象是直接的，就在我知觉到它那一顷刻中，它已经显得是由一些机械的原因决定的，而这些机械的原因又显得是直接从和人的动作的类比来体会的。在我的眼前，石柱仿佛自己在凝成整体和耸立上腾，就象我自己在镇定自持、昂然挺立，或是抗拒自己身体重量压力而继续维持这种挺立姿态时所做的一样。①

人们面对陶立克石柱，起码可以有两种不尽相同的态度。其一，认知的态度，即"机械的解释"。当主体仅仅将立柱作为认识的对象、科学的对象时，如果心里仅仅计算着它的重量、它所承受的物理压力、思考着石柱的半径、圆周、高度、纵直槽纹的数量以及石柱的质地与色彩等等因素，那么，这意味着人与石柱之间，并没有构成一定的审美关系。此时，石柱作为思考的"对象"，只是"本然的形相"，而主体，也是"本然的自我"，两者关系是相"对

① ［德］立普斯:《空间美学和几何学·视觉的错觉》，引自朱光潜:《西方美学史》，人民文学出版社，1979，第587页。

立"的。

其二，审美的态度，即"人格化的解释"。这意味着人与石柱之间，已经构成了一定的审美关系。审美主体面对石柱，所以能直觉到石柱形象具有那种顶天立地男性般的阳刚之美，那恰恰是审美移情的表现。这种建筑美移情境界的产生，意味着"对象"与"自我"之间"对立"的消失，达到了"物我同一"的境地。

在立普斯看来，关于建筑美的移情境界的产生，就"对象"这一方面看，不是"石柱所由造成的那大块石头"，而是"石柱所呈现给我们的空间意象"，即建筑形象，这种建筑美学思想是值得重视的。事实上，远远不是所有建筑形象，都能引起审美移情的，只有那些契合了人一定的审美生理心理机制的建筑形象，才给予建筑美的移情带来契机。建筑"空间对于我们要成为充满力量和有生命的（引者：即能引起移情的），就要通过形式（实际上是建筑形象，下同）。"因而"审美的空间是有生命地受到形式的空间。它并非先是充满力量的、有生命的而后才是受到形式的。形式的构成同时也就是力量和生命的形成。①"这就是说，当建筑"空间意象"即建筑形象被审美主体所感悟时，这意味着本来不具有"力量"与"生命"的建筑物被"生命化"、"人格化"了。因而，只有建筑形象，才是审美移情真正的"对象"，同时，它意味着，只有能感悟到建筑形象某种意蕴的"自我"，才是进入了一定审美关系的"自我"，建筑形象与审美的"自我"，要么同在，要么同时失去。这一观点是深刻的。

由此可见，当立普斯有点耸人听闻地说建筑形象的移情根本无所谓"对象"之时，这"对象"所指，实际上是那种处于非审美关系的"本然的形相"；又似乎不无自相矛盾地说，建筑美的移情，不仅有"对象"，而且这"对象"还是产生移情境的"根源"时，这里所指的，是与"自我"在审美关系中相融相谐的"对象"，当建筑形象的移情境界产生时，"对象"与"自我"是无法分开的。

这种建筑美的移情说所强调的，显然是审美主客观的统一，其基本内容，

---

① ［德］立普斯：《空间美学和几何学·视觉的错觉》，引自朱光潜：《西方美学史》，人民文学出版社，1979，第587—588页。

在于企图揭示移情现象的本质。这本质在于，"对象"的审美"自我"化（人格化、心灵化），审美"自我"（心灵）的"对象"化。

必须指出，既然立普斯认为，尚未被审美观照的建筑物不能算是"对象"，只有被"自我"所审美感知的建筑"空间意象"（形象）才是"对象"，那么这种"对象"，即一定的建筑形象，自然只能依一定的审美关系以及进入这一审美关系的"自我"而存在了。于是，立普斯为了强调建筑形象审美移情过程中必然出现的主客观的和谐，导致了在理论上模糊审美对象与审美主体各自质的规定性。审美关系，成了立普斯建筑美移情说中关于审美的"对象"与"自我"的一个"座标系"，而"自我"，实际上既是其审美移情说的出发点，又是其归宿，是其全部移情理论的一块基石。因此，在他看来，移情，首先而且仅仅是"自我"情趣的"外射"和"移置"了。

问题在于，假如面对一定建筑物的诸多审美主体（"自我"），都具备能够激起审美移情的主体条件，但在实际上，远远不是在一切场合都能使"自我"的情感"外射"的，亦即有时审美移情无法产生，那么，这是什么缘故呢？究其客观原因，难道不正在那些建筑物本身么？为什么比如陶立克柱式，能够引起如此富于情趣的审美移情，其它随便什么立柱则往往不能呢？可见，激起建筑形象审美移情的客观根源，归根到底是陶立克石柱本身，即按"机械的解释"的那石柱的物理属性、数学属性等等。倘将具备一定数理属性的石柱称作对象A、将进入审美关系的建筑形象称为对象B，那么，虽然据立普斯所言，对于建筑形象移情来说，对象A只是一种"本然的形相"，是不能称作"对象"的，但是，恰恰是对象A，决定了对象B的审美属性，可以说，对象B是依对象A而存在的。对象A，自然不是一种建筑美的具体形态，却决定着建筑美具体形态（建筑形象）的审美品格。对于建筑来说，抽象的数理关系，并不是美，然而，如果这种抽象的数理关系，是人类的某种情感逻辑的表现，或者说，与人类一定的情感思维异形同构的，那么，它为什么不是激起建筑形象移情现象的一个深层次的客观根源呢？这种情况，说明了建筑美审美的特殊性。从对象A到对象B，这是科学向美学的渗透，立普斯的建筑美移情说，注重于对建筑美作"人格化的解释"，实际上，"机械的解释"与"人格化的解释"，是能够而且应当得到统一的。

第二节　心理:"难得的糊涂"

的确,并非任何一个建筑形象都能随时随地成为足够引起审美移情的信息刺激,也须分清什么才能或不是审美移情的感动。假如一个老战士步入烈士陵园,扑倒于长眠地下他那老战友的墓碑前,他不自主地拥抱着那坚硬冰冷的石碑,以为拥抱的是老战友热血奔流的活的躯体,热泪涟涟,甚至似在喁喁对语,这种现象,究竟是不是由石碑这特定的建筑形象所引起的审美移情现象呢?或者说,这石碑,是否已经由客观存在的对象A发展成为审美对象B呢?

立普斯指出,比方一所阴郁的住房,是一位谢世的亲属住过的,如果有人因痛悼故人而深感悲哀,那只是一般的联想而不是审美移情,假如这建筑物的线条、色彩、形体使人感到其凄凉难忍,这才是由这一建筑形象所激起的审美移情。对了,老战士的伤心,也许主要不是因那墓碑形象所引起,不是那墓碑的建筑美,而是牺牲者道德行为的善——可能他是为掩护老战士而壮烈捐躯的,当然,这是一般的情感联想,并非建筑美的审美移情。

不过,要是那墓碑是通过一定科学与美学处理的"有意味的形式",其线条、形状、色彩与质地等,已经审美地物态化了建筑设计者健康的审美情趣与道德评价,以至于它成了如此强烈的一个审美信息,它是老战友的理想、事业与人格抽象而完美的象征,那么,那位老战士恸倒于此的动人情景,为什么不可以包含审美移情现象呢?为什么他不随便找个其它什么地方去痛悼一场,偏要抱着墓碑才伤心落泪呢?可见,一个在科学技术与美学处理上成功的墓碑,有时毕竟可能成为一定的审美移情的客体刺激物。

什么样的建筑形象,才是符合审美心理规律的呢?比如纪念碑,为什么往往把它们设计成高高耸立的造型,假如建造成自然形、圆球形、倒三角形或其他随便什么形状又如何呢?纪念碑的材料,为什么目前较多地选用质地优良的花岗石或大理石呢?这里有什么心理依据吗?

建筑形象,是一种在时间的进程中发展的空间意象,它是建筑师根据一定材料、运用一定技术与美学规律、具体显现于形象的一种"内心独白",是以包括数学、物理学、化学、光学、环境学及美学、艺术学所提供的多种"语汇

"同人"对话"的。这些"语汇"，是历史与时代长期陶冶的产物，不能亦不是纯粹个人的随心所欲。一定的时代，有其相对稳定的、客观标立的建筑美学原则，选择何种建筑材料、建造什么样立面外观的建筑物，除了需要考虑建筑物的实用要求与经济，技术条件的限制因素外，同时是由为历史所长期酝酿成熟的一定审美心理因素所制约的。这种审美心理形成的最终根源，必然是在人一定的社会经济生产与人自身的生产之中。这种审美心理一旦形成，便具有相对的历史惰性，使得人对建筑形象的审美尺度，往往具有相对稳定的历史"习惯"与时代"嗜好"。人所共同的经济生活、历史传统、共同的地域环境，有可能使建筑形象（审美对象）与欣赏者（审美主体）之间，建立一种大致对应的心理联系。因此，建筑形象的创造心理因素与全社会关于建筑形象的欣赏心理之间，必有相应同构的一面。这创造与欣赏两方面的审美心理机制，都是由生活这一熔炉、历史地陶冶而成的。当然，审美主体的审美心理需要，又时时顽强地要求一定的建筑形象在新的历史水平上同它相对应，这种"供"、"需"之间的矛盾，在审美心理的相互对应中呈一定幅度的摆动，从而促进全社会建筑形象的创造与欣赏水平的向前发展。

比如，关于崇高这一审美心理感受，处于同一经济生活中的同一时代、同一民族的人们，往往在对立中亦有可能具有大致共同的审美心理机制。崇高关系到空间的"量"与动态的"力"，因此，当建筑形象的创造者，运用特定的建筑形式，象征崇高这一特定的建筑审美时，其创造建筑美的"语汇"，必然是全社会所"读"得懂的，这种建筑审美的"密码"，是能够被一定的社会审美心理"破译"的。

情况正如那高耸的纪念碑、一般地同人们由历史陶铸的心理上的崇高尺度相对应那样，其挺拔高峻的形式外观，往往成为能够激起崇高情感的一个全社会可以接受的信息。同样，在审美心理上，花岗岩与大理石的质地与色彩，一般总是同由历史积淀而成的民族的关于热烈、革命、坚强、纯洁、庄重及坚贞等社会观念情绪相对应的。因此，当人们面对高耸的纪念碑时，就好像将崇高的情感"外射"于客体形象，从而进入"物我浑一"、互相浸润的移情境界，使纪念碑建筑形象也显得崇高了。

具备了审美主体与审美对象这两个条件，应当说，还不一定能构成使人进入审美移情境界的一种特定的审美关系。只有当审美主体专注于一定的建筑形象，摒除一切与审美无关的精神挂碍、进入"忘我"的心理状态，包括忘记自己是在欣赏时，建筑美的移情境界才能出现。

移情就是"忘我"，只在审美主体对一定的建筑美凝神观照之时。凝神就是"忘神"，暂时忘去柴米油盐、荣辱得失、包括忘去自身，无挂无碍，达到精神与情趣的"专一"，使审美主体与建筑形象呈互相交融的状态，这是一种自由的精神境界。

对建筑美的审美而言，如能产生移情现象，建筑形象作为审美信息必须丰富强烈，足以刺激相对应审美主体心理机制的活动的。同时，建筑形象的美，虽总与建筑物的实用性功能属性结伴而存，然而，建筑美的移情境界一旦出现，恰恰在审美主体暂时忘去这一建筑物的实用性功能之时。

移情是建立在相似联想心理基础上的审美情感的律动。正如立普斯所说的，实际上是一种"内部模仿"，观念情感的"模仿"，并且是"无意的"、不知不觉的。人愈是全神贯注于一定的建筑形象，这部"内部模仿"，即在相似联想心理基础上审美情感的涌出，就愈是在不知不觉状态中进行，相似联想便是"内部模仿"。比如，当一幢建筑物高耸入云地出现于眼前，立刻会令人联想到以往生活经历中曾经见过的高耸入云的山峰等形象，并由此带来了人脑意识库中早已储存的关于崇高的这一观念情趣，经过"内部"意识的"模仿"、转换，于是，眼前的建筑形象立刻显得崇高了。

这里，值得注意的是，审美主体关于移情的相似联想的出现，是一刹那、不期然而然的。这种"物我两忘"的建筑美的审美境界，朱光潜先生称之为情趣横溢的审美心理的"错觉"和"迷信"，用另外一位美学家的话说，"实即存于人生之中的一种难得的糊涂"[①]境界，确为的论。

第三节　生理:"运动的冲动"

建筑美的移情，是一种审美心理境界，已如前述。而人的任何心理活动，

---

① 刘文潭:《现代美学》，中国台湾商务印书馆，1967，第214页。

都不能不与一定的生理因素有关。因而建筑美的移情，不仅具有较为直接、浅在的心理因素，而且具有较为间接、远在却是深一层次的生理根源。

人的生理机制，是人作为自然界与社会的一个族类与生俱来的，它通常以遗传本能出现，也在后天行为中，在与人的心理机制的矛盾运动中得到发展。它是人一切审美活动，包括建筑美审美移情的一个基础。

一座在形体、采光、通风、防潮、保温及稳固性方面有害于人生理"健康"的建筑物，尽管可以作为审美对象加以观照，由于它不能满足人们生活活动的实用性要求，即生理性要求，必然不会在心理意义上受到人们的赞美，这时，所谓的审美移情境界便不会产生。一座建筑物，如果使人在生理上受到挫折与阻碍，这对审美心理的意向活动具有"灭活"作用。一座违背建筑美构思设计心理律的建筑物，往往为某一特定时代、民族或阶级的人们所深感不快，而那些违背审美生理律的建筑物，将注定要招怨于全人类。

在漫长的建筑实践中，人们发现并加以运用的一整套建筑形式，其实既符合一定的心理机制，也蕴涵着一定的生理规律的。任何建筑物及其组成建筑整体的任何一个构件，其实都是具有一定质量与形式外观的几何形体。组成几何形体的基本要素是点、线、面、形、体。这些客体的基本要素首先是生理对象，然后才是心理对象。人对这些要素的生理感觉与心理观念来自自然。客观存在的比如挂于中天的一轮明月（点状）、流星飞逝顷刻消逝的一抹光痕或逶迤伸展的地平线（线状）、平静如镜的湖面或迷蒙高远的苍穹（面状），以及无数具体事物的形象（形状）与物体的体状，都在客观上为具有上述这些基本要素的建筑形象，提供了相应的生理上的几何感觉基础，并且历史地锻炼成熟了人类生理上的几何感觉能力。

因此可以说，将建筑美移情的根源，仅仅归之于心理上的相似联想而一般地无视其一定的生理根源，这种建筑美的审美移情说是可待商榷的。

建筑美审美移情的生理基础在于，当一座建筑物突兀于前，视觉必然为它所吸引，取仰视的姿势，眼球与有关肌肉群也随之运动，当建筑群参差不齐的空间序列进入视觉范围，为便于视觉捕捉最富于审美情趣的建筑形象，全身亦须随之运动，以便将其放在最适宜的生理域阈之内。正如朱光潜先生所说，建筑美的审美移情，其实是建筑形象作为客体刺激，首先作用于一定的生理感官、引起"运动的冲动"而来的。

这种"运动的冲动",可以实现于外部世界而成为人的外部动作,比如当观赏中国佛塔或亭子时,为这些建筑形象所吸引,会情不自禁地绕着它们徐徐缓行,或凝伫良久,忘乎所以,也可以实现于内心世界而成为人的内部"运动"。当建筑美的审美移情境界出现之时,审美主体便不知不觉地专注于一定的建筑形象,凝神观照,心中了无杂念,这正如有的西方美学家所说的美感经验中所观赏到的建筑形象在意识中的"孤立"。当审美主体面对圣索菲亚大教堂或雄狮凯旋门这些建筑形象时,内部"运动的冲动"骤起,因为它们具有强烈的足以引起美感的审美属性,使审美主体无暇也不愿它顾,陶醉其间,"形象在意识中既完全孤立,我除了它以外便不想到任何事物,自己的运动(注:指审美主体的外部动作)和运动感觉自然也被遗忘","因为没有第二个观念可以遏止它,所以运动的冲动被形象激动之后,便自由地向运动器官发散。"①但却并不实现于人的外部动作。当建筑形象占有审美主体此时的整个意识域限时,便有力地排除建筑物本有的实用性功能属性对审美移情的干扰,促使审美主体发出一种内在的"运动"感觉,这种情况,正如观赏雄鹰飞翔,人虽不能实现于外部动作,却引起全身心的紧张与激动,心向往之,在内心加以"模仿",从而获得生理性的快感进而激起心理性的美感,此时的建筑形象,"仿佛有气魄和力量,都起于冲动所生的感觉"。而实际上,"实在是我们自己在伸筋肉,我们却以为是线在伸屈",是陶立克石柱"在耸立腾起,在向下压或是向上冲"。②

人在生理上是要求运动的,"运动的冲动"与生俱来。这种"运动的冲动"时时要求得到宣泄,宣泄首先是一种生理的快感,倘若某种外在因素阻碍这种内在的"运动的冲动",人就会感到烦躁甚至痛苦。因而,当人们凝神观照具有垂直线条性格的建筑形象时,不经意处,这一建筑形象满足了人生理上首先会有的昂首向天的外部"运动的冲动"的要求,同时又满足了人内在的"运动的冲动"的要求,使人获得一种心灵上的运动感,仿佛觉得那垂直线条是从建筑物的底部到顶端冲天而起的,从而引发一种无限向上延伸的心理性的审美移

① 朱光潜:《朱光潜美学文集》第一卷,上海文艺出版社,1982,第57页。

② [德]闵斯特堡:《艺术教育原理》,引自朱光潜:《朱光潜美学文集》第一卷,上海文艺出版社,1982,第58页。

情感受，其实那向上延伸的是审美主体从建筑物底部到顶端的巡视的目光，不过，这审美目光的运动定向以及人内在"运动的冲动"的"运动"意向，归根结底，是由那建筑垂直挺拔的形象所唤起的。

由于这一审美生理律，使具有竖立直线或平行直线外观特征的建筑形象，因移情而成为激发人无限追求崇高和激情飞扬的一个媒介。中世纪具有高直风格的哥特式教堂，表现出虔诚的宗教徒对虚幻天国的无限向往以及市民力量的兴盛。近现代诸多高层建筑，造型高峻挺拔，人一见往往从肉体到精神为之一振，是何缘故？移情也。巴黎埃菲尔铁塔或加拿大多伦多电视塔尖顶的美感，其生理基础亦在于此。

> 人若要追随一条垂直线，就必须片刻中断他正常的观看方向而举目望天。垂直线在空中自行消失，不会遇上障碍和限制，其长度莫测，因此象征着崇高的事物。①

如果说，一条垂直线形使人有一种直立时的紧张有力感，那么，水平线形给人的感觉，又同人安卧时感到的松懈安闲相契合，这就是为什么有些摩天大厦往往处理成垂直线形，而有些医院、旅馆的立面，往往为横线形的生理依据了。又如，意大利的比萨斜塔，因满足了审美主体凌空飞动的内部"运动的冲动"要求，而给人以动态的美，倾斜的平行线显示了一种能勾起审美主体生理上的前冲动觉，因而斜塔的动态之美感，其实是一种审美的移情。在一定条件下，那些在形式外观上不对称的建筑形象，由于激起了审美主体的内在前冲动觉而往往邀人青睐，这情形，正如那种呈现侧立三角形的建筑形象显示出向前的速度感一样。正三角形的建筑形象呈现出稳定感，因为"身体上下是不对称的，我们对于筋肉力量的分配，觉得下半身应稳定，上半身应轻便。"②因此，埃及金字塔给人的美感是那样镇定自持、庄重与不可动摇。而倒三角形给人的

---

① ［意］布鲁诺·赛维：《建筑空间论》，载《建筑师》1981年第7期，第178页。
② ［德］闵斯特堡：《艺术教育原理》，引自《朱光潜美学文集》第一卷，上海文艺出版社，1982，第59页。

生理感受是极端的不稳定，因而，倘若将建筑物设计成倒三角形的，这在力学上首先较难处理，也在审美上违背一般正常的内在生理的"运动的冲动"要求，使人老是担心它会倒下来，给人以紧张危险之感，在心理上，或者令人不愉快地联想到文艺作品中描绘的尖嘴猴腮或戏剧脸谱中的三角限。正方形或正方体，因所有的边都相等，给人以规整严谨的感觉，但稍欠活泼，因而，这种形体一般不适于作为中国山水式古代园林建筑的造型。直线显得刚直、有力和果断，因而有些监狱的围墙，立面线条笔直，给人以法律森严的威慑感，曲线柔和、灵活、踌躇，因此中国古代园林建筑的游览路线，一般都是逶迤曲折的。一个圆形的半径总是相等的，因而，圆形给人以均衡和圆满感，这就是罗马大斗兽场的圆形外立面给人以和谐之感的生理原因。椭圆形呢，又因为有两个圆心，它使审美主体内在的"运动的冲动"方向混乱、左右移动，可使视觉顾盼流转、无所适从，因而，除非需要满足一种特殊的实用功能要求、除非为了满足特殊的审美需要，其平面作椭圆形的建筑构图，才会采用。

同样，陶立克柱式之所以显示出一种刚健的男性美，是因为在生理上，这种石柱在被凝神观照之时，能够极大地调动或者说契合审美主体那种脚踏实地、出力抵抗的内在"运动的冲动"。这种古典柱式的出力向上的美感，实质在于它使人内在"运动的冲动""力量"，在意念上得到了"宣泄"。观赏柱式形象，人虽不必亦不会作出力抵抗的强烈的外部运动动作，但审美主体生理上必有一种"冲动"，"筋肉及其他器官至少也须经过一种很微细的变化。这种身体变化不能不返照到意识，因此就不能不影响到全部美感经验。"[1]

同时，陶立克柱式美感的产生，还因契合了审美主体某种生理性错觉的缘故。就柱式的实际几何结构、物理结构而言，其中段比上下两段略为粗壮些，这是有意这样设计的。理智上，它总使人觉得这样设计不会使石柱显得美的，然而由于折光的缘故，显现于眼前的石柱形象，却是匀称和谐的。倘若将石柱建造成上中下三段一般粗细，虽在理智上可以判断出，石柱各部分承受的压力应是一样的，似乎石柱之美亦在其中了。但视觉形象却使人总是感到，石柱中

---

[1] ［德］闵斯特堡：《艺术教育原理》，引自《朱光潜美学文集》第一卷，上海文艺出版社，1982，第70页。

段要比上下两段细弱一些，反而给人一种中段容易弯折令人不愉快的感受。这是什么道理？因为，一条直线，要不是中间粗壮一些，看上去总是中段显得比较柔弱，这是任何人都有的直感和一种不可改变的生理学现象，它就是生理性错觉。这种错觉，其实也是同人内在"运动的冲动"密切攸关的，一个物体，如果上中下部一般粗细，容易折断的地方总在中部，这是人的一种生理经验，因而，倘若人一旦见到上中下段同样半径的石柱，反而勾起了令人不快的关于中段易折的"运动的冲动"，这种情形，自然应当力求避免。

要之，建筑形象亦能激起审美主体的移情。建筑美作为审美对象，是处于一定审美移情关系的审美主体生理、心理因素的客观现实，审美主体的这种生理、心理因素，是审美对象的主观实现。审美心理感受须以与其相应的生理感觉为前提，生理感觉（主要是内在"运动的冲动"）积淀在一定的审美心理感受之中。建筑美的移情境界，是审美对象与其相对应的审美主体的生理、心理因素交融统一的一种境界。

第七章 建筑形式美的基本"语汇"

建筑美，建筑形象的内容与其相应的形式之间的和谐统一。美的内容一般地决定美的形式，然而，内容的美只有具体显现于形式才能得到确证。同时，建筑形式美本身有其相对独立的审美意义。

本文试图对建筑形式美的一些基本"语汇"，加以简略的探讨。

多样与整一、比例与尺度、对称与均衡以及色彩与质地等等，它们本身并不是建筑美的全部，却可以决定建筑形式有没有相对独立的美，深刻地影响建筑形式美的确立及其审美特性。

第一节 相互默契，情意相投

假如一座城市，在古希腊柱廊与古罗马斜扶柱建筑的遗构旁，生硬突兀地矗立着现代功能主义的"玻璃盒子"，西欧"巴洛克"、"洛可可"的柔靡尔贵的建筑风格，与中国江南居民清新质朴的"情调""杂凑一锅"，或在摩天大厦的闹市之区，突然出现陕北高原式的窑洞，试问，人们对这座城市建筑的整体形象感受将会如何呢? 反之，如果全是灰色的钢筋水泥堆砌的"方盒子"，于屋一面，那么，它给人的总体形象感受又是如何呢?

显然，就建筑美的欣赏来说，这些几乎都是无法叫人忍受的，因为违背了建筑形式美关于多样与整一的形式律。

一座建筑物，如果墙体是朗香教堂式的扭曲的墙体，屋顶却是中国传统古建筑的大屋顶，并在其四周处理以规整典雅的古典柱式，好像一个人穿着现代感颇为强烈的牛仔裤，又戴了一顶瓜皮小帽，或者西装革履，逢人又长跪作揖，三叩九拜一样滑稽。这类建筑形象，除非为了满足某种特殊的审美需要，人们才去设计建造，这类建筑形象是不美的，不美的建筑形象也完全可以具有一定的审美意义。不过，就建筑形式美而言，也同样违背了多样与整一的辩证规律。

多样与整一，是一对矛盾的两个侧面，各以对方为存在条件与衡量尺度。游离于整一的"多样"，并不是美的多样，而是杂乱，建筑群体或单体，如果没有整体性的构思布局，各部分之间章法混乱；形象支离破碎，情感东奔西突，是尤其令人不快的，同时，不显现为多样的"整一"，也不是美的整一，而是单调。若要取得建筑形式的整一感，不可不将最丰富的多样，统摄于最高度的整一，或者说，将整一在多样中呈现出来。建筑形式的美，不在所谓的"多样"，也不在所谓的"整一"，而在多样与整一的和谐。

当代著名的西方后期现代主义建筑师，美国的罗伯特·文丘里十分强调建筑的复杂性和矛盾性，他说，"我喜欢建筑杂而不要'纯'，要折衷而不要'干净'，宁要曲折而不要'直率'"，"宁要丰富而不要简单"，"宁要不一致和不肯定也不要直截了当"，"我认为用意简明不如意义的丰富"，"我爱'两者兼顾'，不爱'非此即彼'，非黑即白；是黑白都要，或是灰的"。就建筑形式美而言，这是在强调形式的多样，可以说，还没有一个建筑师象文丘里这样注意到建筑的"复杂性和矛盾性"即多样性，因为建筑形式一旦多样，就必然显得"复杂"与"矛盾"，但强调得似乎有一点过分了。这位建筑师同时还指明了多样与整一的辩证关系。他明确地指出，"但复杂和矛盾的建筑对总体具有特别的责任：它的真正意义必须在总体中或具有总体的涵意。它必须体现兼容的困难的统一，而不是排斥其他的容易的统一"[①]

因此，尽管文丘里说自己"赞成建筑的二元性（Duality）"，然而他与意大利的建筑理论家布鲁诺·赛维的观点，实际上是一致的。布鲁诺举例说，两个体积、色彩和质感相同的长方体，一者横放，一者竖放，就可能出现两相呼应、"喁喁对语"、竖线条综合和"控制"横线条的审美效果。如果两者同时竖向或

---

① ［美］罗伯特·文丘里：《建筑的复杂性和矛盾性》，载《建筑师》，1981年第8期，第193页。

者横向并列，关系对峙而无对比差异，恰如"缺乏连贯的谈吐所具有的力量，只是一些无意义的、不连贯的单词而已"。同样，"两座同样的房屋，层高相等的两层楼一上一下迭置，都不能构成统一性，而是竞争性（Duality）（注：即二元性）；因此，一切几何形式凡是人眼感到很明显地可分为两半部的（例如由两个正方形合成的矩形），都应该避免采用。"①这是说得很中肯的。

正如一部乐曲，不管有标题还是无标题的，要有一个贯穿全曲的主旋律，一首诗作，要有一个立意，同时又要有丰富多样的表现，方为上乘。建筑形象，在多样中要"说"相互默契、情意相投的"话"，表现出材料、结构、形体、环境、功能、平面布局、空间序列、色彩、质地等多样因素的谐调。

有的建筑形象，在其两部分或几部分之间，原先并没有达到多样的整一，甚至呈现对立的态势。由于在其两部分或几部分之间，恰当地安排了第三个因素，起了"组接"（即蒙太奇）作用，使两部分或几部分之间"携起手来"，在多样中形成整一的情感的呼应与交流。好比一对情侣在广场漫步，前后始终保持一段距离，"多样"而不"整一"，假如两人携手并肩，或者手携着在两者中间行走的一个小孩，就显得相互默契情意相投了。托伯特·哈姆林举例说，美国马萨诸塞州斯泼林费尔德市政中心，在式样、体量和尺度上一模一样的两座建筑物中间，设计建造了一个纪念性高塔，观感上起了消除僵直的对立，达到综合和"控制"的审美效果。这高塔带有某种装饰意义，成了构图中心，起到了统领两座建筑物的作用，它既是使整个建筑群显得整一的一个因素，又丰富了建筑构图的多样性，成为引起人们注意的一个观赏趣味中心。

有的建筑形象，在诸多因素中突出一个主导因素，让人见出对比来，在对比之中求整一。或以横线条为主，或以竖线条为主，或以曲线形为主要构图特征，最忌那种纠缠不清、彼此拉锯式令人感到吃力的不死不活相。巴黎卡洛斯凯旋门以左右小型拱门道衬托中央拱门道，为人安排了一个美感焦点。米开朗琪罗为法尔尼斯府邸设计了厚重的檐部，使这座建筑充满生气。流水别墅在一定垂直线条的对比中，强调水平线条，且使质感坚硬的垂直、水平线条与柔和的流水曲线在对比中求得呼应，增加了这座著名建筑的多样整一的美感。

---

① ［意］布鲁诺·赛维：《建筑空间论》，载《建筑师》1981年第7期，第181页。

第二节　美在比例，还是美在无比例

建筑形式的比例，是一种美么？

审美经验告诉我们，当一系列长宽高之比相同的立方体依次整齐排列，给人的形式比例感受往往是悦目的。当建筑的诸多部分之间，其全部主要尺寸，存在相同比值关系时，就可能形成和谐的、能引起美感的比例关系。

门洞与窗洞的高宽比值相同，在诸多门窗之间，可能产生一种和谐的比例呼应，若墙面与墙面、墙面与门框、窗洞的高宽比值相同，它们之间就产生一种整齐的同步关系，处理得好，可能有一种文学散文中排比句一般的美。

古代西方颇为推崇建筑形式美在比例的思想。罗马时代著名建筑理论家、建筑师维特鲁威《建筑十书》，渗透着关于建筑一般形式与柱式比例的美学观。文艺复兴时期，大画家兼建筑师达·芬奇在其《画论》中说："美感完全建立在各部分之间的神圣比例关系上。"另一位著名建筑师阿尔伯蒂甚至将话说得十分肯定和尖刻；"建筑无疑地应该受艺术和比例的一些确切的规则的制约，无论什么人忽视了这些规则，一定会使自己狼狈不堪。有些人无论如何不能同意这一点，他们说人们在评论美和建筑物时有种种不同的见解，因此，构图的形式应该按照人的特殊口味和想象而千变万化，决不可以受艺术的任何规则的束缚。这种说法就像白痴蔑视他们所不理解的东西一样。"[1]

但是，这种关于建筑形式美在比例的传统建筑美学思想，遭到了布鲁诺·赛维的无情嘲讽。这位"当代最富洞察力的建筑评论家"，将比例称为"毒瘤"。说是"对于比例的狂热癖好是需要割除的另一个毒瘤"，这是"对已有习惯的一种病态的渴望"，实质是"害怕自由，害怕发展，甚至害怕生活"。所以，"无论何时，当你看到一个符合'比例'的建筑，千万当心！比例冻结生命的进程，掩盖着虚伪和浪费。"[2]可谓独持异说，不同凡响，他要求建筑形式

---

① ［意］阿尔伯蒂：《论建筑》卷Ⅵ第二节，引自陈志华：《外国建筑史》，中国建筑工业出版社，1979，第121页。

② ［意］布鲁诺·赛维：《现代建筑语言（上）》，载《建筑师》1982年第11期，第221页。

应当无比例。

那么，究竟美在比例，还是美在无比例呢？这是一个无法笼统地回答的问题。

建筑形式是否美，是由许多种因素共同决定的。符合一定比例的建筑形式可以是美的，也可以不美，假如一座新造的江南民居，暂且撇开其他形式因素不谈，其墙体立面的高宽之比符合或接近于"黄金分割"律，其比值约为1.618，那么它看上去往往是比较悦目的；假若其高宽比值大大超过1.618，或者大大低于1.618，其观感不是显得瘦长纤细，就是臃肿呆板，无美可言，无比例呢，也一样，建筑形式因而可以美，也可以不美。

建筑形式各部分之间成不成一定比例，是能否构成建筑形式美的一个显著而活跃的因素，但比例或无比例这种数学关系本身，可以是建筑形式美不美的其中一个原因，却并不是美的或不美的东西。

建筑形式的比例或无比例，通常是由一定的建筑结构所决定的。结构呢，又由一定的建筑功能要求、材料性能和技术条件等综合因素所决定的，并非可以随心所欲的。比如，在建筑的土木结构时代，承担全部荷载的横梁受本身材料性能的限制，不可能使支撑横梁的柱距过大，在横梁的一定跨度里，立柱的数量大致是固定的，过少则会影响整座建筑物的坚固性和实用性功能。这时，一定跨度里排列的一定数量的柱子，如果柱身偏高，则给人的感受是，柱距显得紧凑些，柱身偏矮，则柱距仿佛宽弛些，或者相反，这是不同审美品格的比例系统。中国明代十三陵长陵中的稜恩殿，殿内排列金丝楠木大柱六十根，最大的四柱高达十四点三米，柱径为一点一七米，这就与殿内空间、柱与柱之间形成了一定的比例关系，显示王权的神圣不可动摇。在古埃及底比斯的卡纳克阿蒙神庙中，其大柱厅长五十二米，宽一百零三米，厅内圆柱密密排列，共为十六行一百三十四根，柱径与柱长之比为1：4.66，显示出神的威慑力与对人的压抑感。如果是现代钢架结构的建筑，其柱距当然可以大些，其比值必然不同于前者。

建筑的功能要求、材料性能与技术条件等等，都是决定建筑形式是否美的最活跃、最基本的因素，所以从这些因素出发，"如果建筑物的各部分各不相同，传送着自己特有的功能信息，又何必要用'比例'来统一它们，使其信息量减少到一呢？"[1]建筑形式美在比例的观点也许过于绝对，确有不少建筑实例，由于迁就形式上刻板的某些比例关系，导致对一定功能需求的损害，甚至使"信息减少到一"，这是建筑内容迁就建筑形式的表现。

然而，排斥一切比例的建筑美学主张，在逻辑上，正如古典时期主张一切建筑形式都要合乎刻板的比例的观点一样，都似有偏颇之处。

问题在于，并非一切具有一定比例形式的古代建筑，都是完全不顾建筑功能要求的，那种追求比例的嗜好，具有历史的必然性。当社会生产力还处于较低历史水平时，具有一定比例的建筑形式，往往是当时的人们所容易把握的，而把不具有一定比例形式却应当美的建筑，一般地作为有待解决的未来课题。古典时期许多建筑师对建筑一定比例形式的把握，反映出人们在一定历史条件下对一种理性的追求；现在有人否认比例，主张无比例的"美"，又反映出人们在新的社会历史条件下，对另一种深一层次的理性的追求。这两种探求，渗融其间的建筑审美意识，都有合理的因素。

但是必须指出，无比例的建筑形式如果富于美感的话，那一定是均衡的。无比例的均衡，在均衡这一点上，同有比例是相通的，因而，这种美的无比例，不妨被看作是一种特殊的"比例"。

总之，建筑形式的这种美的比例（包括无比例的均衡），须在建筑形象的其他诸多因素中加以确定。

第三节　适度之美

与建筑比例（无比例）关系尤为密切的建筑形式美的另一基本"语汇"，是建筑形式的尺度。

尺度，一个古老的哲学与美学范畴。早在古希腊神话与荷马史诗中，就渗透着尺度这样一种历史意识。毕达哥拉斯学派认为艺术的尺度是数。诡辩学派

---

[1]　［意］布鲁诺·赛维：《现代建筑语言》，载《建筑师》1982年第11期，第221页。

的普罗塔哥拉提出"人是现存事物的尺度"[1]。柏拉图说，尺度是"多余和不足之间的适中状态"[2]。亚里士多德把尺度看作客体和主体之间某种互相衡量的关系，并且把它同对象的大小尺寸、对称均衡、适中完整等因素联系起来加以考虑。

> 一个美的事物——一个活东西或一个由某些部分组成之物——不但它的各部分应有一定的安排，而且它的体积也应有一定的大小：因为要依靠和安排，一个非常小的活东西不能美，因为我们的观察处于不可感知的时间内，以致模糊不清，一个非常大的活东西，例如一个一千里长的活东西，也不能美，因为不能一览而尽，看不出它的整一性。[3]

这就是说，一个客体对象，如果是人的感官所无法（太小或太大）把握的，就谈不上美与不美。而文艺复兴时期的阿尔伯蒂则说："我认为美就是各部分的和谐，不论什么主题，这些部分都应该按这样的比例和关系协调起来，以致既不能再增加什么，也不能减少或更动什么，除非有意破坏它。"[4]这实际上是在强调，美（包括建筑形式美）在于适当的比例尺度即适度，黑格尔呢，则断言："从本质上看，尺度就是比率。"[5]

因而建筑形式的尺度，主要指存在于审美主体与建筑客体之间的一种感受的比例关系，它是在主体与客体两个因素的对应、对比关系中确立的。宜人的建筑形式的尺度，必然是那种符合一定生理、心理要求的审美主体与建筑客体之间协调的比例关系。

假如一座建筑物，设计得十分低矮，门洞小到人不能随便进入，这不仅丧

---

[1] 北京大学哲学系外国哲学史教研室编译：《古希腊罗马哲学》，生活·读书·新知三联书店，1961，第138页。

[2] ［古希腊］柏拉图：《定义篇》，引自郎保东：《现实主义美学论稿》，南开大学出版社，1986，第191页。

[3] 伍蠡甫主编、蒋孔阳副主编：《西方文论选》上册，人民文学出版社，1964，第62页。

[4] ［意］阿尔伯蒂：《论建筑》卷Ⅵ第二节，引自陈志华：《外国建筑史》，中国建筑工业出版社，1979，第121页。

[5] ［德］黑格尔：《逻辑学》（上卷），杨一之译，商务印书馆，1966，第205页。

失了一定的居住性功能，在观感上，也会给人一种玩具之感。或者一座巨型建筑物，其主立面入口处雨篷的立柱过于细小，由于那庞大形体，已经强烈地唤起了人心理上的某种适度感，当人再来注目这过分小的雨篷立柱时，就会产生一种令人不舒的侏儒感和滑稽感。或者室内楼梯的踏步太大，大到人无法跨上去，或者太陡以至于垂直，或者太平缓，趋向于水平发展，也就失去了作为楼梯踏步的实际意义，在观赏上，也一定是令人不快的。

这就涉及到建筑形式怎样才算适度的问题。

尺度是对人而言的，人是一个真正的标尺。能够契合人一定的生理与心理需要的，就是适度。

适度的建筑形式可能有多种。

有一类建筑形式具有自然的尺度感。比如一般的厂房、仓库等生产性用房，它们注重于满足人生理性、实用性也就是物质性的建筑功能要求，注重有利于一定的生产活动与人体健康，同时，努力避免给人以心理上的不快感。具有这种尺度的建筑形式，给人的审美感受是自然平易的，情感上与人内心交流的信息相对少弱，同人不即不离，既不过于与人亲近，又不令人生厌，不唐突乖张，不似一张冷冰冰的面孔，也不过于热情洋溢，其审美品格的特点是淡味的、无色的、平和的。

有一类建筑形式具有逗人的尺度感。它们往往在满足其实用性功能的同时，更多地具有审美的意义。比如，有些建筑的内部空间比较紧凑。本来，如果建筑物内部空间尺寸小些，会引起如通风不畅、采光不足或令人压抑等弊病，但要是在技术、材料及设计上解决了空气、光照与温湿度调节等问题，有时有意将层高做得稍低，如某些现代化旅馆那样，观感上可能使人获得一种逗人的亲切感。亲切的本质，是人与人之间的接近、人的情感的交流。一座大旅馆体量巨大，为了显其宽敞、豁亮与豪华，只要经济与技术条件许可，应当而且可以将房间设计得大些，但又不能过于高大宽敞，否则就会失去亲切温暖感，宽敞未必舒适，使浪迹天涯的游子旅人住在里面感到孤寂。一个剧院的乐池，也可以设计得比实际需要的尺寸略小（以不损害其实用性功能为前提），这样，也可以增加观众与演出人员即观众座与前方舞台之间的亲切感，使舞台、乐池与观众席之间的情感联系紧密。

逗人的尺度感，是一种温馨的、淡淡的喜悦感，是建筑形式满足人生理心理需要的一种适中状态。人的生理心理需要，总是处于对立统一关系之中，一般而言，一个对象，在生理上令人起快感的，心理上也往往起美感，这是两者的统一，但有时，令人起快感者，却未必就是美的，或者，某些特定的建筑形式，可能满足了人们特定的心理性、精神性需要，却在生理上往往不能给人以快感，相反，倒是"痛感"，这是两者的对立。逗人的建筑形式尺度感，则意味着人生理心理上两者对立的消失，达到平衡适中状态。

还有一类建筑形式具有撼人的尺度感。这也就是托伯特·哈姆林所说的"夸张的尺度"感。

尺度的夸张不等于尺度的虚饰，撼人不等于不近情理。一座喇嘛庙，一个中世纪的尖顶教堂，其内部空间的尺度往往是夸张撼人的，形象却可以是真实宜人的，"宜人"即契合人某种特定的心理要求。

人生活于现实世界，其思想情感不免带有世俗的特点。人又不满足于现实的快乐，憧憬于未来，追求理想，甚至要求到"彼岸"世界中去寻找那种虚幻的"快乐"。这表现在建筑上，往往就是追求一种超越现实、超越建筑形式常规的心理要求，使一定的思想情感与愿望意志得到升华满足，造成撼人的尺度。

建筑形式撼人的尺度，一般有三种。

其一，在一些纪念性建筑上，人们往往试图使建筑的内外部空间形象显得尽可能地高大，以示其崇高，效果撼人。但创造这种建筑形式尺度的目的，并非要通过高大建筑物同人的对比，使人深感自身的渺小卑微。相反，恰恰在于显示人的伟大力量、思想的自由、感情的奔放或深沉、胸襟的开阔等等，力求达到对人的美好本质和未来现实（理想）的肯定。

其二，在一些宗教性建筑上，高大的建筑形象，夸张的尺度效果，在于对神和上帝的肯定，从而否定了人和现实。在神与上帝面前，人是渺小的。人对那巨大无比的神秘的自然和社会力量一时不能把握，于是在人的历史意识中创造了神，神是人对自然和社会客观规律歪曲思考、不能准确把握的产物，反过来成为统治人的精神性的神秘力量。因此，在宗教性建筑中，尽管人们到处把建筑美呈现在神与上帝面前，但建筑形式通过撼人的尺度，人自己将神灵及超人的超常的威慑力量降临在信徒头上。这类建筑形式的精神意义，在于迫人崇拜，让人自己甘愿在神与上帝脚下祷告。

其三，在一些奴隶主义、封建主义与资本主义社会的官方建筑上，也可能运用撼人的建筑形式尺度。这类建筑形式，在于显示出剥削阶级的最高统治者，既是现实社会的"人主"，又是"神的代表"的双重身份，既在激起人的崇高感，又要让人崇拜，是神化了的崇高感，世俗化了的崇拜感，包括对资本的崇拜。

总之，自然的尺度感意味着建筑形式平易可人，偏于实用观和理智性；逗人的尺度感，是由优美的建筑形式造成的，其特点是温馨可亲，撼人的尺度感，来自壮美或狰狞厉的建筑形式，或其形象突兀乖张，夹带着崇高感或恐怖感。具有逗人尺度与撼人尺度的建筑形式偏于审美（有时是崇拜）、偏于情感，这种情感甚至可以是狂矗不安的。

第四节　"中间"，也是"可以"的

谈到建筑形式的对称性，人们尤其不会感到陌生吧？古希腊帕提农神庙，由于其正立面那八根陶立克石柱整齐排列，山花墙尖正好安排在第四、第五两根石柱中间的上方，而使廊柱呈四四对称的态势。雅典的提修斯神庙，整个造型十分简洁，围绕于四周的一排立柱，也呈现出强烈的对称性。巴黎圣母院的正立面也是对称型的。三座大门中间一座最大，左右两座尺寸相等，彼此呼应，并且从正立面观赏，由于正立面后方的大尖塔，正好处在整座建筑的中轴线上，使这座著名建筑的对称性美感十分浓郁。中国古代建筑的对称性构图更是多见，从夏代河南二里头宫殿遗址到明清北京故宫，从皇家陵园到民居四合院，都在平面构图或正立面上呈现对称性，鲜明地体现出古代匠师所把握的整个民族的对对称型形式美的不懈追求。

对称性建筑形式构图，可以赋予建筑形式以某种"静态"的美，稳重、安详、古朴、自持。

但这种古典式的建筑形式的对称，有时也不免受到责难，它给人以某些刻板、呆滞的、不快的审美感受。在剥削阶级统治的社会里，建筑形式的对称性，有时是强权统治的象征，的确是奴隶主、封建政权、神权、族权和父权在建筑形式上的侧影，其基本主题不外是要求强权统治的稳定、秩序的神圣不可动摇、无变动和企望长治久安。这里有政权的威慑、神权的恫吓、族权的那张冷冰冰的脸和父权严厉的形象。因此，对建筑形式对称性的热切追求甚至热衷崇拜，有时也说明了社会的停滞不前和阶级统治的体面有力。

这当然不是说，我们应当将对称型从一切建筑形式构图中永远干净地剔除出去，凡现、当代建筑，都必须是非对称型的。因为，对称性与非对称性，是客观事物存在与运动的一种属性，对于建筑形式美而言，它们同样只能被发现、被把握，而不能被创造、被抹煞。

从建筑形式美的审美角度看，建筑形式无论对称型或非对称型的，只要能达到均衡，并且并不是上述那种强权统治的象征等等，都是可取的。

比方一堵墙上要开一个窗户，究竟开在哪里为美？布鲁诺·赛维认为："除中间外，别处都可以！"这是什么缘故呢？因为，倘是窗户开在中间，墙面就呈左右和上下各相对称，而"形成对称的部位是根本错误的"。①

布鲁诺是从建筑功能出发下此断语的，他对建筑形式对称型构图深恶痛疾，由此可见一斑。的确，应当从建筑的功能要求出发，去创造、欣赏与评价建筑形式的美，可是，不同建筑物的功能要求往往是不同的，不同窗户的功能要求也可能是不同的。根据各不相同的功能要求，既然窗户开在墙上的"别处都可以"，为什么"中间"偏偏就不可以呢？这是令人奇怪的。假如窗户的立面位置在墙面的中部，也是符合或者说为了满足某种特定的功能要求，那么，"中间"，当然也是"可以"的。既然"中间"也"可以"，那么，一切位置都是"可以"的，这里，可以由此创造出无限丰富多样的包括对称性或非对称性两类建筑形式的美，问题的关键，还是在于能否处处达到均衡。

第五节　均衡何以显得美

这里还要说到大名鼎鼎的巴黎圣母院。这座法国巴黎著名的建筑物，一一六三年兴建，一二五〇年落成，历时八十余年，是欧洲早期哥特式建筑与雕刻

---

① ［意］布鲁诺·赛维:《现代建筑语言（上）》，王虹、席云平译，载《建筑师》，1982年第11期，第211页。

的主要代表作。巴黎圣母院的美学成就如此邀人青睐，它那古典式的建筑形式"静态"美，显然主要是由其形体所达到的均衡所造成的。比如其主立面，由于其对称性构图，自然达到对称性的均衡效果，而从斜角看去，其侧立面是非对称性的，却仍然给人以均衡的美感，这是什么缘故？

原来，建筑师在这座建筑的侧殿和正殿交汇处，设置了一个大尖塔，挺拔而华美，将那本来在视觉上不能谐和的小尖塔、扶壁、山花墙、门洞以及十字形侧殿与多边形后殿统制了起来，成了一个达到均衡效果的强烈信息。

那么在观感上，是什么原因使这个大尖塔标立出整个巴黎圣母院均衡的美呢？

首先，在于它所处的位置。这座名建筑的侧殿和正殿交汇处，本来是一个薄弱部位，由于主立面部位体量过大，相形之下，侧殿有点给人以强弩之末的感觉。现在，在侧殿与正殿交接点上加进一个因素，就为整座建筑物这两部分之间达到均衡创造了条件。

其次，在于大尖塔本身适当的体量和色彩。它挺拔高耸，色彩感强烈，有力地"中和"了主立面部位本来过分强烈的形体信息，在"力感"上，使它与这座圣母院主立面部位构成了协调"和鸣"。如果这个大尖塔体量过大或过小，色彩过分强烈或过分微弱，那么，不是它"压倒"了主立面部位，成喧宾夺主之势，就是主立面部位"挤垮"了它，不能收到非凡的均衡效果。而巴黎圣母院大尖塔的位置、比例与尺度等处理，是恰到好处的。

均衡，构成建筑形式美的又一基本"语汇"。均衡可有多种类型。最基本、简单、常见的均衡，是建筑形式的对称性均衡，其均衡中心，必然在其中轴线上，或是在整个建筑布局的中点上。

另有一种建筑形式的对比性均衡，是通过建筑物两部分的有力对比获得的。正如律诗的对仗，音程的协和性与非协和性、节奏的急徐强弱，以及画面布局的虚实浓淡等等，都可以是对比性均衡。好比画家画树，"二株一丛，必一俯一仰，一欹一直，一向左一向右，一有根一无根，一平头一锐角，二根一高一下"[1]。为何如此？求对比性均衡也。中国古代飞翚式建筑，阔大的台基，粗壮的廊柱，厚实的墙体，与给人以轻盈之感的反宇、小巧玲珑的斗栱之间，达到了均衡，这是难得的。

还有一种建筑形式的重力性均衡。好比天平两边盘子里等量等重砝码的摆法，一为竖列，一为横列，就达到了非对称性的重力平衡。假如由同等体量的两部分构成的一座建筑物，一部分竖向序列，另一部分横向序列，那么，整个建筑形式就达到了重力性均衡，其均衡中心必然在这两部分的连接之处。体量相同的两座建筑物，一为垂直发展显其高峻，一为水平发展显其横阔，遥相呼应，那么，其均衡中心，必在两者间距的中心处。当然，在观感上，这种重力性均衡的先决条件，是两座建筑物的色彩、质感、立面、平面及地理环境等因素都要相同。如果其色彩一为暖色、一为冷色，质感一为粗糙、一为细腻，并且立面墙体、门窗设置等等不同的话，那么，即使达到了体量的均衡，其均衡中心却已不在原先的位置上了。

一座建筑物的两部分，较小部分外形单薄，体态轻盈，较大部分墙体和屋顶厚实、门窗很小，那么，这座建筑物就显得头重脚轻、无法建立均衡，如果那较小部分处理得实一些，较大部分处理得虚一些，比如多设些门窗（当然这里还须考虑实际需要与技术上的实际可能性），色彩浅淡等等，那么，也许能获得均衡的观赏效果。

如果两个物体的重量不同，要达到均衡，一定可以由此领悟到力学中的杠杆原理了，其支点其实就是重力性均衡的所在。那靠近较小重量一边的力臂一

---

[1] 于朴：《中国画论汇编》，东方书店，1962，第718页。

定较长，否则不能求得重力性均衡。因此，当两座或两座以上建筑物组成群体时，如果要使群体布局显得均衡，须根据每座建筑物同或异的体量、式样、结构、序列及色彩质地等等因素，确定一个适当的间距，并且可以用一定的建筑设计，将这一群体的均衡中心标立出来。实际上，要做到这一点并非易事，因为对建筑形式美的追求与创造，要受到社会经济条件、技术水平、地理环境、实用性功能等等条件的限制。

人的视觉，被对象世界的强烈信息所吸引。被对象所吸引，是人获得生理快感与心理美感的开始，否则，人就会感到茫然，无所适从。因此，如果一座建筑物几部分，或者两座建筑物，对审美主体的吸引力一样的话，人的注意力就会往复摆动，眼睛来回巡视，最后停在中点上，产生一种安宁的瞬时感受。因而，为了适应这种审美生理心理机制，高明的建筑师，总是愿意用一定的建筑"信息"，把这个均衡中心强调出来。对均衡中心加以强调的结果，使眼睛和心灵找到一个可以片刻停息的地方，这就成了建筑形式美的一个趣味中心，例如巴黎圣母院的那个大尖塔，在那里，建筑师们为了审美的需要，曾经做了许多好"文章"。

第六节　浓妆淡抹，美在相宜

有一位拜占庭时代的历史学家普洛可比乌斯，描绘其迈步圣索菲亚大教堂内部空间的色彩美感时形容说：

> 人们觉得自己好像来到了一个可爱的百花盛开的草地，可以欣赏紫色的花、绿色的花，有些是艳红的，有些闪着白光，大自然像画家一样把其余的染成斑驳的色彩。一个人到这里来祈祷的时候，立即会相信，并非人力，并非艺术，而是只有上帝的恩泽才能使教堂成为这样，他的心飞向上帝，飘飘荡荡，觉得离上帝不远。

这似乎有点将这座大教堂的非凡的色彩之美神化了。这种建筑形式色彩的美所以被渲染得如此绚烂，在建筑师那里，目的是要让信徒相信，世间的一切美，都是上帝的"恩泽"而并非"人力"所为。但建筑形式色彩的审美效果，大凡由此可见一斑。

大自然色彩的美简单无法描绘。苍天碧海、红日银月、绿水青山、紫卉黛草，春之嫩黄、夏之浓荫、秋之金辉、冬之皎然；神采飞扬的北极光、奇艳变幻的雨后虹霓；漓江的清波、黄山的云烟，一切都万紫千红、五彩缤纷，闪闪烁烁。

建筑色彩的美，是自然赐予与人工创造相结合的产物。我国古代北京有些皇家宫殿建筑金碧辉煌，赤柱黄琉璃瓦，汉白玉阶础，衬以高远的蓝天，色彩鲜明强烈。印度泰姬陵体由白色大理石堆砌，其穹形圆顶顶端饰一小型金色尖塔，陵体左右各以一赫红色砂石建筑相伴，前有水池倒影，背衬碧空白云，或凝仁，或飞逝，光影变幻，美不胜收。建筑色彩的丰富，令人目不暇接，心驰神往，或淡抹或浓妆，或绚烂或素雅，或艳丽妖娆或质朴自然，大自然的色彩有多少跳荡的音符，建筑色彩就有多少激情难抑的旋律。

那么，对建筑形式来说，究竟怎样的色彩才是美的呢？最好是每一幢建筑物，都应在实现其实用性功能的前提下，尽可能地契合人们必然富于民族口味而又在不断发展的审美需要，要求建筑尽可能地体现时代特点、民族风格、社会的哲学与伦理观念，与一定地域、气候等自然条件取得协调，且应在其中体现建筑师个人的审美理想，文化素养与心理气质等等。建筑色彩是否美，只有放在上述诸多因素中加以综合考察才能确定。

比如，传统的江南民居白墙灰瓦（或黑瓦）所以显得美，那是契合了生活于江南的汉民族追求质朴、淡雅、清丽、含蓄的民族审美性格，且与水乡泽国这种自然地理环境相和谐的缘故。这种建筑色彩，运用于其它地区、民族的建筑，就不一定美。又如，一般地说，热带地区的建筑色彩宜偏于冷色，寒带地区则宜偏于暖色，以求矫正温感上的不平衡。在炎热的气候环境中，冷色调的建筑色彩处理，令人似感凉爽，使心理趋向平静；在寒冷的气候环境中，暖色调的建筑色彩令人似感温暖，使心理趋向亢奋。有些建筑物色彩明度较高，使人感到亲近，有些较低，则显得疏远。这种心理距离上的亲疏感，是与色彩的冷暖感成对应的。冷色感觉疏远，暖色令人亲切。因此，尽管一幢建筑物的物理量是一定的，却由于色彩处理的不同，可以造成观感上不同的"重量"感，色彩明度高者显轻俏，明度低者显凝重。如果两座体量型式相同的建筑并列，一则色彩明度高，一则低，或一饰以冷色、一饰以暖色，就会给人以重轻不均、亲疏不一的不快感，造成构图的不均衡。如果将体量稍大的建筑物的色彩明度提高，同时降低体量较小者的明度，就有可能形成两者在"重量"感上的平衡。再如，红色往往是人们所喜爱的，在原始初民的色彩装饰中，红色是运用得最多的，红色让人联想到血与火，红色光波长而缓，给人以温暖、热烈的快感，因而在一些政治性、纪念性建筑上，红色常被用以象征热情或革命。然而"文化大革命"时期，"四人帮"搞什么"红海洋"，却给人以灼人、骚乱不安与张狂的假革命的感觉，它使人的精神处于高度兴奋与长期疲劳之中。假如一个画展的背景色为红色，多少会改变那些美术作品的色彩观赏效果，故展览会的墙壁以中性色为适宜，并且应当注意灯光的合理运用。目前有些医院的病房墙面往往饰以白色，其实最好应视病人不同生理病痛或精神创伤、设计宜合病人生理、心理需要的色彩装饰才是，故医院手术室如果用淡绿色，正好可以避免长时间医生对血观察所引起的身心疲劳。又，中国古代，有时黄色为王者之色，将宫殿的覆顶呈以黄色，以示华美与高贵，但倘若在中国民居上也饰以金黄色（虽然这黄色在意大利、法国、墨西哥等普通民居上是经常采用的），是否会讨人喜爱，看来尚需建筑色彩审美实践的检验。正如中性灰色，虽然有较大的适应性，因为"表情"不够丰富，倘若滥用。一定又会使建筑形式显得单调乏味的。

总之，浓妆淡抹，关键在相宜。只要相宜，任何建筑色彩都可能是美的。

第七节　质　感

与建筑形式的色彩关系尤为密切的，是建筑材料所造成的建筑形式的质地。

建筑材料不同，建筑形式给人的质感也就不会相同。生硬或熟软、粗糙或细腻、坚实或疏松等等，往往影响建筑形式美的审美品格。

试将石材与木材建筑加以简略比较，前者显得质感偏于生硬，给人以冷峻的审美感受，后者显得质感偏于熟软，给人以温和的审美感受。生硬者重理性，熟软者近人情，重理性者显其崇高，近人情者显其优美。西方古代以石材建筑为多见，古代中国盛行木结构砖瓦建筑。采用什么材料进行建造，首先是与一定的材料来源、地理环境、技术结构因素攸关的，是因地制宜的。然而，西方古代的"石材"与东方古代的"木材"给人的质感，或者说，在这个质感中，恰好一定程度上反映出古代东西方民族的传统审美心理与审美情趣，这是很有意味的。

同是带有崇高特性的建筑，比如埃及金字塔与中国长城，由于材料质地不同，加以其他一些因素，也在相同审美特性中见出差异来。金字塔令人压抑，长城却催人奋发。

同样建造一座中国古典式的亭子，一用木材，一用石材，虽然都造得很优美，也同样可以从这种优美之中显其不同的审美个性。前者是"温情脉脉"（秀逸）的优美；后者是"冷美人"式的优美。

如果说，木材、石材建筑往往给人以古典式的建筑形式、美感，那么，铁材、钢筋水泥建筑则具有近现代的时代风貌，而玻璃材料、塑料材料建筑等，其现代质感显然更为强烈了。

同时，建筑形式的质感，还可以通过一定的技术与美术处理，从而改变原材料的外貌来获得。人们嫌水泥柱子过于生硬，就将它的外形及色彩做到象是竹柱或木柱一般，以假乱真，借以邀人青睐，赏心悦目。公园的回廊与凉亭柱子往往采用这一手法，达到较好的审美效果，这在人工美中蕴涵着自然美的影子，或者说是一种对人化自然美的欣赏。

一定的建筑形式色彩处理，也能影响建筑形式质感的改变。色彩有如此一种特性，一般而言，暖色调、明度高的色彩（即亮色）给人感觉柔软，冷色调、明度低者生硬。为求美观宜人，或者通过施色，掩盖或改变原建筑材料质地生硬粗糙疏松的原貌，使其光滑、细腻、熟软，给人以优美的感受；或者通过敷彩，故意把本来细腻、熟软、光滑的建筑材料外观弄得粗糙生硬些，以求其特定的质感审美效果，这也是一种"宜人"。

第八章　建筑美的时代精神

　　人们能不能找到一座建筑物，可以离开它所处的一定时代卓然独立呢？不能。建筑美，并非来自少数几个建筑家才华横溢的奇思异想，归根到底，它是这样一种不可避免的、合乎规律的产物，它的发展，由一定时代的经济基础所决定，其中一定时代的科学技术是一个活跃而有力的因素，同时又深受由经济基础所决定的、一定社会的哲学；政治、伦理、艺术、宗教等社会意识形态的深刻影响，反过来，它又反映出一定时代的社会心理情绪、审美理想和时代精神。

　　在欧洲，人们把建筑说成是"石刻的史书"，建筑是历史（即以往的时代生活）为人们在现实世界所看得见的真实面貌，它是人类历史的一种特定的物质存在形式。建筑的庞大形体屹立于世，具有触目的特征，它对人类的物质与精神生活的影响，往往总是持久而深远的。果戈理写道："建筑同时还是世界的年鉴，当歌曲和传统已经缄默的时候，而它还在说话哩。"[①]雨果称巴黎圣母院"这个可敬的建筑物的每一个面、每一块石头，都不仅是我们国家历史的一页，并且也是科学史和艺术史的一页。"[②]意大利的布鲁诺·赛维，在评论建筑美的时代精神时简略地指出：

　　　　埃及式＝敬畏的时代，那时的人致力于保存尸体，不然就不能求得复

---

① 中国建筑学会：《建筑历史与理论》第一辑，江苏人民出版社，1981，第32页。

② ［法］雨果：《巴黎圣母院》，陈敬容译，北京师范大学出版社，1986，第105页。

活；希腊式＝优美的时代，象征热情激荡中的沉思安息，罗马式＝武力与
豪华的时代；早期基督教式＝虔诚的与爱的时代；哥特式＝渴慕的时代，
文艺复兴式＝雅致的时代；各种复兴式＝回忆的时代。①

这段论述的一些具体结论可以讨论，然而无论如何，它有力地说明了建筑美是
时代精神的一面镜了。

暂且不论一部中国古代建筑发展史，以其发展的平稳与缓慢、缺乏剧烈的
变化，给人以东方式的宁静然而却是博大与深远的历史感，它无疑是这样的一
面时代精神的镜子；一部外国建筑发展史的发展概貌，亦是如此。它照见了那
个时代一定的社会生产力水平和生活风貌、哲理思考与审美情趣，它是历史对
人本质力量的肯定性实现。

第一节　历史的长河如何滚滚向前

当史前建筑美在地平线上升起之时，不可避免地带有人类文明发蒙期那种
草创的特点。最原始的居穴、最简陋的茅舍，以及多少个世纪以后才出现具有
浓郁审美、崇拜意味的"巨石建筑"等等，一切还都是那样质朴无华。当原始
初民从渔猎向农耕时代突进的历史关头，伴随着原始歌舞、原始绘画等等的萌
生，建筑的美，也在历史的襁褓中嗷嗷待哺，它显示出初民向建筑美领域挺进
之初勇敢的尝试和不息的生气，反映了低下的社会生产力与审美力。

在古代埃及，比如大名鼎鼎的金字塔这种建筑，却在当时达到了空前的建
筑历史水平。其规整的几何形体、刚直的线条、石质的构制（误差极小）和庞
大重实的体积感，这一切技术与美的统一，是怎样奇迹般地首先在金字塔的建
造中实现的呢？

其一，古代埃及是世界上首先进入农耕社会的发达地区。由于尼罗河水时
时泛滥，河流改道，冲毁了也冲出了大量沃土，使再次丈量土地成为当时经常
发生的事情，这就历史地锻炼发展了古代埃及人的测量学与几何意识。人们首

---

① ［意］布鲁诺·赛维：《建筑空间论》，张似赞译，载《建筑师》1981年第7期，第178页。

先对直线所传达的简洁有力的美，有了深刻的领悟。既然实际生活中的测量学与几何学，总给人以实际上的好处，那种直线的测量、精确的计算，往往总能给人以愉快的感受。同时，直线和规整的几何形又是力和严峻的象征，这同金字塔所要表达的神圣主题是相谐的。这样，就导致了在金字塔的造型上，显示出基本构图的整齐一律和直线的抽象美。

其二，尼罗河两岸一向缺少质地优良的建筑木材，因而古埃及人的原始房屋，开始时一般是由棕榈木、芦苇、纸草和粘土建造而成的。虽然那里有的是花岗岩石材，但是当时的社会还没有提供有效的生产工具，足以把它们开采出来。直到公元前三千纪的埃及古王国时期，由于社会生产力的初步发展，采石才成为可能。这种石材具有坚硬的质地、无比的沉重感以及不易被大自然和人力损蚀的特点，使得它不仅在技术上成为建造大型、坚固的金字塔所必需的、理想的材料，而且也契合古代埃及人要求灵魂不朽的原始宗教观念和长治久安的审美心理。

其三，在一个社会生产力颇为低下的社会里，自然的力量对人来说，是尤其巨大和神秘可怕的。人不能驾驭自然，容易产生对自然的崇拜。同时，人们又深深体会到，现实生活中皇帝（法老）的威力巨大，于是又不得不对皇权加以崇拜，祈求故去的皇帝之灵的福佑。这两种崇拜在自然和社会的交和影响下结合在一起，既相信大漠、长河、高山是神圣的，又把皇帝看作能主宰一切的自然之神在人间和冥府的代表。尽管对皇帝的崇拜，一定程度上显示出人们对自然力量盲目的反抗以及对世俗力量的依附，这一部分历史却仍然以在一定历史阶段的人无法摆脱的宗教形式出现，人的本质被异化了。金字塔的建筑构思，反映了这种原始观念。金字塔是法老的无比威力和不朽灵魂的丰碑和象征，体积要尽可能庞大，以示压倒一切的威严，并且使它同尼罗河三角洲的自然风光十分谐调，以取悦于自然之神。大漠空旷、长河奔流，在尺度上，金字塔相与壮伟，不可动摇，唯使人显得渺小。

我们知道，古代印度人的原始宗教观念，是相信人本是神，或者死后终究要变成神，因而对人的残骸漠不关心，或者焚化，或者进行所谓"天葬"等等，所以印度建筑在未受到伊斯兰教影响之前，一般是没有用以埋葬死人的。古代埃及人却笃信"死人须在三千年中遍历陆水空三界的全部动物体系的生活之后才变回人的形体",人死后能否再变为人,须看三千年中的修炼而定。这样,"活人和死人的对立却显得很突出"[①],因此,如果说古代印度人认为人死后就是神、神与人的残骸无关,因而人可以任意处置人的残骸,让其自然地融渗到自然中去而不怕得罪神的话,那么,古代埃及人就非要在自然界中划出一个人为的空间环境来,建造巨大的陵墓,比如金字塔,让灵魂和人的残骸一起得到超度和安息,这是为了讨好神。像金字塔这样的陵墓,不仅是一般的葬所,而且是为了让人崇拜被神化的皇帝,使人敬畏。

古希腊的建筑美,如同它所处的时代一样灿烂。在古代西方,这是一个经济、科学和艺术空前繁荣的时代。古希腊地处东西方交通要冲,利于经济的活跃,又便于文化的交流。古代商业经济的发展,为整个文化艺术的进步提供了一个相对稳定的奴隶主民主政体。哲学、美学、文学、雕刻艺术以及数学、物理学等自然科学的勃兴,有力地促进了建筑及其美的发展。

古希腊建筑发展的基本成就,主要表现在宗教性建筑上。以宗教、纪念性建筑为例,古埃及的金字塔,表现出人对神和皇权的膜拜。在古希腊,却由于社会生产力的进一步发展,使人们有可能在扑朔迷离的神的氛围之中,开始朦胧地发现人本身。与其他艺术样式一样,在建筑美的创造中,也多少显示出某种人本主义的世界观。

古希腊的神话传说十分发达。住在奥林匹斯山上的,有整整一个神圣家族。那些神威力无比,它们似乎能主宰人的命运,决定历史的进程。但是,它们已经不只是人崇拜的对象,也是审美的对象,开始带有人的某些世俗的特点。首先,那些神虽是至高无上,但远不是完美无缺的,他们有人一样的喜怒哀乐,有爱欲、贪欲、有嫉妒,也犯错误;其次,他们也像现实人群一样,有时不免争争吵吵,做一些不太体面的事情。他们分成宗派,并且同人的世俗斗争联系起来,有的支持人在现实斗争中的这一派,有的庇护那一派。原先古埃及文化意识中人与神的严格对立,正在这里被冲破,这是一种重要的历史意识的转变;再次,宙斯虽是最高之神,但也有一些神敢于公开反对它,这表现出古希腊人对专制的貌视和反抗,反映了某种难以压抑的自由意识。古希腊的神,被赋予

---

① [德]黑格尔:《美学》第三卷上册,朱光潜译,商务印书馆,1979,第51页。

了一定程度上的现实的人性。

这影响到建筑的美，如前所述，是富于人性、人情味的柱式的采用。而且首先在神庙建筑上，成功地运用了古典柱式，发现和推崇人体的美，而不仅仅是"神"的美。从古埃及金字塔要求表现神的"美"，发展到这时表现人的美，这是一次体现于建筑的人的精神的解放。比如，雅典卫城的主体建筑物帕提侬神庙，是守护女神雅典娜的庙。它坐落于卫城最高处，材料采用大理石，装饰华丽，形象庄重典雅且呈欢愉感，它成功地运用了陶立克柱式。在神庙建筑上凝拧温馨的人的气息，这对神来说，无论如何是具有讽刺意味的。

古希腊的宗教、纪念性建筑的形象，一般是生动优美的，它一反古埃及建筑那种威严的神的面孔，开始向人微笑，虽说当它向人绽露笑容之时，有时也不免要回过头去，看看神的脸色。但在建筑结构上显得不甚合理，颇为幼稚、造价昂贵。从雕塑角度看，它们可能是些杰出的"艺术品"，其高超之处，在于象征人体美的比例尺度的绝妙应用。但从空间论，在注意其外部空间的同时，忽视对内部空间的开拓，显露出深受当时雕塑艺术影响的历史痕迹，带有人类童年时代建筑美的那种生气勃勃的、但又略嫌稚嫩的初创的时代特点。

如果说，古希腊建筑由于不够重视内部空间的刻划、注重外立面的琢磨，因而从建筑空间论来看，显得有点"非建筑"、雕塑化的话，那么，古罗马建筑就比较重视内部空间的处理。它是直接从古希腊晚期的建筑传统中承继下来的，并加以创造性的发展。首先，古罗马建筑组织了向现实世俗生活豪迈的进军，把建造宗教性的传统建筑压到最低限度，从而腾出手来，建造大量的角斗场、剧场、广场、宫殿、住宅和公共浴场，使建筑更多地走向实际生活。比如公共浴场，公元前三世纪达到鼎盛期，仅罗马一地，大型者有十一所，中小型者竟达八百所。建筑的领域扩大了，主题也开始开拓深化了，人的主题，基本上代替了神的主题。

其次，由于采用新建筑材料混凝土，由于建筑技术有了很大的改进，使希腊的古典柱式进一步发展、完善和定型。并且在建筑形体上，努力向高大方向发展。比如罗马的一个竞技场，长可六百余米，宽约二百米，看台容纳观众可二十五万人；一个大角斗场，也能容纳观众近八万。罗马城里著名的卡拉卡拉浴场占地约二十一万平方米，范围之大简直令人瞠目结舌。这真实地显示出罗马帝国的宏大气魄。罗马帝国东征西讨，趾高气扬，建造了许多凯旋门和记功柱，以此炫耀武力。比如，图拉真广场一个小院里矗立的一根纪功柱，全高度三十五米多，底径三点七米，柱身分十八段衔接而成，可沿一百八十五个石级盘旋而上，柱头上皇帝图拉真的全身雕像昂然挺立，反映了罗马帝国的雄武精神。同时，以繁荣的建筑业绩而呈一代雄风的罗马时代，还培育了它自己出色的建筑师和建筑理论家，奥古斯都时期的著名建筑理论家和实践者维特鲁威，活跃和发展了建筑美学思想，他的《建筑十书》总结了罗马建筑的实践经验，建立了城市规划和建筑设计的基本原理，使西方建筑科学和建筑美学的基本体系初具规模，影响是深远的。

古罗马建筑之美的繁荣，是它经济繁荣的一个侧影，又隐含着这个时代不可克服的矛盾。一方面它是世代劳动人民本质力量的审美对象化，另一方面又赤裸裸地反映出奴隶主统治者尚武与追求豪华的精神面貌。在雄浑恢宏的建筑风格中，沾染了骄横的习气。注意结构、讲究功能、种类渐增、型制发达、手法多变、建筑语汇丰富，又因好大喜功，有时不免粗制滥造。

古代欧洲建筑美，从古希腊到中世纪，大致经历了三次重大变化。古希腊用石材，型式基本为平顶式，以石柱撑持下向压力，往往不做墙；古罗马采用天然混凝土（主要成分为火山灰、石灰和碎石），取圆顶式，筑天然混凝土厚墙支持下向压力，中世纪呢，仍用石结构，"取尖顶式，改变罗马重拙大的风格为高秀，墙上多嵌染色玻璃窗，窗格有时成蔷薇纹，墙薄而屋高，不能撑持上层的旁向压力，于是在墙外竖斜扶柱，犹如中国破旧房屋的撑木，大教堂多如此。这三种建筑各有主要的线条，希腊用横直线、罗马用弧线（半圆形、即所谓"桥拱"）、高惕式用向上斜交线（即所谓"尖顶"），这些不同的形式都是受技术和材料的决定，这就是说，要受生产决定"[①]。

欧洲中世纪，一个神学统治与黑暗的时代，古希腊与古罗马已经绽露的人性的晨曦，在这里被抹煞，代之以虚幻的神的光辉笼罩世界，却迎来了建筑发展的一个新的突破，这主要表现在高惕式教堂的普遍建造。所谓"高惕"式（Gotische），起源于波罗的海和黑海一带的游牧民族—"高惕"族，作为中世

① ［美］哈拉普：《艺术的社会根源》，朱光潜译，新文艺出版社，1951，第27页。

纪初入侵欧洲的"蛮族"主干，在建筑上，给欧洲带来了异族的新鲜血液。

中世纪的高惕式教堂，具有鲜明的个性，石结构、冷色调，指向天空的尖顶，高旷的内部空间，渲染着神秘崇高的宗教气氛。正如黑格尔所说：

> 整座建筑却自由地腾空直上，使得它的目的性虽然存在却等于又消失掉，给人一种独立自足的印象。
>
> 它具有而且显示出一种确定的目的，但是在它的雄伟与崇高的静穆之中，它把自己提高到越出单纯的目的而显示它本身的无限。这种对有限的超越和简单而坚定的气象就形成高惕式建筑的唯一的特征。[1]

在主要型式上，高惕式教堂不同于古希腊的柱廊式建筑那样具有豁然开朗的性格，它是以几乎完全与外界隔绝的内部空间为基础的，它使得虔诚的基督徒心神收敛，一心去向往大国的"和美"。企图与外在自然和一般世俗现象绝缘，正是这种内心生活的要求。在色彩处理上，这类建筑的色彩效果力求绚烂多姿。犹如拜占庭时的历史学家普洛可比乌斯描绘迈步圣索菲亚大教堂内部空间时的观感那样：

> 人们觉得自己好像来到了一个可爱的百花盛开的草地，可以欣赏紫色的花、绿色的花；有些是艳红的，有些闪着白光，大自然像画家一样把其余的染成斑驳的色彩。一个人到这里来祈祷的时候，立即会相信，并非人力，并非艺术，而是只有上帝的恩泽才能使教堂成为这样，他的心飞向上帝，飘飘荡荡，觉得离上帝不远……[2]

而在光线处理上，较多地运用暗色，阳光被挡在墙外，或者让它透过彩色玻璃窗，投进一抹暗淡的余晖。当然，为了避免过于黑暗，窗子还是不得不开的。同时，教堂的尖顶产生了强烈的审美效果，宗教徒的修身养性、万念俱寂、独

---

① ［德］黑格尔：《美学》第三卷上册，朱光潜译，商务印书馆，1979，第81页。
② 陈志华：《外国建筑史》，中国建筑工业出版社，1979，第69—70页。

尊上帝，这标志着心灵对有限存在的超越和主体与上帝的和解。尖顶最后把教徒的理想引向天国，"方柱变成细瘦苗条，高到一眼不能看遍，眼睛就势必向上转动，左右巡视，一直等到两股拱相交形成微微倾斜的拱顶，才安息下来，就像心灵在虔诚的修持中起先动荡不宁，然后超脱有限世界的纷纭扰攘，把自己提升到神那里，才得到安息。"①在装饰上，高惕式教堂为了给人造成空间比实际更大，尖顶比实际更高的错觉，用装饰手法把平面分割开来，使人产生高大和努力上腾的心理印象。但饰面上驳杂的细节和建筑物最普遍、最单纯的轮廓，却始终处于矛盾对立之中，正如那些基督徒的心灵，一方面要努力显示虔诚的信奉，另一方面又不得不留恋现实的世俗生活一样。

欧洲文艺复兴嘹亮的晨钟，把建筑的美从中世纪的迷梦中唤醒。文艺复兴，作为新兴资产阶级的社会意识形态和革命实践运动，是从经济相对繁荣的意大利首先开始的。提倡人性、反对神性；提倡人学，反对神学；提倡个性解放，反对封建禁锢，重新发现了人，肯定了人的价值，而这所谓"人"，实际上是新兴资产阶级自己。这种发现和肯定，是以新兴资产阶级这个新的社会生产力的历史性出现为直接动力的，但其使用的思想武器，仍不免要到历史中去寻找，并加以改造和发展。古希腊、古罗马与中世纪的文明，曾经启发了多少"巨人"的头脑。

> 拜占庭灭亡时抢救出来的手抄本，罗马废墟中发掘出来的古代雕像，在惊讶的西方面前展示了一个新世界——希腊的古代；在它的光辉的形象面前，中世纪的幽灵消逝了；意大利出现了前所未见的艺术繁荣，这种艺术繁荣好像是古典古代的反照，以后就再也不曾达到了。②

涉及一切文化艺术领域。

这一时期的欧洲建筑美，是整个文艺复兴的一个重要组成部分。它托制古

---

① [德]黑格尔：《美学》第三卷上册，朱光潜译，商务印书馆，1979，第92—93页。

② [德]恩格斯：《自然辩证法·导言》，中共中央马克思恩格斯列宁斯大林著作编译局译，《马克思恩格斯选集》第三卷，人民出版社，1971，第444页。

代，实质在鼓吹革新。它受到当时蓬勃发展的自然科学的影响尤其深刻，也得力于雕塑等旁系艺术的以沫相濡。一个显著特点是建筑美的形象富于雕塑美，出现了许多雕刻大师兼建筑名家，建筑理论、美学思想也显得尤其活跃。然而根本一点，建筑美的形象是时代生活的反映。当在现实生活中所谓人性被重新肯定、新兴资产阶级大声喧闹着登上历史舞台之际，建筑的美也就不能不相应地表现那种人文主义理想。虽然最优秀的建筑作品，仍然是些宗教性建筑，但象征着人体美、肯定人的本质的古典柱式重新被采用，并且被赋予新的时代内容和历史意义，这本身是对神的灵光的大胆挑战。这不是历史的简单的重复，而是螺旋形上升。自然，这种上升同时是以当时的自然科学技术的蓬勃发展为物质基础的。比如，主要由多才多艺的建筑师伯鲁乃列斯设计建造的佛罗伦萨主教堂穹顶，是文艺复兴时期出现于意大利的第一个建筑美的杰作。这个大穹顶体型巨大，其高度、跨度前所未有，要在结构力学上驾驭其巨大的侧推力，技术难度很高。同时，作为天主教会统辖地区的这座宗教性建筑，却采用了异教庙宇的集中式型制，这是对天主教会的大胆冒犯，打破了一定程度的精神专制。大穹顶墙高超过五十米，把它安放在高十二米、墙厚近五米的鼓座上，又打破古罗马和拜占庭一般穹顶半掩半露的形体外观，把顶点大大提高达一百零七米，显得神气十足，是"巨人"的形象，审美上体现了新世纪的叛逆首创精神。而文艺复兴后期十六世纪的意大利圣彼得大教堂，是当时最高峻的一座教堂，它的设计和建造，充满了人文主义思想与科学思想的尖锐斗争，最后，毕竟是前者战胜。

十六世纪初，著名建筑师伯拉孟特首先着手设计圣彼得大教堂，采用希腊十字式基本型制，显得四臂较长，大方舒展。他受启发于达·芬奇的以大穹顶为主要标帜的集中式教堂型制的总体构思，为了建造一座能显现资产阶级人文主义理想的时代丰碑，只在其形体外观的宏丽雄伟上大做文章，而忽视对比如祭坛、信徒和神职人员举行礼拜所需的内部空间的认真构思。因此一五一四年伯拉孟特的去世，成了新教皇推翻这个不驯顺的建筑总体设计的好机会。拉斐尔的接任，用中世纪的拉丁十字式新设计方案，体现出他对教廷的忠诚。这时，德国宗教改革运动的被扑灭，西班牙对罗马的无耻入侵，使圣彼得大教堂的设计建造在封建教会咄咄逼人的反扑中推迟多年。十六世纪四十年代，曾协助伯拉孟特的建筑师帕鲁齐和小桑迦洛，一方面出于对人文主义的向往，另一方面又迫于教廷的权威，使他们的设计充满了矛盾，仿佛每一笔都饱含着痛苦的呻吟和叹息。接着，米开朗琪罗以及他的后继者断然抛弃了拉丁十字型制，大刀阔斧地实现和发展了最初的总体构思。大穹顶直径放长到四十二米左右，内部最高点为一百二十三点四米，外部穹顶上的十字架尖端高近一百四十米，使整座建筑威风凛凛地雄踞于罗马全城。并且，整个穹顶呈尺寸严谨的球面形，体现了对古希腊所谓"最美的几何形是球形"这一古典美学理想的追求，却用"上帝也喜欢圆形"这样的遁词来掩盖资产阶级人性的闪光。但是，随着十六世纪末期文艺复兴运动已成强弩之末，反动的耶稣教会强令拆去已经按米开朗琪罗方案建造的主立面，按照教会意图在局部重新进行中世纪式的构筑，导致现在人们见到的整座建筑审美效果的不统一。然而总的说来，圣彼得大教堂仍在难言的隐痛之中，高昂地唱出了新世纪的歌，成为那个剧烈冲突的时代的忠实记录。

西方建筑美发展到文艺复兴时期，还只是大致走在历史的中途，以后还有许多灿烂壮丽的篇章。当汹涌的历史大潮奔腾向前之时，回流也往往出现。文艺复兴以后，欧洲出现了两股强大的建筑美学潮流。一股是意大利的所谓巴洛克建筑，后来发展到封建势力暂时强盛的西班牙和"藩镇"割据、群雄争立的德意志，不久归于沉寂，成了罗马教廷影响下的一股文艺复兴的反拨力量，另一股是新兴资产阶级带着明显封建烙印的古典主义建筑，随着这股强大建筑潮流的兴起，欧洲建筑发展中心从意大利移到了法兰西。

十七世纪意大利的所谓巴洛克建筑，在鲜花广场教会烧死布罗诺的熊熊火光之中升起。巴洛克（Barogue），原意为"畸形的珍珠"，是后来十八世纪古典主义美学家对这种建筑流派的一个蔑称。巴洛克建筑材料精良、装饰华美，虽时有好作品闻名于世，却大都富贵气十足。建筑空间环境中雕刻与壁画作品大量堆砌，其艺术形象触目强烈，或者彤云高飞；天使来翔，或者奔马怒蹄，似乎汹汹而来，甚至把门洞做成好似鬼怪张开大口、面目狰狞可怖，手法新奇反常，形象波动流转、扭曲挣扎，反映出新兴资产阶级与没落封建贵族的殊死斗争，以及封建贵族面临没落对财富的卖弄与内心情绪的骚动不安，是不稳定的时代生活的象征。当然，有些巴洛克建筑，在技术和艺术处理上，亦有不少创新，不必一概简单地否定。

十七世纪的法国古典主义，以路易十四绝对君权统治时为极盛期。这时的一切文化艺术，标榜理性高于一切，实质也就是君权高于一切。资产阶级的唯理主义成了这股思想文化潮流的哲学基础，自然科学被强调推崇，培根、霍布士和笛卡儿的名字响彻云霄。但一切又都要为专制政体大唱赞歌。所以在建筑美的创作中，颂扬至高无上的君主，成了突出的主题。建筑家们不得不从长期埋头于宗教性建筑的事务中挣脱出来，为了皇帝与王权的荣耀尊贵，大力设计兴造宫殿性建筑。有些古典主义建筑美学理论家崇尚理性，反对建筑美的形象表现情感，他们对感性表示怀疑，不认为视觉能够发现建筑形象的美，或者说不相信眼睛发现的是什么美。以为只要依靠头脑的理性判断、依靠数学的逻辑，就能把握建筑美，并试图对它进行定性定量分析。他们要求建筑的几何构图要经得住推敲，逻辑性强，凡尔赛宫和旺多姆广场堪作典型。由于过分强调理性，排斥情感，使得建筑形象显得有点僵直，在雍容华贵之中，略呈盛气凌人的一副冷冰冰的面孔。同时，古典主义建筑的基本特点是轴线分明，尊卑有序，采用巨柱式立面排列，如鲁佛尔宫东立面，全长一百七十米，高近三十米，双柱式空柱廊，开间与进深都近四米，构图简洁、节奏明确、开朗大方，显示出封建贵族暂时的力量和信心。

然而君权的衰落，作为一股历史性的反拨力量，在建筑发展中又招来了洛可可（Rococo）风格的泛滥。建筑的"美"迅速"沙龙"化，充满了贵夫人一般柔靡妖冶的气息。王权尊严和法兰西的"爱国"热忱，被挤到了历史的一角，阴柔之美代替了阳刚之美，继之以对建筑形象精致的琢磨和繁绳的装饰。为悦倦眼，开间变小了，坚硬冰冷的墙角被抹圆了，线脚处理得很柔和，墙上装饰浅浮雕和小幅绘画，把粗犷的风格放逐出去，使其宁静优雅，避免给人以过大的刺激。打蜡的墙上，有时还大量镶嵌镜子，黄昏的反照和烛光的摇曳，正契合人倦情懒怠的心境，到处是光滑、明丽与巧，似乎一切已经到了疲惫不堪、需要歇一歇的时候了。

欧洲资产阶级革命时期的建筑美，是不同凡响的，它们洋溢着启蒙精神和革命激情，有时也夹杂着复古主义和折衷主义，弹奏出某种微带酸涩的音调。为省简篇幅，恕不赘述。

第二节　这里是一个急转弯

从十九世纪末开始，由于西方社会生产力、特别是科学技术的急剧发展，促成了社会生活的巨大变化，带来了人们哲学观、建筑审美观的迅速转变，在建筑领域酝酿着一场真正具有时代意义的革命风暴。二十世纪二十年代，欧洲建筑发展史上的古典时期宣告结束了，古典学院派建筑在被人唾骂中发出沉重的叹息，"成打的桂冠落地"，现代主义建筑大声喧闹着、以崭新的美学面貌，登上了建筑舞台。

与文学、绘画、音乐、舞蹈等的变革相呼应，第一次世界大战前后，继十九世纪末的建筑革新前驱、芝加哥建筑师沙里文之后，德国著名建筑师格罗皮乌斯，首创新型建筑和工艺学校"包豪斯"，在实践和理论两方面，极大地推动了现代主义建筑运动，开始体现建筑美历史进程的改变。可以说，沙里文是古典建筑时期的最后一位建筑家，也是现代主义建筑时期的最初一位革新手，他站在历史的交接点上。尔后，格罗皮乌斯第一个打出了真正现代主义建筑的旗帜。而一九二三年，法国大建筑家勒·柯布西埃出版了有名的《走向新建筑》一书，提出了惊世骇俗的著名定义"住房是居住的机器"，成为建筑新时代的重要标志与中流砥柱。这种"机器"观说明，现代主义建筑已经不再是同传统手工业相联系的那种老产品，它是现代大工业的必然产物。另一德国建筑师密斯也推波助澜，一反古典建筑通常运用的建筑"语汇"和繁琐装饰，疾呼"少就是多"（Less is More），提倡建筑构图的简洁明快、实用至上的建筑思想原则和技术处理方法，改变了同传统手工业相联系的古典建筑的美学标准，标志着一个功能主义的新美学原则的崛起。这一口号在反对古典建筑的繁琐装饰与忽视实用功能方面无疑具有历史进步意义，它包含着深邃的哲理。并且，标榜现代主义的建筑师在一九二八年创立了国际现代建筑协会，一时声势浩大，流布全世界，给传统的古典建筑学院派以迎头痛击。他们的代表作品，比如格罗皮乌斯的"包豪斯"校舍，勒·柯布西埃的巴黎瑞士学生宿舍与朗香教堂，密斯的巴塞罗那博览会德国馆和西格拉姆大厦，以及莱特的流水别墅等等，都有力地显示了现代主义建筑的实绩。

现代主义建筑的哲学观和美学观，在于倡导革新，反对保守，渗透着朴素唯物主义的发展观。这里，格罗皮乌斯的许多观点具有一点代表性。他说："建筑学必须前进，否则就要枯死"，"建筑没有终极，只有不断地变革"。[①]建筑美也是一样，它是随时代的发展而发展的，"历史表明，美的观念随着思想和技术的进步而改变，谁要是以为自己发现了'永恒的美'，他就一定会陷于模仿和停滞不前"[②]一切都是过程，一切都在流变，一切的客观存在都取着运动的形式，这些富有辩证思想的论述，反映出现代主义建筑流派进步的历史观。

典型的现代主义建筑，被称为"功能主义"建筑。这"功能主义"，实质是实用性功能至上，排斥古典式的艺术审美功能的，强调建筑的经济实惠。这在第一次至第二次世界大战前后的西方，可谓貌得合时。因为，大致除了美国之外，两次世界大战的结果，使西方世界的经济、政治力量遭到沉重打击，经济萧条、劳资矛盾尖锐、政权不稳，是西方资产阶级首先面临的令人头痛的社会问题。这表现在建筑上，讲究造价便宜，力图舍去一切装饰，经济实用，是符合时代要求的。这就必然使早期现代主义建筑对古典建筑的一整套传统的建筑"语汇"弃之如敝屣，此其一。

其二，这种经济实用的要求，并非少数几个现代主义建筑师的个人意志，

---

① ［德］格罗皮乌斯：《全面建筑观》，引自同济大学等编：《外国近现代建筑史》，中国建筑工业出版社，1982，第81页。

② 同上。

社会提供了使之能够实现的现实条件。大工业生产，不仅把许多性能优良、造价低廉的新建筑材料召唤到建筑领域中来，而且为建筑工艺准备了效率很高的生产工具。科学知识和技术的发展，提高了建筑设计的科学性，以便把建筑实用性功能的合理性放在首位来考虑。这样，这种关心人们物质利益的新建筑，必然给人以愉快的感受，同时，基于现代科学基础上的建筑结构的合理性，以及建筑形体的明快风格，也必然给人以理智上的快感和感情上的美感。

其三，正因为现代主义建筑从功能出发，讲究经济、科学与实用，这就开拓了对建筑本质的新认识，认为建筑空间是建筑的"主角"。

古典传统建筑或者很重视对建筑外部空间的审美，使一些宗教性建筑、纪念性建筑和政治性建筑具有强烈的精神意义，或者很重视内部空间的刻意修饰，去强调某种精神意义。这种空间处理，一般是从"艺术"审美着手的。在一些古典建筑师看来，追求建筑空间效果的"艺术"性，要比追求建筑空间的实用性更为重要，是以审美为主，实用为次。而现代主义建筑相反，他们对建筑空间的重视，不管内部空间还是外部空间，一般地说，是从其实用性功能出发的。是偏重于满足人的生理性要求的，在一些现代主义建筑家的头脑里，古典意义上的"艺术"观念是十分淡薄的。似乎建筑只有一个目的，为了实用。他们对建筑"空间的发现"，实际上是对实用性空间的发现。为了实用，必然反对古典式的某些呆板僵滞的建筑构图（因为这种古典式往往为迁就古人某种偏狭的艺术审美要求，不惜牺牲了建筑物的实用性和科学合理性），灵活采用规则或不规则的空间布局，并努力求得与环境的有机谐调。比如"包豪斯"校舍，为了满足教学、科研、生产和生活多方面的实用性要求，在空间处理上多轴线、多入口、多层次，体量对比明确，序列相互呼应，不用古典式的柱廊和雕刻，舍弃一切装饰，色感和质感都是建筑材料本身所提供的，未经"艺术"性的涂料敷施，显得朴素大方。

其四，讲究经济实用，不再去理睬古典式那一套建筑"艺术"形象的美，并不等于说一些现代主义建筑流派的代表人物没有任何审美理想。他们的审美理想，仅仅在于认为，当一座建筑物具有某种实用功能的同时，也就获得了美的属性，越是实用越美。固然，对于建筑来说，建筑的美与善结伴而行，实用与审美相辅相成，审美是从实用的土壤中孕育的，实用可以发展为审美，然而善不等于美，实用不等于审美，以实用包容甚至代替审美，是偏颇的观点，这反映了现代主义建筑美学观的时代局限。

同时，现代主义建筑是在现代科学技术基础上发展起来的，现代力学、数学、光学、材料学等不同程度上武装了新建筑，这无疑是一个巨大的历史进步。现代主义建筑十分重视建筑的真，即其材料结构的科学合理性。这可能给人一个错觉，以为真本身就是美。固然，建筑之美与建筑之真总是同时并存的，真是美的科学基础，一个建筑物，一旦在空间结构上杂乱无章，是不合理的，它断然是不美的。但真不就是美，美是真的伴随以情感、意志的审美意识的升华。如果说一座现代主义建筑是美的，那么，它美在以真为基础、以善为目的的具体而抽象的形象。因此，如果为了片面地追求建筑的真与善，人为地压抑或厌恶通过一定形象表现人的情感、不注意建筑形象的塑造，这种完全为了实用（虽然同时符合真）的建筑在历史的考验中，最终将不会讨人喜欢。因为它虽然抓住了真理，却冷淡了人情。人作为创造主体，总是要求全面发展、趋向于全面深刻地去把握世界，要求在客观对象上全面深刻地实现人的本质，因而在实践地把握世界（求善、求实用）的同时，要求科学地把握世界（求真），并且还要求"艺术"地去把握它（求美）。当在建筑这一客体上，现实的真、善、美同时得到了肯定性实现时，创造主体才能真正获得精神性的愉悦。

因此，现代主义建筑的出现和壮大是必然的，随着时代的发展，它的衰落与消亡也是必然的，它是整个人类建筑史不可或缺的一个阶段，一段气势磅礴然而必然会销声匿迹的历史插曲，它必然会被更新的建筑潮流所代替。

其五，当然，现代主义建筑作为一个流派，是偏理的、求真的、崇善的。但它的发展有一个过程，并且各个有代表性的大建筑家的建筑观念，带有不尽相同的个性特点，他们曾给建筑艺术以一定的关注。柯布西埃写道："按公式工作的工程师使用几何形体，用几何学来满足我们的眼睛，用数学来满足我们的理智，他们的工作简直就是良好的艺术"[①]。显然，这里指的"艺术"，并非真正的艺术，"用几何学来满足我们的眼睛、用数学来满足我们的理智"的，只能

---

① ［法］勒·柯布西埃：《走向新建筑》，中国建筑工业出版社，1981，第12页。

是科学。这反映了现代主义建筑典型的建筑美学观。但格罗皮乌斯对建筑艺术一定程度的注意，是真心诚意的，"我认为建筑作为艺术（注：应为"次要艺术"）……对于充分文明的生活来说，人类心灵上的美的满足比起解决物质上的舒适要求是同等的甚至是更加地重要"①。至于后起的现代主义建筑师莱特，已经开始对柯布西埃的"住房是居住的机器"这一著名观点不能忍耐了，他带着嘲讽口吻说："好，现在椅子成了坐的机器，住宅是住的机器，人体是意志控制的工作机器，树木是出产水果的机器，植物是开花结果的机器，我还可以说，人心就是一个血泵，这不叫人骇怪吗?"②现代建筑的发展，又到了一个转折的历史关头。莱特的建筑美学思想，在批判早期现代主义建筑思想的基础上，强调建筑与自然环境的有机协调，被称为"有机建筑"论。莱特认为，"建筑应该是自然的，要成为自然的一部分"；"建筑是用结构表达观点的科学之艺术"。③他的代表作是流水别墅。

其特点是一定程度上打破了钢筋水泥建造的建筑物与自然环境的对立，打破了冷冰冰的几何语汇与自然生动的地形地貌书山石林木、瀑流之间的对立。它建造于美国宾夕法尼亚州匹茨堡市郊的一个风景区，那里地形坎坷，别墅下方有瀑流跌落，这给流水别墅增加了不少柔情。同时，流水别墅型体不对称、平台高挑，布局上与自然景物互为渗透，空间开敞，形象活跃优美，比较典型地反映了所谓"有机建筑"的美学观。

二、三十年代的现代主义建筑，只偏重于解决人对建筑的物理与生理要求，忽视人的心理、精神需要，即忽视建筑的审美价值与艺术意味。这就给本世纪五、六十年代讲究人情化、乡土风格、追求个性与象征的建筑潮流的出现，在历史发展中提供了契机。摆过去的钟摆，要重新摆过来，以达到历史天平的平衡。这一建筑潮流的基本特点是偏情的，芬兰的阿尔托堪作代表。他在继续采用现代建筑材料、现代结构和现代施工技术的基础上，努力改变现代主义建筑某些建筑语汇的生硬感。比如早在二次大战前，他在冷冰冰的钢筋混凝土柱

---

① ［德］格罗皮乌斯:《全面建筑观》，引自同济大学等编:《外国近现代建筑史》，中国建筑工业出版社，1982，第79页。

② 同上书，第105—106页。

③ 同上书，第106页。

上设计藤条形，把门把手造得如人手，以增加建筑形体的人情味。他还在建筑造型上，改变直线直角的白色方盒形，大胆采用某些波浪型和曲线型，以增强美感。

大浪淘沙，时代的发展，总是把一些与时代不适应的东西扬弃了，新的建筑流派及其美学思潮的出现是不可避免的。西方建筑发展到今天，已是正在不断改变中的现代主义建筑之后呈现多元倾向，发展当然是无止境的。

以上粗略地论述了主要是西方建筑美发展的一个大致轮廓，只是想就建筑美的时代精神这一点，按一按建筑美历史发展那沸腾的脉搏，力图理出一条发展线索来，这条发展线索说明：

一，建筑美的时代主题是人，表现人、反映人的思想情感、意志利益，满足人的生理心理、物质精神、实用审美认知甚至崇拜等多种要求。由于历史生活是具有时代阶段性的，因而每一历史阶段的建筑美，不可避免地带有时代精神的烙印。古典时期建筑美的时代精神，突出地表现为神和王权，然而这两者，是在一定历史条件下人的异化，反映了人类怎样经历了一条艰苦曲折的历史发展之路。人把自己创造的建筑美奉献给神与王权，心甘情愿地居于它们两者的脚下，这反映了人对神与王权的依附，人是不自由的，或是反映了神性（王权具有世俗化了的神性）与人性的冲突，此岸与彼岸、统治者与被统治者的冲突，这些冲突都是历史性的。尽管建筑美的历史发展之路如此不平坦，最终必将是人的战胜。尽管现代主义建筑远未能全面深刻地表现人丰富的本质，它毕竟使建筑的"美"，大致上收敛了神的灵光，放射出世俗美的光辉。同时也可以想见，当王权在地球上逐渐消亡时，建筑美也将愉快地失去它那歌颂王权的歌喉。

二，古典时期的建筑美偏于"艺术"与情感，现代主义建筑美偏于科学与理性，未来的建筑美，必将达到科学与"艺术"、理性与情感在新的历史水平上的高度统一。

三，建筑的发展是一条历史的长河，它是分阶段的，彼此又密切地联系着，这种历史联系是客观必然与主观人为的统一，有时是一种历史的"断裂"、急转弯与突变，其发展的内在动力，是建筑美的传统与现代之间的矛盾冲突，因为每个时代都有"传统与现代"的问题。

第三节 "传统与现代"的对话

传统：每当建筑美的历史发展处于历史转折关头，作为传统，总免不了要被激烈地争论褒贬一番的。或者将传统捧之上天，几乎到了狂热崇拜的地步。比如在我们中国，可以说，历来是十分重视建筑美传统的，一讲到古代营围制度，当推《周礼·考工记》，一想到土木结构，就追溯到七千年前的浙江河姆渡。中华民族的传统审美心理，往往习惯于"老祖宗总是对的，老祖宗的一切都是好的"。当然，祖宗成法也是不能破的。如果说，西欧中世纪曾经盛行过以上帝为美的美学思潮，那么在中华大地，如此走运的是老祖宗，却不是上帝。人们传统的审美意识，是以老祖宗为美的。老祖宗就是传统，传统也就是一种"美"。因而，在整个文化上，有所谓"非三代两汉之书不敢观"这一历史癖好。无论何事何物，历史愈悠久，亦即传统愈老，便愈是令人肃然起敬。谁要越雷池一步，便给你一个数典忘祖的罪名。

因此在建筑文化意识上，也大有唯大屋顶、高台基、斗拱、中轴线、土木结构与群体组合为高、为美的执拗劲头哩！历史上，且不说《考工记》、《营造法式》之类著作曾经禁锢了多少富于创造与奋进的头脑，就说在新中国初年吧，一讲要坚持"民族形式"，似乎就是大屋顶了。于是，到处都是大屋顶这张传统的老面孔，弄得千人一面、千部一腔，岂不令人生厌。大屋顶，自然可以说是中国民族建筑的一个主要外部特征，但于百年来陈陈相因，缺少狂烈的、震撼人心的变更，这种情况，难道不是与所谓"天不变，道亦不变"的哲学思想相吻的吗？连我自己，也觉得有点不能忍受了。

现代：你作为建筑传统，能够如此严于解剖自己，这实在是十分令人钦佩的。的确，传统是一种历史惰性，它是一种无形的"力"，当现代建筑急迫地要求举步向前时，它总是让人不得不扭头向后看。传统的力量是可怕的。正如马克思在《路易·波拿巴的雾月十八日》一文中所说，"一切已死的先辈们的传统，像梦魇一样纠缠着活人的头脑，当人们好像只是在忙于改造自己和周围的事物并创造前所未闻的事物时，恰好在这种革命危机时代，他们战战兢兢地请出历史的亡灵，借用他们的语言、战斗口号和衣服……以便演出世界历史的新场面。"

但是，你作为建筑传统自己，也不必妄自菲薄。传统建筑，比如中国古建筑，人们固然不必对其崇拜得不敢越雷池一步，但难道真的没有一点值得肯定的好东西吗？恰恰远非如此。我们的目标是创造与前进，创造与前进是需要条件的。而传统作为条件，实在必不可少。"人们自己创造自己的历史，但是他们并不是随心所欲地创造，并不是在他们自己选定的条件下创造。"①这一点，是值得令人深思的。

传统：这我就有点不明白了。比如，西方现代主义建筑，好像是突然从地下冒出来的，它们根本不把建筑传统放在眼里，它们是彻头彻尾反传统的，它们的发展，是不以承继传统为条件的。难道不是这样吗？当现代主义建筑大声喧闹着登上建筑美的历史舞台之时，古典学院派建筑，在被人唾骂中发出沉重的叹息，"成打的桂冠落地"，连在文艺复兴时期被大颂特颂的古希腊、罗马的建筑传统，也被弃之如敝屣，古代建筑大师们的建筑美学思想，也似乎变得一文不值了。这种种历史事实，人们是记忆犹新的。而且由此可见，人们对待建筑传统的态度，除了前面所说的或者将其捧之上天之外，还有不屑一顾、按之入地的。

现代：此言差矣，不敢苟同。诚然，西方现代主义建筑是蔑视一切传统的，它们标榜要与历史传统斩断一切历史联系，实际上是办不到的。记得有一位伟大哲人这样说过：发展，就是以一个否定另一个的方式彼此联系着。从西方古代建筑到现代主义建筑，这无疑是一个历史的发展，一种大踏步的跳跃，然而，这种发展与跳跃，并不是历史的断裂，而是以后者否定前者的方式彼此紧密地联系着的。这种否定，其实就是扬弃。我们说，在现代主义建筑上，的确已经见不到希腊柱式、罗马的斜扶柱与中世纪的教堂尖顶，但是，正因为历史上曾经出现过柱式与教堂尖顶之类，作为一种对立的"力"，才在现实中，促使现代主义建筑师们，找到一种不同于古代的、新的建筑"语汇"，创造出不同于古貌的崭新的建筑美。唯其因为作为传统，历史上独多那些宗教性建筑与宫殿建筑，才促使现代主义建筑将目光较多地投向世俗与大众，唯其因为历史上曾

---

① 马克思：《路易·波拿巴的雾月十八日》，中共中央马克思恩格斯列宁斯大林著作编译局译，《马克思恩格斯选集》第一卷，人民出版社，1972，第603页。

经盛行过洛可可与巴洛克那些重装饰、重情感的建筑传统，才使得尤其是早期现代主义建筑。痛下决心，企图不要任何装饰，以及追求那种注重理性的、冷峻的建筑美学风格；唯其因为古代建筑偏重于创造"艺术"的美，才恰好给现代主义建筑的技术美、"机器"美，提供了一个十分广阔的创造天地。柯布西埃的"住房就是居住的机器"、密斯的"少就是多"，还有所谓"装饰就是罪恶"等等建筑美学主张，虽然未免有点偏激了，但是，对于那些陈腐的建筑美学教条来说，无疑体现了一种新的建筑审美理想，是对西方古代建筑传统的一个积极的反思。当然，现代主义建筑的出现，究其原因，除了传统对它必不可免的影响以外，还因为自然科学的发展、新建筑材料的出现以及新的社会需求等等因素，一句话，新的社会生产力造成了现代社会物质与精神生活的新的需要，这是必须加以指明的。但是，传统这一强有力的因素，作为现代主义建筑发展的助因，是断不能排除在外的。因此，你所说的对建筑传统所谓"不屑一顾、按之入地"云云，并不意味着现代主义建筑是什么空中楼阁，它，的确是反传统的，但又并不是超历史、与传统毫无关系的。

传统：言之成理。所以应当说，将传统捧之上天是不对的，它将建筑传统中精华与糟粕都绝对化与凝固化了，它以形而上学的思辨，显示出一种不合时宜的蠢笨的保守性，挡住了现代建筑前进的步伐；同时，企图摆脱建筑传统的任何影响，也是绝对不现实的。作为现代建筑，它有长长的未来与无限的生命力，然而，好比孙行者一个跟斗十万八千里，也不能翻出如来佛的掌心。正如贝聿铭所说，不管现代建筑怎样"骄矜自恃"，"我却不相信，人们在前进时能够割断过去。我想，过去是强大的，它已走过一大段生命之路"①。

现代：问题的关键在于，当人们面向未来时，应当怎样正确地对待建筑的传统与现代呢？作为建筑的现代，也许我总是讨人喜欢的，人们的眼光，一般也总是盯着现代。但是，正确地对待现代，实际上也就是正确地对待传统的问题。"传统与现代不论在时间上或意识上都是一个连续体，不能硬划出一道鸿沟来。传统与现代尤其毫无价值判断的意思，'传统'曾威风八面地解决当年所面临的问题，一如'现代'必须努力解决今天所面临的问题一样，否则文化就会

---

① ［美］贝聿铭：《论建筑的过去与未来》，《世界建筑》，1985年第5期，第71页。

解体。"因此,"所谓'检讨传统以继往'自然毫无固守传统残垒的意思,而是打开传统的库藏,以现代意识为准衡,重新作一次估评,使暗淡的宝藏重现光辉,以激发先天的潜力,创造出属于自己的'现代',而不是以人家的'现代'为'现代'"。[①]

传统:是的。作为传统,我希望而且应当得到现代的重视,重视传统,并不等于复古。但是,除非偶尔作为现代生活的点缀,为的是让一部分人去发思古之幽情,一般地说,人们不希望在现代社会中大量地出现我那古老的身影。我敢相信,倘若那仿古建筑铺天盖地、潮水般地涌来,是一定会与现代生活的节奏、情趣以及实用性功利目的格格不入的。我期待着在现代建筑中获得不息的生命,那里蕴涵着我的灵魂与根,好比"蜜中花、水中盐,体匿性存,无痕有味"。

现代:我希望在自己的血管里流着母亲(传统)的血,但一般不认为,倘若到处是母亲衰老的面容,会是适合时宜的一件事情。我知道,建筑传统的力量,是一种可怕的历史惯性,又是现代建筑美蓬勃发展的一个温床。从传统到现代,无疑是一种创造,创造是对传统可怕的、剧烈的破坏,又是对传统的一种温情脉脉的依恋。如果旧时代的建筑传统有利于现代生活中新建筑美的创造,这种传统为何要一概抛弃呢?如果旧建筑传统同新时代格格不入,又为什么要对它一往情深,依依不舍呢?

传统:那么,中国当代建筑的出路何在?还要回到普遍盛行大屋顶、土木结构的时代去吗?看来这不大可能。那种"民族化",当代中国人是不会接受的。然而,走西方现代主义建筑的老路又怎样呢?而实际上,这条路已经在走了。贝聿铭说:"当我返回中国时,我吃惊地发现,国际式早已到达那里。岂止是到达而已,简直是已经压倒一切。"[②]他并且指出,"这种结局却是灾难性的。"如此说来,中国当代建筑的前途岂非有点茫然?

现代:有人曾说,整个中国的现代化,遇到了两种有害的民族心理:一、古代误以为中国处于世界之中心的民族心理,以及中古以前中国强盛的历史所长期造成的民族优越意识,使得闭关锁国,固步自封,夜郎自大,盲目排外;二、鸦

---

① 贺陈词:《建筑上的"传统与现代"问题》,《世界建筑》,1982年第2期,第70页。
② [美]贝聿铭:《论建筑的过去与未来》,《世界建筑》1985年第5期,第71页。

片战争开始的一百多年受帝国主义侵略的屈辱史，培养了一种民族的自卑意识，新中国的成立，使民族自尊心得到了强化，但恕我直言，这民族自卑的阴影目前不同程度地还在。说到当代中国建筑的出路，除了使现代化与民族化相结合，没有其他道路可走。但这是一条艰难的路，必须在心理上，与那种盲目的自满与自卑意识作不懈的斗争。在当今建设四个现代化、实行开放政策之际，盲目排外的保守思想固然还有在作祟的，但民族的自卑意识是尤其有害的。

传统：请你说说，当代中国建筑，如何才能做到民族化与现代化相结合呢？

现代：这问题很棘手。实际上，由几千年孔夫子的中庸之道所熏陶的中华民族，发展到当代，在思辨方法上，却往往喜欢走极端，真是怪事。一讲要建筑"民族化"，就以为西方现代主义没有一点可以肯定的，人们会以一九七二年美国圣路易斯城的帕鲁衣特·伊戈住宅区全部被炸毁一事，作为现代主义建筑已经彻底失败、一无可取的明证，殊不知在我们这里，目前缺少的恰恰是这一类建筑，一说要"现代化"，又把目前在西方已经过时的现代主义建筑捧为样板，对我们老祖宗几千年的民族建筑传统嗤之以鼻或投以仇视的目光。什么时候，我们才能在哲学、美学思想上找到传统与现代之间的一种合力，去把握两者的中介呢？

应当说，当国际式（现代主义）建筑在全球泛滥之时，作为经济上十分落后的中国，受到它的严重影响是不可避免的，直到如今，九百六十万平方公里的中华大地，仍然大有适合其"生存"的肥壤沃土。因为只有现代主义这种偏重于实用的建筑，才能较快地，比较省俭地、初步满足十亿人民的居住要求。

但是，凡是合情合理的，都是应当存在的，凡是存在的，却未必都是合情合理的。国力的不足，人民的急需，成了呼唤现代主义建筑的巨大的时代要求，却暂时压抑了对中华民族优秀建筑传统的向往。因而，随着时日飞逝，照搬现代主义建筑的做法，即使在中国，也必将成为过去。但那并不是现代主义建筑在中国的失败，而是一种圆满的结束，一个优美的句号。不过，现代主义建筑之所以必然会退出历史舞台，那是不能适应新的更全面多样的时代要求的缘故。比如一种普通的食物，人饥肠辘辘时，一定会对它赞不绝口，深感美不可言的，一旦人拿它塞饱了肚子，又厌它怎么不好吃，现代主义建筑的历史命运正是如此。因此，西方在现代主义建筑盛行之后，便有适合更高口味的后现代主义建筑的出现，当代西方建筑思潮趋向多元化，这是对现在看来，尚不够合情合理的现代主义建筑的一种反拨。

中国当代建筑，一般而言，还处在模仿西方现代主义建筑的历史阶段。但所谓建筑民族化与现代化相结合的建筑美学主张已经提出来了，这种有关建筑的民族传统与现代相统一的建筑美学思想，其实是与当代西方正在盛行的后现代主义、多元化的建筑潮流相通的。人们可以看到，当代国外所谓的那些"有机"建筑论、"流动空间"说：注意建筑的矛盾性与复杂性以及关于"灰"的理论等等，在中国古代建筑传统中都不难找到它们的存在。因而可以说，走民族化与现代化相结合之路的中国未来建筑，实际上是与当代国外先进的建筑潮流，大致上取同一步调的。

没有一个自立的民族，它的建筑美学不具有在一定国际环境中自立的民族性。一部西方建筑史，不可避免地曾经受到中国、印度与埃及的国际影响。这种影响，对于那些接受影响的民族来说，往往是以"现代"的面目出现的，而那些民族自己的东西，就被称为"传统"。因而如果说，传统特色，是处于一定国际"现代"环境中某种民族建筑的个性的话，那么，其外来的影响，即国际"现代"潮流，恰恰是它的共性。共性是不能离开个性而存在的。"现代"消融在"传统"之中，"传统"却应当在"现代"中得到升华。对于那些美学意义上成熟的建筑而言，具有民族传统的个性是重要的。君不见西欧从希腊神殿建立起来的"几何审美观"，两千多年来不管怎样风风雨雨，接受过多少属于"现代"的国际影响，其间也曾经楔入过不成熟的自然审美观，但作为西欧建筑美的传统，却仍然是一种几何审美意识。这一点，对我们讨论中国建筑民族化与现代化相结合这一建筑美学问题，是具有启发意义的。

第九章 建筑美的民族特色

建筑美，不仅是时代的镜子，在历史的长河里不息地奔腾，而且，也是民族的一个鲜明的标帜，具有独特的民族特色。对于中国古代建筑美来说，尤其应当作如是观。

民族，"人们在历史上形成的一个有共同语言、共同地域、共同经济生活以及表现于共同文化上的共同心理素质的稳定的共同体。"[①] 在阶级社会里，任何民族内部，无疑存在着对立与斗争，但由于民族是这样一个具有"共同语言、共同地域、共同经济生活"的"稳定的共同体"，这种历史的与现实的、自然的与人为的基本因素，决定了任何民族内部，在列宁所谓"两种民族文化"即对立的阶级文化存在的同时，必然还存在一种"共同心理素质"的"共同文化"。这种就一个民族内部而言的共同文化——心理结构，恰恰成了这个民族有别于其他民族的独特的东西。

建筑美，也是一定的哲学与科学思考、宗教与伦理观念、技术与艺术情趣及其处于这些社会意识之中独特的民族美学思想的一种具体表现形态。比如，中国古代建筑美的基本民族特色在于：土木结构、横向铺排的空间群体组合、体现出重阔大的空间意识、清醒的世俗理性精神、强烈的民族伦理观念以及与此相谐的审美情趣，它是中华民族共同心理素质的生动反映，是民族性格、民族精神与灿烂历史的象征。

---

① ［苏］斯大林：《马克思主义与民族问题》，中共中央马克思恩格斯列宁斯大林著作编译局译，《斯大林全集》第二卷，人民出版社，1953，第294页。

第一节　以农立国与土木结构

与西方古代的石材建筑相比较，中国古代建筑的一个显著特色是土木结构，它的形成与中国自古以农立国有关。

亚洲大陆东部即炎黄子孙生息之地，是古代世界农业起源发展的最早地域之一。据考古，陕西岐山县斗鸡台、西安半坡出土的大量炭化粟粒，证明这里是世界上最早栽培粟（禾）的地方，距今已六、七千年，在浙江河姆渡新石器文化遗址曾发现大量籼稻粒，说明早在七千年前，华夏初民已种植水稻；北方小麦的栽种大约与此同时，可由河南陕县东关庙底沟原始社会遗址出土的红烧土留有麦类印痕得到印证；这里又是茶树的故乡，《茶经》有所谓"茶之为饮，发乎神农氏，闻于鲁周公"之说，其他如稷、豆、萝卜、柑、栗、桃、李、枣、柿等植物果蔬的培植都是极早的。

因此，当炎黄子孙从事原始农业生产之时，这种以农为生的经济生活，早早地催醒了中华民族关于农业生产的对象即土地与植物的历史意识与审美感情。远古神话由此塑造了一个"分地之利，制耒耜、教民农作"的神农氏的美好形象，古籍又有"后稷教民稼穑"之说，进而古代国家被异称为"社稷"，雄辩地说明这种重农甚至崇农的历史意识，崇拜与审美的观念，是怎样深深地渗透在传统的民族心理之中。

同时，华夏初民定居之地，当时气候温润、森林植被，这种得天的自然条件，使得人们开始营造之日，就地取材，很自然地会将搜寻建筑材料的注意力，放在随处可见的土与木上（况且对于土与木，人们怀有如此美好的感情），这就促成了中国古代建筑一开始就朝着土木结构的方向发展。

土木结构，渊源流长。原始初民的穴居、半穴居，挖土成穴为常见。穴居之顶盖、半穴居之支架已启用了木材；穴居主用土，巢居全部以木为材料，此后穷土为台基、版筑为墙，材料是泥土，又远古的屋顶是"茅茨不翦"的，材料取自植物自不待言；进而技法大进，由制陶发展到烧制瓦与砖，周代初已有瓦，"战国"出现精工的花纹砖与大块空心砖，由此推见砖之发明必在"战国"之前多年。又，古代"柱立"曰"植"，"植"，即筑墙两端所竖的木柱，所谓

"属其植","植,筑墙桢也。"①土木结构式,这是无疑的。

据考古,约早在七千年前,进入氏族社会的华夏族,已在北方黄土地带营木骨泥墙房舍与南国水网地区建干阑式木屋,浙江河姆渡木结构建筑遗址、陕西临潼姜寨仰韶遗址、西安半坡遗址及由母系进入父系社会带有私有制烙印的龙山文化遗址,证明那是古代土木结构建筑美的初创期,自一九五九年起,在河南二里头对"夏墟"的发掘,揭开了夏文化土木建筑遗构的历史帷幕,商之强盛,青铜器迎来了古代建筑美的初步繁荣,所谓"殷人重屋,堂修七寻、堂崇三尺,四阿重屋"②。郑众说,"重屋者,王宫正堂若大寝也,其修七寻,五丈六尺","四阿,若今四柱屋。"当时,土木结构技术已经相当高超,"殷纣作琼室,立玉门"③。诚如墨子所说,"纣为鹿台糟丘,酒池肉林,官墙文画,雕琢刻镂,锦绣被堂,金玉珍玮"④,十分气派。

到目前为止,考古探知的岐山凤雏最早的四合院遗构为土木结构式;毁于楚屠咸阳的阿房宫是土木结构式;由汉之萧何主造的以示"天子重威"的未央宫,"以木兰为棼橑(木兰,香木。棼橑,栋椽),文杏为梁柱(杏木之有文者),金铺玉户,华榱璧珰,雕楹玉碣,重轩镂槛,青琐丹墀"⑤。说明未央宫除石为础,玉为饰,其主体骨架仍是土木结构的。又如,早期佛塔,均为木塔,如永宁寺塔,"架木为之,举高九十丈"(注:当是古制),因是木构建筑,于永熙三年二月为雷火所焚。"火初从第11级中平旦大发,当时雷雨晦暝,杂下霞雪,百姓道俗,咸来观火。悲哀之声,震动京邑。"并说"火经三月不灭。有火入地寻柱,周年犹有烟气。"⑥此说不免神秘夸张,但字里行间,渲染了木结构建筑易遭焚毁那种悲壮的历史气氛。

总之,虽然由于历史推移,地域差异,不同功能要求,或因异族建筑文化

---

① 郑玄:《周礼·夏官》,覆刻元相台岳氏刊本,第314页。

② 《考工记》,黄干:《仪礼经传通解续》卷二十五上,杨复订,宋嘉定十六年南康军刻元明递修本,第8页。

③ 张衡:《东京赋》,萧统辑:《文选》卷第一,鄱阳胡氏重校刊本排印本,第5页。

④ 刘向:《说苑》卷二十,明刊本,第4页。

⑤ 无名氏:《三辅黄图》,张宗祥校录,古典文学出版社,1958,第14页。

⑥ 杨衒之:《洛阳伽蓝记》,吴氏刊本,第12页。

渗入，审美观的发展，古代中国亦有以砂石、草苇、竹材等天然材料及琉璃、金属等人工材料从事建造的，比如，常以石为础，汉代以降出现石材建筑，四川石阙、山东孝堂山武梁祠石屋及河南舞阳石墓等均为显例，石窟建筑亦曾发出铿锵音调于一时，然而石材建筑，一般总在一时一隅，终非主调。

土木结构，无疑是中国古代建筑美表现于建筑材料及结构的一个主旋律。人们对于土木表现出高度的历史兴趣，却几乎没有如古代西方那种浓厚的摆弄巨石的历史嗜好。

建筑材料对于建筑美性格的形成，具有深刻影响。"假如雅典娜的神殿巴特农不是大理石筑成……将是平淡无力的东西。"[①]这是因为，凡建筑美，必通过一定的建筑形象形式才能将一定的美之观念对象化物态化，这形象形式又须依赖一定的建筑材料，按科学与美学规律构成。因此，"如果在探索或创造美的时候，我们忽略了事物的材料，而仅仅注意它们的形式，我们就坐失提高效果的良机。因为，不论形式可以带来什么愉悦，材料也许早已提供了愉悦，而且对整个结果的价值贡献了很多东西。"[②]

的确，由于土木结构，中国古代建筑的质感一般比较自然质朴、熟软、火刚烈而非生硬，给人以柔韧与轻盈感，木质建筑内外部空间形象的装修，其自然纹络具有自然天趣，有些则散发出木材特有的芬芳，且易对之进行美饰，为建筑的艺术加工提供了广阔的天地。此其一。

其二，由于土木结构，梁柱等构件主要起了承重作用，木材构件构成了房屋骨架，因而，土木结构是古老的，也是颇为合理的建筑结构。墙主要不是用于承重，只起围护之用，故有"墙倒屋不倒"的特点，因而建筑内部空间的划分、隔断与连续十分灵活。为求土木建筑的坚固耐用，在重力学意义上需要建筑结构的群体组合式，以利于建筑个体与个体间的相互撑持。恰好，土木的可塑性大，在材料学意义上，这种材料为建筑的群体组合提供了更多便利条件。在审美意义上，中国古代群体组合的亭台楼阁、庭院几重进深的平面铺排，使人能慢慢游览于丰富多样有机结合的建筑空间环境，使建筑整体形象逐渐展现于眼前，令人深感生活的安悠与建筑内外部空间环境的近人可亲，这里，渗透

---

① ［美］乔治·桑塔耶纳:《美感》，缪灵珠译，中国社会科学出版社，1982，第52页。
② 同上。

于建筑美形象的空间意识，其实已蕴涵着时间的因素。

其三，土木结构使中国古代建筑独具风采的建筑构件斗拱应运而生。斗拱的起源与应用，首先出于结构力学上的原因，而不在于审美上的考虑。为保护尤其是高大宫殿建筑的夯土台基、外围木柱与土墙尽可能免遭曝损雨蚀，在功能上必然要求屋盖檐部出挑深远，因而产生檐部出挑这一实用性功能要求，与由于土木材料力度问题、檐部不能出挑过深的矛盾。为求解决这一矛盾，斗拱应运而生。斗拱，一种承重悬挑构件，它起了使尽可能出挑的檐部有所依托的作用。斗拱亦用于建筑内部空间，其应用缩短了梁枋的跨度，分散了内部空间结构构件节点处的剪力，具分力之效。然而，斗拱又成了中国古代建筑美所独具的一个民族标帜，人们进一步对它加以美饰，成为统治阶级伦理观念的一种象征，斗拱本身结构的错综之美，能给人以愉悦的美感。

第二节　崇尚阔大的建筑空间意识

你也许早已注意到，中国古代建筑，具有阔大雄硕的建筑美学风格。所谓阔大，就是建筑物虽然一般不显高峻（与西方古代某些石材料建筑相比，这个特色是很显然的），但却具有群体组合、横向铺排的民族特点。这一点，表现得最明显的，是古代宫殿与都城建筑。

比如说，秦代的阿房宫，据《三辅黄图》记载：

> 惠文王造，宫未成而亡。始皇广其宫，规恢三百余里。离宫别馆，弥山跨谷，辇道相属，阁道通骊山八十余里。表南山之巅以为阙，络樊川以为池。

古代一里，为一千八百尺，秦汉时代，一尺约等于现制零点二三米，换算的结果是，整个阿房宫苑周长，约为十二万四千二百米，合一百二十四点二公里。再看"前殿阿房，东西五百步，南北五十丈，上可以坐万人，下可以建五丈旗"[1]。古者三百步为一里，一步为六尺，可见阿房前殿东西跨合现制六百九十

---

① 司马迁：《史记》卷六，武英殿本，第193页。

余米，又据《数理精蕴》一书，"十尺为丈，十丈为引，十八引为里。"故阿房前殿的南北进深当为一百十五米。这种规模，在当时实属罕见。

秦代开此尚大之风，汉以相继。如汉之未央宫，据《三辅黄图》，"周围二十八里，前殿东西五十丈。"也颇了不起。到了唐代，此尚大之风颇有愈烈之势。比如，唐之大明宫的麟德殿，仅此一处占地竟达五千平方米，由此可推见整个宫苑范围之大。唐朝长安，为当时世界上最大的城市。这座古城平面略呈长方形，东西近万米，南北愈八千五百米，城墙厚达十二米。城内规整划分为一百零八里坊，簇拥着位于全城最北部中央的宫城与皇城。且通衢大道纵横贯穿，宽敞挺拔。如位于全城中轴线的南北大道阔一百五十米，皇城与宫城间的横街宽达二百米，即使最狭的小巷，也有二十五米之宽。

《中国建筑史》曾列举世界古代十大都城作为比较，使中国古代建筑这种崇尚阔大雄硕的美学风格，显得更为清楚。

都城名称	面积（平方公里）	建造年代
唐长安	84.10	始建于公元583年（即隋之兴城）
北魏洛阳	约73.00	公元493年
明清北京	60.20	公元1421——1553年
元大都	50.00	公元1267年
隋唐洛阳	45.20	公元605年
明南京	43.00	公元1366年
汉长安（内城）	35.00	公元前202年
巴格达	30.44	公元800年
罗马	13.68	公元300年
拜占庭	11.99	公元447年

中国古代七大历史名城平均面积为五十五点八平方公里，外国三大古城仅为十八点七平方公里，其规模占压倒优势。以中国最大的唐都长安与外国最大的巴格达相比，前者约为后者的二点八倍。即使中国七大古城中最小面积的汉长安（内城），亦比巴格达大约四点五平方公里，且建造年代前者早于后者整

整一千年。同时，这种重阔大的建筑美学风格一直延续到明清而未有根本改变，可见绝非偶然现象。

那么，这种表现在宫殿与都城建筑崇尚阔大的建筑美学风格的成因，除了与中国古代比较发达的建筑生产力发展水平有关以外，还有其他什么潜在的历史原因吗？

笔者以为，这与中国古代独特的建筑空间意识密切攸关。

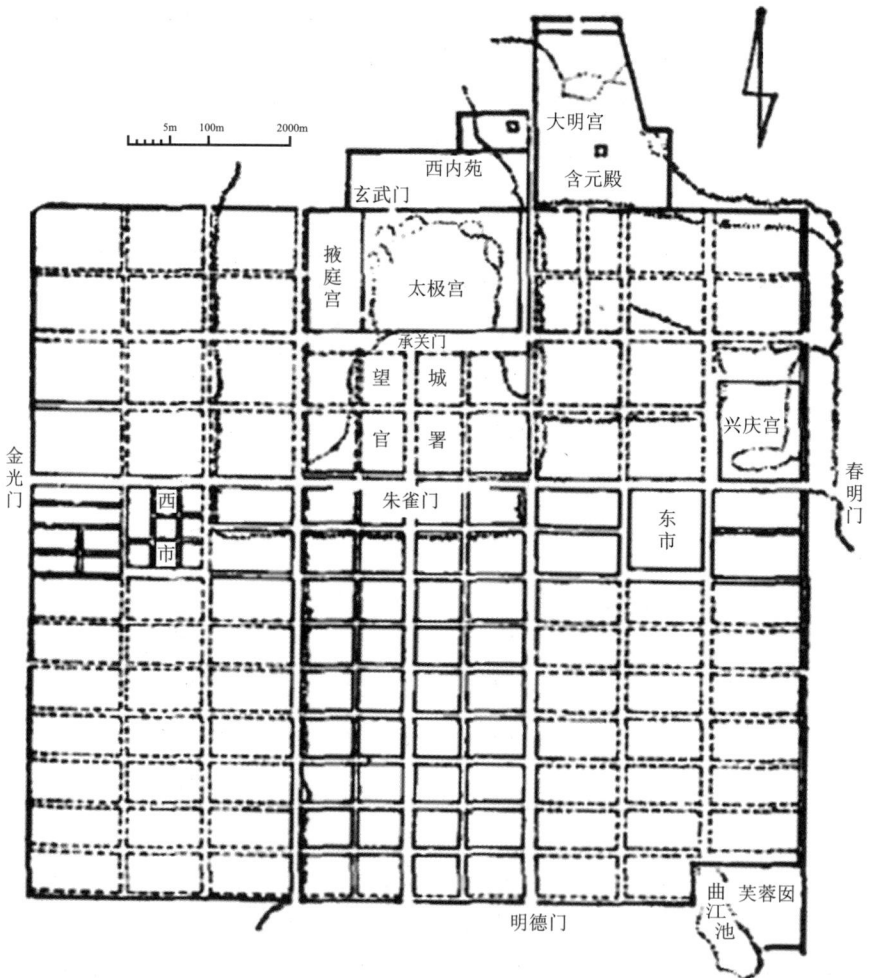

人的空间意识，是人感发于自然宇宙空间而形成的某种集崇拜、审美与认知为一体的综合意识。

人与自然的关系，是改造与反改造的关系。首先是自然环境塑造人，自然对象化于人。当在原始蒙昧时代，原始初民的生产力何等低下，他们常常不得不屈辱地在巨大的自然力面前抬不起头来，必然产生万物有灵的原始崇拜自然的观念意识，这意味着盲目的自然力对于人的改造。当社会逐渐进化，跨入人间出现帝王的阶级社会时，由万物有灵的原始自然崇拜，可转化为对"天帝"的崇拜，崇拜"天帝"进而崇拜人王，其实是崇拜自然的一种历史的进化与异化。

同时，人亦对象化于自然。恰恰是盲目的自然力激发了人的主体创造力，推动了对自然的改造，使人逐步加深了对自然的本质的把握。这种把握，其实是人对自然在一定历史水平上的认知与审美，它是在社会实践中对自然崇拜意识的不断的挣脱。因此在远古，既然自然对人的改造及人对自然的反改造是同时进行的，那么，人一开始就必然同时存在着对自然的崇拜、认知与审美相融的历史意识的萌芽，或者在对自然的崇拜中，往往包涵着审美与认知的意识因素，或者在对自然的认知与审美中，往往杂以一定的崇拜意识。表现在空间意识中，就是这种熔崇拜、审美与认知为一炉的综合的自然空间意识。

古代中国很早就进入了古代文明时代，相对而言，社会生产力的发展水平较高，因而，虽然古代中国关于"天命"的观念起源颇早，在卜辞与金文中，渗透着较芜杂的"天命"思想，崇拜自然进而崇拜人王的气息很是浓厚，却也在那种战战兢兢地向天帝的询问与祈祷之中，显示出古人企图把握"天则"（自然法则）以就人事的初步努力。《尚书·洪范》朴素唯物地猜测五种自然之物即水火木金土为组成自然万物的"本根"，大致成书于殷周之际的《周易》，虽不免带有巫术崇拜的意味，却又以天地雷风水火山泽八种自然之物因相反相成的阴阳属性而变化演绎，来解释自然的起源与人类社会的生息运动，爻辞中不乏古人对自然的观察、评判与哲理思考，作于战国的《易传》，体现出对自然之象的赞美与对自然之真及其运动的探索，当然，它仍不免带有许多崇拜自然与人王的意识。剔除其消极思想因素，庄子关于"自然无为"的哲学思想，包含着要求亲近于自然的一种合理的自然空间意识。即使一生风尘仆仆地奔波于人事的孔夫子，亦曾发出自然万物"逝者如斯，不舍昼夜"的浩叹与沉思。至于在周代末期，"天帝"开始被人半信半疑，春秋五巨称霸，战国七雄争立，地上的周室王权日渐衰微，"天帝"之严厉形象便不能不有点模糊。

于是，在哲学本体论上，早在春秋末年，老聃以自然混沌的"道"说，代替了"天帝"宇宙"本根"说。"道"无踪无形，却于自然界无处不在，它无臭无声又化生万物，这种带有神秘色彩的形而上学的哲理思考，标志着古代中国前进中的人生，注目于自然，企图把握自然宇宙的本质与对自然空间的亲昵与拥入，但又不得不怀着某种恐惧的心理，时时回眸神的威严的面孔。对自然空间的这种崇拜、认知与审美，不可避免地带有既芜杂又和谐、既清醒又迷狂的历史音调。

那么，古人所意识到的这种自然空间（宇宙）的主要属性是什么呢？

首先是至大无穷。古人云："上下四方曰宇"①，宇者，"大也"②，"方也"③，"宇，弥异所也"④，（宇，弥漫于一切地方即包括一切地方），"有实而无乎处者宇也"⑤（宇，实际存在却大而无可定执，无可把握）。所谓"至大无外，谓之大一"⑥。又说，"夫天地者，古之所大也"⑦。"天地有大美而不言"⑧，但看"秋水时至，百川灌河，泾流之大，两涘渚涯之间不辨牛马"⑨。又大鹏"背不知几千里"，"怒而飞，其翼若垂天之云"，"水击三千里，抟扶摇而上者九万里"⑩。自然空间之大，于此可见一斑。

自然空间（"大一"，宇宙）茫茫，那么人的力量与形象究竟如何呢？抑或人在自然宇宙的位置到底怎样？

---

① 尸佼：《尸子》卷下，清平津馆丛书本，第26页。
② 陈彭年：《重修广韵》卷三，四库全书本，第21页。
③ 陈彭年：《玉篇》卷中，宋小学汇函本，第82页。
④ 墨翟：《墨子·经上》，孙诒让：《墨子间诂》，《诸子集成》第四册，上海书店，1986。
⑤ 庄子：《庄子》卷八，晋明世德堂本，第177页。
⑥ 庄子：《庄子》卷十，晋明世德堂本，第247页。
⑦ 庄子：《庄子》卷五，晋明世德堂本，第109页。
⑧ 庄子：《庄子》卷七，晋明世德堂本，第163页。
⑨ 庄子：《庄子》卷六，晋明世德堂本，第125页。
⑩ 庄子：《庄子》卷一，晋明世德堂本，第4页。

虽然诚如庄子后学所言，"吾在天地之间，犹小石小木之在大山也"。[①]故人应崇尚自然无为，返璞归真才是。然而，能发现天地宇宙之大美者，能领悟到"天地"与"人"之关系，犹"大山"与"小石小木"之关系者，其主体力量与形象其实并非渺小。人之与宇宙，似"小石小木"之与"大山"，极人之微，并不因此否定宇宙的浩大，相反，正因发现了宇宙的浩大无垠，才深悟到人力的微薄，这里，似乎是对人力与人的形象的贬低，然人对茫茫宇宙之大的这一发现本身，实际上恰恰是对人自身伟大力量与形象的肯定。

且早于庄子的老子曾说："人法地、地法天、天法道、道法自然"。[②]其意为，人应以地为法则，地应以天为法则，天应以道为法则，道呢，是宇宙的"始基"，"常无为而无不为"[③]，因而没有其他什么东西能为"道"树立一个法则，"道"，只以自己为"法"，因而这里所谓"自然"，具有"自己就是这样"、"本来就是这样"的意思。既然人以地、地以天、天以道为法，而"道"又是"无为而无不为"即"自然"的，因为"无为"，所以"无不为"，那么，作为人来说，应当"无为"才是，"无为"亦即"无不为"也。

然而，假若我们撇开某些消极遁世的人生哲学内容暂且不论，既然人应以地为法，地以天为法，那人应以天地宇宙为法，既然如前所述，天地宇宙又是如此之大，那么，在当时古人的历史意识中，人的行为应当效法宇宙之"大"，岂非理所当然？

因此可以说，在老庄崇尚无为的人生哲学中，还包含着宇宙大而无垠的自然空间意识以及人应当与宇宙等大的思想因素。

然而，能代表人众、集人众之伟力者，当然是人间的帝王了，在当时的人们看来，似乎只有帝王才能做到与宇宙等大，故而老子说得很清楚："故道大、天大、地大、王亦大。域中有四大，而王居其一焉"[④]。这种空间意识与社会思想，蕴涵着丰富的社会、时代与阶级的思想内容。

在笔者看来，这一重要思想是形成中国古代建筑，尤其宫殿与都城建筑崇

---

① 《庄子》卷六，晋明世德堂本，第126页。

② 《老子道德经》，清古逸丛书本，第3页。

③ 同上书，第6页。

④ 同上书，第3页。

尚阔大之风的一个思想源泉。中国古代建筑美学思想的发展，主要受既对立又互补的儒道思想的深刻影响，如果说，在社会伦理内容方面，中国古代建筑美更多地带有儒家思想的烙印，那么在空间意识方面，在尚无为的审美这一点上，那种企图超功利地通过建筑手段使建筑形象体现出人与宇宙等的意识观念，看来是较多地接受了道家思想的缘故。

在中国古代，关于建筑的空间意识是与宇宙空间意识密切攸关的。

"宇"的本义，指屋檐，《说文》："宇，屋边也。"故《易·系辞》有"上栋下宇，以待风雨"之说。"宇宙"的最初涵义，指由屋顶与梁栋所围合的建筑空间。所谓"上下四方曰宇，往古来今曰宙"，是"宇宙"的引申义。故而同一部《淮南鸿烈》，既说"往古来今谓之宙，四方上下谓之宇"①，这里的"宇宙"，取引申义，指一切时空，又称"凤凰之翔，至德也……而燕雀佼（骄）之，以为不能与之争于宇宙之间。"②这里，取其本义，"宇，屋檐也，宙，栋梁也"③。

因而可以说，在古代中国，人们开始所想象的天地宇宙，其实是一所奇大无比的"大房子"，人们就在这所"大房子"的庇护下生活。久而久之，人们就对这所"大房子"产生了一种集崇拜（敬畏）、认知（求真）与审美（愉悦）于一炉的复杂的历史意识，认为那天幕就是这所"大房子"的屋顶，即宇；那支撑屋顶重载的梁栋即宙。房子是否能持久屹立，全靠梁栋柱子的支撑。故宙通久，"久，弥异时也"④。"久，合古今旦莫（暮）。"⑤于是宇为空间，宙即时间。

古代有"往古之时，四极废，九州裂，天不兼覆，地不周载……女娲炼五色石以补苍天，断鳌足以立四极"⑥的神话传说。"极，栋也"。"栋，极也。"⑦覆，遮盖、掩蔽之意，天覆地载，四垂立极，岂非房屋之象，"四极废，九州

① 《淮南子》卷十一，武进庄氏刊本，第156页。

② 同上书，第94页。

③ 同上书，第6页。

④ 墨翟：《墨子·经上》，《墨子间诂》，《诸子集成》第四册。

⑤ 同上。

⑥ 刘安：《淮南子》卷六，武进庄氏刊本，第96页。

⑦ 许慎著，段玉裁注：《说文解字注笺》卷六上，清光绪二十年刻本，第51页。

裂，天不兼覆，地不周载"，不就是房屋倾坍的情形么?《天问》："斡维焉系天极焉加? 八柱何当东南何亏?"据扬雄《大玄经》云："天圆地方，极植中央"。这里，"极"，栋;"植"，柱。原始的屋顶犹如伞盖，以中央高的地方称之为"极"。四垂为宇，其后屋宇形制演化，"极"，变成了栋柱。又，古人认为天宇具有八根柱子，大地西北近天穹而东南远天穹。因而引起屈子的发问: 天宇如车轮昼夜旋转，那么轴心中央的顶端系于何处? 天宇既备八根柱子，那么它们植立在什么地方? 既然大地西北近天而东南远，那么，当天宇运转时，本来处在西北的短的天柱移到东南时，势必要亏缺一段，又怎么办呢? 这里，同样蕴涵着将自然宇宙空间想象成一所"大房子"的空间意识。

因而，从以上可见，建筑空间，不就是一个小"宇宙"吗?

的确，建筑是属人的"宇宙"，是人运用一定的建造手段，对一定自然空间或在实用、或在崇拜、或在审美，或在三者得兼的意义上人为的耕耘、经纬与占有。

总之，既然自然宇宙如此之大，而人王应与天地等大，那么，只要经济、科技条件允许，就必然要求将建筑物建造得尽可能地大，以象征自然宇宙。于是在古代中国，首先为好大喜功、垄断了全社会经济力量与科技力量的奴隶主、封建帝王建造风格尽可能雄硕阔大的宫殿与都城，就是情理中事了。

而且，建筑之雄硕风格可以有三种情况，一使建筑向高空发展，二使其向地平面四处铺开即横向铺排而一般不显高峻，三既向高空又向四处横向发展。诚如前述，由于中国古代建筑的主要材料是土与木材，加上科学技术还只局限于当时的历史水平上，同时还因其它社会原因，必然走上一条崇尚阔大的横向铺排群体组合的历史发展之途。

第三节　清醒的世俗理性精神

试看北京明清故宫，其整体形象为横向铺排、群体组合，君权至上，天子重威这一宫殿建筑的主题十分强烈。故宫建筑的空间序列，是从南至北确立一条由重重叠叠的建筑群体安排而体现得刚挺的中轴线，大致由天安门、东西庑、端门、午门、太和门、体仁殿、太和殿、中和殿、保和殿、乾清门、乾清宫、交泰殿、坤宁宫、坤宁门、钦安门与神武门所组成的空间序列，排列于中轴线上或于两旁呈对称呼应，显示出王权的坚强有力。且"天安"、"午"、"太和"、"体仁"、"中和"、"保和"、"乾清"、"交泰"、"坤宁"、与"钦安"诸多建筑物的命名，其意盖在祝祈封建统治上应天时（乾，天也），下宜地气（坤，地也），日当正"午"（帝王之象征），"体仁"以礼，使君臣、尊卑、上下相"和"，万世"安泰"。

同时，渗透于故宫建筑群的空间意识糅合了时间意识。多次建筑高潮的匠意安排，使人在游历观赏的漫长的时间历程中，深感空间的阔大。进大清门，过纵向千步廊，到横向铺展的天安门前空地，北接天安门城楼，大小不同的空间环境迭次接踵，通过强烈对比，突显城楼的高大形象，此其一；进天安门，见其与端门之间的空间尺度缩小，从端门到午门以纵深封闭的空间为过渡，使雄伟的午门得以强调，此其二；午门与太和门之间，又是横向广庭，开阔舒展，一过太和门，太和殿广场迎面扑来，金碧辉煌、庄严宏硕的太和殿突现于前，此其三。太和殿处于故宫建筑群的中心地位，其尺度雄大，是最重要的故宫主体建筑。

从典型的故宫建筑群空间处理可以看出，中国古代建筑美的"语汇"多样而成系列、节奏多变而一贯、逻辑明晰而无混乱、形象可人而无乖张。

历史悠久的中华民族，哺育了重人生、重现实、重伦理修养以礼乐为中心内容的儒学，它的长期熏陶，促进了稳定的充满了清醒世俗理性精神的民族心理。被曲折地神化了的儒学即儒教（道学成其对立面及必要的补充）才是最深入人心骨髓的"国家宗教"。表现在建筑上，与这种儒学精神相呼应的，首先便是充溢着礼乐观念、象征中央集权的大批宫殿王都的建造。由于重现实、重现世、重此岸（正如前述，亦因为建筑材料，科学技术与传统民族空间意识的缘故），于是，建筑序列向平面延伸，脚踏实地、以便勾起丰富实在的人间联想。人生的快乐既然在地上，在此岸，也就不必让建筑向高空发展，不必扶摇直上去呼唤苍天，以欧洲中世纪式的教堂尖顶指向神秘苍穹，以便去呼唤天国的"和美"，或者建造尺度夸张的空间环境，形象突兀而立，渲染一种属于上帝的意蕴，使人深感自身的渺小而有原罪的感觉。

中国古代建筑美的情感逻辑，一般是排斥神秘与迷狂的，它充溢着世俗的理性与情感，且其情感是经过清醒的世俗理性梳理、净化过的。即使宗教性建筑比如古塔、寺观之类，其意蕴亦在于贯彻人神同在的主题，绝非神的一统灵魂，而往往是和悦的"梦里微笑"。中国古代建筑在造型上，横线条强于竖线条，故形象一般显得安逸、平缓、欢愉而少紧张、亢奋与惊奇感。其崇高特性，一般是由重重叠叠的平面横向铺排在对立中被反复强调的建筑形象所具有，其崇高感，并非由于孤高出世，几乎一眼望不到顶的建筑形象所唤起的。

第四节　强烈的政治伦理色彩

建筑美，也能表现一定的政治伦理观念么？回答是肯定的。

古代中国社会的基本政治伦理结构，是典型的东方宗法制，由父系家长制演化而成的王位世袭制，到周代已基本完善。它有大宗小宗的区别。所谓"别子为祖，继别为宗，继称者为小宗"[①]。意思是说，"别子"为大宗之祖，继承"别人"者仍是大宗。"宗者何谓也？为先祖主也，宗人之所尊也"，又说"大宗能率小宗；小宗能率群弟。"[②]天子的嫡长子是王位法定继承人，登上王位就成为全国大宗，他的庶子有分封为诸侯的，对天子来说被称为小宗，在诸侯封地又是那里的大宗，他的职位也由其嫡长子世袭；诸侯的庶子有分封为卿大夫的，对诸侯来说是小宗，在其本家又是大宗，其职位也由其嫡长子承，依次类推。

这种宗法制及其意识其实早在殷代就已萌生。殷人所谓大宗，就是大的直系先王的祖庙，卜辞中有"丁亥卜，才（在）大宗，又彳伐羌，十小宰，自上甲"[③]之记；所谓小宗，就是非直系先王即小的祖庙，卜辞亦有"己丑卜，在小宗，又彳岁自大乙"[④]之说。故《说文》："宗，尊祖庙也。"取宗的本来意义。春秋时代，还有"文王孙子，本支百世，""食之饮之，君之宗之"[⑤]的咏叹，说明当时宗法思想已在诗中有所反映。

① 郑玄注：《礼记》卷之十，相台岳氏家塾本，第199页。
② 班固：《白虎通德论》卷八，元大德覆宋监刊本，第516页。
③ 商承祚辑：《殷契佚存》，民国二十二年（1933），南京金陵大学中国文化研究所影印本，编号131。
④ 同上。
⑤ 毛亨传，郑玄笺：《毛诗》卷十六，相台岳氏家塾本，第208页。

因而，从全国最高统治者皇帝，到平民百姓男性家长权位的承继，均存在这样的大宗小宗的伦理关系。这种宝塔形的社会结构，以血缘为纽带，严密而等级森严，它与其他封建制度结合，成了封建社会非常强有力的统治方式。宗法制，旨在别君臣、尊卑、男女、夫妇、上下、内外之"大义"，以定乾坤，使统治"永泰"。孔子讲"正名"，即讲正君臣、父子、夫妇、尊卑等名分，他修《春秋》的目的即在于此。

> 故先王之法：立天子，不使诸侯疑（注：疑，拟，比也）焉，立诸侯，不使大夫疑焉，立嫡子，不使庶孽疑焉。疑生争，争生乱。是故诸侯失位则天下乱，大夫无等则朝廷乱；妻妾不分则家室乱，嫡孽无别则宗族乱。"[1] "君臣上下，父子兄弟，非礼不定。[2]

欲求天下大定，首先当行君臣之礼。帝王天之骄子，他是代表天的，天理天力无可争执，故王国维说：

> 盖天下之大利莫如定，其大害莫如争。任天者定，任人者争；定之以天，争乃不生。[3]

作为民族标帜的中国古代建筑美，可以说渗透着强烈的政治伦理观念，其目的，在于求天下之大"定"，反映天下之大"定"。

比如都城建筑，王国维说，"都邑者，政治与文化之标征也。"[4]此话不假。但看《周礼》，这是一本讲"礼"的书。礼，典章制度及伦理观念。谈到建筑，《周礼》开卷就说："惟王建国，辨方正位。"这里，"国"指都城。营造都邑，辩正方位是第一要义。所谓"别四方，正君臣之位，君南面臣北面之属"的封建

---

① 吕不韦：《吕氏春秋·情势篇》卷十八，毕氏灵岩山馆刊本，第17页。
② 郑玄注：《礼记》卷第一，相台岳氏家塾本，第12页。
③ 王国维：《殷周制度论》，《观堂集林四》卷第十，1927，第4页。
④ 同上书，第1页。

伦理，也应在都城建制上反映出来。古人云："匠人营国，方九里，旁三门，国中九经九纬，经涂九轨。左祖右社，面朝后市，市朝一夫。"①这是不能弄错的。所说大意是，都城规格，应九里见方，每边设三门，共十二门。城中纵道九条，横道九条，每条道路宽可七十二尺。"轨"，指车辙广度，辙宽六尺六寸，车两旁各加七寸，故一"轨"为11尺，都城的道路最宽可并列通"九轨"即九辆车。同时又指出，都城应在其东面设祖庙，西面建社稷坛，前面是王宫建筑，建于中经之塗，各方百步，后面为市场与居民区。这里，后代所谓的"左祖右社"制，已在《周礼》中有了规定。所谓"市朝一夫"，据《汉书·食货志上》："古制六尺为步，步百为亩，亩百为夫，夫三为屋，屋三为井。"可见其规模。

这种都城建制，自汉以后虽有变化，然其精神实质，往往为后代一些王朝建都的伦理楷模。比如，据《三辅决录》："长安城，面三门，四面十二门，皆通九逵，以相经纬，衢路平正，可并列车轨。"这与《周礼》所说相通。《文选》的《西都赋》称："披三条之广路，立十二之通门。"《西京赋》亦说："城廓之制，则旁开三门，参涂夷庭，方轨十二，街衢相径。"著名历史学家吕思勉说："古制：百里之国，九里之城，七十里之国，五里之城。五十里之国，三里之城。"吕氏并引焦循《群经宫室图》云："周书作雒篇：'作大邑成周于土中，城方于六百二十丈……每百八十丈得一里，以九乘之，于六百二十丈，与《考工记》九里正合'。则诩天子之城九里者是也。"②

都城的建筑设制，亦礼分所定。据规定，天子与诸侯皆可享"三朝"之制，即外朝、治朝与燕朝，余不得如此。勺最在外者曰皋门，诸侯曰库门。库门之内为外朝"，"其内为应门，诸侯曰雉门。门之内为治朝、群臣治事之朝也"。"治朝之内为路门，路门之内曰燕朝"。且：

> 燕朝之后曰六寝、六寝之后为六宫、六寝之后六宫之前为内宫之朝。《匠人》云：'内有九室，九嫔居之。外有九室，九卿朝焉'。③

---

① 《考工记》，黄干：《仪礼经传通解续》卷二十五上，杨复订，宋嘉定十六年南康军刻元明递修本，第516页。

② 吕思勉：《先秦史》，上海古籍出版社，1982，第348页。

③ 同上。

从这里可以看出，虽然同为臣仆，可将"九嫔"与"九卿"并列的，但在等级地位上仍有严格的男女内外之别的，真可谓"女正位乎内，男正位乎外，男女正，天地之大义也"①。

同时，虽则天子诸侯的门制皆可享"三朝"之制，但其门制本身是有严格区别的。如在应门之旁立阙（即观），"设两观，乘大路，天子之礼也"②。又，"礼，天子诸侯台门，天子外阙两观，诸侯内阙一观。"③而大夫之邑，是断然不能设台门的，这就是《礼记》所谓"家不臺门"的意思。至于塞门，国君宫殿前才能设立，臣树塞门，便是非礼。孔子说："邦君树塞门，管氏（注：管仲）亦树塞门；邦君为两君之好有反坫（注：古代设于堂上两楹之间以示礼节与名位的土台），管氏亦有反坫。管氏而知礼，孰不知礼？"④孔夫子的这愤愤不平的责难，与其所谓"八佾舞于庭，是可忍也，孰不可忍也？"⑤出于同一政治伦理观念。

同理，都城建筑设"雉"（注：古代计算城墙面积的单位，长三丈，高一丈者为一雉），有一定之规。"王宫门阿之制五雉，宫隅之制七雉，城隅之制九雉。门阿之制，以为都城之制。宫隅之制，以为诸侯之城制。"⑥故"祭仲曰：'都城为百雉，国之害也。先王之制，大都不过参国之一，中五之一，小九之一。今京不度，非制也'。"⑦这是公元前七二二年的事情。按"先王之制"，侯伯的城邑，城墙规模，当然不能超过帝王王宫的宫墙，即使是诸侯的"大都"，亦不能超过"三参（叁）国之一"，其一"国"（帝王宫墙）为三百雉，不超过"参国之一"即一百雉，"中都"，不过六十雉，"小都"，不过三十三雉。京城大叔建邑超过了百雉，这是僭礼，因而被郑大夫祭仲指为"非制"，不合法度。

又如古代宗庙建筑，亦为一政治伦理之象征。宗庙祭祀祖宗而建。"宗，尊

① 孔颖达：《周易正义》卷第一，清嘉庆阮刻十三经注疏本，第91—92页。

② 何休：《春秋公羊传》卷二十四，永怀堂本，第294—295页。

③ 同上，何休注。

④ 何晏：《论语》卷三，古逸丛书日本景亚平本，第25页。

⑤ 同上书，第20页。

⑥ 《考工记》，朱熹：《仪礼经传通解》卷二十九，四库全书本，第3页。

⑦ 陈世芳：《春秋四传通辞》卷一，明刻本，第5页。

也；庙，貌也，所以仿佛先人尊貌也。"①据规定：

> 天子七庙：三昭三穆与大祖之庙而七，诸侯五庙：二昭二穆与大祖之庙而五；大夫三庙：一昭一穆与大祖之庙而三；士一庙，庶人祭于寝。②

周代贵族，将"大祖"以下同族男子逐代相承地分为昭穆两辈，如以古公亶父为"大祖"，则其子大伯、虞仲、王季为昭辈；王季之子文王、虢仲、虢叔为穆辈；又武王，昭辈；成王、穆辈。隔代辈同，循环往复。这种伦理观念体现于宗庙秩序，为"大祖"居中，"昭"位于左而"穆"在右，形成固定的左昭右穆制，名位不可错越。而庙数：天子、诸侯、大夫、士、庶依次递减。故荀子亦说："有天下者事七世，有国者事五世、有五乘之地者事三世，有三乘之地者事一世，持手而食者不得立宗庙。"③这就是说，帝在拥有"天下"，宗庙品位最高，三昭三穆加大祖凡"七世"，依次类推，惟"持手而食"的庶者无权立宗庙。

"名位不同，礼亦异数。"④在建筑形制规格上，唐代建筑的等级规定为：

> 王公以下，屋舍不得施重拱藻井。三品以下，堂舍不得过五间九架，厦两面的头门屋，不得过三间五架。五品以下，堂舍不得过五间七架，厦两面的头门屋，不得过三间两架，仍通作乌门。六品七品以下堂舍不得过三间五架，头门屋不得过一间两架。非常参官，不得造楼阁临人家。庶人所造房舍，不得过三间四架，不得辄施装饰。⑤

明代住宅等级制度亦颇严格，无论民官，均有定制。如"一品二品厅堂五间九架"；"三品至五品厅堂五间七架"；"六品至九品厅堂三间七架"，且"不许

---

① 无名氏：《校正三辅黄图》，张宗祥校录，古典文学出版社，1958，第41页。
② 郑玄注：《礼记》卷第四，相台岳氏家塾本，第7页。
③ 杨倞注：《荀子》卷第十三，嘉善谢氏本，第4页。
④ 范甯集解：《谷梁传注疏》序，阮刻本，第6页。
⑤ 刘思训：《中国美术发达史》，商务印书馆，1946，第56页。

在宅前后左右多占地，构亭馆，开池塘'。而"庶民庐舍不过三间五架，不许用斗拱，饰彩色"[①]。

成书于北宋年间（公元一一〇〇年）的《营造法式》，出于等级观念和建筑科学技术上的考虑，提出了用材制度即所谓"材·分"模数制。规定材分八等。以平方寸计，一等材横断面为9×6、二等材8.25×5.5、三等材7.5×5、四等材7.2×4.8、五等材6.6×4.4、六等材6×4、七等材5.25×3.5、八等材4.5×3。又规定，殿身为九至十一间最显贵的建筑，可用一等材；这种建筑的副阶、挟屋只能用二等材；三至五间殿身的建筑用三等材；四等材用于三间殿身与厅堂五间的建筑；五等材用于小三间殿身者或大三间厅堂的建筑，而亭树或小厅堂只许用六等材；小殿及其亭榭只配用七等材，最后，八等材只能出现在殿内藻井或小榭施铺作多的建筑之上。总之，如大材小用，小材大用（实际上结构力学上有时也不允许。）就是亵渎神圣的等级观念，不合宗法之规。

要之，中国古代建筑美，在于建筑以一脉相承的基本形制，成为宗法制社会政治伦理观念的一种形象化标帜。在漫长的历史长河中，它具有历史与民族的一贯性，在阶级与等级对立的历史变迁中，体现出以"家庭"（整个社会是一个以帝王为宗主的"大家庭"；天下之每一家，又是以父权为主的小"宗法社会"）为基本社会结构的民族的团聚力、向心力。并且，人们在中国古代建筑美所引起的精神陶醉中，由于那建筑形象蕴涵着严厉的阶级与等级的政治伦理观念，使其不可避免地具有思想保守的另一面，而令人感到一种略带苦涩的历史滋味。

第五节　礼乐和谐的"美"

中国古代建筑美渗融着浓厚的世俗理性的政治伦理观念已如前述。然而，建筑作为一种具有多种社会功能的美，仍不乏"乐"的特性。这就是，在一定的建筑材料、科学技术与经济条件以及实用、崇拜观念制约下，那种渗融于"礼"、服务于"礼"，又相对独立于"礼"的建筑形象的审美情趣。

---

① 万斯同：《明史》卷六十八，清钞本，第831页。

礼乐本自同根。卜辞有"豐"字。①《说文》云，"豐，行礼之器也。从豆，象形。"读与"礼"同。"豐"之左旁加"示"即"礼"（禮）。礼，"所以事神致福了"。因而"礼"的本来意义，指行礼之器，有以物祈神祭祖的意思，礼的观念当起于远古自然崇拜与祖先崇拜。一般而言，乐有三解：音乐、艺术与快乐（情趣）。华夏初民敬神祭祖即行礼之时，为讨好神灵，必作乐以和，或说行礼使人神、祖宗与孑遗同乐。那时的"乐"的意义，还不具备后世的所谓"乐"的三种意义，但礼中有乐，乐中含礼的意义是明显的。

孔夫子闻达于"礼崩乐坏"之时，为"克己复礼"，将古代的礼乐观念加以演化改造，以仁释礼解乐，注入了新的社会内容，使礼乐成为支撑宗法制社会上层建筑的两大支柱，两者相辅相成、谐调和鸣，于是有"美"。礼者，"法之大分，群类之纲纪也。"②"尊尊、亲亲、贤贤，此三者治天下之通义也。"③"天尊地卑，君臣定矣；卑高已陈，贵贱位矣"，但是过分讲"礼"，强权意志过分强烈，或者甚至惟礼无乐，则必致天下乱，于是，作为对立因素，必有乐出而调和平衡。礼乐两者关系是辩证的，"乐者为同，礼者为异，同则相亲，异者相敬，乐胜则流，礼胜则离。合情饰貌者，礼乐之事也，礼义立则贵贱等矣，乐文同则上下和矣。""乐统同，礼别异。""乐者，通伦理也。""礼乐皆得，谓之有德。"④礼，主异主分主理主刚；乐，主同主和主情主柔。"礼是意志的训练，乐是情感的陶冶；礼是由外而内的教育（注：故带某种强迫意味），乐是由内而外的教育（注：故具由衷之特性）。"⑤因而，只有"礼乐"适度，不"流"不"离"，才成"中和之美"，"礼之用、和（注：乐的特性是"和"）为贵，先王之道斯为美。"⑥

而且，这种礼乐的辩证统一是本然的，"乐者天地之和，礼者天地之序"，

---

① 刘鹗：《铁云藏龟》，抱残守缺斋石印出版，清光绪二十九年，第238页。

② 杨倞注：《荀子》卷第一，嘉善谢氏本，第12页。

③ 王国维：《殷周制度论》，《观堂集林四》卷第十，1927，第10页。

④ 郑玄：《礼记》卷第十一，相台岳氏家塾本，第7页。

⑤ 周予同：《经今古文学》，朱维铮校注：《周予同经学史论著选集》，上海人民出版社，1983，第8页。

⑥ 何晏：《论语》卷一，古逸丛书日本景亚平本，第7页。

"大乐与天地同和，大礼与天地同节。"①礼乐本根于天地内在的和谐，故人类社会尽礼作乐，是天经地义。

又，"人生而静，天之性也，感于物而动，性之欲也。"且"凡音（乐）之起，由人心生也，人心之动，物使之然也。"②因而礼乐的辩证和谐，又是天理与人欲的统一，人欲是天理的情化。

从某种意义上说，中国古代建筑美是礼乐的和谐统一，外在的令人精神愉悦的感性形式同内在的令人意志整肃的伦理观念的和谐，天理与人欲的同时满足。

这个问题，试以著名的中国坛庙建筑天坛稍作剖析。

天坛，矗立在北京崇文区、正阳门外、永定门内大街路东、同先农坛隔街相对。天坛原名天地坛、始建于明初迁都北京之时，即明永乐十八年（公元一四二〇年）。当时皇家行天地合祭制度，故名为天地坛。嘉靖九年（公元一五三〇年），清代颁立京华四郊分祀天地的新祭祀制度，因而四年之后，天地坛更名为天坛。天坛是明清两代帝王祭天祈谷的地方，主要由圆丘坛与祈年殿组成。

中国古代帝王亲自祭祀的重要对象有三，即天地、社稷与宗庙。而祭天是最重要最隆重的。皇帝被尊称为天子，天理无可违逆，皇帝登基须祭告上天，表示自己"受命于天"。皇帝还须在每年冬至这一天进行祭天活动，仿佛是人王向"昊天上帝"的"请示"与"汇报"。为此目的，须建天坛以尽尊天之"礼"。祭告上天这样的"礼"起源很早，《周礼·大司乐》就有这样的记载："冬至日祀天于地上之圜丘"，说明起码在周代，我国已有祭天的礼俗。

正如前述，礼乐在很古的崇拜意义上是混沌未分的。那时最初的礼，就是贡献给天帝先祖，并要取悦于天帝先祖的乐，而乐，就是摆在天帝先祖历史圣桌上的一道贡礼，礼即乐、乐即礼也。就是说，当时的乐，并没有从神秘的祭祀崇拜活动中分化出来，成为一门独立于礼的，能纯粹给人以审美愉悦的艺术；而礼，也不是后代奴隶社会与封建社会打上鲜明阶级烙印的那一整套典章等级制度。

---

① 郑玄注：《礼记》卷第十一，相台岳氏家塾本，第8页。
② 同上书，第5页。

北京天坛的建造，虽是比较晚近的事。但其主题既然在于"祭"，在于人对天（自然）的跪拜，那么，天坛的美学性格，首先在于其崇拜的意蕴，天坛的建造本身，在于说明人对上天（自然）的敬畏，就是理所当然的了。早在殷周时代，由于"殷周奴隶王国的建立，要求宗教上出现一个比原有诸神更强有力的大神来维护其统治的权威。也就是说，地上号令的统一，相应地需要一个对天上诸现象和社会上主要问题具有无限权威的神来维护它。"[①]因此，上帝那种至高无上的权威性，其实是具有至高无上权威性的地上的人王形象在天上的折光。

因此，在古朴的崇拜意义上，天坛的"根"与美学底蕴，在于原初混沌未分的礼乐，崇拜天帝，其实是要求人们崇拜王权的另一种表现形式。由此可见，天坛建筑形象的礼乐和谐之"美"的历史根源是很深的，此其一也。

其二、在儒家看来，礼乐既然是天地的本性，这种本性就是"序"与"和"，那么，人对天地的崇拜，无异于对这种"序"与"和"的热切追求。而处于这一对矛盾主要方面的，当然是礼即"序"了。适度的礼，社会有条不紊，有"理"有"节"，这就是"和"，就是乐了。

天坛的礼乐和谐之"美"，首先在具有清醒、森严的关于"礼"的理性特点。试看天坛之圜丘坛，圆形三层，各层栏板望柱及台阶数目，均取阳数（天数、天性为阳），均为九与九的倍数。英人白谢尔（Beshell）《中国美术》称，圜丘坛"陛各九级。坛之上成（层）径九丈，取九数。二成径十有五丈，取五数。三成径二十一丈，取三七之数。上成一九，二成为三五，三成为三七，以全一三五七九天数。且合九丈、十五、二十一丈，共成四十五丈，以符九五之义。"这"九五之义，"象征至高无上的天帝，也就是人王的象征。天帝与人王，在建造天坛的封建统治者看来，其实是礼的化身，也是乐的濒泉。天坛的结构，所以要取奇数避偶数，是因为据《周易》，天为阳、地为阴；天奇地偶，于是圜丘坛各部分构制均避偶取奇，天坛之所以崇尚九数，是因为据《周易》乾卦爻辞称："九五：飞龙在天。"此为上上吉卦。乾者，日出光气舒展之象。乾，健，性刚阳，具有创造的活力。所谓纯阳者，惟天之属性也。乾，表示至尊的天。据这一易理，"九"，在阳爻的最高位，"五"，为阳爻的阳位得正，而且

---

① 朱天顺：《中国古代宗教初探》，上海人民出版社，1982，第254页。

"九"与"五"都是奇数，可以说完美无比。"九五"之爻，所谓"飞龙在天"，喻龙腾飞于天，空间无垠，威力无比，活跃无限，前路无量。而且，龙，民族的古老的图腾，帝王的象征，龙飞"九五"，无上的崇高。因此在中国古代，既崇拜天帝、又代表天帝绝对权威的帝王，被称为"九五至尊"。天坛的这一"礼"的主题，可谓响彻云霄。

其三、天坛的审美意义在于重礼，有一种清醒的理性精神，但是，乐，也就在其中了，它又是富于美的情感的。

首先，整个天坛占地四千亩，合二百七十万平方米，是我国现存最大的古代祭祀性建筑群。其圜丘坛、祈谷坛排列在南北向的中轴线上，形象感受森严刚阳。祈谷坛原是天地合祀的大祀殿，平面正圆形，上面是三重檐圆形攒尖顶，明嘉靖时实行天地分祭制，降大祀殿为祈谷坛，另在祈谷坛的南面建圜丘坛。祈谷坛原来的上檐作蓝色琉璃瓦，中层用黄色，下层为绿色。青表示天，黄象征地，绿仿佛万物葱茏。乾隆年间（确切地说，是公元一七五二年），将三层檐色均改用绿色，以切合天地分祭祈谷的"主题"。

同时，天坛南部的圆丘坛，由高出地面四米多的砖筑甬路可以直达，甬路长约四百米，宽三十米，刚挺笔直。坛亦有三层，以最高级的汉白玉（艾叶青）砌石铺面，四周森林植被，形成肃穆的带有封闭性质的空间环境。但"坛而不屋"，正应了"郊天须柴燎告天，露天而祭"的"古制"。

因此，为了高唱"天"这一主题歌，天坛的圜丘坛各部取数为阳，这沉浸在浓重的礼的氛围之中，然而正因为如此，使圜丘坛各部，由于数差而使其感性形象理性清晰，节奏均衡，又显得浑然一体，体现出一种体量巨大、色彩瑰丽、雄浑、崇高与悦和的美感。圆形的曲线又使天坛的祈谷坛，在壮硕中显出优美的神韵，具有浓郁的艺术感染力。

而且，中国古代建筑的平面布局秩序井然、有条不紊，具有一种强烈的伦理，同时又是审美的"中轴线"意识，体现出"尊者居中"的思想。从古老的夏代都邑、唐都长安，明清故宫到北京四合院，江南或岭南民居，乃至帝王，官宦的陵墓建筑，一般都有"中轴线"意识的存在。这是一部用沉重的物质材料写就的别君臣、父孺、夫妇、兄弟、尊卑、内外的"政治伦理学"，同时又是古代建筑美的一种表现。它是君惠臣忠、父慈子孝、夫唱妇随、事兄以悌，朋交以义的人生伦理在建筑平面构思的一种实现。于是，处于中轴线之最显贵的皇家主体建筑平面尺度最大，用材最精、造价最费，以示君临天下，恩被人间；臣属建筑虽有中轴线，然而规格品位必次于君，以示其"忠"，在民居内部空间秩序上，"中轴线"同样必穿越最主要的建筑的中心位置。上房父居是"慈"及全家，偏房子宿以示其"孝"；夫主外而妇藏内，夫若出堂前，妇只该垂帘而已，如兄居东厢，弟必住在西厢，以示敬悌之意；且建房相地，除讲究方位阴阳风水之外，还该就邻里辈分注意相互避让或争执。从这里可以看出，"和"，不是混合，不是无差别的"同"；"和"，是有秩序的"礼"。确立"中轴线，"是建筑平面达到"中和"境界的根本。尊"中"，从"中"、崇"中"，突出"中"的地位，这是"礼"，亦就是"和"。"和"即"乐"，"乐"即"美"，达"礼"而尽"乐"是也。

第六节　对称与曲线的"美"

与这种"中轴线"建筑美学思想相关的，便是崇尚建筑平面布置的对称均齐的"美"。

中国古代，不是绝对没有非对称型的古代建筑构图，如一些园林建筑有时是非对称型的。然而，对称均齐，是中国古代建筑的基本形式美特性。如据考古，在河南登封东南三十里的告成镇附近的夏代城堡遗址，城址呈方形，在偃师二里头发掘的夏代王都遗址，其基址平面东西长约一百零八米，南北约一百米，略呈正方形，何以至此？求对称均齐也。

即使陵墓建筑，亦是主冢居中，陪冢在两旁者为多见。

有的建筑受自然地形、地貌的限制，即使不能达到人为的对称，也要在艺术处理上，设法使人在观感上获得对称均衡的审美效果。如明十三陵中最宏伟的长陵，在天寿山主峰前，居整个陵区的中心位置。这里三面山峦怀抱，有漫长神道自南向北入于陵区。按通例，神道应纵直前来方合于"中轴线"观念，然考虑到神道左右远山的体量不一，因此，将神道设计的走向偏于东北，即稍稍靠拢东部体量较小的山峦而远西部较大者，且略有弯曲，为的是达到均齐的观感。

"中国艺术最大的一个特质是均齐，而这个特质在其建筑与诗中尤为显著。中国底这两种艺术的美可说是均齐底美——即中国式的美。"①均齐对称的"美"，仅就形式而言，在世界各民族的造型艺术中均有存在，但中国古代建筑的对称均齐，因渗融着华夏特有的"礼"的内容，确是"中国式的"。它通常具有以儒学为基调的、扭结着宗法观念的中华民族独特的民族心理，追求着审美心理上的平稳、冷静、自持、坦然、静穆与伟大。

这种对称均齐的建筑形象，稳定、持重、安逸然而确实缺乏剧烈的变化，故有时便不讨人喜欢，人们甚至把它等同于"呆板"与"模式"。曾居中国三十年、研究中国美术的白谢尔指斥中国古代建筑"皆具一种单纯无趣之现象"，此说不无偏颇，然而，触及了中国古代建筑某一方面的缺点。

不过，白谢尔亦不得不倾倒于中国古代建筑的曲线之美。他说，"中国建筑物之盛者，以亭为最，其上重盖岌岌，飞檐轕轕，甚为重厚，下则以短木之柱承之。其屋脊之制，亦异他室。中央一脊，四脊自其两端支离分赴，蜿蜒夭矫而趋向四隅。两脊间簷宇微垂，成弧线状。"如北京，"城中庙观相望，飞宇云浮，宫邸丛倚，高廓博敞。其周围城雉，非不巃嵸屹屹，崔嵬嵯峨也。"②

"成弧线状"的"重盖"、"飞檐"、"屋脊"，这就是中国古代的大屋顶形象。大屋顶形制丰富多样，在坛庙建筑，在宫殿、陵墓建筑，常见的有垂脊四面坡的庑殿式，是古代最高等级的屋顶样式，宋时俗称四阿顶，其绰绰丰姿，在殷甲骨文、青铜铭文、汉画像石与明堂上早有表现，有两面露上部"山花"的歇山式，因其由正脊、四垂脊与四戗脊组成，故称九脊式，这种型式的最早遗构，目前仅见于五台山中唐南禅寺大殿屋顶，还有所谓四角攒尖、圆形攒尖式之类。至于硬山式、平顶、悬山、单坡及其混合形式等，则常出现于一般中国古代建筑上。

这种大屋顶，具有丰富多变、动感优雅的曲线美。"如跂斯翼，如矢斯棘；如鸟斯革，如翚斯飞。"③欧阳修亦有关于醉翁亭"有亭翼然"的咏叹，以翼飞之状形容这种建筑形象的美，颇为贴切。据《法式》疏解，"言檐阿之势似鸟飞

---

① 闻一多：《律诗的研究》，引自袁謇亚：《律诗—中国式的艺术美—闻一多律诗研究述评》，《武汉大学学报（社会科学版）》，1985年第1期，第93页。

② ［英］波西尔：《中国美术》，戴岳译，商务印书馆，1923，第32—33页。

③ 毛亨传：《毛诗》卷十一，相台岳氏家塾本，第147页。

也，翼言其体，飞言其势也。"朱子亦注云：

> 言其大势严正，如人之竦立而其恭翼翼也，其廉隅整饬如矢之急而直
> 也；其栋宇竣起如鸟之警而革也；其檐阿华采而轩翔如翚之飞而矫其翼也，
> 盖其堂之美如此。①

中国古代建筑的平面及立柱墙体确是"大势严正"，而飞翚式屋宇显得透逸优美，是由其曲线的性质所决定的，这种柔和的曲线，比如"曲折的小路、蛇形的河流和各种形状，主要是由我所谓的波浪线和蛇形线组成的物体"，"它引导着眼睛作一种变化无常的追逐"②。

人类社会，自然界及人们的运动方式大致可分两类。那些变化剧烈的运动方式，使心灵对它的"追逐"亢奋、紧张、惊奇、震撼，引起极大的快感或痛感，这就是审美对象—显其崇高与壮美的确证。另一类运动方式却是柔和平缓、巧妙伶俐的，这就有可能使其运动着的对象显其优美。

因此，当一座建筑物孤高出世、笔立于野，这种笔直的线条或剧烈变化的折线引起观感时，就会在人的心灵深处，对那种剧烈的"运动方式"，观念性地重新体验一次，唤起崇高或壮美的感受；同样，一旦中国古代那种飞翚式大屋顶的翩翩之态出现于目前，其呈弧形或月牙形的柔缓曲线，也会使人的心灵对那种渐进的"运动方式"重新体验一次，从而唤起抚慰人心的优美之感。"优美这个观念是属于姿态和动作的"，"优美的全部魔力就包含在这种姿势和动作的悠闲自若、圆满和娇柔里。"

因此，中国古代建筑美，又是以台基平面和立柱墙体一般呈现的方形直线对称与大屋顶一般呈现的弧线反翘形象的完美结合，是由平面的"中轴"、立面的直线所传达的逻辑理性与形象颇为丰富生动的曲线所蕴涵的欢愉情调的"共振和鸣"，是直与曲、静与动、刚与柔、庄重与活泼、壮美与优美的谐调统一。

---

① 苏辙：《诗集传》卷十一，四库全书本，第7页。
② ［英］荷迦兹：《美的分析》，引自《古典文艺理论译丛》第五辑，人民文学出版社，1963，
　　第32页。

第十章　塔的崇拜与审美[①]

　　塔，又名佛塔，一种古老的中国佛教建筑型类。千百年来，它以特有的建筑艺术造型，纥立于大江南北、边陲内地，往往发育成为古迹名胜而邀人瞻仰欣赏。或者高峻伟岸，气势喷涌；或者英姿临风，意象飘逸，或者庄严静穆，令人沉思遐想。"突兀压神州，峥嵘如鬼工"，"殚土木之功，穷造型之巧"，千秋伟构，姿容万千，简直无法描绘。北魏河南登封嵩岳寺塔的丰润雄奇、唐代长安大小雁塔的秀美挺拔、山西应县木塔的鬼斧神工、河北定县料敌塔的别具一格，玄奘塔名扬天下、妙应寺塔崇高神圣，还有，比如上海松江方塔的轻盈俏丽，各地多见的"文峰塔"的痴情寄托等等，往往从浓重的佛教神圣氛围中显现出来的崇高和优美，难以一一述说，给人以精神的陶醉与美的享受。

　　中国古塔，既浸透了宗教崇拜的佛性意味，又洋溢着世俗人情的诗意光辉，具有颇为特殊的美学性格。这，正是读者颇感兴趣，也是本文试图加以探讨的一个问题。

第一节　从古印度的"窣堵坡"谈起

　　中国古代，本来并无塔这种建筑艺术型类，正如本来并无佛教一样，塔，

----

① 　本文曾发表于蒋孔阳先生主编《美学与艺术评论》第一集，复旦大学出版社，1984，第313—335页。

是由印度传入中土的。塔，梵文写作Stupa，巴利文称Thūpo，释籍译为"窣堵坡"、"塔婆"，其义为"累积"。中国古塔，是古印度的"窣堵坡"与中国古典建筑传统及其美学思想相融合的产物。

这里，为了便于把握中国古塔的基本审美特性，首先有必要对古印度的"窣堵坡"加以简略的讨论。

相传古印度用以掩埋佛骨的一种坟墓建筑形式，是所谓的"窣堵坡"。约公元前五世纪，印度原始佛教创始者释迦牟尼"圆寂"之后，佛体焚化，其门徒取"舍利"（即骨烬）葬为"窣堵坡"，发育成后世所谓"舍利塔"。佛徒认为，"舍利"是禅定涅槃、修成正果的佛性象征，应建"窣堵坡"供奉，以示崇高神圣，大约这就是古印度"窣堵坡"的缘起。

"窣堵坡"的主要型式，是埋葬佛"舍利"的一个半圆形坟墓，后来也兼用以藏纳圣佛遗物。凡欲表彰神圣、礼佛崇拜之处，多以建造。它是"一个坟起的半圆堆，用砖石造成，梵文名安达（Anda），其义为卵，其下建有基坛（Mēdhi），顶上有诃密迦（Harmika），义为平台，在塔周围一定距离处建有石质的栏楣（Vēdika），在栏楣的四方，常饰有四座陀兰那（Torana），义为牌楼，这就构成所谓陀兰那艺术。"[①]公元前二七三年至公元前二三二年的印度阿育王时代，佛教隆盛，于是大兴寺塔，据说竟达"八万四千"座，这当然不是确数，但是，当时竞相造塔，这一点是可信的。在现在印度马尔瓦省保波尔附近的山奇"窣堵坡"，艺术史上称为"山奇大塔"者，尤为宏丽古朴，处处透露出神绪佛意，是典型的印度古典建筑"陀兰那"艺术作品。

"山奇大塔"四周，建有石质栏楣。栏栅四方，饰以牌楼（陀兰那）四座、亦称天门。其形制构造，于两石柱之上戴以柱头，上横架上、中、下三条石樑，石梁中间以直立短柱相构，整个造型对称稳健。为表彰佛陀的无量功德、说教宣传，上面饰以充满佛教意味的石雕石刻作品。这些作品，多取材于佛陀本生故事，塑造大慈大悲的佛陀形象，充溢着十分高涨的宗教情绪。

山奇艺术的建筑型式印度风味浓郁，艺术灵感富于佛教精神和幻想，其艺术手法多专注于艺术象征。比如，"一只小象就暗示着，或更可说，代表着'托

---

① 常任侠:《印度与东南亚美术发展史》，上海人民美术出版社，1980，第12页。

胎'；摩耶夫人坐在莲花上，周围有小象向她喷水，代表'降诞'；有时只用一朵莲花即代表这一变相；一匹空马，象征'出家'；魔或魔女在一株树和一个空座之前，这表示魔军的侵扰或诱惑（'降魔'）；只有一株树或一空座，象征'成道'（证菩提）；法轮是'说法'；伞盖和宝座一般用以代表佛；云路表示自空中返回迦毗罗卫城（'返家'），塔（窣堵坡）代表'涅槃'。"①

犍陀罗艺术时代之前，由于当时印度还未受到希腊神像雕刻的外来影响，一般不直接运用艺术雕刻手段刻划佛陀形象，这种艺术构思与象征手法，具有印度古典宗教艺术的鲜明时代特征，反映出人们对佛祖顶礼膜拜的虔诚感情。尽管释迦牟尼及原始佛学实际上是反对偶像崇拜的，"佛的一切说教都没有带着任何宗教的权威，也没有任何关于上帝或他世的话。""他没有谈到上帝或绝对权威的有无。他既不肯定，也不否定。"②然而，在狂热的佛徒想来，圆寂就是脱离人生的无边苦海，进入超度生死、永恒安乐的涅槃境界。释迦既已涅槃，功德圆满，无死无生，所以，"对已进入最后涅槃的人物，不宜再予以'新生'。"倘若随意地直接雕刻佛陀的形象，就是对涅槃境界的破坏，岂非"冒渎神灵"。③或者毋宁说，佛是如此光辉无限、伟大无比，凡胎俗子，即使想要一瞻佛容，也是不应该的，永远办不到的。因此，印度早期佛教建筑的雕刻艺术，包括"山奇大塔"，对于佛像是讳避的。即使雕刻品要展现佛陀说法等庄严的场面，"也只是弟子围列左右，中央却不设佛体，而留下一棵菩提树或莲座算是象征"④。人们宁可在佛教雕刻艺术中对佛的尊容保持一个模糊的幻象，而越模糊似乎越真实，愈虚愈实，若离若即，以便激发对佛的崇高神圣永远不可企及的无限迷狂。

只是到了相当于中国东汉中叶的印度迦腻色迦王时代，犍陀罗艺术在现在的巴基斯坦白沙瓦附近开始滋生蔓延，印度的建筑雕刻艺术，才从传入的希腊神像雕刻得到借鉴，开始雕刻容貌明丽、静穆敦厚的佛陀形象。这是印度佛教

---

① ［法］雷奈·格罗塞：《印度的文明》，常任侠等译，商务印书馆，1965，第42—43页。
② ［印］贾瓦哈拉尔·尼赫鲁：《印度的发现》，向哲濬等译，世界知识出版社，1956，第150页。
③ ［法］雷奈·格罗塞：《印度的文明》，商务印书馆，1965，第40页。
④ 严北溟：《论佛教的美学思想》，《复旦学报》（社会科学版）编辑部：《中国古代美学史研究》，复旦大学出版社，1983，第89页。

崇拜观念的一个转变，也是艺术审美观念的一个腾跃。在外来因素作用下，佛教崇拜观念的转变，推动了宗教艺术表现手法的革新。

"山奇大塔"的宗教主题是鲜明而强烈的，通过艺术刻画旨在宣传寂灭无为的佛教教义。但创造这种佛教艺术的，即使最虔诚的佛教徒，也必须在一定的现实关系中"修身立命"，难以截然摆脱所谓世俗人情的"纠缠"和"污染"。这就似乎本来就存在着一种"力"，决定了在这种宗教宣传品中，有可能冲破浓重的宗教迷雾，让世俗人情微露曙光。压在石头底下的小草，也会弯弯曲曲地生长，人创造了神，神反过来奴役人或笼络人，神所以能这样做，就因为人还在那里不得不创造神的缘故，神是人在一定历史阶段的异化形式。但归根结蒂，人是比神更为顽强的。世俗的赘脚艺术作品，往往把人写成神，这是艺术的宗教化，而宗教艺术作品有时却不得不按照人的某种世俗特点塑造神的形象，这是宗教的艺术化，一幕搅合着崇拜与审美、人与神相冲突的历史悲喜剧。宗教教义必须以一定的艺术形式为宣传工具，否则便缺乏魅力，在艺术的历史发展中，一定历史阶段的艺术（包括建筑艺术），却注定要受到宗教精神的胡搅蛮缠。试看"山奇大塔"，它那东南西北四个天门上的石刻浮雕佛性流溢，在那里，正常的人性确实被严重地压抑着、扭曲了。但塑造于北门和东门上的那个女药叉圆雕像引人注目。所谓药叉者，乃神话虚构中角色，为佛教的守护神。山奇的这一女药叉形象，与其说是神的形象，不如说更具人的世俗特点，它人情洋溢，借光影变幻的佛教建筑艺术舞台、弹奏出同宗教主题不协和的、活跃灵动的人情世俗的优美旋律。它"两臂攀着树枝，悬身向外，成一无限优美的曲线，好象活的藤，使得她那胸部丰满的'金球'，她底年轻躯体上的所有旺盛的肌肉，都象是飘荡于空际"①。这佛教艺术形象的底蕴，实在与佛教教义寂灭无为的基本精神相去甚远，它强烈地反映出对灵境的崇拜与对现实的审美之间的矛盾冲突，诉说着对世俗生活的绵绵眷恋之情。那种悬荡于空际的、扭曲的形象，好似在痛苦地挣扎，这里有嘲弄，也有抗议。

应当指出，古印度"山奇大塔"（窣堵坡）的这种既崇拜又审美的颇为复杂的美学性格及其艺术表现特点，对中国古塔的形成与发展不无深刻的影响。

① ［法］雷奈·格罗塞:《印度的文明》，商务印书馆，1965，第45页。

第二节　中国化了的佛教建筑型类

古印度的"窣堵坡"，是中国古塔的滥觞。以两者相比较，在诸如塔刹、浮雕、彩画装饰等主题上，明显地反映出后者师承前者的承接联系，而在体量和形制、平面与立面布置等整体造型方面，已经大相径庭、大异其趣。中国古塔的宗教崇拜与艺术审美意义，在历史的陶冶中已经大大注入了中华民族特定时代特定社会的心理内容。中国古塔，受到中国传统文化思想及其相联系的中国古典建筑美学思想的有益滋养，它是中国化了的佛教建筑型类。

中国古塔的开始兴建，在印度佛教入传汉地之后不久。佛教初传的确切年代，尚无定论。汉明求法说，颇为一般佛教徒所首肯。东汉初年，汉明帝派中郎将蔡愔、秦景，博士王遵等十八人往西域求佛。永平十年（公元六七年），蔡愔等人偕天竺大月氏国迦叶摩腾、竺法兰二僧来华，用白马驮带经卷到达洛阳。帝于洛阳城西雍门外建白马寺。"我国之塔，当以汉明帝永平十八年（公元七五年）所建之洛阳白马寺为最先"[①]。据说，当初白马寺的主体建筑之一，为一方形木塔。塔据寺之中心位置，四周廊房相绕。稍后，三国时窄融在徐州建造的浮屠祠，亦建木塔在祠域内。

大约这是中国古塔发展史上最早的塔例。值得注意的是，传说中的木塔已同印度"窣堵坡"大有区别。它舍去了象"山奇大塔"那样的四座天门牌楼，木制结构，并且与寺这种佛教建筑型类建造在一起。虽然，这种寺、塔合建的形制，也脱胎于印度的"支提"窟——古印度有一种"窣堵坡"，建于石窟或地下灵堂之内，称为塔柱，僧侣们围绕塔柱念经礼佛。但是，这里原先的塔柱，已演变为中国的方形木塔，窟殿已由地下上升到地面，改制成脱胎于中国古代民居或宫殿的寺了，这多少可以看作关于佛的某种神秘观念的稍稍淡薄，是佛的神圣目光向世俗社会开始投去的短暂的一瞥。唐代开始，塔、寺关系进一步演化，塔逐渐退出于寺区内，而建于寺的近旁，塔不再作为颂佛诵经的空间环境而让位于寺。

---

① 　刘敦桢:《刘敦桢文集》(一)，中国建筑工业出版社，1987，第4页。

中国古塔的建造动机与艺术灵感，初与印度佛教相携而来，建塔原本是传教崇拜的需要，因而中国佛教的兴衰荣枯，决定了中国古塔的起落抑扬。比如魏晋南北朝，战乱迭起，政权不稳，号饥啼寒，水深火热，为所谓引导众生跳出人生苦海的佛教大流布，准备了充分的社会条件。大兴土木建造佛寺佛塔、风靡华夏。

古往今来，中国大地上竟矗立过多少佛塔，难以确记。《洛阳伽兰记》称"招提栉比，宝塔骈罗"，一点也不算夸张。比如，史载北魏道武帝天兴元年（公元四六七年），在平城起永宁寺，构七级浮图，据说高及三百余尺。又于天宫寺筑三级石浮图，高十丈，上下皆石重结，镇固巧密，为京华壮观。隋文帝笃好佛教，相传得天竺沙门佛"舍利"，曾三度号令全国建塔供奉。首者公元六〇一年文帝六十诞辰，令全国三十州立塔；次者六〇二年"佛诞日"，又令全国五十三州建塔；再者六〇四年"佛诞日"，再度建塔，凡造塔一百十座。武则天佞佛，也"倾四海之财，弹万人之力，穷山之木以为塔，极冶之金以为象"。宋太宗端拱年间，得浙东造塔巧匠喻浩，主持建造高近九十米的京师开宝寺塔，这在当时叹为观止。其后建塔之风绵绵不绝，难以尽言。一九六一年，国务院公布首批全国重点文物保护单位，计六类一百八十处，其中古塔及与古塔有关的全国重点文物达三十六处，竟占百分之二十。刘策《中国古塔》一书，撰集古塔六十余例，其实，这是现存古塔中比较著名的绝少一部分佳构，而且几乎仅仅是现存砖、石、铁、琉璃塔中的极小部分。试想近两千年来，天摧人毁，历史上倾圮的古塔不知凡几。尤其早期无数木塔，除应县木塔等孤例，已荡然无存。它们的绰绰丰姿，人们只能偶尔从石刻、文学作品或历史著作中窥见一二。

中国古塔，与中国佛教的发展流变往往谐为同步，同行同止，因而，人们对印度原始佛教教义的接受、信仰和领悟，或推拒或吸吮，或承继或改造，必然影响中国古塔民族性格的确立。

中国古塔虽脱胎于古印度的"窣堵坡"，但一开始就是中国化了的，其原因何在呢？

佛教起源于苦难的社会现实，或者说它是对苦难的现实、人生的一种消极逃避方式。虽然在释迦牟尼看来，人的苦恼缘起于生老病死以及与亲人别离等等，所以凡人生都是在受苦，苦恼与任何人生（不管用世俗眼光看是贫困痛苦的人生还是富裕幸福的人生）俱在。这苦恼之根源，在于生之欲望。人生之苦必求解脱，于是，只有寂灭无为才能导致苦难的终止。为求解脱，必须正道。最终熄灭一切妄念，出离诸苦，成就最高智慧（般若），圆成涅槃。但佛教入传之初，人们对印度原始佛教诸如四圣谛、八正道等基本教义未必十分了然，不管小乘或大乘，在汉代，都被理解为道术，未能完全以印度佛教的本来面貌出现于中土，就连什么是佛这一点也不很明白。

汉时崇尚清虚无为的道家黄老渐趋流行，人们容易拿比较熟悉的黄老之学去附会外来的佛教教义。而史传"通入"傅毅所谓为汉明帝释梦，其实他远未做到中外古今一切皆"通"，他只是以"神"的形象去比附佛的形象。而后的一些佛教信奉者认为佛与道差不多，都"贵尚无为"，可以相提并论。《后汉书·楚王英传》，说楚王刘英"诵黄老之微言，尚浮屠之仁祠"，两者集于一身，这就是明证。初传佛教的斋忏仪式，也是效法传统的祠祀形式的。牟子《理惑论》，也只是解释："佛者谥号也，犹名三皇'神'，五帝'圣'也。佛乃道德之元祖，神明之宗绪。"《后汉纪》曰："浮屠者，佛也……佛身长一丈六尺，黄金色，项中佩日月光，变化无方，无所不入。"认为佛教教义近于神仙方技。

同时，在尔后的历史发展中，道、佛两教虽曾各执一端、相互辩难非毁，道教杜撰出所谓"老子化胡"说，把老子说成好像是释迦牟尼的尊长；佛教也以比如"道高一尺，魔高一丈"这样够刺耳的语言贬低道教，两者为争夺"正统"而相争斗，然而，佛、道两家，其实相通之处甚多，它们是可以相互补充、彼此照应的。比如其生死观，佛法以有生为虚妄，认为生乃短暂，死亦无谓，故不如宁舍此岸，以求彼岸，人生"苦海无边，回头是岸"，与其苦生，不如无生；道教重生恶死，主张"无死"。佛教认为，欲为"无生"，必从生之欲念中解脱，超凡入圣而成涅槃，六道轮回，修成正果；道教亦重修养，不过须从"无死"而"入圣"，故而热衷炼丹服药，养生求仙。一在主张涅槃，为此目的，人生必须节欲适度，渐入佳境；一在主张求仙望气，企望长生不老，都在追求不现实的彼岸。

所有这一切，可能给塔的逐渐中国化带来了契机，使得以"佛"为特性的中国古塔，不可避免地融合了"道"的音调，且具有中国古典民族建筑的传统特点。且不说以高耸的形象为主要特征的中国楼阁式塔和密檐式塔，在形制上显然较多地接受了中国传统建筑亭台楼阁的深刻影响，比如早在殷代，当关于"间"的建筑观念萌生之时，"一座建筑的间数，除了少数例外，一般采用奇数。"①这似能说明，汉民族很早就开始了对渗透着奇数观念的建筑形象的审美与崇拜。中国古塔的建造，显然从这里得到了借鉴，崇尚一种奇数的美。中国古塔的层檐多为奇数，从单檐、三檐、五檐、七檐、九檐直到十五檐、十七檐甚至更多的奇檐数，如山东历城四门塔为一檐式、九顶塔中央一座为五檐式、四周四座均为三檐式，苏州云岩寺塔为七檐式，杭州灵隐寺塔为九檐式等等，极少双檐及其倍数的塔例。而这一点，看来与土生土长的道教所谓"道生于一，其贵无偶"②的神秘观念不无一点历史和民族心理上的联系。至少，中国古塔的建筑形象，对中国传统建筑的某种尚奇观念是并不排斥的。

同时，许多古塔塔檐出挑，如上海松江兴圣教寺塔，湖北玉泉寺铁塔、广州光孝寺塔、杭州六和塔、福建开元寺双塔等等，塔檐起翘，形象轻盈俏丽，有一种飞动的美感。虽然，这是中国传统大屋顶的屋檐形式在古塔形制上的借鉴应用，但也不能不说这与道教追求羽化登仙、乐生欢愉的特定生活情趣、审美理想和宗教是并不矛盾的。

并且，这里还须着重指出，中国古塔的美学性格，一定程度上还打上了儒家美学思想的深刻烙印。

中国古代并非绝对没有滋生印度原始佛教那样肥沃的社会土壤，否则，印度佛教绝不可能在中土传布开来。任何剥削阶级统治的时代，都是苦难深重的时代，有苦难的人生，就有一切宗教得以滋长并且掌握民众的社会条件。然则，各个国家民族文化历史的发展，有时却很有趣，何以在古代印度，会出现那样一个悲天悯人、看破红尘、用深沉的哲学思考，向芸芸众生劝善修行的释迦牟尼，而差不多同时，古代中国却造就了乐生入世、创立以礼乐为中心社会伦理内容的儒学始祖孔夫子呢？一个用似乎是冷静的哲学沉思，引导人们走向佛国

---

① 刘敦桢主编：《中国古代建筑史》，中国建筑工业出版社，1980，第9页。
② 葛洪：《抱朴子》卷十八，平津馆本，第131页。

的迷狂境界，一个却风尘仆仆，在炽热的社会政治伦理实践中，处处表现出清醒求实的世俗理性精神。当原始印度佛教以慈悲的面容来到孔夫子的故乡时，本来可望遭到重入世非出世、重人道非神道的传统伦理思想的排斥，然而，被儒学所掩盖的那一部分苦难的社会现实，成了佛教繁衍的温床，异国他乡，也有知音。

而且，佛教初传时的儒学，经西汉王朝的"罢黜百家，独尊儒术"，由董仲舒加以恶性发展而渐趋神学化，使得神学化的儒学与佛教有了更多的共同语言。正如道教一样，儒学对佛教的攻击非难，只是历史的一段插曲，更多的却是两者的融合。正如在整个中国封建社会发展史中，儒学一般地成为正统的统治思想一样，佛教的一些重要思想同样也浸润着思想界和艺术领域。在封建社会中讨生活的人们，需要世俗的清醒。在清醒中深感着苦痛，于是又需要麻醉迷狂，让灵魂得到虚幻的安宁。这就是儒、佛两家的各尽其"妙"，各得其所。两者的关系譬如豪猪，为了取暖，需要彼此靠近，但又注意不要刺着对方。故大致从唐代始，儒、佛两家有所调和。集大成于隋代的天台宗，发展到唐代，与中国传统人性论相谐，易为儒者所接受，兴盛于唐代中叶的禅宗，为典型的中国化了的佛教。它放松佛教酷严的清规戒律，简化佛教仪式，专注于唯心主义宗教观的灌输，宣传人人都有佛性，佛就在心中。因而只要内心寻求解脱，即可顿悟成佛，所谓"菩提只向心觅，何劳向外求玄？听说依此修行，西方只在眼前"[1]是也。废除佛教的繁琐戒律，注重内心修养，其实这是将佛教世俗化、中国化了。"韩愈的门人李翱更结合禅家的无念法门和天台家的中道观，写成《复性书》，即隐含着沟通儒佛两家思想之意"。[2]到了宋代，虽仍有一些正统儒家学者对佛教提出非议，但佛教却用调和论来缓和矛盾，比如说什么儒佛都主张精勤修学、都劝人为善、相资善世，以佛教的五戒比附儒家的五常等等。而又如明代，朱元璋干脆主张"佛天"就是"凡地"，天堂地狱均在人间。以儒家性善说改造佛教，所谓佛犹人、人亦佛性也。要求将君君、臣臣、父父、

---

① 慧能：《六祖大师法宝坛经·决疑品第三》，胡震亨：《唐音统签》卷九百六十九，清康熙刻本，第3页。

② 中国佛教协会主编：《中国佛教》（一），知识出版社，1980，第71页。

子子看作佛教修行的现实内容，加速了佛教儒学化即中国化的历史进程。

这一切，都对中国古典艺术（包括建筑艺术）具有直接间接的影响，中国古塔的建造与发展，带有佛教儒学化的明显特点。

首先，如前所述，从寺与塔平面位置关系的演变——塔占寺之重要位置到塔建于寺的前后或左右，甚至塔的建造地理位置与寺完全无关，这不是哪个古人的随心所欲或别出心裁，这是正统的儒家传统的陵寝制度及其宗教、审美意识在建塔上的隐约而生动的表现。

中国陵墓建筑是富于人情味的，体现了儒家重入世的建功立世、富贵荣华、荣宗耀祖的世俗人生理想。且不说，墓中随葬品多为死者生前钟爱之物，显然是希望死者在冥府能继续过人一样的生活，也可以看作对生的留恋。典型的陵墓建筑平面作对称铺排，几重进深、逐渐形成高潮，有明确的中轴线，主体建筑总是设在高潮点上，这实际上是渗透着儒家崇拜与审美历史意识的宫廷建筑的翻版，比如十三陵中的长陵就是这样。它的前面是漫长的"神道"，"神道"两旁设置着秩序井然的、庄严肃穆的石象生，狮、獬豸、骆驼、象、麒麟、马、翁仲、文臣、武官与勋爵等雕像，各呈其姿态，成对称型安排。"石象尽处为石门，门内辟大平野一片。直至北进十里处天寿山南麓，迎面一座大门，门北为稜恩门，稜恩殿，殿广二百二十公尺，深九十五公尺，北为三拱门，门前设一小碑楼，碑楼朝北又有巨门，上建高楼，巨门通隧道，再北进，始为陵墓。"[①]真重重叠叠、四平八稳、赫赫扬扬，重现出死者生前的威风煊赫。显然，在这种陵墓形制中，同时还渗透着崇尚对称的传统审美心理内容。

中国佛寺，虽然源于印度的"支提"窟，但如不加以改造发展，照搬过来，那样神秘局促与小家子气，显然是不如人意的。因而古代的寺塔建造艺术家们，从传统的陵墓建筑受到启发而加以改造，冲淡了神圣的灵光，唤来了世俗的诗意。中国佛寺的平面布局，亦呈对称构图，常为三大殿层层递进，有颇严格的中轴线，主体建筑设在中轴线的高潮点上。比如，唐代开始到宋代，禅宗寺院盛行所谓山门、佛殿、法堂、僧房、库厨、西净、浴室组成的"伽兰七堂"制，即为显例。它是佛像与僧众共处的建筑空间环境，世俗气氛相当浓郁。

---

① 李朴园：《中国艺术史概论》，时代文艺出版社，2009，第167页。

在此情况下，为了不打破中国佛寺那种平缓、对称和阔大的建筑格局，作为佛寺的标帜且高耸的塔，假如再要挤在寺区中，无论就崇拜还是审美意义而言，都是多余的了，显然不合中国人的传统审美口味与崇拜观念，因而将塔"请"到寺外，甚至另造塔院，独立于寺。这在一定意义上是佛教向儒学的妥协，佛教崇拜观念的削弱、审美意识的觉醒。

其次，就塔本身而言，包括唐五代前的塔平面造型多为方形。显然这同最初把古印度"窣堵坡"译为"方坟"有关，然这与当时中国古代陵墓平面造型似有更直接的历史联系。我国汉代陵墓以方形为贵。皇陵、后陵多作正方形，据说只有汉高祖和吕后的陵墓为长方形。唐承汉制，唐代确有圆锥形陵墓出现，然大凡地位高显者，均作正方形双层台阶式陵台，以示地位崇高。这种制度又为北宋所沿袭。可见，比如小雁塔、大雁塔、兴教寺塔、四门塔以及千寻塔这些方形塔的出现并非偶然，它们是佛教神圣崇拜与以儒学为传统思想的皇权神圣崇拜相结合的象征。

各地多见的所谓"文峰塔"，在儒、佛合流的历史发展中，似乎更具佛塔儒化的世俗特点。历史上科举制度一旦确立，大批儒生奔求功名心切，明、清士子尤为热衷。于是，有所谓张扬文气的"文峰塔"应运而建。因塔型笔立于野，塔尖如笔之毫端、直指苍穹，故有"文峰"之称。显然是虔诚的人们想借佛法灵力佑助科第的高中隆盛。如清道光《靖安县志》载，江西靖安县文峰塔，有序曰："昔阿育王造浮屠，自佛教入中国而浮屠遍于天下，然亦彼法自用以藏舍利耳。后世形家之说盛行，浮屠尖书有类于文笔，且镇固不摇，足以收摄地气。"[①]这在象征意义上，对佛的虔诚祈祷与对世俗功名利禄的热切向往集于一塔，实乃释迦牟尼始料所未及也。

自元代始，有所谓过街塔或塔门，是中国佛塔世俗化的又一生动例证。此为喇嘛教兴盛之时，故过街塔或塔门多为喇嘛塔形制。如镇江"昭关"、北京居庸关云台，即有著名过街塔，河北承德普陀宗乘之庙内外有许多塔门，都是为礼佛的简便而兴建的。这种塔的下部以门洞形式横跨于街道两旁或置于庙内走道上，塔下车来人往，每经一次，不必焚香膜拜，也不管你自觉不自觉，就

---

① 《建筑历史与理论》第二辑，江苏人民出版社，1982，第46页。

是顶戴礼佛一次，贫富均等、童叟无欺、男女不论，皆可顿悟成佛。[①]正如列宁所说："被剥削阶级由于没有力量同剥削者进行斗争，必然会产生对死后的幸福生活的憧憬，正如野蛮人由于没有力量同大自然搏斗而产生对上帝、魔鬼、奇迹等的信仰一样；对于工作一生而贫困一生的人，宗教教导他们在人间要顺从和忍耐，劝他们把希望寄托在天国的恩赐上。对于依靠他人劳动而过活的人，宗教教导他们要在人间行善，廉价地为他们的整个剥削生活辩护，廉价地售给他们享受天国幸福的门票。"[②]的确，这种样式的中国古塔，佛教崇拜意味显然已经很少，实是"廉价地售给"剥削者与被剥削者"享受天国幸福"的一张"门票"。

至于比如河北定县料敌塔，建成于北宋仁宗至和二年（公元一〇五五年），高八十四米，为现存古塔最高的一座。这座塔建在当时宋、辽军事要冲交界之处，可供登临，以作凭眺敌情之用，"料敌"者，眺敌之谓也。其实，许多中国古塔均可供登临。这意味着它们不仅是佛徒崇拜和人们审美的对象，又是人们欣赏大好河山的制高点和出发点。从这种意义而言，塔既可作登临眺望，就具有了一定的实用价值。因之，说塔都是"毫无实用价值的纯宗教的建筑"[③]，这结论看来不是对所有的中国古塔都适合的。

塔供登临之时，必在人对塔的佛性意味解除了敬畏心理之后。一个笃信佛教教义、梦想圆成涅槃的人，必不愿也不敢将塔这种佛的象征踩在脚下的。因此，人们登塔瞭望，其喜洋洋，四处景色，尽收眼底，实在可以说是审美的需要超过了崇拜的需要，是世俗人情对佛法崇拜的胜利。

第三节　灵魂向佛国的飞升与脚踏在现实人生的大地

尽管中国古塔一改古印度"窣堵坡"的建筑形制，一定程度上受到中国传统思想的影响，作为佛塔，仍然不变它那宣扬佛法的宗教主题，而这，一般仍

---

① 刘策：《中国古塔》，宁夏人民出版社，1981。

② 列宁：《列宁全集》第十卷，中共中央马克思恩格斯列宁斯大林著作编译局译，人民出版社，1963，第62页。

③ 王世仁：《塔的人情味》，《美学》第4期，第307页。

然是运用艺术象征手法加以表现的。

以建筑平面而言，中国现存古塔最常见的平面构图是正四边形与正八边形。虽如前述，正四边形显然与我国汉唐陵墓以方形为贵有关。然其根本底蕴，仍在于象征佛法的所谓四相八相之类。四相八相，即释迦牟尼生涯中的种种变相。"诞生、成道、说法、涅槃曰四相；再加上降兜率、托胎、出家、降魔谓之八相。或以住胎、婴孩、爱欲、乐苦行、降魔、成道、转法轮、入灭曰八相，导而义同。"[①] 又曰，"故塔基四角，塑四金像者，象四天王之护持世界，居须弥腹四埵也。塔身八面，外雕诸神像者，象八部众神守护菩提萨埵所居之兜率天也。"[②] 又曰，它们象征佛法的四圣谛与八正道。四圣谛：

> 一、凡人都要受苦。二、苦必有因。三、苦必求解脱。四、为求摆脱，必须正道"。八正道："（一）正信仰，（二）正思维，（三）正言语，（四）正作业，（五）正生活，（六）正努力，（七）正思念，（八）正禅定"[③]

现存中国古塔中，平面为正十二边形、正六边形或圆形的塔例比较少见，如历史十分悠久的嵩岳寺塔为正十二边形密檐式塔，建于北魏末年的佛光寺祖师塔平面为正六边形，唐代泛舟禅师塔平面为圆形，因而有人觉得其寓意不可索解。以笔者看来，这三座古塔的平面构图，仍旨在象征。佛教三世轮回教理有所谓"十二因缘"说，即无明、行、识、名色、六入、触、受、爱、取、有、生与老死。其中无明与行为过去因，感现在果，识、名色、六入、触、受为现在果；爱、取、有为现在因，感未来果，生、老死为未来果。彼此不可分割，轮回流转。故建造正十二边形的嵩岳寺塔，似在象征"十二因缘"。佛教又有所谓"六道轮回"说；认为一切芸芸众生由于善恶报应，必在所谓天、人、阿修罗、地狱、饿鬼、畜生这"六道"之中升降浮沉、死生相续，如车轮旋转不已，无始无终。显然，这平面为正六边形的佛光寺祖师塔的象征意义也是明显

①　史岩：《东洋美术史》上卷，商务印书馆，1936，第42页。

②　[英] 波西尔：《中国美术》，戴岳译，商务印书馆，1923，第53页。

③　[印] 辛哈·班纳吉：《印度通史》，张若达、冯金辛等译，商务印书馆，1964，第59页。

的。佛教各宗派又均嗜好于"圆"，以"圆"象征圆满、圆通、圆遍、圆融之意，寄托崇拜感情。各派把自己的一宗称为"圆教"，以"非圆教"相贬，认为涅槃就是"圆寂"，佛陀进入涅槃理想境界，就是进入"圆果"境界。故佛教艺术中的佛像描绘，往往于头顶之上绘出光明圆轮，"圆光"辉煌，佛泽无限，庄严静穆。并且推而广之，将一切认为美妙绝伦的事物称为"圆圆海"，以示无缺完满。故比如唐代泛舟禅师塔平面为圆形，其寓意似在崇拜圆与赞美圆而已。

凡佛塔，均于塔的最高部位安设一个塔顶，称为塔刹。"刹"的梵文原意为"田土"，即相轮，象征佛国。《洛阳伽蓝记》曰，永宁寺"中有九层浮图一所，架木为之，举高九十丈，有刹复高十丈，合去地一于尺。""十丈"（古制）之刹，其势巍巍，统摄全塔，意在崇高。中国古塔的塔刹，是唯一保持了古印度"窣堵坡"原貌的东西，装饰意义很是明显。但它不再如"窣堵坡"那样为供奉"舍利"之所。我国沈阳、镇江、温州等地出土的"舍利函"（一种保存佛"舍利"的容器），其"舍利"一般掩藏于塔基下的地宫里，或埋于塔之顶层或其他层级的壁身之中，塔刹上常饰以莲华、覆钵、华盖、露盘、火焰、华瓶之类，这一切佛教名物都在表明修法神圣。[①]

莲华为佛土的一种洁净之物。相传摩耶夫人坐于莲座之上，于是降诞，莲华是佛的坐床。故佛祖对于莲华，想来钟爱之情自不待言。

莲华之佛教象征意义随"窣堵坡"、佛经与佛的传说传入中土，恰与我国对莲华的传统审美感情一拍即合。于是莲华既为崇拜之偶像，又是美的饰物，所谓"亭亭净植"者。据考古发现，早在周代，人们已经对莲华加以审美，不少周代青铜器、陶器常有莲华的装饰图案，魏晋以降，在对莲华的描述中渗入佛教内容。塑佛像常于下部堆满莲华形象，建佛塔，也于许多建筑部件上，饰以多种多样的莲华形象。有些佛塔塔基与塔身之际常以莲座为过渡，使塔身好如从莲瓣中高高耸起，可谓独运意匠，优美之状可羡。

有些佛塔宗教主题更是触目。如南京栖霞寺舍利塔，建于隋代，平面为正八边形，塔身造型表面莲华铺陈，手法细腻，并刻有佛像及龙、狮、凤等形象，

---

① 刘策:《中国古塔》，宁夏人民出版社，1981。

装饰华美。同时，基座上雕刻着"释迦八相图"，即白象投胎、树下圣诞、离家出游、禁欲苦修以及禅坐、降魔、说法与涅槃，以雕刻艺术形象重现传说中的佛祖生平故事。又如安徽蒙城"万佛塔"，为建于北宋之砖塔。砖面雕像八千余尊，其中底层外围与塔门两侧计一〇二〇尊；全塔外部凡一六六八尊，其余在塔内。雕像或为一佛二弟子、或为一佛二菩萨；或坐于莲华之上，或背后设火焰光明，或低眉含笑，或金刚怒目，袈裟翩翩、佛容光辉，"神"气十足。再如四川新都宝光寺塔，从第六层起，反而比下面五层的形体要大，人在塔的下面行走、伫立或对之远眺，都会产生塔身压顶欲倒之感，这是神对人的恫吓。

因此，中国古塔，虽然没有如敦煌二百五十四号窟萨埵太子本生壁画那样对舍身饲虎血腥恐怖场面的描绘，但从其艺术造型的象征意义或附着于塔的雕刻作品来看，宗教崇拜主题可谓十分鲜明。因而，说"中国的佛塔是'人'的建筑"，"它凝聚着'人'的情调"、"它有浓烈的人情味"这是不错的。但是，说中国古塔"没有发射出'神'的毫光"，[1]看来值得商榷。

问题在于，何以如此具有佛性象征意味的中国古塔，同时又洋溢着世俗人情，能给人以美的享受呢？为何中国古塔既是佛塔崇拜的象征，又是艺术审美的对象呢？

西方佛士与世俗生活，一为虚妄的佛国境界，一为真实的人生；佛性与人情不能相提并论，佛教崇拜与艺术审美也是根本不同的两回事。然而，被渲染得尽善尽美的佛国境界，其实是人欲横流、到处充满丑恶的世俗生活的一个消极的补充。唯其真实存在着世俗的苦难与丑恶，当人们实际上还无力改变这种世俗现实时，是很容易幻想出一个"真善美"的彼岸世界来的、以慰藉焦虑不安和饥渴难抑的灵魂。佛教教义又认为五浊的人情，是六根清净的佛性被世俗"污染"的结果。它既然可以被"污染"，当然也就能够通过修行途径重新加以洗涤，使佛性得到复归。因此，佛性原是"尽善尽美"的。同时，佛教是一种麻醉人们的精神鸦片，为了尽可能发挥其精神麻醉作用，让更多的人于顶礼膜拜中来一次精神饕餮，首先必须把佛教崇拜对象即佛国境界和佛陀形象，尽可能地打扮得崇高和优美，否则难以收摄或笼络人心。"打扮"之最有效手段，当

---

① 王世仁：《塔的人情味》，《美学》第4期，第307页。

推艺术，于是可谓不以"佛"的意志为转移。当佛教教义在那里一本正经、喋喋不休地向人宣传佛国和佛的"伟大"和"美"时，是以粗暴地否定一切美好的世俗事物为沉重代价的（包括否定艺术）。可是，为了渲染西方净土的所谓美好境界，又不得不重新捡起刚刚被自己无情地抛弃的东西，尤其需要艺术（文学、绘画、雕刻、音乐与建筑艺术等等）作为最有力的宣传说教工具。而艺术，是人对现实的审美关系典型而集中的表现。艺术美，反映现实生活的真善美，其本身是一种世俗人情的美，它是人的世俗实践对现实的肯定，不是对天国的精神迷狂。

于是，根据寂灭无为的佛教教条，本来应当否定留恋声色的艺术，然则恰恰为了宣扬这种教条，作为手段，又使艺术重新获得肯定。而且，佛教愈兴盛，必然刺激佛教艺术的愈加发展与成熟，把更多辉煌的艺术美召唤到佛像与佛教建筑上来，这是多么具有讽刺意味的事情。因此，佛国与世俗，佛性与人情，佛教崇拜与艺术审美就这样既排斥又相缠，演出了一幕既酸涩又甜蜜的"两重奏"。

中国古塔，是一种特殊的、艺术形态的宗教宣传品，不同于一般的、抽象的佛教教条。塔的建造不可能纯粹是佛教教义的简单演绎，塔的形象一旦建立，其活跃的艺术生活可能为人们提供比教义远为丰富的内容，这就是所谓"形象大于思想"。

因而，比如平面为圆形或趋向圆形的十二边形的中国古塔，旨在象征佛教的"圆寂"境界或十二因缘说，这是前文已经分析过了的，可是除此以外，圆形塔又给人以圆润而不是如正方形塔那样线条坚硬的形象感受，起翘的塔檐寄托着一定的宗教观念和情趣，可是那种优美的曲线，必然会唤起一般人对某种自然美的丰富联想。曲线美是自然本身所赋予的，"无论你观看海洋的波涛、起伏的山峦、或天上朵朵云彩，那里都没有生硬笔直的线条"，"在未经人们改造过的大自然，你看不到直线"。①因此，塔檐的曲线美就显得自然、富于温馨的人情味。同样，莲荷的佛教象征意味已如前述，但这种优美的艺术形象，同时还真实地再现了莲荷的自然风貌以及由此而引起的某种人格比拟。许多砖塔的

---

① ［美］波特曼：《波特曼的建筑理论及事业》，赵玲、龚德顺译，中国建筑工业出版社，1981，第71页。

色彩，"一为深紫、二为嫣绿、三为御黄、四为鲜红、五为艳蓝"，其象征意义十分明显，"必具五色者，以佛家谓天堂有五色宝珠，故法其数也。"[①]然而，这种塔的建筑形象的色彩，同时还给人以或沉静，或热烈等等的审美直感，甚至引起"王者贵"的观念联想。为象征佛之崇高伟大，满足佛教徒对佛国的热烈向往情绪，只要经济条件、技术水平许可，人们便将塔建造得尽可能高大些。但，体量巨大，孤高耸天的塔的形象一旦纟立于前，唤起的却不仅仅是对于佛国的崇高感，也会是一种普遍可传达的心灵深处的震撼。人的崇高感可以来自审美对象的巨大数量与力量，一般的中国古塔，以其巨大超人的空间体量，打破了中国传统古建筑平缓坦然的空间序列，具有因伟大形象而引起的令人震撼的艺术魅力。这是塔的崇高，也是塔的崇拜与审美的二重性，一方面人匍匐在神的脚下，感到自身的渺小；另一方面人又不愿低下他那高贵的头颅。中国古塔昂首向天，既是人对茫茫苍天的呼唤，又是人对自身创造力的肯定，当塔的艺术美令人屈辱地成为佛教崇拜的奴婢时，艺术美仍将顽强地表现它自身，这是审美与崇拜的搏斗。

并且，按照塔的平面布置、立面造型，形体的均衡对称、色彩的调和对比以及塔与周围环境的因借和谐等等形式律而组织创造的塔的建筑艺术美，是一种渗透着一定理性情感的既具象又抽象的美，它不能像佛教文学或壁画作品那样，比如向人描述情节曲折恐怖的佛本生故事，只能以一定的建筑"语汇"、象征手法向人暗示一定的观念情绪，这自然渗透着特定的佛教内容，但塔作为典型的建筑艺术的"有意味的形式"，能给人以丰富的审美信息，契合人多种多样的心理需要，唤起人比较宽泛的、概括的、因而也是朦胧的观念情绪，而不仅仅是宗教情感。因而这种"有意味的形式"，有可能从佛教崇拜的氛围中挣脱出来，成为人们审美的对象。

还有，塔的建筑形象的崇高与优美，是历代能工巧匠一定的宗教崇拜情绪观念物态化的结果，同时也会自觉不自觉地将一定的艺术审美心理内容加以物态化。塔的建造者总是生活于一定的现实环境，即使遁入空门，亦不过是人间的"空门"，不可能绝对地做到不食人间烟火。因此，他们的心灵决不能割断

---

① ［英］波西尔：《中国美术》，戴岳译，商务印书馆，1923，第53页。

与世俗的一切精神联系，正如其生活不能斩断与世俗的一切物质联系一样。人对世俗美好事物的追求，是一种顽强的历史意识，它随时要求得到宣泄。当某种社会力量阻碍或压倒人对美好现实的向往时，在无可奈何中，这种历史意识可以转化为对灵境的精神崇拜，故崇拜是审美的一定历史水平的异化。中国古塔是异化劳动的产物，然这并不等于说凡是异化劳动的产物都只能是丑的。自由自觉的劳动固然创造美，而异化劳动既然也是一种劳动，那么，它首先与不能创造任何美的动物的本能活动有本质区别。如果异化劳动不能创造任何美的东西，那么，在几千年到处存在异化劳动的剥削阶级统治的社会里，人们何以已经创造了无数美的事物呢？在异化劳动过程中，仅仅意味着美的创造力的被压抑、被摧残，并非美的创造力与美的被彻底毁灭。塔的建造无疑要按照封建统治阶级的利益、愿望去进行，成为那个封建社会的一个标帜，同时，也使得被封建社会压得喘不过气来的广大被压迫者求真向善爱美的历史意识情感，得到一个有限的宣泄机会，在此意义上，塔的建造又是反抗异化的一个象征。

塔的建筑形象充满矛盾，既在引导人们崇尚出世无为，似乎要拔地而起，让苦楚的灵魂向佛国飞升，又在一定意义上寄寓着乐生欢愉的理性情调，脚踏在现实人生的大地；既是对神圣佛性一曲响彻云霄的颂歌，又是人情世俗大气磅礴的挥写。今天，塔的艺术魅力依然是巨大的，而且，中国古塔本身所具有的艺术美与技术美，正在被早已从佛教崇拜的精神迷宫中走出来的人们所唤醒，时代的风雨冲刷着历史的尘埃，现实的阳光驱散了神圣的迷雾，千年古塔，正在放射出更加灿烂的光辉。

第十一章　中国古代帝王陵寝建筑的美学性格

在美学上，与中国古塔和宫殿建筑联系比较密切的，是中国古代的陵墓建筑，而历代帝王的陵寝建筑，尤其能典型地显示这一类建筑的美学性格。

第一节　"事死如事生"

古人云："事死如事生，礼也。"[①]这道出了中国古代帝王陵寝建筑以这种"礼"为主要内容的美学实质。

古代中国，帝王在位之时，是严格按照一整套"礼"制进行统治的，其威风煊赫、权倾天下，无与伦比，这里自然毋庸赘述。

帝王"驾崩"之后，既然他生前贵为"天子"，自然是要升天的。在浩浩天国，仍是一副"天子"派头，其绝对权威，看来也是不减于生前的，天子重威也，这也不必饶舌。

古人颇重迷信，一般帝王，亦未能例外。人们以为，那皇帝老儿或母后宫妃虽则"鸣呼哀哉"，其高贵灵魂，是尤其能够不朽的。那鬼神幽灵，特具辅助后世之功，对社稷土地、百姓于众，仍有绝对的"管辖权"。并且相信，祖宗先王，虽为鬼神，其上朝理政、下视群僚，起居饮食，乃至于行猎出巡之类，也是一如生前的。因而，其臣属在帝王陵寝建筑中对陵主铺床叠被、洒扫献食

---

① 《左传注疏》卷五十九，杜预注，孔颖达疏，阮刻本，第1201页。

等等，成了每日必修的"功课"。比如，就说这每日献食供奉这一项吧，山珍海味，玉食琼浆，应有尽有，令人见了真不可理解，为何帝王人已死了，竟还有这般好的胃口食欲？

并且，中国古代，对先祖原是极崇拜的，古代皇家宗庙建筑的建立，就起于对先祖的崇拜。崇拜先祖，同时也就必然崇拜天地。因为，据说天地乃生之父母也。"有天地然后有万物，有万物然后有男女，有男女然后有夫妇，有夫妇然后有父子，有父子然后有君臣，有君臣然后有上下，有上下然后礼仪有所错。"①而封建帝王，不就恰恰是天的代表么？

因而，中国古代的帝王陵寝建筑，是建立在上述崇拜鬼魂、先祖与天地的宗教观念基础上的。"礼有三本：天地者，生之本也；先祖者，类（族类）之本也；君师者，治之本也。"又云，"上事天、下事地，尊先祖而隆君师，是礼之三本也。"②"天地"具神权、"先祖"具族权、"君师"具君权，封建帝王集三权即"三本"于一身，故其陵寝建筑，是尤其应当十分考究，隆重其事的，且浸透了浓烈的封建政治伦理观念。

帝王陵寝建筑的审美意义，其实，它不过是鬼魂、先祖与天地崇拜以及整个封建社会的政治伦理观念的体现与折光，"事死如事生"也，它集中表现在以下几个方面：

其一，尚大。

这是中国古代都城与宫殿建筑的美学性格（请参阅前文"建筑美的民族特色"）。帝王陵寝建筑，其实是皇室宫殿建筑的翻版，同样体现了封建王权赫赫威仪这一建筑主题。

试看秦始皇陵园，周长六千二百九十四米，约合十三华里，范围之大，实属世所罕见。它雄踞在陕西临潼骊山主峰北麓的原野之上，仅现存陵体为方锥形夯土台，东西三百四十五米，南北三百五十米，高四十七米，是中国历史上最大的陵墓。陵北为寝殿和便殿建筑，这些建筑今天虽已荡然无存，但在其遗址发现的大量砖瓦，两处主体建筑门道、菱形铺地石以及半径竟达零点五米的

---

① 郑玄注：《周易》卷十一，胡海楼丛书本，第2页。

② 杨倞注：《荀子》卷第十三，嘉善谢氏本，第3页。

半圆形夔纹瓦当等等，人们可以由此想见，当时的陵寝建筑何等豪华壮观。

尤其是始皇陵东门外的兵马俑坑，三坑呈品字形排列，东向，南一北二，出土陶质兵俑万件，战马六百匹，战车一百二十五乘，其尺度与真人真马真战相当，被人叹为奇迹。

唐太宗李世民的昭陵，其陵区范围占地三十万亩，周围六十公里，陪墓竟达一百六十七座。其玄宫凿建于九峻山南坡的山腰之间，掘进二百五十米作为墓室，置石制墓门五道，墓门外奇峰绝崖，无路可通，故建三百米绕山栈道通于墓门，可谓"翠微熊罴，陵寝空曲"，可以想见当时修建此陵工程浩大，非同寻常。

明十三陵的规模亦极可观。陵区在北京西北郊的昌平县北十公里处，天寿山南麓，占地四十平方公里，有一条七公里长的"神道"（御路）自南而来入于陵区，它三面环山，峻峰并峙，如屏似卫，气势磅礴。十三陵中最宏伟的是明成祖朱棣的长陵，有稜恩殿，尺度巨硕，汉白玉台基，高三点二米，三层重叠，殿阔六十六点七五米，进深二十九点三一米，总建筑面积为一千九百五十六点四四平方米。它的殿顶以六十根楠木大柱承托，中间四柱尤为巨硕，直径竟达一点一七米，要三人才能合抱。假如以稜恩殿与太和殿相比，令人马上会发现两者在地位、形制上的相似之处，这是"事死如事生"的明证。

如果不是由于人力物力与科学技术上的时代局限，这种帝王陵寝建筑的尚大之风，本来是无止境的。比如明太祖朱元璋的孝陵，仅采石一项就曾动用民工上万，化时三年。所采石碑还料之巨，世所未闻。那碑身长达六十米，宽十二点五米，厚四十四米，体积三千三百立方米，重八千九百吨，加以碑座、碑头的重量，总共竟达十七万七千吨，因为当时实在无力搬运，只得将这庞然大物，遗落在南京麒麟门外的阳山。那种尚大的欲求，由此可见一斑。

其二，尚高。

中国最早的墓葬，原是"墓而不坟"的。"墓"者，"没"也。残骸葬于地下，地面上没有封丘，不见标志与痕迹。因而东汉崔实《政论》称，"古者墓而不坟，文、武之兆，与地平齐"。早于《政论》的《易·系辞传》亦说，"古之葬者，厚衣之以薪，藏之中野，不封不树。"即以不封土为坟，墓前不种树为帜。

据说春秋晚期,孔子重礼,为了便于祭祀,便在其父母的墓地上封土,"封之,崇四尺"[①]。后来,这种封土为丘的做法,被渐渐地赋予了一定的美学意义,即以坟的不同高度,象征死者的身份与地位。身份地位愈是显贵,其坟封土愈高。战国时代的君主,已有坟墓尚高的审美与崇拜意识。"棺椁必重,葬埋必厚,衣衾必多,丘珑必巨"。[②]

后来,历代帝王的坟墓是独得其高的,因而,被称为"陵"或"山陵",意为帝王坟墓如山陵一般崇高,并且渗透着森严的等级观念。

比如西汉诸帝陵的高度,据勘测,长陵:二十四点二四米;安陵:二十四点二四米;阳陵:二十七点二七米;茂陵:三十六点三六米;平陵:二十六点六六米;杜陵:二十八点二七米;渭陵:二十八点七八米;延陵:二十五点七五米;义陵:二十一点二一米;康陵:二十六点六六米。汉制一丈合二点三米,因而这些帝陵除茂陵与义陵外,一般都在十二丈左右,与所谓"天子即位明年,将作大匠营陵地,用地七顷,方中用地一顷,深十三丈;堂坛高三丈,坟高十二丈"[③]的西汉陵寝制度大致相符。《三辅黄图》也说,汉高祖长陵高十三丈、茂陵十四丈、阳陵十丈。[④]但比如陪葬于茂陵的李夫人墓,因为不是帝陵,就只有八丈。《周礼》郑注:汉代"列侯坟高四丈,关内侯以下至庶人各有差。"可见,虽然就帝陵本身高度而言,各座帝陵稍有差别,但若与侯爵臣属之类的坟墓相比,都是最高的。

唐代帝陵之风亦在尚高。唐太宗所谓"请因山而葬,勿需起坟"之意,其实恰恰在追求帝陵的崇高。但看依其旨意修建的昭陵,高踞于长安的九峻峰,首开唐代依山为陵的风气。九峻峰海拔近一千二百米,山势高峻伟岸,气度非凡,在这里凿山为"陵",尚高这一陵寝建筑的美学主题可谓响彻云霄。

其三,尚威。

尚大与尚高,其实是尚威的表现。除此以外,中国古代帝王陵寝建筑可分地上地下两部分。其地上部分的建造,尤其重在观瞻。观者,审美;瞻者,崇

---

① 郑玄注:《礼记》卷第二,相台岳氏家塾本,第2页。
② 墨翟:《墨子》卷之六,毕沅注,毕氏灵岩山馆刊本,第77页。
③ 梁思成:《中国建筑史》,中国建筑工业出版社,1982,第79页。
④ 无名氏:《校正三辅黄图》,张宗祥校录,古典文学出版社,1958,第52页。

拜也。这种建筑形象，蕴涵着封建帝王权倾天下、富贵荣华、穷奢极侈的人生理想与人生态度，在于尽可能地重现皇室宫殿建筑的基本美学原则与赫赫威风。

宫殿建筑的平面作对称铺排，几重进深，逐渐形成高潮，有明确的中轴线，主体建筑总是安排在中轴线的高潮点上，帝王陵寝建筑的平面布置，亦设"中轴"、求对称，讲递进，序高潮。

比如前述明成祖的长陵，整个陵园纵向安排，三进"院落"。最南端为石牌坊，坊为六柱五间式，六根汉白玉石柱拔地挺立，最高高度为十四米，坊阔近二十九米，显得雄浑而静穆。

北进二百米处为大红门，它既是长陵的门户，也是整个十三陵区的门户，琉璃瓦顶与丹朱色陵墙相得益彰，显得雄伟庄严。

再北进两里许，这里楼阁巍峨峥嵘，色调上仍以琉璃黄瓦、配以丹朱墙体，十分绚烂，便是长陵碑亭的所在地。此亭四面洞开，亭内树"大明长陵神功圣德碑"一座，高三丈有余，上面刻有明仁宗御撰碑文三千余字，无非先王"丰功伟绩"之记，真所谓"树碑立传"。碑下以巨龟为础。据古意，龟为寿物，又是龙子，帝王既为乾为龙，因而，以人造之"龟"负碑，既示其孝义又象征永垂。

碑亭四近，有四座华表拔地标立，高十米多，以浮云与龙的浮雕形象为文饰，其顶部雕出异兽形象，称"望天吼"。见其形象，仿佛那异兽正吼如巨雷贯耳，有震天动地之感。

接着便是漫长的神道了，两旁石象对立、翁仲静持。石狮、犀、驼、象、麒麟、马以及武官、文官等形象，或站或卧、语或蹲或立，形象古朴浑厚。每对石雕间距大约为五十米，并以葱茏的大柏树衬托。这种石象生的审美意义，重在显示帝王的威仪。石兽（不管最早的石虎也罢，还是后来的石狮、象、麒麟及天禄、狮劣之类也罢），用以驱除妖孽或象征吉祥如意，石人（不管武臣、文臣、功臣也罢），都是帝王"御"前的侍从、警卫与"摆设"。同时，对帝陵拜谒者来说，漫长神道的设立，具有酝酿与积累崇拜感情的作用。

石象生始于汉。《太平御览》称："墓上树柏，路头石虎。《周礼》：'方相氏葬日入扩，驱魍象'，魍象好食亡者肝脑，人家不能常令方相立于墓侧以禁御之，而想象畏虎与柏，故墓前立虎与柏。"这是说的石象生的起始原因。说明帝陵神道两旁石雕的设立，除了象征一般的吉祥与煊赫，还有代人"立于墓侧"、"禁御""魁象"的作用，而"魁象"既被"降服"，那帝王的幽魂，当然更显威风了。长陵神道两旁的石象生就是为此而设的，这比起中国更早时代的石象生，已经发展到了登峰造极的地步。

本文开头已经谈及，帝王贵为"天子"，"驾崩"就是"归天"，因而帝王陵寝建筑十分重视对这一宗教性主题的表现。

经过神道，跨越汉白玉七孔大桥，迎面就是稜恩门，稜恩门即"天门"。一进此门，就算是进入"天国"了。这是在现实的大地，以现实的建筑手段，建造的是现实存在的建筑空间环境，表达的呢，却是帝王"归天"、进入"天国"的幻想。

如此说来，那神道就是上天的"路"。而经过"天门"，来到"天界"，迎面一片大平野，这便是"天空"了。接着便是稜恩殿，帝王灵魂得以安息的"天堂"之所在。它是帝王生前所坐的金銮宝殿的翻版，是为那鬼魂"上朝理政"而准备着的吗？在十三陵中，稜恩殿这一建筑的尺度最为巨硕，三层台基，高三点二米，汉白玉丹陛，装饰以华美的花纹与云龙纹。殿东西跨度为六十六点七五米，南北进深二十九点三一米，由六十根楠木大柱承托着重檐庑殿式的殿顶。殿顶上有鸱吻、兽首，在庄严稳重中显得颇有点儿秀逸。

接着便是内红门，随后便到了宝城与明楼。这里的建筑风格凝重深沉，气氛静穆悲凉。宝城高近三丈，下有三十余米的甬道，直达明楼。明楼之后才是宝顶，这便是明成祖的陵冢了。整个长陵的地面建筑，到此才告终结，其总体建筑形象四平八稳、赫赫扬扬，气魄非凡，活现出封建帝王的超级威风。

并且，帝王陵区历来都是禁地，百姓千众当然无缘入内的。试看朱元璋的孝陵，设守陵军户竟达五千五百户。陵区又设下马坊，树有一方刻着"诸司官员下马"的石碑，规定"车马过陵者及守陵官民入陵者，百步外下马，违者以大不敬论"。明代的陵禁十分酷严，擅入山陵门者杖、潜入陵区砍树者鞭、取土取石者斩。

并且，帝王选择陵址，真也非同小可，那风水、地望、避讳原是极讲究的。而讲究的目的，在于显现帝王的威风。比如，据说明成祖选陵地，曾派礼部尚书携带术士在北京寻察，费时两年。起初选中屠家营这块地方，因皇帝讳姓"朱","朱"、"猪"同音，猪进屠场，犹如"朱"进屠场，犯了地讳。又选在昌平西南的羊山脚下，可惜那里有个狼儿峪，"朱"（猪）遇到"狼"，不吉利。再选在京西的"燕家台"，"燕家"与"晏驾"（皇帝去世也称"晏驾"）音谐，更糟透了。直到永乐七年，才大吉大利、心满意足地选中现在的十三陵这块风水宝地，以为在此可举不朽之盛事，奠万世之基业，当然，这是办不到的。

荀子说，"礼者，谨于治生死者也"，"丧礼者，以生者饰死者也，大象（象征）其生以送其死也"，如果"厚其生而薄其死"，"是奸人之道而倍（背）叛之心也"[①]。意思是说，对先人（祖宗先王）是大逆不道的。中国古代帝王陵寝建筑大多奢华无及，崇尚厚葬，只有三国、魏晋，南北朝时期由于战乱迭起，一些帝王偏隅一方，无力亦无暇集天下财力修建自己的陵墓，比较提倡薄葬，因而其陵制，无论地上或地下部分，比较卑小简陋，有的只相当于东汉时期一级地方官吏的墓葬形制。历代帝王的陵寝建筑如此尚大、尚高、尚威，这是"生者"对"死者"的"饰"，这种关于"死"的"饰"，就是其"生"的侧影，"大象其生以送其死也"，也就是"事死如事生"的意思。

第二节　方形、圆形与前方后圆形

我国古代帝王陵墓的平面构图特点，有一条基本的历史发展线索，显得颇为清晰，这就是始以方形、继以圆形，终以前方后圆形。

早在战国时期，秦惠王的公陵、秦武王的永陵，其陵体平面作方形。《水经注·淄水》称旧齐的"四王冢"，也是"方基圆坟"。燕国的王室陵墓，又是方形的。因而，早期帝陵又称"方上"，就是在地宫之上，以黄土夯筑，使其成为一种上小下大的方形的高大陵台。

这种"方上"的典型是秦始皇陵，其陵台的底部平面为方形，顶部好似已被截去，使其成为方锥体形。并且，其方形平面的陵台的四周围以两道墙垣，即所谓"内城"与"外城"。"城"域呈长方形"回"字形，其"方上"就安排在"回"字之中。这长方形"回"字形的"城"域，筑在整个陵园的西部，这

---

① 杨倞注：《荀子》卷第十三，嘉善谢氏本，第10页。

是遵照古礼的。《礼记》有"南向北向，西方为上"之说，《尔雅》说"西南隅谓之隩"，这是尊者所处的地方。所谓"尊长在西，卑幼在东"也。

汉代帝王陵墓的平面布局，基本上为正方形，陵体呈覆斗式。武帝、文帝、景帝、光武帝、明帝以及昭帝等陵墓的平面莫不如此，连一些陪墓也作正方形。汉高祖的陵墓平面为长方形，整个陵体呈四角锥台式。

这说明，在前汉初期，尚有正方形与长方形的陵台平面交替出现的情况，这一点与汉以前的情况倒是一致的，发展到后来，就多见于正方形了。

比如，西汉最著名的汉武帝的茂陵，位于"五陵原"上，其规模巨大，四周围以城垣，城垣呈正方形，每边长四百米，墓冢呈四角平顶锥状，据《关中胜迹图志》称，"汉诸陵皆高十二丈，方一百二十步，惟茂陵高四十丈，方一百四十步"。可见其既大又"方"也。

汉代帝陵形制以方形为贵，这崇"方"之风流渐于唐代，其势未减。唐代帝陵，大多筑于山陵而不显形踪，有些在平地上建造的陵台，也以其平面方形为基本特色。

比如，因山为陵的昭陵，其"下宫"设在整个陵区的西南角，据勘测，其东西宽近二百四十米，南北长约三百三十米，周围的墙垣，围成一个方形（矩形）区域。

又如，唐高宗与武则天的合葬陵即乾陵，在陕西省乾县西北的梁山上，也是一座因山为陵的帝陵。乾陵的地面建筑亦分内外两个"城"域。勘测其遗址，可知其"城"东西一千四百五十米，南北一千五百八十余米，是一个规整的方形布局。

这不是说在唐代绝对没有圆形平面的王室坟墓，然大凡地位高显者，以方形平面布局为多见。不少皇族嫡系的陪陵，也具有这一特征。唐中宗之子即懿德太子墓与唐高宗之孙女即永泰公主墓，均为方形平面，陵台为四角双层台阶式。唐高宗之次子即章怀太子墓，也是方形平面，陵台为四角单层台阶式。而昭陵的陪陵，比如长乐公主与城阳公主（均为皇女）墓，也都是方形覆斗式。也有其平面作圆形的，比如清河公主与兰陵公主墓便是如此，那是因为其墓主人是庶出皇女的缘故。

从这里也可以看出，唐代最高统治者对"方形"的热衷。

　　唐代帝陵的这种以"方"为尊的陵寝建筑美学思想，又为北宋所沿袭。北宋帝王八陵的平面也呈方形。永安陵：南北长二十三米，东西宽二十九米；永昌陵：南北六十二米，东西六十米；永熙陵：南北六十米，东西六十二米；永定陵：南北五十七米，东西五十五米；永昭陵：南北五十七米，东西五十五米；永厚陵：南北五十八米，东西五十五米；永裕陵：南北六十米，东西五十七米；永泰陵：南北五十五米，东西五十米。[①]都是接近于正方形的矩形。

　　然而，这种崇尚方形的平面布局，到了明初太祖朱元璋的孝陵，却流风突变，弃方形而为圆形。

　　孝陵是明太祖朱元璋与马皇后的合葬陵。它坐落在南京紫金山独龙阜玩珠峰下。这里峰峦峻秀巍峨，草木葱茏，地势雄伟，气象非凡，素有"虎踞龙盘"之誉。在独龙阜上，筑有所谓宝顶与宝城，就是明太祖地下寝宫的所在地。所谓宝顶，其实是一个圆形大土丘，直径长达四百米，周围筑以宝城，周长一点二六公里，以砖环砌。在圆形大土丘即陵体之上，广植松树，参天蔽日，气氛肃穆，据说当时整个陵园种植松树十万株，养鹿千头，景象非同一般。

　　明代长陵的平面布局，亦设有圆形宝顶。长陵为永乐帝朱棣的陵墓，是北京天寿山之南、明十三陵中最宏丽的建筑。如前所述，全部陵园建筑为三进"院落"，第一进从陵门至碑亭；第二进为稜恩门、稜恩殿配以东西两庑；第三进自红门起，经石碑坊、五供座、方城与明楼止。明楼即方城之上所建的楼阁，中央竖立石碑，上书"大明成祖文皇帝之陵"。方城之后，便是圆形宝顶，即大坟丘也，规模颇大，据《明会典》载，其直径为一百零一丈八尺，约合三百四十米。

　　这种崇尚圆形的帝王陵墓平面形制，到了清代，其风又有了变化，即变圆形而为前方后圆形。

　　清代帝陵的陵寝建筑，仍是明代旧制，也是三重进深，神道前趋。但其陵体即大坟丘的形制，是大不相同的。试看清之崇陵，进陵门，过东西朝房，到隆恩门，向前又经东西焚池、东西配殿，入隆恩殿，再向前，为琉璃门、五供座，方城明楼，迎面就是宝顶（大坟丘）。宝顶的三边城垣联成马鞍形，平面

---

① 　参见罗哲文、罗扬：《中国历代帝王陵寝》，上海文化出版社，1984，第117—122页。

取前方后圆式。

中国古代帝王陵墓平面布局的大致特点，已略如前述。现在要问，其基本的历史发展线索，为什么始以方形、继以圆形、终以前方后圆形的呢？难道这是偶然的吗？

中国古代的宇宙空间观念，为"天圆地方"，即以为天穹是圆的，大地是方的。帝王在世，经天纬地，他是天的骄子，代表天的，并且，常具对天的敬畏之情。然而，也只有帝王才能代表天的意志，实现对人间的统治。至于对大地的认识与态度，则敬畏之情似乎要淡薄得多。据《周易》，天为乾，地为坤。坤有"伸"的意思。"伸"者，舒展也。也有"顺"的含义，"顺"，即顺从天的特性，是"坤"（大地）所具有的。故大地一为舒展、博大、坦荡，二为顺从。它顺从天的意志，大地的主宰在天。"至哉坤元，万物资生，乃顺承天。坤厚载物，德合无疆"①。"顺承"于天，也就是大地的"德"。

因此可以说，北宋以前，中国古代帝王陵墓平面以方形为时尚，乃是象征着历代帝王对大地的主宰与统治的。"普天之下，莫非王土"也。帝王，天的代表，又是土地社稷的主人。帝王要求臣民像大地一样"顺从""天"的意志，又装得自己对臣民的统治，如大地一般宽厚仁慈，此所谓"地势坤，君子以厚德载物②"的意思，皇帝，自然是超级"君子"了，当然是"德合无疆"的。而且，在上天面前，即使严厉如帝王，也似乎驯顺如羔羊的，这是对"天"的崇拜，并且，要求臣民应当像崇拜"天"那样崇拜帝王自己。

那么，明初朱元璋，为何要改帝陵平面的方形为圆形呢？圆形象征天穹，帝王的坟丘平面作圆形，这是直接显示"天子"身份的。"天子"虽然入土，仍以陵墓平面形式划地为圆，取仍然不忘对大地、社稷与臣民的主宰之意也，这叫做"虽死犹生"。

朱元璋的这一"改革"，还带有其个性特点。他是从参加农民起义走上帝王宝座的，出身贫寒，这一点大不同于世袭的权门帝家。虽然他完全承继了历代帝王的政制与礼教，但也有一点"拗"的性格，他希望在不触动封建统治一

---

① 郑玄注：《周易》卷一，胡海楼丛书本，第3页。

② 同上。

根毫毛的前提下，做一点不同于前的事情。朱元璋登基之后第二年，便在老家凤阳为其父母修建陵墓，立大碑，这是继承古制的，完全没有什么新花样。但触及写什么内容的碑文时，这位开国皇帝宁可不要陪臣的阿谀，自己亲手动笔，说"皇陵碑记，皆儒臣粉饰之文，恐不足为后世子孙戒。"故"特述艰难，明昌运，俾世代见之"，接着叙家史不讳贫贱。此其一。其二，明孝陵的神道，呈弯曲状，半抱着"孙陵岗"，按古制，神道应笔直前来，因而孝陵的神道是偏离古制的。但朱元璋却容忍了，说不必将"孙陵岗"（即三国时吴之孙权的陵墓）迁走，自我揶揄地说："孙权乃好汉也，不妨留他守大门吧！"

如此看来，明太祖的弃方形改圆形，就是可以理解的了。

至于清代帝陵的前方后圆式，其建筑形象的象征意义，同样是明显的。清代帝王为自己造陵墓，面临着一个历史难题，即如果按照明代遗制，则违背了明以前的礼俗古制，倘取古制，又有违于明制；于是，索性来一个"前方后圆"，方圆合璧、"天圆地方"之意均在其中。它无疑是对中国古老的宇宙空间观念与帝陵建筑美学观念的继承，又在新的历史水平上作了新的综合，它以新的建筑平面形制，综合了方形与圆形的象征意义，它是一个"句号"。

后 记

这本小书能够给予你的，也许许多不是"句号"，而是"问号"。倘若著者的微薄努力，多少能丰富一点你充满智慧的头脑，引起对建筑美学的兴趣，那么，这就是鼓励。

写作过程中，曾得到蒋孔阳先生的悉心指导与云南人民出版社文艺部杨仲录同志的帮助，部分图例选自《中国古建筑》等书，在此一并深表谢忱。

王振复

一九八六年三月

中华古代文化中的建筑美

序

　　晋代陶渊明有两句诗："众鸟欣有托，吾亦爱吾庐"，"爱吾庐"包含着双重意义，人们对于自己的家，首先有他的亲切之感，另外还存在着这家园的环境美与建筑美。老实说我近年来很少出行了，因为新改造的城市，渐渐"统一化"、"标准化"、"进口化"了，旧城市的美，与它的特色，一天消减一天，固有的建筑美是在迅速地沦亡。朋友的住宅，几乎是清一色的工房，小巷人家，水边民居，那种恬静的生活境界，宛若梦中。也许有人要讲我发思古之幽情，我想有幽情要发，总有其理所在，我回答说，是古代文化美的诱惑吧。

　　建筑以我个人的看法来说，应该属于文化范畴。过去我曾提出过建筑史是文化史的重要组成部分，不仅仅土木建造之事。我从事古建筑园林的研究，也是先从文化方面入手，再深入具体的建筑方面的。古人说"由博反约"、"知古通今"。片面的"单科独进"仅仅是头痛医头、脚痛医脚的"时髦"方法。人的素质与文化提高是多方面的，今天有很多学者注意到这件事，我们搞建筑的，也认识到建筑史与美学研究的必要，而美学研究者也跳出了纯美学的圈子，与我们建筑园林渐渐携手了，这是好事，值得欣慰的。王君振复是美学工作者，他写了《中华古代文化中的建筑美》一书，其目的正如他自己所说："对中国古代文化中的建筑意识及其美学意蕴加以初步的探讨，努力挖掘其文化本质与根源"。因此，也无用我多说了，读者看了这本书，自然是会分晓的。社会是在进步的，建筑的现代化正待实现，但我们不可能全盘西化，我们有我们的祖宗，正如我对海外侨胞及港澳同胞所说的，"东西南北中华土，都是炎黄万代孙"。

我们无法割断我们自己的历史，也无法否认我们自己的历史与辉煌的历史上的成就，因此王君写此书，真乃有心人也。而读者的面亦不仅限于专业人员，自有它的普遍性意义存在着。故乐为介绍，深信读者不以浅言为非吧。

新秋天气，小雨初晴，空庭如水，清风拂人。我读罢此书，顿觉有一种说不尽的读书乐，我是中国人，我爱中国书，心情如是而已。

陈从周

一九八九年初秋写于同济大学建筑系

前　言

　　中国古代建筑文化，是中华传统文化的有机构成。拙著试以中华传统文化思想为背景与出发点，从空间意识、起源观念、模糊领域、儒学规范、道家情思、佛性意味、象征性格与装饰风韵等八个方面与层次，对中国古代文化中的建筑意识及其美学意蕴加以初步的探讨，努力挖掘其文化本质与根源。

　　中华传统文化观念不乏崇拜意识，这本小书却不是因为崇拜中国古代建筑的传统而写。本质上，崇拜是客观世界的被神化，同时又是主观的异化亦即人的主体意识的迷失，这是一种十分有害的文化心态，它阻碍人们的文化意识与美学视野"走出中世纪"。"一切已死的先辈们的传统，象梦魇一样纠缠着活人的头脑。"[①]写作本书的目的，首先是希望有助于现代"活人的头脑"摆脱某种"已死"传统的"纠缠"。

　　从文化学角度看，中国古代建筑文化思想蕴涵不少至今仍"活"着的思想因子，提醒人们在展望中国现代化建筑的未来时，不能忘记民族传统。正如美国当代著名建筑家贝聿铭先生所言，不管现代建筑文化怎样"骄矜自恃"，"我却不相信，人们在前进时能够割断过去。我想，过去是强大的，它已走过一大段生命之路"[②]。传统与现代的内在联系是一种活生生的现实存在，不能凭感情

---

① ［德］马克思：《路易·波拿巴的雾月十八日》，引自《马克思恩格斯选集》（第一卷），人民出版社，1972，第603页。

② ［美］贝聿铭：《论建筑的过去与未来》，《世界建筑》，1985年第5期，第71页。

的亲疏与道德的好恶加以人为的割裂。中国建筑的现代化必然是对民族传统剧烈的破坏;民族传统又会严重影响现代化的现实进程。正在走向现代化的中国现代建筑,只能走现代化与民族化相融合的道路。现代建筑的灵魂无疑属于"现代",在这"灵魂"深处却不可避免地具有传统的烙印。一切属于传统文化范畴的中国古代建筑文化思想,都必须站到"现代"这一"理性"的"审判台"前而决定其在现实中的命运。适者经过扬弃而在现代获得生存发展的机会,不适者则亡。

中国古代建筑文化形态中常见的大屋顶、高台基、须弥座、斗栱与中轴平面对称布置等等,其实不是传统本身,而只是其表现,真正的传统是蕴涵于中国古代建筑文化现象之中的文化内核与美学意蕴,这是中国现代建筑文化学意义上的美学之"根"与"遗传密码"。本书的内容,也许能为人们对中国古代建筑进而对现代建筑在文化学意义上的美学思考,提供一个有益的参照系。

拙著是著者继出版《建筑美学》一书后写成的第二本小书。在此衷心感谢同济大学陈从周先生为之作序,学林出版社的大力支持及朱志勇同志的精心编辑。对复旦大学中文系吴立昌、蒋国忠两位老师的热情帮助,也在此深表谢意。

第一章　空间意识

　　建筑文化，一般而言，是人类文化在地平线上的一个侧影。连绵逶迤的中国万里长城、举世闻名的明清北京故宫、意境深邃的江南园林建筑，正如拙大的埃及金字塔、典雅的希腊"帕提侬"、雄伟的罗马凯旋门、优美的印度泰姬陵一样，无一不是一种在时间流逝中存在于空间的文化形态。建筑文化，是人按一定的建造目的、运用一定的建筑材料、把握一定的科学与美学规律所进行的空间安排，是对空间秩序人为的"梳理"与"经纬"。建筑文化是空间的"人化"，是空间化了的社会人生。

　　因此，对建筑文化的研究，无疑首先应当抓住建筑文化那在时间延续中的空间特性这一重要课题；研究中国古代建筑文化，也应当从探讨其空间意识入手，否则，好比撇开《哈姆莱特》而妄谈莎士比亚戏剧。

　　中国古代建筑文化的空间意识，就其客观性而言，是中国古代建筑的空间性。它是蕴涵在中国传统文化中熔建筑实用、认知、审美、有时兼崇拜观念于一炉的自然意识与历史意识，是古代中国人在长期社会实践（其中包括建筑文化实践）活动中感发于自然空间的一种综合意识。

　　中国古代建筑文化的空间意识是非常独特的，带有鲜明的民族文化特质，在世界建筑文化中独树一帜。这种空间意识，在哲学上，其实就是反映在中国古代建筑文化中的"宇宙"观与"中国"观。

第一节 "宇宙"与建筑空间意识

"圜则九乘孰营度之？惟兹何功孰初作之？"什么是宇宙？中国古代关于"宇宙"，向来有本义与引申义两种理解。

先来探讨"宇宙"之引申义。

《管子》一书，较早地触及"宇宙"这一哲学命题。在那里，称"宇宙"为"宙合"。其文曰："天地，万物之橐；宙合，又橐天地。"①"橐"有两解。一指冶炼鼓风吹火之器，犹今之风箱，《墨子·备穴》所谓"具炉橐、橐以牛皮"、《淮南鸿烈·本经训》所谓"鼓橐吹埵，以销铜铁"以及《老子》所谓"天地之间，其犹橐籥乎，虚而不屈，动而愈出"，均取此解；这里又指盛物之袋。"宙合之意，上通于天之上，下泉于地之下，外出于四海之外，合络天地以为一裹。"②这是说，所谓"宇宙"，犹纳"万物"、"天地"之"橐"（袋）于"一裹"也。"宇宙"，就是包罗万象，包罗无遗。而且，"万物"包含在"天地"之中；"天地"又包含在"宙合"之中，在《管子》看来，三者并非同一范畴。

而所谓"合"，本指盛物之盒。《正韵》："合，盛物器"，其形方正。因其为方正，故必具六面。于是，"四方上下曰六合"。"合"，即"六合"。李白曾经浩歌啸吟，"秦王扫六合，雄视何壮哉！"此"六合"，含天下之意。"六合"，就是"宇"。而所谓"宙"，则通"久"，是为一时间概念而必无疑。（"宙"何以通"久"，请见下文。）

因此，尸佼指出，"四方上下曰宇，往古来今曰宙。"③《淮南鸿烈》亦说，"往古来今谓之宙，四方上下谓之宇。"这里的"宇"，就是容"万物"、"天地"于一处的"泰"，就是具有六个面、三个向量的立体的"六合"；宇飞既然能容"万物"、"天地"，原本当然是"空"的，于是"宇"被引申为"空间"，而"宙"即"时间"，"宇宙"就是时空。

---

① 房玄龄注：《管子》卷第四，明吴郡赵氏刊本，第1页。
② 同上书，第6页。
③ 尸佼：《尸子》卷下，清平津馆丛书本，第26页。

那么，作为引申之义的"宇宙"，其特性是什么呢？

其一，大。《广韵》曰："宇者，大也。"一针见血。"宇，弥异所也。"①这就是说，宇，弥满于一切，即包容一切地方。宇，既然能容"天地"、"万物"，其广大当可想而知了。

然而，同样认为"宇"之特性在于大，又有大而有限与大而无限两种说法的区别。上文所引将"宇"喻为"橐"、"合"的说法，属于前者。宋代邵雍说："物之大者，无若天地，然而亦有所尽也。"②此可谓一说。而庄子等哲学家则认为，"宇"者，大而无限。庄子云："有实而无乎处者，宇也。"③其大意为，宇是客观存在的，却大而无可定执（无乎处）；庄子又说："计四海之在天地之间也，不似礨空之在大泽乎！"④"天之苍苍，其正色邪？其远而无所至极邪？"⑤"汤问棘曰：'上下四方有极乎'，棘曰：'无极之外，复无极也。'"⑥这里是说，"四海"之大，比起"天地"来，是很渺小的。天宇莽莽苍苍，大而"无所至极"。"汤之问棘"事，见于《列子·黄帝篇》。这里"棘"之观点，其实即庄子之观点，他认为宇是"无极复无极"的。此真可谓"穆眇眇之无垠兮，莽茫茫之无仪。"⑦张衡也指出，"宇之表无极。"⑧柳宗元也继承了庄子关于"宇"大无极的哲学观，认为"无极之极，漭弥非垠；或形之加，孰取大焉！"⑨是的，"要说天的边际，那是没有边际的'边际'。天苍苍茫茫，根本无边无岸。如果说在它之外还有什么东西，那天怎么号称其最大呢？"⑩

---

① 墨翟：《墨商》卷下，王景羲注，民国铅印敬乡楼丛书本，第6页。

② 邵雍：《皇极经世·观物篇五十一》卷十下，钦定四库全书本，第2页。

③ 庄子著，郭象注，陆德明音义：《庄子》卷八，晋明世德堂本，第177页。

④ 庄子著，郭象注，陆德明音义：《庄子》卷六，晋明世德堂本，第127页。

⑤ 庄子著，郭象注，陆德明音义：《庄子》卷一，晋明世德堂本，第5页。

⑥ 列子著，张湛注，殷敬顺释：《列子》卷五，晋明世德堂本，第76页。

⑦ 屈原著，王逸章句，洪兴祖校：《楚辞》卷四，四库备要汲古阁本，第34页。

⑧ 张衡：《张河间集·灵宪》，引自刘文英：《中国古代时空观念的产生和发展》，上海人民出版社，1980，第33页。

⑨ 柳宗元：《天对》，引自刘文英：《中国古代时空观念的产生和发展》，上海人民出版社，1980，第68页。

⑩ 刘文英：《中国古代时空观念的产生和发展》，上海人民出版社，1980，第68页。

其二，久。认为时间就是"久"。同"宇"之大而有限或大而无限的观点相对应，关于"宙"也有"久"而有限、"久"而无限两说。前文所述，既然认为"宇"是"有尽"的"六合"，则其在时间意义上的发展便一定是有限的，正如汉之扬雄所言，"阖天谓之宇，辟宇谓之宙。"①阖者，关闭；辟者，开辟。"宇"是封闭性的空间，开天辟地时才有"宇"，因而"宙"是有尽的。此其一；第二，也有些古代先哲指出了"宙"的无限延续性。张衡说，"宙之端无穷"②，庄子亦早已指明了这一点，"有长而无本剽者，宙也。"③"剽"，意为"割削"，这里转义为"末梢"故"本剽"即"始末"之意，"无本剽"，就是无始无终。这又如屈子所啸吟的那样，"时缤纷其变易兮，又何可以淹流？"④

大凡中国古代的时空观即宇宙观，就是在这种有限无限、有尽无尽的对立观点中往复摇曳、发展推移的。

其三，正如前述，"宇宙"即时空。而实际上，"宇"，是指"宙"（时间）的空间存在方式，"宙"又是"宇"（空间）存在的运动过程；宇具空间之广延性，宙具时间之连续性。时空并存，不可分离。诚如方以智发挥《管子·宙合》"宇宙"观时所言，"管子曰'宙合'，谓宙合宇也，灼然宙轮转于宇。则宇中有宙，宙中有宇。"⑤

这种关于"宇宙"的引申义，也就是古代人所通常持有的宇宙观。

然而，值得注意的是，如果人们只是将目光局限于"宇宙"的这种引申义而不去追溯其本义，那么，必将无力解开中国古代建筑文化空间意识这一建筑理论之谜。

这关系到我们老祖宗对"宇宙"的原初理解。

原来，所谓"宇"，"屋檐"之谓也。"宇，屋边也。"⑥"屋边"即"屋檐"。

① 扬雄：《太玄经》，《四部丛刊》影印万宝堂翻宋本。
② 张衡：《张河间集·灵宪》，引自刘文英：《中国古代时空观念的产生和发展》，上海人民出版社，1980，第64页。
③ 《庄子·庚桑楚》，引自刘文英：《中国古代时空观念的产生和发展》，上海人民出版社，1980，第23页。
④ 屈原著，王逸章句，洪兴祖校：《楚辞》卷一，四库备要汲古阁本，第31页。
⑤ 方以智：《浮山集》卷之六，清康熙此藏轩刻本，第43页。
⑥ 许慎：《说文解字》七下宀部，四库全书本，第260页。

许慎可谓深谙"宇"之本义。此说肇自《周易》。《周易》之"大壮"卦有"上栋下宇，以待风雨"之说，即取"宇"之本义。屋柱（栋）植立向上，屋顶（屋檐）下垂，岂非具有"待风雨"这一实用性功能的房屋之象嘛？

所谓"宙"从"宀"（读mián）。屋顶之象形。在汉字中，穴、宇、宁、宅、完、突、宗、定、安、宣、室、宫、宰、宸、家、宿与寝诸字，其义都与建筑有关，均从"宀"。"宙"也是一个富于建筑文化涵义的汉字。

"宙"，梁栋。高诱说得颇为清楚："宇，屋檐也；宙，栋梁也。"[①]"宙"，何以为"梁栋"？这便是前文所说"宙通久"之缘由了。

我们说，"宇"为"屋檐"、"屋边"（屋顶）的解说已是定论。而单有"宇"还不能成"屋"，只有同时有"宙"，才有房屋在东方古老大地上屹立的现实存在。中国古代建筑的传统型式是木构架而非古希腊式的石结构，木构梁栋具有举足轻重的撑持的物理功效。假如抽去了房屋的"宙"即梁栋，屋就倒坍，对古代中国的木构架建筑而言，也就"屋将不屋"了。故那支撑屋顶重载的梁栋（宙），实在是中国古代木构建筑的生命。建筑物是否能持"久"屹立，全凭梁栋的撑持。

于是，"久"成了建筑物得以存在的梁栋的一种特性。这种特性，原本是属于物理学范畴的，却被古代先哲抽象为富于哲学意味和建筑美学意味的一个范畴了，这便是：时间。故"宙"通"久"，两者意义相连。

这里又须指出，《仓颉篇》称"宙"之本义为"舟舆所届曰宙"。届，至、到之意，即《书·大禹谟》所谓"惟德动天，无远弗届"之"届"。《说文》指"宙"为"舟车之所极覆也，从宀"。[②]段玉裁因此释为"舟车自此及彼，而复还此，如循环然。故其字从由，如轴字从由也"。可见，此三者释义是一贯的，即由"舟舆"之行联想到时间，时间即"久"，"宙"通"久"。就是说，由"宙"之"由"部联系到"舟舆"之"轴"；由"轴"之转动联系到"舟舆"之行进；由行进需要时间而释"宙之引申义为时间，其逻辑似亦相通。然而，倘若由此推论，则"宙"之本义当为"舟舆"而非"梁栋"了。这一结论，恰恰

---

① 刘安著，高诱注，庄逵吉校：《淮南子》卷六，武进庄氏刊本，第94页。

② 许慎：《说文解字》七下宀部，四库全书本，第262页。

又与《说文》所言自相矛盾。许子明明释"宙""从宀"而"宀，交覆深屋也，象形。凡宀之属，皆从宀。"①。何以同时又释"宙"为所谓"舟车之所极覆"呢？这似乎说不通的。

实际上，以"宙"从"宀"来看，"宙"即"久"，其本义是"梁栋"植立之"久"，而非"舟舆"行进之"久"。从中国古代建筑文化的美学角度看，"宙"是一个非常富于哲学与美学意味的汉字，它与"宇"字一样，两字共同揭示了中国古代宇宙观的形成与建筑之关系，或者可以说，中国古代的原初的宇宙观，是从建筑实践活动与建筑物的造型中衍生而成的，其实就是中国古代建筑文化的空间（包含时间）意识。

因而，同一部《淮南鸿烈》，既有"往古来今谓之宙，四方上下谓之宇"②之说，这里"宇宙"之意取引申义，指时空；又有"凤凰之翔，至德也……而燕雀佼（骄）之，以为不能与之争于宇宙之间"。③这里，取"宇宙"之本义。何以至此？因为在当时中国人的历史意识中，认为宇宙即为建筑、建筑即为宇宙之故。

可以说，在古代中国，人们所感知、想象的天地宇宙，其实是一所其大无比的"大房子"。尽管有的认为宇宙就是大而有边际的"六合"；有的则主张宇宙就是大而无涯的，所谓"无极之极"、天穹茫茫、极目无尽。总之，人们是将天地宇宙看成为一所似乎有"宇"（屋顶）、有"宙"（梁栋）为主要构筑的"大房子"。千秋万代，人们就在这所"大房子"的庇护之下生活。同时，人们也习惯将所居之处，即建筑及其周围环境看作他们自己赖以生存的宇宙，这是狭隘的原始初民的宇宙眼光与农业文明在宇宙观上所留下的烙印。"中国人的宇宙概念本与庐舍有关。'宇'是屋宇，'宙'是由'宇'中出入往来。中国古代农人的农舍就是他们的世界。他们从屋宇得到空间观念。从'日出而作，日入而息'（击壤歌），由宇中出入而得到时间观念。"④这里，当代著名美学家宗白华先生关于"中国人的宇宙概念本与庐舍有关"的观点是正确的，而将

---

① 许慎：《说文解字》七下宀部，四库全书本，第259页。

② 刘安著，高诱注，庄逵吉校：《淮南子》卷十一，武进庄氏刊本，第156页。

③ 刘安著，高诱注，庄逵吉校：《淮南子》卷六，武进庄氏刊本，第94页。

④ 宗白华：《美学散步》，上海人民出版社，1981，第89页。

"宙"释为"由宇中出入"（时间）亦可备一说。墨子云："久，合古今旦莫。"①
莫者，暮也；"久，弥异时也。"②久即宙，包含一切时间。这"久"不用说，均
与建筑空间及人在建筑环境中的活动过程有关。这正如王夫之所言，"上天下
地曰宇，往古来今曰宙。虽然，莫之为郭郭也。惟有郭郭者，则旁有质而中无
实，谓之空洞可也，宇宙其如是哉！宇宙者，积而成久大者也。"③这里，"郭
郭"即为建筑；建筑即是宇宙。宇宙就是"旁有质而中无实"的"空洞"即
"空间"，这建筑空间同时还是有赖于梁栋撑持天穹的一种存在，故所谓"积而
成久大"。这种宇宙观，或曰中国古代建筑文化的空间意识，是一种十分复杂
的空间意识，这里有关于建筑求其实用的意图、对神祇敬畏的目光、关于天地
宇宙的冷静思考以及情感的愉悦或不快，它们都是历史性的。这一问题，容后
再作论述。

以上，只是大致从"宇"入"宙"二字，初步探讨了宇宙观与中国古代建
筑文化空间意识之间的关系，以下，可略从有关中国古代的神话传说与诗歌中
找其旁证。

中国古代向有关于"天宫"的神话传说，天堂、天门、天扉、天阶（星
名）、天街（星名）、天极（星名、北极星）以及天阙（星名）都是与建筑攸
关的天国形象。至于"天柱"者，乃古代神话传说中真正顶天立地之大柱也。
"昆仑山为天柱，气上通天，昆仑者地之中也。"④昆仑之山有铜柱，高入天，围
三千里，周圆如削。"⑤而共工氏（属炎族）怒触不周之山，使"天柱折，地维
缺"⑥，这是何等景象？房屋亦即宇宙倒坍之象。"往古之时，四极废，九州裂，
天不兼复，地不周载……女娲炼五色石以补苍天，断鳌足以立四极。"⑦这里，

---

① 墨子著：《墨子·经说上》《诸子集成》第四册，第206页。

② 同上书，第6页。

③ 王夫之：《思问录·内篇》，清光绪二十四年刻王船山先生四种本，第22页。

④ 黄奭辑：《河图括地象》，清道光黄氏刻民国二十三年江都朱长圻辅刊本，第12页。

⑤ 东方朔撰，张华注，朱谋㙔校，王根林校点：《神异经·中荒经十则》，《博物志·外七
种》，上海古籍出版社，2012，第98页。

⑥ 邢云路：《古今律历考》卷九，清畿辅丛书本，第16页。

⑦ 刘安著，高诱注，庄逵吉校：《淮南子》卷六，武进庄氏刊本，第96页。

所谓"极，栋也"。"栋，极也。"①复，遮盖之意，女娲炼石以补苍天，真英雄也。然，其不过是远古修筑房屋的"泥瓦匠"在神话传说中的一个神化而诗化的形象而已。远古社会生产力当尤其低下，造房建屋尚且不易，建房之后欲使其"久"立亦非易事。自然力的侵蚀，加上部族之间战事的人为破坏，比如先有蚩尤败于黄帝，共工不服，怒而触不周之山，使建筑的损毁，成了常事，这种以神话幻想形式出现却是十分真实的人类历史的悲剧，在我们老祖宗的心理意识中，曾经激起过多么沉重的回响。"四极废，九州裂，天不兼复，地不周载。"房屋倒坍了，亦即他们心目中的宇宙倾圮了。反映在这里的宇宙观，难道不就是中国古代建筑文化的空间意识吗？

又，再来看看《楚辞》，我国古代的伟大诗人屈原是如何对天询问的。屈原长歌云："圜则九重孰营度之？惟兹何功孰初作之？斡维焉系天极焉加？八柱何当东南何亏？"②大意为：天宇九重巍巍，谁能够度量？是谁当初建造的？这意味着何等的丰功伟绩？天宇运转的轴心系于何处？天的顶端安装在哪里？撑持天宇的八根巨柱为何有如此顶天立地的力量？当天宇与巨柱绕着天轴旋转到东南时，为什么那些原处西北的巨柱短了一截？由此可见，古人认为天宇具有八大立柱，大地西北近天宇而东南远天宇，这指的正是中国西北高东南低的地形地貌，故引动屈子作如此发问：当天宇运转之时，本来处于西北方的短的天柱移来东南方时，岂不是要亏缺一段，又怎么办呢？在天文科学昌明的今天，当初屈原的发问自然十分幼稚，却雄辩地透露出古代中国人视天地宇宙为建筑的真实历史消息。

《天问》又云："何阖而晦何开而明？角宿未旦曜灵安藏？"这里所谓"角宿"，中国古代天道观中的东方七宿之首，居二十八宿之长（注：东方，角亢氏房心尾箕；北方，斗牛女虚危室壁；西方，奎娄胃昴毕觜参；南方，井鬼柳星张翼轸，每一方为七宿，合称二十八宿），指把守天门的星宿。所谓："角二星（注：指"角亢"二星）为天关。其间天门也，其内天庭也。"③"曜灵"，指

---

① 钱坫诠著：《〈说文解字〉斠诠》卷六，清嘉庆十二年钱氏吉金乐石斋刊刻本，第17页。

② 屈原：《天问》，王逸章句，洪兴祖校：《楚辞》卷三，四部备要汲古阁宋刻洪校本，第73—74页。

③ 房玄龄：《晋书·天文志上》卷十一，武英殿本，第159页。

太阳。"曜灵，日也，言东方未明旦之时，日安所藏其精光乎？"①以上两句，其意十分清楚：什么门扉关闭使天变黑？什么门扉打开使天变亮？角宿既掌管天门，那么，当天门未启、天未明之时，那太阳又藏在什么地方呢？由此，读者不难了知古人的建筑空间意识。

屈原还以建筑学实际也是原始宇宙说的眼光，对天地宇宙的方位体量深表关切："东西南北其修孰多？南北顺隳其衍几何？"②修，长。隳，同椭，狭长之意。衍，蔓衍，这里可引申为延长。这两句是说，以宇宙大地平面之东西与南北长度相比，整个建筑平面既然呈南北狭长之形，那么，南北长度与东西宽度比较，究竟长多少呢？这正如朱熹所言，"若谓南北狭而长，则其长处所余又计多少？"③

这里，值得注意的是，屈原诗歌中所反映的这种南北长于东西的建筑平面观亦即宇宙大地平面观，对中国古代建筑群体的平面安排深有影响，那就是对建筑群体平面纵深之美的执意追求，并且这种文化意义上的美学追求，是与传统的"中轴线"观念密切联系在一起的，此暂不论，后详。

至于比如"昆仑悬圃其尻（注：居）安在？增城九重其高几里？""四方之门其谁从焉？西北辟启何气（注：指天地间的'元气'）通焉？"等有关宇宙与建筑空间意识之关系的询问，在《天问》中比比皆是，不必继作注释，其义自明。而比如在其他中国古籍《山海经》中，关于这方面的记载亦不乏其辞："昆仑之墟在西北，方八百里，高万仞；面有九门，门有开明之兽守之"④；"昆仑之丘，实为帝之下都"⑤等等，同样证明，《山海经》所描绘的神话世界，也就是其大尤比且能持久屹立的一所"大房子"。

要之，天地宇宙即"大房子"；人之所居的房屋即是一个小小的"宇宙"。古代中国人，确是从建筑的空间观念与建筑实践角度去认识天地宇宙且"大"、且"久"的时空属性的；反之，就是这种关于天地宇宙的空间意识，长期且有力地影响了传统的中国古代建筑文化观。

---

① 王逸章句，洪兴祖校：《楚辞》卷三，四部备要汲古阁宋刻洪校本，第75页。
② 同上书，第77页。
③ 朱熹：《楚辞集注》卷第三，明刊本，第7页。
④ 郭璞注：《山海经》卷之八，涵芬楼本，第5页。
⑤ 郭璞注：《山海经》卷之二，涵芬楼本，第11页。

其一，因为古代中国人所体会、认识到的天地宇宙属性为其大无比，故只要一定的社会经济、建筑材料及技术水平允许，人们总是愿意将建筑物建造得尽可能地大，以象征天地宇宙之"大"。

打开中国古代建筑史，这种尚大的建筑倾向十分强烈，尤其明显地表现在宫殿与都城建筑中。

我们且不说著称于世的长城，从西之嘉峪关到东之山海关，明代长城分属九镇，全长一万一千三百余华里（这个长度不包括长城复线长度在内），所谓万里长城，名实相符，真正是全世界独一无二的"The Great Wall"（大墙）。埃及金字塔的体量不可谓不大，然比起长城来，犹如小巫见大巫了。长城始建于"战国"，秦一统天下后，为防北方异族骚扰，进行了大规模的建造。据司马迁《史记·蒙恬列传》称，当时已长六千余华里；又，据罗哲文《临汾秦长城、敦煌玉门关、酒泉嘉峪关勘查简记》，玉门关一带的长城虽以红柳、芦苇与砾石为材建造，而至今残垣高度仍达5.6米，由此可想见其当初的巍巍雄姿。修建长城的根本目的当为求其实用，即为了抵抗敌侵，然从战国到明代，如此劳民伤财地修筑长城，尤其是后世的修筑，难道仅仅为了御敌之用吗？不，它也与古代中国尚大的"宇宙"观有关。

我们且不说世界闻名的骊山陵，其规模之宏伟，为世界陵墓之最。陵冢原高120.6米（据三国时魏人称，"坟高五十余丈，周围五里余"），现残高76米。陵园平面布局仿秦都咸阳，

为"回"字形，分内外两城，外城周长6 300米左右；内城周长2 520米。①秦始皇的冥府仪仗也叹为观止，共有兵马俑坑呈品字形布局，共出土陶制俑件上万，战马600匹，战车125乘，体型几与真人真马等大，如此排场威风，是70余劳工37年的劳绩。当然，这种尚大之风，实在是封建王权至高无上的象征。然而，在这种象征意味中，难道不是恰恰渗透着古代中国尚大的"宇宙"意识吗？皇帝天之骄子，他是代表天来对黎民百姓实行统治的，故以陵园之"大"以象法天之"大"，可谓理所当然。

下面，再让我们来简略考察中国古代宫殿的尚大之风，为简约篇幅，仅略举一二。

---

① 林黎明、孙忠家：《中国历代陵寝记略》，黑龙江人民出版社，1984，第19页。

比如，大名鼎鼎的秦之阿房宫，"惠文王造，宫未成而亡，始皇广其宫，规恢三百余里。离宫别馆，弥山跨谷，辇道相属，阁道通遍山八十余里。表南山之巅以为阙，络樊川以为池。"①这里，所谓"规恢三百余里"是个什么概念呢？按，古之1里，为1 800尺，秦汉时之1尺，约为现制0.23米，可见整个阿房宫苑周长约为124 200米，可谓世所罕见。又如，西汉长安城宫殿建筑群包括未央宫、长乐宫、建章宫等，其范围究竟有多大？只要看看其中之一的未央宫规模便不难想象。据实地考察，未央宫东西墙长度为2 150米，南北墙为2 250米，周长为8 800米，全宫面积约5平方公里。据历史记载，未央宫为萧何所监造，"策何治未央宫，立东阙、北阙、前殿、武库、太仓。上见其壮丽，甚怒，曰：'天下匈匈，劳苦数岁，成败未可知，是何治宫室过度也！'何曰：'天下方未定，故可因以就宫室。且夫天子以四海为家，非令壮丽，无以重威，无令后世有以加也。'上悦，自栎阳徙居焉。"②刘邦开始以为未央宫其大"过度"，后来，便接受了萧何所谓"天子以四海为家，非令壮丽，无以重威"的进谏。是的，"家"者，从宀从豕，豕即小猪，表示宗庙中供着小猪这一供品，有祭祖之义，而宀即祖庙之象形，祖庙是中国古代建筑样式之一。故"以四海为家"，岂非以天下为建筑嘛？未央宫之"大"，亦是象法天地宇宙的，只有将"天地宇宙，其大无比"之空间意识渗融在皇家建筑上，令其"壮丽"，才能表现天子的"重威"。

而中国古代都城的尚大之风，也十分明显。唐之长安，为当时世界上规模最大的城市，它是在隋代大兴城的基础上发展起来的。别的不说，仅长安宫城与皇城之间的横街宽200米这一点看，就可想见这座建造于"川原秀丽，卉物滋阜"之地的唐都的范围之大了。中国古代都城的尚大之风是富有一脉相承之特点的。比较一下中外古代十大名城的规模，可对中国古代的尚大的建筑空间意识与宇宙观之密切关系这一点，留下特别深刻的印象。据外国古代建筑史，公元5世纪，拜占庭时期曾经是一个辉煌的建筑历史时期，当时都城拜占庭的面积为11.99平方公里，此不可谓不大；罗马古建筑以雄浑风格闻名于世，公元3世纪末的罗马城，占地13.68平方公里；建造于公元8世纪末的巴格达城更了不起，它有30.44平方公里。但是，建于公元583年的中国隋大兴（唐长安），面积为

---

① 无名氏，张宗祥校录：《校正三辅黄图》，古典文学出版社，1958，第6页。
② 班固：《汉书·帝纪》卷一下，武英殿本，第57页。

84.10平方公里，为外国古代名城巴格达的近2.8倍；罗马的近6.2倍；拜占庭的近7倍。又，北魏洛阳，约73平方公里；明清北京，60.2平方公里；元大都，50平方公里；隋唐洛阳，45.2平方公里；明南京，43平方公里，即使就汉代的长安（内城）而言，占地也达35平方公里。可见这种尚大之风，并非一王一帝的个人兴趣，而毋宁说是全民族的一个历史嗜好。

当然，这里必须指出，以上列举并非表明，中国其他许多宫殿与都城的规模全都大于外国的历史古城与宫殿，比如法国17至18世纪路易十四、十五执政时期建造的凡尔赛宫就是非常宏伟的。凡尔赛宫位于巴黎西南，占地1 500公顷，相当于当时巴黎市区四分之一的面积，此不可谓不大。然而，一般而言，西方古宫殿、古城市的"大"主要大在其建筑个体上，而中国古代宫殿与都城的"大"，主要反映为硕大的建筑群体组合，庑殿台榭、廊堂楼阁，连属徘徊，一眼无尽。明清故宫建筑群，总占地72万平方米，座落于一条长约7.5公里的中轴线及其两旁，建筑总间数据说为9 999，这更是举世独有的。

人们知道，中国古代传统的建筑材料为土木，土木的物理性能是可塑性大，却一般不宜于建造特大的单体建筑。于是，中国古代建筑文化以建筑单体与单体的群体组合来体认其尚大的建筑空间意识。中国古代建筑群体组合这一民族风格的形成，固然具有许多物理、心理、时代、历史、自然、社会的复杂缘由，这里暂且不论。但其中之一，却不能不表明，其与传统的民族宇宙观、亦即尚大的建筑空间意识密切攸关。

传说中国古代文化源自炎、黄两族及其交融，自称华夏，华夏族的传统空间意识是尚高大，在这种空间意识中渗融着尚高大的文化价值取向与审美意识。相传黄帝身躯高大，以壮伟称雄。故周代男子称"丈夫"、"大丈夫"，《说文》云："周制，以八寸为尺，十尺为丈，人长八尺，故曰丈夫。"女子称"硕人"，以颀长为美，这是《诗·硕人》透露给我们的个中消息。总之，颇以高大为美。试看邹忌"修八尺有余"，不是有点洋洋自得的样子吗？故"其特出之人曰豪，豪者，高也。曰杰，杰，桀也，栈也，卓立之义也。曰英，英者茎也，高擎也。曰雄，雄亦英也。高大为美之义，由是可证。"故"黄族又自称曰华。华，大也。自称曰夏，夏亦大也。华夏本名亦由此起，引申为雄张之义。"①这里说的，

① 王献唐：《炎黄氏族文化考》，齐鲁书社，1985，第121—122页。

主要是关于人体美观念以"高大"为美的文化空间意识，然建筑美与人体美的空间意识，对于同一个民族而言，其实是彼此相通的。以"高大"为美的人体美观念，同样也表现在建筑空间意识上，两者共同源自对天地宇宙的空间认识。只是因为中国古代建筑文化的创造，要受传统建筑材料的限制，由于以土木为主要材料，故一般未能显得如西方古代建筑那种"高擎"与"雄张"之美来，或者说，一般未能显出如华夏人体追求那种"高擎"与"雄张"之美，却以一般不甚高峻（中国古塔除外）的建筑群体组合向四处铺开，显现出尚阔大的"华夏"所特有的美的形象。

中国古代建筑文化史上，自然有无数小巧玲珑的建筑，这种建筑文化现象，一般不能证明中国古代的"宇宙"观即建筑空间意识不是尚大。无数小型建筑的出现，或者由于特定实用功能的需要，或者由于经济、技术与建筑材料的限制，使其不得不如此为之。至于那些小巧玲珑的园林建筑的美学性格，其空间意识仍然是尚大的，即所谓"以小见大"、以"小"象征"大"。

其二，因为古代中国人所体会、认识到的天地宇宙属性又为"久"，故人们总是企望建筑物永久屹立在东方之大地上。久者，宙也，宙就是美。

当你站在浙江河姆渡建筑遗址面前，凝视从地下出土的7 000年前的文物，那些其实都是极普通的木桩、楼板与芦席残片之类，由于时间悠远的陶冶，使人激起一种深沉的历史的感觉，那是时间给你的美感；当你欣赏山西五台山佛光寺大殿时，被这座现存最早木构建筑之一的大殿精湛的结构技术所惊叹，那又是时间的力量；当你徜徉于北京天坛、留连于长城之时，或者一旦离开喧嚣的现代化闹市，缓缓移步于古老的窄巷小弄，抚摸被悠悠岁月所剥落的断壁残垣，又是什么使你的心顷刻沉静下来，聊作历史的反思，或是勾起一股压抑不住的深情呢？那还是时间的赐予。

对于建筑文化而言，历史愈是悠久，可能给人历史文化的美感便愈是浓郁与深邃。与世界一切建筑文化一样，中国古代建筑文化的美，也是一种"久"的美。现代中外建筑虽然未"久"，然而它们之所以也可能是美的，首先因为它们的实用性功能符合现代人的实际生活需要，现代技术、材料与艺术的美适合现代人的文化审美口味，同时，还因为人们相信，那些现代建筑将长期地屹立于大地的缘故。

中国古代建筑文化对"久"之美的追求是十分顽强的。那位古老神话传说中炼五色石以补苍天的女娲形象所以是崇高与美的形象，就因为其与建筑之"久"密切联系在一起的缘故。女娲何以补天？为的是要使那天宇这巨大无比的"建筑"永久屹立，因而，女娲的审美理想，也就是古代中国对于建筑之"久"（宙）的一种审美理想。

正因如此，一旦建筑文化惨遭天摧人毁之厄运时，是十分令人痛楚的。试看中国古代建筑文化史上著名的洛阳永宁寺塔，"架木为之，举高九十丈"，其势巍巍，却因是木构建筑，于永熙三年三月为雷火所焚。"火初从第八级中平旦大发，当时雷雨晦冥，杂下霰雪，百姓道俗，咸来观火。悲哀之声，振动京邑。"[①]又如，被西方称为"万园之园"、"夏宫"（The Summer Palace）的圆明园，它是"东方的凡尔赛宫"，其"规模之宏敞，丘壑之幽深，风土草木之清丽，高楼邃室之具备，亦可称观止。实天宝地灵之区，帝王豫游之地，无以逾此。"[②]当其于1860年（清咸丰十年）被英法侵略军一举烧毁之时，这中华近代建筑文化史上深重的民族灾难是难以述说的。直到如今，原圆明园西洋楼景区经浩劫之余的断墙残柱，仍能激起人们痛苦的回忆。至于1976年7月28日发生的唐山大地震，顷刻之间，一座百万人口的工业城市，几被夷为平地，这是对建筑空间之美的毁灭，也是对建筑时间之美的毁灭。

建筑文化的"宙"（久）之美，确是令人十分向往的。

第二节 "中国"与建筑中轴线的美学性格

与古代中国建筑文化的空间意识密切攸关者，便是关于建筑中轴线的传统观念。

何谓中国古代建筑的中轴线？

据法国古代建筑史，当年路易十四、十五所苦心经营的法国凡尔赛宫苑，

---

① 杨衒之:《洛阳伽蓝记》卷一，吴氏刊本，第12页。

② 中国圆明园学会:《乾隆御制集·圆明园后记》，《圆明园学刊》第4期，中国建筑工业出版社，1986，第185页。

其平面布局有一中轴线，长达3公里，其两侧对称分布着建筑以及喷泉、花坛、雕像、池沼之类，中轴线的一端，是与这中轴线成垂直关系、筑于高坡之上的凡尔赛宫。雄伟的宫殿主楼长400米，其主楼正中二楼，正处于中轴线之上，它是曾经不可一世的路易十四的卧室，可俯瞰巴黎全城，成了君权至上、企望称霸全球的心理象征。

体现中轴线观念的这种建筑平面布局，在外国古代是颇为少见的，凡尔赛宫是一个突出的例外。

然而，在古代中国，具有中轴线平面布局意识特征的建筑随处可见。对称安排、秩序井然、有条不紊，强烈的政治伦理色彩、浓郁的理性精神，是中国古代建筑文化的一大民族特色。

考其历史，中轴线是中国建筑文化的一大"古董"。早在晚夏建筑文化（亦即早商建筑文化。晚夏与早商在年代上是重叠的）中，已经渗透着中轴线观念。据建筑考古，河南二里头晚夏（早商）一座宫殿台基遗址，可推见台基中部偏北为一庑殿式建筑，其平面呈横向之长方形，发现有一圈柱子洞（洞中有柱础石）围于基座四周，其柱洞数南北两边各九、东西两边为四，间距3.8米，呈东西、南北对称排列态势。可见，这座早商宫殿建筑遗址的平面是具有中轴线的。其中轴线就处在其南北两边第五柱洞之上，且与宫殿遗址东西两侧为四的柱洞线平行（见下图）。它布局颇为严谨，基本具备了后世宫殿建筑的一些特点。

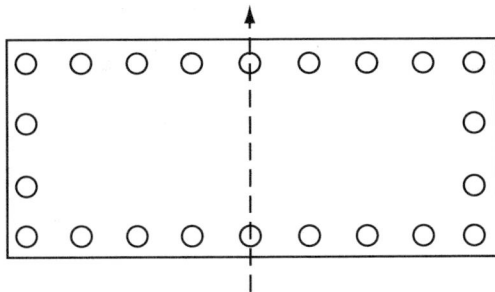

（早商二里头宫殿遗址中轴线简图）

清代戴震曾按《周礼·考工记》所述古代建筑制度，绘一《考工记宗庙示意图》，已能见出明显的"中轴线"意识。一般宗庙建筑（祭祀祖宗之所）的平面布局为，重要的主体建筑居中，其中心之所在，就是中轴线之所在，两侧对称安排建筑群的其他副题建筑，或者说，由于两侧诸多建筑的平面布局左右对称，最重要建筑设置的中心，总是在一条纵向的直线之上，使整个群体建筑或单体建筑的中轴线强烈地突显出来（见下图示）。

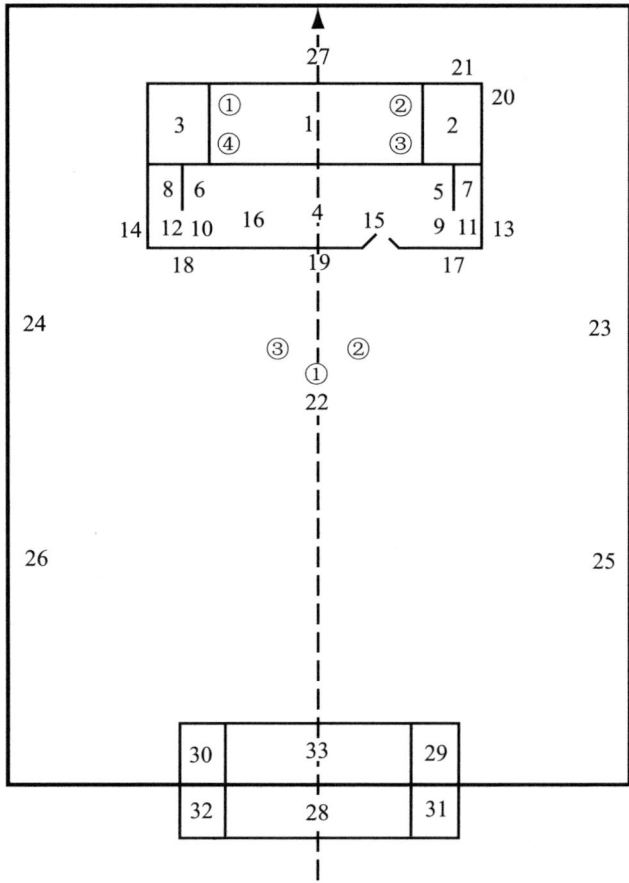

引自戴震《考工记图》，载乾隆中刊《戴氏遗书》本。

中间标示中轴线之位置的虚线，为引者所加。

图示说明：

1.室；1①屋漏；1②宧；1③窔；1④奥；2.房；3.房；4.牖户；5.户；6.户；7.夹室；8.夹室；9.东序；10.西序；11.东垂；12.西垂；13.东面阶；14.西面阶；15.楣；16.楹；17.阼阶；18.宾阶；19.户巴；20.闱门；21.侧阶；22.中庭；22①碑；22②堂涂（陈）；23.东堂下；24.西堂下；25.东壁；26.西壁；27.后寝；28.正门；29.左塾；30.右塾；31.东塾；32.西塾；33.内门。

由此可见，其中重要建筑及空间位置正处于中轴线上，中轴线两侧基本上为严格的对称布局。唯有处在整个建筑平面之东北方的"闱门"（20）、"阶侧"（21）是非对称的，然而总体上并未打破以中轴线为主要标志的平面对称性格局。

再看明清北京故宫，更具有典型性。

整个明清时代的北京城，自明永乐帝朱棣迁都北京之后，大兴土木，体现了中国后期封建社会都城以皇城为中心的建筑设计思想，重要宫殿建筑群即故宫，是明清整座北京城的主体建筑，它自南向北，沿着一条长达7.5公里长的中轴线而有机地组织在一起。该中轴线以最南端的永定门为起点，以景山向北的地安门到形体巨硕的钟鼓楼为终点，其间建筑空间序列重重叠叠、高潮迭起又井然有序，尤以故宫三大殿的平面布局富于中轴线的建筑美学为特色（见图示）。

故宫三大殿为主的平面简图说明：

1.外金水桥；2.天安门；3.社稷街门；4.太庙街门；5.西庑；6.东庑；7.端门8.社右门；9.庙左门；10.西庑（朝房）；11.东庑（朝房）；12.阙右门；13.阙左门；14.午门；15.金水桥；16.熙和门；17.协和门；18.崇楼；19.贞度门；20.太和门；21.昭德门；22.崇楼；23.弘义阁；24.体仁阁；25.右翼门；26.中右门；27.太和殿；28.中左门；29.左翼门；30.中和殿；31.崇楼；32.后右门；33.保和殿；34.后左门；35.崇楼；36.隆宗门；37.内右门；38.乾清门；39.内左门；40.景运门。

图示中虚线为中轴线位置。

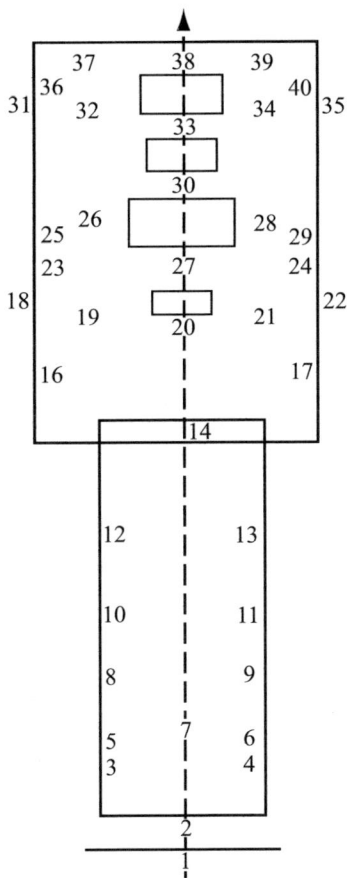

从图示可见，太和殿、中和殿、保和殿、太和门、天安门、午门、端门等故宫重要建筑，穿越中轴线呈纵直排列，其余建筑的设置，亦在中轴线两侧呈两两对称呼应之势。

　　这种关于中轴线的建筑空间意识，也体现在北京明清时代的四合院民居形制上。其平面布局特征一般为，矩形平面，四周以围墙封闭，群体组合大致对称。大门方位一般南向，往往位于整座住宅东南一隅。进大门，迎面为影壁，入门折西，进入前院，前院尺度一般不大，视感较"浅"，就此建筑空间形象审美角度而言，采用的是"先抑后扬"法。继而穿过前院，跨入院墙中门（常为垂花门）到内院。内院以抄手游廊左右包绕庭院至正房。正房为整座四合院的主体建筑，尺度最大，用材最精，品位最高，其以耳房相伴，左右配以厢房。大型四合院可多重进深，庭落接踵，先是纵深增加院落，再求横向发展为跨院。但不管怎样，四合院的基本美学设计思想是，其正房（主体建筑）、厅、垂花门（中门）必在同一中轴线之上。

　　再就中国古代建筑之一"室"而言，其建筑平面亦呈现出中轴线特征。古代称平面一般为矩形（或正方形），其四角立以四柱，四周砌墙（其中辟有门户）的基本建筑单位为"间"。此"间"，亦即"室"之原初概念，即《考工记》所谓"四阿"之屋。段玉裁说："古者屋四柱，东西与南北皆交覆也。"[1]近人王国维云："四阿者，四栋也，为四栋之屋。"[2]建筑历史上，平面为圆形或椭圆形或其他什么形的"室"十分少见（仰韶文化期曾有圆形小屋），一般以平面矩形（或正方形）为建筑平面常式。在这古代建筑文化形态中，虽然其门户常辟于"室"之东南一隅，但此"室"内部空间秩序的划分，仍然体现出以左右对称为美学特色的关于中轴线的空间意识。"室"之"西南隅谓之奥，西北隅谓之屋漏，东北隅谓之宧，东南隅谓之窔。"[3]（请参阅前文所引戴震《考工记图》）何谓"奥"、"屋漏"、"宧"与"窔"？疏云："古者为室，户不当中而近东，则西南隅最为深隐，故谓之奥，而祭祀及尊者常处焉。"[4]疏云："孙炎云，当室之白日光所漏入。"[5]"白日光"何以"漏入"？因门户常辟于室之东南一角，一旦门户洞开，最早之日光必直照于室之西北之一隅也，故古时室

① 段玉裁注，徐灏笺：《说文解字注笺》卷七下，清光绪二十年刻本，第8页。

② 王国维：《明堂庙寝通考》，《观堂集林（一）》卷三，海宁王氏本，1927，第130页。

③ 邢昺等奉敕，阮元：《尔雅注疏》卷五"释宫"，永宋阮刻本本，第86页。

④ 同上。

⑤ 同上。

西北隅称"漏入","漏入"即"屋漏"。疏云："李巡云，东北者阳，始起育养万物，故曰宧，宧，养也。"①古代庖厨食阁，常设在室之东北角（参见《尔雅·释诂》），此乃举火之处。据《周易》，火为阳，水为阴。故称室之东北隅为"阳"，"养"，亦为"宧"。所谓"突"通"窔"、"宎"，原意为风吹入洞穴之声。"窔"从"穴"，"宎"从"宀"，可见古代之室，由远古之地穴发展而来（请参见本书第二章《起源观念》），人可出入，风可吹入的洞穴之口，实为由穴发展成室的门户。而古代门户，一般辟于室之东南隅，因而其东南隅称"突"。由此可见，室之中轴线，正垂直于"奥"，"突"连结直线与"漏入"，"宧"连结直线、且通过这两条直线的中点。

而即使寺庙建筑——古代中国本无寺庙，只是由于东汉初印度佛教的入传，才有佛寺的建造——甚至也接受了这种中轴线的空间意识。梁思成先生说："我国寺庙建筑，无论在平面上，布置上或殿屋之结构上，与宫殿住宅等素无显异之区别。盖均以一正两厢，前朝后寝，缀以廊屋为其基本之配置方式也。其设计以前后中轴线为主干，而对左右交轴线，则往往忽略。交轴线之于中轴线，无自身之观点立场，完全处于附属地位，为中国建筑特征之一。故宫殿、寺庙、规模之大者，胥在中轴线上增加庭院进数，其平面成为前后极长而东西狭小之状。其左右若有所增进，则往往另加中轴线一道与原中轴线平行，而两者之间，并无图案上关系，可各不相关焉。"②

梁先生在此所说的，就是古代中国建筑文化所崇尚的与中轴线相联系的纵深空间意识，所谓"庭院深深深几许？"、"侯门深如海"、"深宅大院"等文学描绘，也生动地反映了这一点。这也就是屈原《天问》诗句"东西南北其修孰多？南北顺橢（同'椭'，狭长）其衍几何？"所反映出来的"宇宙"观。

综上所述，关于中轴线的空间意识，读者可从仅举数例之中悟其大概。可以说，古往今来，世界上还没有发现哪一个民族像中华民族这样，对中轴线的建筑美学性格作如此热切的追求。

那么，这种对建筑中轴线如痴如醉的历史意识与空间意识，究竟是怎么历

① 阮元：《尔雅注疏》卷五"释宫"，永宋阮刻本，第86页。
② 梁思成：《梁思成文集》第三卷，中国建筑工业出版社，1985，第239页。

史地形成的呢?

尽管关于中轴线，也许是人们所熟知的，然而，正如一般未能从天地宇宙观角度去探讨古代中国的建筑空间意识一样，人们以往也未能从"中国"与中轴线之微妙关系，对这一重要的中国古代建筑文化的美学问题，作出科学的说明。

笔者认为，关于中国古代建筑中轴线的空间意识，其实就是"中国"观在古代建筑美学思想上的反映。

德国古典哲学家、美学家黑格尔曾经说过，"熟知的东西所以不是真正知道了的东西，正因为它是熟知的"[①]。"中国"是我们所"熟知"的，但"中国"与古代中国建筑空间意识尤其是中轴线观念的关系，却未必人人了然。

我们说，所谓"中"，原为古代测天仪之象形，甲骨文写为𠁁或𠁩。"实物当作垂直长杆形｜，饰以飘带以观风向，架以方框以观日影﹖。"[②]卜辞有"立中，允亾风"[③]与"立中，亾风"[④]之说，垂直长杆加一方框以成为中，此为求测日影之准确也。由此可见，"中"是与天地方位攸关的一个字，天地就是古人所理解的宇宙，因此，"中"与宇宙有关；而据前文分析，"宇宙"原指建筑，故"中"亦与建筑有关，此其一。

其二，人类的空间意识，是人在社会实践中所把握的客观空间属性在头脑中的反映。"人类空间观念的最初形成，是从对空间的分割开始的。混沌的空间，只有当它被分割为不同的个别部分以后，才是可以辨认的""由于人类的生活和生产活动，总是在一定的地域环境中进行的，所以在人类意识中首先发展起来的必然是地域——空间观念。"[⑤]这种观念是在社会实践中产生的。比如，远古人类测天就是一种重要的社会实践活动，又因为那时社会生产力实在太低，人们往往在对天地自然力盲目的惧怕中战战兢兢地生活。虽然那测天之"中"，本是人类企图战胜自然的创造，却对这种"中"连同"中"之所在不能

① ［德］黑格尔:《精神现象学》，上卷，贺麟、王玖兴译，商务印书馆，1983，第20页。

② 李圃:《甲骨文选读·自序》，华东师范大学出版社，1981，第4页。

③ 罗振玉辑:《殷虚书契续编》卷4，上虞罗振玉殷礼在斯堂，民国22，第45页。

④ 王襄:《簠室殷契征文（附考释）》，天津博物院，1925，第1页。

⑤ 王锺陵:《我国神话中的时空观》，《文艺研究》1984年第1期，第113页。

不有所崇拜。于是，古代中国人通过生活与生产活动，一方面从混沌的空间中分割出一处关于"中"的地域，那其实是人的活动、人的力量所达到的一个区域，这个区域就是原初与测天仪相联系的、通过一定社会实践所初步"人化"了的"中"。由此，在古人观念上便由器物之"中"转化为空间之"中"。这种关于空间意识的"中"实在是人性与人的主体意识的一次历史性觉醒。于是，虽然那时的古代中国人对茫茫宇宙基本上是无知的，却相信自己仿佛处在古代世界的"中心"；另一方面，由于古代中国人当时文化视野的狭小，虽然觉得自己仿佛处在"中心"，总也有点疑惑，因此那"中"，便不能不带有某种神秘色彩，后世之中国人，便可能将这"中"看成祖宗的恩赐而对之顶礼膜拜。因此，那种强烈的关于"中"的空间意识与历史感情，具有认知、审美与崇拜三重性。

其三，相传中国传统文化，肇自炎、黄。残酷之部族战争使炎族败而黄族胜。炎族败退四散，于是，黄族据胜之地就被尊崇为天下之"中"，这就是当初黄帝及其子裔生息之地，即今之河南一带，历史上称中州、中土、中原、中国。商已有"中央"的观念，甲骨文有"中商"之说。《周书》："王来绍上帝，自服于土中"；《逸周书》："作大邑成周于土中"①，"土中"，即"天下土地中央"②之谓也。又，所谓"正中冀州曰中土"③，"其国则殷乎中土"④，"事在四方，要在中央"⑤，以及"世有大人兮，在乎中州"，"中州，中国也"⑥。此类记载，真是太多了，这种尚"中"意识，正是华夏族自我中心意识的表露，"夏者，中国人也"⑦。而炎族之后裔，大约只能被蔑为所谓"东夷"、"北狄"、"西戎"与"南蛮"之类，亦被通称为"四夷"。

其四，这种崇尚"中"的空间意识，几乎到了深入中华民族灵魂骨髓的地步。试看被后世易学家捧为"群经之首"的《周易古经》，有所谓"在师中，

① 孔晁注，卢文弨补遗：《逸周书》卷五，抱经堂本，第8页。
② 贺业钜：《考工记营国制度研究》，中国建筑工业出版社，1985，第56页。
③ 刘安著，高诱注，庄逵吉校：《淮南子》卷四，武进庄氏刊本，第58页。
④ 范晔，张怀太子李贤注：《后汉书》卷一百一十八列传，第2011页。
⑤ 顾广圻：《韩非子》卷二，吴氏宋乾道本校刊，第27页。
⑥ 班固：《汉书》卷五十七下，武英殿本，第1591页。
⑦ 段玉裁注，徐灏笺：《说文解字注笺》卷五下，清光绪二十年刻本，第56页。

吉，无咎"①、"中行独复"②、"中行，告公从，利用为依迁国"③、"丰其蔀，日中见斗，遇其夷主，吉"④等蕴涵"中"之意识的爻辞。《周易大传》所谓"中正"、"时中"、"中道"、"中行"、"中节"、"大中"、"文中"、"中无尤"、"中不自乱"等说法几触目皆是，六十四卦中过半数的"传部"内容，涉及到了这个"中"。《乾》卦九二爻："见龙在田，利见大人。"《乾·文言》则释为"龙，德而正中者也"。《坤》卦六五爻有"黄裳元吉"之爻辞，《坤·文言》便发挥道，"君子黄中通理，美在其中"也。《坤·象辞》也说，"文在中也"。即以《周易大传》之《象辞》为例，也发现所谓"利见大人，尚中正也。"⑤"蒙'亨'，以亨行，时中也。"⑥"文明以健，中正而应，'君子'正也。"⑦等诸多记载。这些都是吉卦，可见古人认为"中"即"吉"也。

这种本为古人观测天文的所谓"中"，在孔子原始儒学、思孟儒学中被发挥为"中庸"、"中和"思想，"中也者，天下之大本也；和也者，天下之达道也。致中和，天地位焉，万物育焉。"⑧故无论"天文"、"地理"、"人道"，都不能离"中"而"立"。"天"、"地"、"人"此三者如何做到所谓"天人合一"？"合"在"中"也。或者说，只有牢牢把握这"中"，才能做到"天人合一"。"中"，在宋明理学中，不仅由原初带有神秘色彩的天文学概念，发展为地理学概念，而且继而成了整个中华民族的（它超出了原初黄族的概念）一种凝固的民族意识、历史意识与空间意识，这种关于"中"之意识，当然还同时融渗在政治伦理道德规范之中，成为处于漫长封建社会形态之下的老大帝国固步自封、不思向外、以天朝为世界之中心的盲目自大的传统意识。人们昏昏然陶醉于"中"之"尊位"，将异族文化一概蔑视之为"夷"，常常甚至达到十分可悲、可笑的地步。

① 郑玄：《周易郑注》卷一，湖海楼丛书本，第7页。
② 郑玄：《周易郑注》卷三，湖海楼丛书本，第4页。
③ 郑玄：《周易郑注》卷四，湖海楼丛书本，第11页。
④ 郑玄：《周易郑注》卷六，湖海楼丛书本，第1页。
⑤ 郑玄：《周易郑注》卷一，湖海楼丛书本，第6页。
⑥ 同上书，第5页。
⑦ 郑玄：《周易郑注》卷二，湖海楼丛书本，第3页。
⑧ 朱熹：《四书章句集注·中庸》，吴县吴氏仿宋本，第5页。

宋代石介说："天处乎上，地处乎下，居天地之中者曰中国，居天地之偏者曰四夷。四夷外，中国内也。"①据说，仰观于天，二十八宿星座烁然在上，俯察于地，是与二十八宿相对应的中国大地，这里三纲五常伦理肃然，文明昌盛，这是据天下之正"中"得天独厚的"结果"。且是"天经地义"不容颠倒的宇宙人际秩序，否则，"天常乱于上，地理易于下，人道悖于中，则国不为中国矣。"②"中国人认为天是圆的，地是平而方的，他们深信他们的国家就在地的中央。他们不喜欢我们把中国推到东方一角上的地理概念。"③应当说，这不仅是地理空间"概念"，也是中华民族的文化心理"概念"。建筑中轴线思想，就是这种传统民族文化心理的反映。

其五，这种传统民族文化心理，反映在建筑平面布局上，便是以中轴线象征"中"。

"国"是什么？"国者，域也，有域始有国。""国古隶之，旧读如今音之域，域其转纽也。国者，界也，疆也，本为疆界之义，故声纽相通。初时只为疆界，后演为国家之国。"④国之古义为都城，《考工记》所谓"匠人营国"之"国"指都城都。城之起源，同时就是国家的起源，国家者，总有一定"疆界"。因此，原意指都城的"国"，就被引申为国家之"国"了。

关于"国"，不仅为一地域概念、政体概念与民族概念，且其原初是一建筑学上的空间概念。据卜辞，殷代已有"择中"作邑（都城、国）的历史意识。当时的作邑实践在甲骨文中留下了痕迹。"卜辞《南明》223：'作中'，有时也称'立中'，即先测一个'坐标点'，然后围绕这个中心点修筑，在周围圈定大片耕地、牧场、渔猎之地"，"最外面建一圈人工的防护设施——可能是人工种植的树木，或利用天然的山林、河流，以与邻社的土地分开来；亦可能有人工修筑的土埂和巡守的堡垒之类，故邑字象人看守着一块土地。"⑤这里，从古代"作邑"情况，可见"之国"雏形。尤其值得注意的是"立中"而作，"即先测

---

① 石介编著，徐坊、徐埴校注：《徂徕集》卷十，钦定四库全书本，第8页。

② 同上。

③ ［意］利玛窦：《利玛窦中国札记》，高济、王遵仲、李申等译，中华书局，1983，第180页。

④ 王献唐：《炎黄氏族文化考》，齐鲁书社，1985，第14、343页。

⑤ 胡厚宣等著：《甲骨探史录》，生活·读书·新知三联书店，1982，第280页。

一个'坐标点',然后围绕这个中心点修筑"①,这种情况,可以看作古代中国尚中、中轴线意识在建筑上的最初尝试。

> 周人崇奉"择中论"。"择中"为我国奴隶社会选择国都位置的规划理论。认为择天之中建王"国"(国都),既便于四方贡赋,更利于控制四方(《史记·周本纪》)。《周礼·大司徒》对此曾做过系统论述,以为择"地中"(即国土之中)建"国",是天时、地利、人和三方面最有利的位置。不仅择国土之中建王都,且择都城之中建王宫。在观念中,"中央"这个方位最尊,被看成为一种最有统治权威的象征。②

这就难怪中国古代对建筑中轴线的追求如此热衷了。

① 胡厚宣等著:《甲骨探史录》,生活·读书·新知三联书店,1982,第280页。
② 贺业钜:《考工记营国制度研究》,中国建筑工业出版社,1985,第56页。

第二章 起源观念

与中国古代建筑文化的空间意识关系尤为密切的，是关于中国古代建筑文化的起源观念。

在古人看来，建筑既为"宇宙"，而且与"中国"攸关，那么，其起源观念，其实就是中国古代建筑文化的这种空间意识在建筑起源问题上的反映。

中国古代建筑文化起源于何时？这是一个饶有兴味的民族文化学与建筑文化学问题。据考古发现，浙江、江苏、湖北、云南等地曾出土大批竖于地下的木桩，它们常常排列成规则的长方形或椭圆形，已被证实那是"干阑"式建筑即房屋建于木桩之上的建筑遗存，属于新石器时代的晚期。比如，本世纪70年代初出土的浙江余姚河姆渡建筑遗址，是7 000年前的建筑文化遗存，其建筑木构工艺水平相当高超，在考定中国古代建筑文化起于何时问题上当然很有价值。

但这绝对不会是中国古代建筑文化的源头。中国古代地面建筑从一开始就是木结构的，木材易蚀，千百万年天摧人毁，最古老的建筑遗构，也许早已在这块东方大地上荡然无存，或者被埋于地下将有待于被发现，其年代一定会比浙江河姆渡早得多。

而且，炎黄族的繁衍生息之地，主要集中在黄河中下游与长江中下游地区，人们有理由期望，在"中原"等地更古老的建筑文化将有待于成为建筑文化考古的新的目标。我们知道，远古屹立于东方大地的地面建筑，实由穴居或巢居发展而来，一般认为，北方多穴居，南地多巢居。那么，这些穴居与巢居又究竟起于何时呢？看来一时是难以考定的。然而可以肯定，它们比后起的比如河姆渡遗址的建筑又不知要早多少年。我国北方（主要是陕北等地），至今还有以窑洞为住所的，这窑洞，就是远古穴居的进化了的遗制。从穴居发展到窑洞，从窑洞上溯到穴居，可以很清楚地把握其历史的发展线索，然而，最古老的穴居究竟起源于什么时候，却仍然可以说是一个谜。至于说巢居吧，也一样。

从一般逻辑推理，衣、食、住、行是人所须臾不能离开的。人之所以为人，免不了要与建筑有点关系。我们最古老的祖先，开始时尽管可以赤身露体，那时也不可能产生性的羞耻感而不需要、不懂得穿衣服，而建筑却是与生俱来的一种生理上的基本需求，这需要就如食物之于人一样重要。因为，即使是最早的原始狩猎者，也不可能一生中永不停步，常年奔波追逐猎物而不停下来休憩一下。这休憩之处，其实就是那建筑文化得以萌生的地方。何况，人需要一个繁衍生育的环境，后来猎物打得多了，也需要一个圈养或存放之地，因此，出于一种人的基本的生理需求，建筑文化的起源是不可避免的。

从这一点上可以说，中国古代建筑文化起源于何时的问题，实际上，是一个作为人类祖先之一支的我们的老祖宗起源于何时的人类文化学问题。

这里，我们暂且不准备在这一问题上多费笔墨，不重在探讨中国古代建筑文化如何起源、何时起源，而愿意将理论兴趣集中在中国古代如何看待建筑文化起源这个问题上，换言之，看看中国古代的建筑文化起源观念究竟如何。

第一节　天地崇拜与建筑文化起源观念

正如第一章所述，中国古代最原始的天地宇宙观，是在长期的社会生产实践（包括建筑实践）中逐渐形成的，建筑就是人们心目中的"宇宙"，是人从天地宇宙中划出的一个人为的时空领域，建筑象法天地宇宙。那么，在古人看来，人与建筑文化的关系，实际上就是人与天地宇宙的关系，也就是说，是一个人在天地宇宙之间的地位、力量与形象到底怎样的问题，人在宇宙中的主体性究竟有没有确立以及确立到何等程度，这严重地影响了中国古代建筑文化的起源观念。

一般地说，中国古代文化观、宗教观中没有树立一个如西方宗教那样创造宇宙万物的上帝形象。所谓盘古开天辟地说中的盘古，是与西方《圣经》中的上帝大异其趣的神话中的人物。他"老人家""活"着的时候，尚无力创造天地宇宙，开天辟地之"功"倒是其"死"后的"光辉业绩"。据三国吴人徐整所著《三五历纪》称："天地混沌如鸡子，盘古生其中。万八千岁，天地开辟，阳清为天，阴浊为地；盘古在其中，一日九变，神于天，圣于地；天日高一丈，地日厚一丈，盘古日长一丈。如此万八千岁，天数极高，地数极深，盘古极长，后乃有三皇。"①这就是说，虽然作为古代中国人的"祖先"与天地同生同长，但天地宇宙却不是由盘古创造的奇迹；"天地"犹如"鸡子"，"盘古生其中"矣。可见这位后来"一日九变"渐渐长大，"神于天、圣于地"的盘古，小的时候，不过犹如"鸡子"中孵出的"鸡雏"而已。这种关于开天辟地的神话观念，是人崇拜天地宇宙观念的反映。

虽然，到了南北朝时期的开天辟地说，盘古的形象变得十分高大了，但据说，那是这位"大人物"死后才成就的"事业"。

> 昔，盘古之死也，头为四岳，目为日月，脂膏为江海，毛发为草木。秦汉间俗说，盘古头为东岳，腹为中岳，左臂为南岳，右臂为北岳，足为西岳。先儒说，盘古泣为江河，气为风，声音为雷，目瞳为电。古说，盘古氏喜为晴，怒为阴。吴楚间说，盘古氏夫妻，阴阳之故也……盘古氏，天地万物之祖也，然则生物始于盘古。②

这里，从人们宁愿神化虚构一个开天辟地的死后而非活着的盘古形象这一点，可见当时人们对人自身的创造力量还不是信心十足的，人看不见人活着时的现实创造力，却将创造现实的强烈愿望寄望于死后。这不能不说，是人对天地宇宙的依附性大于人的主体性的表现，在观念上，便是对天地宇宙的崇拜。当然，随着历史的推移，这种崇拜观念有可能变得愈来愈"稀薄"却也是事实。

那么，这种关于开天辟地的崇拜观念与中国古代建筑文化的起源观念是什么关系呢？

---

① 按：《三五历纪》一书已失传，这一记载，见于李昉：《太平御览》卷二，宋刊本，第7页。
② 任昉：《述异记》卷上，明刻汉魏丛书本，第1页。

　　盘古既为"天地万物之祖"，在古人看来，"天地"者，"宇宙"也；"宇宙"者，建筑也，因而，看来盘古也是建筑文化之"祖"了。但是作为建筑之"祖"，其与建筑之关系，倒也有点特别之处，这就是，一方面盘古"开天辟地"创造了"宇宙"，另一方面盘古又在一定程度上拜倒在由其自己所"创造"的"宇宙"面前。由此可见，盘古这个神话形象的塑造，反映出古代中国人对天地宇宙起源的一种复杂微妙的民族的、历史的感情，其态度既是审美的、认知的，又是崇拜的、迷狂的。古人敢于虚构盘古这样一个半人半神的"天地"之"祖"的形象，却并不去将这种"创造"的功劳，归之于绝对外在于人的一个其它什么神，反映出古代中国人对天地宇宙起源，也是对建筑文化起源的一种审美兼崇拜的观念，或者确切地说，由于对天地宇宙的起源历史地采取崇拜兼审美的复杂态度，导致了对建筑文化的起源采取了同样的态度。

　　可以说，中国古代的天地宇宙的起源观念与建筑文化的起源观念，是合二而一的。其中理由，只要体会第一章所述天地宇宙观即古人所理解的建筑空间（时间）观就可明了。正如《系辞传》所云："是故阖户谓之坤，辟户谓之乾；一阖一辟谓之变。"[1]这里，所谓"户"本义为单扇门，《诗·小雅·斯干》所谓"筑室百堵，西南其户"，即取其本义，可引申为"住户"，"家"。总之，均与建筑有关。而"乾"，天；"坤"，地，这是《周易》说得很明白的。故天地好比门户（建筑）；门户（建筑）犹如天地。天为乾，乾为阳；地为坤，坤为阴。阴阳之变就是天地之起源，阴阳之变犹如"户"之"阖辟"，"户"之"阖辟"则意味着建筑文化的起源。

　　可见，天地崇拜确与中国古代建筑文化的起源观念有关，下文试作进一步论述，先从拜天角度稍加论理。

　　　人类之初，仅能取天然之物以自养而已。稍进，乃能从事于农牧。农牧之世，资生之物，咸出于地，而其丰歉，则悬系于天。故天文之智识，此时大形进步，而天象之崇拜，亦随之而盛焉。[2]

---

① 郑玄:《周易郑注》卷七，湖海楼丛书本，第8页。
② 吕思勉:《先秦学术概论》，中国大百科全书出版社，1985，第6页。

早在殷周之际，由于地上王权的实现，这种王权观念反映到"天"上，在人们的思想意识中，便产生了关于天帝的观念。

关于"天帝"之"天"，在殷末周初便愈显其至上神的神格，任何人事活动之前，都该问卜于"天"。"帝"亦即"天"。郭沫若氏云：

> 王国维曰："帝者蒂也"。
>
> 帝之兴，必在渔猎牧畜已进展于农业种植以后。盖其所崇祀之生殖，已由人身或动物性之物而转化为植物。古人固不知有所谓雄雌蕊，然观花落蒂存，蒂熟而为果，果多硕大无朋，人畜多赖之以生，果复含子，子之一粒复可化而为亿万无穷之子孙，所谓"辈辈鄂不"，所谓"绵绵瓜瓞"，天下之神奇，更无有过于此者矣，此必至神者之所寄。故宇宙之真宰，即以帝为尊号也。人王迺天帝之替代，而帝号遂通摄天人矣。[①]

这里所说的"帝"即"蒂"。可见这种"帝"之观念，是建立在以植物为生产对象的农业文明基础上的，而且打上了阶级烙印，是比较后起的。然而，由于它是"神者之所寄"扩而至于使"帝"成了"宇宙之真宰"。因此，"天帝"观不能不与中国古代建筑文化的起源观念有点关系，导致人从天地宇宙的崇拜发展到对建筑起源与建造营事活动的崇拜。

由于古代社会生产力相当低下，人的主体性当然不可能得到充分的展现，对盲目巨大的"天"（即"帝"，自然）的破坏力，人们自然是领教够了的。它常常使古代中国人的艰苦努力（包括建筑实践活动），终成泡影。这种痛苦的失败，使得古代中国人在进行营事以前，必须倾听"天帝"的意见，祈求它的许诺。关于这一点，只要看看卜辞就行。卜辞屡屡记有"王封邑，帝若"、"王乍邑，帝若"之类的文字。[②]这里，"封"，郭沫若氏认为是"乍"的异文。[③]

---

① 郭沫若：《郭沫若全集·考古编》第1卷，科学出版社，1982，第53—54页。
② 参见罗振玉编：《殷墟书契后编》1947、1750，《殷墟书契续编》6、13、12与董作宾编：《殷墟文字·乙编》3。
③ 彭邦炯：《卜辞"作邑"蠡测》，载胡厚宣：《甲骨探史录》，生活·读书·新知三联书店，1982，第265页。

而"乍",即"作",有修建与祭祀之义。"若",则为"诺"。由此可见古人修邑之前对"天"的虔诚。尤其"乍"字,一字而兼两义,道出了古人膜拜天帝的观念与建筑观念的内在联系。又,比如"贞,作大邑于唐土"[①]、"癸丑卜,作邑五"[②]、"甲寅卜,争贞,我作邑"[③]之类的古文字记载,都说明了殷周之际对"天"的敬畏。是的,建筑意味着人向天宇要一个人为的空间区域,在畏天命的古人看来,还能不事先征求"天"的同意吗?

著名甲骨文专家陈梦家说:"卜辞中上帝有很大的权威,是管理自然与下国的主宰。"[④]"自然"者,"天"也,"国"者,建筑也。那上帝为何要将"天"与建筑牢牢抓在手里呢?就因为首先在起源观念上,这两者是密切联系在一起的。而卜辞所以将"上帝"说成为"自然与下国"的"主宰",恰好说明殷人对两者是同时加以崇拜的。

殷周之际人们对"天"与建筑起源的崇拜尚且如此,那么,在殷周之前许多个世纪,建筑文化起源问题上的崇拜观念又是如何呢?

新石器时代晚期,在欧洲、北非以及亚洲印度等地,曾经出现过一种"巨石建筑",其规模之雄浑浩大,使人惊叹人类祖先的巨大创造力。一排排的巨石列,直立于广阔的原野之上,有的竟达3 000英尺之遥,其存在价值固然不能排斥其具有实用的一面,而在观念上,显然是远古人类崇拜宇宙观念在建筑文化上的反映。由于崇拜天宇的威力,人不得不做出巨大努力,将一排排巨石直立于原野,为的是献祭于天神。同时,在那时的人们心目中,宇宙空间是神灵横行之处,加以他们对巨石本身的崇拜,就促使人们建造"巨石建筑"虔诚地相信这种建筑样式,能对横行于宇宙空间的有害神灵,具备拦截或推拒的巫术作用,以便使人在心理上获得一种虚幻的安全感。这种原始的近于疯狂的建筑热情,反映了原始初民同时崇拜天宇和建筑的古老的文化观念。

中国古代一般并无建造"巨石建筑"的崇拜热忱,但是,在建筑文化的起源观念上,同样因为拜天的缘故,也对建筑本身抱着崇祀的态度。换言之,建

---

① 金璋:《金璋所藏甲骨卜辞》,美国纽约影印本,1939,611。

② 董作宾编著:《殷虚文字乙编》,台湾中央研究院历史语言研究所,1995,3060。

③ 罗振玉编:《殷虚书契续编》,珂罗版影印拓本,1933,171。

④ 陈梦家:《殷虚卜辞综述》,中华书局,1988,第562页。

筑是如何起源的？在古人心目中，除了认为可以满足躲避风雨之类的实用之需，也是为了拜天的需要。

卜辞中有一"**㐭**"字，亦写作"亯"。①本义为"墉垣"，是一个关于建筑物的象形字。后来，"**㐭**"转义为"亨"在《周易卦辞》中，"亨"，其义为"祭"，所谓"元亨"为大祭，"小亨"为小祭是也。在《周易》之"传部"，"亨"还有"通"与"美"的意思，天人相"通"即为"美"也。"天"者，天宇自然，而且是带有神性的；"人"者，人事，此处可指建筑，建筑是"人事"之一种，是"人"的象征，人的力量智慧的表现。在我们看来，人的力量智慧肯定性地实现于天宇空间之中，这称之为"自然的人化"，或曰"人的本质力量的对象化"，这就是美，建筑文化也就是这样的美的一种。在古人看来，尽管建筑物在人地上的屹立本身，是一种清醒的现实存在的美，然而，由于他们认为天宇是带有神性的，故与天宇起源于同时的建筑也是同样令人深感神秘的。这实际上是人对自身本质力量的一种有趣的崇拜现象，或者可以看作是人的拜天意识向建筑文化起源观念的一种辐射。

自从东方大地上有了建筑，建筑给人遮风避雨、御寒抗暑、将毒虫猛兽挡在墙外，尤其在观念上，可将有害之神灵驱逐出去，使人深感生活的空前的"安全"。这种建筑的"奇异的功能"必然使我们的老祖宗惊讶不已。人们自己创造了"奇迹"，却不相信这种"奇迹"是自己创造的。于是便将这种具有"奇异功能"的建筑文化，归之于天帝的恩赐；在崇拜天帝之余，也对建筑加以崇拜。这就不难理解，本为建筑文化范畴的"**㐭**"字，何以会转义为"亨祭"之"亨"了。故古人曰："亯即**㐭**，献也。"②"亨，献也。"③"亯，祀也。"④"亯，象修在宽大台基上的一座'庑殿式'房屋形……亯的初意概指献祭品于这座巨大庄严的建筑。"⑤其底蕴于此可见一斑。

① 胡厚宣：《战后京津新获甲骨集》，上海群联出版社，1954，1046；刘鹗：《铁云藏龟》，抱残守缺斋石印本，清光绪二十九年，第152、153页。
② 段玉裁注：《说文解字注笺》卷五下，清光绪二十年刻本，第44页。
③ 郑玄：《周易郑注》卷五，湖海楼丛书本，第4页。
④ 王念孙：《广雅疏证》卷第五上，清嘉庆元年刻本，第196页。
⑤ 康殷：《文字源流浅说》，荣宝斋，1979，第319页。

同样，卜辞中"家"字，也透露了个中消息。家，卜辞写作"🏠"或"🏠"。[①]"居也，从宀。"故"家"即人之安居之处，"家"与建筑攸关。自从有了建筑，人才开始在地球上有了自己的"家"。虽历史上建筑文化的起源，远远早于人类的定居生活，但建筑一旦起源，则意味着人类的生活开始趋向于定居。

最原始的建筑，无疑具有"家"的功能。但这功能是复杂的。悠古时代之"家"，与后世家庭之"家"相比，则是有区别的。《周易》："九五，王假有家，勿恤。吉。"[②]这里，假，格；格，来、进之义。故假，有至、到达的意思。恤，忧。依易理，"九五"，性刚健、中正，在正位。"九五"之位象征王者。故"家人"卦（卦象为☲）的这一"九五"之爻是说，处于"九五"之位的"王"到达"家"，是吉利无忧之事。这是社会已经进入"人王"时代人们所理解的"家"，其实就是指后世所谓坛庙一类的建筑。"王假有家"，与《礼祀·祭统》与《周易》"萃"、"涣"两卦所谓"王假有庙"的意思相同。

由此可见，后代中国的坛庙建筑，比如明清北京的天坛，其历史渊源，就是《周易》所谓"王假有家"的"家"。这"家"专用于祭天或藏神主而无供人居住的意义。

然而这种后来发展为坛庙建筑的"家"，还不是最原始的中国古代建筑文化。最早的"家"，是祀火的地方。火的发明与利用，曾经给古代中国文化带来了一个巨大的历史性进步。而在古人生活中，保存火种使其常燃不熄是为头等大事，并且也最烦人。可是一旦发明了建筑，将火种引到"家"里来保存，就容易多了。因而，古人不仅拜火，而且连与火有关的建筑也一并加以崇拜了。前文说过，卜辞中"亯"（🏠）有"亨祭"之义，古文字家朱芳圃氏释"亯"为"烹饪器也。上象盖，中象颈，下象鼓腹圜底"，此说固然可待商榷，但先民有拜火观念，这一点却也指得明了。"先民迷信鬼神，每食必祭，食物熟后，先荐鬼神，然后自食，故引申有进献及祭祀之义。"[③]缺憾在于，此说并未将崇拜火与崇拜建筑联系起来。李镜池说："九五之家，不是家庭的家，而是藏神主的地

---

①　罗振玉编：《殷虚书契前编》1933年，珂罗版影印拓本，4、15、4；前7、38、1。

②　郑玄：《周易郑注》卷四，湖海楼丛书本，第6页。

③　朱芳圃：《殷周文字释丛》，中华书局，1962，第92—93页。

方。"此"与萃、涣两卦辞'王假有庙'同类。家、室、宗、庙等建筑物，起初是构建起来用以祀火的。在原始人同自然作斗争中所取得的巨大成就，是火的发现……火种不能在露天地方，要放在家里来保存，也在家里祭祀它，以后家室宗庙等就成为放神主之所，也就是拜神的地方。"①此说将拜火与建筑联系起来了，但没有说明那建筑是否由于具有存火的功能而成为崇拜的对象。其实，在笔者看来，这是不成问题的。但看北京天坛，在明清时代因具有拜天的功能意义，不是连其一砖一石都是神圣的吗？后世尚且如此，在社会生产力更为低下的远古时代，因浓重的拜天意识，人们就更可能将"家"看成神圣的了。所以在古代，崇拜火、天与建筑，常是三位一体的。《礼记》云"祭帝于郊，所以定天位也。"②"燔柴于泰坛，祭天也。"③这里，帝，即具有神性的"天"，泰，太，通大，泰坛即大坛，泰坛即具有祭天功能的建筑；燔柴，以柴举火，此火下在于坛，上袅于"天"，也是具有神性之物，它沟通了建筑与"天"的联系。而泰，依《周易·泰卦》，有亨通泰平之义。泰卦卦象为☷☰，内卦☰为乾，外卦☷为坤，合泰卦为乾下坤上。乾为天，坤为地，建筑介于上下天地之际，可谓"亨通泰平"。且"亨通"之"亨"，依前文之解，"祭"也。"祭"者，必具崇拜之义。因此的确，火、天、建筑三者之共性在于崇拜（祭）。因"祭"而"通"，故曰"亨通"。这雄辩地暗示了，古人崇拜天帝与中国古代建筑文化起源观念的一致性。

《周易》之"大壮"卦，也说明了这一点。此卦系辞称："上古穴居而野处，后世圣人，易之以宫室，上栋卜宇，以待风雨，盖取诸大壮。"④这是说，上古时代没有建筑时，先民只得冬天住在自然山洞里，夏天露宿野外。后来圣人以建筑改变了这种状况。那建筑物的基本形制是，柱子直立向上，屋宇下垂，具有避风市的功能，这是取法于大壮卦。而大壮卦之卦象为☳☰，有一种解释，称其下方四个阳爻，像柱子与墙，上方二个阴爻，像铺在椽檐上的茅草，另一种解释为内卦像台基，外卦为具有门户窗牖的房屋。这里，暂且不管何种

---

① 李镜池：《周易探源》，中华书局，1978，第224页。

② 汤道衡：《礼记纂注》卷之九，明刻本，第13页。

③ 汤道衡：《礼记纂注》卷之二十二，明刻本，第1页。

④ 郑玄：《周易郑注》卷八，湖海楼丛书本，第3页。

解说更有道理。依易理，内卦☰为乾，乾者，健，坚固之意；外卦☳为震，为雷。总之，天上雷雨交加，下有坚固的房屋，人就足以避风雨了，真可谓"大壮"之象了。"象曰：大壮，大者壮也。刚以动，故壮。"[1] "象曰：雷在天上，大壮。"[2] 依我们现在理解，上古从无建筑到建筑物屹立于天地之际，不畏雷震，躲避风雨，确为壮观，这建筑文化的美，就是一种"大壮"之美。然而，在《周易·传》成书年代及其以前，这"大壮"之美，却被具有浓厚崇拜天帝意识的古人，看成为"圣人"承天而为（关于"圣人"与中国古代建筑文化起源观念的关系，详后）的结果，或者说，是天帝假"圣人"而为的产物。古人心目中的"大壮"之美，实际上是一种渗透着崇拜天帝与建筑之观念的"美"，我们不能忽视以下这一点，尽管《周易古经》不乏历史、哲学、美学与艺术等清醒的现实内容，因此尽可将它作为中国古代的历史文化来研究。然而，这部书本质上是一部占筮之书，其六十四卦，时时处处无不渗融着一定的崇拜意识，此大壮卦亦不例外。《周易·大壮》确未涉及到建筑的起源观念，却由于其本身的"占筮"（崇拜）意识（这"占筮"无非就是"问天筮地"而已），才有后儒的系辞传、借建筑文化之起源以发明这种崇拜意识。可见，在古人心目中，中国古代建筑文化之起源观念，实际上是对"天"之崇拜在起源问题上的表现。

正因在中国古代建筑文化起源观念上，崇拜天帝与建筑是古人的一种顽强的历史意识，才有比如殷商时代，商统治者频频迁都的历史行为。现在我们读《尚书》，那商王动员老百姓迁都的声嘶力竭的叫喊，音犹在耳："明德朕言，无荒失朕命。"（译文："大家要用心听我讲话，不许怠慢我的命令！"）为什么呢？因为，"殷降大虐，先王不怀厥攸作，视民利用迁"[3]（译文："从前上天降大灾给殷国，先王也不敢留恋旧都，就根据人民的利益而迁都。"），说是迁都为老百姓的利益，实际上是对天帝意志的恐惧。"今我民用荡析离居，罔有定极。尔谓朕曷震动万民以迁？肆上帝将复我高祖之德，乱越我家。朕及笃敬，恭承民命，

---

① 郑玄：《周易郑注》卷四，湖海楼丛书本，第4页。

② 同上。

③ 孔安国传，（唐）陆德明音义：《尚书》卷五，相台岳氏家塾本，第4页。（译文引自中国科学院哲学研究所中国哲学史研究室编：《中国哲学史资料选集》，中华书局，1984。下同）

用永地于新邑。肆予冲人，非废厥谋，吊由灵各，非敢违卜，用宏兹贲。"①（译文："现在我们的人民，因为受到水灾，四处逃散，没有可以安居的地方。你们说，我为什么要惊动上千上万的人民迁都呢？你们要知道：上帝降下来这样的大灾，原是叫我们迁到新邑，恢复高祖的事业，这就是上帝要兴隆我们的国家。我是很诚恳很小心地顺着上帝的命令去办事，我很尽心去拯救人民，叫人民永远住在这个新邑。我并不是不听从大家的打算，因为意见不同，总要采用好的。如今从占卜中也已经得到吉兆，谁也不敢违背占卜去办事，因此，我们就要完成这次迁都的大事业。"）

说过崇拜天帝与中国古代建筑文化起源观念之后，再来简略地谈谈崇拜地神与起源观念之关系，也许是不无裨益的。

对于中国古老的农业文明而言，除了天时，土地是它的命脉。因而自古祭祀地神之风一向很盛，崇拜地神实乃农业文化之一部分。"地载万物者，释地所以得神之由也。"②东方大地广大无边，负载万物，万物葱茏，皆赖地以生，因而人们对土地，实在是很感谢的。又，大地亦常常降灾祸于人，江河横溢，山摇地动，泥石奔流，甚或火山爆发，人则死于非命，故人们对大地又时时惧怕。既感激，又恐惧，由此引起了对大地的崇拜。崇拜就是客观对象被神化，主观自我的异化与迷失，一旦崇拜便献祭。人自己创造了"地神"，又折服于"地神"脚下，受其摆布，这实在是一出历史的不可避免的悲剧。

那么，这种拜地观念与中国古代建筑文化起源的关系，又当如何？

"是故，易有大极，是生两仪，两仪生四象，四象生八卦，八卦定吉凶，吉凶生大业。"③这里，"大极"即太极，为阴阳未分，天地混沌状态，是古人心目中宇宙的本根，宇宙万物由此创始。"生生之谓易"，易者，变易、简易、不易，故"大极"是一运动变易的宇宙本体，使阴阳分离，形成天地，这就是"两仪"。仪，仪容之意，天地就是"大极"的分化现象。天地一旦形成，便有春秋代序、夏冬交替，这便是"春夏秋冬"。"四象"即四时；或"四象"指

① 孔安国传，陆德明音义：《尚书》卷五，相台岳氏家塾本，第11页。

② 孔颖达，阮元：《礼记注疏》卷二十五，软刻本，第585页。

③ 郑玄：《周易郑注》卷七，湖海楼丛书本，第8页。

金、木、水、火。扩而之谓"八卦","八卦"指天地水火风雷山泽八种自然之物。其实,"八卦"之变,是涵盖宇宙万物的,这种涵盖范围,当然也包括人事活动。在古人看来,"大极"的这种变化"规律"是任何人所不可违逆的,人的命运"吉凶"系于易理,系于太极,系于天地,故凡欲成"大业"者,应顺应易理,不违天命地运,趋吉避凶才是。

这里,反映出来的对易、太极、天地之类的崇拜观念是非常浓烈的。

这里,既然认为太极是宇宙万物之本根,天地为太极所生,那么,太极亦便是建筑之本根了。而且,所谓建筑,不就是象法自然宇宙、立于天地之际的那种人为的小"天地"嘛?因而,对天地的崇拜,必然波及对建筑起源的崇拜。因而,除了拜天,必须拜地。虽然古人认为,天尊地卑,但处于卑位的地比之于人,实在还是很崇高的,"地者,万物之母也!"惟显得人之渺小。

渺小的人拜倒于地,这就是所谓"社"。"社,所以神地之道也。地载万物;天垂象,取材于地,取法于天,是以尊天而亲地也。故教民美报焉。"①社,就是"亲地",就是"美报"。"社"还有另一解,指土地之神。"共工氏有子曰勾龙,为后土……后土为社。"此之谓也。社从示(读qí)同"祇",也是地神的意思。古籍所谓"大宗伯之职,掌建邦之天神、人鬼、地示之礼"②的"示"指的就是地神。对地神加以崇拜,就是"社"之第一解,故《礼记》又说"社祭土"。③

祭祀土地神,必须相地以建,要有一定的形式,这形式就是建筑。故"社"还有第三解,远古指祭祀地神之所,后世发展为社庙、社稷坛之类。这就是古籍所谓"伐鼓于社"④、"王者封五色土为社,建诸侯,则各割其方色土与之,使立社"⑤之"社"。"社"的重要性,不亚于祭天的"坛"以及下文将要论述的"祖庙"。社稷为立国之本与政权的标志。"人非土不立,非谷不食……故封土立社,示有土也;稷,五谷之长,故立稷而祭之。"历代封建王朝必先立社稷坛墠,然后自安;灭人之国,必废弃被灭国的社稷坛墠,然后自得。

---

① 汤道衡:《礼记纂注》卷之十一,明刻本,第6页。
② 郑玄:《周礼》卷五,明覆元岳氏刻本,第10页。
③ 孔颖达,阮元:《礼记注疏》卷二十五,阮刻本,第585页。
④ 孔颖达,阮元:《左传注疏》卷十,阮刻本,第211页。
⑤ 孔安国传,陆德明音义:《尚书》卷第三,相台岳氏家塾本,第3页。

"社"之三解，说明中国古代建筑文化美学思想上的一个问题，即拜地观念（地神观）、拜地对象（地神）、拜地之所（建筑），是三位一体的。拜地观念的产生，是与建筑文化的起源观念联系在一起的。由此可以想见，在远古时期，正是这种拜地观与拜地的心理需求，刺激了拜地之所的建造。我们的祖先是很讲实际的人，建筑的起源是从企图解决人的居住问题开始的，这就是说，建筑起源于实用。但是，那种求其实用的目的，在远古并非容易实现，于是便祈求神的佑助，祈天拜地，以便实现这一目的。因此，从"社"的起源（还有"坛"的起源，见前）大致可以联系建筑文化的起源。这种起源，似乎是受了崇拜地神（或天帝）观念的刺激，由此得出中国古代建筑文化起源于崇拜天地的初步结论。然而本质上，说建筑文化起源于崇拜，实际上是建筑文化起源于实用的另一种理论表述。因为，古人所以那样艰苦卓绝地发明建筑，讨好神灵，其目的仍在企望从天神地祇那里谋得实际好处，仅仅那种求其实用的愿望，只能在观念中"实现"罢了。

总之，炎黄祖先对天地的崇拜，在中国古代建筑文化起源观念上打下了深刻的精神烙印，后世出现的诸多建筑文化现象，往往可从上古对天地的崇拜得到解释。比如，关于人牲祭现象，在殷墟文化中比比皆是。如殷墟第三期建筑遗址，"有一个'奠基墓'，埋小孩1；有'置础墓'9，埋人1，牛33，羊101，狗78。""乙七基址，埋有人1，牛10、羊6、狗20；七个'安门墓'，埋有人18、狗2、人或持戈执盾，或伴葬刀、棍之类。"[1]夯土台基的建造，"经常用人'奠基'。一般是在台基上挖一个长方形竖穴，把人用席子卷好，填入穴内，再行夯实"。[2]《诗经》和《史记》也有记载，秦穆公死而建陵，殉葬者凡一百七十七人，其中包括奄息、仲行与𫘫虎子等三大贤人。[3]而近期发掘的西安秦公大墓，虽然建造年代较穆公墓为晚，但殉人竟达一百八十二。

关于这种建筑文化现象，历史学家们曾经争论不休，他们以有无殉葬及殉人之多寡作为划定历史分期的一个重要立论依据；社会学家从政治角度，愤愤

① 邹衡：《夏商周考古学论文集》，文物出版社，1980，第79—80页。

② 中国社会科学院考古研究所编：《新中国的考古发现和研究》，文物出版社，1984，第225页。

③ 按：《诗·黄鸟》："彼苍者天，歼我良人！如可赎兮，人百其身。""良人飞即指奄息，仲行，𫘫虎子三大贤人。

谴责当时统治者的残暴无道，这都无可厚非。但若从中国古代建筑文化起源观念看，这是天地崇拜（尤其是地神崇拜）在古代营事活动中的反映。

《礼记·郊特牲》云："以天之高，故燔柴于坛；以地之深，故瘗埋于坎。"又云："天神在上，非燔柴，不足以达之。地示在下，非瘗埋不足以达之。"原始祭地神之祭典，是将祭品或人血、牲血浇洒于地，现当代以酒洒地、将骨灰洒在江河大地，实是远古祭地之法的发展。故所谓"以血祭祭社稷"①。实是对地神最隆重的祭典。这就不难理解，古代中国建房造墓，何以要殉牲甚至殉人了。其建筑文化的美学意义在于，人们既然对天，尤其是大地之神佩服得五体投地，那么，在神面前献出鲜血与生命，也是在所不辞的。因此，以有无殉人现象及殉人之多少去推断某一历史阶段是奴隶社会抑或封建社会，此未必持之有据。殉人的房主或墓主，未必人人残暴无道。而被殉者也并非个个都是冤魂，他们之中，也肯定有不少是含笑于九泉的。这雄辩地说明，在古代中国，那种与建筑文化起源观念相关的天地崇拜，是被当作审美来追求的，这种崇拜，实在是一种虚假的审美，异化了的审美，是真正的历史的残酷。

第二节　祖宗崇拜与建筑文化起源观念

在炎黄古代，关于建筑文化之起源，除了归之于天地，还有归之于祖宗的。

本来，任何民族建筑文化的起源，都是该民族最远古时代人们的创造，都是人类祖先的光辉业绩。而中华民族的建筑文化起源观念，倒也别具一格，它是与中华民族自古以来的祖宗崇拜观念密切联系在一起的。

这里，且让我们先来看看一些中国古籍怎样谈论建筑文化之起源。

> 古者人之始生，未有宫室之时，因陵丘堀穴而处焉。圣王虑之，以为堀穴，曰冬可以辟风寒，逮夏，下润湿，上熏烝，恐伤民之气，于是作为宫室而利。②

---

① 郑玄注:《周礼》卷十八，明覆元岳氏刻本，第1页。
② 毕沅疏:《墨子》卷之六，毕氏灵岩山馆刊本，第13页。

古之民未知为宫室时，就陵阜而居，穴而处，下润伤民。故圣王作为宫室，为宫室之法，曰：室高足以辟润湿，边足以围风寒，上足以待雨雪霜露。①

上古穴居而野处，后世圣人易之以宫室，上栋下宇，以待风雨。②

上古之世，人民少而禽兽众，人民不胜禽兽虫蛇，有圣人作，构木为巢，以辟群害，而民悦之，使王天下，号曰"有巢"。③

古者民泽处复穴，冬日则不胜霜雪雾露，夏日则不胜暑蛰蚊虻。圣人乃作，为之筑土构木，以为宫室，上栋下宇，以蔽风雨，以避寒暑，而百姓安之。④

这里所记，难免挂一漏万。然说到中国古代建筑文化之起源，种种古籍记载，却是异口同声，都说是古代"圣人"、"圣王"的创造。

那么，这些"圣人"、"圣王"具体又指哪些创造者呢？

《白虎通》云：黄帝作宫室。⑤

有巢氏教人巢居。《易》曰："上古穴居而野处，后世圣人易之以宫室，上栋下宇，以待风雨"，谓黄帝也。《黄帝内传》曰：帝（即黄帝）斩蚩尤，因建宫室。《穆天子传》曰：登昆仑观黄帝宫室。《白虎通》曰：黄帝作宫室以避寒暑。此宫室之始也。⑥

《尔雅》曰：宫谓之室。《风俗通》曰：室其外也，宫其内也。盖自黄帝始。⑦

堂，当也。当正向阳之屋。又堂，明也。言明礼义之所。《管子》曰：

① 毕沅疏：《墨子》卷之一，毕氏灵岩山馆刊本，第19页。

② 郑玄：《周易郑注》卷八，湖海楼丛书本，第3页。

③ 顾广圻：《韩非子》卷之十九，乾道本景刊，第1页。

④ 武亿：《经读考异》卷四《礼记》，清乾隆五十四年小石山房刻本，第1页。

⑤ 郑樵：《尔雅郑注》卷中，元刻本，第1页。

⑥ 高承：《事物纪原》卷八，四库全书本，第41页。

⑦ 同上书，第42页。

轩辕有明堂之议，春秋因事曰：轩辕氏始有堂室栋宇，则堂之名，肇自黄帝也。①

《尔雅》曰：观四方高曰台，有木曰榭。《山海经》曰：沃民之国，有轩辕台。《黄帝内传》曰：帝斩蚩尤，因之立台榭，此盖其始也。"②

《皇图要纪》曰：轩辕造门户。③

又：

《说文》曰，瓦，土器也。烧者之总名也。《礼记》曰：后圣修火之利，范金合土，此瓦之始也。《周书》曰：神农氏作瓦器。④

《古史考》曰：夏后氏昆吾氏作瓦。⑤

《古史考》曰：夏世乌曹氏始作瓴。⑥

《世本》曰：尧使禹作宫室。⑦

舜作室，筑墙茨屋，辟地树谷，令民皆知去岩穴，各有家室。⑧

凡此种种，不一而足，还可举出许多。

以上关于中国古代建筑文化起源的说法，所出时代有异，内容却大同小异，都将发明建筑文化的"历史功绩"，归于黄帝、神农、后土、夏禹之类。虽则种种传说，前后不无牴牾，张冠可以李戴，从纯史学角度看，往往经不住史实的检验，它们或出于先秦诸子之手，许多却是后儒悬拟，自然未可尽信。但是，从中国古代建筑文化角度看，这些连篇累牍的记载，喋喋不休的说教，看来是

---

① 高承：《事物纪原》卷八，第42—43页。
② 同上书，第43页。
③ 同上书，第49页。
④ 同上书，第52页。
⑤ 同上。
⑥ 同上书，第53页。
⑦ 同上书，第41页。
⑧ 刘安著、高诱注：《淮南子》卷十九，武进庄氏刊本，第305页。

必有所本。这"本"，便是强烈的祖宗崇拜观念，其中透露出来的民族文化意向、文化心理结构，其美学意义无疑是深刻的。

在所谓始创中国古代建筑文化所有有名的"圣王"中，威仪赫赫的黄帝地位极为重要。

黄帝，在古籍中是战国后期才被正式塑造而成的人化神，至汉才威名远播。但早在战国之前，关于黄帝的神迹传说，已有流传。黄帝成命百物，神通广大，不仅创造建筑文化，且为兵法、医学与道家之祖。司马迁写道："黄帝者，少典之子，姓公孙，名曰轩辕。生而神灵，弱而能言，幼而徇齐，长而敦敏，成而聪明。"①虽是历史学家笔下的形象，似乎早已颇具神性。这位太史公还根据其前代传说，说："轩辕之时，神农氏世衰。诸侯相侵伐，暴虐百姓，而神农氏弗能征。于是轩辕乃习用干戈，以征不享，诸侯咸来宾从。"②又称，黄帝与炎帝三战于阪泉之野，又与蚩尤战于涿鹿之野，擒杀之，于是便天下太平。其战功卓著，德政昭天，口碑尤佳。历史发展到汉代，黄帝成了汉族的一个始祖神，这是适应了汉代民族大融合的历史要求。汉以黄帝为祖，黄帝成了民族大融合的象征。所谓三皇五帝的古史体系，也需要这样一位共同的祖神。

于是，夏、商、周每一朝代的统治者，都被敷衍为黄帝的后裔，都与这位始祖有了血缘联系。所谓："祭法有虞氏禘，黄帝而郊鲧，祖颛顼而宗禹；殷人帝喾而郊冥，祖契而宗汤；周人帝喾而郊稷，祖父王而宗武王。"③就反映了这种联系。这里，禘，祭。郊，本义为城外。古代祭天必燔柴，在郊外，称郊祭、郊祀、郊社。故郊，可引申为祭祀。鲧相传为黄帝曾孙。祖，祖先、祖庙之谓也，亦有祭祖之义。颛顼，古帝名，五帝之一，相传亦为黄帝之孙；宗，原指祖庙，可引申为尊崇。禹，鲧之子。喾，相传亦为黄帝之曾孙。契，喾之子。汤，成汤。稷，后稷，喾之子。文王、武王，后稷之后代。这样，黄帝就成了后代人王所共同尊奉崇拜的祖神了。

实际上，尽管人各有祖、族各有祖，偌大东方古国，却肯定不会仅以黄帝

---

① 司马迁著，裴骃集解，司马贞补：《史记》卷一，武英殿本，第37—38页。
② 同上书，第38页。
③ 汤道衡：《礼记纂注》卷之二十二，明刻本，第1页。

为同一祖先。并且，当时人们所以尊称汉族之祖神为黄帝，其实不过是历史上流行的阴阳五行观在祖宗崇拜观念中的反映。

所谓阴阳五行观（亦称五德终始说），实发韧于战国齐人邹衍（公元前305—前240）之说。邹衍将《尚书·洪范》中的水、火、木、金、土构成世界万物的五行说，改造成唯心主义的天人感应与天道循环论。天道如何循环发展？按"五行终始"即"五德终始""规律"进行。此之所谓"水胜火、火胜金、金胜木、木胜土、土胜水"的"五行相胜"律。并且认为，朝代的更迭也必依"五行终始"这一"规律"，这便是"天人感应"了。黄帝所以必为汉之始祖，实天之"必然"。《吕氏春秋》说：

> 黄帝之时，天先见大螾大蝼。黄帝曰：土气胜。土气胜，故其色尚黄，其事则土。及禹之时，天先见草木秋冬不杀。禹曰：木气胜。木气胜，故其色尚青，其事则木。及汤之时，天先见金刃生于水。汤曰：金气胜。金气胜，故其色尚白，其事则金。及文王之时，天先见火，赤乌衔丹书集于周社。文王曰：火气胜。火气胜，故其色尚赤，其事则火。代火者必将水，天且先见水气胜。水气胜，故其色尚黑，其事则水。水气至而不知数备，将徙于土。[①]

这就是说，秦为水德，色属黑，秦所以代替周而立于天下，盖"水胜火"之故也；周为火德，色属赤，周所以代替殷商而立朝，盖"火胜金"之故也；殷商为金德，色属白，殷所以灭夏而王被华夏，又"金胜木"之谓也；夏为木德，色属青。那么，夏以前应是什么时代呢？根据"五行终始"，既然"土胜木"，那么，夏以前的时代应属木德，色属黄，其祖宗神当然该称黄帝了。又，汉在秦后，汉灭秦而立朝，这便应了"土胜水"的"天道"，土必胜于水，故汉必代秦以自立。汉者，土德，恰与上古亦属土德的黄帝时代相合。因而，历史上以各民族融合为汉族的汉代，便"理直气壮"地追认黄帝为其始祖了。司马迁所谓："秦始皇既并天下而帝，或曰：'黄帝得土德，黄龙地螾见。夏得木德。'

---

① 高诱注、毕沅校：《吕氏春秋》卷十三，毕氏灵岩山馆刊本，第140页。

青龙止于郊，草木畅茂。殷得金德，银自山溢。周得火德，有赤乌之符。今秦变周，水德之时。"①应说的也就是这个意思。

自然，这种"五行终始"说，只是历史上阴阳五行家对历史更迭现象的一种唯心主义的解说，即使在唯心主义历史观的范畴内，也是难以自圆其说的。假设黄帝确为土德，按"五行终始"，"水胜土"也。照此推理，在黄帝时代以前，还应当有一个"水德"时代，水色属黑，故倘若这个"水德"时代也有"帝制"的话，则岂不是我们中华民族的始祖不是黄帝，而是什么"黑帝"了嘛？而且，一直上溯推论下去，按"五行终始"实在是没完没了的，中华民族的老祖宗，究为何"帝"？实在也说不清了。因此，中华民族源自"黄帝"说，其确凿的科学史学价值，实在也微。黄帝者，只是一个半人半神角色，并非实有其人，只是一个被神化虚构的中华民族精神上的始祖形象，所谓"百家言黄帝，其文不雅驯"②是也，这说明，即使是为黄帝作"本纪"的太史公司马迁，亦已疑该古史之未可尽信。

因此，所谓黄帝始建宫室（建筑）云云，当然是无可考定的。

但是，值得注意的是，"古史缅邈，中经改篡。发明制作者众矣，而多归美于轩辕。"③何也？

概而言之，这是中华民族强烈的崇祖观念在"作怪"。这里，我们且不谈古老的华夏比之世界上其他古老民族，比如古埃及、巴比伦、古印度究竟有多么不同。总之，崇拜祖先，是古代中国人的一个历史嗜好。自古以来，士大夫们的人生埋想便是荣宗耀祖。家有家谱，族有族谱，大家族家谱与族谱之所记，离不开"祖宗功德"四字。谁的老祖宗在历史上有点小名气或大名气，其子遗便觉脸上光彩。掐指一算，孔夫子"去"了2 500年了，而生于当代的孔氏七十几代孙，似乎还让人肃然起敬。老一辈的什么"家"在前有功，某氏后代干起坏事来便能有恃无恐。依仗门第、仰望门第，成了自古以来阻碍历史进步的一大顽疾。其实，父是父，子是子，祖宗是祖宗，后裔是后裔，除了血缘联系，其余应当两不相干。中国古代甚至现代的人生悲喜剧往往走了两个极端，或者

① 司马迁著，裴骃集解，司马贞补：《史记》卷二十八，武英殿本，第890页。
② 司马迁著，裴骃集解，司马贞补：《史记》卷一，武英殿本，第60页。
③ 王献唐：《炎黄氏族文化考》，齐鲁书社，1985，第1页。

鸡犬升天，或者株连九族。这都是祖宗崇拜在历史舞台上所演出的真正的历史悲剧。"族者，凑也，聚也。谓恩爱相依凑也。生相亲爱，死相哀痛，有会聚之道，故谓之族。"[①] "古无所谓国与家也"，国就是家，家者，血族之团体也，故"人类之抟结，族而已矣"[②]。族与家之祖宗崇拜，固然某种意义上有利于加强自古以来的民族向心力、团聚力，却使后来者想要举步前赴之时，不免每每回过头去看一看老祖宗的脸色。"天不变，道亦不变，祖宗之法不可变。"祖宗被神化了，是最高的权威，祖宗之遗说，"一句顶一万句"，成了中华民族的灵魂、精神支柱与评判人事是非的标准尺度。这便是古代东方亦可以说直至今天纠缠了人们头脑几千年的宗法观念，是深入人心骨髓的一种社会意识形态、一种民族的文化心理。

中国古代建筑文化以黄帝为宫室（建筑）之始祖，并非偶然，这是祖宗崇拜、宗法观念的表现。吕思勉说得好：

> 盖古代社会，抟结之范围甚隘。生活所资，惟是一族之人，互相依赖。立身之道，以及智识技艺，亦惟恃族中长老，为之牖启。故与并世之人，关系多疏，而报本追远之情转切。一切丰功伟绩，皆以傅着本族先世之酋豪。而其人遂若介乎神与人之间。以情谊论，先世之酋豪，固应保佑我；以能力论，先世之酋豪，亦必能保佑我矣。凡氏族社会，必有其所崇拜之祖先。以此，我国民尊祖之念，及其崇古之情，其根荄，实皆植于此时者也。[③]

帝作为"先世之酋豪"，并非实为建筑文化之始祖，而是在中华民族的传统文化——心理结构上，需要这样一位"酋豪"以宣泄"报本追远之情"的缘故。

同时，黄帝所以成了崇拜观念中的中国古代建筑文化的"始祖"，还与古代所谓五方观念攸关。

---

① 班固：《白虎通德论》卷八，元大德覆宋监刊本，第6页。
② 吕思勉：《中国制度史》，上海教育出版社，1985，第378页。
③ 吕思勉：《先秦学术概论》，中国大百科全书，1985，第5—6页。

所谓五方观念，实起于先民的社会生产、生活实践，是自我意识在一定空间领域中的表现。先民必以其自身所在之处为中，由此认识到其前后左右四个方位。故先民最初的空间观念必将其生存活动的空间划为这样前后左右中五个方面。从中出发，以中为基点，向四处眺望、开拓与进取。这种空间观念，接着便发展为东西南北中的五方观念，它既是地理观念，又是带有荒忽怪异色彩的天地崇拜观念。

在《山海经》中，这种关于东西南北中的空间观念是很明确的。刘秀《上山海经表》称，《山海经》一书，"内别五方之山，外分八方之海。"其"山"、"海"地域之划分，是以"中"为"座标系"的，故《山海经》之"山经"部分有"中山"经之说。

那么，此"五方"中的"中"，与其余东西南北"四方"比较，有些什么不同呢？

屈原《招魂》篇这样描绘：

> 魂兮归来，东方不可以讬些，长人千仞，惟魂是索些。
> 南方不可以止些……蝮蛇蓁蓁，封狐千里些。
> 西方之害，流沙千里些。
> 北方不可以止些，增冰峨峨，飞雪千里些。
> 君无上天些，虎豹九关，啄害下人些。
> 君无下此幽都些，土伯九约，其角觺觺些。
> 天地四方，多贼奸些。[1]

那么怎么办呢？

> 魂兮归来，反（返）故居些！[2]

---

[1] 朱熹：《楚辞集注》卷第七，明刊本，第215页。

[2] 同上书，第4页。

何为"故居"？建筑也。这里"高堂邃宇，槛层轩些。层台累榭，临高山些。"是一个令人十分安适的建筑空间环境。这空间环境，就是人化的自然区域，人之所在的"中"。

"中者家也"，关于这一点，我们在第一章中早已分析。而在此"五方"中，黄帝就是"中"之"主"。

依有关古籍，黄帝或为"三皇"之一，或为"五帝"之一，这里暂且不论。反正，黄帝是居"中"而"制四方"的。

> 东方，木也，其帝太皞，其佐句芒，执规而治春，其神为岁星，其兽苍龙，其音角，其日甲乙。南方，火也，其帝炎帝，其佐朱明，执衡而治夏，其神为荧惑，其兽朱鸟，其音徵，其日丙丁。……西方，金也，其帝少皞，其佐蓐收，执矩而治秋，其神为太白，其兽白虎，其音商，其日庚辛。北方，水也，其帝颛顼，其佐玄冥，执权而治冬，其神为辰星，其兽玄武，其音羽，其日壬癸。[1]

> 中央，土也，其帝黄帝，其佐后土，执绳而制四方，其神为镇星，其兽黄龙，其音宫，其日戊己。[2]

显然，黄帝居"中"，"天命"所归。"中"既为"家"，"家"即建筑。并且，既然黄帝是中华民族的最古老的老祖宗，那么，发明中国古代建筑文化的，当然非黄帝莫属了。这是以祖宗崇拜为主，集祖宗崇拜、天地崇拜与五方观念于一炉的建筑文化起源观。这种中国古代建筑文化起源观念，给中国古代建筑文化的发展带来了深刻的历史影响。首先，中国古代非常重视宗庙建筑。"君子将营宫室，宗庙为先，厩库为次，居室为后。"[3]春秋以前，王家、贵族进行营事活动，是将宫殿与宗庙看得同样重要的。

---

[1] 刘安著，高诱注，庄逵吉校：《淮南子》卷三，武进庄氏刊本，第41页。

[2] 同上。

[3] 汤道衡：《礼记纂注》卷之二，明刻本，第3页。

但在礼制上，宗庙的地位更重于朝廷。宗庙除了用作祭祖和宗族行礼的处所以外，更作为政治上举行重要典礼和宣布决策的地方。朝礼、聘礼和对臣下的策命礼等，都必须在宗庙举行。君主有军政大事，都必须到宗庙向祖先请示报告，出兵作战也要到宗庙作出决定，授予战士兵器的"授兵礼"也要在宗庙举行，战胜后的"献俘礼"也常在宗庙进行。①

何以如此？因宗庙乃供奉祖宗神之重地。秦皇汉武、唐宗宋祖，雄才大略，不可一世，他们的膝盖是天生不能弯曲的，然而在宗庙（除此还有在祭天地之时）里，也会诚惶诚恐地作跪拜礼，"早请示，晚汇报"，一切重大政事，虽然必"万岁"一人说了算，却还要装模作样地借祖宗之威权以号令天下，这实在是古代东方不可多得的一大奇观。

其次，"宗者，尊也。为先祖主者，宗人之所尊也。"②"宗，尊祖庙也。"③以祖宗崇拜为建筑文化主题的宗庙建筑，是以家庭为基本社会细胞的封建宗法社会的精神象征。"宗"，从"宀"，显然是古代大屋顶建筑的象形，"示"之原义关乎生殖，可理解为被神化了的祖宗。"宗"，既与建筑有关，且指居住、福佑于"中"的被神化了的祖先。故祖宗，天卜每一家的一家之"主"。这种"与家族形态及家庭生活方式有密切关联的房屋建筑，提供了一种从野蛮时代到文明时代的进步上相当完整的例解"④。然而，这种以尊祖为崇拜观念的"家天下"的社会结构，几千年来在人们心上筑起了壁垒森严的道道高墙，使人心内向，不思向外，惟"中"为"高"，惟"宗"是命，形成了以清代程瑶田《宗法小记》所谓的东方宗法制度，以"家"为基本社会单位，自给自足，自生自灭，本能地从事农桑，排斥商贸，使中国封建社会得以超稳定地延续，所谓"别子为祖，继别为宗"，"百世不迁"。⑤

① 杨宽：《中国古代陵寝制度史研究》，上海人民出版社，1985，第32页。

② 班固：《白虎通德论》卷八，元大德覆宋监刊本，第5页。

③ 段玉裁注，徐灏笺：《说文解字注笺》卷七下，清光绪二十年刻本，第26页。

④ ［美］摩尔根著，杨东莼等译：《古代社会》第二册，商务印书馆，1971，第6页。

⑤ 汤道衡：《礼记纂注》卷之十五，明刻本，第2页。

同时，梁思成先生说："古者中原为产木之区，中国建筑结构既以木材为主，宫室之寿命固乃限于木质结构之未能耐久，但更深究其故，实缘于不着意于原物长存之观念。"①考中国古代建筑文化传统，从建筑材料角度看，以木为材，木结构确是渊远流长，一脉相承，这种建筑文化特色的延续而无以改变，以笔者之见，恰恰并非中华民族"不着意于原物长存之观念"，而是太"着意"于祖宗"长存之观念"的缘故。

建筑以木为主要材料有许多优点，加工方便、结构灵活，可塑性大，可使建筑形象质感熟软、偏于优美而使中华民族崇尚优美的审美情趣得到满足。缺点是木材易被损蚀，"未能耐久"。应当说，古人未必不了解木构建筑的这种致命伤。

但是，以木为材，木结构为老祖宗所创造，后人岂能动得？黄帝属土，土者，木之"母"也；木者，土之华也，土木焉能分离？倘若改土木遗制，岂非拿黄帝开刀？中国历来重人际伦理而不重自然物理，假如伦理物理两者不能兼得，怎么办呢？便宁舍物理而取伦理。以木为材、土木结构的建筑遗风所以延续数千年，因为它是与崇拜祖宗的伦理观念相联系之故。

还有，由于崇拜祖先，古代中国人将血缘关系看得过重。这种心理要求表现在建筑文化上，促成了群体组合的建筑空间序列的诞生、发展与持续。群体组合的出现自有其它许多原因，但以祖宗崇拜的家族制也不能不说为一大缘由。清代大学问家王国维认为：

> 我国家族之制古矣，一家之中，有父子，有兄弟，而父子兄弟又各有其匹偶焉。即就一男子言，而其贵者，有一妻焉，有若干妾焉。一家之人，断非一室所能容，而堂与房又非可居之地也。故穴居野处时，其情状余不敢知。其既为宫室也，必使一家之人，所居之室，相距至近，而后情足以相亲焉，功足以相助焉。然欲诸室相接，非四阿之屋不可。四阿者，四栋也。为四栋之屋，使其堂各向东西南北于外，则四堂后之四室，亦自向东

---

① 梁思成：《梁思成文集》第三卷，中国建筑工业出版社，1985，第11页。

西南北而凑于中庭矣。此置室最近之法，最利于用，而亦足以为观美。[①]

这里，无须多作诠释，其义自明。正因为古人强调以老祖宗为宗主的一族人的"相亲"伦理关系，促进了建筑的群体组合的形成。对于每个内部具有森严伦理秩序的大家族而言，团聚在一起是很重要的，因而惟有建筑的群体组合，才"最利于用"，在文化观念上，"亦足以为观美"。

---

① 王国维：《明堂庙寝通考》，《观堂集林（一）》卷三，海宁王氏本，1927，第130页。

第三章 模糊领域

在初步探讨了中国古代建筑文化的"空间意识"与"起源观念"两大问题之后，中国古代建筑文化关于建筑美的本质问题就显得尤为突出了。这是因为，任何建筑文化一旦起源，就是一种在时间延续中的物质性的空间存在，其空间性及空间意识与建筑美的本质关系是相当密切的。

什么是中国古代建筑美的本质？在未对其展开充分讨论之前，由于这一建筑文化学问题的复杂性，似乎不必也不能匆忙地对此下一个万无一失的定义。

但是可以肯定，中国古代建筑美的本质，是由中国古代建筑文化内部诸多因素所构成的矛盾运动及与其他事物的种种联系所决定的。为了力求对这一问题作出有益的理论探讨，先有必要对决定本质的"诸多因素"与"种种联系"加以初步考察。

在笔者看来，这些"诸多因素"与"种种联系"的动态结构，就是决定中国古代建筑美本质的一种"模糊领域"。

所谓"模糊"，本来只是自然科学——确切地说，只是一个数学范畴。当1965年，美国加州大学著名数学家查德（L.A.Zadeh）发表轰动国际数学界的数学论文《模糊集》时，人们对这一数学模糊论巨大的认识论意义始料未及。其实，这种模糊数学（也称弗晰数学），作为第三代之数学（第一代为经典数学、第二代为概率论与数理统计），不仅以大量的模糊现象作为数学研究对象，在人工智能、模式识别等多方面显示出无限活力，它成了研究许多界限不明、关系模糊的理论问题的一大十分有用的数学工具，一定程度上改变了人们传统的数学观念，而且，由于数学模糊论本有的哲学意蕴，"模糊"作为一个哲学范畴，丰富了传统认识论关于事物本质与量变的动态结构的概念。

倘若我们仅从认识论角度加以考察，所谓"模糊性"（Fuzziness），首先可理解为，客体对象处于动态变化中的某种性状与品质在同其他事物的动态关系中，缺乏明确、清晰的临界值。这就是说，任何事物的质的规定性，总是在与其他事物相互关联的"场"中得以确定的。如果某一事物与其他事物的相互关系非常复杂，并且处于动态变化之中，那么，这一事物的性状与品质，就可能带有模糊性。模糊性，是事物与事物之间处于渐变状态的一种动态的中介、过渡与连续性。并且正因如此，这种动态的中介、过渡与连续性，往往不易被实践主体所认识、所把握，所以，所谓"模糊性"，又是有待于被实践主体所认识、所把握的事物特殊的质的规定性。

中国古代建筑美的本质何在？一言以蔽之，就在决定这一本质的中国古代建筑文化一系列的模糊领域之中。

第一节 "中介"、"暧昧"与"灰"

中国古代建筑美，是由三大基本系统构成的：材料（结构）、环境与功能，它们统一于同一古代建筑文化的大系统之中。

材料系统：中国古代建筑用材的最大特色在于木材与泥土。这些材料都是东方大地自然的馈赠，也是古老的东方农业文化在建筑文化上灿烂的返照，或者说，它就是东方古代农业文化的一部分。

原始初民最初住在自然山洞或自然树荫下，这是世界上一切最悠古之人类的居住常式，炎黄祖先自无例外。后来，人们渐渐学会走出自然山洞，在山坡或平地挖掘半横向、横向或竖向洞穴，这是向大地要居住空间，其灵感当来自自然洞穴，但一般地舍弃了以山石为材的历史意向，而宁愿更多地、或者说不得不注目于泥土。这种对泥土的历史感情，首先是由炎黄祖先所赖以生存的大地所培养的。因为，当时人们所生存的黄河西部、北部流域，其黄土质地细密干结、水位较高、容易开掘、就地取材，没有必要弃近求远，而且舍此别无他途。同时，除了北地穴居以泥土为材之外，后代所谓南方"干阑"式建筑，实由远古之巢居发展而来。巢居，就是向地面附近的空中要居住空间，巢居必以木为材料而无疑。总之，中国古代建筑从其一起步，就与土木结下不解之缘，一为土穴，一为木巢，由此演变出其它居住样式。

以土木为始，尔后一脉相承，成为中国古代建筑用材之历史主流。远古居屋夯土为基，版筑为墙，"茅茨不翦"，是土木之"两重奏"。大约7 000年前，北方盛行木骨泥舍，南地建造"干阑"木屋，离不开土木二材。陕西临潼姜寨仰韶遗址、西安半坡遗存、浙江河姆渡的建筑遗构以及河南二里头"夏墟"等，均以土木为材而无例外。

据考古发现，最早的四合院遗构是以土木为材的，那是在岐山凤雏一次令人鼓舞的发掘所证明了的。最早的宫殿，比如河南二里头之宫殿遗址，虽其地面建筑早已荡然无存，但是，从现存之少许草烬、木烬、台基夯实之熟卵石、排列整齐之柱洞等遗构，可想见其古朴的历史身影。

至于尔后的中国古建筑，从历史上赫赫有名的秦之阿房宫、汉之未央宫、唐之大明宫、明清之北京故宫到名不见经传的寻常百姓"家"，从刘禹锡笔下的"陋室"、为秋风所破的杜甫草堂到欧阳修的"醉翁亭"，《红楼梦》大观园里的亭台楼阁、厅堂庑榭，一律都是土木的"世界"。这种以土木为材的历史的"固执"，甚至严重影响了日本、朝鲜与越南等邻国的古代建筑文化的风貌。虽然中国古代建筑历史上时或也有石材或以其他为材的建筑出现，但一般总不成气候，难敌土木之滚滚历史洪流。

因以土木为材，这就决定了中国古代建筑之技术、结构的发展方向。中国古代很早就能烧制以土为材的砖瓦，这种烧制技术是制陶技术在建筑学上的运用，反过来又促进制陶技术的发展，并且进而从技术向艺术演化，发明了独具民族特色的精工的花纹砖（画像砖）与瓦当。在结构上，由于以土木为材，墙只成为划分空间的一种手段，一般不用于承重，而以木构架为主要结构方式，创造了与木构架相应的平面与建筑外观。比如，平面上横向铺排群体组合之出现，固然有许多民族、历史、经济、观念方面的原因，其实最基本的原因在于木这种材料的性能。木长度有限，这决定了古代建筑之柱植过频、"间"之跨度不能过大的特点，因此就"间"本身而言，其空间便不可能如西方中世纪或文艺复兴时期大教堂内部空间那样高广。"间"之审美属性偏于小巧而少雄浑之气，一定程度上切合古人偏于宁静独处的内心要求。在实用功能方面，这种空间尺度偏小的"间"，某种意义上能够适合以小生产为基本生产方式的生活活动之需，但有时又显得碍手碍脚、过于拥挤，作为弥补，便有群体组合的出现。群体组合，主要表现为平面上间与间的连续组合，以向高空发展的间与间上下叠置为辅。这种组合方式，在实用意义上扩大了建筑使用空间，并且无疑极大地加强了整个建筑群的稳固程度，在审美上，却创造了独具民族特色的建筑群体形象的美。

并且，由于基本上以土木为材，梁柱的承重力是有限的，偏偏中华民族又嗜好于大屋顶，屋檐四垂，为求蔽阴御寒，需有一定的屋檐厚度，为求保护墙体与台基免遭风雨侵蚀，又要求屋顶有一定的出挑度，这就使得屋顶不可避免的重量与梁柱最大的承重力之间产生了尖锐的矛盾。解决这一矛盾可有两法：一为加强柱的粗度与缩短梁的跨度，这首先为木材的自然来源所限，而且使"间"的空间尺度更小，妨碍使用功能的实现。因而，此法虽易实施，却是一种笨拙的方法；二为运用力学原理，巧妙地分散梁柱的承重量，这便是斗栱的发明与运用。这种早在周代初期已经诞生的斗栱，在世界建筑史上独一无二。它是斗与栱的合称，是在方形坐斗上用若干方形小斗与若干弓形之栱层叠装配而就。斗栱可用于承载梁头、枋头、外檐出挑的重量，后发展到用于木构架的节点上，以分散节点的过于集中的载重量。富于诗意的是，这种本是技术结构的创造，后来又渐渐向艺术推移，正如群体组合一样，斗栱的"错综"之美，何等邀人青眼，成了中国古代建筑媲美于世界建筑之林的一大特色而耀目于世界。斗栱与群体组合之建筑形象一起，同时还是古代人间伦理秩序的象征。

综上所述，中国古代建筑以土木为材料，由此引发了特殊的传统的技术与结构，其整体形象常给人以愉悦的美感。一般而言，这种美感是属于优美范畴的。因以土木为材，质感偏于"熟软"，而少生硬，性格温和柔丽，而少阳刚之气，这一点在民居上表现得尤其明显，与欧洲古典石材建筑相比，即使是中国古代宫殿建筑，也还是富于东方特有的美的"土气"。建筑群体组合林林总总，气度不凡，井井有序，象征古代中国有条不紊的人间秩序，空间序列少有像西方古典宗教建筑那样向高空发展的，因而整个建筑形象亲切近人，轻盈平易，富于诗意的洋溢而不给人以突兀、惊奇的"痛感"。

那么，中国古代建筑这种材料系统的美，究竟美在何处？倘说美在土与木本身，则广袤的大地或磅礴的森林更富于美的生气；倘说美在技术与结构，则这种技术与结构仅仅是一定的物理力学与数学的运用。我们说，中国古代建筑确有特别迷人的材料美、技术美与结构美，但是，这种土木材料，实际上是以一定的与之相适应的技术结构而美；而这种技术结构之美，实际上又是以一定的功能要求、由土木材料所必然生发出来的美而美。任何单一的从材料或技术结构上去寻找这种美的指望，都必然落空。美在土木材料、技术与结构的中介、结合与连续，这是决定中国古代建筑美本质的其中一个"模糊领域"。

环境系统：这是中国古代建筑涉及于"场"的建筑文化的美学问题。所谓"场"，可分自然"场"与社会"场"。所谓自然"场"，指建筑美与自然的关系，亦即建筑美在自然界中的地位。此暂不论列，后详。所谓社会"场"，指建筑美在整个社会文化系统中的地位、作用与意义。

中国古代建筑文化并非一个孤立的历史存在与历史现象，它总处于一定的社会"场"中。一定的社会环境系统决定中国古代建筑文化的存在与发展，而其存在与发展，反过来又丰富一定的社会环境系统。建筑应当独具嘹亮的"歌喉"，又在一定社会环境系统的"大合唱"之中。

当建筑美之曙光在东方地平线上升起之时，它就注定不能脱离一定社会环境的制约。如果说，一定的社会文化犹如太阳，那么，建筑之美只是由阳光反射的"月华"。

首先，中国古代建筑美，深受一定的经济力量的支配。别的暂且不论，单就两千多年中国封建社会这一历史时期而言，自给自足的自然经济这一经济模式，发展缓慢，并且有时打着"漩涡"，甚至倒退，由于中国古代建筑不是也不可能远离经济基础，经济发展的命运，决定了建筑之命运。如果经济萎缩，衰退，建筑必将失去光辉与活气；反之，一旦经济振兴，建筑便也扬眉吐气。试看秦代昙花一现，经济之发展尚来不及，除了一时畸形发展的宫殿、寝墓建筑之外，其他类型建筑的发展当然谈不上。前汉稍事振兴，国力（主要为经济力量）也日益强盛，于是便有帝王盘桓的长安城的大兴土木，秦之开创的建筑的一代雄风，到此时才初具规模。到了后汉便渐渐显出"下世"光景。魏晋更甚，长期战事、天下大乱，经济的痛苦呻吟促使建筑苟延残喘。当时寺塔建筑之大量建造，恰恰不是经济繁荣的表现，而是人们由于经济萧条、人生之物质与精神两者"囊空如洗"，呼天抢地般向往天国的反映。至于唐代，尤其在盛唐，经济之空前活跃，促使各类建筑竞相涌现，不仅宗教类建筑，宫殿建筑，就连民居里巷、园林建筑之类，无一不曾经历"繁荣盛世"。当时的长安城为世界第一大城，陪都洛阳城内，建筑物也是鳞次栉比。长安一带，文人学子的"雁塔题名"与"曲江赐游"同为人生快事。这一切都雄辩地证明经济之发展与建筑之发展基本上是同步的。因为，建筑所必需的经济支柱、技术力量、建筑材料与建造工具以及社会对建筑的需求量，首先被经济所决定，或者从某种意义上说，建筑活动就是经济活动的一部分。因此，从经济"场"中看中国古代建筑文化的历史面貌，并不一定是庸俗社会学观点。

其次，我们之所以说建筑文化之发展与经济之发展基本上采取同步的态势，是因为，建筑文化之发展，除直接受社会经济"场"的限制外，还可能严重地受到一定的社会意识形态的制约。比如说政治观念，是经济之集中表现，归根结底受经济的支配。然而，一旦一定的经济力量凝聚为一定的政治力量，就有可能在一定限度内脱离经济发展轨道而"自行其是"。这就是为什么历史上有些朝代经济上其实很是萧条，由于封建统治者骄奢淫逸、好大喜功，而导致了劳民伤财的大批宫殿与陵寝建筑的建造。前述魏晋南北朝时代佛寺佛塔的大量兴建，也说明一定社会意识形态——比如佛教观念在建筑文化上的作用。这种情况在唐之后的五代以及元代曾经再度出现。比如，仅西晋之长安、洛阳两地，共有寺院180所。东晋时，相传佛图澄在石赵所兴佛寺893所。南北朝时，南朝之宋代有寺院1 913所、齐代2 015所、梁代2 846所、陈代1 236所。北朝之北魏仅孝文帝太和元年，区区平城弹丸之地，新旧寺庙竟达100余所，各地达6 478所；到了北魏末年，仅洛阳一地，有1 376所，各地达3万有余，而北齐全境有寺院4万之多，[①]可以说，建寺之风愈演愈烈。

同时，将中国古代建筑文化放在一定的社会意识形态"场"中来考察，虽然建筑是物质存在，但其同样具有一定的社会意识形态性。中国古代建筑是古代中国社会人生的空间展现，是积淀着一定历史、时代、民族文化心理的一种

---

① 中国佛教协会编：《中国佛教》（一），知识出版社，1980，第30—31页。

空间存在，是客体化、物质化了的古代社会人生，那些现在还屹立于东方大地或深埋于地下的古代建筑伟构，是历史为现实所看得见的民族文化精神。

要之，从环境系统看待中国古代建筑文化，为了审视历史上某一建筑、某一建筑群或某一时代的建筑的美学价值，必须将它们放回到一定的历史文化环境系统中去加以剖析才能有所识别。总体上说，中国古代建筑文化之历史发展与整个封建时代之经济发展亦步亦趋，同行同止，经济发展脚步蹒跚，使建筑步履踉跄。自给自足之自然经济千年难变，于是建筑也常是一副老面孔。由此可见，要改变民族建筑的历史风貌，只有在经济腾飞之时才有可能。与一切民族建筑文化一样，中华民族的古代建筑文化，也具有物质与精神两重性，仅仅其物质因素与精神意蕴独具民族特色罢了。因此，如果说中国古代建筑具有美的话——这种美当然是大量存在的，那么，这种美既不是以经济为基本决定因素的物质的"美"，也不是以脱离经济因素的所谓超然的精神之"美"，而在于物质与精神的相互荡激、结合与中介处，这，又是一个决定中国古代建筑美的"模糊领域"。

功能系统：当我们前文探讨中国古代建筑之物质与精神的双重美学性格时，实际上已经触及了建筑文化的功能系统。从总体而言，中国古代建筑功能齐全。其物质性功能满足人的生理要求，居住舒适，冬暖夏凉，挡风避雨，有利于人在建筑环境之中的一系列生存、生产、生活活动；其精神性功能，以往诸多研究中国古代建筑的论文、论著，往往将此归结为艺术审美功能，即所谓美观是也，这种功能是心理性的。这种建筑文化的美学观不无道理。但是，其一，其物质性的生理功能与精神性的心理功能两者之间，其实并非毫不相干。一方面，建筑的精神性功能须以物质性功能为基础。打开中国古代建筑史，可以说，没有一种建筑是不具备一定的实用性功能的。城市、乡舍、宫殿、寺观、坛庙、陵墓等等，当初正是因为首先求其实用才被建造起来的。寺院的精神性意义自不待言，但其同时是僧侣居住的"家"，是保护、贮藏佛像、经卷的庇护所；帝陵、后陵有象征王权煊赫、供观瞻之意，又兼掩埋残骸、保存随葬文物的实际用途；园林中的小桥用以渡水，长廊可供导游，照壁具有遮掩、隔景之功，孤亭且兼凭眺；即使有些佛塔，也有导航之用；又，时至今日，长城之实际用途确实微乎其微，但其建造之初，不是具有阻止异族南下骚扰的功效吗？而当年被西人称为"东方凡尔赛"的圆明园，遭英法侵略者一把战火化为灰烬、夷为平地，演出了中国古代建筑文化史上最惨厉的一幕，但现存该园原西洋楼区一二残柱，三二遗石，仍能指明这里是被毁圆明园的遗址所在。由此可见，尽管诸多建筑物的精神意义丰富强烈，而其基本实用功能自不可抹煞。

另一方面，具有实用功能的建筑，有待于发展其精神性的艺术审美意义，而且，只有既实用又美观的建筑才是健全的。一般而言，这种健全的建筑在中国古代屡见不鲜。那些地处高爽、朝向好、采光充足、平面布局合理、坚固耐用而又讲究美饰、形象悦目的建筑，无论在生理抑或心理上，都是令人惬意的。中国古代文化思想强调和谐，讲求中和、中庸的人生理想与人伦观念，建筑的和谐之美则往往表现在其"双重"功能之间。

当然，历史上确有不少建筑尚未达到这种和谐境界。比如，最原始的茅舍低矮、狭窄、潮湿，"茅茨不翦"、"茅茨土阶"，风雨飘摇，想必亦不甚稳固，虽可能稍事美化，却无法在"双重"意义上尽如人意；古道驿站、荒村野店，大概其一定的实用性功能是具备的吧，然而，倘若灾害、战乱、经济剥削使人连最起码的温饱尚不可得，要使那些民居窝棚、陋街残巷怎么美当然亦不可能；而那些供统治者休憩盘桓的宫殿，有时却由于过度地追求其精神意义，用今人的眼光看，居住其间的帝王将相、名门望族，也未必一定很舒适的，过度追求精神意义可损害一定的实际用途。

然而，这种"双重"功能分离、对立的建筑历史现象的出现，并不等于说，中国古代无视对建筑"双重"功能和谐境界的执意追求，有时，历史总是让人处于不能两全的尴尬地位，这就是所谓"非不为也，是不能也"。

因此，我们在关于中国古代建筑的"双重"功能之间，又发现了决定中国古代建筑美本质的一个"模糊领域"，或者称为"中介"。中国古代建筑，一旦一定程度上满足人的生理需求，就必然给人带来一定的生理性快感，这种快感必然放射到人的心理领域，引起心理反响。因此，生理性快感虽然并非美感，却是激起美感的一个不可或缺的生理基础；同时，凡是悦目、惬意的建筑形象，就是说，能够在人们心理上激起美感的建筑美，必然是一定的生理性快感的升华。

由此可见，中国古代建筑的美，并非单一地美在其物质性的实用功能上，也并非美在离开一定物质功能的所谓精神性的艺术审美功能上，而是美在"双重"功能两者的"中介"处，它是一种连结生理与心理的"暧昧"与"灰"域。

其二，就中国古代建筑美功能系统的精神性功能而言，笔者认为，以往有人总是将它简单地理解为艺术审美功能，这种建筑美学观点可待商榷。

略举二例。

大名鼎鼎的北京长春园西洋建筑，是被焚的圆明园的一个重要景区。其西洋建筑群始建于清乾隆十二年（1747年），建成于乾隆二十五年（1760年）。因为当时正值西方法国洛可可（Rococo）盛行之时，该建筑群取洛可可风格。又引进西方园林建筑环境之传统的"大水法"，喷泉水趣，洋味十足。建筑平面一反中国旧制，于园趣中突出西方中轴线对称特色，并且主轴东西向。全部建筑用承重墙、弃木构架，平面布置、立面柱式，门、窗、檐板及栏杆扶手等，这些，一概西洋情调。这座建筑群的精神性功能意义，除了艺术审美之外，显然还有认知作用。一，中国古代建筑在世界建筑文化史上自成一体，其民族个性之鲜明强烈，当可媲美于欧洲、印度、埃及等古代建筑。但中国古代建筑文化实际上并非一个绝对封闭的文化系统，凡是美的建筑，虽为异国情调，仍然可以为中华民族的建筑文化所接受、改造。西洋楼景区为洋人蒋友仁、郎世宁、王致诚、艾启蒙、汤执中等合作设计，其中除艾启蒙为捷克耶稣传教士外，均为法国传教士。这些人对其本民族的建筑文化传统的钟爱之情自不待言，然而，既然这西洋楼建造在中国的圆明园，就能以"西洋"为基调，糅合"东土""语汇"，创造出在当时东西方人士看来都颇"中意"的建筑美。比如，西洋楼建筑群平面布局为东西向中轴对称，此纯为西式，为华夏园林建筑自古以来所无，又能适当"照顾"东方人的园林"口味"，在此主轴线布置三重建筑，隔断视线，避免西方式的过于直露；又如，西洋楼建筑环境遍用西式"大水法"，喷泉水池，蔚为主调，这为中国古代园林建筑水趣所无。中国传统园林水趣重在静水观美，水池澹泊、碧波藕荷；水岸曲致，如尽不尽，好在静观；动水偶一为之，亦只细流涓涓，不事喷泉，以自然为上。故西洋楼的水趣虽以西式为本，但不忘华化，如海晏堂西部水法，装饰以中土传统的铜铸鸟兽畜虫之十二属形象，避用西方古代的裸体雕像，可谓匠心独运；又如，虽说建筑物的平面、立面安排全为西洋做法，但屋顶又采用不起翘的、经过一定改造了的硬山、庑殿、卷棚、攒尖等传统法式。这本身已经说明，西洋楼建筑群的美，其实就美在中西两方的"中介"处，美在其"模糊领域"，这一点，对我们当前的建筑美的创造不无启发意义。二，从西洋楼建筑群由洋人构思监造，到不久被洋人以武力夷为废墟，活现了近代中国一段最黑暗、最令人深感耻辱的历史。西方的文化渗透与武化的"船坚炮利"交互进击，老大东方帝国就只能满目疮痍了。从西洋楼在东方大地上的屹立到遭到毁灭，说明古老的中国社会同样具有一种向往西方文明的"内心"要求，但倘若不经过一场天翻地覆的改变社会制度的革命，这种要求不过是一场悲惨的梦。三，从西洋楼景区的建造，还可隐约看到当时清统治者的某种带着时代特点的思想情状。虽则，清高宗对西洋"奇珍异宝，并无贵重"，"独于天文数理，沿袭其祖父康熙帝从传教士研习前例，时加奖掖，而属于机械范畴的自鸣钟、喷泉之类，虽引起他的好奇，但仍有鉴于玩物丧志之诫，除历算以外，都视为消遣末艺"①，不过，这毕竟是欧洲建筑文化于18世纪首先敲开中国大门，进入皇居领域，其意义当然并非囿于帝王个人的历史行为，而是时代的需要。

因此，可见中国古代建筑文化的认知性功能是显而易见的。大凡建筑文化，都具有这样那样的认知意义，就是说，在其精神性功能中，并非仅仅具有艺术审美功能。建筑是民族的标帜、时代的镜子、历史的物质性"凝聚"、人生内容的"积淀"。西方古代早有建筑是"石头的史书"的精辟文化观，那种认为所谓"建筑就是建筑，它就是它自己，什么都不反映"的观点，其实是人为地隔断了建筑文化与其余一切社会文化的内在联系。

又例，魏晋南北朝时代，由于佛教大盛，石窟寺这种特殊的中国古代建筑样式曾极盛一时。从公元5世纪中叶至6世纪后叶约120年间，我们的祖先相继大量开凿了山西大同云冈石窟、甘肃敦煌莫高窟、甘肃天水麦积山石窟、河南洛阳龙门石窟、山西太原天龙山石窟、河北响堂山石窟等，其工程之浩大艰巨，令人叹绝。石窟是供佛像、绘佛画、藏经卷之处，其实用、审美、认知意义都是具备的。然而，这种石窟的突出的功能之一，还在于创造了一种佛国的神秘氛围，驱使信徒臣服，对之不得不顶礼膜拜。不待赘言，这种宗教类建筑的特

---

① 童寯:《北京长春园西洋建筑》，中国圆明园学会筹备委员会:《圆明园》，第一集，中国建筑工业出版社，1981，第71—72页。

殊精神性功能之一，便在于崇拜。崇拜发生在人神之间，神是幻想虚构的"存在"，实际上是巨大盲目的自然力量与社会力量的极度的夸张，是对人的主体性的压迫，说明人尚未真正把握到自然与社会的本质规律。这种崇拜性，不仅在中国古代的一切宗教类建筑中存在，而且有时在宫殿建筑、陵寝建筑中存在，那是对王权、祖宗神的崇拜。

因此，仅就中国古代建筑美的精神性功能系统而言，它是一个包括艺术审美、认知有时兼有崇拜因素的复杂的整体。就三者之内部关系来说，审美是认知的感性情趣，认知是审美的理性沉思；崇拜是精神的迷狂与理性的丧失，但崇拜又是人在神面前跪着的一种假性审美、假性认知，它往往与审美、认知同时存在，又可以在一定历史条件下成为审美、认知的前导。崇拜可以是审美、认知的史前形式，是审美、认知的异化、假性化。因此，随着社会实践的无限深入，崇拜这种"假性近视"，是可以"治愈"的。通常，在中国古代建筑美精神性功能的三大因素中，存在着既"二律背反"、又"合二而一"的辩证关系。这种关系又是一种"中介"、"暧昧"与"灰"域。一般系统论认为，整体大于部分之和。整体所以大于部分之和，就这里精神性功能的三大因素而言，是因为在这三大因素关系中间，存在着"模糊领域"的缘故。

以上我们逐一略论了决定中国古代建筑文化关于建筑美本质的材料系统、环境系统与功能系统的"模糊领域"问题，难免挂一漏万。其实，建筑作为一种物质性的巨大稳固持久的空间存在，与此三大系统的"模糊领域"密切相关的，还有建筑实体与建筑空间的关系问题。

任何建筑，都是由建筑实体（建筑物）与它所围合、所影响的建筑空间所构成的，两者互为存在条件。没有建筑实体的建筑空间与没有建筑空间的建筑实体，都是不可思议的。建筑实体是人以建造方式划分空间的手段。空间本来是属于自然的、自在的，建筑实体的确立，使自然空间中的与建筑实体相关的空间区域成为人为的空间、属人的空间、建筑空间；建筑空间是人以建造方式确立建筑实体的目的，它是建筑实体所围合与其影响力所及的外延区域。实体所围合的区域称为建筑内部（室内）空间。实体影响力所及的外延区域称为建筑外部空间。所谓建筑实体的影响力所及，实际上是一个变量，因而建筑的外部空间范围也是一个变量。皎洁的月光洒在五台山佛光寺大殿上，留下一片美的阴影，这阴影，可以说是佛光寺大殿影响力所及的外部空间区域，坐在奔驰的火车上经过文化古城苏州，远见虎丘塔高高耸立，其美可羡，在火车与塔之间的一个广大区域，便是塔的影响力所及的外部空间区域；当你乘上现代宇宙飞行器在太空遨游，如见中国的长城逶迤如带，那么，此时长城的外部空间便广大得十分可观。

西方古代很早就认识到建筑实体对划分空间的意义，人们为了创造建筑实体之美，发明与发展了古典柱式，象征男性的阳刚之美与女性的阴柔之美。还有，比如穹窿、尖顶、建筑立面的大事雕饰，尤以洛可可与巴洛克风格为甚，其着眼点偏于建筑实体本身（虽然实际上建筑实体与建筑空间是不可分离的），人们似乎习惯于将太多的才智与热忱倾注于建筑实体，在传统的建筑科学与美学的文化观念中，表现出对建筑实体的偏爱。因此，当现代派建筑师高喊"空间，建筑的主角"时，人们好像突然在一个早晨醒悟了过来，欣喜若狂，完成了建筑科学与美学观念的历史性转变。

中国古代建筑文化关于实体与空间的观念，一般而言，其实与西方古代并无二致，由于着眼于建筑实体之美，往往导致牺牲某些建筑空间尤其内部空间的实用价值，这是一切民族古代建筑文化的时代局限。

不过，也许与西方古代不同的是，在哲学观念上，中国古代早就注意到建筑实体与建筑空间的辩证关系问题，或者可以说，触及了建筑空间不寻常的美学意义。老子有一句名言，"当其无，有室之用"①，便揭示了这一意义。老子是哲学家，他是否同时又是古代建筑师，历史并无记载，不敢妄论。但有一点可以肯定，老子从生活实感出发，看出了建筑实体与建筑空间之间辩证联系，并用以说明、阐发其哲学最高范畴"道"。"道"者，何也？在老子看来，犹如"室"之"无"。"无"者，何也？这里指空间。"道"，万物之始基与根本，犹如"室"之"无"即建筑空间对于建筑实体一样重要。从一般人们所惯熟的思维逻辑来说，建筑空间是依建筑实体而存在的，因为前者是后者确立、划分自然空间的结果。但是，问题恰好倒过来，试问，人们为什么要如此艰苦卓绝、甚至"劳民伤财"地建造房屋之类呢？难道不就在向茫茫自然空间区域要一个

---

① 王弼：《老子注》上篇，华亭张氏本，第7页。

"有室之用"的"无"（建筑空间）嘛？这里，老子从强调"道"之重要的"原在性"出发，以人们常见的建筑现象作说明，却获得了一个意外的历史性收获，即从本体论、目的论揭示了建筑空间的重要意义，它既富于深邃的哲理，又是符合建筑空间论的科学之理的。可以说，老子关于"当其无，有室之用"的精辟见解，是中国古代的"空间，建筑的主角"论。

无论从建筑科学与美学角度，强调建筑空间的本体论、目的论意义是必要的。唯具"室之无气才有"室"之"用"。故"室"之"无"，从哲学本体论看，就是"室"（建筑实体）的"本体"，亦可简称为"体"。魏晋玄学家在解说老子的这一思想时说："虽盛业大富而有万物，犹各得其德；虽贵以无为用，不能舍无以为体也。"①仅就建筑言，这是说建筑因涵"无"而有"用"之功能。"无"，就是建筑之根本的"体"。

然而，虽则建筑空间即"室"之"无"在整个建筑现象无疑具有本体意义，但与"无"相应的建筑实体又并非可有可无的因素。从决定中国古代建筑美本质的"诸多因素"与"种种联系"角度看，无论企图仅从建筑实体揭示建筑美之本质，抑或仅仅认为建筑空间是建筑的孤立"本体"，都不无可待商榷之处。实际上，建筑空间与建筑实体是相辅相成的一个统一体，"体""用"一原，无法分拆。古人云："体用一原，显微无间。"②又说："一原犹一本。体用一本，即谓体与用非二本。有体即有用，体即用之体，用即体之用。体即用之藏，用即体之显。用即由体出，非于体之外别起一用，与体对立而并峙"。③王阳明亦说："即体而言，用在体；即用而言，体在用，是谓体用一源。"④这里所说的体用观，是一对哲学范畴，但同时也揭示了建筑空间与建筑实体之间的统一关系，建筑空间与实体之关系亦存体用之理。而正是在这"显微无间"的建筑的"体"、"用"之间，又存在着一个参与决定中国古代建筑美本质的"模糊领域"。建筑文化之美既不在建筑空间，又不在建筑实体，而在空间与实体、体与用的"中介"、"暧昧"与"灰"。

---

① 王弼：《老子注》，下篇，华亭张氏本，第24页。

② 程汝继：《周易宗义》卷之九，明万历三十七年自刻本，第40页。

③ 张岱年：《中国哲学史大纲》，中国社会科学出版社，1982，第14页。

④ 王阳明：《阳明全集》卷一，明谢氏刻本校刊，第23页。

在中国古代建筑的内部空间与外部空间之间，建筑美的模糊性又顽强地显露出来了。

屋顶、墙体、门窗之类，是分隔与沟通中国古代建筑内外部空间的手段，那么，这种作为手段的建筑实体的本质又是什么呢？从建筑"模糊领域"论看，它们不就是建筑内外部空间的中介与过渡吗？在情感逻辑上，一定的建筑实体，不仅是建筑科学意义上内外部空间的中介与过渡，而且是美学意义上情感相互交流的一种过渡。北京四合院、江南民居与岭南寻常百姓的"家"，比之于故宫太和殿、十三陵长陵的祾恩殿，由于其墙体、屋顶、门窗设置等高度、厚度不同，立面分割与色彩、质感不同等等建筑实体因素严重地影响了这些建筑内外部空间不同的文化风貌与美学性格。四周封闭的陵体与四周通透的石牌坊、凉亭、长廊等，亦不可同日而语。墙体上所辟门窗的多寡、大小、位置、形状等不同，也会影响建筑内外部空间的交流。高墙深院大门紧闭或叶绍翁诗中所谓"久不开"的"柴扉小扣"、庭院的月洞门或垂花门及若以清人戴震《考工记宫室图》所绘建造的宫殿正门或闸门之间，其相应的内外部空间的美学氛围自然也是很不相同的。中国古代由于以木构取胜，墙不起承重之功效，故窗户的开辟十分灵活多样，往往实用与审美兼而得之，而且园林建筑之各种漏花窗，更重于审美，所谓"门窗磨空，制式时裁，不惟屋宇翻新，斯谓林园遵雅"，所谓"工精虽砖瓦作，调度犹在得人，触景生奇，含情多致"①是也。当代世界著名的美籍华人建筑师贝聿铭先生认为，西方古代（比如古希腊）对门窗的空间观念，一般注重其生理、实用与技术意义，重在求其通风、采光或闭围功能。中国古代建筑的门窗，似更重视其内外部空间心理情感的交融。因此，门窗作为建筑内外部空间的连续与中介，在古代中外，其美学意蕴是不尽相同的。再如中国古代的大屋顶，正如希腊的平顶、罗马的拱顶与中世纪西欧教堂的尖顶一样，何等严重地影响了中国古代建筑美空间意象的审美意味，这是有目共睹的。

中国古代建筑的建筑实体，正因其是一个动态的变量，是处于建筑内外部空间之间的一种"模糊"，才是一种活跃的、富于生气的因素，在这个领域，古代建筑匠师们做了许多好"文章"。

---

① 计成：《园冶》卷三，民国刻喜咏轩丛书本，第1页。

同时，就中国古代建筑的外部空间而言，它是处于建筑内部（有的建筑物无内部空间，此当别论）空间与自然空间之间的一种过渡、连续与中介，这也是一个有趣的"模糊领域"、"模糊空间"。比如，大屋顶出挑深远，其与建筑外墙面所构成的那一个空间区域，既非内部空间，又非自然空间，既是内部空间的延续，又是自然空间的延续，这就是中国古代建筑外部空间的"模糊"。中国古代的庭院式建筑在世界上独树一帜，并且影响到邻国，形成一个东方"庭院文化"圈。其实这庭院空间，既不是室内空间，又相对封闭，半封闭。小小庭院，勺水片石、三二草树，又具有自然空间因素，实在是一种"暧昧"的"灰"空间。

正如日本谷崎润一郎曾经说过，日本的一些寺庙建筑由一个大屋顶向下扣着，"房檐伸出很深，形成很深很广的阴影"，这是建筑"阴影的美"，实际上是一种"暧昧"的美。这种美，既非"人为"，又非"自然"；或者说，既是人为的，又是自然的，是人为与自然两者之间的一个渐变状态的美。当代日本著名建筑师黑川纪章把这称之为建筑的一种"灰"。"灰"，处于黑白之间又不黑不白，也就是"模糊"。日本中古时代传统建筑的特征是所谓"缘侧"（即，建筑之廊檐部分），寺院、茶室甚至宫殿之某些部分，都有这种"缘侧"。笔者很是赞赏这"缘侧"二字。缘者，连结之义；侧，旁边也。"缘侧"这一空间区域，就是在建筑内部空间与自然空间之"旁"，"连结"内部与自然空间两者的一个"模糊"空间。黑川纪章将"缘侧"解释为"作为室内与室外之间的一个插入空间，介乎内与外的第三域"、"因有顶盖可算是内部空间，但又开敞故又是外部空间的一部分。因此，'缘侧'是典型的'灰空间'，其特点是既不割裂内外，又不独立于内外，而是内和外的一个媒介结合区域"。[①]这里，黑川先生将"缘侧"范围划在建筑外部空间紧靠檐廊、外墙体的那一部分，自无不可。但是，倘将"缘侧"作广义理解，也可指处于建筑内部空间（建筑实体）与自然空间之间的那一个空间区域，比如，街道空间、整座城市的外部空间，其实都是这样的亦此亦彼、非此非彼的"模糊"空间。

要之，我们中华民族的古代建筑文化，是日本古代"缘侧"的文化摇篮，

---

① ［日］黑川纪章:《日本的灰调子文化》，梁鸿文译，《世界建筑》，1981年第1期，第57页。

而且在"模糊"这一点上，可能显得更典型些。因此，日本关于"灰"、关于"缘侧"的建筑美学理论，可完全用以揭示中国古代建筑美的本质。

第二节 "有机"与"天人合一"

本文第一节所论述的种种"模糊领域"，实际上揭示了决定中国古代建筑美本质"诸多因素"的一些有机联系，"中介"、"暧昧"与"灰"，你中有我，我中有你，相互交融，往复交流，也就是"有机"。

那么，中国古代建筑文化关于建筑美的本质在于"有机"吗？

流行于现当代的"有机"建筑论，是与美国著名建筑师弗兰克·劳埃稳·莱特的名字联系在一起的。这位建筑巨匠，以其流水别墅、草原式住宅、古根汉姆博物馆等光辉设计为世界瞩目。1939年，莱特发表《有机建筑》一书，认为："现代建筑——让我们称之为有机建筑——是一种自然的建筑，是属于自然的建筑，也是为自然而创作的建筑。"①这就是说，所谓有机建筑，首先注重于人为的建筑与自然之间的有机联系。1953年，莱特在回答记者时又说，所谓"有机"，表示的是人为与自然"内在的（intrinsic）——哲学意义上的整体性"，他说房屋应当像植物一样，是"地面上一个基本的和谐的要素，从属于自然环境，从地里长出来，迎着太阳"②。显然，这种"有机"建筑论，非常强调人为与自然之间的统一和谐，建筑是人为的产物，人化的自然，应当是自然的"有机"机体上的一部分，是"属于自然的"。

有意思的是，莱特这种"有机"建筑论的思想源泉却来自东方，莱特在日本工作过，也于早年访问过中国，看过老子的《道德经》，他钟爱于东方古老的建筑文化与老子的哲学思想，他在《自然的房屋》一书中，对这一点说得很肯定：

---

① ［美］莱特：《有机建筑》，引自陈少朋：《老子、莱特与"有机建筑"》，《建筑师》1981年第6期，第209页。

② ［美］莱特：《有机建筑》，引自同济大学、清华大学、南京工学院、天津大学编：《外国近现代建筑史》，中国建筑工业出版社，1982，第5页。

许多人对我工作中的东方素质表示惊奇。我想这确是事实，因为当我们谈到有机建筑时，我们谈东方的东西胜过谈西方的东西。可以这样来回答：我的工作在某种含义上是属于东方的。[①]

莱特"确信东方的固有建筑比任何其他建筑更有机。他觉得日本人从不模仿自然，而是巧妙地吸取自然的形式。莱特不仅把这视为一种影响，而且把它看成是对自己各种信念的验证。"[②]

这里，虽然莱特似未直接谈到古代中国哲学与建筑文化对他的深刻影响，然而，莱特"有机"建筑观中的"东方素质"，其实首先应包括古代中国在内的，这种"东方素质"并以古代中国为主要代表。因为在中古时代，一衣带水的日本民族建筑文化，虽是他们民族自己的东西，但在风骨意义上，实在可以说是中国古代建筑文化在东瀛岛国地平线的一个侧影。

中国古代建筑的"有机"性显而易见。前述几遍于华夏大地的古代庭院式建筑，在此不必赘言，这类建筑一方面标志着人工对自然的"占有"；另一方面使若干自然景物进入院内，点缀院中之景，意味着自然对人造环境的亲昵。就说佛寺道观吧，多建于风景名胜之地，其审美境界，力求达到人为与自然的协调和谐。试看我国四大佛教圣地：山西五台、四川峨眉、安徽九华与浙江普陀，均建于山势峻逸、风景秀美之处。所谓灵隐佛地、岳麓古刹、南岳禅林、江涌金山等等，都是自然环境与建筑风物和谐的"二重奏"。泰岱日出独步天下，云雾缭绕，便有道教建筑碧霞祠盘桓其上。登碧霞云里金殿，顿感凉风飕飕，云海漫漫，金碧辉煌，一洗尘俗。四川"青城天下幽"遐迩闻名，所谓三十六高峰、一百零八景青黛幽意，其美难以述说，林泉山华、古道幽居，有道观建筑上清宫屹立于此，号称"神仙都会气使自然之"幽"与道教之"清虚"非常合拍。而在《诗经》所谓"嵩高维岳，峻极于天"的河南嵩山，建有占地10余万平方米、房舍400余间的中岳庙，其恢宏气势、雄伟博大，恰与嵩山北瞰黄

① ［美］莱特：《有机建筑》，引自陈少朋：《老子、莱特与"有机建筑"》，《建筑师》1981年
第6期，第210页。
② 同上。

河、南临箕颍、崇山峻岭、重峦叠嶂的自然风貌浑然一体。

可以说，这种"有机"之美在中国古代园林建筑上表现得更是淋漓尽致。历代骚人墨客在这方面留下了大量诗文，足以令后人揣摩回味，窥见个中消息。东晋郭璞："云生梁栋间，风出窗户里。"唐代王维："隔窗云雾生衣上，卷幔山泉入镜中。"杜甫："暗水流花径，春星带草堂。""白波吹粉壁，青嶂插雕梁。""窗含西岭千秋雪，门泊东吴万里船。"李白："檐飞宛溪水，窗落敬亭云。"宋代陆游："江山重复争供眼，风雨纵横乱入楼。"苏东坡："无限青山散不收，云奔浪卷入帘钩。"所有这一切关于建筑美的诗句，其美的意象都是建筑与自然融和在一起的。谢灵运说："抗北顶以葺馆，瞰南峰以启轩，罗曾崖于户里，列镜澜于窗前。因丹霞以赪楣，附碧云以翠橑。"①苏子由说："每月之望，开户以待月至，月入吾轩，则吾坐于轩上，与之徘徊而不去。"②叶绍翁名句："应怜屐齿印苍苔，小扣柴扉久不开。春色满园关不住，一枝红杏出墙来。"③或汉人的《两都赋》、唐人的《滕王阁序》、宋人的《醉翁亭记》等，其所传达的美感的焦点，都在于建筑与自然的相互渗透。我国当代著名美学家宗白华先生说："中国人爱在山水中设置空亭一所，戴醇士：'群山郁苍，群木荟蔚，空亭翼然，吐纳云气。'一座空亭竟成为山川灵气动荡吐纳的交点和山川精神聚积的处所。倪云林每画山水，多置空亭，他有'亭下不逢人，夕阳澹秋影'名句。张宣题倪画《溪亭山色图》诗云：'石滑岩前雨，泉香树杪风，江山无限景，都聚一亭中'。苏东坡《涵虚亭》诗云：'惟有此亭无一物，坐观万景得天全。'唯道集虚，中国建筑也表现着中国人的宇宙意识。"④是的，如果说，西方古代在很长的历史时期内，由于对自然美的漠视与疏忽，将由人工所为的建筑看作是人为与自然相对立的产物的话，那么，在古代东方的建筑文化观念中，恰恰将人为的建筑看作是自然、宇宙的有机部分。门户、窗牖、楼阁、亭榭之美，既是人工之美，亦是"天然"之美。建筑之美是自然美的社会侧影，建筑美的源

---

① 谢灵运：《谢康乐集》卷一《山居赋》，明万历十一年沈启原刻本，第15页。

② 苏辙：《栾城集·第三集》卷十，钦定四库全书本，第5页。

③ 叶绍翁：《游园不值》，引自曹廷栋编：《宋百家诗存》卷三十五，清乾隆六年嘉善曹氏二六书堂刻本，第1页。

④ 宗白华：《美学散步》，上海人民出版社，1981，第72页。

泉在自然之中。离开了自然，建筑便失去其独立的美的品格。这正如明代造园大家计无否（计成）所言："轩楹高爽，窗户邻虚，纳千顷之汪洋，收四时之烂漫。""虽由人作，宛自天开。"①

白居易是唐代著名诗人，他深湛的艺术造诣一定使他领悟到诗歌艺术与建筑美的相通之处，这便是诗歌与建筑之美，都美在人为与自然的统一和谐，也可以说美在两者的"模糊"与"灰"域。史载，唐宪宗元和十一年（816年），白居易被贬为江州司马，暂居于庐山，筑寓园并自撰《草堂记》。仔细钻读这一篇不为世注目的《草堂记》，可以发现其中蕴涵着丰富的中国古代建筑文化的"有机"论思想。首先，所选草堂之址是契合人之心境的。"匡庐奇秀，甲天下山。山北峰曰香炉，峰北寺曰遗爱，介峰寺间，其境胜绝，又甲庐山。元和十一年秋，太原人白乐天见而爱之。若远行客过故乡，恋恋不能去。因面峰腋寺，作为草堂。"②这位大诗人所以筑寓"介峰寺间"固因"其境胜绝，又甲庐山"，更因这里的自然景物十分切合其谪官不久的惆怅与失意。郁意难解，当不喜招摇而筑室于峰巅，故唯求其"面峰"而居了。其次，草堂之美学性格也是契合人之心境的。"木，斫而已，不加丹。墙，圬而已，不加白。砌阶用石，幂窗用纸，竹帘纻帏，率称是焉。"③唯质朴是美、"布衣"是美，一洗朝堂之秾丽。虽则当时白氏并非"布衣"，但草堂之乡风野趣，某种意义上是诗人性情压抑、求其清和宁静淡泊的内心情绪的一种写照。同时，环境与建筑风格也是相互协调的。要使建筑与自然环境相互协调不出两法：一，使建筑与环境"对立"，在"对立"之求和谐。此时，建筑是整个环境的一个新的、强烈的因素，由于建筑物的屹立，很大程度上改变了自然景观；二，使建筑风格服从于自然环境的美学基调，建筑之美融渗在自然美之中，此时，建筑对整个自然景观的改变不大。白氏草堂与匡庐自然的协调属于这里所说的第二类。"仰观山，俯听泉，傍睨竹树云石"，使"物诱气随、外适内和"④，涤尽污浊，通体"逍

---

① 计成：《园冶》卷一，民国刻喜詠轩丛书本，第2页。

② 白居易：《乐天草堂记》，引自桑乔：《庐山纪事》卷十二，康熙五十九年蒋国祥刊民国九年本，第4页。

③ 同上。

④ 同上书，第5页。

遥"，在这天趣自然中，草堂不仅是一审美对象，而且成为观赏庐山之美的一个出发点。

应当说明，中国古代这种"有机"建筑的实例俯拾皆是，民居、寺观、园林、居室是这样，宫殿、陵寝等建筑门类，也在自觉不自觉地追求建筑与自然的"有机"之美，只是限于篇幅，此勿赘述。

那么，这种建筑"有机"观的哲学基础是什么呢？

天人合一。

西方古代，尤其在那尚未真正发现、讴歌自然美的历史年代里，其人生观是"天"、"人"各一的。天是天，人是人，天是人认知的对象，人有时不得不匍匐在天的脚下，天人之间是有严格界限的。于是便有浓烈的悲剧观念，崇拜观念，有日神与酒神精神；作为历史性的反拨，有人对天"格物致知"的古代自然科学的昌明，有以后18世纪"浮士德式"对人生的苦苦追求，有近代尼采式的"唯意志"，这都是天人分立观在哲学上的表现。

中国古代的特殊哲学观是"天人合一"。在《周易》，"企图对包含自然、社会、人类的历史发展等等范围极其广泛的问题作出一种总体性的概括和说明，建立一个世界模式"①。古代先哲习惯于将"天"、"人"放在一起加以思考，认为宇宙之根本原理，亦即人生的根本准则；宇宙自然之理，是人生社会之理在天上的返照；人生社会之理又是宇宙自然之理在地上的俗化。

> 天地之精，所以生物者，莫贵于人；人受命乎天也，故超然有以倚。②
>
> 为人者天也。……天亦人之曾祖父也。此人之所以乃上类天也。
>
> 人之形体，化天数而成；人之血气，化天志而仁；人之德行，化天理而义；人之好恶，化天之暖清；人之喜怒，化天之寒暑；人之受命，化天之四时；人生有喜怒哀乐之答，春秋冬夏之类也……天之副在乎人，人之情性，有由天者矣。③

---

① 李泽厚、刘纲纪主编：《中国美学史》第一卷，中国社会科学出版社，1984，第285页。
② 董仲舒：《春秋繁露》卷十三，清乾隆抱经堂丛书本，第2页。
③ 董仲舒：《春秋繁露》卷十一，清乾隆抱经堂丛书本，第1页。

故"以类合之，天人一也。[①]""天人本无二，不必言合。[②]"这种"一锅煮"的民族文化心理模式，可以说是深入到民族的灵魂骨髓的。谈宇宙，往往从人的生理心理角度附会之，"天亦有喜怒之气，哀乐之心，与人相副"[③]。说人生，又要到天那里去寻找根源。"人之身，首妛而员，象天容也。发，象星辰也。耳目戾戾，象日月也。鼻口呼吸，象风气也。胸中达和，象神明也。腹胞实虚，象百物也。""颈以上者，精神尊严，明天类之状也。颈而下者，丰厚卑辱，土壤之比也。足布四方，地形之象也。"[④]真可谓："有天地，然后有万物；有万物，然后有男女；男女，然后有夫妇；有夫妇，然后有父子；有父子，然后有君臣；有君臣，然后有上下；有上下，然后礼仪有所错。"[⑤]弥纶天地，无所不包，天人相类，天人相通，天道亦即人道，"天地人只一道也"[⑥]。天人之间，究为何物？其实又是一个"模糊领域"。

那么，在这个天人统一体中，在天面前，到底有没有人的位置呢？或者说，在人面前，天的形象又是如何呢？

一般而言，认为天"小"人"大"，此其一；认为天"大"人"小"，此其二。

其一，天"小"人"大"。荀子云："水火有气而无生，草木有生而无知，禽兽有知而无义，人有气有生有知亦且有义，故最为天下贵也。"[⑦]"二气交感，化生万物，万物生生，而变化无穷焉，惟人得二气之秀而最灵。"[⑧]"人之所以能灵于万物者，谓其目能收万物之色，耳能收万物之声，鼻能收万物之气，口能收万物之味。"[⑨]人乃"天地之全也"[⑩]。"人之才，得天地之全能，通天地之全

---

① 董仲舒：《春秋繁露》卷十二，清乾隆抱经堂丛书本，第2页。

② 程颢、程颐：《二程遗书》卷六，四库全书本，第2页。

③ 董仲舒：《春秋繁露》卷十二，清乾隆抱经堂丛书本，第2页。

④ 董仲舒：《春秋繁露》卷十三，清乾隆抱经堂丛书本，第2页。

⑤ 郑玄：《周易郑注》卷十一，湖海楼丛书本，第2页。

⑥ 程颢、程颐：《二程遗书》卷十八，四库全书本，第2页。

⑦ 杨倞，卢文弨校：《荀子》卷之五，嘉善谢氏本，第12页。

⑧ 周敦颐：《太极图说》，朱熹注，清光绪三十二年二仙庵版刻，第8页。

⑨ 邵雍：《皇极经世·观物篇五十二》卷十一，钦定四库全书本，第4页。

⑩ 胡宏：《五峰集》卷三，四库全书本，第54页。

德。"①人者，宇宙之精华，万物之灵长，天地之大全，人的形象与位置于此可见一斑。

其二，天"大"人"小"。庄子云："吾在天地之间，犹小石小木之在大山也。"②又说："汝身非汝有也……汝有之哉？曰：是天地之委形也。生非汝有，是天地之委和也。"③"性命非汝有，是天地之委顺也。孙子非汝有，是天地之委蜕也。"④这是说，人为天地所出，人在天地间，是渺小的。⑤

以上两解，是两种不同的"天人合一"论。中国古代儒道两家均主"天人合一"说。不过，儒家一般主张天"小"人"大"说，亦即"有为"说，"入世"说，以"有为"、"入世"追求"天人合一"的人生境界、道德境界，实现人的存在价值。道家一般主张天"大"人"小"说，亦即"无为"说，"出世"说，以"无为而无不为"追求"天人合一"的人生境界。

儒道两家的"天人合一"说，在哲学文化上对中国古代建筑文化的影响尤为深刻持久（东汉以后还有佛禅）。它们各自在中国古代建筑美与自然之关系上的表现，是宫殿、坛庙、官邸、陵寝建筑等偏重于受到传统儒家规范的影响，其建筑美学性格强调平面的中轴线、对称群体安排，其伦理观念、等级思想相当强烈，这类建筑也注意建筑与自然环境的"有机"统一，但正如前述，由于这些建筑的人为因素与信息十分触目，成了积极地改变自然景观的一种现实、明朗的建筑美；一般而言，园林建筑，尤其文人园林建筑，偏重于受到传统道家情思的濡染，唐代以后则深受庄禅思想的浸润，这类建筑一般平面安排灵活多样，弃绝中轴线观念，曲线十分丰富，刻意追求以小见大、景有限而意无穷的人生意境、模山范水，努力使人工的建筑形象消融在人化的自然与天趣自然之中。而传统庭院建筑，则可以看作儒道对立互补双重影响的一个中间地带。

这里应当指出，倘从道家主张"无为"、轻视人的力量这一点看，是必然

① 戴震：《原善》卷中，清嘉庆刻本，第1页。

② 《庄子》卷六，郭象注、陆德明音义，晋明世德堂本，第6页。

③ 《庄子》卷七，晋明世德堂本，第24页。

④ 同上。

⑤ 按："天人合一"说，参阅张岱年：《中国哲学史大纲》，中国社会科学出版社，1982。

会走向对自然的崇拜迷狂这一人生境界的，然而，中国古代园林建筑之类的形象涵义，虽然不能说已绝对排除了某些宗教思想的影响，却明明白白地重在审美而拒绝神的意味，何也？因为，道家虽然主张"无为"同时却认为"无为"即"无不为"，因"无为"而"无不为"。道家的"无为"，显然并非出于对盲目大自然的全人格的恐惧，而在将"无为"与"无不为"（即"有为"）划了等号。当然，这种"有为"与儒家相比，不是主要表现在改造、改变自然的实际行为中，而是在意念之中。虽然仅在意念中，恰与儒之"有为"不无相通之处。这是终于使深受道家情思熏陶的园林建筑等没有走向迷狂的一个文化心理根源（道教建筑似当别论）。另一方面，就"无为"而言，既然主张放弃人为的努力，便与真正的审美无缘。然而，在观念中，摒除实用功利与种种杂念，"无为而无不为"又是一种超脱的典型的审美心理。于是，便形成了一种奇观，园林建筑美的意境是"悠然意远而又怡然自足的。他是超脱的，但又不是出世的"，是"讲求空灵的，但又是极写实的。他以气韵生动为理想，但又要充满着静气。一言以蔽之，他是最超越自然而又最切近自然，是世界最心灵化的艺术，而同时是自然的本身"。[①]

要之，中国古代建筑美与自然之关系，体现了"天人合一"的审美理想与人生追求，这种关系也是"有机"的、"模糊"的一个"中介"与"灰"域，正如中国古代绘画与自然之关系那样，它一般"既不是以世界为有限的圆满的现实而崇拜模仿，也不是向一无尽的世界做无尽的追求，烦闷苦恼，彷徨不安。它所表现的精神是一种'深沉静默地与这无限的自然、无限的太空浑然融化，体合为一'。它所启示的境界是静的，因为顺着自然法则运行的宇宙是虽动而静的，与自然精神合一的人生也是虽动而静的。"[②]它既饮吸无穷时空于建筑之美，又在建筑之美中透露出与人生境界相谐的自然野趣。

---

① 宗白华:《美学散步》，上海人民出版社，1981，第125页。
② 同上书，第123页。

第四章　儒学规范

中国古代建筑文化之民族美学性格，受儒、道、佛哲学思想影响尤巨，以儒学为最。这里，且让我们先说中国古代建筑文化的儒学规范。

第一节　土木"写就"的"政治伦理学"

儒学，先秦"百家"言之首，为孔子所创立。在中国古代思想文化史上，儒学经历过汉代经学、宋明理学以及清代经学等诸多历史阶段的变迁流渐，形成了一股宏大的思想文化洪流，有力地塑造了中华民族的文化心理与民族性格，并与道、佛诸学成对立互补态势，给中国古代一切文化科学艺术其中包括建筑文化以持久、深刻的濡染。

儒学最重人伦教化。"儒家者流，盖出于司徒之官，助人君顺阴阳明教化者也。"[①]此为汉人对儒之界说，说得不差。人以个体形式存在于社会，必在群体中生活，于是，必有个人与个人、这部分人与那部分人在群体中的种种关系，君臣、父子、夫妇、长幼、尊卑，依自然"阴阳"而定，构成等级森严的人伦关系。这种关系，是历代儒学注意的中心。而"助人君顺阴阳明教化"者，即所谓"礼"。

礼者，何也？政治伦理也，殷周就有了的，起于神祀。《铁云藏龟》记有

---

① 班固:《汉书》卷三十，武英殿本，第15页。

"豐"字，即后之所谓"礼"。王国维氏云："盛玉以奉神人之器谓之豐，若豐，推之而奉神人之酒醴，亦谓之醴，又推之而奉神人之事，通谓之礼。"①郭沫若氏曰：

> 礼是后来的字。在金文里面，我们偶尔看见用豐字的。从字的结构上来说，是在一个器皿里面盛两串玉具以奉事于神。《盘庚篇》里面所说的"具乃贝玉"，就是这个意思。大概礼之起于祀神，故其字后来从示，其后扩展为对人，更其后扩展而为吉、凶、军、宾、嘉各种仪制。②

杨荣国亦说：

> "礼"，甲骨文写作"豐"或"𣥺"，是殷人祭上帝、祖先时，用两块玉放在一个器皿里作供奉的意思。后来，发展成为"礼治"，作为压服奴隶的规范。③

"豐"（礼），从𤦆从豆；𤦆，串连之玉形；豆，象器皿。礼从示，有崇祀之义。

儒学始祖孔夫子生当"礼坏乐崩"的春秋之世，对当时礼的被毁弃破坏痛心疾首，以复礼为己任。孔子声称"郁郁乎文哉，吾从周。""尔爱其羊，我爱其礼。"④其"从周"、"爱礼"之心很是虔诚热烈。不过，孔子所倡导的礼，虽源自殷周，却应时代之需，掺和了仁学的内容，他以仁释礼，改制了礼，发展了礼，一定程度上略去了古礼祀神的崇拜意味，使对神的礼变为对人的礼，将礼的强制与当时意义上的中庸、博爱、人道相结合。认为人与人之间严格的等级秩序与博爱孝慈是人伦的两个侧面，前者为礼，后者为仁。两者的结合，就是

---

① 王国维：《观堂集林》卷六，海宁王氏本，1927，第12页。
② 郭沫若：《十批判书·孔墨的批判》，人民出版社，1954，第82—83页。
③ 杨荣国：《中国古代思想史》，人民出版社，1973。
④ 《论语》卷三，何晏注：古逸丛书日本景正平本，第23页。

孔子关于礼的理想模式。或者可以说，在原始儒学看来，愈是强调森严的社会等级秩序，便愈符合古代的博爱人道（仁）原则，礼看似外加的，具有强制性质，却实在应当成为人作为社会个体的一种内心自觉要求。在孔子那里，表面上，礼收起了那种狞厉的面目，常常露出关于"仁"的和悦的微笑。试看据说只需"半部"就可"治天下"的《论语》，谈"仁"之处甚多。

> 樊迟问仁，子曰："爱人"。①
>
> 子贡曰："如有博施于民而能济众，何如？可谓仁乎？"
>
> 子曰："夫仁者，己欲立而立人，己欲达而达人，能近取譬，可谓仁之方也已。"②
>
> 子张问仁于孔子。孔子曰："……恭、宽、信、敏、惠。恭则不侮，宽则得众，信则人任焉，敏则有功，惠则足以使人。"③
>
> 颜渊问仁。子曰："克己复礼为仁。"④

可以说，"仁"是原始儒学的中心思想，这种"仁"，就是礼，最终目的全在于礼，"非礼勿视，非礼勿听，非礼勿言，非礼勿动。"⑤惟礼，仁在其中，忠孝悌恕贞信亦在其中了，这是儒家所追求的人生政治伦理境界。

孔子建立了一座仁学亦即礼学大厦，"礼，大言之，便是一朝一代的典章制度；小言之，是一族一姓的良风美俗。"⑥礼是为人生所须臾不能离开的。荀子将礼看成是生而俱来的东西。

> 人生而有欲，欲而不得，则不能无求，求而无度量分界，则不能不争。争则乱，乱则穷。先王恶其乱也，故制礼义以分之，以养人之欲，给人之

---

① 《论语》卷十二，何晏注，古逸丛书日本景正平本，第91页。

② 《论语》卷六，何晏注，古逸丛书日本景正平本，第47页。

③ 《论语》卷九，何晏注，古逸丛书日本景正平本，第115页。

④ 《论语》卷十二，何晏注，古逸丛书日本景正平本，第86页。

⑤ 同上。

⑥ 郭沫若：《郭沫若全集·历史篇》，第二卷，人民出版社，1982，第96页。

求，使欲必不穷乎物，物必不屈乎欲，两者相持而长，是礼之所起也。①

礼者，因人之情而为之节文，乃生活之法式。②

礼的目的与作用在于"节""欲"，在于使人生之"欲"适度，礼是治"乱"之"本"，是外"顺阴阳"（天地）、内契心欲、"助人君"、"明教化"、"经国家、定社稷、序人民"③的有效武器。古代世界，没有像中华民族这样重礼的。孟子云："天下之本在国，国之本在家，家之本在身"，"身"之"本"即在于礼也。故儒家欲"修身齐家治国平天下"，必十分讲究礼，唯在伦理而不重物理，这实在是中华民族一种历史的不幸。

在漫长的封建社会里，礼是无所不在的，礼渗透于一切人生领域。礼，作为一种顽强的封建政治伦理观念，严重地影响了中国古代建筑文化的精神面貌与历史发展。"礼有三本，天地者，生之本也；先祖者，类之本也；君师者，治之本也。""上事天、下事地，尊先祖而隆君师，是礼之三本也。"④这里，值得加以注意与研究的是与"生"、"类"、"治"相关的"三本"之礼，十分强烈地表现在中国古代的坛庙、都城、宫殿与陵寝等祭祀性或政治性建筑文化现象中，当然，这种表现，不是抽象的政治伦理说教，而是通过一定的建筑科学与美学处理，进行象征，令人意会。

下文分而论列。

先说宗庙。

宗庙，亦称太庙，是专供祭祀祖宗的建筑。北京明清故宫紫禁城前，出端门往东，经太庙街，有太庙建筑群，其占地约165 000平方米，基本为明代旧制。太庙正殿明时为9间面阔，清代改为11间，其形制品位几与故宫太和殿同列，太庙供奉皇家祖宗牌位，昭穆次序分明，以昭为尊，可见当时一派帝王气派。又，大名鼎鼎的曲阜孔庙，亦是宗庙建筑，在现存遍布全国的孔庙中，其历史规模当推第一。孔庙平面南北长600米，东西宽145米，呈狭长形，从南往

① 《荀子》卷第十三，杨倞注、卢文弨校，嘉善谢氏本，第1页。

② 吕思勉：《先秦学术概论》，中国大百科全书，1985，第55页。

③ 孔颖达：《左传注疏》卷四，阮刻本，第97页。

④ 《荀子》卷第十三，杨倞注、卢文弨校，嘉善谢氏本，第2页。

北，中轴线意识十分强烈，八进序列，因而，整个建筑群的纵深感很强，加强了崇祀即"礼"的意义。其大成殿为主体建筑，北宋遗制。殿为重檐歇山9间式，品位相当于故宫之保和殿，可见，被御赐为"至圣先师"、"文宣王"、"衍圣公"的庙，比起品位"天下老子第一"的北京故宫太庙来，还是稍逊一筹的。当然，就大成殿本身而言，其平面面阔近46米，进深约25米，内部空间最高度约25米，在整个孔庙建筑群中尺度最巨，尤其殿正面布置10根雕盘龙巨柱，建筑形象雄浑刚阳，突出了孔夫子的崇高历史地位，这，实在要比这位儒学先师生前以"复礼"为旗号、到处奔走呼号、到处碰壁的形象庄严得多。而其妻亓官氏的牌位，按儒学遗训，夫妇不能同列，只好屈尊供奉于寝殿（大成殿后）。至于这位圣人的所谓孔门七十二及历代名贤凡一百五十六后儒，虽然，据说是应当为后人们所尊敬的，但因有导师在此，也就以陪祀者的身份，其牌位被供奉于大成殿之左右两旁而名正言顺。古希腊的亚里士多德曾经喊出"吾爱吾师，更爱真理"的至理名言，在东方这块古老土地上，却由于导师具有长、祖的意义而成绝对权威、绝对真理。因此，看来亚氏这句格言的古代东方版应为"吾爱真理，更爱吾师。"爱"吾师"就是爱"真理"，祖宗就是"真理"，而且"真理"是分等级的，因为人是分等级的。又，中国古代东方大地上常见的宗祠，也是宗庙建筑之一种，不过，比起故宫太庙与曲阜孔庙来，为品级规制低下者罢了。而在宗祠本身，它在整个村落、市镇建筑群中，其形象还是十分威风的。地方豪门望族，为了显示其崇祖的热忱，竞相以最好的材料、伦理规范所能允许的最巨硕的建筑尺度、迷信观念中最佳的地望天时来建造宗祠，殷殷之心，实为中华民族心态中的一大奇观。

在世界建筑文化史上，古代中国的宗庙建筑，也许是"独家经营"，只有东方宗法式社会才能孕育、出现这种奇特的建筑文化现象。应当指出，这种建筑文化现象不自宋元明清始，早在殷代，已初见端倪。卜辞中有"宗、升、家、室、亚、寏、旦、亥、户、门"以及"大宗、小宗、中宗、亚宗、新宗、旧宗、屮宗、又宗、西宗、北宗、丁宗"等记载，均与宗庙有关。[①]然而，那是指先王先妣的宗庙或集合的宗庙。这与周代以后以男性先祖先王为神主的宗庙有所

---

① 陈梦家:《殷虚卜辞综述》，科学出版社，1956，第460—468页。

不同。殷之所谓"宗，其义为藏主之所"①。"示"，即藏（供奉）于宗庙的先祖先王的神主，"示与宗的分别，即神主（或庙主）与神主所在之宗庙、宗室的分别。"②"示"，有大小之别；直系先王为"大示"；旁系先王称"小示"。殷从上甲开始的"大示"，就是所谓"元示"。卜辞"自上甲六示"，指上甲至示癸六个先王；'自上甲廿示'，指从上甲至武乙二十个直系先王，小示也有若干。而"示"之所在，即后世之宗庙。当时，依等级差别，宗庙建筑名目繁多而祀祖实质则一，其朝向不等，或以南北向、或以东西向，平面大多长方形，尺度大小亦不同。

周代（西周）是古代中国宗法制基本成熟的历史时代。所谓宗法制，当以血缘为纽带、以嫡长子为大宗、以男性家长为尊所构成的社会典章规范文化制度。其有大宗、小宗即殷之所谓大示、小示之别。先王之嫡长子为法定之王位继承者，其登上王位，为全国大宗，先王之次子为小宗；次子有分封为诸侯者，在封地为大宗，其嫡长子登上诸侯王位，又为诸侯国之大宗，其次子又为小宗……这样层层叠叠，依次而下，构成宝塔形的宗法社会的网络结构，等级森严而呈超稳定态势。《诗》所谓"君之宗之"，是说周族不仅以公刘为君，而且公刘是周之大宗；又说"本支百世"，是指文王既为国君，其嫡长子系的后嗣是世袭的百世不迁的大宗。《诗》又有"既燕（宴）于宗"、"于以奠之？宗室牖下"的咏叹。这样，从全国最高"家长"皇帝世家，到最普通的老百姓，都有他们的先祖大宗需要祭祀，于是，各种品格不同的宗庙建筑便应运而建，可谓宗庙遍于域中，祭祖之风大炽。这种历史的嗜好使周人立下一条关于建筑营国的"规矩"："君子将营宫室，宗庙为先，厩库为次，居室为后。"③应由此可见其对宗庙的重视了。

周代宗庙之伦理意义在于"尊尊"。这是与殷制又有些不同的。周人祭庙：

> 诗、书、礼经皆无明文。据礼家言，乃有七庙、四庙之说。此虽不可

---

① 陈梦家：《殷虚卜辞综述》，科学出版社，1956，第460—468页。

② 同上。

③ 汤道衡：《礼记纂注》卷之二，明刻本，第3页。

视为宗周旧制，然礼家言庙制，必已萌芽于周初，固无可疑也。……商人继统之法，不合尊尊之义，其祭法又无远迩尊卑之分，则于亲亲、尊尊二义，皆无当也。周人以尊尊之义、亲亲之义而立嫡庶之制，又以亲亲之义经尊尊之义而立庙制，此其所以为文也。①

王国维的这段话值得参考，它说明殷商之时宗法观念、宗法制度及其相应的宗庙建筑的未曾基本完备，直到周初才有了一个历史的飞跃，这就难怪以"从周"为理想的孔夫子及其后儒，其宗法意识如此明确与浓烈了。

同时，王国维的论述还触及了"七庙、四庙"的庙制模式问题。中国古代建筑文化史上，实行过不同的庙制。据说，东汉王莽自称"予受命遭阳九之厄，百六之会，府帑空虚，百姓匮乏，宗庙未修，且祫祭于明堂太庙，夙夜永念，未敢宁息"，于是，"取其材瓦，以起九庙。……一曰黄帝太初祖庙；二曰帝虞始祖昭庙；三曰陈胡王统祖穆庙；四曰齐敬王世祖昭庙；五曰济北愍王王祖穆庙，凡五庙不堕云；六曰济南伯王尊祢昭庙；七曰元城插王尊祢穆庙；八曰阳平顷王戚祢昭庙；九曰新都显王戚祢穆庙。殿皆重屋。太初祖庙东南西北各四十丈，高十七丈，余庙半之。为铜薄栌，饰以金银琱文，穷极百工之巧。"②这里，论威风排场，以"黄帝太初祖庙"为最，其余八庙体量，只及其一半，可见对黄帝之虔诚。

《礼记》云：

> 天子七庙，三昭三穆，与大祖之庙而七。诸侯五庙，二昭二穆与大祖之庙而五。大夫三庙，一昭一穆与大祖之庙而三。士一庙。庶人祭于寝。③

这里，天子、诸侯、大夫、士与庶人社会地位不同，而使其庙数急速递减到零，在礼的观念上，反映了阶级与等级的对立与差别。正如荀子所云，"有天下者事

---

① 王国维：《殷周制度论》，《观堂集林》卷十，《王国维遗书》第一册，河北教育出版社，2003，第239页。

② 顾炎武：《历代宅京记》，中华书局，1984，第50页。

③ 汤道衡：《礼记纂注》卷之五，明刻本，第9—10页。

七世，有国者事五世，有五乘之地者事三世，有三乘之地者事一世，持手而食者不得立宗庙。"①说得真是斩钉截铁。

同时，这里还涉及了"昭穆"秩序。周代将同族男子分为昭穆两辈，隔代辈同。比如，天子七庙制的昭穆秩序就是这样排列的，违者就是僭礼（见简图）。这里，太祖为一世。第二、四、六世为昭辈；第三、五、七世为穆辈。那么，其第八世又当是昭辈了，第八世驾崩后，其神主牌位供奉于原六世宗庙内，原六世、四世、二世依次前挪一庙，原二世迁入夹室；第九世驾崩后，亦照此办理，以此类推。朱熹解释诸侯五庙制，说的也是这个道理：

> 周礼建国之神位，左宗庙，则五庙皆当在公宫之东南矣。……盖太祖之庙，始封之君居之。……穆之背庙，三世之君居之。昭之南庙，四世之君居之。穆之南庙，五世之君居之。……太祖之庙，百世不迁。自余四庙，则六世之后每一易世而一迁。②

夹室	太祖	夹室
三世（穆）		二世（昭）
五世		四世
七世		六世

从朱熹这段话中可以看出，宗庙的平面位置在"国"（都城）的"东南"，这便是《周礼·考工记》所谓"左祖右社"制。古人以左为上，可见宗庙在古人心目中的分量。

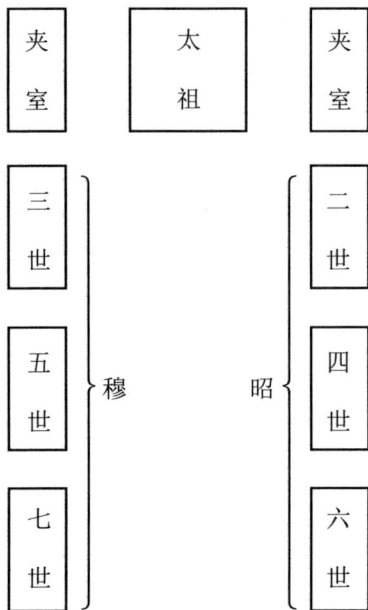

奉祀王室祖先之地，它代表王室宗族，是为宗法观念——"亲亲"的标志，将宗庙配置在主轴线的左前方，和外朝联成一体，借显示周王的天下大宗子的身份，进一步突出王权，从而体现"亲亲"与"尊尊"结合的

---

① 《荀子》卷十三，杨倞注、卢文弨校，嘉善谢氏本，第3页。
② 朱熹：《四书或问·中庸或问》，日本刻本，第30页。

宗法血缘政体特色。①

　　宗，尊也；庙，貌也，所以仿佛先人尊貌也。②

崇拜宗庙，也就是崇拜祖宗，宗庙在中国古代建筑文化中的价值，也就是它在宗法制中的价值，换言之，是祖宗在整个宗法制观念中的地位，决定了宗庙在中国古代建筑文化中的独特美学意义。古代中国人对祖宗神是佩服得五体投地、"言听计从"的，其虔诚程度，大约与"文革"初年的"早请示，晚汇报"差不离。不仅祭祀，大凡册命典礼、出师授兵、祝捷献俘抑或告朔听政、外交盟会，往往在宗庙举行，为的是在心理上，需要听听祖宗神的声音，寻求精神支柱。宗庙是国家政权的象征，因为，它强烈地显示了等级观念，这正如马克思所言，"中世纪各等级的全部存在就是政治的存在，它们的存在就是国家的存在，……它们的等级就是它们的国家。"③因此，在古代中国，失去宗庙，便意味着失去国家政权。"桀纣幽厉……遂失其宗庙"④，这里的宗庙，即为国家。"安危荣辱之本在于主，主之本在于宗庙。"⑤"宗庙之灭，天下之失。"⑥故灭人之国，往往"毁其宗庙"⑦。

　　这里应当指出，早在孔子时代之前，宗庙已经存在，这当然不能由此得出这种古代建筑文化现象是在儒学规范下出现的结论。然而，无论宗庙建筑文化，还是儒学规范本身，其起始、酝酿、形成与发展、成熟都有一个历史过程。本书所以要论述孔子时代之前的宗庙建筑文化现象，目的是为儒学诞生以后并深受其影响的这种建筑文化寻找一个历史的"根"，并由这"根"进而观察其"根"上的"茎"、"华"与"实"、亦即后代宗庙建筑文化的历史发展。人们看

① 贺业钜：《考工记营国制度研究》，中国建筑工业出版社，1985，第57页。
② 张宗祥：《校正三辅黄图》，古典文学出版社，1958，第41页。
③ ［德］卡尔·马克思：《黑格尔法哲学批判》，《马克思恩格斯全集》第一卷，人民出版社，1956，第335页。
④ 毕沅疏：《墨子》卷之九，毕氏灵岩山馆刊本，第11页。
⑤ 高诱注、毕沅疏：《吕氏春秋》第十三卷《务本》，毕氏灵岩山馆刊本，第2页。
⑥ 高诱注、毕沅疏：《吕氏春秋》第十四卷《遇合》，毕氏灵岩山馆刊本，第1页。
⑦ 朱熹：《孟子章句集注》卷第二，吴县吴氏仿宋本，第15页。

到，当儒学兴起、礼制大盛之时，先庙建筑文化的发展也与之取了同步发展的态势。人们可以将原始儒学诞生之前的宗庙建筑文化现象，看成哲学上由准儒学熏陶下的文化产物。因为，即使儒学本身，也同样有一个缘起、酝酿、形成、发展、成熟直至消亡的历史发展过程。如果说，宗庙建筑文化的"根"，深扎在殷周之际甚至更早的文化土壤之中，那么儒学，虽是由孔夫子所创立的，却不是由一个天才头脑，突然在一个早晨创立的，它的"根"也在殷周之际甚至更悠远的历史文化中，它是以往炎黄文化的历史累积与扬弃。

尤其，在祖宗崇拜这一点上，儒学规范中对祖宗的礼制以及宗庙建筑文化两者之间，存在着历史的沟通与契合，它们是"异构同质"的。

恩格斯说："亲属关系在一切蒙昧民族和野蛮民族的社会制度中起着决定作用。"[1]处于孔子时代及尔后漫长封建社会时代的中华民族，虽然早已走出了"蒙昧"、"野蛮"的历史发展阶段，但文明如当时的赤县神州，也是从远古的"蒙昧"与"野蛮"发展而来的，这一点毋庸讳言。远古，人与人之间的伦理关系十分单纯，也很原始，便是以血缘为纽带组成氏族集团，尔后氏族之间的兼并便渐成国家。国家诞生之前不知多少个世纪，为争夺食物丰茂、环境优越之地，氏族之间发生的争斗，想必十分剧烈，为求自立于氏族之林，任一民族，都企望于本氏族人丁兴旺，将人口稀少看作亡族灭种的最大威胁。因此，人们自然便将人自身的生产繁衍看作无比重要的事情，适逢当时人们对人的生育之理一无所知，深感神秘恐惧，于是必然地便崇拜生殖，由崇拜生殖而追根寻源，于是便崇拜祖宗，尤其崇拜最古老的祖宗。远古图腾崇拜，其实就是这种生殖崇拜、祖宗崇拜的历史前导。关于这一点，在中国古代文化心理中，直到殷商尚可见若干历史遗影。"天命玄鸟，降而生商。"[2]"有娀方将，帝立子生商。"[3]郑笺云："天使鳦（引者注：读yì，亦写作鳦，即玄鸟。诗云：'燕燕于飞。'一名玄鸟。齐人呼鳦）下而生商者，谓鳦遗卵，娀氏之女简狄吞之而生契。"[4]《铁云藏龟》有"贞：于妣乙求年"之说，这是"妣乙不见合祭于先祖，当是殷代

---

① ［德］马克思、恩格斯：《马克思恩格斯选集》第4卷，人民出版社，1972，第24页。

② 毛亨传，郑玄笺：《毛诗》卷二十，相台岳氏家塾本，第12—13页。

③ 同上书，第14页。

④ 杨荣国：《中国古代思想史》，人民出版社，1973，第7页。

上世的先妣，即商祖契之母简狄；乙为后世玄鸟所自出"①之意。由此可见，殷人的图腾崇拜对象是"玄鸟"，虽然这"玄鸟"，实际上当然并非殷人之祖，但在殷人心目中，是看得与祖宗一样重要的。

相传远古之东方大地上发生过炎黄之争，结果黄族之后裔雄踞中原而炎族之后裔成为四夷。这里，暂且不管其考据学上的历史真实性究竟如何，这种炎黄之争的历史传闻，必然极大地加剧了后代崇祖、祭祖的历史风气，使得中华民族建立在生殖崇拜基础上的祖宗崇拜的心理定势非常顽强而且牢固，这也不能不说是中国古代宗庙建筑文化大盛的一个民族心理根源。

要之，中华民族宗庙建筑文化的深层文化心理根源在于与儒学规范的礼制相联系的生殖崇拜。

次说都城。

"都邑者，政治与文化之标征也。"②从儒学规范之礼制角度看，中国古代都城建筑文化尤其强调王权重威，讲求礼治秩序。

大凡城市都邑，都是统治者盘桓之地，古今中外概莫能外。中国古代都城建筑，尤其历代首都，虽具有经贸、文化、外交等多种功能，但一贯强调王权重威、讲求礼治秩序是其基本美学特色。如果说，近现代诸多城市往往是经济文化交流的中心，那么，中国古代都城则首先是政治、军事堡垒。"筑城以卫君，造郭以守民"③，保护国君与管辖天下民众二者得兼，营国建城，目的在君。君者，"夫贵为天子，富有天下，名为圣王，兼制人，人莫得而制也"、"君使诸侯，一天下，是又人情之所同欲也，而天子之礼制如是者也。"④忠君重礼，是儒学所提倡的，一般地成为中国古代都城建筑文化的美学主题。

且说《周礼·考工记》，为西汉武帝时河间献王刘德补《周礼·冬官》缺文而问世，书中述西周建筑文化尤其都邑之礼颇为详备。孔子十分向往西周文武周公之礼治，推崇周礼不遗余力。应当说，《周礼·考工记》出现于"独尊儒术"的西汉，虽其内容在于总结西周的都城制度，然所述礼制规范是与儒学教

①　王国维：《殷周制度论》，《观堂集林（四）》卷十，海宁王氏本，1927，第9页。

②　同上书，第1页。

③　高承：《事物纪原》卷八，四库全书本，第48页。

④　杨倞疏、卢文弨校：《荀子》卷七，嘉善谢氏本，第14页。

条相契合拍的。

《考工记》规定城邑礼制为三等。一为奴隶制王国首都王城；次为诸侯封地国都诸侯城；三为"都"即宗室与卿大夫采邑。"王城居首，为全国血缘宗法政治中心。诸侯城列作第二级，是周王朝在一个地区的血缘宗法政治大据点。卿大夫采邑（都）为第三级，系周王朝血缘宗法政治的基层据点。""三级城邑，尊卑有序，大小有制。"①虽同属一个统治阶级，也很重尊卑"名分"。

为体现森严冷肃的礼制观念，重视都城建筑个体或群体的方位必依"周法"而历代少有改变。《考工记·匠人》，有所谓"左祖右社，面朝后市"之说，王城必以宫城居中，因为这是天子所居之地。以宫城为平面"座标系"设立其它建筑群，即宫城左前方为祖庙（宗庙、太庙），右前方为社稷坛；宫城外前方为朝、后方为市。祖庙象征宗法血缘，社稷以示国土，"普天之下，莫非王土"也。朝在宫之前，君王面南，群臣北拜。贸市为次，占地又小，只应设于整个王城的北部"卑位"。毋庸置疑，那些里巷之居布于宫城四外，与宫保持一定距离，不得闯入宫之禁地，又要在位置上起到拥戴宫的作用。同时，这种平面布局，实际上是有中轴线的，宫城处于中轴线上，"祖"、"社"为中轴线之左右两翼。"中轴线"原为建筑地理位置观念，象征华夏居天下之中，这里突出王权居中，强调重威。

应当指出，由于种种地理、材料及有关人文因素等影响，数千年来古代都城的平面布置，当然难以绝对以《考工记》之规构思建造。然《考工记》之礼制精神却基本未变，它成了中国古代都城的基本模式。比如，秦都咸阳"因北陵营殿，端门四达，以制紫宫象帝居，引渭水灌都以象天汉，横桥南渡以法牵牛"②，于渭北营建六国宫室，以示一统天下，并将宫廷区域向渭水以南发展，欲建成阿房宫等大片宫殿。应当说，这与周代都城制度有些不同了，然而，考咸阳扩建之主体宫城构思，是以周礼所倡导的中轴线观念为主干的。又如，前汉王城平面布置因地形等因素所限，又出于实际使用功能之需，市区扩大，且分为东、西两部，道路亦不如《考工记》所规定的那样规整，因此，汉之长安

---

① 贺业钜：《考工记营国制度研究》，中国建筑工业出版社，1985，第139页。

② 张宗祥：《校正三辅黄图》，古典文学出版社，1958，第3页。

被称为"斗城"而非《考工记》那种泾渭分明的棋盘式，但王城规划重点仍在宫城，且具有明确的中轴线。这一点，可以《汉书》所载萧何造未央宫以令"天子重威"为佐证。又如，由于组织建造北魏洛阳的孝文帝倚重儒学，使历史上的这座名城尤其强调以宫为主、推重中轴线的总体构思。再如，隋唐长安且不必多言，其在遵守儒学规范的都城礼制方面堪称典型。即如唐代洛阳而言，虽因宫城偏于西北一隅，使整个都城的中轴线随之西移，而宫城以东为大片市商里坊聚集之地，给人以东重西轻之不平衡感。但，由于宫城以西辟建大片林囿，仍然做到了中轴线左右基本对称，以宫城为中心，体现了帝都重威的美学效果。至于明清北京故宫，其儒学重礼之倾向可以说体现得最充分了。其平面布局，自南至北以正阳门、大明门（大清门）、天安门、端门、午门、太和门、太和殿、中和殿、保和殿、乾清门直达鼓楼，形成一个强烈的中轴序列，左为祖庙，右为社稷，对称布排其他建筑，并且，太和殿之宝座恰好设在全城之中轴线上，这种浓烈的礼制气息，与当时宋明理学大兴、儒学规范更为深入地溶解于民族灵魂不无关系。

"名位不同，礼亦异数。"[1]中国古代都城建筑文化的礼制性格，往往是通过一定的数及数之变化显现出来的。

《考工记》云："匠人营国，方九里，旁三门。国中九经九纬，经涂九轨。左祖右社，面朝后市，市朝一夫。"又云："经涂九轨，环涂七轨，野涂五轨。"[2]这里，别的暂且勿论，单说王城道路宽度，是等位最高的。"轨，谓辙广，乘车六尺六寸，旁加七寸，凡八尺，是为辙广。"[3]故王城南北直道宽可周尺七十二、环城大道为五十六尺，而城外野路仅四十尺，至于这里未提及的诸侯城与"都"，其道宽度小于王城者而必无疑。又，按周礼，王城城垣高为七雉、城隅高九雉；宫城垣高五雉，宫隅高七雉，宫门门阿高五雉。这里，雉，为古代城墙面积单位，高一丈、长三丈称一雉。可见，王城、诸侯城与采邑的"雉"规十分严格，且王城、宫城的城垣、城隅以及宫城城垣，宫隅、宫门门阿的

---

① 孔颖达：《左传注疏》卷九，阮刻本，第191页。

② 郑玄注：《周礼》卷十二，明覆元岳氏刻本，第18页。

③ 同上书，第15页。

高宽度也须循礼而定，不是随便可以胡来的。祭仲曰："都城过百雉，国之害也。"是何缘故？因为，据"先王之制，大都不过参国之一，中五之一，小九之一"①，这里，"先王之制"，儒学规范也。都，卿大夫采邑，大采邑的城墙面积不能超过"国"（国都）的三分之一，古代侯伯国都城墙面积规定为三百雉，故"大都"不超过一百雉；"中都"不超过六十雉；"小都"不超过三十三雉许。而"今京不度，非制也。"②京，何许人？即京城大叔。《左传》中说他不过是社会地位不及侯伯的一个人物，竟建都城超过百雉，因此，难怪重礼的郑大夫祭仲要对此愤愤不平了。又，按《周礼·考工记》，王城面积为"方九里"，这是最高规格，"天子城方九里，公盖七里，侯伯盖五里，子男盖三里"③依次而下。人们看到，受儒学规范的礼制制约下的都城制度，往往以二为等差级数表示建筑品位的不同，这里是一显例。这种等差级数的出现，在建筑科学技术上并无意义，完全是中国古代重伦理、轻物理的又一表现，"自上以下，降杀以两，礼也"④。

又，在建筑体量与用材上，也须依礼而定。唐代建筑的若干等级规定为：官位三品以下，堂舍不得超过五间九架，头门屋不得超过三间五架。五品以下，堂舍不得超过五间七架，头门屋不得超过三间两架。六品七品以下不得超过三间五架，头门屋不得超过一间两架。平常百姓不得超过三间四架。⑤明代的住宅等级制度为"一品二品厅堂五间九架"、"三品至五品厅堂五间七架"、"六品至九品厅堂三间七架"、"庶民庐舍不过三间五架"⑥。在《营造法式》中，也一定程度上渗透着儒家关于礼的内容。材有八个等级：一等材横断面为54平方寸；二为45.375平方寸；三为37.5；四为34.56；五为29.04；六为24；七为18.375；八为13.5。并规定一等材只可用于比如太和殿、祾恩殿等最显贵的建筑，这种建筑面阔为9至11间；二等材只可用于面阔为5至7间的建筑；三等材用

① 孔颖达：《左传注疏》卷二，阮刻本，第43页。
② 同上。
③ 戴震：《考工记图》卷下，清乾隆纪氏阅微草堂刻本，第34页。
④ 班固：《汉书》卷七十三《韦贤传》，武英殿本，第1902页。
⑤ 刘思训：《中国美术发展史》，商务印书馆，1946，第56页。
⑥ 万斯同：《明史》卷六十八，清钞本，第831页。

于3至5间者；四等材用于3间殿身与厅堂为5间的建筑；五等材用于小3间殿身或大8间厅堂的建筑；六等材用于亭榭或小厅堂；七等材用于小殿之类；八等材只能出现于殿内藻井或小榭之类的建筑上。这里，"材尽其用"，虽有建筑科学技术上的考虑，但主要出于儒学规范的制约。

再说宫殿。

宫殿，任何都城的主题建筑。作为帝王理政与生活场所，其取地最广，位置居中、用材最精、造价最费、尺度最巨、品位最高当属无疑，很少例外。

比如，这里又该说到北京明清故宫了，其"最、最、最"的重礼之"歌"可谓响彻云霄。故宫为明清两朝的宫殿，自明成祖执政五年（永乐五年，1407年，一说永乐四年）始建，劳民伤财、惨淡经营，到1421年才告建成。其宫城东西跨度760米，南北纵深960米，平面呈长方形。其内部建筑制度依"礼"而定，分外朝内廷两部分。外朝附会古之"三朝"礼制，为太和殿、中和殿、保和殿。三者之中以太和殿为尊，因为这里是朝典如即位、大朝、颁发诏令以号天下之地。故其高近27米、宽约64米，进深37米多，面阔最大，至清改为11间，坐落于一巨大的汉白玉台基上，与长陵之祾恩殿同为现存中国古代尺度最为巨硕的木构建筑。太和殿采用品位最高的重檐庑殿屋顶[①]，赤柱黄瓦，额枋青绿，屋顶走兽与斗栱出挑的数目为最多，雕刻精美，彩绘以龙、凤为题，色彩偏于金黄，"金黄者，帝王之色也"。太和殿前视野开阔，辟一广场，不事绿化，占地2.5公顷，平面方形规整，为宫城内最大的院落，气氛肃穆庄严，有天子"极目千里"之意。太和殿左右前后布置以高低错落、秩序井然的其它建筑群，呈对称态势，有簇拥之意，又保持一段距离，取"帝威者，可敬而不可近也"。中和殿在太和殿之后，为帝王莅临大朝视政的准备之所，采用方檐圆屋顶，位在其次；保和殿屋顶用歇山式，这种建筑礼制与此殿仅供皇帝欢宴或举办朝考的身份是相配的。

整个外朝占地约6万平方米，其地位高于内廷。内廷为皇家居住之所，主要建筑为乾清宫、交泰宫、坤宁宫。乾者，阳，以示君；坤者，阴，以示后。三

---

① 按中国古代建筑规范，庑殿式屋顶品第最尊，歇山式次之，悬山、硬山式又次之，攒尖式最次。

殿两侧为东六宫、西六宫，是嫔妃居住之地，东西六宫之后，又建有专供皇族太子们居住的住所，其尺度品级当更在其次。可谓帝王"重色而衣之，重味而食之，重财物而制之，合天下而君之；饮食甚厚，声乐甚大，台榭甚高，园囿甚广"①，锦衣玉食，美室广厦，乾清坤宁，销魂大悦也。这是渗融着儒学规范的"前朝后寝"制，其伦理意义实与《考工记》所谓"内有九室，九嫔居之。外有九室，九卿朝焉。九分其国，以为九分，九卿治之"②者相通。在前朝后寝侍事帝王的，虽同为臣属，但也有前后之分，男女之别，真可谓："女正位乎内，男正位乎外，男女正，天地之大义也。"③乾者，又谓天，男；坤者，又谓地，女。乾坤之"正位"是天经地义。

又，宫殿门制，也必依礼而定。古代天子、诸侯、卿大夫门制有别。如在应门之旁立阙（观），"设两观，乘大路……此皆天子之礼也。"④"礼，天子诸侯坛门，天子外阙两观，诸侯内阙一观。"⑤卿大夫不得设置坛门，"家不坛门"⑥就是这个意思。至于塞门，帝王宫殿前才能设立，臣树塞门，便是僭礼。"邦君树塞门，管氏亦树塞门；邦君为两君之好，有反坫，管氏亦有反坫。管氏而知礼，孰不知礼？"⑦这里，邦君，指帝王；管氏，管仲；反坫，古代设于堂上两楹间以示礼制礼节的土台。面对这种"礼坏乐崩"的乱礼行为，重礼的孔夫子可谓痛心疾首，便措辞严厉地提出了责问，可见其"复礼"之心的虔诚急迫。故宫从大清门（明代为大明门）、端门、天安门、午门到太和门的连续设置，其礼制依据是儒家所推崇的所谓"五门"制度。加上位于全城南端的正阳门，纵深1 700米，划分6个大小有别的空间，因门制序列几经高潮，最后经太和门前往，迎面一正方形太和殿广场，森然肃然，使入朝参拜者的伦理观念情绪得到宣泄、达于"沸点"。

---

① 杨倞疏、卢文弨校：《荀子》卷第七，嘉善谢氏本，第14页。

② 戴震：《考工记图》卷下，清乾隆纪氏阅微草堂刻本，第4页。

③ 郑玄：《周易郑注》卷四，湖海楼丛书本，第6页。

④ 陈立：《公羊义疏》六十六，南菁书院续经解本，第1012页。

⑤ 何休：《春秋公羊经传解诂》卷十，宋建安余氏刊本，第15页。

⑥ 汤道衡：《礼记纂注》卷之十，明刻本，第3页。

⑦ 何晏注：《论语》卷三，古逸丛书日本景正平本，第25页。

最后说说陵寝。

"古之葬者，厚衣之以薪，葬之中野，不封不树。"①这说明殷周时代的墓葬是不封土堆、墓前不植树木以作标记的。"古者墓而不坟，文、武之兆，与平地齐"②，说的也是这个意思。"墓"者，"没"也。坟，有高起之状。"古也，墓而不坟。"③这可以肯定。中原地区出现坟丘式墓葬，据说始于孔子。这位"至圣先师"幼年丧父，颇尽孝心，便将合葬于防的父母的墓"封之，崇四尺"④。求其识别膜拜。四尺之坟，自然不高，但已具有礼拜意义。

陵寝制度的儒学规范，首先重在君王。帝陵之高度是无与伦比的。如始皇陵"坟高五十余丈"，合现制120多米，汉武帝茂陵"高十四丈"，合现制46.5米，为汉陵中之佼佼者。唐太宗倡言"薄葬"，"请因山而葬，不须起坟。"⑤其实陵之所居九嵕山海拔1 188米，高峻雄伟，其陵之崇高不言自明。高宗与则天合葬于乾陵，也是"因山为陵"，陵之所在梁山海拔1 049米，崇高意义不在唐太宗的昭陵之下。北宋巩县八陵中，永安陵现高8米、永昌陵现高21米、永熙陵高约29米、永定陵高21米、永昭陵高22米、永厚陵高20米、永裕陵高17米、永泰陵高21米，⑥其高度虽则看似平平，而且八陵之间互有差别，但在当初所有北宋陵墓中，帝陵当然是最高的。又如，明孝陵居所谓"钟阜龙盘、石城虎踞"的南京紫金山独龙阜玩珠峰下，阜高150米，气象非凡。清初三陵以及清东陵、西陵的高度当也为清代陵墓之"最"，此不赘言。总之，以高为至尊，是体现在陵寝制度中的儒学规范。而臣仆之陵墓，不管墓主功劳多高，是无论如何不得超过帝陵的。如汉之陪葬于茂陵的李夫人墓，据《三辅黄图》为八丈，霍去病、卫青墓仅崇二丈。唐代规定一品"陪陵"可起坟4丈，这是特例。一般情况下，一品官坟高必在1丈8尺，二品以下，每减一品就降2尺，六品以下为8尺。从开元二十九年（公元741年）起，又下令一品官坟高1丈6尺，

① 郑玄：《周易郑注》卷八，湖海楼丛书本，第3页。

② 魏征：《群书治要》卷之四一五，日本天明刻本，第5页。

③ 汤道衡：《礼记纂注》卷之三，明刻本，第3页。

④ 同上。

⑤ 刘昫：《旧唐书·列传》卷五十一，第1193页。

⑥ 罗哲文、罗扬：《中国历代帝王陵寝》，上海文化出版社，1984，第212页。

二品以下依次递减2尺，六品以下为7尺，庶人仅为4尺。明代规定，公侯坟丘高可2丈，一品1丈8尺；二品1丈6尺，依次以2尺递减，至七品芝麻官仅为6尺，而庶人不得起坟。

中国历代陵寝礼制，不仅以高为贵，而且以多为贵。

为了对死去的帝王进行祭祀，帝陵多建有陵寝建筑。秦始皇陵的地上地下建筑固不待多言，其墓道、地宫、雕塑品之繁丽宏富是人们所熟悉的。"以布衣提三尺剑有天下"的汉高祖刘邦的长陵，"周七里一百八十步"，其地宫"内梓棺、黄柏肠题凑，以次百官藏毕，其设四通羡门，容六车六马，皆藏之。四方外陛，东石外方立，先闭剑户，户设夜龙、莫邪剑、伏弩，设伏火。"[①]其繁富程度，人们只要看看品位低于长陵的陪葬墓的随葬品之多，便不难想见。如已被发掘的陪葬墓周亚夫父子墓，墓坛中建有复杂的木构建筑，仿贵族宅第式，出土的大量精美的玉器、漆器、车马器、玉衣以及兵佣近600件、人佣近2000件，其数量之巨，已是叹为观止，而长陵之"多"，自然不在其下。

又，在建筑文化上成就堪称十三陵之冠的明成祖长陵，其"多"更是不同凡响。首先，陵寝建筑多重进深。自南至北，依次为石牌坊、大红门、碑亭、华表、汉白玉七孔大桥、祾恩门、祾恩殿、内红门、宝城、明楼、宝顶以及陵冢（地宫）。其中，比如大红门为陵园门户，歇山顶、单檐、朱壁黄琉璃瓦，东西为围墙，周长80里，设中山门、东山门、老君堂门、贤庄门、灰岭门、钻石门、雁子门、德胜门、西山门、榨子门等十门。其次，在长达800多米的神道两侧，每隔约45米间距，对仗放置石象生，计有麒麟、骆驼、象、马、鹿、狮子、獬豸、文官、武将、功臣等等，以象征帝王生前仪卫。又次，祾恩殿面阔九间，为最高品位，汉白玉台基，高3.2米，3层构筑，殿平面东西66.75米，南北29.31米。殿内排列着60根楠木巨柱，气氛森严肃穆。同时，为显示帝王高贵的伦理身分，据《李朝实录》，在长陵陵寝文化制度中还含有殉葬制。殉葬这天，宫中设宴，殉葬者哭声震天，十六个嫔妃被迫站于小木床上，活活吊死[②]，其状惨不忍睹。而包括长陵在内的十三陵各陵门前立有一块无字碑，不著一字，

---

① 卫宏注、黄奭辑：《汉旧仪》，清道光黄氏刻民国二十三年江都朱长圻补刊本，第51页。

② 林黎明、孙忠家：《中国历代陵寝纪略》，黑龙江人民出版社，1984，第125页。

其意却在颂扬帝王"功德"太"多",无法述写。

中国古代陵寝建筑制度的文化原则在于"事死如事生",陵寝主人生前是何社会地位身份,死后便也得到相应"待遇"。所谓"事死如事生,礼也"[1]。生之礼与死之礼是统一的。荀子认为,"礼者,谨于治生死者也。"丧礼者,以生者饰死者也,大象其生以送其死也。"故"礼义之法式"重在讲其养生与送死之道。如果,"厚其生而薄其死",是"奸人之道而倍(背)叛之心也"[2]。荀卿的这种观点,是典型的儒学观。

要之,从以上对中国古代宗庙、都城、宫殿以及陵寝建筑文化制度的简略巡视中,读者可以看到,这是一部用土木"写就"的"政治伦理学"。其中建筑规制及其附属文化内容,十分重视与讲究对于"数"的运用,随处可以看到以"数"表示政治伦理等级的现象。数理本属自然科学,儒家却将它抓在手里,成为实现儒学规范的一种有力"武器"。中国古代的数理之学本来并不在古代西方之下,却往往可悲可叹地成为儒学伦理的附庸。重人伦、轻机巧;重伦理,轻数理,是数千年尤其近代中国数理之学落后于西方的原因之一,而这,主要应当"归功"于儒学规范的制约。其历史的悲剧性质,正如古代中国最早发明了火药与指南针,却一般不去用于发展船坚炮利、用于航海,而为求粉饰太平盛世大放烟火鞭炮、用罗盘看风水一样。

"数"与这部以土木"写就"的"政治伦理学"是密切相关的,尤其一些特殊的"数",比如"九"在中国古代建筑文化美学中具有特别的社会伦理文化意义,而这,让我们放到第二节去做具体分析。

第二节 以礼为基调的礼乐"和谐"

尽管中国古代建筑文化,一般具有强烈的政治伦理色彩,这里,不乏神权的威慑、王权的煊赫、族权的冷峻以及父权的威严,由于建筑文化现象蕴涵着严厉的阶级或等级观念,而显得思想保守、僵化,令人深感略带苦涩的历史滋

---

① 郑玄注:《周礼》卷六,明覆元岳氏刻本,第37页。
② 杨倞疏、卢文弨校:《荀子》卷十三,嘉善谢氏本,第10页。

味。可是，历史悠久的中国古代建筑文化，却并非一种简单的政治伦理符号的演绎，它也是民族审美意识的物化。

儒家重礼，此不必多言。礼者，等级森严的典章制度与伦理规范，其着眼点在于对社会人群的"分"、"分而治之"，这是礼的精神实质。所谓礼者，"法之大分，类之纲纪也。"①君君、臣臣、父父、子子，各司其职，各安其位，"天尊地卑，君臣定矣；卑高已陈，贵贱位矣。"②礼，在于要求社会有条不紊，秩序严格，这里，讲的是强权意志。

然而，一旦强权意志过分强烈，壁垒森严，惟礼而无其他，最后则必导致天下大乱，儒家对这一点看得很清楚。

于是，作为对立互补因素，必有儒家倡言的"乐"出而平衡调和。"乐者为同，礼者为异，同则相亲，异者相敬，乐胜则流，礼胜则离。合情饰貌者，礼乐之事也，礼义立则贵贱等矣，乐文同则上下和矣。"③"乐统同，礼别异。"④"礼乐皆得，谓之有德。"⑤这便是儒家的礼乐中和观。

孔夫子以仁释礼解乐，提倡与追求新的历史水平的礼乐中和境界，不仅是儒家最高的人生境界，也是最高的文化审美理想。

什么是乐？郭沫若采罗振玉说，认为"乐（樂）"之初义"从丝附木上，琴瑟之象也，或增Δ以象调弦之器"。许慎《说文》释"乐（樂）"字为"五声，八音总名。象鼓鞞，木，虡也。"将乐（樂）看作木架置鼓的象形。其实，以上二说均非"乐"之初义，而只是出现于先秦钟鼎铭文、简书刻辞以及秦篆中"乐"字的引申义。"乐"，甲骨文写作𝕏，其𝕏，是果实累累之象形，与谷物、食物有关；Δ，是𝕏、𝕏"食"字之简写。故"乐"字之𝕏与Δ，并非什么"琴瑟之象"、"象鼓鞞"⑥，乐之初义并非指音乐，而是人进食所获得的生理性快感，后才引申为音乐与艺术。

---

① 杨倞疏、卢文弨校：《荀子》卷第一，嘉善谢氏本，第12页。

② 郑玄注：《周礼》卷十一，明覆元岳氏刻本，第253页。

③ 汤道衡：《礼记纂注》卷十八，明刻本，第5页。

④ 同上书，第18页。

⑤ 同上书，第3页。

⑥ 修海林：《"樂"之初义及其历史沿革》，引自《人民音乐》，1986年第3期，第50—52页。

这种关于乐的最初义，恰与儒家对于乐的哲学理解相通。先将乐看作是人欲的一种需要。按一般理解，"礼是意志的训练，乐是情感的陶冶；礼是由外而内的教育（注：故带某种强迫意味），乐是由内而外的教育（注：故具由衷之特性）。"①此自不无道理。但在儒家，都将乐与礼看成是人的一种生命现象与本质。换言之，它们首先是人的一种不可亦不愿违逆天理的自觉的生理欲求，犹如人饿了非得吃东西而后获得生理上的大快一样，根本不需要社会外力的强迫，因为这种人的自觉生理欲求的源泉在本然的天地之中。"乐者天地之和，礼者天地之序。""大乐与天地同和，大礼与天地同节。"②"人生而静，天之性也，感于物而动，性之欲也。"人性欲望之"动"，是由"天性"所开启的，故"凡音（乐）之起，由人心生也，人心之动，物使之然也。"③这里的"物"，即指天地。礼乐以及礼乐中和，本根于天地之源以及天地内在的辩证法。因而，尽礼作乐，天经地义。礼乐的辩证中和，是天理与人欲的同时满足。天理是人欲的理化；人欲是天理的情化。礼乐中和，也是一种"天人合一"。

前文已经说过，礼之本义，在于华夏初民敬神祭天祀祖，礼，"所以事神致福也"④。因此，最初的礼，在于人对神（包括天地、祖宗神）的崇拜。孔夫子改造了礼，其历史功绩，在于将原始之礼的规范，从人与神之关系历史地移置到人与人的关系之中。神人之等级区别，变成了君臣、上下、尊卑、父子、夫妇之类的等级区别。这是以清醒的世俗理性洗刷了历史的迷狂，但并未摒弃一切迷狂因子，君、父、夫、尊、上者，仍在一定程度上具有神圣意味。李泽厚先生说："孔子没有把人的情感心理引导向外在的崇拜对象或神秘境界，而是把它消溶满足在以亲子关系为核心的人与人的世间关系之中，使构成宗教三要素的观念、情感和仪式统统环绕和沉浸在这一世俗伦理和日常心理的综合统一体中，而不必去建立另外的神学信仰大厦。这一点，与其他几个要素的有机结合，使儒学既不是宗教，又能替代宗教上的功能，扮演准宗教的角色，这在世界文化史上是较为罕见的。不是去建立某种外在的玄想信仰体系，而是去建立这样

① 周予同：《经今古文学》，载《周予同经学史论著选集》，上海人民出版社，1983，第8页。
② 汤道衡：《礼记纂注》卷十八，明刻本，第6页。
③ 同上书，第1页。
④ 许慎：《说文解字》第一上，四库全书本，第26页。

一种现实的伦理——心理模式，正是仁学思想和儒学文化的关键所在。"①所言极是。儒学伦理规范并非宗教教条，而礼具有准宗教的社会功能。礼者，神圣不可侵犯。当人们僭礼时，必须勇敢地正视它那"严厉的眼神"；当尊礼成为人生一大自觉的内心要求时，又可领略它那"和悦的梦里微笑"。半是迷狂，半是清醒；半是崇拜，半是审美；半是意志整肃，半是精神愉悦；半是必然王国中的挣扎，半是自由天地中的飞翔。同时，在儒家看来，礼之特性，一方面必以对立互补的乐的存在才有存在的价值；另一方面，其自身就本然地包涵乐的因素，"乐者，通伦理者也。"②"礼之用，和为贵，先王之道斯为美。"③

虽然儒家亦重乐，以至于孔夫子闻韶乐而"三月不知肉味"，然其目的仍在于实行其礼，孔夫子所以恶郑声，就因为郑声不符礼之规范。"诗，可以兴、可以观、可以群、可以怨，近之事父，迩之事君。"④兴观群怨、事父事君，离不开一个"礼"字。

因而，周谷城先生说："祖国美学原理有最突出的一条，曰由礼到乐。""这条原理可以贯通于一切美术品的创造过程，而得到体现。"⑤这不无道理。不过，儒家所倡导的礼乐中和并非礼乐并举，而是以礼为基调的礼乐"和谐"。

这种礼乐"和谐"，往往在中国古代建筑文化舞台上发出磅礴的声响。

试看北京天坛，这座原名天地坛的中国古代优秀建筑，始建于明永乐十八年迁都北京之时。当时皇家天地合祭，嘉靖九年（1530年），颁立京华四郊分祀天地制度，因而四年之后更名为天坛。清乾隆、光绪时都曾改建。天坛是明清两代封建帝王祭天祈年之所，主要建筑为圜丘与祈年殿。

天坛的建造起于崇天意识。封建帝王，贵为天子，虽则骄横跋扈、不可一世，有时便也感到信心不足、力量不够，他们将朝代的倾覆、意外的灾变，归之于天的不悦与惩罚，从传统的"天人合一"观中认为天是有意志的，不可得罪的，于是，他们将自己对天下的统治说成是"天降大任于斯人"，"受命于

---

① 李泽厚：《中国古代思想史论》，人民出版社，1986年，第21页。
② 汤道衡：《礼记纂注》卷十八，明刻本，第3页。
③ 何晏注：《论语》卷一，古逸丛书日本景正平本，第12页。
④ 何晏注：《论语》卷十七，古逸丛书日本景正平本，第131页。
⑤ 周谷城：《礼乐新解》，《文汇报》，1962年2月9日。

天"；于是，处于人间至尊地位的封建帝王，也就折服于天，对天顶礼膜拜了；于是，皇帝在每年冬至这一天，要进行隆重的祭天活动，这是人王向"昊天上帝"的"请示"与"汇报"、祈求与祝福，为此，须建天坛以尽崇天、尊天之礼。

周代已有祭天礼俗，"冬至日祀天于地上之圜丘"①，说明那时早有专供祭天的圜丘这样的建筑。孔夫子生当春秋晚期，"不语怪、力、乱、神"，却也是"畏天命"的。②这种思想虽然历经诸多封建朝代，岁月磨砺，直到明清儒学时代而无有多大改变。天坛修建于明清，是比较晚近的事。但这祭天礼俗之根，深埋在周甚至周以前的历史土壤中，儒家成了这一礼俗的辛勤耕耘者。

天坛重礼意蕴十分浓郁。其圜丘按古制，郊天须柴燎告于天，故坛而不屋，露天而祭。其初建时坛面及护栏砌以蓝色琉璃砖。现制为乾隆十四年（1749年）扩建的结果，坛面改用艾叶青石，栏板望柱采用汉白玉。值得注意的是，此坛圆形三层，各层台阶数目及栏板望柱均用阳数；坛面石除中心石为圆形外，外围所砌扇面石数目亦都为阳数。阳数亦称天数，源于古代中国以天为阳的哲学观、宇宙观。天数为九，因而，这一著名建筑的用材数为九及九之倍数。居住中国三十年、研究中国美术的英人白谢尔（Beshell）指出，圜丘"陛各九级。坛之上成径九丈，取九数。二成径十有五丈，取五数。三成径二十一丈，取三七之数。上成为一九；二成为三五，三成为三七，以全一三五七九天数。且合九丈、十五丈、二十一丈，共成四十五丈，以符九五之义。"③

这里的奇妙之处在于，所谓"九五之义"，其源来自浸透了儒家思想的《周易》。④天坛之用材规制，所以要取奇数避偶数并且以九为上，是因为据《周易》"传部"（相传孔子作"十翼"，即《周易》之"传部"，学术界认为多不可能。）但"传部"是对《周易》"经部"的文化学阐述，主要内容当为儒家的宇宙观与人生观，天阳地阴，天奇地偶，于是圜丘各部构制均避偶取奇，并且崇尚九数。《周易》乾卦爻辞云："九五：飞龙在天，利见大人。"这是上上吉卦。

① 郑玄注：《周礼》卷六，明覆元岳氏刻本，第4页。
② 何晏注：《论语》卷十六，古逸丛书日本景正平本，第125页。
③ ［英］白谢尔著，戴岳译，蔡元培校：《中国美术》，商务印书馆，1924，第40页。
④ 按：《易传》也包含些道家思想，此暂勿论。

乾为天，其性阳刚，富有活力与创造力。据易理，"九"这个数，处于阳爻之最高位；"五"，恰好是阳爻的阳位得正，"九五"之位，无比吉利。"九五"之爻，恰逢"飞龙在天"，空间无垠、威力无比、活跃无限、前路无量。而龙，不是华夏古老之图腾，帝王之象征吗？龙飞"九五"，无上崇高。因而，圜丘三径共成四十五丈（九乘五），在礼制意义上，实在既是对天的崇拜，又是对帝王的崇拜。

由此可见，天坛"礼"之意义有二：一，帝王对天的崇拜；二，帝王要求普天之下对王权的崇拜。作为普通老百姓，天帝与人王都应当是其顶礼的对象，合二而一。

至于"九"这个数，何以后来会成为中国古代建筑文化美学思想中天帝与人王的象征？此可追溯到为孔子及后儒所推崇的周礼。据《周礼》，古代有两种井田制。一为《周礼·遂人》所记十进位制井田，更常见为《周礼·小司徒》所谓"九夫为井"的田制。所谓"夫"，原指奴隶、农夫。后发展为井田基本面积单位。按周制，一个奴隶授田百亩，每亩占地方百步，这块土地面积便称为一"夫"，亦即周代金文所谓一"田"。周代多以九"夫"为一"井"。故一"井"，是一农业人口聚集地域单位；也是一行政管理单位，所谓"方一井九夫之田也"①。所谓"古制：六尺为步，步百为亩，亩百为夫，夫三为屋，屋三为井。"②一井九夫。其平面呈一井字方格田。在此一井地域单位中，奴隶们的耕作生活，久之必使"井"之中央成为聚集之点；人口聚集必有交换活动；有交换，便是市的起源。因而，中国古代城市别称市井。

而城市的起源是与国家的起源联系在一起的。有城市，必有国家，故古代"国"有"都城"之意。国家的统治者必盘桓于都城之中。某种意义上可以说，都城是由井田发展而来的。那么，都城中的宫城建在哪里？就建在"井"之中位。《周礼》说："九分其国，以为九分，九卿治之。"③都城划为"九分"，宫城占中部之一分，其余划分为八，这种地域划分，实际上是将都城看作一块扩大了的井田。

---

① 李文照：《春秋集传》卷十，清李氏成书本，第1页。

② 赵岐注、孙奭疏：《孟子注疏》卷一上，阮刻本，第12页。

③ 郑玄：《周礼》卷十二，明覆元岳氏刻本，第17页。

历史发展中，城市平面布局因多种因素而不断演变，不可能完全按周礼的硬性规定。但中国古代城市平面力求方形，道路纵横、宫城居中（往往在全城中后区域）以及棋盘式区域划分等，仍可看出井田制的历史痕迹。并且更为重要的是，虽经漫长历史的变迁陶冶，随着宋、明理学兴盛，人们对源于井田的"九"数愈加热衷神往，因为在政治伦理上，"九"代表了统治者对"井"，尔后是城市、国家的统治与驾驭，"九"就是人王所统辖的天下，是王权的象征。

熟谙封建礼制与统治术的儒家，熟谙儒学规范的封建王室，当然很是看重这种关于"九"的历史文化遗产，因此，天坛的尚"九"之礼"歌"，也就如此嘹亮地"唱"起来了。

然而，天坛的美学意蕴在于重礼，乐却也在其中了。在深受儒学规范与思想熏陶的古人看来，天坛无疑是美的。在今人眼里，天坛也往往是美的。这种美感，就客体角度而言，当起于天坛本身"乐"的特性。

首先，天坛圜丘各部构造取数为阳、为九与九之倍数，这种富于节律的数差，使建筑形象节奏明晰、理性精神浓郁。由于采用的是同一种数差"语言"，显得浑然一体。"礼"的特定内容常为人所不取，但为礼制所决定的建筑形象一旦确立，其节奏、韵律、体量却有可能因具相对独立的美学性格而邀人青眼，成为不同时代、不同民族与阶级所普遍可接受、普遍可传达的美。这种美，其实正是儒家所推崇的中国古代建筑文化的礼乐中和之美。

同时，整个天坛占地4 000亩，合270万平方米，为我国现存最大的古代祭祀性建筑群。圜丘、祈年殿排列于一条南北向的中轴线上，两者以高于左右地面的甬路相通，使天坛之形象刚阳森严；圜丘四周围以两道矮墙，拓展了空间感，使圜丘比实际尺寸更显得壮阔，又在祈年殿前置一狭长庭院，与后面之大庭院形成尺度悬殊的空间对比，使祈年殿的尺度感更显高大；为附会古代"天圆地方"之宇宙观，天坛之平面取圆形，使这座著名建筑更显得雄浑壮美；而天坛区域大片的松柏林海，姿态虬劲挺拔，色调沉静冷峻，气氛庄严肃穆，所有这一切，不仅符合儒学规范礼制，也可普遍地给人以崇高与阳刚之美感。

至于常见的其他中国古代建筑，为强调"尊者居中"、等级严格的儒家之"礼"，其平面常作对称均齐布置，正如梁思成先生所说："以多座建筑合组而成之宫殿、官署、庙宇、乃至于住宅，通常均取左右均齐之绝对整齐对称之布局。

庭院四周，绕以建筑物，庭院数目无定。其所最注重者，乃主要中线之成立。一切组织均根据中线以发展，其部署秩序均为左右分立，适于礼仪（Formal）之庄严场合；公者如朝会大典，私者如婚丧喜庆之属。"①白谢尔亦说："中国宫室，多为一层平房。欲加其数，则必须纵横皆增，使无违乎均齐对称之势。凡正殿之高旷，东西厢之排列，迥廊之体势，院落之广狭，台榭之布置，以及一切装饰物之风格，虽万有不同，而要以不背乎均齐对称之势为归。"②这种关于对称均齐的历史嗜好，不仅具有礼的特性，而且具有乐的意蕴，可以说，是中国式的以礼为基调的礼乐"和谐"。

这种"和谐"所以美，不仅因为儒学之礼数千年来哺育成熟的中国古代的民族文化心理结构为这种"美"的创造与欣赏确立了主体因素，而且它在一定意义上，契合了包括中华民族在内的全人类的某种审美生理心理机制。西方著名美学家乔治·桑塔耶纳说得好：

　　对称所以投合我们的心意，是由于认识和节奏的吸引力。当眼睛浏览一个建筑物的正面，每隔相等的距离就发现引人注目的东西之时，一种期望，象预料一个难免的音符或者一个必需的字眼那样，便油然涌上心头，如果所望落空，就会惹起感情的震动（引者：这里指对不对称均齐的审美）。③

又说：

　　在对称的美中可以找到这些生理原理的一个重要例证。为了某种原因，眼睛在习惯上是要朝向一个焦点的。例如，朝向门口或窗洞，朝向一座神坛，或一个宝座、一个舞台或一面壁炉，如果对象不是安排得使眼睛的张力彼此平衡，而视觉的重心落在我们不得不注视的焦点上，那么，眼睛时而要向旁边看，时而必须回转过来向前看，这种趋势就使我们感到压迫和

---

① 　梁思成：《梁思成文集》，第三册，中国建筑工业出版社，1985，第10页。
② 　［英］白谢尔著，戴岳译，蔡元培校：《中国美术》，商务印书馆，1924，第35页。
③ 　［美］乔治·桑塔耶那：《美感》，中国社会科学出版社，1982，第61页。

分心。所以，对所有这些对象，我们要求两边对称。①

尽管对称均齐之建筑美，怎样在一定限度内契合人由先天与后天因素相互作用而成的审美需要，尽管"中国艺术最大的一个特质是均齐，而这个特质在其建筑与诗中尤为显著。中国底这两种艺术的美可说是均齐底美，即中国式的美。"②而这种"中国式的美"，主要是由儒学规范而成的美，显得平稳、冷静、自持、静穆、壮阔甚至伟大，但也不免缺少变化，显得呆板与保守。

由儒学所规范的中国古代建筑文化光辉灿烂，但这种建筑文化的时代毕竟早已过去了。

---

① ［美］乔治·桑塔耶那：《美感》，中国社会科学出版社，1982，第62页。
② 闻一多：《律诗的研究》，引自袁謇正：《律诗——中国式的艺术美——闻一多律诗研究述评》，《武汉大学学报》（社会科学版），1985年第1期，第93页。

第五章 道家情思

当本文试图将道家哲学与中国古代建筑文化联系起来加以美学探讨时，所面临的课题也许是严峻的。

人们要问，究竟哪一类中国古代建筑文化受道家哲学影响最大、或者说其文化现象充分积淀着道家思情呢？

是中国古代园林文化。

可是，谁都明了，中国古代园林，一般是由园林建筑物、山水草树道路以及其它人文因素所构成的，园林建筑物只是构成这一文化系统的其中一个因素，它不等于整个园林文化，园林学亦非一般所说的建筑学，的确，任何将两者混同的观点都是违背常识的。

而作为中国古代建筑文化美学思想的研究，这里，似乎只能以园林文化中的建筑文化作为它的研究对象。

这就产生了一个矛盾：本书以中国古代建筑文化为研究对象，但本文却要以渗透着道家情思的中国古代园林文化为美学论题，似乎超出了本书的学术宗旨。

其实并非如此。

以笔者看来，对建筑文化可作广义与狭义两解。

在西文里，建筑Architecture（而非Building）这个词，其义为"巨大的工艺"。凡是"工艺"，以沉重、坚固的物质材料构成、与大自然密切结合、且体量"巨大"者，均可称"建筑"。无疑，以园林建筑物为重要构成因素的中国古代园林文化，便是这样一种广义的Architecture（建筑）文化。

德国古典美学家黑格尔曾经指出，园林"不是一种正式的建筑"（引者注：这里的"建筑"，取狭义），却是融合着一切建筑手段的一种"高级建筑艺术"①（引者注：这里的"建筑"，取广义）。这见解看似前后矛盾，实际上包括了对"建筑"的狭义与广义的辩证见解。

从古代"宫室"（房屋）起源及建筑空间观上看，中国古代园林，其实是房屋这种狭义建筑型式的一种历史性的必然发展。

远古东方大地，本来并未有什么房屋之类。最原始的居穴或居巢，是原始初民对一定自然空间的第一次"人化"，是人与大自然的对立关系在居住问题上的第一次解决。这说明，人有能力摆脱远古洪荒时代的叵测空间，为自己开辟一方属人的居住空间环境，建造一个躲避盲目自然力、供栖息的庇护所。

这无疑是一个巨大的历史性进步。

然而，最原始建筑物的出现，虽将大自然的盲目力量部分地关在了门外，却也同时将整个大自然（包括自然美）拒之门外。当我们的老祖宗住进了地穴、村舍、城镇、宫殿，感到盲目自然力一般不能加害于他时，又发现自己与大自然的亲缘距离拉大了。一种渴望，勾起了人们对自然野趣的强烈眷恋之情，向往大自然这一人类故乡，要求以自然主人身分重新回到大自然去，从而打破那种尤其是实用性建筑空间环境与自然天趣的对立，这是人的一种顽强的文化审美意识。

于是，补房舍初步实用性功能之不足，以审美观赏游乐为主要目的的园林文化（广义建筑文化）便应运而生。

中国古代园林文化，一种特殊的出于人对大自然的依恋与向往而创造的建筑空间，一种人欣赏人化的自然美与建筑技术人工美的特殊方式，它是人对大自然欣喜的回眸与复归，是自然美、建筑美（狭义）以及其它人文美的相互渗透与和谐统一。或者说，中国古代园林文化虽然内含狭义的建筑因素，但不等于本书其他章节所说的建筑文化，都可以看作是狭义的建筑空间向自然美空间环境的渗透、延伸与发展。园林文化的出现，某种意义上是中国古代建筑文化

---

① ［德］黑格尔著，朱光潜译：《美学》第一卷，商务印书馆，1979，第103—104页。

的一个历史性飞跃，正如英国培根所言，"文明人类先建美宅，营园较迟，可见造园艺术比建筑（狭义）更高一筹。"①

因此，将整个中国古代园林文化作为中国古代建筑文化美学思想的研究对象，可谓理所当然。

同时还必须指出，本文所探讨的中国古代园林文化的道家情思，指的是这种园林文化典型的文化特质，并非认为其文化特质仅仅在于道家情思，实际上，与道家思想处于对立互补地位的儒家、佛家文化也在一定程度上影响了中国古代园林文化的美学性格。而且，就道家情思这种典型的文化特质而言，它既不是每一座古代园林个体特质的总和，也不是它们的"平均值"，由于每一时代，每一座园林的美学性格实际上是不会完全一致的，因此，本文所说的道家情思，无非是指中国古代园林文化的主要思想倾向罢了。

第一节　中国古代园林文化之"道"

道是什么？且看老子如何论"道"。

> 有物混成，先天地生……吾不知其名，强字之曰道。②
> 道冲而用之，或不盈。渊兮似万物之宗。
> 道者，万物之奥。
> 道可道，非常道。
> 道常无为而无不为。

《老子》全书，论"道"处凡七十三，其意义略有差异。从这里所引，可见"道"之基本哲学涵义有三：其一，先天地而存在和生成万物的本根与始基；其二，其性"无为"，因"无为"而"无不为"；其三，其本体隐秘恒常，只可意会，不可言传。

---

① ［英］培根：《论造园》，引自童寯：《造园史纲》中国建筑工业出版社，1983，第1页。
② 按：本章所引老子语录，均见陈鼓应：《老子注释及评介》，中华书局，1984，下不赘注。

这里，"道"之中心涵义在于"无为"。"无为"思想，是老子哲学的基本内涵。所谓"无为"，就是"道"，任其自然之意。"人法地、地法天、天法道、道法自然。""功成事遂，百姓皆谓：'我自然'。"这里所谓"自然"，就是"本然如此"之意。

老子崇尚"出世"。认为政治的昏庸、社会的混乱、民众的贫穷，都是人为"失道"的缘故，由此，他尤其猛烈抨击"入世"、"大伪"的礼制。"大道废，有仁义，慧智出，有大伪。六亲不和，有孝慈；国家昏乱，有忠臣。""故失道而后德，失德而后仁，失仁而后义，失义而后礼。夫礼者，忠信之薄而乱之首。"老子认为，所谓仁义、忠信、孝慈这些礼的教条，都是人为地敷衍出来的，因是人为（伪者，人为也）的，一概都无用，只有"本然如此"的"道"，才是治之"首"。"我'无为'而民自化，我'好静'而民自正，我'无事'而民自富，我'无欲'而民自朴。"陈鼓应先生说，"事实上，'好静'、'无事'、'无欲'就是'无为'思想的写状。"[①]此言不差。"好静"之于社会的骚乱搅扰，"无事"之于尘世的烦苛政举，"无欲"之于人寰的贪得无厌，无疑都是一剂良药。

这里应当指出，由老子这种"无为"哲学，极易推导出"放任自由"的思想。"好静笃"，"无所事"，"无贪欲"，放弃一切外在行为的努力而使"无为"回归到内心，这便是先秦道家所追求的"自由"。自由是对必然的把握，这种把握方式只能是实践，因而，离开人的社会实践活动根本谈不上人真正的自由。然而，道家那种弃绝尘海纷攘、超乎功利的"无为"主张，却使人在意念情趣上仿佛超越社会而回归于自然，使本已为尘俗所紧绷的内心在自然的荡漾中重新求得片刻的松懈、宁静与欢愉，这只有在精神上崇尚自然无为才能体悟，其实，这是与对自然的审美心理机制相通的。

中国古代对自然的审美观，是建立在"天人合一"的哲学基础上的。无论儒家、道家，都讲"天人合一"。

如果说，儒家以"人为"即"有为"求"天人合一"的人生境界与审美境界，那么，道家是以"无为"求得这种"天人合一"境界的。

恰恰在这一点上，庄子继承、发展了老子的"道"论。

---

① 陈鼓应：《老子注译及评价》，中华书局，1984，第33页。

什么是美呢？庄子认为，道即美，道即无为，无为即美。无为即自然，自然是天地的本性。因而，"天地有大美而不言"①。夫天地者，古之所大也，而黄帝尧舜之所共美也。"②

庄子根据老子"人法地、地法天"，人以天地为法的思想，以天地为"师"，热烈歌颂天地自然的"无为"、"大美"。"吾师乎！吾师乎！"③"天下有常然。常然者，曲者不以钩，直者不以绳，圆者不以规，方者不以矩，附离不以胶漆，约束不以纆索。"④天地之"道"，不用人为规矩而自成圆方，曲、直、圆、方、附离、约束，均本然如此而不必苦意穷搜，只要以"无为"态度而拥入于大自然，就能使人生境界"天人合一"，这便是"身与物化""万物复情"⑤，人"与物为春"⑥的"天和"境界，"与天和者，谓之天乐"⑦也。"天乐"，就是天地自然契合于人之内心的美，"天人合一"之美，其契机与枢纽，在于"天"、"人"都是"无为"的，此犹如"昔者庄周梦为胡蝶，栩栩然胡蝶也，自喻适志与，不知周也。俄然觉，则蘧蘧然周也。不知周之梦为胡蝶与？胡蝶之梦为周与？周与胡蝶则必有分也。此之谓物化。"⑧

这种"物化"之美，就是人生的"逍遥游"，美得无限，犹如大鹏之美，其背"不知几千里"，"怒而飞，其翼若垂天之云"，"水击三千里，抟扶摇而上者九万里"⑨，犹如"神人"、"真人"、"至人"之美，"乘云气，御飞龙，而游乎四海之外"⑩，"上闚青天，下潜黄泉，挥斥八极，神气不变"⑪，"大泽焚而不能热，河汉沍而不能寒，疾雷破山、飘风振海而不能惊"⑫，可谓"磅礴万物"，至

---

① 庄子著，郭象注，陆德明音义：《庄子》卷八，晋明世德堂本，第163页。
② 庄子著，郭象注，陆德明音义：《庄子》卷五，晋明世德堂本，第109页。
③ 庄子著，郭象注，陆德明音义：《庄子》卷三，晋明世德堂本，第65页。
④ 庄子著，郭象注，陆德明音义：《庄子》卷四，晋明世德堂本，第73页。
⑤ 庄子著，郭象注，陆德明音义：《庄子》卷五，晋明世德堂本，第102页。
⑥ 庄子著，郭象注，陆德明音义：《庄子》卷二，晋明世德堂本，第49页。
⑦ 庄子著，郭象注，陆德明音义：《庄子》卷五，晋明世德堂本，第106页。
⑧ 庄子著，郭象注，陆德明音义：《庄子》卷一，晋明世德堂本，第28页。
⑨ 同上书，第4页。
⑩ 同上书，第10页。
⑪ 同上书，第13页。
⑫ 同上书，第24页。

美至乐。

这种无限之美，时空跨度极大，给人的"动感"十分强烈，却不是随便什么人可以感受、欣赏的，只有其内心世界超脱于功名、利禄、权势、尊卑的束缚，贵柔、守雌、守静，使精神臻于优游自在、无挂无碍，才得领略其无限风光。因此，庄子说："夫虚静恬淡，寂漠无为者，万物之本也……静而圣，动而王，无为也而尊，素朴而天下莫能与之争美"。

道家"无为"哲学的所有这一切丰富思想，构成了中国古代园林文化即广义的建筑文化的一种深刻的文化背景。

中国古代园林文化发轫较早，在世界三大园林文化流派①中独树一帜，饮誉环球。据古籍记载，早在三四千年前，炎黄子孙已在东方大地上进行园事。《史记·殷本纪》有纣王沙丘苑台之记，说明殷商已筑帝苑。甲骨文有关于"囿"的象形文字"𝌆"。古代园林称"囿"或"苑"。"有墙曰苑，无墙曰囿。"②"苑，所以养禽兽也。"③《周礼·地官》说周代筑有灵囿。"文王之囿方七十里，刍荛者往焉，雉兔者往焉。与民同之，民以为小，不亦宜乎？"④这时的园林文化带有原始古朴的特点，基本是本然存在的地形、地貌与自然风物，人工因素少弱，略加圈划，范围很大，主要供统治者游猎取兴，具有较浓烈的自然野趣风味，是一种未经道家之"道"濡染过的古朴园林文化。

先秦园林文化发展到秦代，有了一次历史性跳跃。秦始皇于都地咸阳大规模兴建宫室，以炫文治武功，以酣人间富贵荣华，且在渭水之南兴修上林苑，苑中千花万树，离宫巍巍。始皇好神仙方术，笃信神仙家（方士）所谓渤海湾中有蓬莱、方丈、瀛洲三神山之说，多次派人入海求不老之药，而终于不可得。这种神仙幻想反映在园事上，就于咸阳"作长池、引渭水"、"筑土为蓬莱山"。⑤这，在将建筑物引进园景这种广义建筑环境之时，使某些迷信崇拜观念

① 按：世界古代三大园林文化派别：中国、西亚、古希腊。
② 刘安著，高诱注，庄逵吉校：《淮南子》卷八，武进庄氏刊本，第121页。
③ 段玉裁注，徐灏笺：《说文解字注笺》卷一下，清光绪二十年刻本，第74页。
④ 朱熹：《孟子章句集注》卷第二，吴县吴氏仿宋本，第3页。按：先秦古制：一里为1 800尺，周代一尺约为0.227米，70里约为28 602米。
⑤ 《三秦记》，引自马骕：《绎史》卷一百四十九，第1页。

渗透到园林文化中来，首开人工掘土堆山之举，聊作神仙之想，这就开拓了中国古代园林文化的艺术构思。不过，此时的园林文化主题，还并未是崇尚"无为"的道家之"道"。

秦之历史短暂，使园林文化如昙花一现。直到汉武帝国力强盛之时，才复苏至于昌盛。当时，皇家将南山以北，渭水之南，长杨、五柞以东，蓝田之西大片土地辟为帝苑，修复且拓建秦时遗园上林苑、广植奇花异树，以供采集观游。"武帝初修上林苑，群臣远方各献名果异卉三千余种。"①并续建宫殿楼观，如观象观、远望观之类曾名噪一时，使园林文化的主题增加了新的旋律。汉武帝也好方技之说，故于都城长安西部建章宫内建太液池，堆筑蓬莱、方丈、壶梁及瀛洲诸山景于池水之际，具有向往彼岸神山圣水的象征意义。不料这种借崇神以自娱的园事活动，奠定了中国古代园林文化模山范水的基本构思与造园方法。

另一方面，汉代园事，始从皇家向官家发展。王室倡导、群臣效尤，这是必然的。当时的官僚、贵戚甚至一般富殷人家亦造园林。丞相曹参、大将军霍光雅好园事。董仲舒发愤攻读授讲，以至三年不窥园，可见筑有私园。"茂陵富户袁广汉于北山下筑园，东西四里，南北五里，激流水注其中，构石为山，高十余丈，奇树异草，靡不培植……重阁修廊，行之移晷不能遍也。"②这种园事，打破了王室对园林文化的垄断，往往冲淡了园林文化摹拟想象中仙水神山的不老之思，园林之"天空"变得有些明朗了。

汉代"罢黜百家，独尊儒术"，经学大盛，黄老之学也曾发出铿锵的时代音调，两汉之际又有印度佛学东渐。因此，尤其在东汉，朝野思想虽以儒学为尊，然道家情思也相当活跃。表现在园事上，园林文化之主题在于欣赏自然之美，"道"之意蕴亦在潜生暗长，但无论帝王、官宦造园，其目的多在于尚富、象征王权煊赫与享乐。

魏晋南北朝战乱迭起，造成了一方面老百姓苦难深重，另一方面统治者横征暴敛、及时行乐的社会风气。封建士大夫神经敏感脆弱，以抑儒扬道的玄学

---

① 无名氏著，张宗祥校录：《校正三辅黄图》，古典文学出版社，1958，第29页。

② 同上书，第29—30页。

之风大炽。于是，喟叹人生短暂、世事日蹙的时代情绪四处弥漫，所谓"生年不满百，常怀千岁忧"、"对酒当歌，人生几何，譬如朝露，去日苦多"的时代悲歌响彻云霄。又如所谓"目送归鸿，手挥五弦；俯仰自得，游心太玄"之类的绝唱宣响常萦怀间。既然社会动荡不宁，人生促似朝露，那么，士大夫们弃灼热混浊的社会尘世，尚超然自得、清静无为，蔑视礼制的人生哲理，便是理所当然的了。于是，人们的向往与兴趣便趋向于避社会而向自然，以自然为精神寄托，放浪形骸，醉心山林，隐逸田园，与这一时期文学领域中崛起的山水田园诗相媲美，开池筑山养花营树一时竞为风尚。比如，曹魏与孙吴政权利用征战余暇，在洛阳与建业两地兴造苑林，好似在狂烈杂乱的时代音调中忽然奏出调性柔和的乐章而显得有点不和谐。杨衒之《洛阳伽蓝记》于记述众多伽蓝（寺、塔）之余，附记当时（北魏）洛阳贵族名园多处。同时，随经济文化日渐东趋南移，东晋南朝的官僚园林亦不逊色，苏州顾辟疆园为当时吴地第一私园，审美价值甚高。凡此一切，在一系列耗资巨万，近乎醉生梦死及时行乐的园事活动中，道家的"无为"思想作为一种时代精神，进一步催醒了人对自然美的领悟与欣赏，成了园林文化的主旋律。

隋唐园林文化不仅以规模宏大象征王权煊赫、民族昌盛，且以丰富的水景水法取胜。如炀帝之西苑以水景为主，园之湖面周长十多里，碧波荡漾，象征蓬莱诸神山的土台山景似浮于烟波之中，山上台观楼阁依稀可辨。唐代长安城东南一隅之曲池园林名胜，更多地带有世俗特点。据载，每逢春和景明或秋高气爽之日，或到传统节假，园内游众倍增于平日，摩肩接踵，几使万人空巷。或逢举子及第，皇家赐游，堪与雁塔题名同为快事。同时，官园与文人私园亦曾大量营建，最著称于世的是长安东南的辋川别业，这里本为宋之问蓝田别墅，后经唐诗大家王维苦心经营而成远近著闻、范围最大的文人园。

唐代是儒、释、道三家并存互长、相契融合的时代，比如禅学（南宗之学），不过是吸吮了儒、道思想的中国佛学，参禅的王维修筑的文人园也同样渗透着"道"的情思。

宋代园林文化随市民商品经济的进一步兴起而大盛。大量私园涌现，据说几使京城左近百里之内并无隙地。李格非《洛阳名园记》录洛阳一地名园三十多例（一说洛阳名园二十四个）。北宋园林文化承唐代遗风，许多均在唐旧园基础上筑成，一种怀旧情绪使人常以古树古迹古址入园，园风古色古香，且以水为标，不重山筑，引种花卉绿树，百态千姿。洛阳名园独以牡丹盛冠古今，富华繁丽，独具特色。南宋都于临安，气候温润，山川形胜，园林文化涤尽了汉唐五代雄风，向风格秀逸软糯方向发展。大规模的造园活动说明封建统治阶级的林泉之想是无法满足的，当时临安建有皇家园苑玉津园、聚景园与集芳园等，南京建有御园、养种园与八仙园等。官商私园以杭州附近地区为最著名，如环碧园、隐秀园、择胜园、云洞园等不可胜数，《吴兴园林记》记有名园30多例。同时，南宋还开始了人对湖石这种特殊自然物的审美，这是盛产湖石的太湖地区自然风光契合道家情思的一种艺术灵感。于曲径萝垂、横桥卧波、洞门花影之际，取湖石点缀其间，或突兀挺立峭拔，或悄然敛容伫站，令人沉思心撼，在对景中给秀逸流丽的园林景观增强了骨力。宋米芾《相石法》称园石具有秀、绉、瘦、透的美学性格，很以为是。太湖石成了一种表现力相当强的建筑文化"语汇"，一定程度上象征封建文人学子孤芳自持、傲骨鳞绚或雅好空灵，于淡泊中见深沉的精神气质。

元蒙入主中原，残酷的民族压迫与阶级统治严重阻碍了社会生产力的发展，社会经济的严重破坏，失去了大规模营造园苑的现实基础，政治地位偏低而有民族心的汉人、南人（长江以南的人民）一般缺乏留连湖光山色的热情，人们对自然美怀有一种萧疏冷寂的情感，元代园林文化成绩寥寥，停滞不前，虽曾营建宫苑与一些贵族林苑，并有倪瓒（云林）这样的造园家出现，然毕竟是园林文化史上的一个低潮时期。

直到明代中叶，农业经济恢复，手工业、商业发展，一些达官显贵文人学士的造园热情才再度高涨。尤其江南私家园林，据地理之胜、倚文化之富，蔚蔚然邀人瞩目。南京、苏州、太仓之地的园林，尤其现存于苏州的拙政园、留园等名园闻名于世，其建造之势如雨后春笋。

明代园林文化在以往以水景为主、池中堆山的文化传统基础上，发展了一种叠石文化。园内危峰探洞、山石峥嵘，或孤峰独持，或犬牙连绵，渗融着一种推崇"洞天福地"的道教的道家情思。园主虽不一定为道教中人，然而这种爱石之癖，是与异于道教、又与道教相通的道家情思相关的。

明代计成（无否）《园冶》（原名《园牧》）的出现，从文化与园事匠艺角度总结了历代园事实践的经验，成为我国古代最完整也是世界上最早的造园论著。此书详细讨论了兴造、园说、借景、相地、立基、装折、栏杆、门窗、墙垣、铺地、掇山以及叠石等造园美学原理、技艺与方法，虽重在匠艺，然而，其提出的"虽由人作，宛自天开"①这一美学命题，其精神内涵便是道家情思。道家重自然，抑人工，这一命题亦重自然（天开）；道家讲"无为"，这一命题其实也说着了园林文化的"无为"本质。园林本为"人作"，倘不是"人作"，这世界上本来就不会有园林这种广义建筑文化，从这一点看当然并非"无为"。但是，园林文化与宫殿、坛庙建筑文化相比，一主退隐休憩、澹泊冲淡，一主功名进求、灼华热衷；一在出世、一在入世；其哲学一为道，一为儒是很显然的。道是"无为"，离宫殿坛庙而就园林，便是心理上的"无为"。因此，中国古代园林文化"虽由人作"，其哲学与美学底蕴却在于道家的"无为"思想。

最后，清代为中国古代园林文化集大成的时代，可以毁于英法侵略战火的圆明园与承德避暑山庄及后起的颐和园为代表。

尤其被誉为"万园之园"的圆明园，它是中华民族的骄傲与稀世珍宝。这座"夏宫"（Summer Palace，清帝常于夏日居住其内，洋人故以名之），建于北京西郊，始建于康熙执政的1709年，历经雍正、乾隆、嘉庆、道光、咸丰六朝，到1860年（咸丰十年）被焚，逾时一个半世纪。它占地之大叹为观止，周围20华里，仅园内殿、台、馆、楼、阁、亭、轩廊、等，建筑面积约16万平方米，几乎全由人工在平地上开掘堆垒而成。叠石理水，匠心独运，养花植草，惨淡经营。它由圆明、长春、绮春三园（统称为圆明园）构成，依势排列，巧于因借。它湖面辽阔，或宁静或激荡；溪流淙淙，或低吟或欢歌；山陂得宜，或突现或避让；建筑连属徘徊，或恢宏或俊逸；花树嫣红姹紫，晨启露蕊，昏溢幽香。它由一百多景组成，集隋唐以降北方宫苑与南地自然山水式园林文化之精英荟萃，通过对景、引景、借景及显隐、主从、避让、虚实、连续或隔断等造园手法，将"北雄南秀"的我国不同民族园林文化熔于一炉，在其西洋楼区，又使异国情调与华夏意气交融汇合。它既是皇家居住休憩理政之地，又是图书馆与博物馆，书画珍玩收藏之富，令人叹绝。它是"东方的凡尔赛宫"：

---

① 计成：《园冶》卷一，民国刻喜詠轩丛书本，第2页。

其规模之宏敞，丘壑之幽深，风土草木之清丽，高楼邃室之具备，亦可称观止。实天宝地灵之区，帝王豫游之地，无以逾此。①

人民的想象力所能创造的一切几乎是神话性的东西都体现在这座宫殿中……希腊有雅典女神庙，埃及有金字塔，罗马有斗兽场，巴黎有圣母院，东方则有夏宫（圆明园）。谁没有亲眼目睹它，就在幻想中想象它。这是一个令人震惊、无可比拟的杰作。②

以上，本文只是非常简略地俯瞰一下中国古代园林文化的发展轨迹。由此可见，关于道家情思，先秦及秦代尚来不及渗透到园林文化中去，汉代以降，一般地成了园林文化的"灵魂"。

中国古代园林文化一般可分两大类：皇家宫苑与封建官宦、士大夫私家园林文化。

皇家宫苑一般规模较大，在平面布局上，有时儒学规范、礼制也渗透其间，建造风格一般以秾丽繁宫炫耀于世，追求的是一种绚烂之美。这种园林文化的美学意蕴，主要在于显示帝王权威、气派与极度富有。这种园林文化的审美机制自在"天人合一"，由于帝王者，天之骄子，他是代表天的，"天人""合"于帝王一身，故一切颂帝、崇尚王权的园林文化意义，自然也就被看成是符合天意的。同时，它也显示了帝王对于自然美的欣赏与钟爱之情，"简文帝入华林园，顾谓左右曰：'会心处不必在远，翳然林木，便自有濠濮间想也。觉鸟兽禽鱼，自来亲人。'"③帝王既然也是人，在其人性深处，当然同样具有要求回归于自然、拥入自然使身心大悦的生理心理因子，因此，虽然这类园林文化的王权意识烙印尤深，却与崇尚自然的"道"具有必然的历史联系，当然，其道家情思相对少弱亦是事实，这一点这里暂且不作详论。

关于封建官宦、士大夫的私家园林文化，也有不同情况。

---

① 中国圆明园学会：《乾隆御制集·圆明园后记》，载《圆明园学刊》第四期，中国建筑工业出版社，1986，第185页。

② ［法］雨果：《致巴特里尔上尉》，引自齐思和等编：《第二次鸦片战争》六，上海人民出版社，1979，第389—390页。

③ 李昉、李穆、徐铉：《太平御览记》卷三百七十六，宋刊本，第10页。

　　大凡中国古代封建士大夫的处世哲学不外有二："达则兼济天下，穷则独善其身"。兼济天下者乐观进取，一般以儒学为思想武器；独善其身时为途穷之策，消极退隐。但无论得意失意、在朝在野，皆以雅好山水、渔樵、野田之趣为名士风度，前述魏晋追崇园事以及明清江南私家园林之勃兴，都基于这种民族文化心态。

　　不过，有些封建官宦与士大夫终身官运亨通，成为高门望族而踌躇满志，他们筑园的目的，主要在于声色乐事，追求富贵豪华，这种心态本与道家之"无为"不合，但是，由于权倾天下，以为自然亦是我掌中之物而恣意把玩。或者，虽然不能亦无法体悟"道"之精微，也要无病呻吟，附庸风雅。这类园林文化之底蕴，亦在追求自然与自我即"天人合一"，却是自然"合"于自我，而不是自我消融于自然之中。"天地入胸臆，吁嗟生风雷。文章得其微，物象由我裁。"①其自我在自然面前的趾高飞扬之态于此可见一斑。

　　有些官宦与士大夫的仕途并不得意，他们深感浮沉升降的人生劳顿之苦，退归园林，崇尚出世无为之"道"，似乎成为人生的最后归宿与精神寄托，却是"身在江湖"而"心存魏阙"，苦于怀才不遇而穷发牢骚。或者有些封建士大夫终生未仕，馋涎于高官厚爵而翘首以待，内心之纷争扰攘不得平抑，屡遭失败的极度痛苦之后便追求精神上的自我解脱，却并未遁入空门而留连湖光山色，去追求精神上与自然宇宙同在的无限、永恒之美。这便是中国古代私家园林，尤其文人园林文化的"道"，其精神实质亦在于"天人合一"。但这种"天人合一"是某种恬淡、静虚的自我心胸消融于自然，而不是自我挟持自然，是道家所说的"返朴归真"。即所谓："礼者，世俗之所为也。真者，所以受于天也，自然不可易也。故圣人法天贵真，不拘于俗也。"②

　　但看江南古代名园苏州拙政园，其名"拙政"，实为不仕而宦情不减之牢骚也。晋潘岳说："筑室种树，逍遥自得……灌园鬻蔬，以供朝之膳……此亦拙者之为政也。"③潘岳，字安仁，荥阳中牟人，任河阳县令时，在县中满种桃李，

---

① 康熙敕编：《全唐诗》卷十四 孟郊七，清光绪十三年（丁亥）上海同文书局石印版，第18页。
② 郭象注，陆德明音义：《庄子》卷十，明氏德堂本，第234页。
③ 潘岳：《闲居赋》，《潘黄门集》卷二，明末刊七十二家集本，第5页。

一时传为美谈。具志向、有文才而累官仅至给事黄门侍郎，有点不得志而自称"拙者"，并将实是鄙弃高官晋爵而放逸于自然的"筑室种树"、"灌园鬻蔬"，看成"拙者之为政"。明代嘉靖年间，御史王献臣在苏州本为唐代陆龟蒙故宅、元代为大宏寺旧址建别墅、设园林，借潘岳《闲居赋》题园名为"拙政"，其意自明。文征明有"园记"云，"王君之言曰：'昔潘岳氏仕宦不达，故筑室种树、灌园鬻蔬'，曰：'此亦拙者之为政'也。"①而此"拙政"之意，其精髓就是道家的"无为"与闲适，晋陶渊明也说："开荒南野际，守拙归田园。"②此之所谓"身在江海之上，心居乎魏阙之下"③，虽在林泉的逍遥闲适，而其心悒郁不甚得意。

苏州之网师园，其名亦有此意。网师者，渔人也，犹庄周《渔父》篇与屈子《渔父》诗之"渔父"。网师园，"宋时为史氏万卷堂……三十年前，宋光禄悫庭购其地，治别业，为归老之计，因以网师自号，并颜其园，盖托于渔隐之义"。④中国古代封建士大夫多以事渔樵为隐，如柳宗元《渔翁》诗所寄情怀、宋人胡仔自号"苕溪渔隐"等等，网师园园中设"濯缨水阁"，此"濯缨"一词，取于"沧浪之水清兮，可以濯我缨"之句，显与渔隐有关。朱熹《楚辞集注》认为屈原所谓"渔父"即"隐遁之士"，彭启丰说："予妻弟鲁儒字宗元，筑园于沧浪亭之东，名曰网师园，……予尝泛舟五湖之滨，见彼为网师者，终其身出没于风涛倾侧中而不知止，徒志在得鱼而已矣。乃如古三闾大夫之所遇者，又何其超然志远也。"⑤"志在得鱼"，"超然志远"，道家情思，这说得最清楚也不过了。

上海豫园之空间处理，明潘允端说得极是。

　　　　园东面，架楼数椽，以隔尘市之嚣。中三楹为门，扁曰："豫园"，取

---

① 文征明：《王氏拙政园记》，引自陈植、张公弛：《中国历代名园记选注》，安徽科学技术出版社，1983，第191页。

② 陶渊明：《陶渊明集》卷二，四库全书本，第3页。

③ 高诱注，毕沅校：《吕氏春秋》第二十一卷，毕氏灵岩山馆刊本，第7页。

④ 钱大昕：《网师园记》，引自李桂芬：《同治苏州府志》卷四十六，清光绪九年刊本，第17页。

⑤ 彭启丰：《网师园说》，李桂芬：《同治苏州府志》卷四十六，清光绪九年刊本，第17页。

愉悦老亲意也。入门西行可数武；复得门，曰："渐佳"。西可二十武，折而北，竖一小坊，曰："人境壶天"。过坊，得石梁，穹窿跨水上。梁竟，面高墉，中陷石刻四篆字，曰："寰中大快"。①

超脱于尘俗，"悦"、"亲"、于"壶天"，便是人生渐入佳境，"寰中大快"。

宋神宗执政年间，极力支持王安石推行新法。与王安石同为翰林学士的司马光是反对派，因力持异议而官运阻塞，居洛阳二十年而埋首于编纂《资治通鉴》，此时便崇尚老庄"独善其身"的人生哲学。熙宁六年（1073年），司马光造"独乐园"以自娱，并自撰园记云：

> 孟子曰："独乐乐，不如与人乐乐；与少乐乐，不如与众乐乐"，此王公大人之乐，非贫贱者所及也。孔子曰："饭疏食，饮水，曲肱而枕之，乐亦在其中矣。"；"颜子一箪食、一瓢饮"，"不改其乐"，此圣贤之乐，非愚者所及也。若夫"鹪鹩巢林，不过一枝；偃鼠饮河，不过满腹"，各尽其分而安之，此乃迂叟之所乐也。②

这里，司马氏自述建造独乐园的美学动机。司马光认为，儒家热衷建功立业，抱"独乐乐，不如与人乐乐；与少乐乐，不如与众乐乐"的人生态度，这种"兼济天下"，与众同乐的人生境界，不是"贫贱者"（司马光自比）所能博取的，又不能为了"兼济天下"，学儒家圣贤甘于"一箪食、一瓢饮"而"不改其乐"的清苦。犹如林木繁茂，鸟栖不过一枝，河水千里，鼠饮不过满腹，既然在"与众乐"方面无能为力，于是只得弃"众乐"的儒学信条而抱道家的"独乐"主义，筑园名曰"独乐"。虽然实际上司马光并未"独乐"终生，但此园的"独乐"意蕴，实在是十分契合当时司马光的失意心境的。这位封建文人27岁时，作《迂书》41篇，自号"迂夫"，及熙宁六年（1073年）造"独乐园"，时年五十四，故称"迂叟"。或曰："'吾闻君子之乐必与

---

① 潘允端：《豫园记》，应宝时修：《同治上海县志》卷二十八，清同治十一年刊本，第16页。
② 司马光：《独乐园记》，引自《司马温公文集》卷之十三，清正谊堂全书本，第17页。

人共之，今吾子独取足于己、不以及人，其可乎？'迂叟谢曰：'叟愚，何得比君子？自乐恐不足，安能及人？'"①这里，不甘于淡泊的不平之意溢于言表，既然朝堂纷争，人事不顺，于是只得弃朝堂嚣尘，转向静虚无为的自然中去陶性冶情，以力图求得内心的平衡，步入另一种"天人合一"的人生境界，这实在也可以说是儒道互补的一大明证。此时的"天人"关系，是天巨人微，人之微力既然在实际上无力改变天则，便在实际行为中超脱于功利与人事羁绊，使精神追求达于自然的无限。因此，"独乐"之内心境界，是暂时放弃社会责任、鄙弃功名、清心寡欲，与大自然之美景"共乐"的境界，实则是人的精神消融于自然美景的境界。因此，如果说，儒家的"天人合一"，是"天""合"于"人"，主张人定胜天；那么，道家之"天人合一"，是"人""合"于"天"，是"人"之精神意趣在"天"趣自然中优哉游哉的境界，而佛家的所谓"天人合一"，因认为一切事物现象无所常驻，虚妄不实，故实际上是"天人""合"于虚无。

将道家之"无为"，看成儒家"人为"（有为）哲学与佛家虚无哲学之间的一个中介；既不主张"人为"，又不崇尚虚无，追求的是生命个体精神上的"自由"与自我完善；既不纵欲，又不禁欲，主张节欲养生；儒家那种功成名就、荣宗耀祖、封妻荫子的人生"大乐"既不可得，又蔑视佛家的所谓人生之"苦"，于是有司马光所说的"独乐"。这便是无为自然的"道"。

这种道家情思，以柔以"雌"自守，不与人争，退让于人事，返朴于自然，表现于中国古代园林文化，是一种典型的阴柔之美，此之所谓"知其雄，守其雌，为天下谿"。②"雄以喻尊，雌以喻卑。人虽知自尊显，当复守之以卑微，去之强梁，就雌之柔和"③也。

这种"阴柔之美"，确实令人陶然忘返。唐代大诗人白居易称颂冷泉亭"山树为盖，岩石为屏，云从栋生，水与阶平，坐而玩之者可濯足于床下，卧而狎之者可垂钓于枕上"。④又说："十亩之宅，五亩之园。有水一池，有竹千

---

① 司马光：《独乐园记》，《司马温公文集》卷之十三，清正谊堂全书本，第18页。

② 王弼注：《老子道德经》卷上，清古逸丛书本，第14页。

③ 同上。

④ 白居易著、汪立民按：《白香山诗集》卷二十五，康熙四十二年一隅草堂刊本，第21页。

竿。勿谓土狭，勿谓地偏。足以容睡，足以息肩。有堂有序，有亭有桥，有船有书，有酒有肴，有歌有舷。有叟在中，白须飘然，识分知足，外无求焉。"[1]又说他自建的庐山草堂，"物诱气随，外适内和，一宿体宁，再宿心恬，三宿后颓然、嗒然，不知其然而然。"[2]这时，便成逍遥自在，物我浑一，诚如苏轼所啸吟的那样，"惟有此亭无一物，坐观万景得天全。"[3]戴醇士："群山郁苍，群木荟蔚，空亭翼然，吐纳云气"，人与自然同在，人仰其"天德"，以天自适；天倪云气，又如人一般"吐纳"有生，王羲之对这一审美境界体悟尤深："仰观宇宙之大，俯察品类之盛，所以游目骋怀，足以极视听之娱，信可乐也！"[4]

第二节　曲线与意境

大凡中国古代园林，以曲线见长，无论园林中的建筑物，山水道路抑或草树花卉，都具有丰富的曲线之美。

一般中国古代建筑之大屋顶，其基本造型在于曲线形，无论品位最高的垂脊四面坡的庑殿式（宋时称四阿顶），还是歇山式、攒尖式等等，莫不如此，古希腊那样的平顶式极为罕见。尤其反宇飞檐，有一种轻盈俏丽之美。"如跂斯翼，如矢斯棘；如鸟斯革，如翚斯飞。"[5]这里，跂，多生的脚趾，亦可释为踮起脚往远处观望；革，读jí；翚，读huī，古书上指五彩之雉。《诗·小雅》中的这些著名诗句，是以鸟的飞势形容中国古代飞檐的飞动之美，虽然说的是《诗》所谓"秩秩斯干，幽幽南山"中的斯干，指的是周室王的考室，但也说着了反宇飞檐的美学特性。这是"言檐阿之势似鸟飞也；翼言其体，飞言其势也。"[6]苏辙亦说："言其大势严正，如人之竦立，而其恭翼翼也；其廉隅整饬，如矢之

---

① 白居易著、汪立民按：《白香山诗集》卷三十八，康熙四十二年一隅草堂刊本，第8页。

② 白居易著、汪立民按：《白香山诗集》卷七，康熙四十二年一隅草堂刊本，第11页。

③ 苏轼著、翁方纲注：《苏诗补注》卷十四，清咸丰三年南海伍氏刊粤雅堂丛书本，第13页。

④ 王羲之：《兰亭序》，冯惟讷《古诗纪》卷十三，明万历刻本，第1页。

⑤ 毛亨传，郑玄笺，《毛诗》卷第十一，相台岳世家塾本，第7页。

⑥ 李诫：《营造法式补遗》卷二，四库全书本，第4页。

急而直也；其栋宇竣起，如鸟之警而革也；其檐阿华采而轩翔，如翚之飞而矫其翼也，盖其堂之美如此。"①

是的，中国古代建筑形象之美，是以台基平面和立柱墙体一般呈现的方形直线对称与大屋顶一般呈现的弧线反翘形象的完美结合，恰如梁思成先生所言，比如"角柱生成，自当心间向角，将柱渐加高，可以加增翘起之感"②。同时，它又是由平面的"中轴"、立面的直线所传达的逻辑理性与审美"语汇"颇为丰富的曲线所蕴涵的欢愉情调的和谐统一。

中国古代园林建筑物，其曲线之美更强烈、更娴娜多姿，显得更逗人。

试看园林之亭，或玉立于小丘之巅，或濒水而建，或隐显于藤萝掩映之际，或凝住在幽篁深处，既是园景的重要点缀，又是游众休憩凭眺之处（古人云，亭者，停也。可见亭之一用在于歇息休憩）。苏州沧浪亭、宜两亭、冠云亭、月到风来亭、扬州水亭、圆亭、廊亭、绍兴兰亭、石亭以及其它所谓快哉亭、冷泉亭、飞泉亭、醉翁亭、湖心亭等等，"有亭翼然"，天下名亭不知凡几，难以一一述说。亭有独立亭、半依亭之别，前者俏然独持，后者与廊、壁相连；亭之平面多有圆形、扇形与梅花形，亭之顶以攒尖式为多见，歇山顶亦较普遍。"重盖峨峨，飞檐辚辚"，多少曲线组成了美的"合奏"。"至则洒然忘其归，觞而浩歌，踞而仰啸，野老不至，鱼鸟共乐，形骸既适则神不烦，观听无邪则道以明，返思向之汩汩荣辱之场，日与锱铢利害相磨戛，隔此真趣，不亦鄙哉！"③又，"盖亭之所见，南北百里，东西一舍，涛澜汹涌，风云开阖，昼则舟楫出没于其前，夜则鱼龙悲啸于其下，变化倏忽，动心骇目，不可久视。今乃得玩于几席之上，举目而足。"④亭之审美愉悦如此，真有所谓"心斋"，"坐忘"与"涤除玄鉴"之意。

又如曲廊、波形廊或迴廊、爬山廊之类，比如苏州拙政园的水廊，网师园的曲廊、射鸭廊，沧浪亭的复廊以及颐和园的长廊等等，逶迤多姿，依势而曲，情意绵绵，"别梦依依到谢家，小廊回合曲阑斜；多情只有春庭月，犹为

---

① 苏辙：《诗集传》卷第十一，四库全书本，第7页。

② 梁思成：《梁思成文集》（三），中国建筑工业出版社，1985，第16页。

③ 苏舜卿：《沧浪亭记》，《苏学士集》卷十三，宋氏校刊本，第3页。

④ 苏辙：《黄州快哉亭记》，《栾城集》卷二十四，明刊本，第415页。

离人照落花。"①又能为游人导游。而云墙一道，起伏无尽，连属徘徊；具有丰富曲线美的各式花窗，犹如串串"音符"，似尽不尽，横桥九曲卧波，洞门圆柔可人；厅堂轩馆，楼阁台榭，石舫峥嵘，小院恬静，处处可见曲姿，时时显得娇柔。

再说道路山水，由于中国古代园林平面布局一反古代都城之棋盘方格常式，一般亦不像宫殿、陵寝以及民居（比如明清北京四合院）那样具有"中轴线"，园林各景区之间的空间分割与连续十分灵活多变，这就必然导致连结各景区的观赏路线（道路）依势而设，好似有机躯体的诸多血管脉络，血行气流，周遭畅利。尚曲径通幽而忌通衢大道，直往直来，一览无余者，一般为人们所不取。尤其江南私家文人园林，其道曲曲折折，缠缠绵绵，可谓"小园香径独徘徊"②了。

中国古代园林的平面布局为自然山水式，而不是西欧古代的几何式。叠山理水，模范自然，以曲致为上。以叠山而论，无论苏州环秀山庄的假山、扬州片石山房的假山、个园假山、小盘谷假山、还是常熟燕园的假山、上海豫园的大假山，莫不尽然。陈从周先生说，比如上海豫园大假山，"其下凿池构亭，桥分高下，隔水建阁，贯以花廊，而支流弯转，折入东部，复绕以山石水阁"，这是说大假山区位于曲折蜿蜒的园林环境之中，其"山路泉流纤曲，有引人入胜之感。自萃秀堂绕花廊，入山路，有明祝枝山所书'溪山清赏'的石刻，可见其地境界之美"。③而美在"山贵有脉"，"水随山转，山因水活"，"溪水因山成曲折，山蹊随地作低平"④也，妙在"叠黄石山能做到面面有情，多转折；叠湖石山能达到婉转多姿，少做作"⑤，不露凿痕。山有定法，石无定形。法者，脉络气势之谓，要旨在于生动传神，痴、瘦、丑、顽，石品不一，随宜而佳。倘若恣意堆垒、粗糙疏忽，或者拘泥成法，不思曲变，定然不成佳作，犹如诗

---

① 张泌：《寄人》，康熙敕编：《全唐诗》卷二十七，清光绪十三年（丁亥）上海同文书局石印版，第68页。

② 晏殊：《浣溪沙》，《元献遗文》，民国九年宜秋馆刊送人集本，第10页。

③ 陈从周：《园林谈丛》，上海文化出版社，1980，第122页。

④ 同上书，第1—2页。

⑤ 同上书，第13页。

拘律而诗亡，词拘谱而词衰，"学究咏诗，经生填词，了无性灵，遑论境界"①，先生所言极是。

至于讲到园林水景，中国古代，如14世纪西班牙大名鼎鼎的红堡园，开掘十字形水渠以象征天堂的水景，是没有的。水景虽为人作，却应更如自然。这种水景，除皇家园林，一般不以宽阔冗长见著，水域边沿自然延伸，若断若续，曲折婉转，似尽无尽。有些古代园林水景原本自然之水，并非人工平地开掘而成，也必通过一定的人工手段，一变其散漫芜杂的自然形态，使其与自然之水更为神似。这里，水景平面布局的曲线是不可少的。

还有，中国古代园林中的草树花卉，虽多为人工植种护养，按一定审美理想对其进行艺术加工自不可免，然而，这种加工是以不损害其自然风韵为指归的。或者可以说，通过人工，使草树花卉显得"更象自然"，植树种花养草，无论就其空间安排，平面布置以及其与园林其它景物的因借得宜等等，显然是经过精心美学文化构思的，看上去却是不露斧凿之累，规整的几何形的排列是需要避免的。这与西方古代对园林中草树花卉的人工修剪以及常呈几何形图案完全是两种文化"语汇"。

由此，需要讨论的一个建筑文化的美学问题是，中国古代园林，为什么如此热衷于曲线呢？

这又不能不与本文第一节所言的道家情思攸关。

道家极抑人为而独尊自然，自然者，美之源泉，也是美本身。当道家的这种美学观念渗透到园事活动中去时，必然会发生一种"裂变"，即中国古代园林文化本质上是一种人为的东西，却又要以人为象征"无为"，显现"无为"，表现"无为"之"道"，于是，便不得不追求一种"虽由人作，宛自天开"的审美境界，目的在以"人作"象征"天开"，"人作"之园林文化愈是天然浑成（天开）一般，便愈符合"道"之精神，因此，"虽由人作，宛自天开"的审美理想是属于道家的。

为了象征"道"，抑或反过来说也一样：由于道家情思严重影响了中国古代园林文化，这一点表现在园事上，便是从园林建筑物，山水道路到草树花

① 陈从周:《园林谈丛》，上海文化出版社，1980，第13页。

卉的造型，均崇尚丰富的曲线，因为，曲线是自然万物的典型外观特征，波特曼曾经这样说过："大部分建成的环境是矩形的，因为这样建造起来较为经济。但人们对曲线形式感到更有吸引力，因它们更有生活气息、更自然。无论你观看海洋的波涛，起伏的山岳，或天上朵朵云彩，那里都没有生硬的笔直的线条。""在未经人们改造过的大自然，你看不到直线。"又说："人们的才智与直线有关系，但感情却与大自然的曲线形式相维系。"①这位国外著名的建筑理论家，虽则不一定研究过中国的老庄，但其关于曲线自然的细微观察与深刻见解，恰好为中国古代园林文化的曲线之美，揭示了"道"的这一文化底蕴。"道"性至柔，柔则必曲，古代园林文化之"曲"，确是道家"阴柔"、"贵雌"文化哲学的表现。古人云，"方者执而多忤，圆者顺而有情"②，"方"者必寓直线，"圆"者必曲，"方圆相胜"才成和谐。方圆关系，亦是曲直关系，曲线为自然之态，直线常人工之为，而儒家尚人工，认为"性无伪则不能自美"，因此，"方圆相胜"，便是曲直互济，儒道互补。梁思成先生在论述中国古代庭园建筑文化时说："如优游闲处之庭园建筑，则常一反对称之隆重，出之以自由随意之变化。布置取高低曲折之趣，间以池沼花木，接近自然，而入诗画之境。"③其实这里说的，也是中国古代园林文化的美学特性，这种特性便是道家情思。

这种道家情思，又与中国古代园林的意境密切攸关。

何为意境，这里不作深论。宗白华先生的五种境界说似可作参考。

　　人与世界接触，因关系的层次不同，可有五种境界：①为满足生理的物质的需要，而有功利境界；②因人群共存互爱的关系，而有伦理境界；③因人群组合互制的关系，而有政治境界；④因穷研物理，追求智慧，而有学术境界；⑤因欲返本归真，冥合天人，而有宗教境界。功利境界主于利，伦理境界主于爱，政治境界主于权，学术境界主于真，宗教境界主于

---

① ［美］约翰·波特曼：《波特曼的建筑理论及其事业》，中国建筑工业出版社，1982，第71页。
② 《管氏地理指蒙》卷之上，广州出版社，1995。
③ 梁思成：《梁思成文集》（三），中国建筑工业出版社，1985，第10页。

神。但介乎后二者的中间，以宇宙人生的具体为对象，赏玩它的色相、秩序、节奏、和谐，借以窥见自我的最深心灵的反映；化实景为虚境，创形象以为象征，使人类最高的心灵具体化、肉身化，这就是"艺术境界"。艺术境界主于美。①

这种"艺术境界"，因超脱于功利权欲，对宇宙人生只取"赏玩"的态度，重在心灵情意，故也可算为意境，且与主于真的认识境界、主于神的崇拜境界比邻（此题内蕴深邃，这里不论）。

因此，凡意境，关乎情景，虚实、有限无限、动静与和谐诸因素。

中国古代园林文化之意境起于情景交融，情由外景相激而启于内，景因情起而人格化。物我同一，主客相契，这是自然之"道"与人心之"道"的往复交流。"目既往返，心亦吐纳，情往似赠，兴来如答"。②不知何者为情，何者为景，自然化作我心，我心亦是自然。或在月下漫步园林，万籁寂静，"素月分晖，明河共影，表里俱澄澈。悠悠心兮，妙处难与君说。"③这时，人便超脱功利、伦理、政治意义上的自我，一洗尘俗，使精神与宇宙同在。

"艺术的境界，既使心灵和宇宙净化，又使心灵和宇宙深化，使人在超脱的胸襟里体味到宇宙的深境。"④这种深境是虚实结合。中国古代园林文化的虚实问题，可以理解为园林之平面布置与空间序列问题，"虚中有实者，或山穷水尽处，一折而豁然开朗；或轩阁设厨处，一开而可通别院。实中有虚者，开门于不通之院，映以竹石，如有实无也；设矮栏于墙头，如上有月台，而实虚也。"⑤虚虚实实，虚实结合。然而，这里的虚实问题，首先是一个宇宙观、人生观问题。老庄之"道"，就是一种有"大美"的虚，它比实更真实，并且是一切实有的本源。因而，对于渗融着道家情思的中国古代园林文化而言，无"虚"则不成意境。这种"虚"即意境之"意"，便是审美主体超脱于功利、伦

---

① 宗白华：《美学散步》，上海人民出版社，1981，第59页。

② 同上书，第95页。

③ 张孝祥：《念奴娇·过洞庭》，吴讷辑：《文章辨体》，明天顺八年刘孜刻本。

④ 宗白华：《美学散步》，上海人民出版社，1981，第72页。

⑤ 沈复：《浮生六记》，启智书局，1931，第34—35页。

理与政治羁绊的自由自在的内心。因而宗白华先生又深刻地指出："化景物为情思，这是对艺术中虚实结合的正确定义。以虚为虚，就是完全的虚无（引者注：佛家即如此），以实为实，景物就是死的（引者注：如以功利眼光观察中国古代园林之景物，则景物就是死的），不能动人；唯有以实为虚（引者注：以虚观实），化实为虚，就有无穷的意味，幽远的意境"。[①]清人笪重光亦指出："实景清而空景现"，"真境逼而神境生"，"虚实相生，无画处皆成妙境。"[②]其实园林亦然。

这种"虚"，也就是主体内心之"道"所赋予园林这种客体对象的"气韵"的本根。园林本为死物，何来气韵生动？答曰：道也。五代荆浩曾说："气者，心随笔运，取象不惑。韵者，隐迹立形，备遗不俗。"[③]只有超脱于世俗尘海的"道"，才能使人们在建造中国古代园林与观赏它时达到"取象不惑"、"不俗"的人生境界。

这种中国古代园林文化的虚实关系，就是无限有限之关系。虚无限而实有限，也就是意无限而境有限，情无限而景有限，一句话，是以有限之园林空间，表现无限之"道"。其实，一切中国古代艺术，都在以小见大，以有限表现无限，那么，这种艺术观与美学思想是怎样形成的呢？

其源来自老庄的"道"。

庄子曰："齐物，一大小。"道家之齐物论，将物大小、有限无限以及其它一切属性划了等号，所谓"物无非彼，物无非是"，"道通为一"，所谓"天地与我并生，而万物与我为一"、"天地一指也，万物一马也"。庄子认为，万物可等量齐观，不必人为分别大小轻重之别，因而，泰山鸿毛，了无区别，一室之小，宇宙之大，可划等号，人生不必计较物之大小宏微轻重，只要牢牢把握"视之不见、听之不闻、搏之不得"的"道"（老子名之为"夷"、"希"、"微"）即可。

这种哲学思想渗透于中国古代的美学思想中，久之成为古老东方民族一种

---

① 宗白华：《美学散步》，上海人民出版社，1981，第34页。
② 笪重光：《画筌》，清乾隆知不足斋精刻本，第12页。
③ 荆浩：《笔法记》，秦祖永：《画学心印》卷一，清光绪四年刻朱墨套印本，第29页。

自觉的审美尺度与内心要求，认为既然比如大小、有限无限相等同，那么，以小见大，以小喻大，以有限表现无限，就是理所当然的了，并且是不须论证的一条规律，这种观念意绪长期积淀在民族文化灵魂之中，为全民族所认可，对封建士大夫影响尤深。

因而，李格非记司马光之《独乐园》："园卑小，不可与它园班。其曰'读书堂'者，数十橼屋；'浇花亭'者，益小；'弄水'、'种竹'轩者，尤小。曰'见山台'者，高不逾寻丈。"①宋代冯多福记岳珂之研山园并由此道，"己大而物小，泰山之重，可使轻于鸿毛，齐万物于一指，则晤言一室之内，仰观宇宙之大，其致一也。"②半亩小园，咫尺山水，在观感体悟中，无异于整个人生宇宙。郑板桥说：

> 十笏茅斋，一方天井，修竹数竿，石笋数尺，其地无多，其费亦无多也。而风中雨中有声，日中月中有影，诗中酒中有情，闲中闷中有伴，非唯我爱竹石，即竹石亦爱我也。彼千金万金造园亭或游宦四方，终其身不得归享。而吾辈欲游名山大川，又一时不得即往，何如一室小景，有情有味，历久弥新乎！对此画构此境，何难敛之则退藏于密，亦复放之可弥六合也。③

这里郑板桥所言之画理，实与园理相通，它们都涉及齐物划一的道家之"道"。

最后，中国古代园林文化之意境，妙在动静结合。

中国古代园林文化的品格主于静，这与道家之"虚静"观不无关系。

比如以园林水趣为例，西方古代以"动"水为美。不用说，"动"水活泼欢快，激情难抑，催人亢奋。比如喷泉的水趣，在于利用水流特性，创造向上喷发瞬尔跌落的动势，水珠晶莹滚动，淅淅有声，在阳光下闪闪烁烁，足以令观赏者心旷神怡。相传公元前一千多年，希腊"园庭"中就有喷泉这玩意儿，盲诗人荷

---

① 李格非：《洛阳名园记》，《钦定四库全书·史部》十一，明古今逸史本，第9页。
② 冯多福：《研山园记》，陈仁锡：《无梦园初集》干三，第19页。
③ 郑板桥著、周梦蝶标点：《郑板桥集·竹石》，大达图书供应社，1933，第100页。

马在史诗中大加赞扬。罗马园林中的喷泉，以其柔中有刚的形象，成了那个雄强时代的精彩点缀。14世纪，大名鼎鼎的西班牙红堡园，有一个十字架形的大喷泉，在对神的崇拜中兼对"动"水之钟爱之情自不待言。文艺复兴时期，西方尤尚人体美，园林水趣之流风所至，便是人体雕像喷泉竞放异彩。意大利佛罗伦萨有一处水趣，可谓名扬天下，泉流清洌，不断从一女雕像的"秀发"上溅落于水池，模拟出浴少女的娇憨之态，鲜明地反映出那时西方园林文化的审美理想。17世纪，法国路易十四对园林"动"水之追求也许更为热衷，他主持建造的凡尔赛园水源严重不足，便命令王宫侍从生活用水每人每日不得超过一小盆，也要惨淡经营、力求供水，使宫园大喷泉喷流不止，大有"宁可饮无水，不可园无泉"的劲头。还有的园林水趣，更是心裁独出，它借重科学技术，利用水流冲力，使一种由"动"水引起的美妙音响成为园林文化情趣的主调，"水风琴"、"水扶梯"之类一时竟为时髦。一群铜制小鸟七嘴八舌的啼啭，使园林意境充满喧腾的春的气息，忽然传来"石狮"沉闷可怕的吼声与"猫头鹰"凄厉的怪叫，于是整座园林立即鸦雀无声，顷刻之后，又是"小鸟"的啁啾聒噪。

这些西方园林文化的意境，妙在水之"动"。"动"是旺盛生命力的表现。以"动"水之象求审美主体情趣的"凝伫"与宣泄，一般说来，这契合西方人热情奔放、好动外露的精神气质，因此"动"态水趣多见于西方园林文化。

中国古代园林文化中，亦偶有"动"态水趣。李格非《洛阳名园记》称"董氏东园"一处水趣："水四面喷泻池中"，"朝夕如飞瀑"，"洛人盛醉者，走登其堂，辄醒"，故被称为"醒酒池"。然而，总的说来，"静"水是中国古代园林文化水趣的基本形式，其主要审美特征，在于以"静"水传达流溢的情感，历代名园中以"含碧"、"凝玉"、"镜潭"等命名的水景比比皆是。

这种园林水趣水面有限，亭榭台舫之类，往往依水就建，安谧宁静。"静"水初观似乎不如"动"水招人，且如果处理不当或不作任何处理，一任散漫芜杂之自然形态，确有单调之感，甚或弄得"死水一潭"。但艺术上成功的"静"水给人的美感享受是独特而浓厚的。或碧波平静如镜，令人敛神沉思，返照自身。"镜潭者"，"既皎而澄，可以烛须眉"[①]；或水藻繁茂，藕荷半亭，"水荇酬

---

① 王世贞：《安工西林记》，《弇州山人续稿》卷之六十，明万历间王氏世经堂刻本，第4页。

醪，渚草艳漾"①，"聊作出污泥而不染之遐思，或于晨曦夕月、蓝天云浮之时，平静之水面倒影清丽，光影变幻，临池有堂，回栏曲槛，望之如浮，嫣然有致"②，其美无以名状，或清风徐至，波光涟涟，温柔娴静，"波纹细皱，香浪微裦"③，一泓都是笑意；或水尤清澈，游鱼历历，"皆若空游无所依。日光下澈，影布石上，怡然不动。俶尔远逝，往来翕忽，似与游者相乐"④。又"细浪文漪，涵青漾碧，游鳞翔羽，自相映带"⑤。

总之，"静"水质朴淡泊，含蓄深沉，令人凝神观照，意境深邃。中国古代园林水趣，其相在"静"，其意在"动"，是"静"景之中"道"的流溢，唯有景物之"静"，才催成意的流动与飞扬。道家确主"虚静"，但不是佛家的"死寂"。"虚静"者，表面"静"而内里"动"也，因为据道家之说，作为"虚"的"道"，其实是万物活跃、自由、无限的生命本体。

这一点，如果与同是呈现"静"态之美的日本古代的所谓"枯山水"相比较，可以看得更清楚些。

"枯山水"，作为日本古代园林文化之一颗明珠，闪耀于十四、五世纪的室町时代。比如，京都龙安寺一处"枯山水"石庭，占地300平方米，矩形平面，设于禅室方丈前，可观可悟而不可游不可居，这是与中国古代园林空间不同的。这种仅供观赏的园林"水"趣之作构思奇特，白砂铺地，以人工弄出砂纹，象征浩瀚的水波，并于"滔滔汪洋"之中置石群者五，十五块石料依每群"三、二、三、二、五"节奏依势堆设，模拟海域中五群可望不可及的岛屿，看似毫不经意其实用心良苦，其石缝象瀑涧，实则满园无有滴水，可谓"枯"矣。这"枯"，就是"枯山水"的基本审美特征，渗融着被大和民族灵魂消化改造了的浓郁的佛家禅宗情思。禅宗及其教义很早就从中国传至日本，其"静虑"、"沉思"这精神底蕴，有力地影响日本传统的美学观，连园林"水"景也运用象

① 邹迪光：《愚公谷乘》，引自陈植、张公弛：《中国历代名园记选注》，1983，第190页。

② 同上。

③ 同上。

④ 柳宗元：《小石潭记》，蒋之翘辑注：《柳河东集》卷二十九，三径藏书本，第431页。

⑤ 何焯：《题潭上书屋》，沈粹芬等辑：《国朝文汇》卷四十二，清宣统元年上海国学扶轮社石印本，第4页。

征手法，成为通过"静虑"，顿悟宇宙人生"真谛"的一种手段。然"枯山水"既然是一种园林文化，它就不同于纯粹禅宗教理的演绎，它创造的不仅仅是万念俱寂、内省幽玄的禅境，也有某种顽强的世俗审美意识在潜行。不过，佛之所谓的"死寂"是其基本主题，大海浩淼，孤岛冷寂，宇宙秩序均衡寥廓，观此"枯山水"，只觉五内那种人生有限与宇宙无垠的哲学沉思冲突骤起，一种枯寂迷茫之感充塞心胸。

这种"静"水文化，不同于中国古代园林文化的"静"水。前者在于"枯"，虽然其间对世俗生活隐隐有某种眷恋之真情在，却充满了悲愁的人生喟叹，引导众生去向往彼岸的佛国，这佛国就在心中，"我心即佛"，只要其心得到解脱，就是成佛。后者虽"静"而却润却活，很有一点人间气，而不是绝对的虚无。

"道"虽为"虚静"，却是在"虚静"中见"流行"，在"流行"中"虚静"。比起儒家"有为"哲学来，道家哲学可以说是一种出世哲学，但比起佛家哲学，它又只能说是"半出世"式的。

道家重生、贵生，主张养生，要求享受人间的雨露阳光，认为以身徇物是违反自然本性的，以身徇物就是以隋侯之珠弹千仞之雀，既不值得，也白费精力，要求适当地去满足人的欲望，而非一味地清心寡欲，以超功利态度对待人生，这便是庄生所谓"自适其适"，中国古代园林文化就是这样一种满足"自适"的文化。

第六章 佛性意味

先秦时期，中国原无成熟意义上的宗教文化，当然也就谈不上宗教建筑文化。古代东方大地，对宗教文化而言，似乎确是一块"贫瘠"的土地。

自然，哪里有苦难的世俗人生，哪里就可能有一切宗教滋生、传布与掌握民众心灵的社会土壤、渠道与"气候"。东汉汉安元年（公元142年），由张道陵倡导于今四川崇庆的道教，终于出现在历史文化舞台上。道教土生土长，它渊源于上古巫术、尊老子为教祖，以《道德经》、《正一经》与《太平洞极经》为主要经典，后经汉末张角、张鲁的发展，东晋葛洪的理论阐发，南北朝时嵩山道士寇谦之与庐山道士陆修静的改革而臻于完成。道教对中国古代思想文化之影响自不可小视，与道教文化思想相关的诸多道教祠观亦曾隐现于大江南北、幽谷深山，它在中国古代建筑文化长卷中留下了绚丽的色彩。

可以说，在中国古代建筑文化中，包括道教观在内的宗教建筑文化，亦曾灿烂于史页、磅礴于后世。

不过，"我国古代宗教虽以释、道并著，然道教在历史上素以式微不振见称，其与我国文化发生密切关系者，当推佛教为最。"[①]

凡论中国古代宗教建筑文化，不能不注意佛教建筑，而大凡佛教建筑文化，无论在文化规模与美学特性上，又以中国古塔文化为最典型。并且，与佛教文

---

① 刘敦桢：《佛教对于中国建筑之影响》，《刘敦桢文集》（一），中国建筑工业出版社，1987，第1页。

化密切相关者，尚有所谓"须弥座"这种特殊建筑"语汇"在中土建筑文化中的发展运用，它们都是外来的佛教文化与中国传统文化相互撞击与融和的产物，是佛性意味与中华民族审美理想的"交响和鸣"。

本文就此试加论述。

第一节　佛性意味与中国化

中国古代建筑文化史上，本来并无塔这种特殊建筑文化，这正如中国古代思想文化史上本来并无佛教文化一样。作为中国古代佛教建筑文化之典型的塔，是由印度传入中土的。

一般认为，印度佛教文化于东汉初年始传中国。西汉张骞（？—公元前114年）出使西域而形成的"丝绸之路"，为印度佛教文化东渐准备了条件。东汉永平十年（公元67年），所谓明帝感梦求法，可证"西方有佛"在中土已有传闻，可能这是张骞出使西域带回的文化信息。但究竟什么是佛与佛教，当时自然无一人真正了然。明帝曾派中郎将蔡愔、秦景、博士王遵等18人往西域求佛，于是，便有天竺名僧迦叶摩腾、竺法兰东来传教。当时，他们以白马驮带经卷佛像来到洛阳，这是印度佛教文化首次正式进入中土。天竺高僧来华后，明帝待为上宾，让他们住在品位较高、专门接待贵宾的鸿胪寺里，并御准在洛阳西雍门外，建造佛寺，名白马寺，在寺区内建塔。刘敦桢先生说："我国之塔当以汉明帝永平十八年（公元75年）所建之洛阳白马寺塔为最先。"①据说，当初白马寺塔据寺之中心位置，四周建有殿房。有的学者认为，当初建白马寺查有实据，是否在寺区建塔则不可定论。我们认为，根据印度佛教建筑塔寺并重的传统作风来看，佛教初传中土之时，一般多模仿而少创新，因而在建寺同时建塔是情理中事。而稍后，三国时笮融在徐州建造浮屠祠，且以楼阁式木塔为中心建筑，则是可以肯定的。

这是中国古代建筑文化史上最早的古塔文化。

---

① 刘敦桢:《佛教对于中国建筑之影响》,《刘敦桢文集》(一), 中国建筑工业出版社, 1987, 第4页。

这种古塔文化，其源自在印度。

黑格尔曾经说过："在印度，用崇拜生殖器的形式去崇拜生殖力的风气产生了一些具有这种形状和意义的建筑物，一些像塔一样的上细下粗的石坊。在起源时这些建筑物有独立的目的，本身就是崇拜的对象，后来才在里面开辟房间，安置神像，希腊的可随身携带的交通神的小神龛还保存着这种风尚。但是在印度开始是非中空的生殖器形石坊，后来才分出外壳和核心，变成了塔。"①这是说，印度塔最早起源于崇拜生殖力的观念，塔是生殖力旺盛的象征。

黑格尔这里所说的古印度的塔与古印度佛塔的关系究竟如何，即两者的历史渊源关系到底怎样，这有待考定。不过，后者不同于前者是一目了然的。所谓古印度佛塔，其实就是"窣堵坡"，相传最早为掩埋释迦佛骨的一种坟墓建筑形式。佛经说，释迦牟尼"圆寂"之后，其僧徒将其遗体焚化，取其骨烬，分葬于八处建塔供奉。此骨烬，就是所谓"舍利"或"舍利子"，后世高僧的骨烬，亦称为"舍利"（为梵文译音），均具有禅定涅槃、修成正果的佛性意味。

随着古印度佛教文化的发展，建塔之风曾经大炽。公元前273年至公元前232年的阿育王时代，印度佛教隆盛，被定为国教，于是据说在其统领的小邦国中，建寺塔八万四千处。这"八万四千"，想必并非实指，其言极多罢了。

此时之古印度"窣堵坡"，是埋葬佛"舍利"的半圆形坟墓，后又发展为兼藏圣佛遗物，凡欲表彰佛法之处，多所建造，以供崇拜礼佛。常任侠先生据《印度的文明》一书所说，"窣堵坡"是"一个坟起的半圆堆，用砖石造成，梵名安达（Anda），其义为卵，其下建有基坛（Mēdhi），顶上有诃密迦（Harmika），义为平台，在塔周围一定距离处建有石质的栏梢（Vēdika），在栏梢的四方，常饰有四座陀兰那（Torana），义为牌楼，这就构成所谓陀兰那艺术。"②在现印度马尔瓦省保波尔附近的山奇"窣堵坡"，被称为"山奇大塔"的，就是一个"陀兰那"艺术作品。

这就是说，原为埋掩佛"舍利"的"窣堵坡"后来就发展为一种特殊的佛教建筑文化，这种文化的基本因素为艺术。雷奈·格罗塞称：

---

① ［德］黑格尔:《美学》第三卷上册，朱光潜译，商务印书馆，1984，第40页。

② 常任侠:《印度与东南亚美术发展史》，上海人民美术出版社，1980，第12页。

山奇的艺术仍然为特有的印度型式。它的一般灵感乃是印度的，并且完全属于佛教的，其大部分花或兽的主题也是如此——自美妙的莲花卷涡纹，以至天鹅、孔雀和象，在这里都做了主要的装饰题材。此外，在山奇也和在巴尔胡特相同，佛陀本身是用某些象征物来代替，这一习惯手法也是印度式、而且是科教式的。于是，一只小象就暗示着，或更可说，代表着"托胎"；摩耶夫人坐在莲花上，周围有小象向她喷水，代表"降诞"；有时只用一朵莲花即代表这一变相，一匹空马，象征"出家"；魔或魔女在一株树和一个空座位之前，这表示魔军的侵扰和诱惑（"降魔"）；只有一株树和一空座，象征"成道"（证菩提）；法轮是"说法"；伞盖和宝座一般即用以代表佛；云路表示自空中返回迦毗罗卫城（"返家"）；塔（窣堵坡）代表"涅槃"。同样，三股叉代表"三宝"即佛、法、僧（僧伽）。①

以上引文，似乎显得长些，但对本文论题的深入探讨是有必要的。从文化角度看，古印度山奇"窣堵坡"具有以下特征，一，佛性意味浓郁，宗教情绪十分高涨；二，为要弘扬佛法，必须采用最有力的宣传工具——艺术，比如，"山奇大塔"四周，建有石质栏栅，栏栅四方，饰以四座牌楼，即所谓陀兰那，亦即天门。为表彰佛之功德无量，陀兰那之上饰满石雕石刻作品，其中多取材于佛陀本生故事，塑造以慈悲为怀、大彻大悟的佛陀形象，这说明，古印度的这种"窣堵坡"，具有崇拜与审美双重意义，三，典型的古印度艺术风味，这风味就是专注于象征。印度犍陀罗艺术时代以前，不像希腊雕刻艺术那样直接雕刻神像。在当时印度人的文化观念中，佛陀是如此光辉灼眼、神圣伟大，信徒在佛面前只配低眉沉思静虑，根本不必、不能亦不敢仰视佛的形相，要想一瞻佛容，这本身就为崇佛所不许。而且，按照古印度原始佛教观念，释迦既已涅槃，进入了超乎生死的永恒境界，假使有人敢于描绘、雕塑佛像，岂非对这种圆满安乐的涅槃境界的破坏。"人们宁可在佛教雕刻艺术中对佛的尊容保持一个模糊的幻相，而越模糊似乎越真实，愈虚愈实，若离若即，以便激发对佛的崇高神圣永远不可企及的无限迷狂"。②也因此，直接在艺术中描绘、雕塑佛像

① ［法］雷奈·格罗塞：《印度的文明》，商务印书馆，1965，第42—43页。
② 王振复：《建筑美学》，云南人民出版社，1987，第212页。

是印度文化希腊化以后的事。

古印度的这种"窣堵坡"文化，确是中国古塔文化的源头。或者说，中国古塔文化，是中华传统文化思想及其建筑与印度佛教文化及其建筑相互激荡的产物。两者相比，中国古塔文化具有如下特点：其一，在形象外观上，中国古塔很大程度上改变了古印度"窣堵坡"的形制，是中国化了的佛塔；其二，宗教情绪淡化而佛性意味仍在；其三，佛教崇拜与艺术审美相互纠结，显示出宗教文化艺术的不协和性。

下文分而论列。

第一，就中国古塔的形象外观而言，它确是中国化的，而不是古印度"窣堵坡"的因袭之作。

首先，作为一种坟墓建筑形式，其功用虽仍在藏纳"舍利"之类，但其形制已与中国传统建筑样式相结合。中国古塔样式繁多，大致有楼阁式、密檐式、亭阁式、覆钵式、金刚宝座式、花式、过街式、门式、多顶式、阙式、圆筒式、钟式、球式、高台式以及经幢式等。比如，杨衒之《洛阳伽蓝记》所记的北魏永宁寺塔为楼阁式，它的情影虽现已不存，然而，在敦煌石窟、云冈石窟、龙门石窟，尚可见到这种早期楼阁式塔的图绘或雕刻踪迹。唐以后的楼阁式塔，如西安玄奘塔、大雁塔、苏州虎丘塔、杭州六和塔、上海松江方塔、泉州开元寺塔、福州崇妙坚牢塔、河北定县料敌塔等，其数量之多，不胜枚举。又如，由楼阁式塔发展而来的密檐式塔，著名的应县木塔、北京天宁寺塔等均为显例；再如，据《洛阳伽蓝记》，"明帝崩，起祇洹于陵上。自此以后，百姓冢上或作浮屠焉。"罗哲文先生认为，这里所说的"冢上的浮屠"，就是体型较小、建造方便，其历史几与楼阁式塔一般悠久的亭阁式塔。又如山东历城四门塔，长清灵岩寺慧崇塔，山西五台佛光寺祖师塔以及安邑泛舟禅师塔等都是亭阁式塔。至于其他样式的塔，自然还有许多，此不赘述。

这些楼阁式、密檐式、亭阁式以及过街式、门式、阙式、高台式等塔型，其建造灵感均来自中国古代建筑文化中的楼、阁、亭、阙、台以及城关建筑、大屋顶的反宇飞檐式之类。在今人看来，这种中华传统建筑样式的被运用于塔，似乎是轻而易举的，其实，它是历史生活对古印度"窣堵坡"这种外来建筑文化的取舍、消化与改造，反映出中华民族强烈的民族文化意识与接受异族文化的能力。除了覆钵式塔之外，一般中国古塔的建筑形制，大都是印度"窣堵坡"与中国传统建筑样式相结合的产物，或者可以说，是中国化了的"窣堵坡"。

其次，就中国古塔的层檐而言，一般为奇数制，以单檐、三檐、五檐、七檐、九檐、十一檐甚至十五檐、十七檐者为常见。比如，山东历城四门塔为一檐式，房山静琬法师墓塔为三檐式，九顶塔中央一座为五檐式，苏州云岩寺塔为七檐式，杭州灵隐寺塔为九檐式、西泠印社石塔为十一檐式以及北京天宁寺塔、八里庄慈寺塔、通县燃灯塔等为十三檐式等，其灵感自与印度佛典"数"之观念不无联系，却首先是属于中国的。比如，当关于"间"的建筑观念在殷代萌生之时，"一座建筑的间数，除了少数例外，一般采用奇数"①。中国古代宫殿、坛庙等建筑常以尚奇为民族、阶级与历史嗜好。宫殿面阔最多为十一间，明以前为九间；北京天坛圆丘各部构造所用材料为九与九之倍数，天子之庙为"三昭三穆"加大祖而为七，诸侯者五，卿大夫者三，士者一，凡此都是人们所熟知的。中国古塔的尚奇层檐制，显然从这里得到了借鉴。

又次，从中国古塔的平面而言，唐五代以前多为正方形，宋元以后亦时采正方形。比如，南北朝熙平元年为灵太后胡氏所立的洛阳永宁寺塔为正方形，龙门石窟之石刻塔平面为正方形，绘于敦煌莫高窟一幅属北周时期壁画上的三重塔，也是正方形。又如，年代比较晚近的正定开元寺塔、五台佛光寺解脱禅师塔、上海松江兴圣教寺塔、南京三戴塔、常熟崇教兴福寺方塔、普陀山普济寺多宝塔、山东历城四门塔、小龙虎塔、长清灵岩寺慧崇禅师塔、河南登封法王寺塔、法王寺唐墓塔、洛阳齐云塔、临汾风穴寺七祖塔、广州光孝寺西铁塔、四川新都宝光寺塔、正觉寺塔、宜宾旧州白塔、乐山灵宝塔、昆明西寺塔、大理崇圣寺千寻塔、蛇骨塔、陕西大雁塔、小雁塔、玄奘塔、香积寺善导塔、香积寺小塔、甘肃永昌圣容寺塔以及少林寺塔林中的诸多塔例，其平面一概都取正方形②。这种塔的平面布置，虽与中国最初将古印度"窣堵坡"误译为"方坟"有关，本质上却是"以方为贵"的中国古代传统文化观念的有力反映。"天圆地方"是中国古代对宇宙天地的朴素认识。大地覆载万物，人在大地上生存

---

① 刘敦桢主编：《中国古代建筑史》，中国建筑工业出版社，1980，第9页。

② 按：以上有关正方形平面之塔例，多引自罗哲文《中国古塔》一书，该书于1983年由文物出版社出版。

繁衍，时感安全，久之便养成了中华民族所谓大地"四平八稳"凡民族心理机制。因此，这一点表现在建造观念中，便是中国古代建筑之"间"，其平面均采方形，很少例外（当然，这在建造技术上也易把握，此暂不论）。尤其在唐以前的中国古代陵寝制度中，"以方为贵"的思想十分强烈。

且不说早在战国时期，秦惠王的公陵、秦武王的永陵，其陵体平面作方形，《水经注·淄水》称旧齐之"四王冢"，也是"方基圆坟"，燕国的王室陵墓，又是方形的；且不说据考古发现，秦始皇陵墓的平面安排作方形，其四周围以两道墙垣（即所谓"内城"与"外城"）呈长方"回"字形，其方形墓穴，就安排在"回"字陵域之中。汉代陵寝墓区平面，也基本为正方形。武帝、文帝、景帝、光武帝、明帝及昭帝等陵墓莫不如此，连诸多陪葬墓亦时作正方形，只有汉高祖与吕后之陵墓平面为长方形，整个陵体呈四角锥台式。这说明，在前汉初期，尚有正方形与长方形交替出现的情况，这一点与汉以前倒是一致的，发展到后来，就趋向于正方形了。不管长方形、正方形，均"以方为贵"。前汉历代帝王，即位不久，就为自己营造"寿陵"，每年耗资最高达国家全年税收之三分之一。据说，汉代帝王陵园，一般占地七顷，其中墓堆占地一顷，"陵墓高十二丈，深十三丈，墓室高一丈七尺，有四个墓道都能通过六匹马驾的大车。四门埋设暗箭、伏弩等机关，以防备盗墓。墓穴方约一百步。"[1]又："帝王陵墓用土筑成，略呈方形，顶部平整，汉代人称帝王陵为'方上'。"[2]而汉代"五陵原"中最著名之武帝茂陵，其"方"可称典范。茂陵规模巨大，四周围以城垣，城垣呈正方形，每边长四百米。园内墓冢，上小下大，四角平顶锥状，形似"覆斗"。"汉诸陵皆高十二丈，方一百二十步，惟茂陵高十四丈，方一百四十步。"[3]可见其既大又"方"也。同时，这崇"方"之风在唐代流渐，其势未减。唐代皇家陵墓，大多修于山腰而不显形踪，凡于平地起陵，均以其平面为正方形为基本特色。唐代不是没有圆锥形的王室坟茔，然大凡地位高显者，都以正方形为平面构图。不少为皇族嫡系的陪陵，也具有这一文化特征。唐中宗之子懿德太子墓与高宗、武后之孙女永泰公主墓，均采取正方形平面，陵体

① 罗哲文，罗扬：《中国历代帝王陵寝》，上海文化出版社，1984，第57页。
② 同上书，第58页。
③ 潘岳：《关中记》，李昉：《太平御览记》卷五百五十九，宋刊本，第9页。

为四角双层台阶式；高宗、武后之次子章怀太子墓，亦是正方形平面，陵体为四角单层台阶式。唐太宗昭陵之陪陵，比如长乐公主与城阳公主墓，亦为正方形覆斗式。而且，直到北宋，这种以方为尊的建造观念无有多大改变。

以上所述，雄辩地证明，所谓"以方为贵"的陵墓建筑文化观念是深入民族人心的，陵墓平面作方形，象征帝王及王权对大地的主宰以及表达与大地同在、与大地融为一体的建筑文化意愿。中国古塔的平面正方形构思，与此不无关系，在中国古人的文化观念中，古塔虽为礼佛对象，但它首先也是一种坟墓，而且品位高贵，于是，其平面多作方形就是理所当然的了。再次，就寺塔的地理位置关系而言，在古印度是寺塔并重的。当印度寺塔文化最初入传中国时，这种两者"并重"观念，使寺塔合建于一处，即塔建造于寺之中心位置，比如，所谓最早之白马寺塔、三国时笮融之徐州浮屠祠塔均取这种建造态势。然而，随历史文化之发展，寺塔位置也在悄悄发生变化。即始而塔据寺之中心，继而塔建于寺之前后或左右，终而塔脱离于寺，有时建寺而不建塔，建塔而不建寺，甚至另立塔院，就是说寺塔分立，各具其独立的建筑文化性格。

这种历史的变迁，反映了以儒家入世哲学与伦理学思想对印度寺塔文化的冲击、渗透与改革。

儒家重现实、重人伦、重理性，崇尚"大壮"之美，尤其将建筑之屹立于天地间，抗风雨，避寒暑，看成人力对自然的胜利，这便是屹立于天地间的人的"大壮"形象，因而，在后儒阐发《周易》古经的所谓"十翼"[①]中，将建筑文化之起源归于《周易》之"大壮"卦。在儒家看来，大就是大，小就是小，不像道家那样"以柔克刚"、"以小见大"、"小大齐一"。"子曰：'大哉尧之为君也！巍巍乎！唯天为大，唯尧则之。荡荡乎！民无能名焉。巍巍乎！其有成功也。焕焕乎！其有文章'。"[②]儒家追求阳刚之美，一切都要放开手脚、坦荡博大、讲究排场与气魄，道德"文章"一概如此。于是表现在建筑文化观上，便有后世中国古代都城、宫殿、坛庙与陵寝建筑屡演不衰的尚大之风，所谓"朱阁宸，嵯峨概概"，"应门八袭，璇台九重"，"延目广望，骋观终日"而不达，于是有万里长城与唐长安这种举世闻名的浩大工程，这些，都与儒家尚大、尚

---

① 按：《周易》传部又称"十翼"，相传为孔子所作，实为孔子后学所为。

② 何晏注：《论语》卷八，古逸丛书日本景正平本，第59页。

阳刚之美的文化观相合拍。

明白了这一点，就不难理解建筑文化史上寺塔地理位置何以会如此变化了。在中国古人眼中，寺塔合建的印度风格，在地理环境上难免显得拥挤、局促与小家子气，并且若使塔建于寺院附近，就寺塔之整体环境而言，往往破坏儒家所热衷的"中轴线"的确立与对称秩序的认可。在此情况下，为了使佛寺更充分体现那种平缓、对称和阔大以及进深递进的中国风格，作为佛之标帜且高耸的塔，假如再要挤在寺区内或依于寺之左近，无论就寺塔各自的崇拜或审美意义而言，都没有必要，因而被"请"到寺外，相互独立，这实在是佛教向儒学的妥协，佛教崇拜观念之削弱与带着儒学烙印的审美意识的觉醒。当然，直至晚近，实际上在中国大地上，仍时有塔建于寺域之内的建筑文化现象，这是印度佛教文化改造儒学文化的缘故，这是另一个问题，另当别论。

第二，与古印度"窣堵坡"相比较，一定程度上可以说，中国古塔的佛教情绪有所淡化而佛性意味犹在，这是古代中印两种民族文化思想相斗争、相调和的一种必然现象。

在印度本土佛教大盛之时，可以说是"佛塔遍于域中，竟是佛家天下"。旁的不说，印度佛教史上的两次结集以及给后世留下如此浩如烟海的佛典释籍来看，可见其民族狂热的佛教情绪甚嚣尘上；"窣堵坡"用于藏纳佛"舍利"，多少善男信女拜倒于此而遁入空门；"山奇大塔"东南西北四个天门上堆满的石刻浮雕佛性流溢、无以复加；相传释迦当年悟道与涅槃之地，犹如伊斯兰教的麦加圣地而毫不逊色，这在印度文化史上闹闹哄哄达千年以上，其间佛教思想成了整个民族的灵魂。

在古代中国，佛教自东汉初年入传，虽至魏晋南北朝达一高潮，发展到隋唐而形成高峰，其间宗派林立、信众繁多，有时连"孤家寡人"也遁入空门，去当和尚，但总的来看，佛教并未长期控制中国人的整个灵魂，由于儒道思想对佛教文化的抗击，历史上灭佛之事也每每发生。自唐代禅宗一出，中华民族之佛教情绪便逐渐淡化。

相应之下，"招提栉比，宝塔骈罗"[1]，中华大地上曾矗立过多少佛塔，自

---

① 杨衒之著、吴若隼注：《洛阳伽蓝记·序》，吴氏刊本，第1页。

难以确计。不过，中国古塔之文化美学性格不同于印度"窣堵坡"的是，印度"窣堵坡"专供于藏掩佛"舍利"与礼佛之需，而中国古塔却屡兼其它用途。

当塔初立于中华大地之时，人们对其必当诚惶诚恐，虔诚之心自不待言，后来却有了变化，一些实质上不全是用于礼佛的塔接踵而来。

一曰求其实用。如河北定县料敌塔，建于当时宋辽交界之定州，此塔实为照望塔，"料敌"者，瞭敌之谓也。又如，杭州六和塔，海盐资圣寺塔以及泉州海湾姑嫂塔等，均有指示迷津、引渡导航之实际功用，所谓"点燃八百灯龛火，指引千帆夜竞航"。诸多古塔逢夜高擎灯亮，有航标之功。

二曰供人眺览登临。祖国山川大好，只是有时苦于无法俯瞰、以饱眼福，于是，塔这种屹立于原野的高耸型建筑物，成了人们凭眺自然美景的制高点，"重峦千仞塔，危登九层台。石阙恒逆上，山梁作斗回。"①此之谓也。同时，凭眺必须登临，有些古塔可供登临，登临者，大好河山尽收眼底。唐代墨客骚人以登塔放目骋怀为风雅之举，举子及第，皇家赐登，作诗刻石留存，为人生一大荣耀，所谓"雁塔题名"，实在可以说是入世的儒家思想对佛家苦空文化的"恶意"攀附。有些中国古塔既可供登临，不管登临者有没有意识到这一点，实际上显示了人的力量比佛还要崇高伟大，人高于佛，而一个崇佛虔诚的人，是不愿也不敢将象征佛的塔踩在脚下的，这种情况在印度佛教文化史上绝不可能出现。

三曰具有独立的审美价值。中国古塔的建造初衷，一般为信徒崇拜所需。但一旦古塔屹立于大地，其挺拔、优美、雄浑、静持或飞动之形象却是美的，它们成了具有独立审美价值的风景名胜而邀人青眼，同时也是自然美的人工点缀。几乎所有的中国古塔都是美的，这是因为，当虔诚的人们面对佛时，总是愿意将最美的艺术献给他的缘故。"殚土木之功，尽造型之巧"，"四角碍白日，七层摩苍穹"，或"绣柱金铺，骇人心目。至于高风永夜，宝铎和鸣，铿锵之声，闻及十余里。"②确是美不可言。

还有些中国古塔，实际上不是佛塔，而是道塔。比如，在西安周至县这一著名道教圣地，有周至楼观台刘合岺道士衣钵塔。在敦煌有王道士墓塔，这王道士其名不小，就是那个发现藏经洞，将大量珍贵经卷文书贱价卖于外人、过

① 庾信：《和从驾登云居寺塔》，《庾子山集》卷三，明屠龙刻本，第9页。

② 杨衒之著、吴若隼注：《洛阳伽蓝记》卷一，吴氏刊本，第1页。

大于功的道教中人，居然死后也被人建塔供奉，实在与佛教所谓"功德无量"牛头不对马嘴。而北京之白云观恬淡守一真人塔，塔身雕刻以道教主要象征八卦图，此与佛教教义当相去甚远。但它们无疑都是中国化的产物。

所有这一切，都雄辩地说明中国古塔的佛教情绪的淡化，一定程度上可以说，中国古塔的形象意义是清醒的、世俗的、审美的，"唱"着一首明丽、委婉的人性的"歌"。

可是，如果像有的学者那样认为，"中国的佛塔是'人'的建筑"，"它凝聚着'人'的情调"，"它有浓烈的人情味"，因而断言它"没有发（放）射出'神'的毫光"[①]，则又失之偏颇了。

佛教情绪的淡化不等于"没有发（放）射出'神'的毫光"，应当说，中国古塔的佛性意味犹在。

其一，从建造观念来看，建塔原为弘扬佛法、颂赞佛之崇高，此外别无其他根本目的。这种塔之建造观念，促使人们在当时科学技术条件以及材料条件、经济条件允许的情况下，将中国古塔建造得尽可能高大。所谓崇高，欲崇必高，首先应当体现为空间巨大的"量"，同时又要体现为时间持久的"力"即坚固性。这里又要以洛阳永宁寺塔为例，《洛阳伽蓝记》说它"九层浮屠一所，架木为之，举高九十丈；有刹复高十丈；合去地一千尺。"这里所言，虽然不无夸张，因为，倘以古制1尺约等于今制0.23米折算，永宁寺塔高可230米，这在古代当不可能。但是，此塔其势巍巍是可以断定的。中国古塔之高耸，与比较平缓的古代其它建筑相比，这一点是十分突出的。如，建于明万历年间的北京慈寿寺塔高50余米，建于金代的通县燃灯塔高53米，正定开元寺塔48米，景县舍利塔63.85米，太原永祚寺双塔54.7米，应县木塔67.31米，常熟崇教兴福寺方塔60余米，开封祐国寺铁塔54.66米，广州六榕寺花塔57米，大雁塔64米，而料敌塔84米，为现存中国古塔之冠。这里所举，难免挂一漏万，然仍可看出，它们一个个都是庞然大物，可谓"塔势如涌出，孤高耸天宫。登临出世界，磴道盘虚空。突兀压神州，峥嵘如鬼工"[②]也。

---

① 王世仁：《塔的人情味》，《美学》1982年第4期，第307页。

② 岑参：《与高适薛据同登慈恩寺》，《岑嘉州诗》卷之一，明正德十年谢元良嘉州郡斋刻本，第21页。

有些中国古塔，并不十分高，但从建造观念看，显然不是不想建造得尽可能高大些，而是由于经济、材料、技术以及其他一些观念的制约，实际上不能建得高大的缘故。

尽管如此，倘若实际上达不到所向往的高度，就以象征手法表示崇高无限。中国古塔均有冠表全塔的塔刹，其形圆、尖不等，其意专于崇高。在梵文中，"刹"有"田土"之意，象征佛国，直指苍穹，为佛性高扬之顶点。这种塔刹源自古印度"窣堵坡"之塔刹，但已经中国化了。原来意义上的"窣堵坡"之"刹"，只置小小一刹柱与三重圆伞，形式相当简朴。而中国古塔据佛经教义，在塔刹上贯套圆环、佛家称为"相轮"取圆寂、涅槃之意。佛家说，所谓"相轮，塔上之九轮也。相者，表相。表相高出，谓之相。"[1]"人仰视之，故云相。"[2]而轮者，转法轮之意也。总之，"相轮"之意，具有圆融、高显、说道、瞻仰等复杂的佛性内容。大凡相轮，"九轮"即可，而中国古塔中之相轮，常有超出"九轮"的。如永宁寺塔多至三十轮。一般喇嘛塔则采用"十三"相轮制，而比如建于唐广明元年（880年）、后于明洪武二十二年（1389年）重建的钟祥文风塔（又名文峰塔），亦竟有二十一轮之多。这是古代中国人的"创造发明"，所谓"十三轮"，佛家称为"十三天"，那么"二十一轮"、"三十轮"，岂非就是"二十一天"、"三十天"了？按中国古代空间观念，所谓"九天"，已指天之极高处。而这里竟是"十三天"、"二十一天"乃至"三十天"，真不知其高何比？可见在信徒心目中，佛之崇高伟大是无比的。

同时，为求充满佛性意味的中国古塔坚固永存，使其崇高佛性久留于圜宇，人们改最初易遭火焚与腐损的木塔为砖石塔、铁塔、铜塔以及其他坚固材料之塔，但也难以割舍眷恋土木的民族感情，于是将有些非土木材料之塔建造得像是土木结构的。同时发展了精湛的造塔技术，现存中国最古的木构也是世界古代木构建筑之最高者，虽经多次地震，仍屹立于神州900余年而岿然不动，可谓造技独特、鬼斧神工。这种造塔材料、技术的运用与发展，其实都是为弘扬佛法服务的。

---

[1] 引自罗哲文《中国古塔》，中国青年出版社，1985，第65页。

[2] 同上。

其二，从中国古塔之建筑平面看，正四边形（正方形）、正六边形、正八边形、正十二边形以及圆形之塔十分多见。

这是什么缘故？

应当说，中国古塔对其平面的选择不是随心所欲的。如前所述，正四边形平面确与中国古代"以方为贵"的传统思想攸关，但也恰好契合了佛教教义。佛教教义有所谓"苦、集、灭、道"的四圣谛说，又有佛陀所谓"圣诞、成佛、说法、涅槃"的四相说，故正四边形之平面意义，除了表示"以方为贵"以外，尚具"四圣谛"、"四相"的佛性意味。同理，平面正六边形，具有所谓"六道轮回"、"六根清净"等佛性意味；正八边形暗示佛教之"八正道"、"八不中道"以及"八相"等等说教；正十二边形又有"十二因缘"之涵义；而圆形平面又显然含蕴"圆寂"、"圆遍"、"圆满无缺"的意思。

其三，从中国古塔之立面布置看，有些古塔之宗教主题十分触目强烈，比如济南长清灵岩寺辟支塔，为唐代始建，北宋重建。辟支是继释迦佛圆寂之后自己悟道的佛，全称"辟支迦佛陀"，此塔便为崇拜此佛而建，楼阁式，砖石合构，八角九层，高54米。石砌塔基上，雕有狞怖的阴曹地府图，巨大的塔刹则高耸云天，以示脱离苦海，为善惩恶，向佛国飞升。又如江苏南京栖霞寺塔，平面为正八边形，基座作须弥座，八个角柱与束腰处雕镌满眼，基座刻"释迦八像图"，为白象投胎，树下圣诞，九龙洒水；出游四方；苦修苦行；河中沐浴，村女授乳，树下禅坐；降伏魔军；证道说法；大般涅槃；荼毗焚化。[1]又如，安徽蒙城万佛塔，亦为北宋遗构，砖塔。雕像8 000余样，其佛性意味逼人而来。又如河北蓟县观音寺白塔，其四斜面浮起如碑，每面有一十字偈文。东南："诸法因缘生，我说是因缘。"西南："因缘尽故灭，我作如是说。"西北："诸法从缘起，如来说其因。"东北："彼法因缘尽，是大沙门说。"其意在于宣扬一切客观事物现象皆由因缘所起。这是虚妄不实的佛教"缘起"论。

其四，这种佛性意味，其实在那些具瞭望、导航，供登临眺览的中国古塔，也是多少蕴涵着的。比如河北定县料敌塔，虽其实用功能在于登高瞭望敌情，但也有"料敌如神"、欲取胜必企求佛助的崇拜之精神意义在。那些供导航之

---

[1] 刘策：《中国古塔》，宁夏人民出版社，1981，第52页。

塔，永夜灯燃，在佛教信徒看来，犹如一盏在茫茫黑夜中由此岸普渡彼岸的指路明灯，这"明灯"就是佛徒心目中的佛。可登临供眺览自然美景之塔，比如唐代雁塔，所以将此登临题名美事首先给予及第举子，意在将崇拜佛法与科运相联系。而中国古代另有一种塔称文峰塔或文风塔，意在借佛性佑助以达科运，隆盛高中。明清士子热衷功名，故造塔形似倒立之笔，以抒在佛与功名面前热切与怯懦的胸怀，这种类型的塔，可以说是具有独特中国风味与文化意蕴、出世之佛与入世之儒之间的一场奇怪而有趣的"对话"。

第三，在形象意义上，中国古塔具有佛教崇拜与艺术审美的双重因素，并且这两者因素显示出既排斥又相缠的文化态势。

一方面，中国古塔一般是佛的象征，是人献给它所崇拜的佛与佛国的一道文化"供礼"。因为信徒意在追求虚妄的佛国境界，梦想成佛，才建造无数塔寺以图崇拜。可以说，中国古塔的基本文化属性是宗教崇拜性。

崇拜是什么？从客观角度即被崇拜之对象看，虽然释迦牟尼古印度历史上确有其人，释迦所创立的印度原始佛学最初并非一味专注于宗教崇拜，"佛的一切说教都没有带着任何宗教的权威，也没有关于上帝或他世的话"[1]。但是，早在印度佛教入传中国之前以及入传中土之后，释迦牟尼已被彻底改造为一个佛教崇拜偶像。在苦难世俗中挣扎的凡夫俗子，由于主体无力改变世俗的痛苦与黑暗，心理上便迫切需要救星以及由救星所引导的佛国，这救星与佛国，便是被彻底神化了的释迦以及所谓佛土乐园，其实凡此两者，不过子虚乌有，是信徒心造的幻影。佛与佛国表面看，总对着信徒露出"和悦的微笑"，它们都是"美"的与"善"的，而实际上，被渲染得尽善尽美的佛与佛国境界，不过是人欲横流、到处充满丑恶的世俗生活的一个必然的消极的补充，因此，作为偶像崇拜的佛与佛国境界，本质上是与人们真正追求真、善、美世俗现实的社会实践相对立的，佛就是那种"人们把自己的经验世界变成了一种只是在思想中想象的本质，这种本质作为某种异物与人们对立着"[2]。佛是无情世界的一种感情"符号"，具有严厉性与至上性。由于中国古塔一般是佛与佛国之象征，因而，这种对立于人的严厉性与至上性，就是其建筑形象的基本文化属性。

---

[1] ［印］贾瓦哈拉尔·尼赫鲁:《印度的发现》，世界知识出版社，1956，第150页。

[2] ［德］马克思、恩格斯:《马克思恩格斯选集》第三卷，人民出版社，1966，第354页。

从主观角度即塔的崇拜之主体看，信徒所以甘愿拜倒于佛的脚下，是以主体精神的自我迷失为心理条件的。由于古代人在社会实践生活中尚无力能动地改造世界，无法在客观对象上实现自身、观照自身，必然可能从主体自身有限的经验知识出发，虚幻地发展一种幼稚、扭曲的比拟想象，以创造佛（神）的形象，这是人创造佛的过程，也就是人崇拜佛的过程。造佛就是将客观对象（这里可指原初的释迦牟尼即创造印度原始佛学的净饭王之子乔达摩·悉达多）虚幻化、夸大化与永恒化。结果，人变得十分渺小，他只能匍匐于佛的脚下，人的主体性丧失了，世界即佛，佛即世界，在佛面前根本不允许也不可能有信徒的独立的人格。于是，崇拜是"那些还没有获得自己或是再度丧失了自己的人的自我意识和自我感觉"。就是说，在心理机制上，崇拜是人的自我意识和自我感觉的异化，是将人的感觉、意识、思维、感情与意志等等统统交给佛去安排。崇拜的典型心理特征只能是精神的迷狂。

因此，如果说，艺术审美总是令人愉悦的，那么，不管佛与佛国境界怎样给信徒带来多少"欢乐"，人们对佛塔的崇拜，其实是佛"改造"人与世俗生活所激起的一种痛苦的历史回声，崇拜具有深沉的历史悲剧性。在此意义上可以说，中国古塔一般又是这种历史悲剧的见证。难怪据《洛阳伽蓝记》记述，当历史上永宁寺塔因遭雷火所焚时，大火"三月不灭，有火入地寻柱，周年犹有烟气"而会出现"悲哀之声，振动京邑"的情景了。

另一方面，虽然中国古塔的基本文化属性在于崇拜，但为要达到这一佛教崇拜目的，让尽可能多的信徒于顶礼迷狂之中来一次精神饕餮，根本之一点在于必须将佛与佛国境界塑造得尽可能地"崇高"与"优美"。于是，与佛教崇拜、佛国境界本不相容的、此岸的世俗艺术来到了佛殿与佛塔之上，担负起令人心酸的、悲哀的历史角色，成为本已否定声色犬马的佛与佛国的"奴婢"与工具。这种屈辱的历史地位使艺术在中国古塔的佛国氛围中曲曲折折地生长。佛教对艺术审美的历史文化态度是矛盾的，根据教义，必须断然摒弃一切世俗现实的真、善、美，其中尤其是艺术，而为要大张寂灭无为的佛教教义，却极需要弘扬佛说的宣传工具即艺术，并且佛教愈隆盛，愈需以艺术为手段，愈刺激佛教艺术的发展，这种不协和的二律背反在中国古塔形象意义中得到了充分的显示。

要之，当信徒崇拜中国古塔时，他惊羡于古塔辉煌而灿烂的艺术，以为这是佛的恩赐与创造，因此，尽管古塔之美实际上是工匠的劳绩，世俗的存在，却不相信这是人的杰作，信徒心目中古塔的"美"，是佛与佛国境界的"美"；相反，当人们面对中国古塔，取审美态度时，是不存什么崇拜意念的，他超越了人生崇拜阶段而进入了审美境界。因此，宝塔高耸，其势如涌，虔诚的佛徒体验到佛的"伟大"，从佛教神秘氛围中历史地走出来的现代人，却感受到了人的力量和美的享受。

第二节　佛性意味与传统偏爱

与中国古代佛教建筑文化密切相关者，便是所谓须弥座文化。

须弥座，对于不少读者来说，也许比较陌生吧。在中国古代建筑中，作为重要建筑物的台基形式之一的，便是这须弥座，它的文化意蕴，是意味深长的。

比如，坐落于北京北海公园琼华岛之巅的白塔，清顺治八年（1651年）开始兴建。建成后，曾于康熙十八年（1679年）与雍正九年（1731年）因地震而两度被损，因而两次重修，然而，作为喇嘛塔的基本形制不变。其台基仍作须弥座，砌以砖石，为折角式。须弥座之上，是巨额覆钵式塔身。塔身上，上擎"十三天"。"十三天"之上，饰以铜质伞盖，悬挂着14个铜钟，塔刹高耸。全塔高约36米，其整个造型，坚固稳重雄浑。

又如，北京西黄寺清净化城塔，为纪念清代西藏班禅六世来京因病"圆寂"而建，塔内掩埋着班禅六世的衣冠。此塔取古印度佛陀迦耶式，主塔居中，四角各建一座塔式经幢。中央主塔的基座呈八角形，上托塔身与金顶。其基座，又是一个须弥座。这须弥座的佛性与艺术审美意味十分浓郁，上饰云纹、莲纹、卷草纹等各种纹样，其八面各有一幅佛教史迹故事画，塔的折角处，还雕有力定千钧的力士像，是清代佛教建筑的一件不可多得的作品。

须弥座出现在中国古代佛教建筑上，这一点儿也不令人奇怪。值得注意的是，就是某些与佛教无涉的中国古代建筑，也每每以须弥座为其底座的。这里，且再就北京地区的建筑，略举数例，以飨读者。

比如天安门，原名承天门，为明清两代皇城正门。其高近34米，九楹重楼式，城门设五阙，中央一门尤巨。整个城楼，飞宇重檐，画栋雕梁，黄瓦朱墙，金碧流丹，座落在占地2 000平方米的汉白玉须弥座之上，十分雄伟而壮丽。

又如太庙，为明清两代的皇家祖庙。按古代"左祖右社"制建于天安门东侧。建筑平面为长方形，南北向，正门朝南，四周围墙三重，其主体建筑是三层大殿。殿宇黄琉璃瓦，为重檐庑殿顶，配以红色墙面，显得庄重静穆又热烈雄放。其底座，又是汉白玉堆砌的一个须弥座。

再如北京皇史宬（表章库），为我国至今保存最完整的皇家档案库，它是集实用性、科学性与艺术性于一身的重要文物建筑。这里储藏着大量的重要文物。作为一个象征，在这座建筑物的正殿内，筑有高大的石质须弥座，它的文化美学性格显得鲜明而强烈。

还有，大名鼎鼎的九龙壁基座，也采用了绿色琉璃须弥座。座上的壁画，是象征王权与天子重威的九龙浮雕。其龙之形象，在云雾之中叱咤腾飞，显现出一种勃勃的、动感强烈的阳刚之美。

有趣的是，即使连解放后在天安门广场南端修建的人民英雄纪念碑，虽说它不是什么古代建筑，却也恰当地运用了须弥座这种古代建筑的特殊文化"语汇"。这座闻名遐迩的纪念碑，高38米，1958年4月落成。碑座为大小两层重叠的须弥座。下层大须弥座四面，镶嵌以大块汉白玉浮雕，分八部分展现中国革命的光辉历史与英雄业绩；上层小须弥座四周，镌刻以众多的花卉形象，表示后人对先驱的缅怀与敬意。双层须弥座承托着高大的碑身，碑身正面为毛泽东手书"人民英雄永垂不朽"；背面为周恩来书写的碑文，使整座纪念碑形象，显得十分崇高伟大，坚如磐石。这种须弥座的运用，贴切地表现了这一建筑的文化主题，它无疑是追求民族风格的新时代建筑，适度地借鉴古代建筑某些基本"语汇"的一个显例。

从以上所述可以说明，古代中国，或者甚至在当代中国的建筑民族文化心理上，对须弥座，有一种传统的偏爱。

那么，人们也许会问，究竟什么是须弥座呢？在古往今来的中国人的这种建筑文化的美学追求中，对于须弥座，为何如此热衷呢？

看来，应当从关于须弥座的文化来历谈起。

须弥座，考其源头，原是古印度佛教所幻想出来的一种佛座，别名须弥坛，其形体，佛经中说它像须弥山中的细台座。

而所谓须弥山，佛经所想象的神山也。梵文写作Sumeru。

据佛家所言，须弥山是处于"世界"中心的山。丁福保氏称：

> 凡器世界之最下为风轮，其上为水轮，其上为金轮即地轮，其上有九山八海，即持双、持轴、担木、善见、马耳、象鼻、持边、须弥之八山八海与铁围山也。其中心之山，即为须弥山。[①]

又说：

> 入水八万由旬（引者注：所谓"由旬"，天竺里数名称。帝王一日行军之里程称"由旬"，一说四十里，一说三十里），出水八万由旬，其顶上为帝释天所居，其半腹为四天王所居，其周围有七香海七金山，其第七金山有咸海，其外围曰铁围山，故云九山八海。[②]

佛家说，"须弥山，天帝释所住金刚山也。秦言妙高，处大海之中。"[③]这，就是佛经所想象的佛国本相与世界面貌，实际是客观存在的宇宙空间的歪曲反映。

显然，这里佛经所说的须弥山，具有以下"特性"，是尤其值得注意的。

其一，须弥山处于所谓"九山八海"那个"世界"的"中心"。

其二，坚固不坏。须弥山，既然是"天帝释所住金刚山"，而"金刚山"的"特性"当然是"其性坚利，百炼不销"的。"故佛经中常以金刚喻坚利之意。"[④]那么，须弥山的"特性"当然也其固难摧了。

其三，此山"入水"很深，"出水"很高，可谓"妙高"无比，并且处在"大海之中"。

---

① 丁福保编纂：《佛学大辞典》须弥条，上海书店出版社，1991。

② 同上。

③ 僧肇等：《注维摩诘经》，线装书局，2016。

④ 按：丁福保编纂《佛学大辞典》须弥条，上海书店出版社，1991。

而所谓须弥座，不就是须弥山上的佛座吗？既然须弥座与须弥山是密不可分的，那么，根据佛经所言，所谓须弥山的三大"特性"，其实须弥座也是具备的。

正是佛教教义中关于须弥座的这些"特性"，在一定的文化历史契机中，被古代中国人所看中了。

本书前文早有论述，古代中国的民族意识中，有一种非常强烈的空间意识，这就是关于"中"的意识。古人的地理知识当然是颇为有限的，他们将自己居住的那一小块地方称为"中原"、"中国"、"中州"，而将华夏以外的居住之地称为夷族之地，相信自己处在世界之"中"，而且认为，在"中国"四周围绕着大海，故"中国"又被称为"海内"。地处"中原"的河南嵩山、洛阳、告成，这里自古就是华夏族生息繁衍之地。故嵩山被称为"中岳"，洛阳有"中国"之别称之说，关于这一点，只要读读何尊铭文即可明了。《逸周书·作雒解》还将洛阳称为"土中"与"中州"，至于告成，相传被周公定为"土中"，立土圭测影，至今犹存观星台。

可见，这一"中原"古地，自古就被认为是处于"天下之中"的。

随着社会思想之发展，这种关于"中"的自然空间意识，慢慢地渗入于民族的社会文化心理之中，具备了一种新的社会意义。当社会诞生阶级与国家的时候，这种关于"中"的崇高地位，自然只能为统治阶级及其代表者帝王所独占了。"普天之下，莫非王土"，帝王，是处于"王土"之"中"的。

那么，靠什么来象征属于"天下之中"的这种带有阶级统治思想烙印的民族意识呢？主要是靠建筑。

"古之王者，择天下之中而立国，择国之中而立宫，择宫之中而立庙。"[1] 这里所言的"国"，取其本义，即"都城"的意思。后世所谓"国家"，是"国"（都城）的引申义。"国"之两义，是密切相连的。不仅阶级产生，同时就是国家的产生，而且都城的起源。同时也是政治意义上国家的建立。历史上，阶级、国家与都城，是同时起源的，关于这一点，早已为都城起源史的有关考古资料所证明。而《吕氏春秋》所说的"宫"、"庙"与"国"一样，指的

---

[1] 高诱注：《吕氏春秋》卷十七，《审分览第五》，《诸子集成》第六册，上海书店，1986。

都是建筑。

这就是说，当古代帝王在进行都城与宫室、宗庙之类的建筑时，一种传统而强烈的关于"中"的民族与阶级意识，总是顽固而令人愉悦地支配着他们的头脑，只要有必要，有可能，就要通过一定的建筑手段，将它显现出来，变为建筑现实。确立建筑的"中轴线"是这样的一种显现，在一些重要建筑上设计与建造须弥座，是又一个生动的"显现"。

正如前述，须弥座，本为佛教所幻想虚构的须弥山的佛座，这与古代中国尚"中"之民族意识，本来是互不相关的。但是，当一般认为佛教在东汉初年由印度传入中土之时，人们对印度佛教的精确教义，必然是不甚了然的，只是取我之所需、为我所用罢了。关于这一点，只要看看牟子《理惑论》将佛附会成"三皇'神'、五帝'圣'"、"道德之元祖，神明之宗绪"也就可以明了。因此，印度佛教入传之初，教义中那些表面上与古代中国某些民族意识相似、相通、相符的内容，必然容易首先被吸收下来，改造成汉民族所乐意接受的东西。印度佛经中所说的须弥座，究竟是什么样子的，当然是谁也没有见过的，但是，须弥座的那种居世界之"中"的"特性"恰与"中国"在"天下之中"的传统民族文化心理一拍即合。于是被华夏民族接受下来，同时扬弃了其神秘的宗教色彩，使须弥座，一般地成为中国古代高品位建筑的一种清醒而现实的建筑文化的美学"语汇"。

同时，古代中国人的建筑文化美学观念，是将对都城、宫殿与坛庙的建造，看作是"立万世之基业"一般的。实际上，人们本也相信，任何建筑物，是不可能"立"于"万世"的。但是，那种与国家（王权）联系在一起的、祈求建筑"永垂不朽"的心理要求，却必须得到满足。而佛教所谓的须弥座，不是正好具有"金刚般"坚固不坏的"特性"嘛？而且，它是那样的"妙高"，"处大海之中"，这些"特性"，恰恰又是与古代中国的这一建筑文化美学观念相吻合。人们不仅希望，通过创造一定的建筑形象，表达一种"中国"居世界之"中"的民族意识与有点盲目自豪的民族感情，而且统治阶级，还祈求"海内"那一统的江山、一统的国家、一统的宗庙、社稷万世不衰。

本来是子虚乌有的须弥座，古代中国人把它视为至宝，并依自己的文化观，创造出建筑中实有的须弥座。这是文化史上一件多么有趣的事情。而且，中国古代建筑一般以易遭腐损的土木为材料，建筑的不易持久屹立于世这一点，使古人大伤脑筋，于是在心理上，对"坚固不坏"的须弥座的热切追求就显得迫切。中国古代建筑的空间序列，重在横向发展，本不以高峻见长，这又反而刺激诸多正要建筑偏爱于建造须弥座，在观念上，这是对须弥座"妙高"之"特性"的钟爱，似乎又是对中国古代建筑一般偏于平缓这一不足的"弥补"。

中国古代建筑关于对须弥座的传统偏爱，说明了中印古代文化思想的融合。

而天安门广场"人民英雄纪念碑"对须弥座的采用，是对这种特殊建筑文化"语汇"的批判性继承。

第七章　象征性格

在初步探讨中国古代建筑文化的空间意识、起源、本质特征以及哲学基础等诸多问题之后，本文试对这种文化的形象意义以及表现这种形象意义的手法加以进一步论述。

中国古代建筑文化的形象意义及其表现往往在于象征。象征，构成了这种古老东方文化美学性格的一个重要侧面。

第一节　"建筑意"

建筑文化，是一种带有实用性功能的物质与精神文化现象。由于其供居住以及其他一切适于在建筑环境中进行的生活活动这种实用性功能是基本的，构成建筑物的物质材料和技术因素具有不同于其他文化现象的外部特征，就是说，建筑文化的物质因素具有十分触目的特点，因而，人们在试图回答建筑文化是否同时也是一种精神现象时，有时便有点困惑起来，以为这个问题的提出本身，似乎有点荒唐。

其实，一切人类创造的文化，都不可避免地具有精神因素，凡是文化，都是人类的体力与智力（包括感觉、思维、想象、情感、意志等心理因素）对象化的产物，建筑文化自然不能例外。建筑文化，是一种一般地与大地紧密联系在一起的物质存在（这里，所以说"一般"，是因为必将出现的太空建筑文化等自然不是与大地联系在一起的），其精神因素就积淀在这种物质存在的形式之中。西方古代将建筑喻为"凝固的音乐"、"抽象的雕塑"、"石头的史书"等建筑美学观点，就基于对建筑文化这一精神特质的理解与领悟。黑格尔说，建筑，"我们也可以把它们比作书页，虽然局限在一定的空间里，却象钟声一样能唤起心灵深处的幽情和遐想"①。仅仅由于古代西方有时对建筑文化的这一精神因素看得太重，以至于压抑了建筑之实用性功能的正常发挥，使有些政治性与宗教性建筑以及洛可可与巴洛克建筑文化的精神因素十分强烈。西方现代主义建筑文化的兴起，意味着时风为之一变，于是，强调建筑文化的实用性成了新时代的呼声和美学追求。问题是，当现代派建筑文化的代表人物勒·柯布西埃打出"住房，居住的机器"这一建筑文化美学旗号时，这对于古典学院派建筑文化的美学观而言，确实惊世骇俗，可是，不要说建筑，就连冷冰冰的机器本身，其实也是蕴涵一定的精神因素的。机器的制造并非只是体力劳动的成果，其中花费的脑力劳动具有举足轻重的意义。人的感觉，意识以及哲学观、科学观与美学观等等都对机器制造发生影响。而且，机器的现实存在，并非只是除了实用、毫无其它社会意义的，它同时也是使人受到文化熏陶的对象、审美的对象。同时，人对一切客观事物的需求，除了求其实用，还愿意从客体得到精神的慰藉。精神与人、与人的一切劳动产品的存在同在。建筑文化，同时作为一种精神现象，是毋庸置疑的。关于这一点，人们看到，即使在1923年柯布西埃发表的《走向新建筑》一书中，虽然竭力主张建筑文化的实用性，被后人称为功能主义建筑文化观，也没有并且不可能抹煞西方现代建筑的精神意义。至于就这位大建筑家后期所设计建造的朗香教堂来看，其精神意义的深邃与复杂堪称西方建筑文化史上的一个典范。

中国古代建筑文化的精神因素自是不言而喻的。

这种精神因素，梁思成、林徽因先生称之为"建筑意"。

那么，什么叫"建筑意"呢？

梁、林两位先生说，建筑文化美的存在，在建筑审美者的眼里，都能引起特异的感觉，在'诗意'和'画意'之外，还使他感到一种'建筑意'的愉快"。"顽石会不会点头，我们不敢有所争辩，那问题怕要牵涉到物理学家，但

---

① ［德］黑格尔：《美学》第三卷上册，商务印书馆，1981，第34页。

经过大匠之手艺，年代之磋磨，有一些石头的确是会蕴含生气的。天然的材料经人的聪明建造，再受时间的洗礼，成美术与历史地理之和，使它不能不引起赏鉴者一种特殊的性灵的融合，神志的感触，这话或者可以算是说得通。"又说："无论哪一个巍峨的古城楼，或一角倾颓的殿基的灵魂里，无形中都在诉说，乃至于歌唱，时间上漫不可信的变迁；由温雅的儿女佳话，到流血成渠的杀戮。他们所说的'意'的确是'诗'与'画'的。但是建筑师要郑重地声明，那里面还有超出这'诗'、'画'以外的'意'存在。眼睛在接触人的智力和生活所产生的一个结构，在光影可人中，和谐的轮廓，披着风露所赐予的层层生动的色彩，潜意识里更有'眼看他起高楼，眼看他楼塌了'凭吊与兴衰的感慨；偶然更发现一片，只要一片，极精致的雕纹，一位不知名匠师的手笔，请问那时代感，即不叫他做'建筑意'，我们也得要临时给他制造个同样狂妄的名词，是不？"①

这里，所谓"建筑意"，主要是从文化审美角度加以规范的。一，包含建筑文化的"诗意"与"画意"，又远远不限于"诗意"与"画意"，它是一种包括哲学沉思、科学物理、伦理规范与美学追求等精神因素在内的文化意蕴。人们一般认为，建筑文化是技术与艺术的结合，是艺术化了的技术，又是以技术为基础的艺术，这种看法并不算错。但是，仅仅从技术与艺术角度去看建筑是不够的，作为技术，建筑首先与艺术有不可分割的内在联系，却远远超出"诗"、"画"的范围。科学技术与材料因素是建筑文化的基本成分，没有它们，所谓哲理、诗意、伦理与美都无所依附。然而，具有一定的科学技术与材料因素，又不一定具有深邃的"建筑意"。这一点，正如某座建筑虽有一定的"诗画"性格，但因这种性格首先有损于其应有的实用性功能而显得其文化美学性格不够健全一样。"建筑意"的充分具备不仅仅取决于科学技术与艺术两大因素，建筑文化意蕴还来自哲学、科学、伦理学、美学、历史学、民族学等多种文化的综合。

二，从客体角度看，这种"建筑意"是"天然材料"经过"大匠"的"聪明建造"所蕴涵于建筑文化的一种精神现象。并非所有建筑物都具有同样的

---

① 梁思成，林徽因：《平郊建筑杂录》，《中国营造学社汇刊》第三卷第四期，1932，第98页。

"建筑意"，只有经过大匠手艺的建造，将一系列文化信息与素质蕴涵于一系列建筑"语汇"之中的建筑才具有葱郁的"建筑意"，此即梁、林两先生所谓的"蕴含生气"。

三，从主体角度看，这种"建筑意"能在审美主体心灵上"引起特异的感觉"，这种"感觉"便是精神的"愉快"以及主要由"凭吊"遗构、目接"兴衰"所激起的文化"感慨"。换言之，"建筑意"能给人以精神性的文化熏陶与濡染，此之谓"性灵的融会，神志的感触"。

四，有些建筑文化的"建筑意"，由于"时间"的"变迁"、"受时间的洗礼"而发生一定程度的历史的转换。一座城市、宫殿、陵墓，建造之初，其"建筑意"可在表现王权的尊威与煊赫之类。数千年后成为建筑文化的古迹名胜，原初的"建筑意"相对削弱了，被历史"磨损"了，相对的则产生了民族文化历史悠久从而激起民族自豪感等意义。中国万里长城的建造之初，其"意"主要在防御异族的军事骚扰，现在则成了中华民族雄浑形象与灿烂的古代文明的象征。这种"建筑意"，原先蕴含于长城这种建筑文化中，只是尚未成熟，历史的变迁使它发育成熟，并且越来越富于活跃。这是"建筑意"的动态性。

五，这里所谓"建筑意"，比如"大匠之手艺，年代之磋磨"，使"石头""蕴含生气"，说在"巍峨的古城楼"，"倾颓的殿基的灵魂"里，似有"温雅的儿女佳话"或"流血成渠的杀戮"等，实际上指的都是中国古代建筑文化的象征。

象征问题，本文的中心议题。

建筑文化的象征，指通过一定建筑文化现象，暗示出一定的"建筑意"即一定的抽象观念情绪。

一切民族的古代建筑文化，其精神意义往往在于象征。新石器晚期，西欧、北欧、北非以及亚洲的印度等地出现过所谓"巨石建筑"文化。广阔原野上，人们艰苦卓绝，奇迹般地搬动块块巨石，使之矗立成行，延绵可达数千英尺，为的是筑出一个意想中的安全空间，象征具有灵性的巨石对有害神灵的拦截与推拒。关于巴比伦塔的象征也出现得相当早。这种塔文化出现于古代幼发拉底河的广阔平原上，人们在选定的地点和基础上，将大量石块堆砌在一起，其高

"上至云霄"，庞大的塔是"集体的作品"，象征"较早的家长制下的统一的解体以及一种新的较广泛的统一的实现"①。据《旧约》称，巴比伦塔由于修筑经世累年，筑得很高，塔内分层构造，以致于各层"语汇"不一，隔层就不能理解建筑"语汇"的意义，但又显示了集体的力量，而古希腊著名历史学家希罗多德曾经在其《历史》巨卷中记载过一座伯鲁斯塔，其高为八层。第八层上建一座大庙，庙内设有坐垫，前面摆列一张"金桌"，供神夜来"居住"。而一至七层为实心构造，在结构力学上，采用实心构造是必要的，而下面七层与最上一层建筑文化"语汇"的区别，意在下面七层象征七大行星，神呢，居于七大行星之上，是宇宙天体的主宰。

由此可见，建筑文化的象征，必关乎两大因素，"第一是意义，其次是这意义的表现。意义就是一种观念或对象，不管它的内容是什么，表现（注：着重号原有）是一种感性存在或一种形象。"②象征"意义"是建筑文化的第一要素。人们总是有一定的抽象观念情绪需要表达出来；又因为比如崇高或委琐、静穆或流溢、庄严或活泼、安详与欢快、压抑或亢奋等观念与情绪、氛围与气质带有抽象性质；同时，就建筑而言，它又是由一定物质材料按一定科学与美学规律所构成的物质存在，一般不可能如再现性艺术那样去按照生活的本来样子具体而细微地再现客观社会生活，无论在时间的跨度与空间的广度上都不宜向人具体描绘某个悲惨的生活故事或是人与人之间具体特定的现实关系。那么怎么办呢？鉴于以上三个因素的结合与撞击，以暗示一定的"建筑意"为目的建筑文化的象征就是不可避免的了。

诚如黑格尔所言，建筑"要向旁人揭示出一个普遍的意义，除掉要表现这种较高的意义之外别无目的，所以它毕竟是一种暗示，一个有普遍意义的重要思想的象征（符号），一种独立自足的象征；尽管对于精神来说，它还只是一种无声的语言。所以这种建筑的产品是应该单凭它们本身就足以启发思考和唤起普遍观念的"。③这里所谓"普遍"指事物的普遍性、共性，也就是抽象性。

---

① ［德］黑格尔：《美学》第三卷上册，商务印书馆，1981，第34页。
② ［德］黑格尔：《美学》第二卷，商务印书馆，1981，第10页。
③ ［德］黑格尔：《美学》第三卷上册，商务印书馆，1981，第34页。

中国古代建筑文化精神意义的象征，是整个民族文化象征意识在建筑文化领域中的表现。

中华民族的文化象征意识起源颇早。比如所谓汉字的造字方法"六书"中，其中之一的"象形"造字法，以描摹实物形状为其基本特征，当然谈不上象征，但在"象形"基础上进一步抽象化的"指事"造字法，就是以象征性符号表示一定普遍意义的造字法。如古代"上"字，写作"ᵕ"，"下"，写作"ᶺ"，其符号纯粹象征性的。又如，在"木"字上加"一"表示"末"，所谓"木上曰末"；在"木"字下加"一"表示"本"，所谓"木下曰本"，这里的"一"就是一个纯粹的象征性符号。

在被经学家定为"群经之首"的《周易》中，炎黄子孙的文化象征意识发挥得十分充分。《周易》的六十四卦卦象都是象征性的，构成一切卦象的阳爻与阴爻是两个基本的象征性符号。阳爻写作▬，象征阳、男、刚、动、强、奇数等意义；阴爻写作▬▬，象征阴、女、柔、静、弱、偶数等意义。六十四卦的每一卦象由阴、阳两爻符号的六爻排列组合而成，整个卦象系列呈现出一种严密的数学之"美"，象征人事的吉凶以及宇宙人生阴阳刚柔动静等一切变化流渐的性质与作用。《周易》是一个中国古代文化意识中的象征"大国"，可以说，中国古代文化的象征意识肇自《周易》，据黄宗羲《易学象数论》，《周易》的取象共有七种方式，即所谓"八卦之象"、"六画之象"、"象形之象"、"爻位之象"、"反对之象"、"方位之象"与"互体之象"。

这个问题内容十分庞繁，相当复杂，对于本文的中心论题而言，全数举出七种方式的象征自然无此必要，下文，仅以所谓"八卦之象"的例证，大约可使读者由此悟其大概。

何谓"八卦"？所谓乾、坤、震、巽、坎、离、艮、兑也。据由战国时人整理与介绍《易》象和《说卦》称：

> 乾，健也。坤，顺也。震，动也。巽，入也。坎，陷也。离，丽也。艮，止也。兑，说也。
>
> 乾为天、为圆、为君、为父、为玉、为金。
>
> 坤为地、为母、为布、为釜、为吝啬、为均、为子母牛、为大舆、为

文、为众、为柄，其于地也为黑。

震为雷、为龙、为玄黄、为旉、为大涂、为长子、为决躁。

巽为木、为风、为长女、为绳直、为工、为日、为长、为高、为进退、为不果、为臭。

坎为水、为沟渎、为隐伏、为矫揉、为弓轮；其于人也，为加忧、为心病、为耳痛。

离为火、为日、为电、为中女、为甲冑、为戈兵。

艮为山、为径路、为小石、为门阙、为果蓏、为阍寺、为指、为狗、为鼠、为黔喙之属；其于木也，为坚多节。

兑为泽、为少女、为巫、为口舌、为毁折、为附决。①

这里，不少象征意义是解《易》儒生的附会，然其强烈的文化象征意识则是十分鲜明的。从《说卦》这些行文看，八卦之象征，似乎象征的大多是具体事物，比如"乾为天、为圆、为君、为父、为玉、为金"等，实际上象征的是这些具体事物的抽象性质，如乾，象征天意、天帝、君权与父威的"崇高"和"伟大"等等。

因而，历代易学家几乎都认为《周易》在于象征的观点，不是没有道理的。"《易》者象也，象也者像也。"②《易》卦者，写万物之形，故《易》者象，象也者像也，谓卦为万物象者，法象万物，犹若乾卦之象法于天也。"③王弼（226—249年）则将《易》之象征性符号与所象之"意"相联系："夫象者，出意者也。言者，明象者也。尽意莫若象，尽象莫若言。言出于象，故可循言以观象；象生于意，故可循象以观意。意以象尽，象以言著。故言者所以明象，得象而忘言；象者所以存意，得意而忘象。"④

这里，当我们在理论上力求揭示中国古代建筑文化的象征性格或美学特征这一问题时，王弼的"得意而忘象"的思想是值得注意的。

---

① 郑玄：《周易郑注》卷十，湖海楼丛书本，第5页。
② 郑玄：《周易郑注》卷八，湖海楼丛书本，第3页。
③ 孔颖达：《周易正义》卷六，清嘉庆阮刻十三经注疏本，第12页。
④ 王弼、韩康伯注：《周易》卷十，相台岳氏家塾本，第9页。

　　首先，王弼的这一美学思想来自庄子，庄周说："筌者所以在鱼，得鱼而忘筌。蹄者所以在兔，得兔而忘蹄。言者所以在意，得意而忘言。"①这位魏晋玄学家的"得意而忘象"说是与庄生的"得意而忘言"一脉相承的，实质在于以庄解《易》，导致了对庄学的发挥与易学的阐明。在方法论上，《易传》有三个基本概念、范畴，即"意"、"象"与"言"。"意"，即由卦象所象征的"卦意"；"象"，即"卦意"的象征；"言"，即用文字语言说明"卦象"及"卦意"的"卦言"。其三者的关系是，由于人们头脑中迫于具有抽象性质的"意"必须表达交流，这一点，恰恰推动人们创造一种象征性符号系统去暗示这种"意"，此之谓"尽意莫若象"，这种象征性符号即卦象对"意"的表达是最好不过的了，卦象的发明是由卦意所决定的，具有必然性，此之谓"象生于意"；既然"象生于意，意象相契，故可寻象以观意"，这是反观意象关系必然得出的结论，而作为用语言文字阐释"卦象"及相应"卦意"的"言"，是对意象的说明，故称为"象以言著"。

　　在《易传》作者看来，在整个文化象征意识系统中，"卦意"是根本的、主要的，是象征所表达的目的；卦象作为象征性符号，是用来存"意"达意的一种媒介与手段，"卦言"只是卦象、卦意的具体阐述、文字注解，是次要的辅助性手段，因为这种阐发的思想内容即"意"早已寄寓在卦象之中了。由此可见，"卦言"最具体，居于最浅一个层次；"卦象"次之，"卦意"最抽象，处于最深层次。人们的最终目的，在于从"卦言"到"卦象"，通过"卦象"，最终达到对"卦意"的解悟。于是，所谓"言者所以明象，得象而忘言；象者所以存意，得意而忘象"，就是可能、应该也是必要的了。

　　其次，"得意而忘象"，是一个具有美学象征意蕴的深刻命题。这里所谓的"意"，就其客体意义而言，就是庄子所说的"道"与玄学家所说的"无"，都是指事物的本体、本质、本源。它派生并"规范"世间一切事物、存在于事事物物之中，其属性自然是无限的，人对它的认识与领悟因而也是无限的。这种具有无限之属性的事物本体在人主观心灵上的反映就是"意"。因而，"意"也

───────────────

① 庄子著、郭象注、陆德明音义：《庄子》卷九，晋明世德堂本，第6页。

具有无限性。而这里所谓"象",指被本体所决定的各种事物的物象,它是有限的。在各类艺术中,人们对有限物象的描绘是为了表现事物无限的本体,凡是艺术,总是以有限表现无限,这就是中国古代艺术"意象"说的哲学与美学底蕴。

既然人们刻意追寻的是"意"这种宇宙与人生的最高的无限境界,那么,当人们必须以有限之物象去表现这种无限时,就应当不拘泥、不执着于物象的有限。审美观照的真谛必通过对被描绘的物象的观照,使审美主体的心灵达到对有限的超越,这便是所谓"得意而忘象"的意思。显然,这里所谓"忘",并不是"忘却",而是指突破物象的现实局限而跨越到无限境界。

在《周易》中,用以表现无限之"意"的有限物象便是卦象,六十四卦象共三百八十四爻。虽然自成系统,结构既严密又庞大,毕竟还是有限的,但其所表现的宇宙、历史与人生之"意"是深沉而无限的,这里有宗教的迷狂、哲理的沉思、道德的向善与美的追求。这种无限与有限之间的艺术方式的"解决"便是《周易》的象征。象征的美学性格在于它是以无限对有限物象的超越。为求超越,必须象征;一旦象征,便呈无限之"意"。

《周易》之"大壮"卦,是与中国古代建筑文化中美学象征意识直接相关的一个卦象,据《系辞传》,"上古穴居而野处,后世圣人,易之以宫室,上栋下宇,以待风雨,盖取诸大壮。"我们在第二章《起源观念》中已经谈到,这是说地面房屋的起源,给宇宙与人生带来了一种"大壮"之美,这是人在居住问题上开始战胜盲目自然力的美,其崇高与壮丽的无限幽远的韵味非言辞所能形容,而且在这种建筑文化之美的观念中,还不可避免地渗融着古人开始战胜自然而又膜拜自然的审美与崇拜的双重历史意识。因此,这"大壮"之美,被具有浓厚崇拜天帝意识的古人,看成是"圣人"承天而为的结果,或者说,是天帝假"圣人"而为的产物。这种无限而复杂的建筑文化之"意",是通过卦象的象征得以表现的。"大壮"卦象为☳,依易学家言,下方四个阳爻相叠,象征房屋柱墙的雄伟,上方两个阴爻相叠,象征屋顶茅草的荫蔽;或云,内卦象征台基的坚固,外卦☳象征台基之上门户窗牖的屹立。又,内卦☰其性为乾,乾者,健,坚固之意;外卦☳为震雷之性。坚固之房屋屹立于雷雨交加之天穹与大地之际,真可谓"大壮"之美了，这是人为的杰作，还是自然的恩赐？故古人说："彖曰：大壮，大者壮也。刚以动，故壮。"①"象曰：雷在天上，大壮。"②

《周易》之"大过"卦也是与中国古代建筑文化的美学象征意识直接有关的一个卦象。其卦象为䷛。组成这一卦象的阴阳六画之中阳爻为四，阴爻为二，阳盛于阴，刚柔失调，此之所谓"大过"，有超过常式与过度之意。"大过"卦辞称："大过，栋桡。"这里，栋，梁柱；桡，此处可释为弯曲。整个卦象象征中间坚实，两端软弱的梁栋不能承受屋顶重载以致房屋倒坍的危险，因而，彖曰："大过，大者过也。栋桡，本末弱也。"③"九三：栋挠，凶。"④这是说，房屋之栋梁，必刚直以负重载。然而，倘若其中段过于刚直而无柔韧，导致栋梁各部分之间的刚柔失去谐调。而且，由于其中段的强壮使两端愈现其细弱，首先，这在建筑科学上失去常度而使建筑呈现险象，在建筑文化的美学思想上，也有因刚柔相"过"而呈现建筑丑的象征意义。

又，《周易》之离卦，卦象为䷝，亦是象征性的。离卦卦象由内卦☲、外卦☲构成，内外卦都是"离"，易学家称之为"离下离上"。即中间一个阴爻，附着于两个阳爻组成离卦☲形象，阴阳相"离"（本质不同）又相附，这便是"丽"，"离"者，"丽"也。"离"有"明"之意。从卦象☲看，离卦亦象征火，火之内部空虚，外表光明，正相当于中间阴虚，外方阳实的卦形。而"明"，其古意指月光照临窗棂为明。这种建筑形象之美是离卦的象征意义。从卦象看，内部空虚，象征建筑之内部空间性，也象征中国古代建筑门窗既隔又通的审美意蕴。门窗关闭使建筑之内外部空间相"隔"，门窗开启又使其内外部空间相"通"。窗棂的建筑美学底蕴在于"隔"与"不隔"（"通"）之间。同时，古汉字"明"还道出了中国古代建筑与自然的有机的心理联系。门窗的开设，不仅为通风、采光，满足生理上对于"明"的需求，而且尤其是窗棂的开设，更大程度上寄寓着心理上的"建筑意"重在将自然意趣引向室内，更以窗为审美凭借与框架，眺览窗外的自然美景，通过窗，达到人工美与自然美在审美情感上

---

① 郑玄:《周易郑注》卷四，湖海楼丛书本，第4页。

② 同上。

③ 郑玄:《周易郑注》卷三，湖海楼丛书本，第7页。

④ 同上。

的往复交流。"一琴几上闲，数竹窗外碧。帘户寂无人，春风自吹入。"这首明人小诗非常贴切地说出了窗的审美品性。

第三，尽管中国古代建筑文化的象征意识非常注重"得意而忘象"，但这一点并非意味着，随便什么有限的物象，都可以随心所欲地拿来就能用的。无限的象征意义与有限的象征性物象之间存在着对应与相契的关系。比如，《周易》的整个卦象系统，作为象征性"符号"与"语言"，是与所象征的抽象意义相谐的。阳爻—或阴爻--象征动静、刚柔之类，一般具有时代与民族的稳定性与惰性而不会颠倒使用。因此，对于中国古代建筑文化而言，建筑文化"符号"的使用以及"符号"所象征的"意义"一般是社会普遍可"接受"与"译码"的。随着历史生活的发展，中国古代建筑文化的象征意识也曾经不断发展，"建筑意"新质的诞生或旧质的消亡，要求有新的象征性"符号"同它相对应，从而达到黑格尔所谓两者在新的历史水平上的"抽象的协调"关于中国古代建筑文化的象征性"符号"，让我们在第二节中继续加以论述。

第二节　象征性"符号"

中国古代建筑文化的象征性"符号"、或者说其象征性方式，主要有以下四种。

其一，数的象征。

建筑文化必关系到数理科学，数的艺术审美化就是中国古代建筑文化的数的象征，它是蕴含于一定建筑文化现象的数的关系，对一定"建筑意"的一种暗示。

中国古代有一类建筑称明堂，为帝王宣明政教之地，凡朝会、庆功、祭祀等大典，均在明堂举行，其后宫室形制渐备，另在近郊东南建明堂，以存古制。《三辅黄图》说：

> 周明堂，明堂所以正四时，出教化，天子布政之宫也。黄帝曰合宫，尧曰衢室，舜曰总库，夏后曰世室，殷人曰阳馆，周人曰明堂。①

---

① 张宗祥校录:《校正三辅黄图》，古典文学出版社，1958，第39页。

除了其实用性功能之外，明堂还有象征性意义。所谓"明堂九室，一室有四户八牖，凡三十六户，七十二牖"①者，其意常在数的象征。"称九室者，取象阳数也。八牖者，阴数也，取象八风。三十六户牖，取六甲之爻，六六三十六也"。②所谓"八风"，指"八方之风"。即所谓"东北、东、东南、南、西南、西、西北、北"的"八方之风"。依次指"炎风"、"滔风"、"熏风"、"巨风"、"凄风"、"飂风"、"厉风"、"寒风"③或"炎风"、"条风"、"景风"、"巨风"、"凉风"、"飂风"、"丽风"、"寒风"④之类。所谓"六甲"，以天干地支相配计算时日，其中所谓"甲子"、"甲戌"、"甲申"、"甲午"、"甲辰"、"甲寅"称"六甲"。前指空间、后指时间，明堂的数的象征意义即在于此。而明堂"四阔者，象四时四方也，五室者，象五行也"。⑤不待多言，其象征之思维模式同于以上"八风"、"六甲"之象。关于这一点，《汉书》或《白虎通》的说法亦可参阅："元始四年，安汉公奏立明堂辟雍。"应劭注：

> 明堂所以正四时，出教化。明堂上圜下方，八窗四达，布政之宫，在国之阳。上八窗法八风，四达法四时，九重法九州，十二重法十二月，三十六户法三十六旬，七十二牖法七十二候。⑥
>
> 八窗象八风，四阔法四时，九室法九州，十二重法十二月，三十六户法三十六旬，七十二牖法七十二风。⑦

大同小异。在著名明清建筑北京天坛上，数的象征显得更为丰富。

易学家有关于"太极"的宇宙观念，所谓"太极生两仪，两仪生四象"，

① 戴德：《大戴礼记》卷八，元至正刻本，第9页。
② 《考工记》，黄干、杨复订：《仪礼经传通解续》卷二十二，宋嘉定十六年南康军刻元明递修本，第63页。
③ 高诱注、毕沅校：《吕氏春秋》第十三卷，毕氏灵岩山馆本，第213页。
④ 刘安著、高诱注，庄逵吉校：《淮南子》卷四，武进庄氏刊本，第68页。
⑤ 《考工记》，黄干、杨复订：《仪礼经传通解续》卷二十二，宋嘉定十六年南康军刻元明递修本，第63页。
⑥ 范晔：《后汉书》卷十二，武英殿本，第213页。
⑦ 班固：《白虎通·德论》卷第四，元大德覆宋监刊本，第12页。

将"太极"说成是天体万物的"本根"。作为太极之象征，天坛之圜丘中央砌一圆形石板，称为"太极石"。此石四周围砌9块扇形石板，构成第一重；第二重砌18块；第三重砌27块，直到第九重为81块，于是，组成以下的递进的数的系列：1×9；2×9；3×9；4×9；5×9；6×9；7×9；8×9；9×9。除一块处于坛之中央的"太极石"，凡"四十五个九块"，共405块石板组成。目的是在不断重复强调"九"数的意义。中国古代有"九重天"之说，依次为"日天"、"月天"、"金星天"、"木星天"、"水星天"、"火星天"、"土星天"、"二十八宿天"以及"宗动天"，因此，建筑构造"九"数的重复出现，意在象征圜宇之"九重"。但这是圜丘比较浅层次的象征意义，人们只要看看每当祭天之时，只有坛中央的"太极石"上才能供奉昊天上帝的神牌，象征天帝居于九天之上而统辖天下这一点，便不难发现，这里明为象征昊天上帝，实质歌颂封建王权。因为，只有人间帝王才是天帝的代表，只有帝王在人间出现，才能产生关于天帝的观念，因此，祭天时那昊天上帝的神牌在"太极石"上的供奉，实质在象征人间帝王至尊以及对民众的统治。这一点，也可从圜丘第一层共九重的"四十五个九块"见出，四十五者，九乘五也，内含"九五之义"。九五，据《周易·乾卦》，为最美妙、最吉利的帝王之卦位，中正之位，至尊之位，中国古代称帝王为"九五至尊"，其文化思想之源盖出于此。

又，圜丘四周石栏上的石板数也不是随意设置的，同样具有数的象征意味。其三层坛台四周栏板依次为（2×9）×4=72；（3×9）×4=108；（5×9）×4=180；亦即"八个九块"、"十二个九块"、"二十个九块"，共40个9块，凡360块，象征历法"周天"象征昼夜运行360度或一周年约360天之意。当然，这里所象征的，也不是单纯的自然时空意识，同样蕴涵着王权思想。

又，天坛之祈年殿，据《奇门遁甲》，其形象亦专注于象征。为暗示天宇、天数、阳数以及君王之权威，祈年殿其高为九丈九尺，殿顶周长三十丈，表示一月约三十天；殿内金龙藻井下设楹柱四根，以示一年四季春秋代序、冬夏交替，中间一层设十二根立柱，象征一年十二个月，外层也设十二根立柱，附会子丑寅卯、辰巳午未、申酉戌亥的一天十二时辰，里外立柱凡二十四根，是一年二十四节气的暗示；加上藻井下另外四根楹柱，代表所谓二十八星宿；另外，殿顶四周有短柱三十六根，是谓三十六天照星，于是，在祈年殿内谮墙东门外的所谓"七十二连房"，又有七十二地煞之意。[1]

我们在第六章《佛性意味》中已经谈到，这种数的象征，还表现在中国古塔建筑文化中。以多见的平面为正四边形或正八边形的中国古塔为例，它们在于象征佛教的所谓"四相八相"，即释迦牟尼生涯中的种种变相。"诞生、成道、说法、涅槃曰四相；再加上降兜率、托胎、出家、降魔谓之八相。或以住胎、婴孩、爱欲、乐苦行、降魔、成道、转法轮、入灭曰八相，名异而义同。"[2]又曰，它们象征佛法的四圣谛与八正道。四圣谛，苦集灭道之四谛，为圣者所见之谛理，八正道，佛教修行之道也。

> 一、正见，见苦集灭道四谛之理而明之也，以无漏之慧为体，是八正道之主体也。二、正思维，既见四谛之理，尚思惟而使真智增长也，以无漏之心所为体。三、正语，以真智修口业不作一切非理之语也，以无漏之戒为体。四、正业，以真智除身之一切邪业住于清净之身业也，以无漏之戒为体。五、正命，清净身口意之三业，顺于正法而活命，离五种之邪活法也，以无漏之戒为体。六、正精进，发用真智而强修涅槃之道也，以无漏之勤为体。七、正念，以真智忆念正道而无邪念也，以无漏之念为体。八、正定，以真智入于无漏清净之禅定也，以无漏之定为体。[3]

平面为正六边形的中国古塔，象征所谓"天、人、阿修罗、地狱、饿鬼、畜生"的"六道轮回"教义；正十二边形者，暗示所谓三世轮回教理的"十二因缘"说也，佛教有过去世、现在世与未来世之说，三者彼此连续流转，因缘而起，无明、行、识、名色、六入、触、受、爱、取、有、生与老死为十二因缘。其中，无明与行是过去因，感现在果；识、名色、六入、触、受为现在果；爱、取、有为现在因，感未来果；生、老死为未来果。又如在中国古塔塔刹上，相轮时作"十三天"意在象征佛法崇高神圣。这种象征意识的文化机制，是与中

国古代的都城、宫殿、宗庙与陵墓以构造上数的差别象征等级观念是一样的。

其二，形的象征。

这是以一定的建筑形体造型、模拟宇宙或社会生活中其他事物形状以暗示一定文化美学观念情绪的一种象征。

"天圆地方"观，是中国古代典型的宇宙观，由于认为天是圆的、地是方的，因此，象征永恒天道的明清北京天坛之圜丘与祈年殿平面布局都作圆形，圜丘之"太极石"与祈年殿内壔嵌于中央的一块"中心石"也是圆形的。明永乐十八年（1420年）明成祖朱棣创建天坛时，行天地合祭制，故当时名天地坛。明嘉靖九年（1530年）令，始改天地分祭制，在北京北郊另建地坛（方泽，平面为方形），南郊原在的天地坛只用以祭天，改名为天坛。然而，天圆地方之观念仍可从天坛之某些平面布置中见出，比如圜丘、祈年两坛两重围墙仍按旧制，取南方北圆形。此之所谓："帝王之义，莫大于承天；承天之序，莫重于郊祀。祭天于南就阳位，祠地于北就阴位。圜丘象天，方泽象地，圆方因体，南北从位，燔燎升气，瘗埋就类。牲欲茧栗，味尚清玄，器成匏勺，贵诚因质。天地神所统，故类乎上帝，禋于六宗，望秩山川，班于群神，皇天后土，随王所在而事祐焉。"[①]应正如古之明堂"以茅盖屋，上圆下方"[②]、"上圆象天，下方法地"[③]一样，"其宫室也，体象天地，经纬阴阳，据坤灵之正位，仿太紫之圆方"[④]。

社稷坛的建造观念，亦在于形的象征。中国自古以农立国，土地是其根本，崇祀土地与农业神为立国与人生一件大事，故建社稷坛以了此心愿。所谓"人非土不立，非谷不食。土地广博不可遍敬也，五谷众多，不可一一祭也，故封土、立社、示有上尊。稷五谷之长，故封稷而祭之也。"[⑤]明清北京社稷坛筑为

①　张宗祥校录：《校正三辅黄图》，古典文学出版社，1958，第44—45页。按：本句出于《汉书·平帝纪》臣瓒注。原注载元始五年宰衡莽奏文，系《续后汉书·祭祀志》刘昭注文所引。

②　戴德：《大戴礼记》卷八，元至正刻本，第9页。

③　《考工记》，黄干、杨复订：《仪礼经传通解续》卷二十二，宋嘉定十六年南康军刻元明递修本，第63页。

④　班固：《西都赋》，萧统编，李善注：《文选》卷一，上海涵芬楼藏宋刊本，第11页。

⑤　班固：《白虎通·德论》卷第二，元大德覆宋监刊本，第2页。

三层六台，方是其平面特色，以示"地方"之意。

在大地方位上，中国古代有"东西南北中"之说，这一点也常常从建筑文化中得到暗示。儒家"以南为阳，左为上"，所谓"左，阳道；右，阴道"也，于是，南阳、北阴、东阳、西阴。天坛其性为阳，地位在上，故天坛建于原北京城区的南郊偏东的左方；地坛其性属阴，地位在下，故地坛另建于原北京城区的北郊。在都城制度上，中国古代行"左祖右社"制，象征祖宗血脉的宗庙建于宫城之左前方，实属理所当然，不言而喻。只是按"左上右下"说，将社稷坛建于宫城之右前方，似乎由此可以得出在古人看来社稷不如祖宗重要的结论。其实不然，中国古代的建筑空间意识以西南为"奥"，"奥"是尊位，故比如北京社稷坛建于紫禁城之右前方（即城之西南方）也是顺理成章的。一"以左为上"，一"以奥为尊"，可谓旗鼓相当，互臻其美善。

与此攸关的，便是根深蒂固的关于"中"的意识。一般除了园林建筑，中国古代的都城、宫殿、坛庙、民居以及陵寝等都注重"中"的象征性精神意义。关于非常多见的中轴线平面布局，在第一章《空间意识》中已作论述，此不重复。这里，需要补充的是，在有的陵寝制度中，以"中"字形来象征"中"的观念情绪。雍城地区的18个西安秦公大墓，按考古发掘，其平面都作"中"字形，其中一号秦公大墓面积5 334平方米，总体积比以往发掘的最大墓葬河南安阳商代王陵大10倍以上，比湖南马王堆一号汉墓大20倍，这样巨大的"中"字形平面安排自然是有意为之的，象征王侯据中以视天下的尊严与权威。同时，中国古代建筑文化所以那般热衷于中轴线或"中"字形的象征，还意味着对传统的"中和"这种文化观与美学观的执着表现与追求。儒家认为，"中和"是最高的审美境界与文化表现，天人合一的境界便是典型的"中和"境界。"喜怒哀乐之未发谓之中，发而皆中节谓之和……致中和，天地位焉，万物育焉。"[1]并且，"中和"也是道德的最高准绳，此之所谓"中和者，听（引者注：理政）之绳也。"[2]"中和"亦即中庸，"中庸之为德也，其至矣乎！"[3]

以字形为平面的建筑亦曾在清圆明园中出现。圆明园有"万方安和"殿，

① 朱熹：《四书章句集注·中庸》，吴县吴氏仿宋本，第5页。
② 杨倞注、卢文弨、谢墉校：《荀子》卷五，嘉善谢氏本，第3页。
③ 何晏注：《论语》卷三，古逸丛书日本景正平本，第43页。

其平面为卍字形，"'万方安和'在'杏花春馆'西北，建宇池中，形如卍字"①，意在象征太平盛世。

以这种种平面造型象征一定的道德观念的古代建筑文化现象也并非绝无仅有。比如，清代赵显在《春草园小记》中记述一三角亭：

> 宋人俞退翁有《题三角亭》诗云："春无四面花，夜欠一帘雨。"向属石门袁南垞书此一联。乾隆庚申夏，山阴金大小郑假馆园中，换书："缺隅亭"额，取《韩诗外传》："衣成则缺袵，宫成则必缺隅"之意，雅与三角亭名吻合云。②

筑亭意为三角、缺隅，意在推崇谦德，以骄盈为戒，因为在筑亭者看来，世间万物本来就不是圆满完美的，此之所谓"屋成则必加拙，示不成者，天道然也"③。

有些古代建筑，以扇形筑亭，象征清风快意；以船形筑舫，象征轻舟荡漾；以笔形造塔，象征科运发扬；以莲荷之形作佛寺佛座或塔之须弥座，象征西土净界。秦始皇于园事中首作堆土筑山之举，象征"蓬莱"之类的神仙非非之想，于长安大事营造，引渭水、作长池来灌王都，象征天河人寰，天泽浩荡。又，故宫有文渊阁，仿宁波天一阁而建，象征《易经》所谓"天以一生水，而地以六成之"④之意。圆明园地处北地，这一典型的皇家林苑，却依江南西湖、兰亭、庐山名胜格局建造诸种景观，以示"移天缩地在君怀"的皇家气派，将西湖、兰亭、庐山诸景的自然尺度"缩"小，"移"入圆明园，象征君小天下、君抚天下。

宗庙为祭祀祖宗之所，供奉在宗庙之中的是祖宗的牌位，在古人心目中却虽死犹生，因而，宗庙之形制，亦取宫殿之前朝后寝制，其意在于象生也。"宗庙之制，古者以为人君之居，前有'朝'，后有'寝'，终则前制'庙'以象

---

① 吴长元:《宸垣识略》卷十一，清乾隆五十三年池北草堂刻本，第16页。

② 陈植，张公弛:《中国历代名园记选注》，安徽科学技术出版社，1983，第348页。

③ 韩婴:《韩诗外传》卷三，四库全书本，第20页。

④ 钱义方:《周易图说》卷上，四库全书本，第11页。

朝，后制'寝'以象寝。'庙'以藏主，列昭穆，'寝'有衣冠，几杖、象生（日常生活）之具，总谓之宫"。[1]

与宗庙一样，陵寝也有"事死如事生"的象征意义，其基本手段，便是以一定的建筑手段，模拟墓主生前形状。明十三陵中的长陵，其空间序列与明北京故宫有异质同构性，祾恩殿的建筑文化美学品位与故宫之太和殿相仿。其建筑空间秩序，一如墓主生前。神道漫长，两旁石马、石麒麟、文臣、武将之类肃然侍立，犹如朝拜参政议事。比如明太祖朱元璋的孝陵，神道两侧排列石象生12对，为马、象、麒麟、骆驼、獬豸、狮子各两对，又有4对翁仲恭立于神道两侧，象征明太祖生前的听命于朝廷的臣属，大有"石马嘶风翁仲立，犹疑子夜点朝班"的劲头。

其三，音的象征。

这是以一定建筑物所发出的音响或谐音手段所构成的象征。

有些中国古塔以一定的音响象征其"梵音到耳"的佛法意义。比如，历史上著名的洛阳永宁寺塔"角角皆悬金铎，合上下有一百二十铎"。"至于高风永夜，宝铎和鸣，铿锵之声，闻及十余里"。[2]由这种音响所造成的声波意境，在佛教徒听来，犹如天主教徒闻教堂钟声，可谓惊心动魄。

在北京天坛之圜丘坛第三层太极石上轻轻呼唤，会迅速从四面八方传来回声。这种音响现象本有科学道理在，但在这里声学却成了神学与儒学的奴婢。封建帝王说，这是"昊天上帝"向凡人实质是人间帝王向臣属发出的"训谕"，象征神权与王权的声威。回音壁的象征意义与此同理。圜丘之北的皇穹宇，为专事收藏神牌之处，由于其四周象征天穹的围墙为圆形，此墙具有传声的性质。当对封建王权诚惶诚恐的人站立于殿前石陛正中甬道的第三块石板时，倘若对殿门说话，有可能听到多重回音，象征天帝对尘世凡夫俗子的"对话"，或者说是"有求必应"与"谆谆教诲"，此之所谓"人间私语天闻若雷"也，在天帝与皇帝面前，一般人的心曲无法隐瞒，天帝与皇帝"洞察一切"，由此要求对帝王的忠诚。

---

① 蔡邕:《独断》卷下，四库全书本，第5页。

② 杨衒之著:《洛阳伽蓝记》卷一，吴若准刊本，第7页。

在中国古代建筑文化中常见的另一种音的象征是谐音。

"宗，尊也；庙，貌也，所以仿佛先人尊貌也。"①这便是宗庙的谐音象征意义。在高门深院或陵寝神道中常出现狮子的雕塑形象，这不仅因为狮子形象威武，也是"狮""事"谐音的缘故。因而，府邸大门两侧设两头蹲狮形象，象征"事事如意"，将"狮"、"瓶"结连的剪纸图案贴在窗上，象征"事事平安"；倘此剪纸图案"狮子"与"铜钱"相配，象征"财事茂盛"，"狮"佩彩带，象征"好事不断"，粘贴以狮子滚绣球的剪纸作品，象征"好事在后"，如果粘贴以幼狮形象，则又象征"子嗣兴旺"。

有些中国古代建筑以鱼的造型为装饰，"鱼"谐"裕"，象征着企望生活的丰裕有余；"鹿"谐"禄"，故建筑物上装饰以鹿之形象，象征俸禄源源不断，这种象征自然散发着铜臭，是封建社会当官意识强化的表现；蝙蝠与祝福之意相去甚远，却由于"蝠"、"福"音谐而使建筑物上的蝙蝠形象成了祝福的象征；又，"善"、"扇"同音，因此，扇形的建筑造型或装饰形象象征善的愿望。

为了这谐音的象征，中国古人于建造营事中煞费苦心、惨淡经营。据史载，比如明十三陵陵址的选中几费周折。其址初选在口外的屠家营，由于明朝皇帝朱姓，"朱"、"猪"音同，"猪"进"屠家"，岂不是"朱"进"屠家"，万万不可；又选在昌平之"狼儿峪"村前与羊山脚下，"猪"（朱）遇着"狼"，大凶；又选在京西"燕家台"，不料"燕家"、"晏驾"（皇帝死去称为晏驾）音谐，也很不吉利。②尽管"万岁"终于也得死，选陵址就是其不得不死的明证，却如此忌讳说到死，其心理机制犹如阿Q忌讳"亮"、"光"与"灯"那样。

其四，色的象征。

这是以一定的建筑色彩为"符号"的一种象征。比如，说到明清北京皇家建筑，其基本、典型的色调为黄红两色，大凡品位较高的建筑，均以黄瓦红墙为基本特征。如，明清两代皇城正门天安门，城门五阙、重楼九楹，以汉白玉砌为须弥座，上建丹朱色墩台，其上又建重檐城楼，覆盖以黄色琉璃瓦，与朱墙相映照；太庙前殿面阔十一间，重檐庑殿顶，亦是黄琉璃瓦顶配以红墙；太

---

① 张宗祥校录：《校正三辅黄图》，古典文学出版社，第41页。
② 罗哲文、罗扬：《中国历代帝王陵寝》，上海文化出版社，1984，第160页。

和殿为现存中国古代最大的木构殿宇，面阔十一间、进深五间，汉白玉基座，殿内沥粉金漆木柱与精致的蟠龙藻井装饰，又是红墙黄瓦，显得富丽而雄浑；中和殿为黄琉璃瓦四角攒尖顶，正中设鎏金宝顶；保和殿也是黄琉璃筒瓦四角攒尖顶。说到午门，又是重檐庑殿顶的主楼，其余四楼为重檐攒尖顶，其上覆盖以金色琉璃瓦，而明十三陵中的诸多陵寝建筑，比如长陵之祾恩殿，也是殿面阔九间、进深五间、重檐庑殿顶，黄瓦红墙交相辉映，色彩谐和悦人，凡此一切，都在象征华贵、庄严、兴旺的皇家气象以及封建统治者内心的甜酣。明清之际，黄色为"富贵之色"，为皇家所专用。这是因为，按五行说，黄色居中；也与传统文化观念所谓汉族为黄帝子孙不无关系。

按阴阳五行说，五行、五方与五色是相对应的，北京社稷坛的象征性色彩意义即在于此。社稷坛为三层方台，每层四周白石栏杆，上层每面长16米、中层16.8米、下层17.8米。上层台面铺以五色土，象征广阔之国土大地，中为黄色、东为青色、南为红色、西为白色、北为黑色，以五色象征五行与天下五方观念，并与春夏秋冬四季之交替流变之时间观念相联系。按古代传统，黄帝居天下之中，其色属黄，黄帝有四张脸，各自面对着东南西北四个方位，故天下五方均在他"老人家"的统辖之下，其余四方统治者都是由黄帝支配的。东方者太皞，其色屈青，故称青帝，由木神辅佐，手持圆规，以掌春时；南方者炎帝，其色属红，由火神助之，手握秤杆，以司夏天；西方者少昊，其色屈白，故称白帝，由金神相帮，手拿曲尺，以管秋季；北方者颛顼，其色属黑，故称黑帝，由水神相佐，手提秤锤，以治冬日；黄帝高居中央，土神是其助手，手拿一根绳子，雄视四方。

与此相联系，中国古代都城有所谓四门制关于色彩的象征观念，即东方苍龙（青）、南方朱雀（红）、西方白虎（白）与北方玄武（黑），都城东门其名苍龙、南方其名朱雀、西门其名白虎、北门其名玄武，其"建筑意"源自五行、五方与五色的对应文化观念。

天坛祈年殿的色彩象征在历史上有所变化，作为皇家建筑兼祭祀性建筑，当以黄、红二色为基调，同时照顾到祭祀性的象征意义，因而，当祈年殿于明嘉靖二十四年（1545年）改建之时，名大享殿，是一镏金宝顶三层檐攒尖式屋顶的圆形建筑，上檐覆盖以蓝色琉璃瓦，中层黄色、下层绿色，这样处理是不无道理的。然而，到清乾隆十七年（1752年），将祈年殿之三层檐均改为蓝色瓦，在其色彩的象征意义与"符号"系统上，就显得更单一、更明确了。祈年之主题在于祈求农事之丰收，强调青绿色，在于突出植物生命之象征与丰年之象征这一主题。同样的情况，还可从天坛西天门以南、祈年殿西南方的斋宫这一建筑的色彩象征上见出。斋宫是皇帝祭天时的斋戒住所，作为帝王寝宫，应以黄色琉璃瓦覆顶为是。而斋宫之顶却铺以蓝色琉璃瓦，并且不是通常的坐北朝南，而是坐西向东。这是因为，帝王虽为人间之君，其权至高无上，但作为"天子"，却要装得像是"昊天上帝"的"孝子"，为了表示祭天的虔诚，在斋宫的色彩象征上也得表现出"奉天承运"的天命思想与"谦德"。

至于其他建筑比如中国古塔的色彩象征，其丰富性亦一言难尽，这里略举数例，以飨读者。一般而言，大江南北所常见的白塔，诸如北海白塔、妙应寺白塔、蓟县观音寺白塔、辽阳白塔、扬州莲性寺白塔等等的象征意义是显然的。其塔通体洁白，意在暗示佛性洁净无瑕。佛教有所谓"白心"说，言"清净之苦心"也。"白者，表淳净之菩提心也"。白塔所在即为"白处"，"白处"者，"以此尊常在白莲华中"[1]。白莲华，象征佛性之华，故建塔以象法莲性，崇拜佛性。当然，中国古塔，一般是中国化了的佛塔，其建造观念中往往渗入封建士大夫的精神意绪，在崇扬佛性的白塔形象中，也可能寄托着"出淤泥而不染"、"亭亭净植"的文人雅士的所谓高尚情思，这，犹如晋慧远法师在庐山虎溪东林寺，集慧永、慧持、道士等名僧以及刘遗民、宗炳、雷次宗等深受佛学影响的名儒建白莲社，其社名白莲华的象征意义一样。

有些琉璃塔色彩斑斓，其象征之意亦与佛法攸关。"塔之砖瓦，其泑药共分五色：一为钴与硅酸锰制成之深紫，二为硅酸铜制成之嫣绿，三为锑制成之御黄，四为铜与脱酸剂制成之鲜红，五为铜与硝酸制成之艳蓝。""必具五色者，以佛家谓佛国有五色宝珠，故法其数也。"[2]所谓宝珠，佛教名物，即所谓摩尼珠，又称如意珠。如意者，"心性宝性，无有染污"[3]之意，"净如宝珠，以求佛

---

① 一行：《大毗庐遮那成佛经疏》卷五，日本庆安二年刻本，第39页。

② ［英］白谢尔著、戴岳译、蔡元培校：《中国美术》，商务印书馆，1924，第53页。

③ 《宝悉地成佛陀罗尼经》，引自丁福保编纂《佛学大辞典》，文物出版社，第1444页。

道①。佛教声称："如意珠能除四百四十病。"②看来实在"美满无比"了。

有些中国古塔饰以绿、红、白、黑四色，比如建于清乾隆二十至二十四年（1755—1759年）的承德普宁寺的四座塔门③，位于此寺乌策大殿四隅，其象征意义显然掺入了中国古代传统的四方观念，此即东方属青（绿）、南方属红、西方属白、北方属黑，只是有点"羞羞答答"，没有将属黄的中央一方所谓黄帝为始祖的文化观念用塔的色彩暗示出来，实在有趣。

关于中国古代建筑色彩的象征"符号"，其多样丰富性当远不止以上所论述之四种，比如以"无"象征"有"便是一例。我们知道，一般的墓碑，是陵墓的标饰，其碑文不外乎对墓主歌功颂德，然唐代武则天墓前，却竖了一块无字碑，象征功德昭著，为一切语言所无法形容表达，或听凭后人评说。这种象征手法，亦可谓"不著一字，尽得风流"也。因此，可以说前述四种象征"符号"，亦不过挂一漏万。一般认为，中国古代建筑文化中的文化象征现象，在象征性色彩"符号"与象征性意义之间的对应关系是大致稳定的。比如，红色，象征豪华、热烈、辉煌，其建筑形象给人以温暖、兴奋、动感强烈的心理感觉；黄色，象征明朗、华贵、欢愉，其建筑形象可给人以高尚、辉煌的心理感受；橙红，象征富丽，其感令人亢奋，或者烦躁；绿色，象征生命，有凉快、平静之意；蓝色，象征沉静、幽深、退缩，给人以优雅、平静或者忧郁、冷淡甚至悲哀的感觉；紫色，象征神秘、丰富，而灰色象征平和、质朴，白色象征纯洁等都可能在建筑形象中给人以不同的审美感受。

要之，中国古代建筑文化的象征性格，是这一文化活跃的艺术生命与美学品质，它加强了这一古老民族文化的思想表现力。作为社会人生的空间展现，这种文化现象的美学意蕴，是值得令人沉思的。

---

① 《法华经》，引自丁福保编纂《佛学大辞典》，文物出版社，第1444页。

② ［印］龙树造、鸠摩罗什译：《大智度论》，上海古籍出版社，1991，第392页。

③ 按：塔门为中国古塔样式之一。参阅梁思成：《梁思成文集》，第三卷相关内容，中国建筑工业出版社，1985。

第八章 装饰风韵

装饰，一般为建筑所常需。中国古代建筑装饰，具有独特的时代风貌与民族文化意蕴，也是中华民族传统文化心理的反映。作为中国古代建筑文化的一个优美"旋律"，其重要意义当不可小视。它的历史变迁、哲学基础与文化观念都是值得加以探讨的。

第一节 历史的评说

中国古代建筑装饰始于何时？

可以说自建筑文化起源不久就开始了。

自从东方大地出现最古老的建筑，这就意味着，人将盲目自然力推拒在门外，人获得了一个安全的居住空间。然而，当人一旦创造了能躲避风雨的建筑，同时也将自然的美拒之门外。由初步营事活动以及其它社会生活实践活动所培养的人对自然初步的审美需求，却必须及时得到实现与满足。于是，人便尝试着对其所居住的内部空间加以美化修饰，其灵感来自对自然美的追求。

比如，鹅卵石或平静湖面之类自然物的光滑，唤醒了人对光滑这种形式美的钟爱，于是，人便愿意将穴居的穴壁或穴底弄得平整、光滑些。据建筑考古发现，郑州早商建筑遗址中，发现有窖窖二百余个，大半为小型半居穴，又分早晚两期，早期半居穴"门"多南向，偏于穴之一隅。靠近后部穴帮地面上，多见火燃残迹。值得注意的是，有些半居穴"按筑短墙，四壁平正"①，显然经过修饰。又如，中国原始木构建筑，其柱木、橡木、屋盖木质材料，最早是裸露在外的，所谓"茅茨不翦"、"茅茨土阶"。这从实用角度看，自然易火易蚀、不安全，审美上也颇不悦目。为求防火、防蚀与悦目，仰韶文化的半穴居内部多采用涂泥之法，居住面时作"墐涂"，即是将黏土掺以黍穰，烧烤成棕色陶质地面的一种建筑装饰之法，它使地面变得坚实、细密、产生了光滑感。而仰韶文化与龙山文化之际的洛阳王湾遗址，则在室内以石灰质做成坚硬、光滑、悦目的居住面。当时，红彩、黑彩、褐彩与白衣彩陶的发展，将鱼纹、鸟纹、人面纹以及各种几何纹样"召唤"到制陶技术与艺术上来，这给中国古代建筑装饰的发展带来了积极影响。

当然，此时的中国古代建筑装饰，不过处于启蒙期，是很不成熟的。

先秦时期的建筑装饰，扩大了它的文化"视野"。殷代辉煌的青铜文化，常以饕餮纹、龙纹、凤纹、云纹、波纹、蝉纹、绳纹以及方形、三角形、圆形等各种几何纹为题材，给人们创造了一个狞怖而美的艺术世界。如果说，技术上制陶业的发展，促成西周建筑文化舞台上诸如板瓦、筒瓦、脊瓦与圆柱形瓦钉等瓦器的出现，那么到了东周，艺术上殷周青铜器丰富灿烂的装饰主题，便成了瓦当装饰艺术的文化思想源泉。瓦当，是中国古代所特有的建筑文化，从一般瓦器发展到瓦当，这是技术向艺术的"进军"，或者说，是艺术对技术的渗透，是建筑文化的技术与艺术在中国古代农业文明基础上的融合，也是以土木为基本材料的中国古代建筑利用土的可塑性所创造的一种文化。

从河南洛阳等地出土的东周瓦当看，主要是图案瓦当。其上常塑有饕餮、龙凤等纹样，表现的文化主题与殷商、西周青铜文化一脉相承。

比如，关于饕餮纹瓦当，饕餮者，古人所谓恶兽之名，钟鼎彝器多琢其形以为饰。"周鼎著饕餮，有首无身，食人未咽，害及其身，以言极更也。"②"贪财为饕，贪食为餮。"③又："饕餮，谓三苗也。"④"三苗，国名。缙云氏之后，为

① 郭宝钧：《中国青铜器时代》，生活·读书·新知三联书店，1980，第131页。

② 高诱注、毕沅校：《吕氏春秋》卷十六，毕氏灵岩山馆刊本，第2页。

③ 孔安国注：《尚书注疏》卷十七，阮刻本，第4页。

④ 刘文淇：《春秋左氏传旧注疏证》，清刻本，第689页。

诸侯，号饕餮。"①这里，所谓"缙云氏"，据《史记·五帝纪》，远古传说，黄帝设置春、夏、秋、冬、中官，用云作名字，其中夏官称缙云氏。又，据古代五行、五方说，东方大皞，属木、主春、称青帝；南方炎帝，属火、主夏、称赤帝；西方少皞，属金，主秋，称白帝；北方颛顼，属水，主冬，称黑帝，而属土德的黄帝居中。由此可见，"缙云氏"是指被黄帝所击败的炎帝一族。近人王献唐说："最初期之饕餮花纹，只限于黄帝一族遗器，炎族殆无有也。"②此说不无根据，正与远古传说吻合。因此，所谓饕餮，实际上指的是被贬的炎帝一族。传说中的炎族被贬为面目狰狞的饕餮，实在是华夏氏族历史兼并中的一件十分残酷的事情。从"后代圣人著其象于尊彝，以时范饕餮花纹，谓以诫贪"③这一点看，先秦瓦当时以饕餮为纹样，其文化意蕴在"诫"所谓炎族之"贪"，表现出扬"黄"、抑"炎"的传统历史观与狭隘的古代氏族文化意识残余。

又如，关于龙凤纹瓦当，龙凤者，远古氏族幻想中之图腾也。中国远古神话中说，所谓"女娲"、"伏羲"，均具龙蛇之象。"女娲，古神女而帝者，人面蛇身，一日中七十变。"④"燧人之世……生伏羲……人首蛇身。"⑤《山海经》中其它诸神，也常为"人面蛇身"，这是远古蛇图腾文化的真实反映。随着历史文化的发展，作为图腾的蛇之形象，渐渐演变为龙。龙之形象，是以蛇身为基干，"接受了兽类的四脚、马的毛、鬣的尾、鹿的脚、狗的爪、鱼的鳞和须"⑥所想象而成的。《竹书纪年》所谓长龙氏、潜龙氏、降龙氏、居龙氏、上龙氏、水龙氏、青龙氏、赤龙氏、白龙氏、黑龙氏等记载，是诸多远古氏族以龙为图腾的文化反映。龙，后来成了中华民族的象征。至于凤："神鸟也。天老曰，凤之象也：鸿前麐后，蛇颈鱼尾，龙文龟背，燕颔鸡喙，五色备举。"⑦这也是一个"拼凑起来的脚色"。"天命玄鸟，降而生商。"这玄鸟，据郭沫若称，其实就是

① 孔安国：《尚书注疏》卷三，阮刻本，第8页。

② 王献唐：《炎黄氏族文化考》，齐鲁书社，1985，第19页。

③ 同上。

④ 郭璞注：《山海经》卷十六，涵芬楼本，第1页。

⑤ 黄甫谧：《帝王世纪》第一卷，清光绪贵筑杨氏刻训纂堂丛书本，第2页。

⑥ 闻一多著，朱自清编：《闻一多全集·神话与诗》甲集，开明书店，1948，第26页。

⑦ 许慎：《说文解字》卷四上，四库全书本，第16页。

"凤凰"，亦是远古氏族的图腾对象。

由此可见，先秦瓦当龙凤纹样的文化意义，主要在于图腾崇拜，远古造房建屋远非易事，倾圮、毁损之事时而发生，屡屡失败的惨痛教训，需要获得心理上的力量、支柱与勇气，于是，发展到先秦的瓦当纹样，其意常在对人们意想中的"祖宗"（即图腾）的膜拜祷祈，以求其佑助。

历史发展到秦汉，中国古代建筑的装饰文化又展现了新的风貌，它是对先秦建筑装饰文化的积极扬弃。

其一，先秦所谓"卑宫室，尚俭朴"的传统建筑文化观念有所动摇，始皇统一中国，开建筑文化之一代雄风，兴起了以建造宫殿、陵寝为主的建筑热潮。为夸饰王权，建筑尺度往往十分巨大。"秦每破诸侯，写仿其宫室，作之咸阳北阪上，殿屋复道，周阁相属"①，以示六国一统于秦。"乃营作朝宫渭南上林苑中。先作前殿阿房，东西五百步，南北五十丈，上可以坐万人，下可以建五丈旗。周驰为阁道，自殿直抵南山，表南山之巅以为阙，为复道自阿房渡渭属之咸阳。"②咸阳范围究有多大？从公元前206年，项羽引兵西屠咸阳，烧秦宫室、火三月不灭。③这一点可以想见。汉承秦制，所立建筑之雄风未减。比如萧何治未央宫，以"天子以四海为家，非令壮丽无以重威，且无另后世有以加也。"④为建筑指导思想，其宫殿规模不仅空前，而且企望绝后。

这种建筑文化意识，极大地刺激建筑装饰文化的蓬勃高扬。这里，且不用说秦代始皇陵寝豪侈过度——"穿治郦山，及并天下，徒送诣七十余万人。穿三泉，下铜而致椁。宫观、百官，奇器珍怪，徒藏满之。"⑤"今采金石，治铜锢其内，漆涂其外。被以珠玉，饰以翡翠。"⑥而汉之未央宫的装饰之美，也一点不逊色。"以木兰为棼橑，文杏为梁柱；金铺玉户，华榱壁珰；雕楹玉碣，重轩镂鉴；青琐丹墀，左碱右平，黄金为壁带，间以和氏珍玉。"⑦又"重轩三阶，闺

---

① 司马迁著、裴骃集解、司马贞补：《史记》卷六，武英殿本，第186页。
② 同上书，第193—194页。
③ 同上书，第232页。
④ 荀悦：《帝纪》卷三，四库全书本，第17页。
⑤ 司马迁著、裴骃集解、司马贞补：《史记》卷六，武英殿本，第198页。
⑥ 荀悦：《汉纪》卷七，四库全书本，第12页。
⑦ 张宗祥校录：《校正三辅黄图》，古典文学出版社，1958，第14页。

房周通，门闼洞开，列钟虡于中庭，立金人于端闱。"①又，未央宫后宫之一的椒房殿，"以椒和泥涂壁，取其温而芬芳也。"② "中庭彤朱而殿上髹漆。切皆铜沓，冒黄金涂。白云阶，壁带往往，为黄金釭，函蓝田璧，明珠翠羽饰之。"③殚极土木，如此华饰，说明古代强有力的帝王思想对建筑装饰文化的初步浸润，大富大贵，权倾天下，成了这种装饰的基本主题。

其二，与以上所说相联系的，便是屋顶、斗栱与立柱建筑装饰意义的出现。中国大屋顶式样基本有四阿（庑殿）、九脊（歇山）、悬山、硬山与攒尖等多种，汉代均已备成，并且赋予了不同等级的政治伦理意义，四阿式为最显贵，攒尖式为最次。同时，不少屋顶出现了脊饰，比如，武梁祠石刻屋顶屋脊上的鸟形装饰，四川成都画像砖阙屋脊上的凤凰造型等，可以看作先秦瓦当鸟图腾文化的一发展。

东汉末年，斗栱已臻成熟。它在建筑力学上首先是承重构件，有分力之效，又在审美上具有装饰意义。人们现在可从崖墓、石刻、石室、石阙以及明器上见到汉代斗栱的倩影。四川渠县石阙的一斗二升斗栱、山东平邑石阙的一斗三升斗栱、河北望都明器的重叠出挑斗栱以及四川渠县无名石阙的曲栱等等，都兼有装饰性的文化意义。其意义与瓦当艺术有相通之处。斗栱，是艺术化了的技术，技术化了的艺术。发展到后代，成为一种错综复杂的"错综"之美，并被赋予了各自不同的伦理意义，什么品级的建筑，配用什么样的斗栱，都有明确规定。这种建筑文化现象，是中国古代物理服从伦理的又一明证。

同时，立柱本为支撑，功能比较单一，至汉代，各种经过美饰的立柱竞放异彩。山东安丘汉墓的圆柱，四川彭山崖墓的方柱、四川柿子湾汉墓的束竹柱以及山东沂南石墓的八角柱等等，往往通体修饰④，应单从实际用途而言，无此必要，可见，修饰为的是竞美。

其三，瓦当艺术装饰较之先秦更见发展。除继续以饕餮、龙凤之类为装饰母题外，以文字为纹饰的瓦当艺术崛起。前者发展到汉代，形象之狞厉性已渐

① 范晔著、李贤注：《后汉书》卷七十上，第1082页。
② 张宗祥校录：《校正三辅黄图》，古典文学出版社，1958，第21页。
③ 班固：《汉书》卷九十七下《外戚传》，武英殿本，第2436页。
④ 刘敦桢主编：《中国古代建筑史》，中国建筑工业出版社，1980，第73页。

减弱，而生出一种浑朴的美来。但是，虽然崇拜之意味渐渐淡化，却并未也不可能彻底消失泯灭，因为这种文化之"根"深扎在远古图腾的沃土之中，它是崇拜心理基础上发展起来的审美之华，也是远古图腾文化的一种历史遗韵。后者的字纹，常以文字标明瓦当所附丽的建筑物名称为基本特征。比如，秦羽阳宫的字纹瓦当遗存，有"羽阳千岁"、"羽阳万岁"字样；又如，汉武帝养病时所居宫室之瓦当遗物，上有"鼎胡宫延寿"等字纹。这些瓦当文字，往往带有祈告、祝福的文化意义，其文字书写风格浑朴有力，颇具汉风。

其四，梁思成先生说："建筑雕饰可分为三大类，雕刻、绘画及镶嵌。四川石阙斗栱间之人兽，阙身之四神，枋角之角神，及墓门上各种鱼兽人物之浮雕，属于第一类。绘画装饰，史籍所载甚多，石室内壁之'画像'，殆即以雕刻代表绘画者，其图案与色彩，刚于出土漆器上可略得其印象。至于第三类则如古籍所谓'饰以黄金钉，团蓝田璧，明珠翠羽'之类，以金玉珍异为饰者也。"[①]这里所说的绘画，值得注意。中国古代建筑壁画始于殷商，以后西周与春秋战国的重要建筑上多绘壁画，当然，这些都是根据文字记载，比如，《礼记》："棁画侏儒。"《周官》："以猷鬼神祇。"《礼记》："楹：天子丹，诸侯黝，大夫苍，士黈"等，其实物尚有待考古发现。而在陕西咸阳市东窑店秦都三号宫殿遗址发掘中，发现了未被当年楚霸王项羽烧毁的秦代壁画遗存，其形象造型近大远小、线条自由灵活，生动传神，富于动感。这与汉代那种具有飞动之美风格的建筑壁画在文化意识上有相通之处。比如，由汉景帝子鲁恭王所建的灵光殿，故址在山东曲阜县东，汉王延寿写《鲁灵光殿赋》称，"初，恭王始都下国，好治宫室，遂因鲁僖基兆而建焉。遭汉中微，盗贼奔突，自西京未央建章之殿，皆见隳坏，而灵光岿然独存。"[②]灵光殿的内部装饰，"不但有碧绿的莲蓬和水草等装饰，尤其有许多飞动的动物形象：有飞腾的龙，有愤怒的奔兽，有红颜色的鸟雀，有张着翅膀的凤凰，有转来转去的蛇，有伸着颈子的白鹿，有伏在那里的小兔子，有抓着橡在互相追逐的猿猴，还有一个黑颜色的熊，背着一个东西，蹲在那里，吐着舌头。不但有动物，还有人：一群胡人，带着愁苦的样子，

---

① 梁思成：《梁思成文集》（三），中国建筑工业出版社，1985，第39页。

② 王延寿：《鲁灵光殿赋》，萧统编、李善注：《文选》卷十一，上海涵芬楼藏宋刊本，第9页。

眼神憔悴，面对面跪在屋架的某一个危险的地方。上面则有神仙、玉女、'忽瞟眇以响象，若鬼神之仿佛'。"①可谓："图画天地，品类群生，杂物奇怪，山神海灵，写载其状，托之丹青，千变万化，事各胶形，随色象类，曲得其情。"②这里所描绘的，是一个飞动的动物世界，其动态之美趣，反映秦汉之际社会生活的飞跃发展，也是社会文化情绪节奏加快的表现。

总之，秦汉之际的中国古代建筑装饰文化，带有博大、疏朗、明丽的特色。这种文化特色，用汉代建筑装饰的一种所谓"囧"形图案可作比喻，这种"囧"形图案，由圆囧和方囧两种基本图形组成，它是太阳光的象征，所谓"见日之光，天下大明"也。是的，秦汉之际的建筑装饰文化，可以说是整个中国古代建筑文化的"明朗的早晨"。

到了魏晋南北朝，佛教的传入，与中国本土传统文化相荡激，给中国古代建筑装饰注入了新鲜血液。莲华、飞天、火焰等佛教名物以及卷草、狮子、金翅鸟等纹样，打开了东方中土建筑关于装饰文化的"眼界"，题材扩大了、"语汇"丰富了，异样的装饰"音调"、特殊的文化心理内容，在惊讶的东方面前激起了心灵的波澜。虽然佛教文化与中国传统文化曾经发生过剧烈纷争，在这种历史与民族文化的争斗中，两者相互得到了改造与滋养。

比如莲华，早在周代不少青铜器与陶器上，就常有关于莲华形象的装饰性图案，说明那时人们已在对莲华加以审美。佛教的入传，作为佛的象征，使莲华成了魏晋南北朝最常见的佛教建筑的装饰题材，在柱础、柱身、柱头每以莲瓣作装饰，石窟的顶部，屡以莲华藻井为观美，佛塔的须弥座，亦时以仰莲之形为造型，至于在以佛陀本生、佛教史迹、描绘西方净界为题材的石窟壁画中，莲华形象就更为夺目，所有这一切，说明莲华装饰的文化意义既在于崇拜，又在于审美，既是人心对佛国热烈焦灼的精神皈依，又是灵魂对世俗冷静喜悦的留恋难舍，是崇拜与审美既酸涩又甜蜜的"二重奏"。

中国古代佛教建筑装饰中，关于飞天的形象不乏鲜见。飞天者，佛教所谓散花天女也。其飞行虚空，以天花散诸菩萨，悉皆坠落，此所谓"天花乱坠"。

---

① 宗白华：《美学散步》，上海人民出版社，1981，第53—54页。

② 王延寿：《鲁灵光殿赋》，萧统编、李善注：《文选》卷十一，上海涵芬楼藏宋刊本，第26页。

然而，当天花散在佛大弟子身上时，却着身而不再坠落，此所谓凡思未尽、沾花有意也。因此，佛教之飞天是静修、虚妄、出尽尘俗的象征，但魏晋以降建筑装饰的飞天形象，却被描绘得线条十分流畅，形象优美姣好甚或富于肉感，一副凡胎之相。实在可以说，经过中国传统文化观念改造过的飞天形象，也是孽根未除、着花不坠的一个有趣角色，它反映了主要由重现实、重理性的儒家思想所熏陶的中华民族对佛的膜拜，不免总是有点"三心二意"的。

魏晋南北朝建筑装饰中火焰纹的出现也因佛教入传而起。在云冈或龙门石窟建筑中，一些壁画或佛座背后均绘以火焰纹。其文化意义在于象征佛的禅定入灭。火焰者，光明之源。佛教有所谓火一切处，火天、火光定、火光三昧、火宅、火坑、火焚地狱以及火聚佛顶等说法，认为佛菩萨行道时，皆以如是之慧火，焚烧一切之心垢，而燃正法之光明。难怪佛陀及佛徒每以焚化遗体而成舍利（即骨烬）、如此钟情于火了。然而，作为建筑装饰形象的火焰纹，却并非佛教教义的简单演绎，在众多不信佛教的人们面前，其佛性意味常常被忽略了，而可能激起人们对世俗生活中"火"的联想，因其热烈、光明的生动形象而每每给人以美感。

除此以外，随着佛教文化东来，希腊、波斯等装饰文化也有进入中土的。梁思成先生说：

> 佛教传入中国，在建筑上最显著而久远之影响，不在建筑本身之基本结构，而在雕饰。[1]
>
> 云冈石刻中装饰花纹种类奇多，什九为外国传入之母题，其中希腊、波斯纹样，经犍陀罗输入者尤多，尤以回折之卷草、根本为西方花样。不见于中国周汉各纹饰中。中国后世最通用之卷草，西番草、西番莲等等，均导源于希腊Acanthus叶者也。[2]

所言极是。以南北朝时云冈第六石窟壁画之卷草纹、南京梁萧景墓碑与西善桥

---

① 梁思成：《梁思成文集》（三），中国建筑工业出版社，1985，第58页。
② 同上。

南朝墓砖所刻之卷草纹为例，其线条造型的流畅、娟丽与模式化具有丰富的美感与装饰性。当然，这种装饰文化的入传中土，也有一个消化过程，始则粗犷、略具稚气，终而显得雄浑而俏丽，刚劲与柔和相兼。如早期云冈石窟之卷草纹饰线条粗壮而不够流畅，而后期河北响堂山石窟之卷草纹饰线条就显得十分秀丽、含蓄而富于艺术性了。

同时，在麦积山、龙门古阳洞以及云冈石窟的石刻艺术或壁画装饰中，亦常有狮子雄健的身影与金翅鸟翩翩的舞姿，这些波斯、希腊纹样带着异族艺术风情而邀人青眼，说明凡是真正的美与艺术，具有超越民族与时代的心理同构性。中国古代的文化意识中，由于狮子形象丰富的象征意义而对这种古兽艺术一往情深，作为建筑装饰的狮子形象名目繁多，垂脊狮、檐角狮、挂落狮、窗框狮、栏干狮、门楣狮以及牌楼狮、华表狮、望柱狮、影壁狮、桥柱狮、陵墓狮等，千姿百态，其造型浑健和谐，动感强烈，似在旷野或建筑物高处腾跃、嘶吼，富于艺术魅力，充分显现出中华民族勇于吸收外来文化之精华的审美热忱。

这一时期还输入了希腊的古典柱式，比如云冈有以两卷耳为文化特征的佛龛柱，这无疑是希腊爱奥尼柱式的东移。爱奥尼柱式作为建筑的立柱形式，因为是女性人体美的抽象象征而具有装饰意义。体型修长，以柱础、柱体不刻纵直槽纹，柱头以涡卷为鲜明特征，好似女子额发，软软地披在额头，整个立柱形象，象征女性人体的娇美柔和。当然，由于魏晋南北朝时代一般尚不具备容纳与传布这种希腊建筑文化的文化气候与土壤，这种柱式仅在中土偶一为之、昙花一现，不久便销声匿迹。直到近代鸦片战争割地赔款，在通商口岸上海等地的西洋建筑上，才又与象征男性人体美的陶立克柱式一起重放异彩。

不过话又得说回来，魏晋时代，之所以毕竟有象征人体美的希腊爱奥尼柱式在石窟中偶然出现，又是与当时的文化风尚尤其是时代审美意识不无一点关系的。此时经学一度衰微、玄学大盛；同时战乱迭起、民不聊生，封建士大夫的内心苦闷与日俱增，这促成了变积极入世的人生态度为消极遁世，哲学上崇尚以"无"为本的玄学；行为上蔑视权贵、笑傲王侯、寄情山水、放浪形骸，这促成了对自然美的追求，表现在艺术创作中便是向往自然美的山水诗文的兴起与园林的建造，同时，还有对人体这种特殊自然美隐隐的发现，此所谓人物品藻、魏晋风度也。这一点，《世说新语》一书记载甚多："时人目王右军，飘如游云，矫若惊龙"。"海西时，诸公每朝，朝堂犹暗。唯会稽王来，轩轩如朝霞举。""时人目夏侯太初，朗朗如日月之入怀。""嵇康身长七尺八寸，风姿特秀。见者叹曰："萧萧肃肃，爽朗清举。"或云："肃肃如松下风，高而徐引。"山公曰："嵇叔夜之为人也，岩岩若孤松之独立。"[①]这里所记，指人物的仪表、服饰、气质、风度等等，自然也包括人体美在内。因此，正由于这种时代文化情绪，才使得当时希腊爱奥尼柱式在中土建筑文化中占有一席之地。

隋唐五代尤其唐代的建筑装饰，以其成熟的文化特征与此时的整个建筑文化发展取同一态势。唐代的建筑文化风格雄浑而不呆板、丰富而不繁琐，兼收并蓄，蔚为大观。尤其盛唐艺术，基调高亢、情绪乐观、气魄雄伟、风度潇洒。李白的啸吟浩歌，张旭的笔走龙蛇以及杜诗韩文颜体吴画，一般地代表了盛唐特色。苏轼认为："故诗至于杜子美，文至于韩退之，书至于颜鲁公，画至于吴道子，而古今之变天下之能事矣。"[②]此说虽不免有点绝对，却也指明了唐代艺术处于顶峰的成熟特征。

建筑装饰亦然。比如，唐代建筑斗栱形制多样，据梁思成先生说，有所谓一斗、把头绞项作（一斗三升）、双杪单栱、人字形及心柱补间铺作、双杪双下昂及四杪偷心等多种型式。佛光寺大殿的斗栱结构合理、技术高超，颇富美感，说明技术上的长进带来艺术上的丰采。并且，诸多宫殿、府邸、民居、陵寝建筑上的不同斗栱样式，被赋予了不同的伦理象征意义，这是封建等级文化观念的写照。

随着佛教的隆盛空前，作为佛花的莲华装饰向四处"漫溢"，诸多佛教建筑，比如唐代敦煌石窟的藻井、西安大雁塔的门楣柱础以及五台山佛光寺大殿的柱础等，均为莲华造型。而且在一些非佛教建筑上也时见莲华纹饰，甚至在一些宫殿遗址上，也发现有莲华形柱础，此之所谓莲华象征佛性、佛性融渗于世俗情绪。实际上如果佛性即人性，便无所谓佛性了。这一点恰好说明，正如禅宗，唐代佛教走向世俗，既为中国佛教之巅，亦是其衰微的开始。

壁画在唐代建筑装饰中尤为灿烂。吴道子、张孝师、卢棱迦、尹琳等都是

---

① 刘义庆:《世说新语·容止》，刘孝标注，《诸子集成》第八册，上海书店，1986。

② 苏轼:《东坡题跋》卷之五，明津逮秘画本，第227页。

画壁高手。比如关于吴道子，张彦远《历代名画记》所记甚多，常为地狱变。如洛阳荐福寺，"净土院门外两边，吴画神鬼。南边神头上龙为妙。西廊菩提院，吴画维摩诘本行变。""西南院佛殿内东壁及廊下行僧，并吴画"、"东廊从南第三院小殿柱间吴画禅"。慈恩寺"南北两间及两门，吴画，并自题"。龙兴观"大门内吴画神"、"殿内东壁，吴画明真经变"。资圣寺"南北面吴画高僧"。兴唐寺，"三门楼下，吴画神"、"殿轩廊东面南壁，吴画"、"院内次北廊向东，塔院内西壁，吴画金刚变"、"次南廊，吴画金刚经变及郗后等"、"小殿内，吴画神，菩萨、帝释，西壁西方变，亦吴画"。菩提寺，"佛殿内东西壁，吴画神鬼"、"壁内东、西、北壁，并吴画"，景公寺，"东廊南间东门南壁画行僧，转目视人，中门之东，吴画地狱"、"西门内西壁，吴画帝释并题，次南廊吴画"。[1]还有安国寺，咸宜观，千福寺，温国寺等等，仅出自吴道子之手的壁画已几乎不胜枚举，而且张彦远这里所记的，仅是会昌五年灭佛毁折后的遗存，由此可见唐代壁画之盛况。而敦煌石窟之唐代壁画，其数量当更为可观。

同时，建筑装饰纹样不同于唐以前者，是多种纹饰在同一图案的融合。比如，西安杨执一墓墓门额枇的卷草凤纹，是外来之卷草与中土传统之凤纹的和谐统一，杨执一夫人墓的狮鹿卷草纹，也是中西合璧，天衣无缝，其美可羡；而慧坚禅师碑侧的海石榴凤纹饰，线条之流畅活泼、布局之疏密有致、造型之娟丽精湛，可谓杰作。这里所表现出来的中外文化的交融，显示出中国古代最强盛的唐代那种"吞吐日月"般的文化气概。至于作为纹饰的飞天形象，具有体态丰腴、性格开朗明丽，面容姣好的世俗相，犹如吴道子笔下的地狱变相，虽然狞怖之相未除，却也一般地显出人气，线条粗犷、飘逸流畅。

到了宋代，唐风为之一变。建筑装饰正如整个时代的文化思想与艺术风格渐渐趋向于"女性"化、精致化一样，阴柔之美代替了阳刚之美。比如在建筑彩绘作品中，柔和的曲线、细细的笔触、小小的花纹、轻轻的点染，似乎一切都应当"小心翼翼"的样子，关于这一点，只要去欣赏一下《营造法式》中留给后人的彩画纹样即可明了。宋代绘画趋向风格细腻、糯化、工笔化，尤其院

---

[1]　张彦远：《历代名画记·记两京外州寺观画壁》卷之三，明汲古阁刻本，第14页。

体，讲究所谓"孔雀升高必举左"之类的细节的真实，这一点反映到建筑装饰上，便是花鸟题材的大量采用，文笔秀逸，悦人倦眼，慢绘慎写，精雕细刻。建筑的多种构件与饰件尽量避免生硬的直线与简单的弧线，普遍使用卷杀之法。瓦饰之"吻"以凤喙形为多见，即使以兽头为瓦饰，由于"笔触"的追求细腻，也少了几分张牙舞爪的"野性"。又比如陵墓前之石狮，其腾跃、嘶吼之态少了，显得颇为安静与"文雅"。

这并不等于说，宋代的建筑装饰没有飞速的进步，实际上，由于宋代《营造法式》一书的颁行，这种建筑科学理论与建筑伦理的影响，使建筑装饰与结构在一定程度上达到了统一。

《营造法式》对石作、砖作、小木作、彩画作等加以详细的条文与图样规定，使这一历史时代的建筑装饰的艺术加工比唐代更加注意周到，比如对梁、柱、斗栱、门、窗以及室内家具、建筑装修的加工，在认真考虑其结构的科学合理性之时，也注意力求使它更艺术化。

总之，由于宋代国力较为衰弱，内忧外扰，朝野不得安宁，内心的焦躁不安需要平衡，于是，建筑装饰的艺术形象趋于静态，与汉唐盛世尚雄放的风格不同，建筑装饰趋于小型化、纤细化，但不乏明丽、灿烂的特点，并且，由于《营造法式》的规范，作为其消极影响，便是使建筑装饰渐渐走向模式化，活脱脱的生命之气减弱了，出现了一点匠气。宋代的建筑装饰风格，一定程度上反映了中华民族此时心理情绪上的"收缩"与"内向"。

元、明、清尤其清代处于整个中国封建社会的后期、末期，建筑装饰的发展历史也于此作一终结。元蒙入主中原、欧亚横跨，一时多少英伟。于是大兴营事，装饰之美，实难尽述。比如元大都，鳞次栉比，巍巍一城，可谓奇观。其"壮丽富瞻，世人布置之良，诚无逾于此者。顶上之瓦，皆红黄绿蓝及其他诸色，上涂以釉，光泽灿烂，犹如水晶，致使远处亦见此宫光辉，应知其顶坚固可以久存不坏。"①

明初营事颇尚简朴。朱元璋兵起民间，定天下而首都金陵，建六宫"皆朴

---

① ［意］马可·波罗著、A.J.H.Charignon注、冯承钧译：《马可·波罗行纪》，上海书店出版社，1999，第310页。

素不为雕饰"[①]，"时有言瑞州文石可甃地者，太祖曰：'敦崇俭朴，犹恐习于奢华，尔乃导予奢丽乎?'"[②]当然，这种简朴是相对而言的。至明成祖迁都北平，大事营造，建宫室无数，并重雕饰，为笔墨所无法形容。直至清代，其势未减。

总的说来，这一历史时期的建筑装饰渐趋"老化"。官式建筑斗栱的比例缩小，出檐深度减弱，立柱愈发细长，梁、枋显得沉重，屋顶柔和的曲线轮廓也渐渐消失了，整个建筑形象在稳重、严谨之中显得拘谨与沉闷。这种建筑的标准化与定型化严重地影响了建筑装饰的美学性格，无论须弥座、门窗、栏杆、屋瓦上的装饰花纹都在走向繁琐、拘谨甚至僵直，失去了活泼清丽的风韵。比如瓦饰之制，宋代称为鸱尾者，即清之鸱吻，以其外形略如鸱尾而得名，又名蚩尾。古人认为蚩尾乃水精，能避火灾，故以为建筑之装饰。这种"驱火"的装饰构件造型，原有生动之尾形，至清代却变为方形上卷起圆形之硬拙形态，虽然这是几何要领与观念对建筑装饰的渗透，反映出对理性之美的追求。不过，由于其形笨拙，妨碍了人们对自然天趣的丰富联想与人情味之宣泄而缺少美感。

因此，正如梁思成先生所说："明清雕刻装饰，除用于屋顶瓦饰者外，多用于阶基，须弥座，勾栏，石牌坊，华表，碑碣，石狮，亦为施用雕刻之处。太和殿石陛及勾栏、踏道、御路，皆雕作龙凤狮子云水等纹。殿阶基须弥座上下作莲瓣，束腰则饰以飘带纹。雕刻之功，虽极精美，然均极端程式化，艺术造诣，不足与唐、宋雕刻相提并论也。"[③]其实，这一历史时期的其他型类的建筑装饰，似亦应作如是观。

第二节　"错采"与"白贲"

建筑装饰，具有两重性。就其装饰本身而言，有形式与内容的关系问题，线条、块面、色彩、结构、形体等形式因素总是为一定的内容所决定的，并且

---

① 朱国桢：《皇明史概》卷一，江苏广陵古籍刻印社，1992。

② 万斯同：《明史》卷六十八，清钞本，第829页。

③ 梁思成：《梁思成文集》（三），中国建筑工业出版社，1985，第266页。

反映一定的社会生活内容，就建筑装饰与建筑物的关系而言，又有形式与内容的关系问题，壁画、彩绘、楹联、雕刻品等等附丽于建筑或安排在建筑环境中，它们具有装饰建筑的意义。如果说，建筑物本身是整个建筑文化的内容的话，那么，建筑装饰就是这种文化的形式因素，正如中国古代，这种建筑文化的形式与内容的关系，可以看成是文与质的关系一样。

本文论述的主要是第二种情况。

这就涉及到"文"与中国古代建筑装饰的一般文化特性。关于"文"的观念与概念，《周易》下过一个定义，简单而颇具美学深意，即所谓："物相杂，故曰文。"[①]世间万物，性相各个不同，是一种"杂"的存在，丰富复杂，不可穷尽，这便是客观万事万物的"文"。"物一无文"[②]，因"杂"而成"文"之谓。"文"是普遍存在的。不用说，自然本在的江河、大地、日月、星辰等一切自然现象，具"文"之特性；人工造就的一切物质文明与精神文明现象，亦具有"文"的特性。"浓云震雷、奇木怪石，皆文是也。"[③] "布帛菽粟，文也；珠玉锦绣，亦文也。"[④]前者是自然之"文"称"天文"，后者为人工之"文"，称"人文"。

凡"文"，其性在"相杂"，然而其"杂"，并非杂乱无章，而是有条不紊的。在《周易》看来，无论自然界、抑或人类社会之"文"，莫不如此，这便是"文"与"文"之间在"对立"、"对待"关系中的和谐统一；并且，在"天文"与"人文"之间，也是和谐统一的，此之所谓"天人合一"。《周易》卦象就显示了这一美学特质，试看其六十四卦，据说涵盖"天文"、"人文"之一切差异流变，虽至杂无比、其动无限，却显得整齐划一、井井有序，正所谓"参伍以变，错综其数，通其变，遂成天地之文"[⑤]、"言天下之至赜而不可恶也，言天下之至动而不可乱也"[⑥]。《周易》卦象作为一种"人文"现象，其本身的形式

① 郑玄：《周易郑注》序，湖海楼丛书本，第1页。

② 《国语》卷十六，韦昭解，黄丕烈劄记，士礼居黄氏重刊本，第5页。

③ 袁枚：《小仓山房诗文集》卷十九，清乾隆五十八年刻本，第15页。

④ 同上。

⑤ 郑玄：《周易郑注》卷七，湖海楼丛书本，第7页。

⑥ 同上书，第4页。

与内容之间是和谐统一的，同时，它又反映出"天文"的形式与内容之间的和谐统一。

这就涉及到文与质的相互关系问题了。儒家认为，文质关系也应和谐一致。"子曰：'质胜文则野，文胜质则史。'文质彬彬，然后君子。"[1]这是说，"君子"的内在道德品藻（质）与外在风度、举止、文饰（文）应当统一，所谓表里与内外一致。倘外表缺乏一定的文饰，这是"质胜文"，人就显得粗野无礼，倘外表过于华饰，这是"文胜质"，人就显得浮华无度，都不是"君子"之风。儒学讲究"绳墨规矩"，"绳墨诚陈矣，则不可欺以曲直；衡诚县矣，则不可欺以轻重，规矩诚设矣，则不可欺以方圆，君子审于礼，则不可欺以诈伪。故绳者直之至，衡者平之至，规矩者方圆之至，礼者人道之极也。"[2]儒家之"礼"在儒家看来，也是人内在的生命需求与外在的伦理强制的统一。这种强制性的礼，在我们看来是强制，在儒家看来，恰恰是人内在生命的自觉要求，为生活之须臾不能离开。

汉代扬雄《法言》，站在儒家立场，将人外部的"威仪文辞"释为"文"；将人内在的"德行忠信"称为"质"，反对有"质"无"文"或有"文"无"质"，并且在《太玄经》中，将充满伦理说教的"文"、"质"相副说，提高到宇宙论的哲学高度，认为宇宙本根在于所谓的"太玄"，"太玄"生阴阳，"阴敛其质，阳散其文，文质彬彬，万物粲然"[3]这就将"文"、"质"统一，就成是阴阳本有的调和了。

以上所述，对这里所探讨的中国古代建筑装饰的美学性格有何联系与启发呢？

中国古代建筑装饰以"文"、"质"和谐为最高审美理想。大凡古代建筑，要不要装饰，以及装饰些什么、装饰到何等程度，其所掌握的文化尺度，往往在于礼制。就是说，建筑装饰的文化主题、规格、品位等等，常常因伦理规范过多，受到过于严厉的制约。比如，关于龙的装饰图案，一定也只能出现在皇

---

① 何晏注：《论语》卷三，古逸丛书日本景正平本，第40页。
② 杨倞疏、卢文弨校：《荀子》卷十三，嘉善谢氏本，第5页。
③ 扬雄著、司马光注：《太玄经》卷四，第54页。

家的都城、宫殿、坛庙、陵寝等建筑上，或者出现在与歌颂王权思想有关的建筑上。明清北京故宫太和殿的盘龙金柱，显示皇家气象；九龙壁的龙象腾跃飞舞，壮伟无比；山东曲阜孔庙大成殿正面十柱雕盘龙，生动传神，殿内为楠木天花错金装龙柱，中央藻井亦以蟠龙含珠纹饰，充分显现出这座古代建筑的特殊的文化属性。又如明清建筑的用色，以黄色为最显贵，其下以赤、绿、青、蓝、黑、灰为次。宫殿的专色是黄、赤，难怪故宫的色彩如此一律，而黑、灰、白是民居的专用色，这与前者的文化对比实在太强烈触目了。至于彩画装饰的题材，自是以龙凤为至尊，锦缎几何纹样次之。为了保持宫殿建筑室内的严厉、肃穆的文化氛围，花卉陈设常被排除在外。彩绘材料中用金的多少，也显示出森严的等级观念，如清代的等级次序为：和玺、金琢墨石碳玉、烟琢墨石碳玉、金线大点金、墨线大点金、墨线小点金、鸦伍墨等。[①]

何以至此？意在"文"、"质"相符。从某种意义上说，建筑装饰是建筑物的"文"；一定建筑物的物质性功能与精神性功能，尤其一定建筑物的主人的身份地位，是一定建筑装饰的"质"，"文"是由"质"所决定的；"质"靠"文"来表现。"文"、"质"相配，灿然有"美"。倘若相反，则如"鸿文无范，恣意往也"[②]。"女恶华丹之乱窈窕也，书恶淫辞之淈法度也。"[③]实不可取。这就难怪中国古代建筑文化史上，一般没有像西方古代巴洛克、洛可可那样的夸饰现象了。

追求"文"、"质"相符境界的中国古代建筑装饰，一般呈现出"错采"或"白贲"两种基本美学风韵。

所谓"错采"即"铺锦列绣、雕缋满眼"、"错采镂金"之美，绚烂耀目之美，文学史上的楚辞、汉赋、六朝骈文，工艺美术上的楚国的图案以及表现在皇家宫殿、坛庙、陵寝建筑上的华丽的装饰，都可发现其灼人的光辉。这种文化之美的风格情调，在儒家思想影响民族文化心灵之前，已见端倪，但不可否认，主张积极人为的儒家思想一旦严重影响建筑文化，便如火上浇油，成灿烂文章。荀子认为，"不全不粹之不足之为美"，换言之，又全又粹才为美。儒家

① 刘敦桢主编：《中国古代建筑史》，中国建筑工业出版社，1981，第64页。

② 扬雄著、司马光注：《太玄经》卷四，第55页。

③ 扬雄：《法言》卷一，景宋刻本，第1页。

相信，通过人为，一定能达到这一美的境界。性伪则美。性，即人之本质与本性，本来不美，通过"伪"的途径，性就美了。伪者，人为也，性需经过人为改造，才得入于美的境界。或者可以将这里所说的性理解为客观事物的"质"，按儒家观点，只有对一定建筑的"质"加以文饰，才能创造出符合儒家审美理想的建筑美。于是，无论宫殿、坛庙、陵寝，一般都以奢华为能事，用材最精、造价最费、尺度最大、装修最为讲究。别的暂且不说，明太祖朱元璋建孝陵，至今在南京麒麟门外阳山，遗有三块当年无法搬运的石碑坏料，碑身长60米，宽12.5米，厚44米，体积达3 300立方米，重8 900吨，碑座和碑顶分别重为4 000吨和4 800吨，为何如此尚大？石碑是陵寝建筑的装饰，重"文"重饰也。又，口说薄葬的唐太宗，却将王羲之的《兰亭序》真迹墨宝作为随葬品，又，汉之霍去病墓虽非皇族之墓，但墓前石刻现存14件，有初起马、卧马、卧虎、小卧象、卧牛、卧猪、龟、鱼、蛙、胡人、怪兽食羊、力士抱熊、马踏匈奴等多种多样，就每件石刻作品的艺术风格而言，虽非绚丽过甚，但诸多石刻作为墓前饰物，却是"错采镂金"式的；甚至，有的帝王陵寝以活生生的宫妃美女作为陪葬，这种"错采"装饰，实在太残酷了。

再就中国古塔为例，塔一般为佛教名物，以宣扬若空观念为上，但也不同程度地受到"有为"哲学的濡染。比如，明成祖为报其母硕妃的养育之恩，特起塔名南京金陵大报恩寺琉璃宝塔。其塔外壁以白瓷砖砌成，每块瓷砖中部塑一佛像。每层用砖数相等，但塔的体量自下而上逐层收小，就是说每层砖的尺寸也要缩小。每层塔檐盖瓦和拱门上装饰以大鹏、金翅鸟、龙凤、狮子、大象、童男等形象，第一层的拱门之间嵌砌了白石雕刻的四大天王像，塔刹作相轮九重，其最大圆周36尺，共重3 600斤，须弥座以莲华为纹饰，相轮之刹顶饰以2 000两重的黄金宝珠，全塔饰以风铃152个，塔之顶部与地宫里，还藏有夜明珠、避水珠、避火珠、避风珠与宝石珠各一颗，雄黄100斤，茶叶100斤，黄金4 000两，白银1 000两，永乐钱1 000串，黄缎2匹，《地藏经》1部，塔上置油灯146盏，其灯芯直径为1寸，特选派100余童男日夜添油点灯，费油64斤，号称"长明"。[①] 又，浙江义乌铁塔遍体雕饰，就连角柱亦满布卷草花纹，卷草纹

---

① 罗哲文:《中国古塔》，中国青年出版社，1985，第154—155页。

中，铸塑童稚形象，嬉耍顽皮，其纹饰可谓"铺天盖地"，精美绝伦。①又，花塔的文化特征，便是在塔之上半身满铺无数繁复的花饰，形似花束，巨大的莲华、密布的佛龛、佛像、菩萨、天王、力士、神人以及狮、象、龙、鱼等装饰，简直无以复加。②这种"错采"之"美"，其实与寂静无为的佛教教义相去甚远，在艺术上也颇多匠气，留下人为的斧凿之痕。

另一种建筑装饰之美便是《易经》所谓"白贲"，即绚烂之极归于平淡的美。

贲，其卦象为䷕，由内卦（下卦）"离"与外卦（上卦）"艮"构成，"离"即"火"，"艮"即"山"，贲卦的象征意义为"山下有火"。夜晚山下之火光映照着山上之草木，其美无以尽述。火以山为"体"，山以火为"饰"，故古人云，"贲者，饰也"。③"山下有火，文相照也。夫山之为体，层峰峻岭，峭崄参差，直置其形，已如雕饰，复加火照，弥见文章，贲之象也。"④因此，贲，象征灼人的绚烂之美，实际上指的是"错采"之美。

而白贲，是从对贲卦卦象的解释中得来的一个美学范畴，所谓："上九，白贲，无咎。"⑤依卦象，贲之"上九"已是贲卦的极点，一切文饰，发展到极端绚烂又复归于平淡素朴，因此称为"白贲"，正如当礼法达于极致，又恢复到素朴一样，因而"无咎"。整个贲卦，易学家将其阐释为礼仪的原则，认为其意在："为建立与维持秩序，刑罚是不得已的手段；因而，制订文明的礼仪，规范个人的分际，成为不可少的文饰。然而，一切人为的文饰，应当恰如其分，重内涵的实质、实际的效用而不在外表的形式。应当高尚而不流于粗俗。不可被外表的形式迷惑，不可因一时得失动摇，不可因虚荣而铺张，陷入繁琐，失去意义。应当领悟，一切文饰都是空虚的道理，惟有重实质，有内涵的朴实面目，才是文饰的极致。"⑥这是说的作为文饰的礼仪，其实一切文饰其中包括建

---

① 罗哲文：《中国古塔》，中国青年出版社，1985，第193页。

② 同上书，第40页。

③ 郑玄：《周易郑注》卷十，湖海楼丛书本，第2页。

④ 李鼎祚：《周易集解》卷五，清学津讨原本，第27页。

⑤ 郑玄：《周易郑注》卷三，湖海楼丛书本，第2页。

⑥ 孙振声：《白话易经》，中国台湾星光出版社，1984，第196页。

筑装饰的"原则"莫不如此。

中国古代建筑装饰所追求的最高审美境界，以"文"、"质"相谐为基础的在"错采"之上的"白贲"。"白贲"是一种本色之美，返朴归真的美。"孔子曰：'贲，非正色也，是以叹之'。""吾闻之，丹漆不文，白玉不雕，宝珠不饰。何也？质有余者，不受饰也。"①故"衣锦褧文，恶文太章，贲象穷白，贵乎反本"。②这种美学见解，似乎是从贲卦之卦象中分析得来的，"白贲占于贲之上爻，乃知品居极上之文，只是本色。"③其实是古人先有了这一美学见解，才拿去给贲之上爻作文字注解。

不过，"绚烂之极，归于平淡"的"白贲"之美，在中国传统文化的美学思想中，其地位确实比"错采"之美高。文学中谢灵运的山水诗，陶渊明的田园诗以及王维的禅诗，其崇高的文学地位是众所周知的。李白诗境的飘逸自然，如"芙蓉出水"是一种不见人工斧痕的"白贲"之美。水墨山水画的无穷意境在于"无色中求色"。"本非色，而色自丰；色中求色，不如无色中求色。"④这文化观念中的美学至理适于水墨山水画，对于江南古代园林而言，也是契合的。倘以古代皇家园林建筑与江南文人园林建筑比较，一般而言，一在"错采"，一在"白贲"。白墙、灰瓦、静水、碧树、翠竹、湖石，是一种平淡质朴的美。明顾大典《谐赏园记》："大抵吾园，台谢池馆，无伟丽之观、雕彩之饰、珍奇之玩，而惟木石为最古。木之大者数围，小者合抱，芄葱蒨峭，邃若林麓。石之高者袅藤萝，卑者蚀苔鲜，苍然而泽，不露迹痕。"⑤苏州网师园其初主要建筑仅围绕水景及西北侧"殿春簃"、"冷泉亭"两处建造，园中建筑风格平朴如江南民居，不尚奢华，很切合"网师"之文化主题，后人给网师园增添了不少建筑，着意文饰，故陈从周先生认为这有点违背"白贲"之本色了，不愧为高见。苏州拙政园占地面积较大，水面占三分之一，使相当部分园景清空寥廓，有悠然疏朗之感，据倪祥保《试论苏州三大名园的立意和置景》一文引《苏州

① 刘向：《说苑》卷二十，明刊本，第1页。
② 刘勰：《文心雕龙》卷七，景上海涵芬楼藏明刊本，第2页。
③ 刘熙载：《艺概》卷一，清同治刻古桐书屋六种本，第38页。
④ 陈从周：《园林谈丛》，上海文化出版社，1980，第12页。
⑤ 陈植、张公弛：《中国历代名园记选注》，安徽科学技术出版社，1983，第110页。

府志》，拙政园"凡前此数人居之者，皆承拙政园之旧，自永宁始，易置立壑，益以崇高雕镂，盖非复《园记》诗赋之云云矣。"①可见，拙政园初筑景致必不崇高，少雕镂，以象村里。"拙政"之文化主题显得颇为鲜明。本来，封建社会之文人学子始则热衷朝堂，似乎前程如锦，雕镂满眼，一旦受阻，被迫退归田园，放逐山林，于是筑园自寄情怀，这种人生道路，倒也颇似从"错采"走向"白贲"了。

封建士子，对建筑之装饰（包括内部装修），往往追求书卷气，亦即追求以雅为审美意蕴的文化氛围。清代李渔云："土木之事，最忌奢靡。匪特庶民之家，当从俭朴，即王公大人，亦当以此为尚。盖居室之制，贵精不贵丽，贵新奇大雅，不贵纤巧熳烂。"②，这位著名的戏曲家，也是建筑装饰的行家。他说："（比如）书房之壁，最宜潇洒。欲其潇洒，切忌油漆。油漆二物，俗物也。门户窗棂之必须油漆，蔽风雨也。厅柱榱楹之必须油漆，防点污也。若夫书室之内，人迹罕至，阴雨弗浸，无此二患而亦蹈此辙，是无刻不在桐腥漆气之中。"又说："石灰垩壁，磨使极光，上着也。其次则用纸糊，纸糊可使屋柱窗楹，共为一色。即壁用灰垩，柱上亦须纸糊，纸色与灰，相去不远耳。壁间书画，自不可少，然粘贴太繁，不留余地，亦是文人俗态。天下万物，以少为贵（注：这简直是西方现代主义建筑所谓"少就是多"这一建筑美学主张的先声了）。步幛非不佳，所共在偶尔一见……看到繁缛处，有不生厌倦者哉。"③由此可见其对"白贲"之美的领悟。

---

① 冯桂芬:《同治苏州府志》卷四十六，第宅园林二，第10页。

② 李渔:《闲情偶寄》卷八，清康熙刻本，第4页。

③ 李渔:《闲情偶寄》卷九，清康熙刻本，第5页。

中国建筑的文化历程

导言　中国建筑的文化性格

中国建筑文化，是东方所独具的一种"大地文化"。

一般而言，凡是建筑，无论古今中外，都是人类所创造的物质文明、制度文明和精神文明展现于广阔地平线之上的、一种巨大的空间文化形态，建筑是人类按一定的建造目的、运用一定的建筑材料、把握一定的科学技术与美学"语汇"所进行的大地营构。雄伟古老的中国万里长城、举世闻名的明清北京故宫、意境宁静深邃的江南园林建筑，正如严正重拙的埃及金字塔、典雅静穆的希腊"帕提侬"神庙、巨硕华美的罗马凯旋门以及清丽纯和的印度泰姬陵一样，无一不是一种在时间的流逝中矗立于大地的空间存在，在现实的无言沉默之中，给人以深沉的历史感，不断地向人"诉说"着这个国家、民族、时代甚至地域、个人的独特的"文化"，并且无可逃避地对建筑文化的未来产生深巨的影响。

中国建筑文化的历史长河奔腾不息。

历史悠邈、源远流长、自成体系、独创一格，以及自古偏于渐进的"文脉"历程，构成中国建筑之伟大的文化旋律。在漫长而灿烂的历史奔流之中，无论史前"晨曦"、秦汉"朝晖"，还是隋唐"丽日"、明清"晚霞"，作为中国文化之典型的物质载体，中国建筑的崇高形象，在东方广大而幽远的国土上，投下了磅礴而巨伟的历史侧影。它映射出美丽的哲学精神，具有严肃的伦理思想，以及以伦理政治为"准宗教"的对人生的"终极关怀"。它在高超的土木结构、科技成就与迷人的艺术风韵之中，铸就了高雅而有时过于冷峻的理性品格和愉悦的文思境界。

中国建筑的文化性格，笔者以为主要表现为如下四个方面，这四方面是一个有机整体。

其一，人与自然的亲和关系，天人合一的时空意识。

建筑是人工营构之物。作为人工产物的中国建筑文化，是世代中国人与大自然不断进行亲密"对话"的文化方式。它是中国文化建构于东方大地的物质体现，它所传达的是一种属于中国人所特有的精神信息，打上了制度文明的文化烙印。物质——精神——制度，是中国建筑文化性格的三个层次。而中国建筑的文化性格，是在人与自然的亲和关系之中得以培养、塑造而成的。如果不是理解得太嫌绝对，那么我们的确可以这样认为，在西方古代通常的人的文化视野中，人与自然之关系是偏于对立的。伊甸园中亚当、夏娃偷食禁果而犯下了"原罪"，这"原罪"在古代西方人的文化心灵之中，是人所永远无法偿还的人对自然所欠下的一笔"孽债"。上帝这一文化之偶像的创造，是异在的、人尚未把握的巨大而盲目的自然力量与自然规律的心灵体现。人对上帝的膜拜，实际上是人对处于不平等地位与对立之关系中的"自然"的崇拜。上帝，不过是异在于人的一种意蕴神圣而崇高的文化符号，但它不能抹平人与自然的原始裂痕，恰恰是人与自然之原在对立的一个证明。因而，西方建筑文化作为一种人工文化，可以看作人对处于对立关系的自然的强制性的介入、占有与征服，实际上，它是人从严厉的上帝那里所争取到的一种人为的空间领域。当然，由于人的天性（包括西方人的天性）本质上总是向往自然的，这意味着人相信可以通过人自身的努力、依靠上帝的帮助与关怀，达到人与上帝的和解。因而，西方建筑文化的另一面，尤其是其中建筑的技术与艺术的美，也可以看作是人把握到了自然以及人与自然的最终的和解。

由此可见，西方建筑文化观念中的逻辑原点是天人相分、天人对立，在天人关系即自然与人的关系中，加进了上帝这一个复杂而极富文化魅力的文化因素。西方建筑文化的逻辑发展，是从天人对立、经过人为努力、最终达到天人合一。这一逻辑发展，是否经受得住历史的检验，是另一个问题。仅从建筑文化观念分析，古代西方文化观念中这种人与自然的原在对立，确实极大地影响了古代西方以古希腊为代表的建筑文化性格的建构。与宣扬神性之崇高、静穆的古希腊神话、悲剧、荷马史诗相一致，古希腊的神庙建筑曾经在技术与艺术上，达到过一个无与伦比的高度，可谓鬼斧神工、似乎非人力所能为的建筑奇迹，体现了上帝与人的"和解"。但神庙建筑在"文脉"与建造观念上又是那样漠视"自然"因素，同时也体现了人与神、人与自然的对立与紧张。

相比而言，中国人一向将大自然认作自己的"母亲"与"故乡"，在文化观念中由于自古生命哲学思想根深蒂固，认为人与自然本是血肉相连、同构对应的。除个别如先秦哲学家荀子倡言"天人相分"说等之外，所谓天人合一的思想，在中国先秦古籍诸如《易经》与老庄的著述中表现得很突出。《易经》关于天地人"三才"之思与老庄的"道法自然"、"我自然"、"返朴归真"等哲理莫不如此。先秦之后，天人合一的思想一直是中国文化思想的一个主流。汉代董仲舒称，"以类合之，天人一也"①。宋代程明道则云："天人本无二，不必言合"②。中国建筑文化，令人深为感动地体现出"宇宙即是建筑，建筑即是宇宙"（详见本书第一章第三节）的恢宏、深邃的时空意识。从自然宇宙角度看，天地是一所庇护人生的其大无比的"大房子"，此即《淮南子》所言"上下四方曰宇，往古来今为宙"③；从人工建筑角度看，建筑象法自然宇宙，"天地入吾庐"。中国建筑的时空意识，是一种古已有之的、人与自然相亲和的建筑"有机"论。明代计成《园冶》，将"虽由人作，宛自天开"看作中国园林文化的最高审美理想，其实，这也道出了中国建筑文化基于天人合一哲学思想的最高审美理想与境界。英国著名学者李约瑟《中国的科学与文明》（"*Science and Civilisation in China*"）一书曾经指出："没有其他地域文化表现得如中国人那样如此热衷于'人不能离开自然'这一伟大的思想原则。作为这一东方民族群体的'人'，无论宫殿、寺庙，或是作为建筑群体的城市、村镇，或分散于乡野田园中的民居，也一律常常体现出一种关于'宇宙图景'的感觉，以及作为方位、时令、风向和星宿的象征主义。"这位著

① 董仲舒著、钟哲点校：《春秋繁露义证》，中华书局，1992，第342页。
② 程颢，程颐：《二程集》，第二册，中华书局，1981，第80页。
③ 刘安著、高诱注、庄逵吉校：《淮南子》卷十一，武进庄氏刊本，第156页。

名学者从中国的宫殿、寺庙、民居或是城市、村镇等中国建筑类型中看到一种"宇宙图景",可以说是中国建筑文化的一个知音了。当然,李约瑟说中国人"如此热衷于'人不能离开自然'这一伟大的思想原则",这看来还有点误解。实际上中国人不是"不能离开自然",而是认为人就是自然、人与自然同一,从而把建筑这种人工文化看作自然的有机延伸、又将自然看作建筑的文化母体。

其二,淡于宗教与浓于伦理。

与人和自然相亲和、天人合一的时空意识相一致的,是中国人所一向独具的所谓"淡于宗教"①,浓于伦理的文化传统,这作为一种文化力量和精神元素,参与了中国建筑的文化性格的塑造。

自古以来,中国人对宗教似乎有一种天生的"淡泊",其文化头脑中真正占支配地位的"神",起初大都是自然神,而并非人对之绝对服膺与崇拜的宗教"主神"。来自远古传说中的伏羲、女娲、神农、黄帝、盘古与西王母之类,尽管都各具一定的神性,而在文化性格上,都不同于舶来的释迦、上帝与真主等这些宗教"主神"。所谓中国土生土长的道教尊老子为教主,而老子首先是先秦道家哲学的创始者,道教在中国建筑文化史上的地位与影响,远不及作为哲学文化的老庄道学。印度佛教曾于两汉之际始传于东土,对中国建筑文化的影响可谓深巨而有力,然而这种来自异族的佛教文化,终于在唐代被中国传统儒、道文化所融会而彻底地被"中国化"了(当然中国传统儒、道文化也同样受到了入渐的印度佛学、佛教文化的严重影响),成为现实中文人士子的一种生活方式、生活情调与人格模式。中国文化的这种巨大的"消解"力量,表现在中国的土木营构上,便是作为政治、伦理文化之象征的宫殿建筑的自古辉煌与持久延续。秦之阿房宫、汉之未央宫、唐之太极宫、大明宫以及明清北京紫禁城等,都远甚于寺塔文化的恢宏灿烂。并且在空间意识、建筑观念、平面布局与立面造型等方面,后者深受前者显在或潜在的影响。甚至从一定意义上可以说,后者是前者某些传统文化因素的文化辐射与

---

① 梁漱溟:《东方学术概观》,巴蜀书社,1986,第68页。按:原文为:"社会秩序之建立,在世界各方一般地说无不从宗教迷信崇拜上开端,中国似乎亦难有例外。但中国人却是世界上唯一淡于宗教,远于宗教,可称'非宗教的民族'。"

文化余绪。比如，可以从佛教建筑的"伽蓝七堂制"中，看到中国传统宫殿建筑群平面布局的某些遗影，佛教大雄宝殿的建筑形制，则直接是从宫殿形制中脱胎而来的。

如果说以古希腊为主要文化传统的西方古代建筑史大致是由神庙与教堂所构成的光辉历程的话，那么，古代中华的巍巍宫殿及其演变形式帝王陵寝及坛庙等，则以其无可替代的主旋律，磅礴于中国建筑文化史。而且正如前述，那大批中国化了的寺塔与石窟，从技术到艺术，总体上都不能摆脱中国传统建筑"文脉"思想的浸润与"关怀"，中国建筑文化无疑具有"淡于宗教"的特色。

然而，民族文化的历史天平总是趋向于达到平衡，这种"淡于宗教"所留下的历史空白必须得到填补。由于中国文化自古就陷入既"淡于宗教"、又在精神上呼唤"谁来关怀我们"这一文化两难之境，于是在长期的历史文化的相激相荡之中，便有伦理文化的充分展开而填补因淡于宗教而留下的精神之域。淡于宗教者，必然浓于伦理。以伦理代宗教，正是整个中国文化的基本品格之一。这一点表现在中国建筑文化上，便是中国的城市、宫殿、陵墓、坛庙、民居、寺观、坊表、园林建筑以及屋顶、斗栱、门牖、台基和装饰形制等等，无一不是或者强烈，或者平和，或者显明，或者隐约地体现一定的伦理文化主题。就连在思想比较自由、审美情趣比较浓郁的园林（广义的建筑）文化中，也往往渗融着一定的伦理文化因素，这尤以皇家园林为甚。

某种意义上可以这样说，中国建筑是一部展开于东方大地的伦理学的"宏篇巨制"，是伦理的宗教化与审美化，这是因为东方伦理在一定程度上代替了宗教，充当了"准宗教"角色，成为人生"终极关怀"的缘故。儒学最重人伦教化。"儒家者流，盖出于司徒之官，助人君顺阴阳明教化者也。"[1]建筑，除了实用，也是"助人君顺阴阳明教化"的一个手段。在中国古代的城市、宫殿、陵墓之类的建筑空间、造型与环境中，几乎到处可以见到强烈的政治、伦理色彩。王国维《殷周制度论》称，比如"都邑者，政治与文化之标征也。"所言甚是。而梁思成则指出，中国建筑文化具有"不求原物长存"[2]的文化观念，认为这便是为什么中国人忽视建筑古迹的保护而热衷于建筑物天摧人毁之后重建的

---

① 班固:《汉书》卷三十，武英殿本，第15页。
② 梁思成:《梁思成文集》（三），中国建筑工业出版社，1985，第11页。

缘故。其实，这种"不求原物长存"、忽视古迹保护、热衷于重建的做法，首先是因为中国以土木为材的建筑相对难以长存、不得不重建之外，在文化观念上，则是中国人"淡于宗教"之故。中国人普遍地缺乏西方古代那种宗教神圣的文化信念，于是难以把建筑古迹、原物看得如宗教偶像那样的神圣，人们总是热衷于重建，而对相应古迹、遗址的消失似乎并不感到十分痛惜，比如武昌黄鹤楼的重建已有一二十次之多（最近又重建了一次），文化之名胜滕王阁的重建也有这种情况。而每一次这样的建筑名胜的重建活动，自然并不是对某种宗教的皈依，而是对一定的人文历史的缅想、对重建之建筑物形象所传达的伦理传统的重新认同。

其三，"亲地"倾向与"恋木"情结。

淡于宗教与浓于伦理，说明中国文化的哲学超越意识，基本上是现实、现世的，缺乏一种从现实大地向宗教天国之狂热的宗教性的向上"提拉之力"。人们相信，人生之无尽的欢愉既然在现实大地之上，就不必使建筑物高耸入云，以西方中世纪教堂那样的尖顶去与"和美"的宗教天国"对话"（当然，同时也由于土木材料的限制，所以除一些高台建筑、佛塔之类比较高峻之外，中国建筑一般显得比较平缓）。由于中国文化之"心"对宗教的疏离与对伦理的相对亲近，就难以执着地建造像西欧中世纪那样的教堂尖顶，而热衷于使建筑群体向地面四处作有序地铺开。关于这一点，只有去看一看比如北京明清紫禁城才可明了。这种建筑空间与平面布局的有序性，在于讲究建筑个体与群体组合的风水地理、在地面上作横向发展，象征严肃而宁和的人间伦理秩序。

因此，东方大地这一中国人生于斯、长于斯、老于斯的建筑"场所"，同时也是中国人所特有的"人情磁力场"，不难看出中国建筑文化的"亲地"倾向与"恋木"情结。

在物质生产与生活方式上，中华先民很早就在中华大地上发展了无与伦比的农业文明，以"耕耘为食"的大地文化与以"土木为居"的大地文化，恰成内在的文化对应。中国建筑文化的主要物质"构架"是土地和木材，这正是东方大地农业文化的有力馈赠。农业文化又是与淡于宗教、脚踏实地的恋土亲地观念相一致的，它决定了中国建筑文化的材料模式及结构"语汇"。

中国建筑以土木为材，自古皆然；以土木为材的中国建筑，随处可见。最原始的穴居与巢居，以土木为材；远古居屋夯土为基，版筑为墙，"茅茨不翦"，是土木的"两重奏"；大约7000年前，北方盛行木骨泥舍，南地建造"干阑"木屋，离不开土木二材。陕西临潼姜寨仰韶遗址、西安半坡遗存、浙江河姆渡建筑遗构以及河南二里头的"夏墟"等等，均以土木为材而无例外。又据考古发现，最早的四合院遗制是以土木为材的，那是被岐山凤雏一次令人鼓舞的发掘所证明了的。最早的宫殿，比如二里头之宫殿遗址，从现存之少许草烬、木烬、台基夯实之鹅卵石、排列整齐之柱洞等遗构，可想见其古朴的历史身影。至于尔后的中国建筑，从历史上赫赫有名的秦之阿房宫、汉之未央宫、唐之大明宫、明清之北京紫禁城到名不见经传的寻常百姓"家"，从刘禹锡笔下的"陋室"、为秋风所破的杜甫草堂到欧阳修的"醉翁亭"以及《红楼梦》大观园的亭台楼阁、厅堂庑榭，一律都是土木造就的"世界"。土木建筑是中国建筑文化的物质主体，石材或其他材料的建筑，仅偶一为之。

有的学者以为中国古代少有石材建筑，是所谓"用石方法之失败"所致，是中国古代阴阳五行学说只有金木水火土而独缺"石"的缘故，这一见解，颇值得商榷。

第一，所谓阴阳五行学说，一般认为起于周代，成于战国的邹衍。而早在周代之前，中国建筑的土木之制早已形成。如果说，中国建筑少用石、多施土木的建筑文化传统与阴阳五行说的缺"石"有关，那么，在周人之前许多个世纪的中国土木建筑文化传统之形成，又当如何理解？

第二，从另一角度分析，阴阳五行说实际上是包含了"石"的。《周易》有云，八卦中的坤（☷），为地、为土；艮（☶），为山，为石。土者，五行之一。坤象征大地，大地是包括山、石在内的。艮卦卦符只是乾卦（☰）中的一个阳爻来交于坤卦而成，艮是坤的第三个阴爻变异为阳爻，所以艮卦的母体是坤，它只是表示艮卦所象征的山石原是大地的一部分而比平原大地更富于刚性罢了。因此可以断言，中国建筑主要以土木为材而少用石材，与阴阳五行说没有必然联系。

实际上，无论以土木为材的中国建筑营构，还是阴阳五行说，都是中国农业大地文明的物质表现或哲学阐释。

以土木为材，基本上决定了中国建筑的技术、结构、空间组合与艺术形象。从土木结构看，屋架、立柱、举折、斗栱以及墙体、瓦作、台基与隔断之类，一般都是由土木这一基本材料所决定的中华杰构。倘改用石材或其他材料，一切中国建筑文化的大木作、小木作与瓦作等等均谈不上，木构土筑之屋顶翼角决不会登上中国建筑文化的历史舞台，斗栱也不会成为中国建筑技术结构、艺术表达的关键与度量制度。而且，由于以土木为材的流风所致，即使极少数的石材营构比如石窟窟檐与石阙等等，也模拟木构形制。中国建筑的群体组合，在文化观念上是血亲家族团聚与向心的生理、心理之需要与象征。而在材料学上，则是土木材料的优缺点——比如具有韧性、加工灵便、组合方便，又显得不够重实、刚度不足、负重有限、易被摧损等等，成了中国建筑群体组合登上历史舞台、并且长期不衰的历史性基础。群体组合，正是扬土木之长，避其所短的产物。正因为土木结构而墙体一般不承重，于是中国建筑物的门窗的开设比较自由，发展为精彩而独特的中国门窗文化（当然，门窗的安设同时受伦理规矩、技术因素、艺术情趣与风水观念的影响，这是另一个问题）。又由于群体组合，才有独具东方文化情调的封闭或半封闭式的中国庭院文化应运而生。庭院是中国建筑的"采光器"、通风口、家庭之公共活动场所，也是建筑群体的"呼吸器官"，它在文化心理上，是人与自然进行情感交流、交融的一种建筑文化方式。中国人一向有无"庭"不成"居"的居住习惯，此对庭院的钟爱之情自不待言。在所谓风水观念上，由土木所营构的庭院又被看作"气口"，"居"不在大，有"庭"则灵，灵不灵，就凭这一口"气"。

其四，达理而通情的技、艺之美。

中国建筑文化观念上的象法宇宙，淡于宗教、浓于伦理以及"亲地"倾向与"恋木"情结，一方面体现出中国建筑的理性品格，另一方面又洋溢着长于抒情的艺术风格。中国建筑的美，是达理而通情的美。

首先，无论建筑群体还是个体，中国建筑的平面布局，往往具有严格纵直的"中轴"意识及观念。尤其在宫殿、坛庙、陵寝与民居建筑上，井井有条、重重叠叠的空间序列，仿佛是冷峻之理性精神在大地上留下的轨迹。这种"中轴"的体现，是中国之大部分建筑的平面与立面显得对称、均齐与严格。从考古发现，河南二里头建筑遗址所留下的柱洞，为南北两边各九、东西两边各四，间距3.8米，呈东西、南北对称排列态势，可见这座早商建筑遗址，已经体现出"中轴"意识，其"中轴"从南向北，纵直穿越遗址南北两边第五柱洞之上。《周礼·考工记》所谓"国中九经九纬"的营国制度以及清代戴震《考工记宗庙示意图》，表达了强烈的建筑"中轴"意识。淡于宗教的文化心态，使中国建筑少了些来自宗教的狂热和迷乱，即使宗教建筑比如中国寺塔、道观等的立面与平面布置以及艺术彩绘、雕刻之类，其形象也往往显得冷静与平和，不如西方古代诸如某些教堂那样显得形象亢奋、"语汇"狂乱，西方古代那样的"洛可可"与"巴洛克"建筑那般似乎失去理智的形象与风格，在中国大地上从未出现过。中国建筑偏重于表达严肃的伦理观念，往往时时、处处体现出严谨的"文法"、"文风"与逻辑理性。这种强烈而清醒的世俗理性精神，在宋、明之时及清代经过理学的"训导"，有愈烈之势。以宋代《营造法式》与清代《工程做法则例》为代表的建筑理论著作，规定了严格甚而是严厉的"材·分"模数制与一系列构成体系的建筑工程"做法"，在某种建筑技术科学的觉醒之中，不啻是浸透了伦理精神的中国建筑理性思维的体现。尽管在具体的建筑设计实践中，未必每座建筑都不折不扣地按照这"钦定"的法则去做。然而，以所谓"实践理性"即伦理原则为最高的文化思维尺度，确是中国建筑文化的特色之一。

其次，中国建筑无疑是重"理"的，它一般没有如西方中世纪宗教建筑那样的神秘与迷狂。这不等于说中国建筑是唯"理"无"情"的绝对"冷调子"文化。从某种意义上说，中国建筑的文化性格，是礼（伦理规范，实用理性）与乐（首先诉诸情感的艺术与审美）的统一，是内在的令人意志整肃、发人深思的自然哲学与外在的令人精神愉悦的情感形式的和谐，是天理与人欲的同时满足。无论是建筑的群体组合还是个体存在，无论是"大势严正"的建筑平面、立面墙体、立柱型式，还是反翘之屋顶、交构之屋架、错综之斗栱，以及无数建筑装饰艺术样式等等，都在不同程度上达到"理"与"情"的"共振和鸣"。中国建筑的文化生命，是在"情"、"理"交汇之中，仅仅有的偏于"达理"，却断非"无情"，是情感积淀为理性；有的偏于"通情"，又决不是"无理"，是理性宣泄为情感罢了。试看北京天坛圜丘，其坛三层，每层用石料数是九与九的倍数，构成一个严正的数的序列（详见本书第七章），可谓"理性"得很。在这"理性"的表达之中，达到了对封建王权的歌颂，体现出崇天的文化主题，而圆形之天坛圜丘的空间造型，却正是由于这九与九之倍数的表达以及其他一些营造因素，塑造了这座别具一格的中国古代的伟大建筑空间意象的圆融与均衡，可以说，进入了一个达理而通情的建筑技术与艺术之美的境界。

总之，中国建筑的文化性格，表现为观念上的"宇宙"观，体现出一种人工宇宙（建筑）与自然宇宙相同构的"宇宙意识"，具有人与自然相亲和的特点，使中国建筑文化的哲思境界和美学意蕴显得深邃而气度不凡。同时，以伦理代宗教及其强烈的政治伦理色彩，说明中国建筑在一般地接受儒道释文化思想影响的文化历程中，其主导文化性格的形成，无疑与儒家文化具有更多的历史联系。从以土木为材这一点来看，中国建筑的"亲地"与"恋木"，说明它对东方大地真正的血肉相连的依赖，塑造了令人深为感动的东方大地文化之情、理交融的品格。在技术与艺术上，中国建筑是空间与时间、材料与结构、方形直线（中轴）与圆曲韵致、阳刚与阴柔、庄重与活泼、理性与情感之间所进行的一场严肃而美妙的文化"对话"方式。

中国建筑的文化性格，是在漫长而恢宏的文化历程中得以逐渐展现的。

本书试从文化学角度，追溯中国建筑文化的历史发展，它不是一般的中国建筑史。本书将对中国建筑文化历程中的一些"历史事件"、建筑现象、历史问题，作出理论论证与探讨，努力追寻中国建筑文化的历史发展规律和线索。

本书认为，上古是中国建筑文化稚朴的初始期。先秦殷周之世为创构期。秦汉时期，中国建筑文化渐趋成熟。魏晋南北朝时代，主要是东渐的印度佛教建筑文化为华夏所熔裁的"中国化"历史时期，初步的融会是其基本特征。隋唐是其融会的鼎盛之时，体现出气魄宏伟的大唐风范。宋元尤其是宋代，理学的兴起与有关建筑规范的颁订，伴随着理学的进一步发展，促成中国建筑由汉唐之浑朴雄健向清丽典雅之时风的转移。明清时代，继殷周、秦汉、隋唐之后，中国建筑文化迎来了最后一个高峰期。此时，中国汉族建筑文化的各个门类发展最为充分，诸多少数民族的建筑文化亦有灿烂的展现。这一时期最突出的营造成就，是北京都城的规划与建造、长城的修复与作为广义之建筑文化的中国园林——主要是北地皇家宫苑与江南文人园林的繁荣。然而在清代，不可避免的，一方面是建筑技艺的圆熟，另一方面是一些建筑形象、样式的峻肃甚至僵滞。近现代，由于鸦片战争，以上海的被迫开埠为标志，建筑文化的欧风美雨，带来了技术与艺术、观念与手法的剧烈变革。以"海派"建筑为代表的中国建筑，正在寻求、走向民族文化精神与西方现代建筑"语汇"相融合的中国建筑文化的现实发展之路。最后综论中国建筑技术的文化历程问题。

是为导言。

第一章 上古穴居与巢居

悠悠岁月。中国建筑文化曾经经历过稚朴而灿烂的"孩提"时代。

文化初起。这时代让人追溯起来，不啻是一个富于诗意而又朦胧悠远的梦境。

据考古发现，大约200万年前，中华大地的长江三峡一带，已出现古人类"巫山人"。1985年，中国科学院古脊椎动物和古人类研究所黄万波研究员等人在今重庆市巫山县庙宇镇龙骨坡遗址的发掘中，发现了一个门齿和一段下颌骨等古人类化石，同时出土120种脊椎动物化石。从1988年到1996年这八年中，美国依阿华大学、北京大学考古系、中科院地质研究所等科研专家先后运用古地磁、电子自旋共振、氨基酸测定等方法进行化石测定，认为"巫山人"距今约为200万年。1997年11月，黄万波、徐自强等考古专家再次对龙骨坡进行挖掘考察，出土了大量带有人工打击痕迹的旧石器，经中国著名人类学家贾兰坡院士等人鉴定，认为"巫山人"化石是目前为止中国境内所发现的最早的"人属化石"。它比以前所发现的云南"元谋人"在地质年代上还早30万年。当然，"巫山人"和"元谋人"的原始生存活动，是否包括最原始的营事活动在内，迄今的考古学未能提供任何一点科学信息。

已发现的在地质年代上最早的中国人的"原始住所"，大约是距今约为50万年的北京周口店自然岩洞。这岩洞既然是"自然"的，自当未经原始人类的任何修缮（当时尚无力修缮），考古学只能证明这里曾经有"人"居住过。

仅从一般逻辑推理，所谓食、色是人类生命、生存活动的两大基本内容，此即古人所云："食色，性也。"饮食维持人的生命个体；男女（色）发展人的生命群体。而"居住"问题显然也是人类与生俱来的。人之所以为人，大约免不了一开始就会与建筑有点关系。我们最古老的祖先，起初尽可以赤身露体，把"衣"的问题放到多少万年之后去求得解决，但"住"的问题显然要急迫得多。除了所谓食色，居住也是人类生命、生存、生理上的基本需求。因为，即使是最早、最强健的原始狩猎者，也不可能一生中永不停步，不可能永远奔波、追逐猎物而不需要停下来喘息、休憩一下。这休憩之处，其实就是原古建筑文化得以萌生的地方。对人而言，黑夜和睡眠是不可抗拒的。何况，人需要一个繁衍生育的环境；必须去处理自己的死亡与遗体问题；后来猎物打得多了，也需要一个存放或圈养之地。因此，出于人类基本的生命活动的需要，建筑文化的起源是不可避免的。

逻辑推理不能代替历史论证。极富挑战意味的，是考古学意义上中国建筑文化的究竟起源于何时、何地以及如何起源，应当说，迄今我们对此一无所知。我们只能期望到将来去解决这一系列的科学难题。

然而，这并不等于说目前科学家面对这科学难题总是一筹莫展、毫无进取的。实际上，迄今为止的中国建筑考古做了大量工作，获得了大批成果。

考古发现并且证明，穴居和巢居是中国上古最古老的两大居住方式。

第一节　穴居文化

古人云："古之民未知为宫室时，就陵阜而居，穴而处，下润湿伤民，故圣王作为宫室。"[1]穴居是中国北方原始初民的一种居住常式。

据考古，目前所发现的属于旧石器时代的文化遗址有多处。除前述北京周口店自然岩洞遗址之外，比如在辽宁境内，发现了属于旧石器时代早、中、晚三期的文化遗存，它们依次是营口金牛山、本溪庙后山遗址（早）、喀左鸽子洞遗址（中）、凌源县西八间房遗址（晚）。其中喀左鸽子洞位于大凌河西岸，洞穴中有洞室和过道，洞口高于大凌河河床30余米，确如墨子所云具有"陵阜

---

[1]　毕沅校注：《墨子》卷之一，吴旭民标点，上海古籍出版社，1995。

而居，穴而处"的居住文化特点。从洞穴所积灰烬几达两米之厚这一点来看，证明是原始初民长期用火的遗存。又如在湖北，发现了郧县梅铺龙骨洞穴、郧西神雾岭白龙洞穴，其年代相当于"蓝田人"。于1971年发掘的大冶石龙洞穴，其年代晚于北京猿人而早于"丁村人"，洞穴中出土了88件旧石器。再如在山西，在考古学年代上属于更新世初期的，有1961年所发掘的西侯度遗址。丁村遗址、许家窑遗址以及峙峪遗址都属于旧石器时代。黑龙江的呼玛十八站旧石器遗址，出土了石器1 070余件，是中国最北陲的一处原始文化遗存。1978年，在吉林布尔哈通河畔的明月沟洞穴，出土了所谓"安图人"的原始栖身之所。而陕西一向是上古建筑遗址发现最集中的地区之一，诸如"蓝田"遗址是人们所熟知的。河南安阳小南海洞穴遗址亦很著名，出土打制石器一共7 078件。

属于新石器时代之上古中国穴居文化遗址的发掘，更是不胜枚举。据《文物考古工作三十年（1949—1979）》一书所载（下同），北京昌平雪山村遗址的圆形灰坑，考古学家认为可能是窖穴。河北承德附近的磁山文化遗址，其年代大约与陕西老官台、河南裴李岗同期，距今约为7 300年。1973年，考古工作者在此遗址中发掘、清理灰坑470多个，其中一些大型灰坑可能是"半地穴"。在山西，经查明有新石器文化遗址300多个，其中仰韶文化遗址140多个，分为三类：即属于半坡早期类型者28个、庙底沟类型75个、以芮城西王村中层为代表的半坡晚期类型37个。黑龙江白金宝遗址位于嫩江下游左岸二级台地之上，发现有窖穴一处、半地穴式房址一处。牡丹江绥芬河流域的莺歌岭遗址，位于镜泊湖南端湖岸山坡之上，发现有穴式房址四处与一处窖穴。吉林大安汉书遗址中所出土的房址平面多为长方形半地穴式。在内蒙古的小榆林子遗址内，所发掘的圆形房基，与海拉尔西沙岗、乌尔吉木伦河、富河门沟等遗址的发现，在年代上大致同期。陕西仰韶文化除了半坡遗址，还有庙底沟遗址。该遗址位于陕县，出土的房址已有柱洞的存在，说明其建筑文化智慧已比穴居进化。而华县泉护村、华阴横阵村遗址出土的建筑居住平面为圆形与方形，为半地穴式。客省庄、米家寨者与此同类。甘肃的马家窑、半山与马厂遗址，都有穴居文化遗存出土，其中马家窑居穴的平面为方形或圆形，多为半地穴式。有袋形窖穴，为原始储物之仓库，出土有炭化的谷穗、粟粒。在活人居住的居穴（后代所谓"阳宅"）旁边，有氏族公共墓穴（后代所谓"阴宅"）遗址出土。半山遗址出土墓穴100多个，马厂遗址出土墓穴300多个，葬式多样，取仰身直肢、侧身屈肢、俯身等多种形式。甘肃属于齐家文化类型的墓穴出土有几百座，多样的葬式，已表现出"男主女从"的文化观念，距今约为4 000年，或一男为主，仰卧直肢、一女侧卧，屈肢，面向一男。或一男二女合葬于一穴，一男仰卧，居中；二女左右侧卧，屈肢，面向一男。或一男为主，居中，旁有多人为殉葬者。强烈的伦理色彩，说明是一种比较晚近的穴居文化。宁夏南部的固原、海原、隆德与西吉等地，居室遗址大量出土，其中有些是方形圆角单间，中央有一浅穴，圆形，被推定为火塘，地面有坚硬的"白灰面"，说明这居穴的主人对他们的居穴已有初步的审美要求。山东的大汶口文化遗址，1959年发掘于山东泰安南部，出土了完整的墓葬133座。又在邹县野店、曲阜西夏侯、日照东海峪、安丘景芝镇、临沂大范庄与胶县三里河等处，出土墓葬1 000多座。葬制常为竖穴小坑，很少有随葬品，这是早期大汶口遗址的墓葬通例；中期大汶口遗址中已有大型墓葬出土，有的大墓以猪头为殉葬品；属于晚期的随葬品则既精致又丰富。青海的马家窑文化在文化分类上与"仰韶"比较接近。其建筑遗址主要分布在湟水流域与黄河沿岸。值得一提的也是其墓葬文化。据考古发掘，其葬制多为竖穴木框墓。这木框墓的建造，工程颇为复杂。先掘方形土坑，深约1.5米，长宽一般在3米以上，再用木板搭成一方框，2米左右见方的样子，比坑壁低30至50厘米，然后在框外回填泥土并踩实。整个平面呈"回"字形。待放置尸体（骨架）及随葬品后，上部再用圆木、树枝和杂草覆盖，最后填土。

著名的半坡遗址是中国穴居文化遗址的一个代表。它位于陕西西安附近浐河中游一段河岸之上，绵延约20公里。据当代建筑学家杨鸿勋先生研究[①]：半坡遗址目前所发掘的集中聚落群有十三处之多，出土了形制可辨的建筑遗址46座，聚落面积一般较大，在3万至5万平方米之间，有的甚至可达10万平方米。半坡遗址的建筑平面分方形、圆形两类。方形者的建造年代可能更古老些，为半穴居式。其建造方法，先在黄土地上挖掘面积一般为20平方米（也有大到40平方米）的浅穴，穴之深度在50至80厘米之间。再以木桩密密地排列于四周，以木

---

① 杨鸿勋：《中国早期建筑的发展：一九七七年北京大学、武汉大学等考古专业讲座提纲》，载《历史建筑与理论》第一辑，江苏人民出版社，1980，第112—135页。

桩捆扎，以韧性之植物枝叶、藤蔓在桩间编结为壁体，其上覆盖屋顶，屋顶形制为侧面人字形。为了防寒保暖、挡风遮雨，又以草拌泥或草涂抹壁体、铺盖屋顶，确有"茅茨不翦"之象。圆形小屋直接建于地面之上，实际是原始穴居文化的一种发展型式。其直径约在4至6米之间，周围密柱排列，柱间以草等韧性材料编织成壁体，室内以立柱支撑屋宇，立柱在2至6根之间不等，结合立柱分布及数量，其上建造两面坡式的小屋顶。

半坡建筑遗址所出土、所考定的建筑样式，可依次分为早期、中期与晚期三类。早期：半穴居，即室内地面比室外地面低，居室的下半部在地下，上半部空间是由木质材料和植物枝叶营构起来的；中期：由半穴居向建于地面之上的居室发展，即室内地面与室外地面处于同一水平线，墙体、立柱和屋顶全部出现在地面之上；晚期：将原先一个居室大空间按功能需求进行空间分割、分室建造。

总之，从考古所发掘的属于旧石器和新石器时代的文化遗存看，中国原始穴居文化发源于中国北方当无疑问。尤其北方黄土地带、黄河中下游地域为上古文化的主要发祥地。这里的黄土层广阔而丰厚，为上古穴居的起始准备了物质条件。这里雨量较少、水位较低，且黄土质地细密、内含石灰质，既适于人工挖掘又不易塌陷。原始穴居的起源的直接灵感来自自然洞穴。原始初民从自然洞穴终于领悟到，自然洞穴的空间适于居住，它具有遮风避雨、御寒抗暑以及防卫的初步功能，穴居文化的真正起源是从发现这自然洞穴适于居住开始的，起自原始初民迫于生存需求的关于空间的意识和感觉。自然洞穴这自然空间的严重不足，激发了原始初民创造人工空间的创造力，他们开始了向土地要居住空间的艰难历程。他们以极简陋、粗糙的工具首先在黄土坡上挖掘横穴，把多余的泥土移至别处，形成洞穴空间，所做的工作，是关于泥土这建筑材料的减法而不是加法。这种原始横穴看似貌不惊人，实际是中国建筑文化史上第一个由人工创造的空间，是延续至今并且仍将延续下去的西北地区的窑洞文化的真正始祖。接着在台地、山坡上挖掘半横穴，使穴口斜向向上。半横穴的挖掘难度比横穴要大，其优点是，假如在穴口或穴内举火用炊，炊烟易于袅袅地向上发散。假如坡地不够，原始初民便转而在平地上创造居住空间，这便是竖穴的发明。竖穴以直筒形和袋形为多见，其挖掘的困难程度比横穴、半横穴要大多了，而更有利于穴内炊烟的发散。不料这种建筑形制引起了一个新问题，即倘遇下雨、下雪，雨雪可直接灌入穴内，使得穴内空间潮湿不堪。这种自然的"打击"又激发了原始初民的创造力。人们便在穴口以植物枝叶覆盖。后来技术进步了，即将植物枝叶编结成一个稍大于穴口的顶盖，用以防止雨雪之类对穴内居住空间的侵入。这种以植物为材料之因素的加入，在中国建筑文化史上具有划时代的意义。因为在此之前，原始穴居是一种纯泥土的建筑（以土为材）。顶盖的出现，则意味着中国建筑以土木为材的真正开始，它是中国建筑土木混合结构的滥觞。竖穴之顶盖又是后代地面建筑之屋顶的雏形。这原始之"屋顶"不是固定的而是活动的，可以根据居住需要随时"开启"或"关闭"。原始初民从穴口出入，炊烟从穴口发散，并且穴口还有通风、接受或拒绝日照等功能。因此实际上，这原始之"屋顶"不仅是屋顶的雏形，也兼备着门、窗和囱的初步功能，可以说，它也是后代地面建筑的门、窗和囱的文化之雏形。同时，考虑到顶盖本身的重量、为了开启和关闭的方便，原始初民又用一根高出于穴口的木棍支撑顶盖。这木棍实际又是后代之地面建筑的立柱的文化雏形。

横穴、半横穴以及竖穴在中国建筑文化史上可称为全穴居文化方式。它的进一步进化，就是多见于中国新石器时代后期的"半地穴式"即半穴居。半穴居之所以会代替全穴居，其优越之处在于由于穴底平面的提高，使居住空间的上部出现在地面之上，这无疑使整个居住空间变得比较高爽起来，并且通风比较良好，进出比较方便起来。而半穴居的再进一步进化，就是原始地面建筑的终于诞生。此时，起决定意义的，是居住空间的底部平面与屋外地面平齐，甚至是前者略高于后者，说明中国建筑真正从"穴"这一文化原型中发育成熟。此时，原先全穴居和半穴居的穴壁发育为墙体，撑持顶盖的木棍发育为房屋的立柱，原先活动的顶盖发育为固定的屋顶，并且分化为门、窗和囱。

要之，笔者以为，中国原始穴居文化的发展历程与发展线索为：自然洞穴→横穴→半横穴→竖穴→半地穴→原始地面房屋。据迄今的考古发现，这一文化转换过程，大约经历了将近50万年的时间（假设以北京周口店的自然洞穴为起始）。中华原始初民居住自然洞穴的历史，大约要延续到数万年前的旧石器时代的末期甚至是一万年之前的新石器时代的早期。历史的发展不可能是整齐划一的。实际上，当大量的中华先民已经世世代代在黄土地域挖掘横穴、半横穴之类，创造了辉煌的全穴居原始文化之时，也许还有不少原始居民依然滞留在他们所熟悉的"故居"——自然洞穴（可能已略事修缮）之中。距今约18 000年的北京"山顶洞人"仍居住于自然的"山顶洞"就是一个明证。当然，这绝不等于说，那时中华全域的原始居民都生活在"山顶洞"那样的自然洞穴中。历史总是参差不齐的，并且常常有例外。比较平实地说起来，把人工洞穴的创造，包括横穴、半横穴、竖穴与半地穴等等，归之于从旧石器时代末期到新石器时代的中华先民的原始穴居文化劳绩，看来不至于太违背历史真实。在公元前5000至公元前3000年的仰韶文化时期，据考古发现，中华先民的居室是多种多样的，如河南偃师汤泉沟遗址为深竖穴、河南洛阳孙旗屯遗址为袋形半地穴、陕西西安半坡遗址既有直壁半地穴又有原始地面建筑诸如平面为方形的"宫"之雏形遗址的出土。至于在山西芮城东庄，还出土了早期穹庐式地面房屋的遗址。原始穴居文化的进化是一个渐进的历史过程，它是漫长而丰富多采的。不过愈到后来，其进化的节奏看来便愈是急迫起来，仅从半坡发掘证明，从半地穴到原始地面之"屋"的发明，大约仅经历了三四百年光景。

第二节 巢居文化

原始巢居文化，是与原始穴居文化相对应的中华上古的居住文化之类型。自然条件、自然环境决定了原始初民对居住方式的历史选择。正如原始穴居是北方黄土地带无可替代的居住文化之选择那样，原始巢居，也是上古南地沼泽、水网地域不可避免的居住常式。孟子云："当尧之时，水逆行，泛滥于中国，蛇龙居之，民无所定；下者为巢，上者为营窟。"[①]这是说得不错的。"上者"，高地也；"下者"，水湿低洼之域耳。中国南方气候湿热，雨量充沛，水域密布，植被丰富，而地下水位偏高，所有这一切自然条件与自然环境既给原始居住问题的解决具备了难题，也提供了途径。

这便是原始巢居的发明。

原始巢居是中国建筑之穿斗式结构的主要文化（技术与艺术）渊源。所

---

① 孟子著、朱熹章句集注：《孟子》卷之三，吴县吴氏仿宋本，第74页。

谓"构木为巢",是原先"住在树上"的南方古猿进化为"新人"的一种文化创造。

从一般逻辑推理,所谓"构木为巢"首先并不是人类独一的文化行为,鸟类依其动物本能,一直在做着"构木为巢"的事情。说鸟类是"巢居"的始祖,未免辱没了人类的智慧。称原始初民"构木为巢"是受到了鸟巢的触引,大约并非无稽之谈。而原始初民不同于一般鸟类之根本的一点,是将"构木为巢"从动物本能转化为文化行为。

杨鸿勋先生指出:"巢居的原始形态,可推测为在单株大树上架巢——在分枝开阔的叉间铺设枝干茎叶,构成居住面;其上,用枝干相交构成蔽雨的棚架。它确实像个大鸟巢的样子,即古文献称做'橧巢'的原型。"①尽管这是一种"推测",在有关考古发现未能提出一个实证推翻这一"推测"之前,我们宁可认为它是合理的。

原始初民的这一创造具有中国建筑的另一支文化之发蒙的重要意义。"在单株大树上架巢",则意味着这原始巢居的营构是从建造"屋顶"开始的,说明生活于中国南地的先民把避雨、挡风、遮阳放在建造的优先地位来考虑。而自然长成的单株大树的主干,实际上非常精彩地成了这最原始巢居的"立柱",它同时又是先民上下、进出巢居的唯一通道。把原始巢居的居住空间构筑在树上,使得这空间高离于地面之上,这决定了原始巢居的根本的文化特征,即出于防湿与躲避兽害的考虑,向自然空间索要一个人为空间。

然而,这最原始巢居由于空间的过于狭小而使人在生理、心理上深感逼仄。生存的压迫,使得原始初民渐渐领悟到,选择临近的比如四棵大树构筑一个高离于地面的居住面和棚架,可以较大地扩大居住空间。而之所以选择四棵大树进行营作,那是因为为了建造的便利,也可能由于初始的方形观念的影响。进而是所谓"干阑"式房舍的创造。"干阑"式的主要特征,以木桩支撑整座房舍。居住面高离地面,有高爽、通风、祛湿之功能。两坡顶,具溜水快捷之效。纯由植物枝叶(藤蔓、茅草、树木)等构筑,墙体以树枝为编结而成的网架,

---

① 杨鸿勋:《中国早期建筑的发展 一九七七年北京大学、武汉大学等考古专业讲座提纲》,载《历史建筑与理论》第一辑,江苏人民出版社,1980,第114页。

再辅以茅草之类构成，确如《魏书》卷一〇一所言，具有"依树积木，以居其上"①的特点。"干阑"式原始巢居的进化型式，便是穿斗式结构之地面建筑的最终形成。

要之，中国巢居大约经历了如下几个文化发展阶段：单株树巢→多株（四株为多见）树巢→干阑式巢居→穿斗式结构地面房舍。

尽管可以想见，中国原始巢居分布在中国南方的一个广阔的地域，并且历史悠久；尽管根据神话传说远古"有巢氏"教人"构木为巢"的事大约也曾在上古时期的黄河流域发生过，只是这种北地非常有限的原始巢居后来终于被淘汰了。倘若要论原始巢居的考古发现，则应首推浙江余姚河姆渡建筑文化遗址。

"河姆渡"发掘于1973年，它分布于浙江宁波、绍兴平原之东部。这一地域为全新世海相沉积土。据所出土的50余种动物化石以及众多植物遗存分析，这里气候湿润、物产丰饶，自然条件十分优越，故而是上古原始初民聚居之地，是中国上古以水稻耕作为主的南方农业文化的发达地区。

"河姆渡"建筑遗制的发掘，为中国建筑文化的考古提供了木构"干阑"式的古老型式。这木构"干阑"，是属于距今约为7 000年之前的文化遗物，它以其精湛的木构技术主要是榫卯技术震惊了考古学界。首先，是这"干阑"式木构建筑形体很是巨大。据考定，一座"干阑"式长屋的长度可达25米，其进深可在7米左右，这在当时而言其庞大的空间体量，说明了建造者的技术能力。其次，其"干阑"式木构形制显得相当典型。它以桩木为基，其上架设大梁和小梁（龙骨），大小梁上再铺设木制楼板，构成基座，基座离地面大约在0.8米到1米之间，基座之上再构筑居住空间，架空在基座和桩木之上，显得既安全又高爽，确有《旧唐书》所言"人并楼居"的味道。有的房屋之前檐设有宽为1.3米左右的走廊，前部设有直根式木栏杆，所显示的建筑功能相当完备；同时，木构技术的精湛还表现在所选木材构件趋向大型化。比如，立柱之最大的直径可在0.2米左右，最大立柱的横断面约在0.15米×0.18米，有些木桩的宽度约为0.55米，而基座上所铺设的木板厚度可为0.05到0.1米，长为0.8到1米之间，所有这些数据在现在看来算不了什么，可是在7 000年前就非常了不起。人们自然

---

① 魏收：《魏书》卷一〇一，武英殿本，第13页。

会想，所有这些构件是由什么工具、怎么采伐木材、怎么加工的？须知当时还远未进入铁器时代，从出土的一批石制工具来看，当时已有斧、钺等工具的发明与使用，以石器加工木材，其艰苦程度可想而知。有意思的是，有些木构件已经带有榫卯，其技术的精细令人叹为观止。还有，这里一般桩木被打入地基达0.4到0.5米，主要承重的大桩木甚至入地约为1米。对此，人们自然要问，当时的原始初民究竟是用什么工具、依靠什么力量把桩木打入地下的？

中华民族的伟大祖先创造了建筑文化的奇迹，其木构技术，无疑在当时的世界上处于领先的地位。

如果将原始巢居文化与原始穴居文化作一简略的比较，可以发现：第一，原始巢居与原始穴居都注重一个"居"字，都是为了解决人类的居住问题而走上历史文化舞台的，都是中华先民走向农业定居生活的重要文化标志，不过一在"巢"、一在"穴"而已。第二，从建筑材料角度看，原始穴居起初纯用泥土，待由全穴居、半穴居发育到地面之原始小屋，则渐渐加入了植物（树木枝叶、藤蔓、茅草等）这一材料因素，成为土木混合结构这一建筑模式；原始巢居始以植物（树木枝叶、藤蔓、茅草等）为材，待由"干阑"式向穿斗式发展，又在植物材料之中，加入泥土（有时以粘土涂抹墙体）这一材料因素。因此，以土木为材，是中国建筑自古为之的材料"语汇"的主旋律，它决定和影响了中国建筑文化性格的诸多方面（后详）。中国自古以农立国，土地和植物是农业文化的命脉，是整个农业文化的物质基础，它在一定程度上决定了中国人的哲学、宗教、艺术和技术，也造就了中国建筑自古一贯的作为大地文化和农业文化之有机构成的文化特质。第三，从建筑空间的创造来看，任何建筑都创造空间及空间形象。空间满足人的生存、生活活动之需求，具有生理性的物质性功能；空间形象是在空间之物质性功能的基础上，满足人的审美、观赏之精神性需求。而原始穴居与原始巢居空间创造的方式是不同的。原始穴居一开始是向大地要空间。初民挖掘横穴、半横穴和竖穴，是通过营造活动，搬走一部分泥土，开拓居住空间。原始巢居则一开始是在自然空间中占有、营构一个人工空间，以达到可供居住的目的，是将一部分自然空间改造为人工空间，不是搬走（减少）一部分材料而是增加一定的材料并且将材料加以组织以营构一定的居住空间。第四，从原始穴居、原始巢居这类人工空间与自然环境的关系来分析，《易经》有云："上古穴居而野处，后世圣人易之以宫室，上栋下宇，以待风雨。"这说明，无论原始穴居抑或巢居的发明与建造，都在实现"待风雨"之类的目的。建筑文化起源于自然力量对人类的逼迫，建筑物一旦建成，使人类有了属于他自己的一个空间环境，使人在生理、心理上处于安全的境遇之中。因此，建筑在文化属性上具有"盾"的性质，它把有害于人的自然因素（在文明社会里还有社会因素）挡在了墙外与门外。但是从中国原始穴居、巢居的起源来看，则是先民为了达到自己的安全需求，包括生育、休憩以及处理自身的遗骸等需求而向有害于人的自然力量的"进击"。建筑无疑是对自然的改造，作为一种非常古老的文化形态，建筑是对自然的"拒绝"。因此，中国建筑（以及其他无论哪个民族、时代的建筑）在文化属性上又具有了"矛"的性质。既是"盾"、又是"矛"，中国建筑从一开始，就具有一种既矛又盾、非矛非盾、矛盾之对立又统一的文化属性，建筑的物质性与精神性功能体现，在"矛"与"盾"的"模糊"、"暧昧"之中。

第三节 "风水"初始

中国建筑的传统文化因子之一，是被古人看得很神秘的所谓风水之术。无论后代的所谓阳宅、阴宅，抑或其他一切门类的建筑文化，一般都浸透了风水文化的意识和观念。中国风水术是中国建筑文化的独特表现，是中国建筑学与朴素环境学的一种传统"国粹"，是迷信与朴素之环境观念的相互纠缠与综合，又是天地崇拜兼审美的一种"艺术"。李约瑟《中国的科学与文明》曾经指出，中国风水之术，"是使生者与死者之所处与宇宙气息中的地气取得和合的艺术"。风水之术在中国的后代发展得很充分，有阴阳、地理、形法、堪舆、相地、相宅、图宅、卜宅以及青乌等多种别称。比如关于阴阳，卜辞未见"阴"字（有"阳"字），金文之"阴"字见于《平阴币》、《大阴币》等，"阳"字见于《农卣》、《虢季子白盘》等。东汉许慎《说文》释阴，"水之南山之北也"。阳，"高明也，从阜，易声"。阴阳两字的繁体为陰陽，均从阜。阜者，隆起之陆地。既然"水南山北"为阴；则"水北山南"为阳。可见，阴阳是一个地理、方位概念，它原指山的向背以及山、水之间的地理位置关系。倘古人以迷信、神秘的文化观念去看待并在建筑实践中现实地处理这种关系，则成为原始风水之术。后代风水术、风水家但称阴阳术、阴阳先生都是由此而起的。"阴阳"一辞，在《易传》中已是一哲学范畴，不过其原始意义，确是关乎风水的。《诗经》曾有"既景乃冈，相其阴阳"之咏叹，这是明确地记载了先秦古人以原始晷景测日影以定方位的一种风水之术。古人称"惟王建国，辨方正位"①，是指在构筑帝王都城之前，察阴阳、看风水的意思。《汉书》写道："相其阴阳之和，尝其水泉之味，审其土地之宜，观其草木之饶，然后营邑立城，制里割宅，正阡陌之界。"②这里的所谓"阴阳"即风水之别名，是一目了然的。又如关于地理，《易传》有云："易与天地准，故能弥纶天地之道，仰以观乎天文，俯以察于地理，是故知幽明之故。"这里的所谓仰观俯察，既是天文学的原始，又是风水术的原始。再如所谓形法，《易传》称："形而下者谓之器。"③形者，器也。山川形胜、地理方位，自然万器也。《易传》又称："古者庖牺氏之王天下也，仰则观象于天，俯则观法于地，观鸟兽之文与地之宜，近取诸身，远取诸物。"④这里的所谓"观法于地"，亦就是看风水。地乃有形之物，故风水术亦称形法。在《易传》中，虽然形、法两字是分别出现的，但已经可以见出其中包容着一定的风水观念。因此，当汉代学人将中国数术加以归类时，风水术为中国六大数术之一，形法即是风水，称为形法者，大举九州之势以立城郭宫室舍形。而所谓"堪舆"，《淮南子·天文训》有"堪舆徐行"之记。《说文》称"堪，天道；舆，地道"，以为"堪舆"乃天地之道。其实"堪"字从土，指地面凸起之处，何谓"天道"？就是许慎自己，在《说文》另一处又明明释"堪，地突也"，清人段玉裁为《说文》作注，也称"地之突出者曰堪"。此为堪之解。而"舆"，原指车箱，泛指车。《周易》通行本小畜卦有"舆说（脱）辐"之说，是为证。《易传》云，"坤为地……为大舆"，是"舆"为大地的有力佐证。因而，"堪舆"者，均原指大地，它是风水术最重要、最流行的别称。

中国风水术渊远流长。后代丰富而庞杂的风水观念与思想之文化初始，可以追溯到遥远的上古。

上古时代，自然绝不可能有成熟的风水术与风水思想，然而历史已经从这里起步了。

正如前述，距今大约18 000余年的北京"山顶洞人"，世代居住于自然的"山顶洞"之中。从考古发掘分析，北京"山顶洞人"已具有一定的、朦胧的风水意识。该洞的空间分为"上室"、"下室"与"下窨"三部分。上室位于洞穴之东半部分，面积约为110平方米，地势较高而比较宽敞。考古发现，其地面之上至今残存一堆用火之灰烬，说明这里曾是活人居住的空间。下室位于洞穴之西半部分，地势偏低，这里发现了人的残骸，且见人体残骸周围散布象征生命、鲜血之红色的赤铁矿粉末残痕。下窨地势比下室更低，南北长3米，东西宽1米，是一条南北向自然形成的裂沟，这里丢弃着许多完整的动物骨架。从这三个功能分区来看，"山顶洞人"在居住问题上对活人与死人的"居住"方式的处理是有区别的。活人居住在上，地势高爽；死人"居住"在下，相对比较阴湿。活人居东，按后代的风水观念是东为首；死人"居"西，西者为卑。而对死者之残骸也并非随意处置，从残骸周围象征生命与鲜血之红色的赤铁矿粉末遗痕的发现，可以说明"山顶洞人"在处理人的葬制问题上，已经不自觉地遵循了后代中国陵墓丧葬风水文化的一条原则，即"事死如事生"，死象征生。在"山顶洞人"看来，死是不吉利的，但看来那时已萌生了"死乃生之始"这一原始文化意识。否则，他们为什么要施放赤铁矿粉末于残骸之周围呢？这里，上室与下室的区分，实际上是后代风水之术中阳宅与阴宅的文化雏形。而动物残骸弃置于比上、下室地势更低的下窨之中，已是体现出人比动物高贵的文化意识。

风水术的一个首要问题，是建筑物的选址问题，即后代风水理论之所谓"点穴"。"穴""点"得准不准，是决定风水吉凶与否的关键。

上古自无所谓风水理论，然而有关风水的萌芽意识已经体现在原始营造活动之中。从考古发掘看，仰韶建筑遗址一般都出土在地理环境比较良好的区域。一是邻近水源，以满足原始居民的生活、生产活动之用水需求；二是水源充沛之处必然植被丰富，便于渔猎和采集植物果实；三是既邻近水源又在河谷台地上，以免住舍的被淹。所以许多原始聚落都选址于高出河床的河道汇合处。比如西安半坡遗址坐落在渭河支流的阶地之上，这里水源充足、地势又较高，不怕被淹，是一块"风水宝地"。

其次，原始聚落的平面布局，一般也体现了一定的朴素的风水意识。比如母系氏族时代的初民聚落，在平面布局上往往分为居住、制陶和墓葬三个比邻区域，依次为生活、生产以及死亡安排三分区。如半坡遗址占地约为6万平方米，东西宽约200米，南北长约300米，其中居住区约为3万平方米，四周设有壕堑。堑之北设墓葬区，堑之东为制陶作业工场，估计农耕用地就在居住区四近（只是考古发掘难以证明）。这一区域划分，在文化意识上体现了半坡居民关于"阳宅"、"阴宅"的严格区分，并且把生活和生产区域分开，体现了因陶器生产对环境污染问题的关切和实际上的解决，避免泥水、烟尘、烟污这些原始生产"垃圾"对居住区的污染。值得注意的是，半坡居民将墓葬区设在整个居住区之北而不是在东或南，这在风水观念上，已是符合后代《易经》所说的"坎为北"即八卦方位中北方为坎的道理。坎者，为陷，低洼之谓，故《易经》又称"坎为水"，故坎方为瘗埋之地，可谓适得其所。

又次，在建筑物的朝向问题上，上古时代的有些建筑文化也体现出一定的风水意识。在一般情况下，由于中国处于北半球，一般房舍都取朝向为南（或东）的格局，即居所的大门朝南开，以便在风向和接受阳光时处于有利地位。这是自然原因决定了建筑的朝向。社会文化原因有时也可以影响建筑物的朝向，比如在姜寨遗址和半坡遗址中，有所谓"大房子"原始聚落的出土，其原始聚落的中央是所谓"中心广场"。陕西临潼姜寨原始聚落具有颇为强烈的向心倾向。居舍有围绕"中心广场"作环形或相向布置的态势，作为公共活动场所的"大房子"往往设在整个原始群落的中心或广场边缘，几乎所有房屋的大门都朝向"中心广场"。半坡遗址之居住区的40余座原始"住宅"环绕"广场"作环形布置，"中心"中部偏西为"大房子"，也形成一个向心态势。这种向心态势发展到后代，便是风水文化中的"立中"与"择中"之说，亦便是《周易》八卦方位中的"中宫"之说（后详）。

最后，在上古时代，朴素地处于萌芽状态的风水意识也开始渗透到建筑的内部空间的功能观念之中。仰韶文化期的初民住所，一般将其内部空间的西南一隅（即门内右侧）辟为就寝之所，这一点在半坡、姜寨遗址的发掘中都能见到。半坡晚期遗址出土之居室的西南隅，有高出室内地坪10余厘米、地面颇为坚实光滑、略似"炕"之意味的"平台"。这种原始之"炕"之所以设于居所内部空间的西南一隅，是因为在风水意识上，这一方位是后代文王八卦方位图的坤位。按《易经》，坤为地、地为藏，坤为静，故这里为就寝之所，可谓好风水。仰韶文化期的有些原始居所平面作圆形，大门南向，门内两侧设木骨泥墙，造成左右两个"隐退空间"，这便是原始"隐奥空间"的创造，实际上已经是具有一定私密意义的原始"卧室"了。相传为晋代郭璞所撰《葬经》之风水理论以"藏风"为好风水，这原始"卧室"固得"藏风"之妙。

第四节　起源观念

那么，中国古代又是怎样看待中国建筑文化之起源这一重要问题的呢？

正如前述，在上古时代，建筑文化的辉煌的起始是一个不争的历史事实。然而今天我们确实已无从知道，上古初民到底是怎样思考这一问题的了。好在先秦与先秦之后的诸多文化典籍的有关记载，使我们得以有机会来领略一番古人关于上古建筑起源问题的文化观念。

这里，且让我们先来看看有关古籍怎样谈论中国建筑文化之起源。墨子云："古者人之始生，未有宫室之时，因陵丘堀穴而处焉。圣王虑之，以为堀穴，曰冬可以辟风寒。逮夏，下润湿，上熏烝，恐伤民之气，于是作为宫室而利。"[1]墨子又说："古之民未知为宫室时，就陵阜而居，穴而处，下润湿伤民，故圣王作为宫室。为宫室之法。曰：室高足以辟润湿，边足以围风寒，上足以待雪霜雨露。"[2]《易传》称："上古穴居而野处，后世圣人易之以宫室，上栋下宇，以待风雨，盖取诸大壮。"[3]《韩非子·五蠹》说："上古之世，人民少而禽兽众，人民不胜禽兽虫蛇，有圣人作，构木为巢，以辟群害。而民悦之，使王天下，号曰'有巢'。"[4]《礼记》则指出："古者民泽处复穴，冬日则不胜霜雪雾露，夏

---

① 毕沅校注：《墨子》卷之六，吴旭民标点，上海古籍出版社，1995。
② 毕沅校注：《墨子》卷之一，吴旭民标点，上海古籍出版社，1995。
③ 郑玄：《周易郑注》卷八，湖海楼丛书本，第3页。
④ 顾广圻校勘：《韩非子》卷之十九，吴氏宋乾道本景刊，第1页。

日则不胜暑蛰蟁虻。圣人作，为之筑土构木，以为宫室，上栋下宇，以蔽风雨，以避寒暑，而百姓安之。"①

这里所记，难免挂一漏万，其意不外有三。其一，上古宫室之起源，始于自然环境之恶劣；其二，宫室之前期居住文化方式，为穴居与巢居；其三，上古穴居与巢居的创造者，为"圣人"、"圣王"。

以"圣人"、"圣王"为上古穴居、巢居的创造者，这一般是先秦时人的传说与观念。后来则渐渐坐实，都说"黄帝作宫室"、"轩辕造门户"。

《尔雅·释宫》疏："《白虎通》云：黄帝作宫室。"《事物纪原》指出："有巢氏教人巢居。《易》谓黄帝也。《黄帝内传》曰：帝斩蚩尤，因建宫室。《穆天子传》曰：登昆仑观黄帝宫室。《白虎通》曰：黄帝作宫室以避寒暑。此宫室之始也。"又称"《尔雅》曰：宫谓之室。《风俗通》曰：室其外也，宫其内也。盖自黄帝始。"又说："堂，当也。当正向阳之屋。又堂，明也。言明礼义之所。《管子》曰：轩辕有明堂之议，《春秋因事》曰：轩辕氏始有堂室栋宇，则堂之名，肇自黄帝也。"又说："《尔雅》曰：观四方之高曰台，有木曰榭。《山海经》曰：沃民之国，有轩辕台。《黄帝内传》曰：帝斩蚩尤，因之立台榭，此盖其始也。"《格致镜原》卷二十《宫室类》则称："皇图要纪，轩辕造门户。"

除了黄帝，其他一些圣王也传说是建筑的始创者。如《淮南子·修务训》说："舜作室筑墙茨屋，辟地树谷，令民皆知去岩穴，各有家室。"《尔雅·释宫》疏："《世本》曰：禹作宫室。"而同一部《事物纪原》，又说建造宫室的砖瓦是神农氏、夏后氏等的文化之创构。其文云："《说文》曰，瓦，土器也。烧者之总名也。《礼记》曰：后圣修火之利，范金合土，此瓦之始也。《周书》曰：神农氏作瓦器。"《古史考》曰：夏后氏昆吾氏作瓦。"《古史考》曰："夏世乌曹氏始作砖。"

如前所述，中国建筑文化之起源种种，所出时代有异，而所论大同小异。其中主要之点，是将上古宫室之发明权，归之于黄帝之类。因因传说，前后不无牴牾，从纯史学角度看，往往经不住史实的检验，它们或出于先秦诸子之手，许多却是后儒悬拟，自然未可尽信。但这些记载，反映出一个共同的文化观念

① 武亿：《经读考异》卷四《礼记》，清乾隆五十四年小石山房刻本，第1页。

与文化心态，即强烈而执拗的崇祖倾向，往往将"人文初祖"黄帝指为中国建筑文化的创始者。关于黄帝的神迹传说，早在战国之前已有流播，而被正式塑造成人化神，是在战国后期，至汉才威名远扬。司马迁写道："黄帝者，少典之子，姓公孙，名曰轩辕。生而神灵，弱而能言，幼而徇齐，长而敦敏，成而聪明。"①虽是历史学家笔下所记，似乎也说黄帝颇具神性。这位太史公还说："轩辕之时，神农氏世衰。诸侯相侵伐，暴虐百姓，而神农氏弗能征。于是轩辕乃习用干戈，以征不享，诸侯咸来宾从。"②又称，黄帝与炎帝三战于阪泉之野，又与蚩尤战于涿鹿之野，擒杀之，于是天下臣服。黄帝战功卓著、德政昭天、口碑尤佳。黄帝成命百物，神通广大，不仅为兵法、医学与道家之祖，自然也是上古宫室的创始者。黄帝在汉代终于被认同为中华民族的"人文初祖"，适应了汉代民族大融合的历史要求。汉以黄帝为祖，成为民族大融合的精神文化的象征。所谓传说中的三皇五帝的古史系统，也需要这样一位共同的"祖神"。

因此，夏、商、周三代的统治者，在有关古籍中都被说成是黄帝的后裔。古人云："夏后氏亦禘黄帝而郊鲧，祖颛顼而宗禹；殷人帝喾而郊冥，祖契而宗汤；周人帝喾而郊稷，祖父王而宗武王。"③这里，禘，祭。郊，本义为城外。上古祭天必燔柴，在郊外举行，称郊祭或郊祀、郊社。故郊，可引申为祭祀。鲧，相传为黄帝曾孙。祖，祖先、祖庙之谓，此处为祭祖之义。颛顼，古帝名，五帝之一，相传亦为黄帝之孙。宗，原指祖庙，可引申为尊崇。禹，鲧之子。喾，相传亦为黄帝之曾孙。契，喾之子。汤，成汤。稷，后稷，喾之子。文王、武王，后稷之后代。于是，黄帝就成了后代人君所共同尊奉崇拜的祖先了。

其实，黄帝之被尊为"人文初祖"，看来是中国文化史上所流行的阴阳五行观在祖宗崇拜观念中的反映。

阴阳五行观（亦称五德终始说）发轫于战国齐人邹衍（公元前305—前240）之说。邹衍将《尚书·洪范》所言金木水火土构成世界万物的五行说，改造为天人感应与天道循环论。天道如何循环发展？按"五行终始"即"五德终

---

① 司马迁著、裴骃集解、司马贞补：《史记》卷一，武英殿本，第37—38页。
② 同上书，第38页。
③ 汤道衡：《礼记纂注》卷之二十二，明刻本，第1页。

始""规律"进行，此之所谓水胜火、火胜金、金胜木、木胜土、土胜水的"五行相胜"律。并且认为，朝代的更迭也必依"五行终始"这一"规律"，这便是"天人感应"了。认为黄帝必为汉之始祖，实乃天道运行、天人感应之"必然"。

关于这一点，让我们来看《吕氏春秋》。该书云："黄帝之时，天先见大螾大蝼。黄帝曰：土气胜。土气胜，故其色尚黄，其事则土。及禹之时，天先见草木秋冬不杀。禹曰：木气胜。木气胜，故其色尚青，其事则木。及汤之时，天先见金刃生于水。汤曰：金气胜。金气胜，故其色尚白，其事则金。及文王之时，天先见火，赤乌衔丹书集于周社。文王曰：火气胜。火气胜，故其色尚赤，其事则火。代火者必将水，天且先见水气胜。水气胜，故其色尚黑，其事则水。水气至而不知，数备，将徙于土。"①

这是以"五行相胜"律来解释朝代更迭这一历史现象。

这就是说，秦为水德，色属黑，秦所以代周而立于天下，盖"水胜火"之故也；周为火德，色属赤，周所以代殷而立朝，"火胜金"也；殷为金德，色属白，殷所以灭夏而王被华夏，又"金胜木"之谓也；夏为木德，色属青。那么，夏以前应是什么时代呢？根据"五行终始"说，既然是"木胜土"，则夏以前的时代应属土德，色属黄，应是黄帝的时代了，因为黄帝属土德。

因此，如此推论起来，中华民族的始祖为黄帝。

又，汉在秦后，汉灭秦而立朝，这便应了"土胜水"的"天道"。土必胜于水，故汉必代秦以自立。

因而，历史上以各民族融合为大汉之族的汉代，便顺理成章地追认黄帝为其始祖了。

司马迁所谓："秦始皇既并天下而帝，或曰：'黄帝得土德，黄龙地螾见。夏得木德，青龙止于郊，草木畅茂。殷得金德，银自山溢。周得火德，有赤乌之符。今秦变周，水德之时。"②说的就是这个意思。

因此可以说，黄帝是按"五德终始"说推演出来的一个中华始祖形象，而且主要是汉人的创作。黄帝只是一个半人半神角色，历史上并非实有姓黄名帝

---

① 高诱注、毕沅校：《吕氏春秋》卷十三，毕氏灵岩山馆刊本，第140页。
② 司马迁著、裴骃集解、司马贞补：《史记》卷二十八，武英殿本，第890页。

者。上古之时，中华民族的先祖中确有一个或几个影响巨大的非凡人物，他或他们的姓名自然不会是黄帝，黄帝只是世代相传而来、在崇祖文化意识支配下所创造的中华先祖伟大形象的一个文化之"共名"。此《史记·五帝本纪》所谓"百家言黄帝，其文不雅驯"[①]是也。这说明，即使是为黄帝作"本纪"的太史公司马迁，亦已疑该古史之未可尽信。

历代古籍尊黄帝为中国建筑文化之始创者的种种记载，看来一般只是依"五行（五德）终始"之说，具有逻辑意义而不具有历史意义，所谓黄帝始建宫室（建筑）云云，当然是无可考定的。

"古史缅邈，中经改篡。发明制作者众矣，而多归美于轩辕。"[②]这是祖宗崇拜、宗法观念的表现。究其原因，历史学家吕思勉说得好：

> 盖古代社会，接结之范围甚隘。生活所资，惟是一族之人，互相依赖。立身之道，以及智识技艺，亦惟持族中长老，为之牖启。故与并世之人，关系多疏，而报本追源之情转切。一切丰功伟绩，皆以传自本族先世之酋豪。而其人遂若介乎神与人之间。以情谊论，先世之酋豪，固应保佑我；以能力论，先世之酋豪，亦必能保佑我矣。凡氏族社会，必有其所崇拜之祖先。以此，我国民尊祖之念，及其崇古之情，其根荄，实皆植于此时者也。[③]

黄帝作为"先世之酋豪"，并非实为建筑文化之始祖，而是在中华民族的传统文化心理结构上，需要这样一位"酋豪"的"共名"来作为上古宫室之原始创始者，以满足"报本追远之情"。

① 司马迁著、裴骃集解、司马贞补：《史记》卷一，武英殿本，第60页。
② 王献唐：《炎黄氏族文化考》，齐鲁书社，1985，第1页。
③ 吕思勉：《先秦学术概论》，中国大百科全书出版社，1985，第5—6页。

第二章 先秦营国制度

历史进入先秦时代，中国建筑文化的发展，以《诗经》所谓"百堵皆兴"（《诗·大雅·绵》）的历史姿态，犹如磅礴的日出，主要表现为殷周帝都的初步繁荣，日益蔚为大观。其中巍巍宗庙，是帝都营构中的灿烂篇章，形成影响深巨的先秦营国制度，后来被总结在《周礼·考工记》之中。

第一节 殷周帝都

中国先秦，指夏、商、周三代。三代之前称上古，是传说中的所谓"三皇"、"五帝"时代。相传尧舜禹都是上古的"圣帝"，而实际直至传说中禹的儿子启以子继父、改变传统"禅让"制，才标志着更具历史真实的夏代的开始。夏王朝之开国，大致在新石器文化晚期。

历史学家将夏朝称为中国历史上的第一个奴隶制国家。国家的起源，是与都城的起源同步的。就是说，哪里有原始都邑屹立于广阔的地平线，哪里就意味着国家的诞生。因为，都城是统治者盘桓的据点，统治者居住在都城之中，统治着全城及其四外的土地与人众，这便是国家的初步形成。国家的"国"（國），甲骨文写作 𢧜，表示人所守卫的那一个区域，后来便发展为都邑之地。王献唐说："国者，域也，有域始有国。""国古隶之，旧读如今音之域，域其转纽也。国者，界也，疆也，本为疆界之义，故声纽相通。初时只为疆界，后演为国家之国。"① "国"之本义,首先是建筑文化意义上的一个空间概念。据卜辞,殷代已有"择中"(此乃另一问题)作邑(都城,国)的历史意识与建筑空间意识。卜辞《南明》223有"作中"之记,"作中"也称"立中"。"即先测一个'坐标点',然后围绕这个中心修筑,在周围圈定大片耕地、牧场、渔猎之地","最外面建一圈人工的防护设施——可能是人工种植的树木。或利用天然的山林、河流,以与邻社的土地分开来;亦可能有人工修筑的土坡和巡守的堡垒之类,故邑字像人看守着一块土地。"②这"一块土地",是有待于发展为都城的土地,这都城(包括帝都)应自夏代始。

从考古发现看,迄今所发掘的属于年代最早的都城遗存,是河南二里头晚夏(早商。晚夏与早商在考古年代上有重叠)宫殿台基遗址。这"宫殿"自然是古代都城的一部分,可推见台基中部偏北为一庑殿式建筑,其平面呈横向之长方形。发现有一圈柱子洞(洞中有柱础石)围列于基座四周,其柱洞数南北两边各九、东西两边为四,间距约为3.8米,呈东西、南北对称排列态势,其台基平面面积应不小于346.56 [3.8×(9-1)=30.4,3.8×(4-1)=11.4,30.4×11.4=346.56] 平方米,这在当时来说实在是很了不起的了。

郑州商城、湖北盘龙城以及河南安阳小屯殷都等都城遗址的发现,向我们显示了商代城市建设曾经达到的辉煌程度,其中安阳殷都,堪称代表。

"洹水安阳名不虚,三千年前是帝都。"这是郭沫若曾经为古都安阳所写下的赞美诗句。安阳位于河南最北部,地处晋、冀、鲁、豫四省交界地域,西依太行,与山西接壤;北临漳水,与河北隔河相望;东邻濮阳而南比新乡、鹤壁两市。安阳居于中州,早在旧石器时代,已有人类在此生息繁衍。在安阳县小南海,曾发现原始初民的洞穴遗址,距今约二万五千年,出土石器七千余件,兼有动物化石及人类活动行迹的灰烬。据史料记载,约在四千年前,上古时代传说中的"五帝"之颛顼与帝喾两位"帝王",曾于帝丘私亳(今安阳市内黄县东南部)建都。现内黄县南三杨庄村西一公里许,有后人纪念颛顼、帝喾的二"帝陵"在。

① 王献唐:《炎黄氏族文化考》,齐鲁书社,1985,第14、343页。
② 胡厚宣等著:《甲骨探史录》,生活·读书·新知三联书店,1982,第280页。

安阳是中华古代的"帝都"，比西安、洛阳、南京、开封、杭州、北京作为帝都的年代更早。约公元前16世纪，商中宗太戊曾在"亳"（即现安阳内黄亳城）这个地方建都。约公元前15世纪，商王河亶甲，自"嚣"迁都于"相"。其子祖乙继位，仍建都于此。后因水患及风水迷信观念，再迁都于"耿"。在历史上，太戊、河亶甲和祖乙三帝均曾在"亳"建立都城，历时近一个世纪。现河南安阳内黄亳城东二华里处的次范村建有商中宗陵。约公元前14世纪，商王盘庚十四年，又自"奄"迁都于"殷"。殷即现安阳小屯古地名。从盘庚迁都于殷到商纣覆灭，凡传位八代十二王，历时二百七十三载，使殷都成为中国历史上古老的、历时悠久的第一古都。其所统辖的疆域相对稳定，曾经出现过殷商文化包括建筑文化的繁荣时期。

现在考古学上所称的殷墟，即为殷都遗址，位于河南安阳小屯村一带，曾是商代后期的帝都之所在，是当时殷天子号令天下的中心。

殷墟的建筑考古经历了50余年漫长岁月，出土的殷都遗址比较完整。其殷帝宫殿区居于城址中心，在洹水之南和小屯一带。其东部与北部以洹水为屏。在小屯村之西与南，又人工挖掘了一条壕堑，有7至12米宽、5到10米深，壕堑的两头与洹河接通。这样，整个殷都宫殿区四面环水，形成一个以长方形河水、沟渠所围合的区域，在实用功能上具有防卫作用。该区域南北长度为1000多米，东西宽度为600余米，呈南北纵向发展态势。

据考古，在殷都四周，有较多的墓葬区、居民点与手工作坊遗址。道路、水井与窖穴（库房）等遗存，遍于宫殿、平民居所区域。其道路修造颇为讲究，以鹅卵石或掺杂碎陶片铺成，边沿夯实，就是说，当时的殷人已经懂得怎样筑路了。这种情况，以洹水南、北岸的孝民屯、四盘磨村、王裕口、后岗和大司空村等处为多见。

迄今为止，殷墟共出土甲骨约有16万余片之巨，有些甲骨上镌刻十数代殷王的名号及活动记录。关于城郭建设的文字记录，亦时见于甲骨，如"王封邑，帝若"、"王乍邑，帝若"[①]，等等，显示出殷人在建城营郭时向他们所崇信的天

---

① 按：参见罗振玉《殷虚书契后编》1947、1750、《殷虚书契续编》6、13、12与董作宾《殷虚文字乙编》3。

帝的"询问"（占卜）何等殷勤。

据考古，整座殷都共建有宫殿53座，考古学上把它们分为甲、乙、丙三个组群，位于小屯村之北，分布于南北长约280米、东西宽约150米的区域之内。宫殿建在高高的夯土台基之上，整座建筑，由台基、夯土墙、木质梁柱、门户廊檐与草秸屋顶等部分构筑，其屋顶为四坡形制，重檐。古人云："殷人重屋，堂修七寻。堂崇三尺，四阿重屋。"①一寻为古制八尺，七寻之堂，有尺之长。先秦时，古制一尺约等于今制0.23米，56×0.23=12.88（米），12.88米的横跨度，说明当时殷人的宫殿形象已是相当宏伟。其基础高出地面三尺，已具有高台基的特点。其屋顶四面呈斜坡形，且为重檐（重屋），这种形制，出于适应土木材料之性能与雨天溜水之需要。同时，宫殿柱脚已初见装饰，柱脚有的为大理石石雕，题材与文化主题有饕餮、石鸮与石兽等，大都不离辟邪之精神意义。从考古实例看，宫殿台基平面为方形、长方形或"冏"形。以方形、长方形为多见，"冏"形是前二者的变形。方形平面的宫殿屋基为黄土铺筑，边长约为12米，此与《周礼·考工记》所记、所谓"七寻之堂"的横跨长度为12.88米大致相符。但有些宫殿实例的规模比《考工记》所记要大得多。比如"冏"形宫殿的基址实际测得的长度为28米，两端各有一座类似方形的夯土建筑，中间以一道狭小的夯土台连接，构成平面之"冏"形。有的长方形宫殿基址平面，长达85米，宽约14.5米，属于殷都中的大型宫殿形制。中等规模的宫殿基址，亦长可30米，宽约10米。从朝向看，宫殿的朝向以南北向、东西向为多见，说明当时的宫殿朝向并不十分严格。基址有的排列成行，有的互相连接，并且出现了南北对屋这一形制，其中间为广庭，这是后代中国四合院平面形制的雏形。

殷都宫殿的柱础，多数为石础，直径约在10至30厘米之间。这些石础以天然砾石为材料，厚度约为3厘米，上部平滑稍凸，背部中央微凹，很易放平，不易打滑，显然经过精心加工。殷都中有的宫殿尺度较大，其柱基为铜础，在铜础下面又垫天然大卵石，其柱础可达三行三十个之多，其中设置铜础十个。

与殷代帝都相比，周代帝都的建设具有时代的新特点。

周原先是繁衍、生息于中国西部泾水、渭水流域的一个部族，以后势力日

---

① 《考工记》，黄干、杨复订：《仪礼经传通解续》卷二十五上，宋嘉定十六年南康军刻元明递修本，第8页。

盛，沿黄河向东扩展，武王伐纣克殷，起初定都于镐京（今西安附近），史称西周；后因受到西戎族的胁迫，至周平王时迁都洛邑（今洛阳），史称东周。东周又分春秋、战国两个时代，以周元王元年（公元前476年为分界线）。

周王朝是一个宗法制国家，随诸侯分封而促使都邑建设日益繁盛，各受封诸侯均在自己的封地营构都城，周天子更是大兴土木，遂使建筑文化显得空前发达。西周初期，百废俱兴，建筑唱了主角。《诗经·大雅》中的《绵》，描写了公刘十世孙、周文王的祖父古公亶父从豳迁徙到岐下（今陕西岐山）、直至文王受命的事情，其中写古公亶父迁来周原，同姜女婚媾，并在岐下筑室定居，大修宗庙，其建筑场面的热烈、繁忙气氛，非常生动："捄之陾陾，度之薨薨，筑之登登，削屡冯冯，百堵皆兴，鼛鼓弗胜。"这是说，建筑工地上人声鼎沸，那盛土、倒土、捣土、削土的劳动声响，掩盖了巨大的鼓声。这预示着周代建筑高潮的到来。

周代建筑文化，无论在王城规划、宫城建筑以及社庙营事方面，都取得了初步成就。按《周礼·考工记》所述营国制度，周代的营国规划为三级城邑制度，此即王城、诸侯城与都。

王城的文化品位最高，其平面形制取方形，城域之中的干道呈"九经九纬"系统，即纵道、横道各为九条，全城平面为规整的几何形。当然，建筑营国并非纯然"纸上谈兵"，它在实际建造活动中，由于不可避免地要受到地理、地形、材料、经济、技术等条件以及业主个人的喜好等因素的影响，可能与《考工记》所言的营国制度有所出入，但其大要的不可改变，则是肯定的。

这种王城平面的几何形，在文化上源自井田观念。

井田始于殷代。殷代已有井田划分的雏形，即将大批土地努力划分为面积大致相等的小块土地单位，以便于分配与管理。甲骨文中就有一个"井"字，写作米，这"井"，并非水井之"井"，而是井田之"井"。自然，井田中自有水井，指人工所挖掘的汲水之水源处。

周代的井田制，是在殷代井田的基础上发展起来的，它是奴隶主对土地的一种占有方式与制度，将土地划分为一定面积的方形单位，有利于对属下土地"贡税"的收缴，有利于分封政体下对食禄制度的管理。

从《周礼·考工记》看，周代推行过两种类型的井田制："一为《遂人》

（引者注：《周礼·考工记》中的一篇，下同）十进制井田；一为《小司徒》'九夫为井'的田制。'夫'，原意指农夫（即农业奴隶——甿）。周制一农夫授田一百亩，占地方百步，这块地的面积便称'夫'（或田），即周金文之一'田'。周代赐田多以'田'为土地计量单位，金文史料中这种记载是屡见不鲜的。可见'夫'（或田）当是周代井田制的土地计量单位，周代井田制都是聚若干'夫'为一井的。由此可知，周代井田制的土地计量应是按亩、夫、井这样的进位来计算土地面积的。百亩为'夫'，十'夫'或九'夫'为井。其中'夫'为田制的基本单位，'井'为基本组合单位"。①

与周代王城形制关系密切的，是《考工记》所说的"九夫为井"的井田制。"九夫为井"，指一"井"之面积是九个一百亩，"夫"指土地面积单位。《说文》称"八家为井"，指八个农业奴隶（甿）居住、耕作于一块井田的四周的土地，每家为一夫即一百亩，并且同养（耕）井田中央的一夫（一百亩，即公田）。所以"八家为井"，实际就是"九夫为井"的别一说法，是指八家构成一个井田单位，而不是八家共用一口水井的意思。在这井田中，农夫就近耕作，就近居住，必在井田中建立居民点，这便是"宅"。"宅"之组合便是"邑"。并且随着私有制的日益发展和井田中央一份公田的消失，产生出一种新的经济因素，这便是以物易物（后来发展为以货贝易物）的商品交换，渐渐形成一种新的文化形态即"市"。所以，后代有"市井"的说法，说明"市"是从井田之"井"（非水井）中发育、诞生的，在文化上，中国城市起源于井田，当无疑问。

《周礼·考工记》所说的王城及其规划观念，来源于这"九夫为井"的井田制，其《匠人》篇所言王城制度的几何方格，是原始农业井田制的城市化。

周代王城规模的理论规定，是"方九里"。《周礼·考工记》云，王城须"九分其国，以为九分，九卿治之"。整座王城的平面，是一个井字形，其四周围以城垣，城垣之外侧为护城河，如果将王城平面的"井"字与四周城垣合并表示出来，为囲形。这实际是原先井田的变形、扩大。原先井田四周围以篱棘、界石或其他什么围护物与标志之类，现演变为王城四围的城垣、护城河之类；原先"八家为井"，八家同养中央的一块公田，演变为王城中央的宫城。

---

① 贺业钜：《考工记营国制度研究》，中国建筑工业出版社，1985，第40页。

宫城居中或中央偏北，面积较大，而建筑尺度最大、品位最高。其余八个方位即东南西北以及东南、西南、东北、西北的王城建设包括建筑、道路、水系等，都是围绕着宫城来设计与展开的。在经济生活、文化生活上，宫城居中，最方便、最繁荣；在军事上，宫城居中最安全，四周之其余"八分"围列于外，形成一个屏护系统。我们看到，周代金文中有关于"成周八𠂤"的记载，这"𠂤"，就是"師"（军队）的意思，可见宫城四周之"八分"有护卫宫城的功能；在文化品位上，宫城所居之中位，象征王者至尊，此即《诗经》所谓"溥天之下，莫非王土；率土之滨，莫非王臣"也。

在礼制上，宫城居中象征帝王的绝对权威。而王城与诸侯城、与都相比，在"礼"上也处于至尊地位。所谓："名位不同，礼亦异数。"[1]所谓："匠人营国（引者注：国，都城之谓），方九里，旁三门。国中九经九纬，经涂（途）九轨。左祖右社，面朝后市，市朝一夫。"[2]所谓："经涂九轨，环涂七轨，野涂五轨。"[3]这里，别的暂且勿论，单说王城道路的宽度，是规格、品位最高的。"轨为辙广，乘车六尺六寸，旁加七寸，凡八尺，是为辙广。"[4]故王城南北直道宽可周尺七十二、环城大道为五十六尺，城外野路宽仅四十尺，而这里未曾提及的诸侯城与都，其道路宽度小于王城者而必无疑。又，按周礼，王城城垣高为七雉、城隅高为九雉；宫城垣高五雉，宫隅高七雉，宫门门阿高五雉。也是礼的表现。这里，雉为古代城墙面积单位，高一丈、长三丈称一雉，由此可见王城、宫城及宫门之规模、品位。

至于"都"，为卿大夫之采邑，与奴隶主王国首都即王城、诸侯封地国都即诸侯城相比，地位自然是最低的。又有大都、中都与小都之分。其规模尺度，以王城这国都为标准，所谓："先王之制，大都不过叁国之一，中五之一，小九之一。"[5]这是说，根据先王的制度规定，卿大夫采邑的城墙面积不能超过"国"（奴隶主国家的王城、首都）的三分之一。如果王城首都的城墙面积规定为三百

---

① 孔颖达：《左传注疏》卷九，阮刻本，第191页。
② 郑玄：《周礼注》卷一，明覆元岳氏刻本，第1页。
③ 郑玄：《周礼注》卷十二，明覆元岳氏刻本，第18页。
④ 同上书，第15页。
⑤ 孔颖达：《左传注疏》卷二，阮刻本，第43页。

雉，则"大都"不得超过一百雉；"中都"不得超过六十雉；"小都"不得超过三十三雉许。《左传》有云："今京不度，非制也。"①京，即京城大叔，《左传》称其不过是地位不及侯伯的一个人物，竟建都邑超过百雉，因此，难怪重礼的郑大夫祭仲要对此愤愤不平了。按王城面积为"方九里"，依次递减，所谓："天子城方九里，公盖七里，侯伯盖五里，子男盖三里。"②也说明周代建筑文化的"礼"的精神，以"二"为等差数递减，在建筑科学技术上并无意义，完全是中国古代重伦理、轻物理的又一表现，此即古人所谓"自上以下，降杀以两，礼也。"③

在先秦，周代帝都曾经灿烂于天下，其中又以西周之宗庙（祖庙）建筑为代表。宗庙是帝都中最重要的建筑之一，所谓"左祖右社"的"祖"，指的就是宗庙，它的空间位置应当在整个帝都的东或东南部（左）。

周代尤其是西周的宗庙文化相当发达。据考古，陕西周原岐山凤雏村西周宗庙遗址和扶风召陈宗庙遗址，是迄今已发现的西周宗庙建筑的典型遗存。

岐山凤雏村西周宗庙遗址东西宽32.5米、南北长45.2米，平面面积为1 469平方米，基本南北纵向，位置略偏于东南。整座宗庙自南向北主要由影壁、门厅、庭院、前堂、东西两厢、主廊、东西小院和后室等组成，其布局严格对称，井然有序。其影壁东西长4.8米，厚1.2米，残高0.2米，位于宗庙大门前4米处，是整座宗庙建筑的一个"序幕"。门厅由正门、东西门房组成。正门居中，其门道南北长6米，宽3米。东门房台基东西长8米，南北宽6米；西门房台基大小与东门房等同，两门房各有柱洞、柱石11个。庭院东西宽18.5米，南北长12米，其东西和北部有东、西厢走廊、堂南擎檐柱洞12个。前堂面宽17.5米，六间制，进深三间。据推测，它建在一个最高的台基之上，留有柱洞32个，东西四行、南北七列，排列整齐，整个前堂面积约105平方米，是该宗庙建筑的主体建筑。东西两厢各通长43.4米，进深3.2米，均为八间，南北排列，对称均齐。主廊南北长7.85米，宽3米，两侧各有廊柱洞三个，间距均为3.8米，位于东西小院之正中间。东西小院长7.85米，宽8.1米，其台基略低。后室位于整座宗庙最北端，

① 孔颖达:《左传注疏》卷二，阮刻本，第43页。
② 戴震:《考工记图》卷下，清乾隆纪氏阅微草堂刻本，第34页。
③ 班固:《汉书》卷七十三《韦贤传》，武英殿本，第1902页。

面宽23米，进深3.1米，五间制。

扶风召陈西周宗庙遗址已经发掘的面积，为6 375平方米，分上下两层，下层基址2处，上层基址13处。下层基址位于整个遗址的东北和西南，前者面东而后者面南，中间隔以一条小排水沟。上层基址分甲、乙两区。甲区有基址10处，乙区为3处。甲区基址分东西三排，间距8米左右。乙区的一处基址为门，另两处在一条东西轴线之上。①

从文化角度分析，笔者以为西周宗庙建筑具有深刻的文化意义，它在帝都建筑文化中扮演了一个重要角色。

周代是古代中华宗法制基本成熟的历史时期。所谓宗法制，指以血缘为纽带、以嫡长子为大宗、以男性家长为尊所构成的社会政治伦理与典章规范的文化制度，有大宗、小宗即殷之所谓大示、小示之别。先王的嫡长子为法定之王位继承者，一旦登上王位，为全国大宗，先王之次子即为小宗；次子有分封为诸侯者，在他自己的封地为大宗，其嫡长子登上诸侯之王位，又为诸侯国之大宗，其次子又为小宗……如此层层叠叠，依次而下，构成宝塔形的宗法社会的网络结构，其等级森严而呈超稳定态势。《诗经》所谓"君之宗之"，是说周族不仅以公刘为君，而且公刘是周之大宗；又说"本支百世"，是指文王既为国君，其嫡长子系的后嗣便是世袭的百世不斩的大宗。《诗经》又有"既燕（宴）于宗"，"于以奠之？宗室牖下"的咏叹，这是指祭祖之事。于是从全国最高的帝王世家到细民百姓，都有他们的先祖大宗需要祭祀，各种品位不同的宗庙建筑便应运而建，可谓祭祖之风大炽，宗庙遍于域中。

早在殷代，宗庙文化已初见端倪。甲骨文"宗"字，写作 𤊾（一期续一、三八、三）、𠆤四期粹一二）或𤊾（周甲探一三）。②徐中舒主编《甲骨文字典》云：宗，"从宀从𠆤（示），像祖庙中有神主之形。𠆤即神主。《说文》：'宗，尊也，祖庙也。从宀从示。'"③ "宀"是宗庙建筑大屋顶的象征。"示"，甲骨文写作丁或𤰞，是另一甲骨文字⊥的对应字。⊥表示男性性器，丁表示死去的祖宗

---

① 按：以上参见陈全方：《周原与周文化》，上海人民出版社，1988，第45—46页。

② 徐中舒主编：《甲骨文字典》，四川辞书出版，1989，第811页。

③ 同上。

之性器。在具有大屋顶的建筑物里供奉着神主，神主象征死去的祖宗，表示对男性祖先的顶礼、崇拜，这便是宗庙文化。

当然，所谓"殷之亲亲，周之尊尊"，殷代的宗庙文化与周代还有些差别。这便是，同样都强调血缘亲情、强调对祖宗的崇拜，而与殷代相比，周代的宗庙文化更突出其政治伦理意义，即偏重于"尊尊"（即尊其所尊）。

王国维《殷周制度论》指出，周人祭庙，"诗、书、礼经皆无明文。据礼家言，乃有七庙、四庙之说。此虽不可视为宗周旧制，然礼家言庙制，必已萌芽于周初，固无可疑也。……商人继统之法，不合尊尊之义，其祭法又无远迩尊卑之分，则于亲亲、尊尊二义，皆无当也。周人以尊尊之义、亲亲之义而立嫡庶之制，又以亲亲之义经尊尊之义而立庙制，此其所以为文也。"①这是说，殷人的宗法观念以"亲亲"为主，其祭法有时无"远迩尊卑"，即非"亲亲"，又非"尊尊"。而周人之立宗庙，首先是从"尊尊"（政治）着眼又不废"亲亲"（伦理）的，这在王国维氏看来便是周代宗庙的所谓"文"。

西周岐山凤雏村和扶风召陈宗庙遗址的发掘，使我们对周代宗庙有一个感性认识。尤其是前者，其规整的平面布局、对称均齐的形制，以及可以推想的尺度较大的空间造型，从中可以领略到服从于政治、伦理的严肃的理性和对祖宗无可比拟的虔诚的情感，这也是中国古代最典型的文化表现。古人云："宗者，尊也。庙者，貌也，仿佛先祖之尊貌也。"②祖庙的建造，完全出于尊祖的需要、一种后人在精神上的对祖先神的依赖。

为达此目的，宗庙在整个帝都、王城的总体规划、设计与建造中处于优先与突出的地位。在文化品位上，它起码是与宫殿建筑并驾齐驱的。古人云："君子将营宫室，宗庙为先。"③可见其对宗庙的重视了。从野外发掘看，周代帝都中的宗庙，具有空间尺度大、用材精与技术新的特点。比如其营造技术，可以说已经达到了当时建筑的最高水平。一是普遍使用三合土（以细砂、白灰和黄土搅拌而成），地面与墙体往往都以三合土涂抹，坚硬、光洁、美观。凤雏宗

---

① 王国维：《殷周制度论》第十，《观堂集林》卷十，史林二，河北教育出版社，2003，第239页。

② 张宗祥：《校正三辅黄图》，古典文学出版社，1958，第41页。

③ 汤道衡：《礼记纂注》卷之二，明刻本，第3页。

庙建筑的墙面有人工刻划的木槽痕迹，采用了《考工记》所谓"白垩"即表面"饰垩"的装饰技术。二是版筑技术的趋于完备，即"墙基放线，架立桢、干等模具，用筐篮传送黄土，向模版内填土，用夯杵捣筑，拆模后进行壁面整修加工——削去突棱和填补捶打空洞不实之处。从遗址残存的版筑墙体残段来看，工程质量相当好。"①此即《诗经·大雅·绵》之所谓"其绳则直，缩版以载，作庙翼翼"。三是首用未经烧焙的砖坯和绳纹瓦，周原宗庙遗址中所出土的原始砖、瓦实物，打破了所谓"秦砖汉瓦"的传说，把中国砖、瓦的发明史，提前了大约一千年。四是出现了中国独特的斗栱文化的前期技术。周原宗庙采用了"擎檐柱"，这些擎檐柱说明，这组建筑当时还尚未采用斗栱，但这是斗栱的前身。据《诗·小雅·斯干》可推测，西周宫室先由擎檐柱发展为斜撑、从而向插栱转化的阶段约在西周晚期就实现了。五是周原凤雏宗庙遗址的发掘证明，早在三千一百多年前，中国成熟的建筑群体组合即所谓"廊院制"建筑已经登上建筑文化的历史舞台，而不是如有的学人所说的"始于秦汉"。

第二节　易理与先秦"营国"

在中国古代的学术文化中，与建筑（营国）文化关系尤为密切的，当推易理。可以说，自《周易》本文大约成书的殷周之际，其所阐释的易理就融渗于先秦营国实践、制度与文化精神之中，成为中国建筑文化的一种思想模式。在某种意义上，先秦建筑文化又是一种展现于东方大地的"易"文化。

《周易》一书，被古文经学家尊为"群经之首"，为中国文化史上最古老的经典之一，其文化本涵，以及它的文化模式的历史演化，是一种几乎纵贯自先秦以来中华文化思想史的巨大而复杂的民族文化与精神现象，蕴涵着原始巫学、数学、天文学、史学、伦理学、文字学与艺术美学等多种多样的文化因素，是一个熔命理、数理、天理、圣理、哲理、心理及文理等于一炉，属于颇为原始的中华文化集成。用古人的话来说，是："易道广大，无所不包。旁及天文、地

---

① 杨鸿勋：《西周岐邑遗址初步考察》，载《建筑考古学论文集》，文物出版社，1987，第100页。

理、乐律、兵法、韵学、算术，以逮方外之炉火，皆可援易以为说。"虽说这是古人过于推崇《周易》，世上决没有哪部书的文化内涵"无所不包"。然而，《周易》的文化涵蕴，确是颇为广博、深邃与典型的，其对中国文化的深巨影响不可低估。美国学者卡普拉（F.Capra）在《现代物理学与东方神秘主义》一书中曾经指出："可以把《易经》看成是中国思想和文化的核心。权威们认为，它在中国2 000多年来所享有的地位，只有其他文化中的《吠陀》和《圣经》可以相比。"《周易》是中国文化的《吠陀》和《圣经》。因此，易文化及其易理，似乎是命中注定地成了中国历代建筑首先是先秦建筑的文化之魂。

（一）中国先秦古籍记述和论说建筑文化问题的，所在多有。如《老子》"当其无，有室之用"；《左传》"高台深池，宫室日更"；《诗经》"古公亶父，陶复陶穴"；《论语》"里（引者注：里，居也）仁为美"；以及《孟子》"下者为巢，上者为营窟"等，不胜枚举。《周易》关于建筑述说，似乎更为多见，这里且逐卦具列，以备参阅。

泰卦上六爻辞："城复于隍"（城，这里指城墙；隍，城墙下水涸的泥沟）。

同人卦初九爻辞："同人于门"。（门）

同人卦六二爻辞："同人于宗"。（宗，宗庙）

同人卦九四爻辞："乘其墉，弗克攻"。（墉，城墙）

同人卦上九爻辞："同人于郊"。（郊：城外为郊，郊外为野）

谦卦上六爻辞："利用行师征邑国"。（邑国，都城领地）

剥卦上九爻辞："小人剥庐"。（庐，房舍）

大过卦卦辞："栋桡"。（栋，梁檩）

大过卦九三爻辞："栋桡，凶"。（同前）

大过卦九四爻辞："栋隆，吉"。（同前）

晋卦上九爻辞："维用伐邑"。（邑，都城）

明夷卦六四爻辞："获明夷之心于出门庭"。（门庭）

家人卦初九爻辞："闲有家"。（家）

家人卦六四爻卦："富家"。（家）

家人卦九五爻辞："王假有家"。（家）

　　睽卦九二爻辞："遇主于巷"。（巷，宫中小路）

　　解卦上六爻辞："公用射隼于高墉之上"。（墉，城墙）

　　益卦六四爻辞："利用为依迁国"。（国，都城）

　　夬卦卦辞："扬于王庭"。（庭，庭院）革卦卦辞："王假有庙"。（庙，宗庙）

　　困卦六三爻辞："入于其宫"。（宫）

　　丰卦上六爻辞："丰其屋，蔀其家，窥其户"。（屋、家、户）

　　节卦初九爻辞："不出户庭"。（户，门；庭，庭院）

　　凡此《周易》卦爻辞关于建筑（宫室）的记载，虽不成系统，属于无意之中的涉及，因为凡是卦爻辞，都是筮辞的汇编，不是建筑实录。然而，如此众多的卦爻辞都涉及了建筑，足以说明建筑即中华古人的居住问题在古人信筮之文化中的重要地位。

　　不仅如此，《周易》大壮卦集中地体现了建筑文化的深刻意蕴。

　　《易传》有云："上古穴居而野处，后世圣人易之以宫室，上栋下宇，以待风雨，盖取诸大壮。"[1]依字面解，上古之中华初民，原先"野处"于地穴（包括自然山洞与挖掘于坡地、平原之上的居穴）之中，后来由于圣人、智者的发明，建造了地面建筑（古人将这看作建筑文化之起源，实未确），这建筑物梁栋高高在上，立柱支擎着下垂的坡顶，得以严阵以待风雨的侵袭，巍然屹立于大地之上，这种建筑发蒙的灵感，都源于《周易》大壮卦。

　　大壮卦䷡，乾下震上之象，即其下（内）卦为乾、上（外）卦为震。按易理，乾为天，震为雷，因此整个大壮卦为"雷在天上"即古人所云"雷天"之象。雷震磅礴于苍穹，是风雨交加之天象的前奏或同时并发，所以大壮卦隐含"风雨雷电"之意，这是最浅显的卦义，正如《左传》所言："在易卦，雷乘乾曰大壮至，天之道也。"说明大壮卦象征"雷天"之象。

　　由大壮卦"雷天"之象进而象征中华建筑之起源，这正是中国建筑的一次壮丽的"日出"。

---

[1]　郑玄:《周易郑注》卷八，湖海楼丛书本，第3页。

这是由于，中华原始初民本无"居"可供栖息、无家可归，或后来仅能蜷伏于"地穴"之中时，尚谈不上在居住问题上对这"雷天"之象——盲目自然力真正的"把握"与战胜的。一旦发明、建造了地面宫室屹立于大地，岿然不动而风雨难摧，才真正迎来中国建筑文化的一个伟大新时代。其文化意义在于：建筑，作为一种大地文化，它是人类包括中华祖先对大地空间人为地占有、安排与改造。它不仅具有躲避盲目自然力之侵害的"盾"的性质，更是人的伟大力量进入自然界、改造自然环境之崇高的象征，它是向盲目自然"进击"的一种文化方式，所以建筑又兼有"矛"的性质。在《周易》看来，宫室的起源，不仅是对盲目自然力的逃避，更是辉煌的进取。建筑是"盾"又是"矛"。建筑文化之属性，在又"盾"又"矛"、非"矛"非"盾"之际。在风雨豪泻、雷霆万钧之中，建筑巍然挺立，这便是"大壮"之象，正如《易传》所言，"大壮，大者壮也，刚以动，故壮"。①

《周易》大壮卦所蕴涵的易理与中国建筑文化的密切关系，还可作进一步解析。

其一，大壮卦象既为䷡，则据《易传》所解，其上卦不仅为震卦，象征雷电，而且这震卦☳又象征竹与芦苇，《易传》云："震为雷"、"为苍筤竹，为萑苇"②。（注：苍筤竹，青色，初生之竹；萑苇，即芦苇）竹苇之物，为上古中国土木建筑所常采用的原始材料，用作围护结构与屋顶覆盖。所谓"茅茨不翦"也。其下卦☰（乾卦），据《易传》，为"为天、为圆"、"为君、为父"之象，因此整个大壮卦象，是竹、苇之物覆盖其上、君父居住于下之象，象征先秦宫殿、宗庙及住宅等建筑文化及居住方式。

其二，大壮卦的错卦（注：与本卦阴阳爻性相反）为观卦䷓，其下卦为坤☷，依《易传》，"坤为地"；上卦为巽☴，"巽为木"，因此，观卦构成坤下巽上即"地下木上"之象，这是中国先秦之时已经成熟的传统木构建筑屹立于东方大地的象征。上卦巽为木，按《易传》："巽为栋"③，因巽卦是观卦的外卦，外卦也就是上卦，因此，整个观卦，象征建筑屹立于大地之上（即地在下木在

<hr />

① 郑玄：《周易郑注》卷四，湖海楼丛书本，第4页。
② 郑玄：《周易郑注》卷十，湖海楼丛书本，第4页。
③ 张沐：《周易疏略》上经二，清康熙十九年张如升刻本，第65页。

上）。同时，大壮卦的综卦（注：即与本卦的卦爻阴阳序相互颠倒的卦，清代易学家毛奇龄称为"反易"）为遁卦☶，其下卦有艮象☶，据《易传》，艮卦不仅象征"山"、象征"止"，而且"为小石"、"为径路"、"为坚多节"的"木"，"为门阙"、"为阍寺"[①]，凡此卦义，均与建筑相关。

其三，从"互体"（注：即一卦六爻的二、三、四爻或三、四、五爻各构成一个新的八卦）与卦之"旁通"现象来分析，大壮卦本卦的其中一个互体卦为兑☱；其综卦即遁卦的"互体"之一又为巽卦☴；其错卦即观卦也包含着一个互体之艮卦☶；同时，大壮卦的"旁通"卦为无妄卦☳，呈震下乾上之象，这里又包含着两个"互体"，即艮卦☶与巽卦☴。总之，人们由此不难看出，在大壮卦象中，艮、兑、巽等卦，是反复出现的卦象符号信息。除前文所述，不仅艮卦与巽卦，而且兑卦，都传达出与建筑文化相契的易理，因为据《易传》，兑"为少女、为巫、为口舌"[②]。许慎《说文》有云，"巫，祝也。在男曰觋，在女曰巫。"巫者，指巫人与巫术。这里需要补充的是，卜辞中记载了许多原始初民营造活动开始时的龟卜实例，如："王封邑，帝若（诺）"、"王乍（作）邑，帝若。"[③]这里的"封"，胡厚宣的《甲骨探史录》据郭沫若之见，释为"乍"之异文。[④]因此这两条卜辞的意思是说，圣王修筑都城，神秘的上帝（上天）同意了。这是记载了建筑龟卜的结果，那么谁来进行龟卜呢？巫也。以卦象表示，就是☱。卜辞中又如"贞，作大邑于唐土"[⑤]、"癸丑卜，作邑五"[⑥]、"甲寅卜，争贞，我作邑"[⑦]等等，都是有关《周易》兑巫的卜例。而兑卦又是"口舌"的象征，是在表示兑巫向上帝的卜问求询。至于这里所涉及的巽卦，不仅如前所述，"巽为木"所以与木构建筑之象攸关，而且据《易传》所言，巽义"为绳直，为

---

① 郑玄:《周易郑注》卷十，湖海楼丛书本，第5页。

② 同上。

③ 按：参见罗振玉编:《殷虚书契后编》1947、1750，《殷虚书契续编》6、13、12与董作宾编:《殷墟文字乙编》3。

④ 彭邦炯:《卜辞"作邑"蠡测》，载胡厚宣:《甲骨探史录》，生活·读书·新知三联书店，1982，第265页。

⑤ 《金璋所藏甲骨卜辞》611。

⑥ 《殷虚文字乙编》3060。

⑦ 《殷虚书契续编》5、171。

工"、"为长、为高"①，这些卦义，包含着建筑基地之测量、结构尺寸及建筑材料之加工所应遵循的绳墨规矩等建筑文化内容。

（二）除了易卦，某些易数也作为易理之象征，表现在先秦建筑文化之中。

在中国易文化中，易数具有很丰富、深刻的文化内涵。易乃象数之学。《周易》原本巫术，实际是关于数的巫术。当然，这数是神秘的，与象混沌为一的。古人说，龟卜重在兆象，而占筮讲的是"数"。世上先有万物，然后才有物象；物象中包含着数，数是神秘而决定兆象之吉凶的。《易传》所谓"错综其数"、"极其数，遂定天下之象"、所谓"参天两地而倚数"等等，都在说明数在整个易占筮文化中的重要地位。清代著名易学家陈梦雷说："数，蓍数也。""极天地之数而吉凶可以前知。"②数是《易经》筮符的构架与灵魂。

易数在先秦建筑文化中表现得相当活跃。比如周代的明堂制度。"周明堂，明堂所以正四时，出教化，天子布政之宫也。"③明堂在历史上有多种别称，"黄帝曰合宫，尧曰衢室，舜曰总章，夏后曰世室，殷人曰阳馆，周人曰明堂"④。这里，暂且不论比如黄帝时代是否有明堂（合宫）。据有关记载："明堂九室，一室有四户八牖，凡三十六户，七十二牖，以茅盖屋，上圆下方。"⑤这里，涉及到九、四、八这些易数。《周易》重"九"这个数。阳爻称"九"，为天数、阳数之极。在筮文化中，老阳为九，九是周人所崇拜的。在易筮中，古代筮法以自一至十这十个自然数依次相加，一、二、三、四、五为生数，六、七、八、九、十为成数。《周易》十分重视人的生命，所谓"天地之大德曰生"、"生生之谓易"。生数中的三个奇数一、三、五之和为九，故阳爻称九。同样，生数中的两个偶数二、四之和为六，故阴爻称六。九这个易数出现于明堂之上，不是偶然的，它象征帝王的阳刚与浩然之气，象征男性帝王的高贵与权力。同样，所谓"三十六户，七十二牖"之"三十六"、"七十二"，是九的倍数。其用意仍在于崇九。至于明堂"四户八牖"之"四"与"八"，四者，易之四象即春

① 郑玄:《周易郑注》卷十，湖海楼丛书本，第5页。
② 陈梦雷:《周易浅述》（四），上海古籍出版社，四库全书选辑本，1983，第24页。
③ 张宗祥:《校正三辅黄图》，古典文学出版社，1958，第39页。
④ 同上。
⑤ 戴德:《大戴礼记》卷八，元至正刻本，第9页。

夏秋冬、少阳老阳少阴老阴之象；八者，易之八卦即乾坤坎离震巽艮兑之象征。这种象征意蕴后来有些发展，古人说：明堂有九室，这"九"，取象于老阳之数也。八牖的八，阴数也，取象于八风。三十六户者，取六甲之爻，表示六六三十六，而六又是老阴之数。所谓"八风"，指八方来风，这八方是：四正：东南西北；四维：东南、西南、东北、西北。古人所以重视明堂的"八风"，象征政治清明、教化流行的意思。"明堂所以正四时，出教化。明堂上圜下方，八窗四达，布政之宫，在国之阳。上八窗法八风，下四达法四时，九室法九州，十二重法十二月，三十六户法三十六旬，七十二牖法七十二候。"①此之谓也。而在唐人那里，明堂的象征易数的文化意蕴更是大大地丰富了：

> 堂方百四十四尺，坤之策也。屋圆径二百一十六尺，乾之策也。太庙明堂方三十六丈，通天屋径九丈，阴阳九六之变，圆盖方载，六九之道。八达以象八卦，九室以象九州，十二宫以应十二辰，三十六户七十二牖，以四户八牖乘九室之数也。户外皆设而不闭，示天下不藏也，通天屋高八十一尺，黄钟九九之实也。二十八柱，列于四方，亦七宿之象也。堂高三尺以应三统，四乡五色，各象其行，外博二十四丈，以应节气也。②

虽然如此，其易数的象征性仍根植于先秦。

（三）除了易卦、易数，某些易图的方位意识已与先秦建筑的空间安排建立了文化亲缘关系，并且影响久远深巨。

我们今天所见的河图、洛书、先天八卦方位图与后天八卦方位图等易图，是宋代大儒朱熹首先搜集、编纂、刊印在其易著《周易本义》卷首的。据说宋代太平兴国年间，有道士陈抟传授之，陈抟传予种放、种放传予李溉、李溉传予许坚、许坚传予范谔昌、范谔昌传予刘牧，刘牧著《易数钩隐图》以张扬之，所谓河图、洛书之类才渐为古代学界所闻达。然而这并不等于说关于易图的文化意识仅仅始于宋代。尽管所谓"河出图、洛出书，圣人则之"③的记载，也许

---

① 刘向：《汉书》卷十二 帝纪，武英殿本，第213页。
② 杜佑：《通典》卷四十四，北宋本，第1页。
③ 魏了翁：《周易要义》卷七下，四库全书本，第13页。

并无多少真实的历史内容，而恰恰在《易传》中，真实地记录了后人依此绘出易图的一些方位意识。这方位意识，自然不等于易图，也不等于说战国时人一定绘出了有关易图而只是后来失传无闻了，但它肯定是宋人绘制易图的意识、观念与思想的一种蓝图。

《易传》有云："天地定位，山泽通气，雷风相薄，水火不相射"。这里，薄，接近之意；射，音yì，《经典释文》称虞翻等易学家读"射"如"厌"。[①]《周易集解》曰："射，厌也。""水火不相射"即"水火相通"[②]之意。显然，可以依据《易传》的这一段记载画出一个易图，即天（乾）南地（坤）北、山（艮）西北泽（兑）东南、雷（震）东北风（巽）西南、水（坎）西火（离）东。此图八个方位，宋人以为创自伏羲，故称为"伏羲八卦方位"即"先天八卦方位"。

《易传》又云："帝出乎震，齐乎巽，相见乎离，致役乎坤，说言乎兑，战乎乾，劳乎坎，成言乎艮。"[③]又说："震，东方也"；"巽，东南也"；"离也者"，"南方之卦也"；"坤也者，地也，万物皆致养焉，故曰致役乎坤"；"兑，正秋也，万物之所说也"；"乾，西北之卦也"；"坎者，水也，正北方之卦也"；"艮，东北之卦也"。[④]

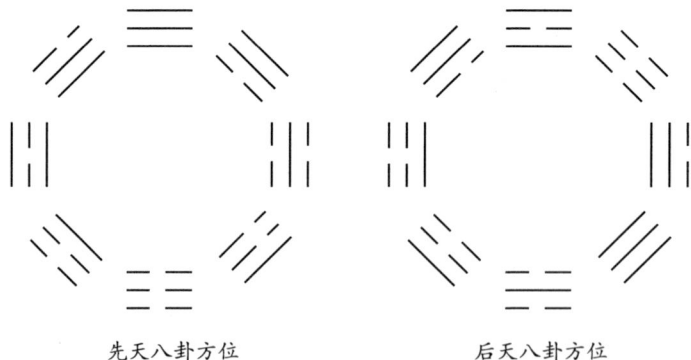

先天八卦方位　　　　　　　　　后天八卦方位

① 陆德明：《周易经典释文残卷》，敦煌遗书本，第7页。
② 李鼎祚：《周易集解》卷十七，清学津讨原本，第5页。
③ 郑玄：《周易郑注》卷十，湖海楼丛书本，第2页。
④ 同上。

　　根据这些记载，又能画出一个易图，其方位是：震东、巽东南、离南、坤西南、兑西、乾西北、坎北、艮东北。这八卦方位依顺时针方向排列，为"后天八卦方位"，又称"文王八卦方位"。

　　关于这两个八卦方位的文化意识，已经明显地渗透在先秦时期的某些建筑形制和空间布置之中。

　　比如，古人云："匠人营国，方九里，旁三门"。这一营国旁三门的建筑形制，规定都城古制九里见方，都城四边每边设三门，凡十二门，实际是一个规整的八卦方位图在大地、空间的展现。

　　中国先秦的城市平面布局，具有以宫城为主体的特点。据考古发掘，如晋侯马、燕下都与赵邯郸等王城平面，都有以宫城为主体的显著特征。宫城地位显要，占地广大，以象征帝王的政治权威。先秦诸多古城的平面模式，大致渗融着《周易》所谓"八卦九宫"的文化意识，即宫城之所在平面位置，是"八卦九宫"方位的"九宫"（亦称为中宫）的位置，后代所谓"棋盘格"的城市平面比如唐代长安平面等，在文化观念上都源于这一模式。

　　当然，由于建筑总是不可避免地受地理、地形等的实际限制，在具体建筑实践操作和建筑实例中，宫城不可能绝对地处于"棋盘格"城市平面的中心，一般的都城的宫城位置，大致在全城中部偏北一些的地方。

兑	乾	巽
离		坎
震	坤	艮

巽	离	坤
震		兑
艮	坎	乾

　　　先天八卦方位简示　　　　　　　后天八卦方位简示

　　本书前文曾经说到中国城市平面观念源自"井田"这一问题，由此，亦可见出易图的平面方位意识对城市平面建构的重要影响。其中，《周礼·考工记》

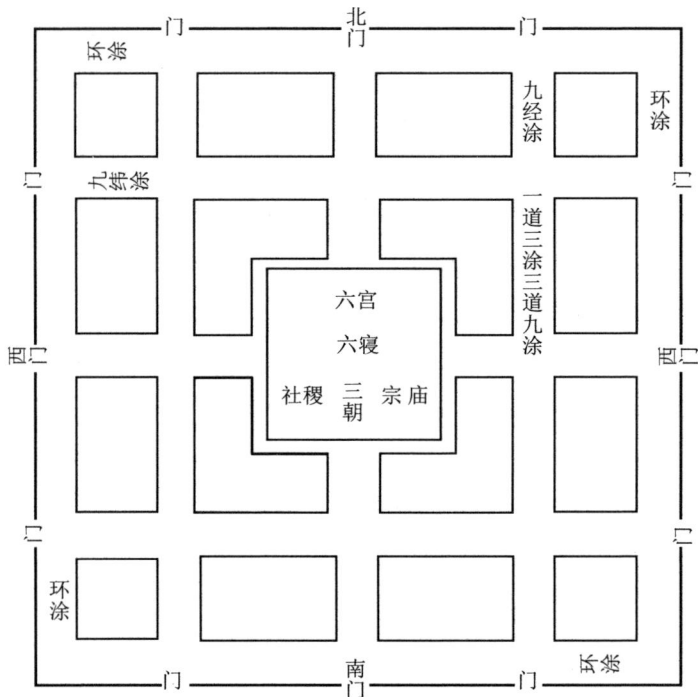

《考工记》营国旁三门简图

所言"九夫为井"的井田制，在文化观念上，是将一个方形平面（领域）分为九份，这九份是一个原始的"棋盘格"，即八卦围列于四周居八个方位，中间一个方位即所谓"中宫"方位。在井田中，八家各耕耘一份私田，同养中间一份公田，后来随着私有制和生产的发展，一井九大方位中的中间一个区域逐渐嬗变为从事商贸的"市井"。城市实际处于八卦方位的"中宫"地位，成为以城市为中心，郊野（乡村）围于四周的态势。这在文化观念上，实际上将一个民族或国家的所居之地在平面上看作为一个"八卦方位"了。[1]

　　由此不难想到中国古代关于"九州"的观念。相传大禹治水分天下为九州，属神话传说。所谓"禹贡九州"说实与战国阴阳家邹衍的"九州"说相符。《盐铁论》说：

----

[1]　王振复：《汉文字文化原型探讨——释字三则》，《学术月刊》1995年第10期，第83页。
　　　按：该文以笔名"施学之"发表。

所谓中国者，天下八十一分之一，名曰赤县神州而分为九。川谷阻绝，陵陆不通，乃为一州，有大瀛海环其外，此所谓八纮而天下际焉。[①]

邹衍"九州"之说认为，天下是由九个"大九州"所构成的，每一"大九州"又各有九个"小九州"。中国作为"小九州"之一，为"天下八十一分之一"。这无异于说，整个天下（世界）是一块"九夫为井"的大型"井田"，中国则是一块小型的"井田"，并且居于天下之"中"。

这一系列文化观念与空间意识的文化之根，可以追溯到《周易》的八卦方位图式。

---

① 桓宽：《盐铁论》卷第九，长沙叶氏观古堂藏明刊本，第11页。

第三章　秦汉伟构

历史进入秦汉之世，时代造就了天下一统的封建帝国和一统的文化格局。这一时代文化的基本特性，一是趋同，二是宏阔，有一种包举宇内的伟大气度。

春秋战国之时，先以五霸分争，继而七雄并峙，诸侯混战，天下大乱，周天子威权旁落，公室衰朽，宗法奴隶制趋于瓦解，可谓"社稷无常奉，君臣无常位"、"高岸为谷，深谷为陵"①。地上的帝王各行其是，作为从原始宗教信仰沿袭而来的统一的"天"（上帝）也逐渐失去权威性，遂有所谓"天道远，人道迩"②、"民，神之主也"③之类先秦理性与民本思想的升起；而"士"阶层的壮大，发展到战国时代，随着私学的兴旺，便有诸子蜂起、百家争鸣。这一时代，中国境内各诸侯国疆域的长期分立以及士阶层中学术文化思想的相互辩难，一方面促成了所谓齐鲁、吴越、秦晋和巴蜀区域文化的初步展开，另一方面也说明了与原始"专制"背道而驰的一定程度的思想的"自由"。

然而，秦帝国的日益强盛结束了天下纷争的局面，贾谊《过秦论》说："秦孝公据殽函之固，拥雍州之地，君臣固守，以窥周室，有席卷天下包举宇内囊括四海之意、并吞八荒之心。"④秦始皇统一中国，采法家之峻律严法，使战国

---

① 胡广：《春秋集传大全》卷三十三，明刻本，第31页。

① 胡广：《春秋集传大全》卷三十三，明刻本，第31页。
② 胡广：《春秋集传大全》卷三十一，明刻本，第17页。
③ 胡广：《春秋集传大全》卷五，明刻本，第12页。
④ 贾谊：《过秦论》，载吴楚材、吴调侯：《古文观止》（上），中华书局，1959，第233页。

以来，所谓田畴异亩，车途异轨，律令异法，衣冠异制，言语异声，文字异形的混乱世界成为过去，"书同文"、"车同轨"以及统一度量衡制之类政策的实施，使天下"一律"，威震四海，"奋六世之余烈，振长策而御宇内，吞二周而亡诸侯，履至尊而制六合，执敲扑以鞭笞天下"。① 秦代历史短暂，二世而斩，它在中国文化的伟大建构中所奠定的基础和无可替代的作用却不可磨灭，真可谓普施法度，经纬天下，永为仪则。

汉承秦制。汉高祖刘邦打平天下，还故乡沛地，与故里父老酒酣之际，自吟《大风歌》云："大风起兮云飞扬，威加海内兮归故乡，安得猛士兮守四方。"刘邦还有一首《鸿鹄歌》，其辞云："鸿鹄高飞，一举千里。羽翼已就，横绝四海。"都是气度恢宏之作。由此所表现的文化心态，在"文脉"上和秦一脉相承。所不同的，是秦立国未久全国"骚动"不已，民心不稳，滥施新法，折腾得很厉害。而汉初则采纳黄老之说，顺应思静的天下民心，推行"扫除烦苛，与民休息"② 政策，发展生产，遂使天下大定。因而到汉武帝时代，汉朝便日趋强盛，中央政治统治集团的力量得到巩固。在文化思想上，"罢黜百家，独尊儒术"，设五经博士制度，建立和推动汉代经学的空前发展。两汉之际印度佛教的东渐、东汉道教的创立以及谶纬神学盛行，加强了汉代文化思想的非理性、神秘与信仰色彩。而关于汉代文化思想的某种非理性特性，其实早在西汉董仲舒的"天人感应"说中已有表现。一些汉代帝王雅好术士之说，其执拗劲头，一点也不亚于当年秦始皇派人入海采不死之药的行为。虽然以东汉王充为代表的儒者倡言"疾虚妄"之论，张衡浑天地动仪的发明，都说明了中华民族理性思维在汉代的发展，而汉人其实还是比较迷信的，某种程度上可以说，汉代经历了一个中华民族文化成长历程中文化意识的"眩晕"期。

整个汉代的文化主题在趋同和宏阔这两方面是非常鲜明的。早在先秦《吕氏春秋》中，古人已有"故一则治，异则乱。一则安，异则危"③ 的"天下一统"思想，历史行程匆匆而过的秦代文化建构，是对这一思想的一种尊"法"实

① 贾谊：《过秦论》，引自吴楚材、吴调侯：《古文观止》（上），中华书局，1959，第233页。

② 班固：《汉书》卷五，武英殿本，第107页。

③ 高诱注：《吕氏春秋》卷十七，毕氏灵岩山馆刊本，第18页。

验；历史行程相对漫长的汉代文化历程，大致上或者说主要的是对这一思想在尊"儒"意义上的一种实验。而汉代思想界关于中华民族人文初祖黄帝形象的塑造，对创构趋于一统的、伟大的汉民族之魂具有决定意义，也在思想上自觉地适应了汉民族大融合的时代需要。早在先秦，黄帝这一人文始祖偶像已被创造出来，只是在秦尤其到了汉代，这一巨大的人文"话题"，已经成为时代文化的一种"心声"。董仲舒云："道之大原出于天。"①黄帝就是汉人心目中最崇高的"天"，汉代堂而皇之地以黄帝为始祖。

秦汉文化的基本特性对秦汉建筑的规定和影响是强有力的，或者说，秦汉建筑典型地体现了秦汉文化的基本特性，它是展现在东方地平线上的一种伟岸的大地文化。在中国建筑的文化历程中，秦代建筑的伟大尺度和力度，那种颇为统一的文化色调，是空前的，它光辉地反映出中国建筑的宇宙意识、时空意识。

第一节 秦代气度

秦代是一个热衷于土木的时代。秦始皇嬴政拥有天下前后，秦国每每大兴土木，尤为注重都城宫殿、长城和陵寝等建筑文化的建设。

秦都咸阳，都城宫殿的大量建造，是秦代建筑的典型之作。秦孝公初年，先建都于今咸阳20华里处。孝公十二年，迁都于咸阳，咸阳作为秦之国都，其繁荣一直维持到楚霸王项羽"西屠"之时。

据《三辅黄图》，在秦国的都城建设中，宫殿建筑是第一主题。如苋阳宫，始建于秦文公之时，地处今鄠县西南23华里；械阳宫，《长安志》称，在陕西岐山扶风东北15华里，为秦昭王所建；西垂宫，秦文公元年所居之所，事见《史记·秦始皇本纪》；平阳封宫，史载当年武公元年攻伐彭戏氏，来到华山脚下，曾驻于此。据《陕西通志》卷七十二："平阳封宫在郿县"；橐泉宫，据《庙记》所叙："橐泉宫，秦孝公造"。《皇览》又云，"秦穆公冢，在橐泉宫祈年观下"。又据《秦汉瓦当文字》，此处曾出土"橐泉宫当"瓦；步高宫，地处新丰，亦

---

① 董仲舒：《举贤良对策》，班固：《汉书》卷五十六，武英殿本，第1552页。

名市丘城，《长安志》云，"秦步高宫在县西南三十里"。陈直注："迳秦步高宫东，世名市邱城"；虢宫，秦室太后所兴造，在岐山虢县界；长阳宫，在周至县东30华里处，本秦旧宫，至汉曾有修饰，以备行幸，此宫苑以遍植垂杨名世；蕲年宫，秦穆公始建。陈直采《史记·秦始皇本纪》记述，认为"蕲年宫在雍。"又说"现凤翔县曾出土'年宫'二字瓦，此应即'蕲年宫'之省文"；兴乐宫，秦始皇造，周围20余华里，其宫苑面积不可谓不大。据称汉时此宫尚存，曾作修缮，汉太后常居于此。《三辅旧事》云："秦于渭南有兴乐宫，渭北有咸阳宫，秦昭王欲通二宫之间，造横桥长三百八十步"；信宫，始皇二十七年（公元前220年）筑于渭水之南，此宫位于咸阳宫城之中心，未久始皇更命信宫为极庙，以象天极，并由极庙前辟一大道通骊山，建造甘泉宫前殿。又筑咸阳宫，《三辅黄图》称："因北陵营殿，端门四达，以则紫宫，象帝居，渭水贯都，以象天汉，横桥南渡，以法牵牛。"[①]

可见，在秦一统天下前后，秦的历代帝王营构宫殿的活动甚是频繁，目的在于建宫立室以作政治、军事、文化中心，帝王盘桓于宫苑以号令天下，象征帝王威权。

秦代传闻于后世最著名的宫殿是朝宫，始皇三十五年建于渭南上林苑中。相传其庭可受十万众。始皇曾销熔锋镝以铸"金人"十二，立于朝宫之前。"金人"座高三丈，背刻铭文云："皇帝二十六年，初兼天下，改诸侯为郡县，一法律，同度量。"朝宫门前"金人"之铸像尚且如此高巨，朝宫之崔巍，于此可以想见。

朝宫的前殿，就是大名鼎鼎的阿房宫。

> 始皇以为咸阳人多，先王之宫廷小，"吾闻周文王都丰，武王都镐，丰镐之间，帝王之都也。"乃营作朝宫于渭南上林苑中。先作前殿阿房，东西五百步，南北五十丈，上可坐万人，下可建五丈旗。周驰为阁道，自殿下直抵南山，表南山之巅以为阙，为复道，自阿房渡渭，属之咸阳，以象天

---

① 张宗祥：《校正三辅黄图》，古典文学出版社，1958，第8页。

极，阁道绝汉抵营室也。[①]

阿房宫规制宏巨，自古叹为观止。

> 六王毕，四海一。蜀山兀，阿房出。覆压三百余里，隔离天日。骊山北构而西折，直走咸阳。二川溶溶，流入宫墙。五步一楼，十步一阁，廊腰缦回，檐牙高啄。各抱地势，钩心斗角。盘盘焉，囷囷焉，蜂房水涡，矗不知其几千万落。长桥卧波，未云何龙。复道行空，不霁何虹。高低冥迷，不辨西东。[②]

虽然这是文学描述，难免虚辞夸饰，但其字里行间，显然有真实的历史遗影在，把整座阿房宫的崇楼危阁、恢制宏构、气韵风神渲染得淋漓尽致。

值得注意的是所谓有容乃大。秦代都城宫殿之大，得之于政治与文化观念的兼收并蓄："秦每破诸侯，写放其宫室，作之咸阳北阪上。"[③]这种兼纳"异端"的文化胸襟与气魄，几使六国宫殿精华毕现于咸阳，初显泱泱大国的不凡风度。

而且，其文化观念与空间意识在于"表南山之巅以为阙"、"以象天极"之类，有一种建筑融入自然、与自然融为一体、以自然为恢宏尺度的文化自觉。试想，一座都城宫殿，在文化观念上敢以高峻伟巨的终南山峰为门前之"阙"（阙是一种礼制建筑门类，常设于主体建筑之前），这种建筑形象，真有气吞山河之概了。

秦代建筑的巨伟体量还可以从一些实证中见出。秦甘泉宫的一座高台式建筑物台基，东西宽100米，南北长80米，面积为8 000平方米，其遗址现存残高4米。[④]秦始皇陵出土的一件夔纹瓦当高47.5厘米，宽61厘米，俗称瓦当王，由

---

① 司马迁著、裴骃集解、司马贞补：《史记》卷六，武英殿本，第193—194页。

② 杜牧：《阿房宫赋》，吴楚材，吴调侯：《古文观止》卷之七，中华书局，1959，第316页。

③ 司马迁著、裴骃集解、司马贞补：《史记》卷六，武英殿本，第186页。

④ 按：参见《乾县发现秦甘泉宫和梁山宫遗址》，载《人民日报》1988年5月19日。

此不难想象整座建筑的巨大尺度。如此巨硕的瓦当在辽宁姜女石秦代宫殿遗址也有出土，其直径也在60厘米左右。陕西兴平县田阜乡侯村秦（汉）宫殿遗址之主体部分，东西宽1 100米，南北长400米，其规模之巨实属罕见。经对秦咸阳宫一号遗址考勘，秦咸阳城的范围约在今咸阳市东郊毛王沟以东、柏家嘴以西、高干渠以南、汉长安城以北一个广大的区域内，一系列的宫殿遗址之间由带状夯土连接，似可说明这里曾经是一处巨大的宫殿建筑群，"与《史记》所记秦始皇'令咸阳之旁二百里内，宫观二百七十复道，甬道相连'，是相符合的"[①]（注：这里所谓"宫"，指宫殿；观，非后代道观之观，指古时由阙发展、衍化而来的宫殿前的一种礼制性建筑。阙是宫门前的一种标志性建筑，观是在阙上建屋，可供登临、凭眺）。其一号宫殿位于咸阳北部宫殿群中部，据考察，此为"写放""六国宫殿"之前的秦宫，是一座高台建筑，东西全长可达130多米，其势巍峨，是整个宫殿建筑群的注意中心。

秦代长城是在先秦长城的基础上修建起来的。先秦战国之时，由于诸侯国纷争日烈，战事不断，加上为抵御匈奴异族的骚扰，当时秦、赵、燕三国在其北侧边境筑边墙以抗匈奴。秦代长城是秦始皇一统天下之后的第一伟大工程。它首先是战国秦、赵、燕三国长城的连接，同时是增修，使其成为一个整体性工程。秦代长城凡3 000余公里，东起于辽东、西迄于甘肃（注：秦之后，长城成为中国建筑文化史上的一个经久不息、独具魅力的文化"话题"，几乎历代都有修缮。本书后文还将论及）。

秦代长城的建造观念属于军事文化范畴，作为主要是防御性的军事工程，在世界和中国建筑史上是一个首创。它是"冷兵器"时代运用一种建筑营构力量，试图将另一方的军事力量阻挡在"我方"的可控空间之外的建筑，长城具有"盾"的文化属性。长城在建造之初的功能是实用。实用性建筑，也是一种文化。在实用之中蕴涵审美甚至是崇拜因素，并且以一定的建筑科学技术来建造，而随着时代的向前推移，长城的实用性功能被历史所逐渐消解，主要在审美文化意义上成了中华民族的民族精神的一种象征。在建造观念上，长城

---

① 杨鸿勋：《秦咸阳宫第一号遗址复原问题的初步探讨》，《文物》1976年第11期，第31页。
按：该文为杨鸿勋以"陶复"为笔名发表。

又属于城堞类建筑，它是巨硕无比的"城墙"，西方人将长城译为"The Great Wall"，是对长城文化属性的准确理解。

据考察，秦代长城的用材特点是因地制宜，就地取材。它穿越广阔的黄土高原、沙漠地带及无数崇山峻岭、河流溪谷。在黄土地带一般采用版筑或土筑法。从现存临洮秦长城的一段遗址看，是版筑而建。在山岩谷地又杂以木石、泥土，甚至有些地段以砾石、砂石与红柳、芦苇等层层叠压修建而成。这一用材制度决定了秦代长城的一般建造方式。秦代长城的遗存目前可能已是绝无仅有，但在当时确是十分雄伟。当时没有什么先进的建筑工具，几乎完全依靠人工（也用畜力）在漫漫大荒中修筑，它所经过的地形之复杂、其建造的难度、其艰苦卓绝，实在难以想象，否则就不会有诸如孟姜女哭倒长城之类民间传说的广泛流播了。长城在当时确是统治者穷兵黩武的一个见证，曾经成为老百姓诅咒的对象。虽然如此，秦代长城以及后代的长城，一般都是中华民族团结统一的象征，它是从维护国家安全，从战争激情中艰难地升腾而起的中华民族的伟大创造力，它的巨大体量，是中华民族伟大的文化胸襟在东方大地之上的辉煌展现。

除了宫殿和长城，秦代建筑的恢宏气度，同样非常鲜明地体现在陵寝建筑上。

比如秦始皇陵，位于现陕西临潼县城东5公里处，离西安市约35公里，南居骊山，北临渭河。陵寝范围之大，在全国甚至世界，堪称第一。

司马迁说："始皇初即位，穿治骊山，及并天下，天下徒送诣七十余万人，穿三泉……"[1]始皇陵在秦嬴政生前已开始兴建多年。嬴政13岁（公元前246年）即帝位未久，就择骊山"风水宝地"为自己营建帝陵。统一全国后，更以全国70万众加紧修造，直到这位中华第一帝50岁死葬时（公元前210年）尚未全部竣工。秦二世时又继续修造了两年，前后花去了大约40年时间。这陵墓，据三国时魏人所述，"坟高五十余丈，周回五里余"。其高约合现制120余米，陵墓底边周长约为2 167米，可谓规模宏巨、崇高非凡。就陵体现存残高看，也有64.97米，虽经两千多年风雨侵蚀，仍显得形象高巍。

---

[1] 司马迁著、裴骃集解、司马贞补：《史记》卷六，武英殿本，第198页。

始皇陵陵体由三层方形夯土台堆垒而成，下层台面积最大，近似于一个正方形（实际测得东西宽345米，南北长350米），每层台壁都呈向内斜收趋势。方形建筑平面，象征大地，所谓"方坟"是当时的陵体常式，所体现的是"天圆地方"传统观念中的"地方"文化意识。中国的墓葬文化起初是"墓而不坟"。墓者，没也；坟者，以累土起高对墓之修饰（文，动词）也。《易传》云："古之葬者，厚衣之以薪，葬于中野，不封不树，丧期无数。"①所谓"不封不树"，即不封土起高为坟，墓前不树墓碑、更不树石象生之类的标志。可能也不在陵区植树以象征生命。传说墓起坟台始于孔子，孔子为其父母起坟，封土四尺。而早在战国时期，秦惠王的公陵、秦武王的永陵，其陵体平面都作方形。燕国的王室陵墓，也是方形平面。因而可以说，起码自战国始，"地方"观念已经渗透在中国陵寝文化之中，早期帝陵别称"方坟"、"方上"，就是明证。即在地宫之上，以黄土夯筑，使其成为一种上小下大方形台基的高大陵台，这陵台的方锥尖顶一般被截去，亦呈方形。

始皇陵台的文化审美意义在于崇高，在空间意识和建造观念上，可以说深受古代灵台建筑的文化影响，而灵台建筑的文化意蕴又源自古代自然崇拜中的山岳崇拜。

所谓："经始灵台，经之营之。庶民攻之，不日成之。"②这灵台，据《说文解字》："四方而高也。""四方"者，象征大地；"高，崇也，象台观高之形。"王毅《园林与中国文化》一书在引用《说文》此说之后，称甲骨文、金文中的"高"字，"都是高台上建屋的象形"，"可见'高'的字义还是源于台"③。其实，许慎《说文》有误。"高"在甲骨文中的典型写法为（"三期"甲一九一二）、（"三期"粹一六五）（"三期"存一、一七九五）、（"四期"人二三六七）以及（"一期"甲二三一一），象征地面建筑物高出地面以示形象之崇高。中国建筑之最古老的型式是"居穴"与"居巢"（见本书第一章），前者在地下，后者在地上。原始穴居文化发展为半穴居文化，最

① 郑玄：《周易郑注》卷八，湖海楼丛书本，第3页。

② 毛亨传，郑玄笺：《毛诗》卷十六，相台岳氏家塾本，第14页。

③ 王毅：《园林与中国文化》，上海人民出版，1990，第4页。

后在总体上告别穴居而使建筑物屹立于大地之上，这便是"高"。由于"高"由穴居发展而来，因而在甲骨文"高"字的象形上，一般还保留着象征"居穴"的 廿 这一符号，这是显而易见的。至于"崇"，《说文》曰："崇，高也。从山，宗声。"又说："嵬，高，不平也。从山，鬼声。"崇，山之高。可见，古代灵台的文化审美意义在于崇高，始皇陵台的文化审美意义亦在于崇高。陵台的崇高作为特殊的建筑型式，其文化之灵感直接源于中国建筑自穴居向地面建筑居住方式的发展，间接受影响于崇拜山岳之神性、灵性的古代灵台文化。《山海经》中描述诸多神山普具神性，人敬而畏之，所谓"畏轩辕之丘"[①]也。山体体量巨大，屹立于大地而岿然不动，往往高耸入云，神山"乃维上天，登之乃神，是谓太帝之居"[②]。而筑灵台以象征具有神性的山岳，《山海经》所谓帝尧之台、帝喾之台、共工之台等在文化观念上由于是神圣山岳的象征而同样具有神灵之气。要之，始皇陵台的体量之巨大，象征山岳，具有神圣、神灵的文化意蕴。

秦始皇陵的平面为一"回"字形。其具内、外两重墙垣，其中外墙南北长约2 170米，东西宽约970余米，周长约为6 000余米。陵冢坐落于整个陵区的西南隅，正当东、南、西三面两重墙垣六座门之交会点，被安排在"回"字之中。这是合乎古礼的，《礼记》有"南向北向，西方为上"之说。而《尔雅》云"西南隅谓之奥"，尊者之所处。在《周易》后天八卦方位即文王八卦方位中，以西南方为坤位，坤为地，入葬即人的残骸和灵魂归于大地，入土为安。秦始皇归葬于陵区"回"字形平面的西南一隅，正应了《周易》关于生命回归于大地母亲的易理思想，可见秦始皇陵的建造很讲究风水。

同时，秦始皇陵兵马俑坑的发掘，也证明秦代建筑的伟大风格。该地下兵马俑军阵，是秦始皇的冥府仪仗队。整个兵马俑形象有威武雄壮、排山倒海之势。将军俑统领着弓卒、步卒、骑卒和战车卒四兵种。其中最大一坑面积约为14 000平方米，排列军俑6 400余件，全部俑坑的军俑约为8 000件左右。俑件为陶质，体量与真人真马等大，而且军俑所持武器，都是实战实物，令人叹为观止。古人云，事死如事生，礼也。秦始皇陵的风格，渗融着封建帝王威风煊赫、权倾天下与无与伦比的政治与礼制文化内容。

第二节 大汉风范

在文脉上，汉代建筑在沿承秦制的基础上，有了新的开拓与发展，奏响雄壮的时代音调，挺立豪迈的历史身影。

汉代建筑文化的重大题材，依然是城市及其宫殿。

从考古看，属于汉代的城市建筑遗址曾被大量发现。如河北宣化罗家洼古城、西阳城、怀来沙城、崇礼县西湾子古城、丰润县银城铺古城、磁县讲武城、唐县灌城与易县东古城等，呈现出汉代建筑文化的壮伟风貌。如磁县讲武城平面略为正方形，南北长约1 150米，东西宽为1 100米，城址内曾出土大量尺度巨大的汉砖汉瓦。江苏盱眙东阳城始建于秦，续建于汉，总面积达1.5平方公里。城垣为版筑，现大部保存完整。其中出土一件铜权，上刻始皇二十六年诏书，权扁圆形，重达30.4公斤，为秦时旧物。亦有汉代花纹方砖、半瓦当、圆瓦当以及大量素面板瓦等出土，体现出封建国家城市建筑的宏伟。有的古城遗址中有冶铜、冶铁、铸钱等作坊出土，如六合李岗的铸钱作坊遗址，为一"干栏式"建筑，以大量质地优良的楠木竖插为桩，其上构筑居室平面与空间，面积约为221平方米，其板瓦、筒瓦等建筑部件遗存，都是大型的。1975年发掘的河南郑州大荥阳遗址，有汉代冶铁作坊出土，其范围，南北长400米，东西宽300米。其中两座冶铁炉基占地很大，估计其中之一的炉容量为50立方米。炉基四近有大体积铁块、矿石堆、炉渣及水井、船形坑、四角柱坑、窑坑、耐火砖与陶模等遗存出土。大体积铁块估计重达20余吨，而炉基以炉灰土加小卵石夯筑，厚达4米，由此可见汉代城市中生产类建筑的巨大形制。

汉代最典型、最伟大的城市及其宫殿建筑，自然当推陕西长安。长安在中国建筑文化史上占有重要一页。它位于现陕西省西安市西北，始建于汉初（公元前三、二世纪之交），为汉、隋、唐等朝代的首都（东汉时，降为陪都，称西京），是中国古代城市及其宫殿的杰出代表。

汉初天下未定，经济文化未及全面复苏，统治者在统治思想上采"旨近老子"①的黄老之学，与民生息，发展生产，却已开始大兴土木，修筑长安兴乐宫、未央宫、长乐宫与北宫等，至汉武帝国力强盛时尤盛。

《汉书》云：

> （高祖七年），萧何治未央宫，立东阙、北阙、前殿、武库、太仓。上见其壮丽，甚怒，谓何曰："天下匈匈，劳苦数岁，成败未可知，是何治宫室过度也？"何曰："以天下未定，故可因以就宫室。且夫天子以四海为家，非令壮丽，无以重威，无令后世有以加也。"上悦。自栎阳徙居焉。②

可见城市及其宫殿的建造，其显在的目的，首先是政治精神意义上的体现天子"重威"。萧何说，"天子以四海为家"，即四海一统，都是天子之"家"，有"溥天之下，莫非王土"之意，自然"非令壮丽"不可。

"未央宫周回二十八里，前殿东西五十丈，深十五丈，高三十五丈。"③可见未央宫规模之巨。其前殿面阔长度是其进深长度的三倍多，平面呈狭长形，而整座未央宫周长约合现制8 900米，其占地可谓汉代宫殿之佼佼者。未央宫是长安宫城的主要宫殿，位于长安西南隅，其"风水"位置处于文王（后天）八卦方位的"坤"位上，这在汉人看来，自然是吉利之位。未央宫以"前殿"为其主要建筑，这是沿袭秦制。类于"前殿阿房"，在建筑文化观念上具有历史沿袭性。同时，未央宫是一座庞大而伟丽的宫殿建筑群，据《三辅黄图》记载，它有宣室、麒麟、金华、承明、武台、钩弋等殿（除前殿之外）；又有殿阁三十二，主要为寿成、万岁、广明、椒房、清凉、永延、玉堂、寿安、平就、宣德、东明、飞雨、凤凰、通光、曲台与白虎等。它"以木兰为棼橑、文杏为梁柱，金铺玉户，华榱璧珰，雕楹玉碣，重轩镂槛，青琐丹墀，左城右平。黄金为璧带，间以和氏珍玉，风至其声玲珑然也。"④

---

① 刘安著、高诱注、庄逵吉校：《淮南子》叙，武进庄氏刊本，第1页。
② 班固：《汉书》卷一下，武英殿本，第10页。
③ 张宗祥校录：《校正三辅黄图》，古典文学出版社，1958，第14页。
④ 同上。

长安城的另一座主要宫殿是长乐宫。"长乐宫，本秦之兴乐宫也。高皇帝始居栎阳，七年长乐宫成，徙居长安城。"其"前殿东西四十九丈七尺，两杼中三十五丈，深十二丈"①。它供太后所居，位于长安东南隅，这在文王（后天）八卦方位上居于"巽"位。"巽"处于南位之"离"（火）、与东位之"震"（雷）之际，在汉人"风水"观念中自然也是吉利之地。长乐宫也是一座宫殿建筑群，有鸿台、临华、温室、长定、长秋、永寿与永宁等殿组成，是一种大宫之中套建小宫的形制，全周长为10 000米，具有庄严的平面布局和宏伟的空间气魄。

汉武帝（前140—前87）时，长安又建造了著名的建章宫与桂宫等。"太初元年二月，起建章宫"②，建于长安西郊。《三辅黄图》云："帝于未央宫营造日久，以城中为小，乃于宫西跨城池作飞阁，通建章宫，构辇道以上下。辇道为阁道，可以乘辇而行。"又说："宫之正门曰阊阖，高二十五丈，亦曰璧门。左凤阙，高二十五丈。右神明台，门内北起别凤阙高五十丈，对峙井干楼，高五十丈。辇道相属焉，连阁皆有罘罳。前殿下视未央，其西则商中殿，受万人。"③建章宫的形制规模之巨，由此可见一斑。

值得注意的是，空间造型高敞于未央宫的建章宫的建筑文化观念，依然源于"风水"。据有关古籍，武帝太初元年，柏梁殿发生严重火灾。极重风水迷信的汉人以为火灾焚毁宫殿是国运衰颓之征兆，以必在未央宫之西建"大屋"为厌胜、解救之法。所谓："有火灾，即复大起宫室以压之。"④又云："粤俗有火灾，复起屋，必以大，厌胜服之。于是作建章宫，度为千门万户，前殿度高未央。其东则为凤阙，高二十余丈。"⑤又在建章宫之北营大池，名曰"泰液"。"池中有蓬莱、方丈、瀛洲、壶梁，像海中神山龟鱼之属。"可见，建章宫形体巨硕且以水为主题，在风水观念中有以大凌小、以高压低、以水灭火之"效"，实在是很有趣的。

总之，汉代（主要指西汉）宫殿建筑群的巨大体量，给人的印象非常深刻。西汉长安（内城）占地约为35平方公里，其面积大约是历史上与之同期的欧洲

---

① 张宗祥：《校正三辅黄图》，古典文学出版社，1958，第13页。
② 班固：《汉书》卷一下，武英殿本，第131页。
③ 张宗祥：《校正三辅黄图》，古典文学出版社，1958，第15—16页。
④ 班固：《汉书》卷一下，武英殿本，第131页。
⑤ 班固：《汉书》卷二十五下，武英殿本，第810页。

罗马城的2.56倍（古罗马占地13.68平方公里），不可谓不广大。而汉长安城的宫殿，仅长乐、未央两宫就占全城总面积的三分之一，再加上桂宫、北宫和明光宫，宫殿所占的面积可能占全城总面积的二分之一。这种建造巨大城市及其宫殿的巨大热情，早在秦代的城市及其宫殿之类建筑中，已体现得相当充分和强烈，没有人不会想到，这是封建统治者好大喜功的政治文化在土木营造中的生动表现。然而在笔者看来，秦汉以及经过隋唐直至明清的中国建筑的尚"大"之风一直绵延不绝（见本书后文），其原因，显然不仅仅属于政治"问题"，而是属于文化"问题"。

第三节 "宇宙"精神

在文化观念和时空意识上，这关系到历来中国人所认识、体悟到的"建筑"究竟是什么的问题。

中国人所认识、体悟到的"建筑"，是一种人工创造的"宇宙"。宇宙即建筑，建筑即宇宙，这一点，早在先秦的文化观念与时空意识中，已经光辉地体现出来了。

且让我们先来讨论"宇宙"这一文化概念、文化范畴。

《管子》始称"宇宙"为"宙合"。其文云："天地，万物之橐；宙合，又橐天地。"[1]橐有两解。一指冶炼鼓风吹火之器，犹今之风箱。《墨子》所谓"具炉橐橐以牛皮"、《淮南子》所谓"鼓橐吹埵，以销铜铁"以及《老子》所谓"天地之间，其犹橐籥乎，虚而不屈，动而愈出"，均取此解。这里又指盛物之袋。《管子·宙合》云："宙合之意，上通于天之上，下泉于地之下，外出于四海之外，合纳天地以为一裹。"[2]这是说，"宇宙"不是什么别的，它是纳"天地"万物于"一裹"的"橐"，它包罗万象而无遗。它像一个"橐"（袋），万物包含在"天地"之中，"天地"又包含在"宙合"之中。"宙合"之"合"，即盛物之盒。《正韵》："合，盛物器"，其形方正。因其为方正之形，故必具六面。四

---

① 房玄龄注:《管子》卷第四，明吴郡赵氏刊本，第1页。

② 同上书，第6页。

方上下为"六合"。"合"即"六合"。李白诗所谓"秦王扫六合,雄视何壮哉"之"六合",含"天下"之意。"六合",就是"宇"。所以"宙合",即宇宙。

所谓"宇宙",指时空。尸佼(《尸子》一书,已亡佚,仅存辑本)指出:"四方上下曰宇,往古来今曰宙。"《淮南子》也说:"往古来今谓之宙,四方上下谓之宇。"[①]"宇宙"的特性,其一为大。《广韵》:"宇者,大也。"《墨子·经上》:"宇,弥异所也"(注:即弥满于一切地方)。宇指空间。这空间或大而有限,前述"宇者,囊、合"之说,即指此;或大而无限,《庄子》云:"有实而无乎处者,宇也。"(意即:宇客观存在,却大而无可定执)《庄子》又说:"计四海之在天地之间也,不似礨空之在大泽乎!""天之苍苍其正色邪?其远而无所至极邪?""汤问棘曰:'上下四方有极乎?'棘曰:'无极之外,复无极也'。""汤之问棘"事,见于《列子·黄帝篇》,这里《庄子》的意思很清楚,认为宇是"无极""复无极"的,正如《楚辞·九章》:"穆眇眇之无垠兮,莽茫茫之无仪。"

其二为久。认为时间即宙即久。关于"宙",也有久而有限,久而无限两解。扬雄《太玄》称:"阖天谓之宇,辟宇谓之宙。"阖者,关闭;辟者,开辟。宇是封闭性的空间,开天辟地才是"宙"。因而,宙作为时间起于"辟宇"之时,是有起点的。而有些古代先哲指出了"宙"的无限延续性。张衡说:"宙之端无穷。"《庄子·庚桑楚》则早已指出:"有长而无本剽者,宙也。""剽",意为"割削",这里转义为"末梢"。故"本剽"即"始末"之意,"无本剽"就是无始无终。这又正是屈原《离骚》所啸吟的那样:"时缤纷其变易兮,又何可以淹流?"

可见,宇宙之"宇",指"宙"(时间)的空间存在方式;"宙",指"宇"(空间)存在的运动过程。宇指空间的广延性;宙具时间的连续性。时空并存,不可分拆。诚如方以智发挥《管子·宙合》"宇宙"观时所言,"管子曰'宙合',谓宙合宇也,灼然宙轮转于宇。则宇中有宙,宙中有宇。"

然而,如果仅仅知道"宇宙"即时空这一意义却不去追溯"宇宙"的本来义,必将无力解开宇宙即建筑、建筑即宇宙这一中国建筑文化的理论之谜。

"宇宙"的本义,指建筑。

---

① 刘安著、高诱注、庄逵吉校:《淮南子》卷十一,武进庄氏刊本,第156页。

　　所谓"宇"，屋檐之谓。《说文》："宇，屋边也。"①"屋边"即屋檐，许慎可谓深谙"宇"之底蕴。此说肇自《易经》。《易经》大壮卦有"上栋下宇，以待风雨"之说，即取"宇"之本义。

　　所谓"宙"，甲骨文为 𠆪、𠆦 等，从"宀"（读 mián）。"宀"，屋顶之象形。在汉字中，穴、宇、宁、宅、家、完、宾、宗、定、窆、宣、宦、室、宫、宰、宸、宿与寝诸字，均从"宀"，其义都与建筑有关。"宙"，也是一个富于建筑文化涵义的汉字。

　　"宙"的本义为梁栋。高诱说得很清楚："宇，屋檐也；宙，栋梁也。"②

　　故"宇"为屋檐、"宙"为梁栋的解说已成定论。

　　问题是，"宙"本义为梁栋又为何具有"时间"意义呢？

　　建筑是一种空间存在，它以屋顶、屋檐为代表的立面是这一空间存在的主要标志，但是，仅有这"宇"还不能成"屋"，只有同时有"宙"，才是宫室在东方古老大地之上长久屹立的现实存在。中国建筑的传统型式的木构梁栋，具有举足轻重的撑持、负重的物理功能。就中国土木建筑而言，假如抽去了房屋的"宙"即梁栋，那么屋就倒坍，也就"屋将不屋"了。

　　因此，那支撑屋顶重载的梁栋（宙），实在是中国传统土木建筑的生命。建筑物是否能在大地之上持"久"屹立，全凭梁栋的撑持。

　　从音训看，宙者，久也。宙指中国建筑的梁栋，也指时间。

　　这里又须指出，《苍颉篇》曾称"宙"的本义为"舟舆所届曰宙"。届，至、到之意，即《尚书·大禹谟》所谓"惟德动天，无远弗届"之"届"。《说文》也曾指"宙"为"舟车之所极覆也，从宀"。段玉裁注："舟车自此及彼，而复还此，如循环然。故其字从由，如轴字从由也。"可见，此三者释义是一贯的，即由"舟舆"之行联想到行程所需的时间，时间即"久"，故"宙"者，久也。就是说，由"宙"之"由"部联系到"舟舆"之"轴"；由"轴"之转动联系到"舟舆"之行进；由行进需要时间而释"宙"之引申义（非本义）为时间，其逻辑似亦粗通。然而倘若由此推论，则"宙"之本义当为"舟舆"而非

---

① 许慎：《说文解字》七下宀部，四库全书本，第260页。
② 刘安著、高诱注、庄逵吉校：《淮南子》卷六，武进庄氏刊本，第94页。

"梁栋"了。这恰恰又与《说文》所言自相矛盾。许子明明释"宙""从宀"，而"宀，交覆深屋也，象形。凡宀之属，皆从宀。"何以又同时释"宙"为所谓"舟车之所极覆"呢？依笔者之浅见，中国文化中宫室发明在前而舟舆（车）发明在后，在创造观念上，舟舆的顶篷（用以挡风、遮阳、避雨之类）实际是中国建筑大屋顶这一形制的借鉴与沿用，舟舆顶篷的文化原型是建筑屋顶，而不是相反。可能"宙"这一汉字创构之时，古人仅以舟舆之顶篷、轮转象形而未及注意到"宙"字的部首"宀"原本是屋顶之象形这一点。笔者曾就现已读识的甲骨文加以检索，未发现"宙"、"由"二字，可见"宙"是后起之汉字。实际上，从"宙"从"宀"来看，"宙"之本义为"梁栋"，高诱的注解可谓得解。宙即久，为梁栋植立之"久"而非舟舆行进之"久"。因为假如释"宙"为舟舆及其"轮转"行进之"久"，那么，《管子》所谓"天地，万物之橐；宙合，又橐天地"，就不通了。"宇宙"两字一直连用，如果"宙"为舟舆及其"轮转"之义，那么，"宇"又当何解？

要之，从中国文化及其建筑文化分析，"宙"与"宇"字一起，共同揭示了中国古代宇宙观的形成与建筑的文化联系，或者可以说，中国古代素朴的宇宙观，是从建筑实践活动与建筑物的造型中衍生而成的，它其实就是中国古代建筑文化的时空意识。

因而，同一部《淮南子》，既有"往古来今谓之宙，四方上下谓之宇"（"齐俗训"）之说，这里"宇"、"宙"取其引申义，指时间、空间；又有"凤凰之翔，至德也……而燕雀佼（骄）之，以为不能与之争于宇宙之间"[①]。这里，又取"宇宙"之本义。

可见在古代中国比如秦汉之时，人们所感知、想象的天地宇宙，其实是一所其大无比的"大房子"。尽管有的认为"宇宙"是大而有限的"六合"；有的主张"宇宙"大而无涯，所谓"无极""复无极"。总之，人们是将天地宇宙看成一所似乎有"宇"（屋顶）、有"宙"（梁栋）为主要构筑的"大房子"，千秋万代，人们就在这所"大房子"的庇护下生活，无论肉体还是精神，都受其保护。

同时，人们也总是习惯于将建筑及其环境看作自己创造并赖以生存的宇宙，

---

① 刘安著、高诱注、庄逵吉校：《淮南子》卷十一，武进庄氏刊本，第**94**页。

其宇宙（时空）文化观念是从定居开始的农业文化中发生、发展起来的。宗白华《美学散步》云："中国人的宇宙概念本与庐舍有关。"又说："'宇'是屋宇，'宙'是由'宇'中出入往来。中国古代农人的农舍就是他们的世界。他们从屋宇得到空间观念。从'日出而作，日入而息'《击壤歌》），由宇中出入而得到时间观念。"①这里，宗白华将"宙"释为"由宇中出入"似缺乏根据。然而，他关于"中国古代农人的农舍就是他们的世界"的观点是很正确的。他猜中了建筑之"宙"的"时间"特性，虽然不是"梁栋屹立"之"久"，却也富于启发意义。

《墨子·经说》云："久，合古今旦莫"（莫者，暮也）②。《墨子·经上》又说："久，弥异时也。"③久即宙，包含一切时间。这"久"，不用说，自与建筑及人在建筑环境中的活动进程攸关，而我们依然不能忽略其原本的意义。王夫之说："上天下地曰宇，往古来今曰宙。"又称，建筑者，"则旁有质而中无实，谓之空洞可也，宇宙其如是哉！宇宙者，积而成久大者也。"④宇宙就是"旁有质而中无实"的"空洞"即"空间"，这建筑空间同时还是有赖于梁栋撑持天穹的一种存在，故所谓"积而成久大"。

中国古代的宇宙观与建筑文化时空意识之间的沟连关系，可略从有关中国古代神话传说与诗歌中见其一二。

中国一向有关于"天宫"的神话传说。天门、天扉、天阶（星名）、天街（星名）、天极（星名，北极星）以及天阙（星名）等等，都是与建筑攸关的"天宫"形象。至于"天柱"，古代神话传说中真正顶天立地的巨柱。《初学记》云："昆仑山为天柱，气上通天，昆仑者，地之中也。"《神异经·荒经》说："昆仑之山有铜柱，高入天，围三千里，周圆如削。"而共工氏怒触不周之山，使"天柱折，地维缺。"这是宇宙这所"大房子"的倒坍之象。《淮南子·览冥训》称："往古之时，四极废，九州裂，天不兼覆，地不周载……女娲炼五色石以补苍天，断鳌足以立四极。"这里，按《说文》的解释，所谓"极，栋也"，"栋，极也"。覆，遮盖之义。女娲炼石补天，其实是往古修造房屋的"泥瓦匠"修

---

① 宗白华：《美学散步》，上海人民出版社，1981，第89页。
② 墨翟著、王景羲注：《墨子》卷下，民国铅印敬乡楼丛书本，第8页。
③ 同上书，第6页。
④ 王夫之：《思问录·内篇》，清光绪二十四年刻王船山先生四種本，第22页。

理旧房、危屋的一种神话表述而已。其中所传达的一个文化信息是，天地犹如房屋，宇宙就是建筑。

在《楚辞·天问》中，屈原长歌云：

> 圜则九重孰营度之？
>
> 惟兹何功孰初作之？
>
> 斡维焉系天极焉加？
>
> 八柱何当东南何亏？[①]

这大意是说，天宇巍巍九重，犹如一个大屋顶，谁能够度量？谁是它的建造者？这意味着何等的丰功伟绩？天宇运转的轴心系于何处？天的顶端又安装在哪里？撑持天宇的八根巨柱为何有如此顶天立地的力量？当天宇与巨柱绕着天轴旋转到东南方时，为什么那些原处西北的巨柱短了一截？

可见，古人心目中的天宇具有八大立柱，大地西北近天宇而东南远天宇，这指的正是中国西北高东南低的地形地貌，故而引动屈子作如此发问：当天宇（大屋顶）绕着轴心旋转之时，大地是不动的，所以，本来处于西北方的短的天柱一旦移到东南方时，岂不是要亏缺一截，又怎么办呢？

诗人的发问诗意葱郁，富于想象力，雄辩地说明了古人的时空意识，是将天地宇宙看作为建筑（宫室）、又是从建筑（宫室）角度看待天地宇宙的。

《天问》又云："何阖而晦何开而明？角宿未旦曜灵安藏？"这里所谓"角宿"，中国古代天道观东方七宿之首，居二十八宿之长（注：东方，角亢氐房心尾箕；北方，斗牛女虚危室壁；西方，奎娄胃昴毕觜参；南方，井鬼柳星张翼轸，每一方为七宿，合称二十八宿），指把守天门的星宿。所谓："角二星（注：指东方"角亢"二星）为天关。其间天门也，其内天庭也。"[②]"曜灵"，指太阳。王逸《章句》有云："曜灵，日也，言东方未明旦之时，日安所藏其精

---

① 屈原：《天问》，王逸章句，洪兴祖校：《楚辞》卷三，四部备要汲古阁宋刻洪校本，第73—74页。

② 房玄龄：《晋书·天文志上》，武英殿本，第159页。

光乎?"①以上两句，意思是说：什么门扉关闭使天变黑？什么门扉打开使天变亮？角宿既掌管天门，那么，当天门未启、天未明之时，那太阳又藏在何处？可见，早在战国著名诗人屈原的心目中，"天"有如一座巨大的建筑，天门之开闭是昼夜晦明的来由，故以宫室门扉的启阖比附天地昼夜的交替。难怪秦汉的宫室文化观念中充溢着体象自然宇宙的时空意识，正如班固《两都赋》云："其宫室也，体象乎天地，经纬乎阴阳，据坤灵之正位，仿太紫之圆方。"在观念上，具有王延寿《鲁灵光殿赋》所谓"其规矩制度，上应星宿"的特点。天上是二十八宿布列四方，地上的宫室文化模式是，东青龙、西白虎、南朱雀、北玄武，可谓天人合一、天人感应。实际是，从建筑观念看，建筑体象宇宙；从宇宙观念看，宇宙体象建筑。建筑与宇宙是同构的。

正因为中国建筑，起码自秦汉始，已具有象法自然宇宙的文化胸襟，所以一旦经济条件、建筑材料及技术水平许可，人们总是愿意将对自然宇宙的领悟、将巨大的文化热情甚至是执拗的狂热劲头倾注于宫室营构之中，建造尽可能恢阔博大的建筑以象征自然宇宙之巨丽。秦汉都城、宫殿、陵寝及长城的伟大风格的文化之成因，都在于此。汉司马相如《大人赋》云："世有大人兮，在乎中州。宅弥万里兮，曾不足以少留。"地上的"中州"，"宅弥万里"，却仍令"大人""不足以少留"，是何缘故？因为即使"宅弥万里"，也仍然是有限的，而"大人"在精神、气度与风范上所追求的却永远是"无限"，因而，秦汉时代的中国建筑已经充分地体现出问"天"的精神境界。《易传》云："夫大人者，与天地合其德，与日月合其明，与四时合其序，与鬼神合其吉凶"。用这一段《易传》名言来对照秦汉建筑的文化精神，再恰当也不过了。"大人"的心性、才识、气度与人格，与"天地"、"日月"、"四时"、"鬼神"相"合"。原来秦汉建筑在文化精神上所追求的，是一种笼盖天地宇宙的浑朴、英伟之气以及日月的辉煌灿烂、四时的流转永恒、鬼神之间的所谓"感应"（风水、吉凶）之境。秦汉建筑的伟大形象，实质上是一种顶天立地的"大人"形象。

---

① 王逸章句、洪兴祖校：《楚辞》卷三，四部备要汲古阁宋刻洪校本，第75页。

第四章　魏晋南北朝建筑的文脉变调

魏晋南北朝，中国文化历史之真正的"多事之秋"。战事频仍、政权更迭、天下大乱、民不聊生，这在历史上是出了名的。这一历史时代，自三国魏（220—265）到公元589年隋朝最后翦灭南朝的陈统一全国，历时凡369年。在这三个半多一点的世纪里，除西晋（265—317）于公元280年终于灭了偏安于江左的吴、一度统一天下（280—317）仅37年以外，其余岁月中华民族都处于战乱不已、国家分裂之中。在北方，随西晋衰亡而来的，是十六国豪强割据（317—386）、分崩离析，接着便是北朝的北魏（386—534）时代、东魏（534—550）时代、西魏（535—556）、北齐（550—577）和北周（557—581）时代；在南方，自西晋灭亡、晋室南渡、建立东晋（317—420）之后，到南朝的宋（420—479）、齐（479—502）、梁（502—557）、陈（557—589），可谓南北分治、国无宁日。

著名历史学家吕思勉在《两晋南北朝史》中指出："晋、南北朝史事，端绪最繁。"[①]而其时代文化精神，则是独具个性、尤为美丽而鲜明的。这一特定的历史时代，确实，是中国政治上最混乱、社会生活最苦痛的时代。不仅阶级的矛盾冲突尖锐、贫富严重对立，而且军阀混战、王室贵族内部为争权夺利而自相残杀，更因北方游牧民族以席卷之势长驱南下、与中原农耕民族争夺生存空间而发动残酷的战争，凡此所造成的社会生产力的空前破坏，使整个社会动荡

---

① 吕思勉：《两晋南北朝史》，上海古籍出版，1983，第10页。

不安。首先是物质意义上的巨大痛苦与悲惨，同时是长期处于乱世之中的士大夫、文人学子精神意义上的内心焦虑甚至绝望与"无家可归"，是不言而喻的。然而，正是因为这是一个统治者始终疲于战事、忙于攻城略地的动乱年代，遂使文禁松懈，有了思想上的相对自由与开放的一方空间；正是因为两汉经学思想严厉、一味教人循规蹈矩，作为社会思想潮流的一个"反动"，导致魏晋士子重新想起了老庄，玄风大煽，放浪形骸。加上自两汉之际入传于东土的佛教，此时正逐渐耸动于朝野、浸润于人们的心灵，佛教的苦空哲学更催激了社会文化之魂在乱世之中苦苦挣扎与熬煎的时代意绪，魏晋玄学与佛教般若学在文化之魂深处的投契，以及道教对生命的钟爱，遂使魏晋南北朝，成为中华民族精神史上人性与人格的自由与解放、富于智慧与热情的一个时代。也是自中国先秦诸子以后第二度的"哲学解放"的时代。

恰恰在时世混乱、民族心灵痛苦的岁月里，偏偏怒放了灿烂的民族文化精神之花，这便是这一特定时代真正的文化魅力之所在了。

从文化史角度分析，魏晋南北朝时期的中国文化，发生了意义重大的文化转型与文脉变调，这直接地影响了这一历史时期中国建筑文化的性格生成及其历史发展，实现了建筑文脉的转变。或者反过来可以说，这一时代中国建筑文化的嬗变，是魏晋南北朝时代中国文化转递的一个明证。

第一节　乱世与营构

无论古今中外，建筑首先是一种社会产业、一种经济活动，它是用一定的人力、物力、财力和技术力量支撑起来的。除非好大喜功、除非为求满足某种强烈的精神需要，人们才在经济力量疲弱之时勉强集全社会的经济财力大兴土木，否则，比如城市、宫殿与陵寝之类的大规模营构，总是谈不上的。一般而言，建筑的繁荣，总是与社会经济的繁荣相同步的。建筑是"治世"而不是"乱世"之中可以大规模地推进的事业。

中国自古以农立国，农业是国家经济的命脉。魏晋南北朝时代，一是由于连年战乱、二是因为北地游牧文化南下，首先使作为经济主脉的农业遭到了沉重打击。尽管这一时代的世家大族、门阀地主的庄园经济曾在战乱之中辉煌于一时，自给自足的农业自然经济，使得一些传统"钟鸣鼎食之家""闭门而为生之具以足"，尽管曾有晋室南渡、江南农业经济乘天时、地利之便得到了空前发展，而北魏统一中原之后，也因社会相对安定从而导致农耕文化的恢复，然而总体而言，这一时代的国计民生的主业——农业，是相当不景气的。吕思勉称："后汉之末，九州云扰，农业大丧。"①其实这也是整个魏晋南北朝农业经济的典型写照。"北方诸胡，知留心农事者盖寡。"②据史载："自永嘉丧乱，百姓流亡。中原萧条，千里无烟。饥寒流陨，相继沟壑。"③南朝农业景象，也令人沮丧。"三吴奥壤，旧称饶沃，虽凶荒之余，尤为殷盛。而今贼徒扇聚，天下摇心。"④哪有心力专潜于农事？吕思勉《两晋南北朝史》亦说："丧乱之际，水利多不修举，此与农事，所关最大。"⑤水利是农业命脉，水利不兴，只得任凭旱涝肆虐，想获取农业丰收岂非纸上谈兵。

农业不稳，必严重影响城市商贸。在经济上，中国古代城市历来是依赖乡村农业经济而生存、发展的，城市作为政治、军事中心，它牢牢地统治着乡村，但在经济上，由于这种政治、军事的强制性社会力量，反而抑制了城市手工业和商业的发展，实际上形成了一个"农村包围城市"的发展态势。中国历来有"抑商"之传统，"晋、南北朝之时，沿袭旧见，尚多贱视商业"⑥。如晋武帝泰始五年，曾在京都禁"游食商贩"。在南朝宋代，甚至还发生帝王下令烧毁大批商品的事情，所谓"禁断贸货"是也。当然，这一时代，不是绝对没有商贾，否则，社会是无法正常运行与维持下去的，然而采取种种措施加以限制，却是事实。

由此不难理解魏晋南北朝时代建筑的历史概貌及其历史演替了。由于长期战乱所导致的经济原因，这一时代的建筑、宫室，总体上是以"节俭"、素朴为其特色的。从宫殿建筑来看，这一时代不是没有壮丽、奢华之风的存在。比

---

① 吕思勉：《两晋南北朝史》，上海古籍出版社，1983，第1075页。
② 同上书，第1080页。
③ 房玄龄：《晋书》卷一百九，武英殿本，第1564页。
④ 姚思廉：《陈书》卷二十五，武英殿本，第2页。
⑤ 吕思勉：《两晋南北朝史》，上海古籍出版社，1983，第1093页。
⑥ 同上。

如早在汉末魏初，"挟天子以令诸侯"的曹操居于邺城，曾于战事繁冗之际力治都城宫殿、筑高台。"邺城西北隅，因城为基础，铜雀台高十丈、有屋百二十间，周围弥复其上。金凤台有屋百三十间，水井台有屋百四十五间。"①又如公元220年，魏文帝营建洛阳宫殿以壮魏之威仪。后来北魏时代，由于中原相对稳定的历史时期较长，洛阳进行过大规模的营建，使北魏洛阳成为当时一座最大的城市，其宫殿建筑辉煌得很。魏明帝也"起昭阳太极殿，筑总章观"，其观"高十余丈，建翔凤于其上，又于其林园中起陂池"②。并兼筑许昌宫、建福景之承光殿，颇热衷于营事。又如晋初武帝即位，第一大事就是起造宫殿、太庙，称："致荆山之木，采华山之石，铸铜柱十二，涂以黄金，镂以百物，缀以明珠。"不久，新建的太庙因地陷而废，"遂更营新庙，远致名材，杂以铜柱，陈勰为匠，作者六万人。"③工匠人数如此众多，可见建筑规模之宏大。再如南北朝时期，北地也营造不断，如后赵石勒建都于襄国（今河北邢台），拟洛阳之太极，营造建德殿与桑梓苑，在城西又造明堂、辟雍与灵台等建筑，并亲临督造。石虎接帝位，国力衰弱，却也以绵薄之力，在邺城筑台观40多座，为建造长安宫、洛阳而征集工匠40余万人。晋室南渡之后，建康成了中国南方最重要的都城，城中宫殿崔嵬，楼阁接云。建康平面东西略狭而南北较长，周长20里（约合8 900米），其中宫殿，尤以奢华为尚。

不过，假如把魏晋南北朝的宫殿、都城之类放在整个中国建筑的文化历程中加以考察，其节俭、素朴的美学风格是颇突出的。

首先，从都城的规模来看，这一历史时期的都城一般失却了往昔中国都城的恢宏气度。本书前文可能已经谈到，比如早在战国之时，中国都城的规模已日益扩大，如"齐的临淄、赵的邯郸、周的成周、魏的大梁、楚的鄢郢、韩的宜阳，都是当时人口众多、工商麇集的大城市"④。以建于公元前4世纪的燕国下都为例，这座位于今河北易县东南的古城，平面东西约8 300米，南北约4 000米，其周长约24 600米，是东晋之后建康古城平面周长（约8 900米）的近三倍，

---

① 陈寿：《三国志·魏书》卷一，卢弼集解，铅印本，第78页。
② 陈寿：《三国志集解·魏书》卷三，铅印本，第32页。
③ 房玄龄：《晋书》卷二十七，武英殿本，第445页。
④ 刘敦桢主编：《中国古代建筑史》，中国建筑工业出版社，1980，第41页。

也就是说，建康的平面规模，仅仅是战国燕下都这一历史上不太著名的都周长的约三分之一。至于建康的平面周长，就更不能与诸如秦都咸阳、西汉首都长安和东汉首都洛都相比了。当然，这一历史时期的北魏洛阳的规模的确比东晋建康要大得多，它东西约3 100米、南北约4 000米，周长约14 200米，是公元494年北魏孝文帝由平城迁都于洛阳、在西晋洛阳的旧址上建造起来的，但其周长仍比战国燕下都约10 400米。至于都城中的宫殿，虽时有建造，且往往以华丽为尚，然而比起秦汉时的宫殿，显然已经差了那么一口"气"了。想当年秦始皇修造朝宫，仅其前殿阿房宫的规模"东西五百步，南北五十丈，上可以坐万人，下可以建五丈旗"，且"表南山之巅以为阙"[1]，何等"英雄"气概！据考古，阿房宫现存遗址是一个长方形的夯筑土台，东西约1 000米，南北约500米，后部残高约在7、8米之际，实在很了不起。而西汉长安的未央宫，仅这一个宫城的周长，也有8 900米，相当于东晋及南朝建康的周长。可见，魏晋南北朝的宫殿、都城的建筑规模、尺度和观念已经大大地改变了，其平面大大地缩小了。

其改变的原因，最显的，是整个社会经济的拮据。其隐在的，则是儒学（经学）的时代危机。

比如在两汉，儒学极盛，所谓"罢黜百家，独尊儒术"的政治、文化国策，被贯彻得很有力、很彻底，从神圣、严谨而繁琐的经书笺注、"名物训诂"，从发明"微言大义"到"天人感应"，谶纬神学的神秘张扬，极大地推动了儒学、经学的官方哲学化和宗教化的历史进程，经学文化及其所树立的孔夫子这一文化偶像，此时可谓丽日中天、豪气如虹。然而时至魏晋南北朝，人们对儒学（经学）的文化热情已经渐渐消退下来，神圣的灵光被暂时遮蔽了。孔圣人及其学说的真理性甚至遭到了亵渎与怀疑，比如据史载，就连曹髦这样的魏国封建帝王，也对儒学、经师的言说开始提出质难，使经师汗颜。[2]更不用说那些"薄汤武而非周孔"的魏晋名士了。当时"儒者之风益衰"、"为儒者盖寡"[3]，这是

---

① 张宗祥：《校正三辅黄图》，古典文学出版社，1958，第6页。

② 按：据陈寿：《三国志·魏书·三少帝纪》：甘露元年四月，曹髦巡视太学，以经学史上一系列自相矛盾之处诘难经师，问得经师瞠目结舌、汗流浃背，不得不以"古义弘深，圣问奥远，非臣所能详尽"应对。

③ 姚思廉：《梁书》卷四十八，武英殿本，第1页。

事实。而阮籍《大人先生传》居然鼓吹"无君无臣"说，称"盖无君而庶物定，无臣而万事理"、"君立而虐兴，臣设而贼生"。虽然这不可能是魏晋南北朝普遍的社会思想，然而由此可以说明，中国传统以"儒"为思想基干的君权思想毕竟暂时被动摇了。

儒学、君权神圣地位的动摇，在文化观念上不可能不对魏晋南北朝宫殿、都城的建造产生微妙的影响。中国的宫殿、都城，在精神意义上是君权的象征、礼制的象征。而君权、礼制的思想底蕴是"儒"。儒学最重政治、君治、人伦、教化，所谓："儒家者流，盖出于司徒之官，助人君顺阴阳明教化者也。"①王国维也说："都邑者，政治与文化之标征也。"②因此，大凡儒学兴盛之时，如果同时社会经济、技术水平许可，宫殿与都城的大规模营建，常常成为可能之事，并且，为了体现君权的伟大、彰显儒学所规定的种种礼制，往往在经济、技术条件允许的前提下，将宫殿、都城建造得尽可能的宏大崇高、威风八面。但在魏晋南北朝，首先是经济条件不允许，加上战乱连年，宫殿、都城屡遭破坏，同时是这一时代儒学（经学）权威的被削弱，所以无论在显在还是隐在原因上分析，这一历史时期，宫殿与都城规模的缩小，是理所当然的事。

宫殿、都城规模的缩小，是魏晋南北朝建筑文化"节俭"与素朴美学风格的体现。而"节俭"、素朴之风，还体现在这一历史建筑的其他领域。由于常年战事、劳民伤财，侈靡之禁，是这一历史时代的一道亮丽的文化风景线。如晋武帝即位之初，即诏示天下，大弘俭约之风，禁雕丽文绮营构之事，其中包括营造的过度侈靡。又如南朝陈文帝于天嘉元年八月下诏说，金银珠玉衣服杂玩，悉皆禁断。宣帝在太建十一年十二月下诏，要求内外文武车马宅舍，皆循俭约，勿尚奢华。又如据《魏书·长孙道生传》："道生廉约，第宅卑陋。出镇后，其子弟更修缮，起堂庑。道生还，切责之，令毁宅。"相比而言，这一历史时代，贵族之家居尚侈，平民之居室一般甚为简陋。据晋书，一般士大夫居宅，有屋数十间。《晋书·山涛传》称，涛亡故后，有旧第屋十间，其"子孙不相容，武帝为之立宅"。《晋书·王沈传》云，"沈素清俭，不营产业。帝使

---

① 班固：《汉书》卷三十，武英殿本，第1082页。
② 王国维：《殷周制度论》，《观堂集林四》卷第十，1927，第4页。

所领兵，为作屋五十间。"《晋书·良吏传》又云，鲁芝素无居宅，武帝亦使军兵，为作屋五十间。又据《魏书·良吏传》：其时有俭素者，如李重亡故，其宅狭小，无殡殓之地，诏令典客署营丧。又，裴佗宅不过三十步，无田园。有人营宅侈费过甚，也会遭到批评。《晋书·会稽王道子传》云，嬖人赵牙为王道子营构东第，"筑山穿池，列树竹木，功用钜万"。帝曾幸其宅，批评说："修饰大过，非示天下以俭。"这一时代，一般民居，以草舍为多。如据《晋书·桓冲传》，冲子嗣，为江州刺史，修造住斋，本应为版檐，嗣命"以茅代之"。《儒林传》：范宣家居于豫章，当地太守见其居室"茅茨不完"，想要替他改造为瓦房，"宣固辞之"。《宋书·孝义传》：何子平所居屋败，不蔽雨日。其兄之子伯兴，采伐竹茅，欲为修葺。何子平坚辞。他称母丧未曾安葬，故"我情事未申，天地一罪人耳，屋何宜复？"《梁书·陆倕传》："于宅内起两间茅屋。杜绝往来，昼夜读书，如此者数载。"因此可以这样说，这一历史时期的民居，大凡以茅舍为通例，之所以如此，一为经济条件所累，二则即使某家有钱，也每每以俭约、素朴为尚，此乃时风所趋。

第二节 招提栉比：华夏宫室的时代新格

在漫长的中国文化史上，真正可以称得上意义深远、深刻改造中华文化之魂的异族文化入传的伟大历史事件，大约只有两次。一是骤起于19世纪中叶、始以鸦片战争为强制性文化传播方式、继以科学与民主为文化主题的所谓"欧风美雨"的东来，这一历史进程迄今仍在进行之中；另一次，就是始于两汉之际、盛于魏晋南北朝直至隋唐的印度佛学的东渐，它是以所谓"传经送宝"的宗教和平方式来进行的。

这一历史时期，首先是继东汉之后、西域僧众来华大量翻译佛经。三国魏时，有天竺、安息、康居等沙门昙柯迦罗、昙谛与康僧铠等前来洛阳译经。西晋时来华的高僧竺法护、安法钦、强梁娄至等，分别留居于敦煌、洛阳、天水、长安与嵩山等地从事佛经译传活动，一共翻译经、律和集传333部。东晋时，北地自西域来到洛阳的沙门佛图澄在后赵弘传佛教，同时，广收门徒，其中以来自天竺、康居受学的竺佛调、须菩提、跨越关河来听道的道安、竺法汰等为最著名。前秦苻坚佞佛。曾受业于佛图澄的大德道安疏注众经，他住于长安五重寺，宣弘佛法、注译佛典，授众数千，以其弟子慧远尤为著名。后秦姚兴更是笃信佛教。公元401年，姚兴出兵凉州，为的是"请"出生于龟兹的鸠摩罗什到长安，固然如愿。罗什在西明阁、逍遥园从事佛经翻译并集道安、僧肇等义学沙门三千余众，盛况空前。南地佛教以建康道场寺、庐山东林寺为中心。来华的尼泊尔僧人迦维罗卫于佛法、律藏独有会心，广收门徒，名僧智严、宝云、慧睿等都从其修业，和法显译介佛典。据《中国佛教（一）》称，东晋时代南北两地的佛经译传，创译了《阿含》、《阿毗昙》；大量翻译大乘重要经论，仅罗什一人，自弘始三年到十五年这12年间共译出经籍凡74部（现存53部）；始译密教经典和律典，成就卓著。南朝四代，朝野之际，也大都崇信佛教，以梁武帝（502—549）时达于全盛。武帝四次舍身于同泰寺，并著《大涅槃》、《大品》、《净名》、《大集》诸经的《疏记》及《问答》数百卷，可见其崇佛热情、信仰之弥坚，并重视翻译佛典的活动。其长子昭明太子萧统、三子简文帝以及七子元帝也都好佛，深受其影响。据史载，南朝宋代有中外译师22人，翻译佛教典籍凡465部、717卷；齐代外来译师7人，译介经、律共12部33卷；梁代著名僧人真谛译著最多，在中国佛教佛经翻译史上，可与罗什以及唐代玄奘齐名。他在梁代先后译出《无上依经》二卷、《十七地论》等11部24卷，又于陈代译介《解节经》、《佛性论》、《摄大乘论》等38部118卷；陈代外来译师3人，翻译佛典共40部133卷。北朝的译事也极可观。比如仅北魏、东魏两代，共有中外译人12，翻译经、论、传等83部274卷（据《开元释教录》卷六）。北齐一代，译经共8部52卷。北周则为14部29卷。北朝信佛风气偏重禅定而轻义理，所以译作成果如此，亦已难能可贵。

佛典译介如此之众多，必在中国文化之头脑中灌输了无量的印度佛教思想。佛教教义中的"四圣谛"、"六道轮回"、"八正道"、"十二因缘"等基本内容，以及这一历史时期尤为流行的般若性空之论等，一下子获得了处于长期物质与精神苦难之中的中国人的心灵上的投契。当传统儒学（经学）的那一套以政治伦理、道德为主干的学说暂时失去文化魅力之时，中国人文化心灵的巨大空白以及关于生死问题的不可缓解的焦虑，大约只有用佛教所宣扬的这一套来填补和治疗了。传统儒学是一种关于生命的学问，它所讨论和想要解决的是：在群体之中的个人的做人的标准（道德标准）以及如何做人（道德实践）。传统儒学非常重视人的群体的生命现实，而不大去考虑人的死亡问题，《论语》云："未知生，焉知死？""未能事人，焉能事鬼？"《易传》称，"生生之谓易。""天地之大德曰生。"人的生命现实是儒学所关注的文化主题，儒者即使祭祖敬宗，按著名历史学家周予同所言，并不在崇信祖宗的"不死"的亡灵，而在于感激与歌颂祖宗曾经有过的生命的活力。[①]但是时至魏晋时代，由于战乱不断、生存现实的残酷，由于人的死亡问题常常突然横亘在人生道路之上，更因为中国人此时的生命忧患意识的觉醒，人们忽然清楚地意识到人之死亡的不可避免，意识到在死亡面前，儒家所宣扬的建功立业、富贵荣华、封妻荫子以及立功、立德、立言"三不朽"之类，其实都毫无意义，这种关于生死问题的了悟，是中国人在魏晋南北朝大规模地、甚至狂热地接纳印度佛教教义的内在文化心灵依据。

正因为如此，中国佛教在这一历史时期的巨大发展势所必然。西域僧人来华，佛典蜂拥而至，高僧大德广为说法，遂培养了大批的忠实信徒，使得郁积了千百年的中国人的宗教意绪，像火山一样得到了爆发和宣泄的机会。于是，以中华大地为宗教建筑的舞台，在大江南北、黄河上下，在边陲、在内地，佛寺、石窟与佛塔等佛教建筑的建造，便成燎原之势。

中国建筑文化一向以都城之中的宫殿、坛庙之类为其主角，此乃王权文化、官本位文化与敬天祭祖的传统文化使然。然而时至魏晋南北朝，正如本书前文所述，由于经济条件所累，更因从思想意识上支持王权、官本位和敬天祭祖文化的儒学（经学）的暂时受到压抑、处于相对萧条的历史时期，使得佛教建筑挤兑宫殿、坛庙、都城的文化地位而成为这一历史时代的时代新格，所谓"招提栉比，宝塔骈罗"，并非虚言。

据法琳《辨正论》卷三：西晋时，仅长安、洛阳两地所建寺院凡180所，有僧尼3 700余人，可谓"寺庙图像崇于京邑"。其中以洛阳白马寺、东牛寺、菩萨寺、石塔寺、愍怀太子浮图寺、满水寺、大市寺、宫城西法始立寺和东林寺

---

① 周予同：《孝与生殖器崇拜》，朱维铮校注：《周予同经学史论著选集》，上海人民出版社，1983，第70、91页。

等为著名。东晋时，佛寺建造同样盛极一时。据史载，佛图澄在北地石赵兴立佛寺、禅庙凡893所。姚兴"起造浮图于永贵里，立波若（般若）台，居中作须弥山，四面有崇岩峻壁、珍禽异兽，林草尤美，仙人佛像具有"。据史载，南朝四代修造佛寺的热情也极高涨，宋：佛寺约1 900所，僧尼36 000人；齐：佛寺2 000多所，僧尼32 500人；梁：佛寺2 846所，僧尼82 700人；陈：佛寺1 232所，僧尼32 000人。并曾修复建康旧寺700余所。须知，这大量佛寺的修建，都是在短时期中完成的，如宋代立国59年（420—479）、齐代立国仅23年（479—502），梁代55年（502—557），而陈代也仅为32年（557—589）。可见狂热的宗教激情一旦被激发出来，人们在宗教的焦虑、企盼、痛苦和幸福之中，能够做出多少本来是力不能胜任的事情来。唐代诗人杜牧后来有诗云："南朝四百八十寺，多少楼台烟雨中。"并非夸饰有过。北朝佛寺的建造，也极淫滥。如孝文帝（471—499在位）立寺、起塔、迎像、度僧、设斋，广作佛事，提倡《成实》、《涅槃》、《毗昙》等佛典，在嵩山立少林寺，成天下名刹。宣武帝（499—515在位）因西域名僧来到洛阳，帝为立永明寺，寺规模恢宏无比，有房舍1 000余间，楼阁峥嵘，形象壮伟。据史载，孝文帝太和元年（477），平城有新旧寺院1 376所，各地寺庙凡3万余所。北齐诸帝，大多佞佛，刺激了佛寺的大量建造，如仅邺城一地，有大型寺院4 000所，北齐全境则为4万余所。北周武帝（560—578在位）曾崇儒斥佛而好道，下令毁佛，所有齐境之内4万余所佛寺，全部改作宅第，并令僧众300万人还俗。然而武帝一死，宣帝（578—579在位）继位，继而静帝（579—581在位）继位，则立刻重立佛教，恢复佛寺的修造。总之，北朝佛寺也多如牛毛，仅洛阳弹丸之地，也建寺千余，令人叹为观止。

中国佛寺的建造观念，源自印度佛教的教义及其寺院建筑，以传说中的东汉初年洛阳西雍门外的白马寺为先，并在寺内建塔。《刘敦桢文集（一）》指出："我国之塔，当以汉明帝永平十八年（公元75年）所建之洛阳白马寺塔为最先。"①这是说的佛塔，同时也说到了佛寺。现存洛阳白马寺，当然已经不是原本面貌，最初的白马寺，只是一官署的改建，随之就走上了"中国化"的文化历程。

---

① 刘敦桢：《佛教对于中国建筑之影响》，《刘敦桢文集》（一），中国建筑工业出版社，1987，第4页。

中国佛寺的平面布局常则，为院落式中轴对称。一般寺院以山门（三门，寓佛教"三解脱门"之意）为前导，进山门沿南北纵向中轴前行，是天王殿，殿内塑形象威猛、神异的四大天王像，十分高大。再北进，为佛寺主殿大雄宝殿，该殿造型最巨、尺度最大、用料最精、彩绘最为绚烂，位于全佛寺建筑群体的中心位置。由于大雄宝殿陈列着高大的释迦佛像（一般为坐像，以一佛二菩萨为常式），因而该殿内部空间很是高广，有凌然之势。此间佛相庄严、气氛静穆。同时，在大雄宝殿前辟庭院，庭院左右两侧，犹如民居的左右两厢，是为副殿，或为观音殿、或为地藏殿等。大雄宝殿后可有其他殿宇或僧舍。规模大一点的佛寺可有二或三个庭院式空间序列，即在大雄宝殿主殿序列左右两侧，通过侧门进入另立的庭院式佛殿。

庭院式是中国建筑的"国粹"，原本是一种典型的民居常式，但在宫殿、佛寺、道观、陵寝等建筑形制上到处可以见到，那些都不过是扩大了的庭院，或者有些变化而已。

中国佛寺的"中国化"，早在魏晋南北朝就开始了。如杨衒之《洛阳伽蓝记》（为北魏时著作）一书谈到中国佛教史上著名的洛阳永宁寺，就是典型一例。该寺为北魏熙平元年（516）胡灵太后所建。其平面呈方形，采取纵向中轴对称布局，重要殿宇一律排列在中轴之上而以中轴为基准呈左右对称态势。前有山门，门内立塔（注：这是印度佛寺空间布局的一种遗制，后详），塔后是庭院，庭院之后是主殿。这种寺塔合建模式，带有中国早期佛寺空间布局的一般特点，有印度佛寺遗影。永宁寺早已毁坏。据《洛阳伽蓝记》，该寺方形平面四周围墙皆建短椽，有瓦覆顶，围墙四方共设四门，每边一门。其中东西门楼各为两层构筑，南门楼三层，尤具崔巍之势。而北门改用乌头门制，整座寺院以塔与塔后主殿为主题建筑，秩序井然地统制着全寺一千多间房舍。雕梁粉壁，屋宇为坡顶，气势雄伟。寺内花木扶疏、古树参天，寺之门外广植青槐，绿水流贯，俨然一处风景绝佳的民居、庄院。佛寺本为礼佛之所，却处处充满中国人所欣赏的平易、宁静而令人愉悦的现实生活情调，并不曾着意渲染彼岸世界的神秘甚或恐怖，让明丽的现实人生的阳光照临殿宇，也照彻习佛、不习佛者的心田，这只有中国佛寺才得具有这一文化风格。

中国佛寺的另一种型式，是所谓石窟，也称为石窟寺。窟者，原为"土室"、地穴之意。《礼记·礼运》："昔者先王未有宫室，冬则居营窟。"此之谓也。

这里所言石窟，其文化原型是古印度石窟寺，有"支提"（Caitya）与"精舍"（Vihaia）两种类型。前者平面前方后圆，俗称马蹄窟。入窟见一长方形平面的空间，为佛徒集合、说戒受忏的场所，其功能有如佛寺的讲堂，再入内，是一连接长方形平面之空间的半圆形平面的空间，在此半圆形中心安置一舍利塔或塔柱，塔周围的空间供僧众绕塔礼佛之需（注：这种寺、塔合建，塔建于寺内空间的制度，是本书前文所言中国早期佛寺的寺、塔合建模式的文化原型）。后者平面一般为方形，窟室后壁安置舍利塔，或设讲堂，又在窟壁上凿出许多空间为七至八尺见方的小窟，供佛徒栖身、息心之用。

从现存中国石窟建筑实物来看，以新疆拜城之东约60公里处的克孜尔石窟为最早。石窟凿建于此河谷北岸的悬崖之上，现存石窟236个，其中81窟保存较完整，个别石窟始凿于公元1世纪左右。这一石窟由于开凿较早，印度风味较重。其平面往往多作长方形，分相连的前后两室，后室有中心塔柱，有如印度"支提"形制。塔柱平面为方形，柱四面凿窟龛，龛内置佛像，有的仅在塔柱的正面凿佛龛，佛龛之上，饰绘以飞天或伎乐天，渲染崇佛氛围。这反映了古印度石窟寺的直接影响。由于是从印度经由阿富汗传入的，所以克孜尔早期石窟的文化风格，与阿富汗巴米扬等洞窟形制相似。

虽然印度石窟入传中土是如此之早，但直到南北朝的北魏时期，才真正迎来了大事开凿的春天。

据《魏书·释老志》：南北朝时，凿窟之风已遍及中华大地的西陲与中原地区。如山西云冈的西部五凿与洛阳龙门三窟为北魏帝王倡言凿建。《续高僧传》也称河北响堂山石窟是北齐高欢的"灵庙"。从山西到甘肃，凿事尤勤，礼拜最切。就连偏于东南一隅的浙江，所谓远在"关外"的辽宁，现在也有石窟遗存。这一历史时期，中国人在大地之上到处造庙、建塔犹嫌不足，还艰苦卓绝，到深山老岩、不毛之地、悬崖陡壁之处去大事凿窟，其诚惶诚恐的虔诚礼佛之心，实在令人深为感动。比如，中国最为著名的甘肃敦煌鸣沙山东麓的敦煌石窟，其石窟群连绵竟达1 618米，有窟600余个，其中现存北魏至西魏窟22个，而其中最早的石窟（已毁），一说开凿于东晋穆帝永和九年（353），一说为前秦苻坚建元二年（366）。据称最早之一窟，为僧徒乐僔所开凿，称为莫高窟。山西大同云冈石窟位于大同武州（周）山（古称云冈）南麓，窟皆南向，依山崖而建。东西排列，长约二里。现存洞窟53个，小窟约1 100余个，造像51 000多尊。其中第1、2窟约开凿于北魏孝文帝年间。两窟均为印度式中心塔柱形制。第3窟相传为北魏昙曜译经处。第5、6窟开凿于北魏孝文帝太和十年之后。设中心塔柱，仍具印度"支提"窟的文化遗影。尤其第16、17、18、19、20窟被称作"昙曜五窟"，北魏早年修造，在云冈石窟群中历史最为悠久。《魏书·释老志》称其为北魏文成帝兴安二年（453）所建。"于京城西武州塞，凿五石窟，开窟五所，镌建佛像各一，高者七十尺，次六十尺。雕饰奇伟，冠于一时。"甘肃天水东南秦岭西端的麦积山石窟，现有石窟194个，麦积山前筑有瑞应寺，宋人撰《方舆胜览》卷六九云："瑞应院（即瑞应寺），在麦积山，后秦姚兴凿山而修，千崖万象转崖为阁，乃秦州胜境。"这胜境自然也包括石窟寺在内。麦积山石窟的第74、78、70、71窟，其凿造年代大约与山西大同云冈"昙曜五窟"同期。从有关碑刻与文字记载资料看，麦积山凿窟之盛期在北魏、西魏与北周，如第115窟，据题记为北魏形制，建于宣武帝景明三年（502），现存23、69、76、133、138、169等窟的造像，多具这一时代所特有的"秀骨清像"风格。现存属于北周时期所开凿的麦积山石窟，共39个，其中以第4、3、22、12、62窟为代表，在建筑形制上出现了中国化的四角攒尖顶帐形窟，如第12窟。这一时期的麦积山石窟多为"七佛窟"，即正壁供一佛二菩萨（这是我们在佛寺中所常见的供佛、菩萨模式）、两侧供六佛。其中第4窟最典型，称"七佛阁"。河北响堂山石窟始建于北齐时期，据金正隆四年（1159）《常乐寺重修三世佛殿记碑》，石窟始凿于北齐文宣帝在位时（550—559），帝"于此山腹见数百圣僧行道，遂开三石室，刻诸尊像"。现存北齐纪年题记，有北响堂的武平三年（572）唐邕写经记和小响堂的武平四年造像及刻《法华经》等残记。该窟的文化特色，仍具印度"支提"塔形柱的某些遗影。如第7窟，方形平面，边长约为12米，窟高约11.6米，空间高广。其中央亦设大型塔柱，平面亦为方形，每边约6米，塔柱前、左、右三面设龛，置造像，为一佛二菩萨式。

中国石窟一般接受印度石窟寺文化的影响较大，这一点与中国佛寺相比较，是很明显的。然而这不等于说，中国石窟包括魏晋南北朝时的石窟没有走上中国化的道路。相反，中国化是必由之路。

文化传播学所揭示的一条规律是，一种异族文化如果要在另一个民族文化中传播开来，站稳脚跟，并发扬光大，决定于这个民族对这一异族文化的需要程度。所谓文化传播，就是文化阐释，它多少改变自身从而也多少改变对方，两个或两个以上民族文化的冲撞、调和、变形、生发与创造，这是民族之间的文化的嫁接与"蒙太奇"。石窟文化的中国化实质就在于此。

石窟文化的中国化几乎是随处可见的。早在魏晋南北朝时代，比如云冈石窟的"昙曜五窟"的建造观念，在礼佛的同时，渗糅着封建王权思想，五窟中安置的主像均在象征五代帝王，如第19窟主像高达16.7米，之所以被塑造得如此高大，一在礼佛，二在象征帝王"即是当今如来"之意。佛陀帝王化、帝王佛陀化，实在是中国佛教及其石窟造像的一大文化特色。又如敦煌莫高窟，有些作品在石质良好、宜于凿出窟檐的地方凿出窟檐。屋檐是中国传统建筑的一种重要形制，石窟上出现了屋檐"做法"，是对中国建筑文化传统的一种文化"眷恋"。有的地方石质偏于疏松，不宜于开凿窟檐，也往往会加制木构屋檐。在莫高窟的魏窟上，我们看到了人字坡顶前室，这是中国传统建筑坡顶形制在石窟寺上的体现。有的窟顶作四面坡顶，形似覆斗，设藻井，这里又出现了中国传统的建筑"语汇"。麦积山石窟的"七佛阁"立面上筑以方形列柱，上设栌斗，以承托檐额，有梁斗从栌斗内伸出，凿刻成一个庑殿式屋顶模样，设正脊、两端置鸱尾列柱之制形成前廊，凡此在实用功能上未必有什么实际的意义，之所以如此"做法"，其意义是文化上的，即在接受外来建筑文化的同时，顽强地表现出中国人从祖先一直传承下来的一种"文脉"。又如在山西太原天龙山石窟中，人们不难发现，除第8窟设中心塔柱颇具印度遗风之外，其余的石窟都一律取消了中心塔柱式，且各窟平面均为方形，而不是前方后圆形，这立刻使人看到中国建筑所常见的方形平面。这些石窟的顶部一般为覆斗形，多采用"尚奇"的三开间柱廊与斗栱造型，虽为石筑却处处仿制木构风格，使窟的内部空间接近于中国一般木构庙宇的大殿形制。即使如克孜尔如此悠久的石窟，也可以见出中国化的痕迹，在中心塔柱的窟空间里，做出横券顶，"主室靠外的墙上开明窗，室内一侧作矮坑，另一侧置有取暖炉。有些禅室两侧墙上还开若干小龛。这种建筑样式，至今在新疆天山以南农村中仍很流行。"①

魏晋南北朝的佛塔建筑，也是中国佛教建筑文化的重要角色。自然，中国本来无塔，塔是从印度传入的。塔，梵文写作Stupa，巴利文称Thupo，佛教典籍译为"窣堵坡"、"塔婆"，其义为"累积"。

相传古印度用以掩埋佛骨、舍利的一种坟墓建筑型式，是所谓"窣堵坡"。约公元前5世纪，印度原始佛教创始者释迦牟尼"圆寂"之后，佛体焚化，其门徒取"舍利"（即骨烬）葬为"窣堵坡"，发育为后世所谓"舍利塔"。"窣堵坡"的主要型式，是埋葬佛"舍利"的一个半圆形坟墓，后世也兼用以藏纳圣佛遗物。凡欲表彰神圣、礼佛崇拜之处，多以建造。据常任侠《印度与东南亚美术发展史》指出："它是一个坟起的半圆堆，用砖石造成，梵文名安达（Anda），其义为卵，其下建有基坛（Medhi），顶上有诃密迦（Harmika），义为平台，在塔周围一定距离处建有石质的栏楯（Vedika），在栏楯的四方，常饰有四座陀兰那（Torana），义为牌楼，这就构成所谓陀兰那艺术。"②公元前273年至公元前232年的印度阿育王时代，佛教隆盛，于是大兴寺塔，据称竟有"八万四千"座之多，这当然不是确数，极言其多罢了。在现印度马尔瓦省保波尔附近的山奇"窣堵坡"，艺术史上称为"山奇大塔"者，四周建有石质栏楯。栏楯四方，饰以牌楼（陀兰那）四座，亦称天门。其形制构造，于两石柱之上戴以柱头，上横架上、中、下三条石梁，石梁中间以直立短柱相构，整个造型对称稳健。为表彰佛陀的无量功德与说教宣传，上面饰以充满佛教意味的石雕石刻作品。这些作品，多取材于佛陀本生故事，塑造崇高、静穆的佛陀形象，充溢着十分高涨的宗教意绪。

自从印度佛塔传入中土，就开始了佛塔中国化的文化历程。魏晋南北朝之时，虽然印度佛教及佛寺、石窟、佛塔文化传入中国未久，但是比如佛塔（窣堵坡）中国化的程度，已是相当成熟，人们从此时的中国佛塔上，已经几乎看不到印度"山奇大塔"之类的影子了。本书前述，中国佛寺见于记载的最早个案，是东汉明帝永平十年（67）蔡愔等人往印度求法、偕天竺大月氏国迦叶摩腾、竺法兰二僧来华，帝于洛阳城西雍门外所建的白马寺。据传该寺内建塔，

① 艾中信主编：《中国大百科全书·美术I》，中国大百科全书出版社，1991，第400页。

② 常任侠：《印度与东南亚美术发展史》，上海人民美术出版社，1980，第12页。

是一平面为方形的木塔，位于佛寺的中心位置，四周廊房环回，其建造观念，脱胎于古印度"支提"窟的"中心塔柱"式，而该塔却建造在中国庭院式佛寺建筑的庭院中。

中国佛塔的最早形制是楼阁式而不是印度的"陀兰那"艺术，这种形制的佛塔在魏晋南北朝是颇为常见的。楼阁式佛塔形体高大，其"楼"、"阁"因素是中国传统建筑中气势雄伟，最为高巨的一种建筑类型。如秦之阿房宫、汉之未央宫等，都是木构形制的高楼大阁。秦二世时有云阁，史书上称其"其高欲与南山齐"，虽是夸张了些，而到底其高可羡。西汉时有"井幹楼"，以木构营建，高可"五十丈"。班固《两都赋》称其"攀井幹而未半，目眴转而意迷"。所谓崇台高阁、层楼巨观，互竞其高。甘肃博物馆馆藏东汉陶楼，为五层楼制，高峻而挺拔。楼阁式塔的造型，是每一层塔制，相当于一层楼阁，木构或虽以砖石制作却做成木构样式，除塔基和塔顶，每层塔身做出门、窗模样，且有立柱、额枋、斗栱与反檐翘角等，还有平座、栏杆等，所以塔身外观，像是一座高层楼阁。由于年代久远，魏晋南北朝时的楼阁式塔的实物，现已不存，但我们可以从甘肃敦煌石窟中，从山西大同云冈石窟或河南洛阳龙门石窟中见到其雕刻或图绘形象。如云冈石窟之第12、21窟的塔柱，可以说是中国化了的楼阁式塔的造型。据范晔《后汉书》卷一〇三，这种塔的形制，始见于东汉末年，北魏时达于极盛。《洛阳伽蓝记》等所记洛阳永宁寺塔，塔为九层，平面为正方形，每面九间制，每面设三门六窗，门漆成朱红颜色，门扉上还设有金环铺首及五行金钉，是这一时期楼阁式塔的典型之作。又据《魏书》卷一一四，北魏中期，已经出现了模仿木构楼阁式塔的石塔，且形体高大。

这一历史时期的另一种中国化的佛塔，是密檐式塔，是从楼阁式塔发展而来的。这种塔的最大造型特点，是檐与檐之间距离较紧密。它自第一层塔身以上，各层塔檐之间设有立柱、门窗等结构，早期的密檐式塔还象征性地设有小窗，后来这小窗渐渐退化以至于完全消失。而第一层塔身体积高大，为全塔之重点，大多饰以佛龛、佛像以及立柱、门窗或斗柱等雕刻装饰。密檐式塔多为砖石构建。砖石材料抗弯、抗剪能力很差，因而不能做到"出挑深远"，密檐式塔都是短檐式。尽管如此，作为中国化的标志，这种塔依然把中国传统大屋顶的"檐"这一建筑文化因素表现得很鲜明。

这一历史时期密檐式塔，以现存河南登封嵩岳寺塔为代表，它也是现存于地面的中国最古的伟大塔例。嵩岳寺塔建于北魏正光四年（523），砖结构，也是中国现存唯一的正十二边形平面的佛塔（注：学界近年有人认为嵩岳寺塔建于唐代，见曹汛有关论文，待证）。该塔除塔刹施用石雕之外，全部以砖砌就，砖灰黄色。该塔全高39.5米，底层直径约为10.6米，外实而中空，其内部空间直径为5米，塔壁厚2.5米。该塔造型古朴，共15层。第一层形体高大，建于台基之上，设拱形门。第一层之上，是密接的塔檐，塔檐之间距离很短，每面每层之间做出一扇小窗模样，其实并不采纳阳光。塔刹坐落在壮伟的覆莲之上，作仰莲造型，以承受其上的"相轮"石结构。整座佛塔的形象线条和缓，向上缓缓"收分"，在质朴之中显得十分优美。尤其值得注意的是，嵩岳寺塔之所以被认为建于北魏，是因为"根据各层塔身残存的石灰面，可知此塔外部色彩原为白色，这是当时砖塔的一个特点，并一直流传到宋代。"[1]

魏晋南北朝的佛塔中国化，不可避免地融合了某些"道"的因素，具有中国建筑的传统"语汇"。且不说以高耸形象为主要特征的楼阁式和密檐式塔，在形制上显然较多地接受了中国传统之楼阁台观的深刻影响，且不说在大量中国古塔中，也并非都是佛塔，也有个别是道塔，就说比如早在殷代，当关于"间"这一建筑观念萌生之时，除了汉代的一些建筑，"一座建筑的间数，除了少数例外，一般采用奇数"[2]。这说明，汉民族很早就开始了对渗透着奇数观念的建筑形象情有独钟。魏晋南北朝以及此后历代中国佛塔的建造，显然由此得到了借鉴，崇尚奇数。中国佛塔的层檐绝大多数为奇数。从单檐、三檐、五檐、七檐、九檐到十五檐、十七檐等奇数檐，十分常见，如山东历城四门塔为单檐式、九顶塔中央一座为五檐式、四周四座均为三檐式，苏州云岩寺塔为七檐式，杭州灵隐寺塔为九檐式等等，其例不胜枚举。而这里所说的魏晋南北朝的两个著名塔例，即洛阳永宁寺塔为九檐式、嵩岳寺塔为十五檐式，恰好又都是奇数檐。这一点，看来与土生土长的中国宗教道教所谓"道生于一，其贵无偶"的文化观念不无关系。另外，也与儒家经典《易经》的"尚奇"文化观念深有联

---

① 刘敦桢：《河南省北部古建筑调查记》，刘敦桢主编：《中国古代建筑史》，中国建筑工业出版社，1980，第85页。

② 同上书，第9页。

系,《易经》以一、三、五、七、九为奇，二、四、六、八、十为偶，奇为阳，偶为阴，中国佛塔"尚奇"，显然接纳了中国传统文化因子。

魏晋南北朝及其后代中国佛塔的建造与发展，带有佛教儒学化的明显特点。

首先，如前文所述，从佛寺与佛塔的平面位置关系的演变——塔占寺之重要位置到塔建于寺的前后或左右，甚至塔的建造的地理位置与寺完全无涉，这是正统的儒家传统的陵寝制度及其宗教观念、审美意识在塔形制上隐约而生动的体现。

中国陵寝建筑是富于现世精神和人情味的，且不说，墓中随葬品多为死者生前钟爱之物，显然是希望死者在冥府能继续过人一样的生活，也可以看作是对生的留恋。典型的陵寝建筑平面作对称铺排，多重进深，逐渐达于高潮，有明确的中轴线，主题建筑总是建在高潮点上（后详），这体现了儒家所崇尚的威风、体面、严正、大方的文化风格。中国佛寺，虽然源于印度"支提"窟，但如果不加以中国化，在中国人看来，"支提"窟的空间那样阴郁、逼仄、神秘局促、小家子气，显然是不合儒家文化口味的，因而中国古代的寺塔建造者从传统的中国陵寝建筑制度中受到启发而加以改造，冲淡了神圣的灵光，唤来了世俗的诗意，结果，使中国佛寺正如中国陵寝建筑一样，采用了无处不显示着儒家生活情调的中国庭院式建筑形制，世俗气氛相当浓郁。

在此情况下，为求不打破中国佛寺那种平缓、对称和阔大的建筑格局，原先作为佛寺标帜而高耸的塔，假如再要挤在寺区之中，无论就崇拜、审美还是实用等角度而言，都是多余而不妥的，显然不合以儒家思想为基本生活情调的中国人的传统口味，因而将塔"请"到寺外，另立塔院，独立于寺，这就彻底打破原先印度"支提"窟的形制，在佛寺和佛塔两方面，都达到了中国化。

同时，魏晋南北朝佛塔的基座，往往筑为"须弥座"形象，比如从石窟寺中所见的雕刻或绘画的石塔上，可知当时的佛塔总是建于高大的台基即须弥座之上，前述河南登封嵩岳寺塔的塔刹，坐落在壮硕的覆莲之上，其实覆莲造型，也是一个须弥座。因此可以说，在这一历史时期及其以后的年代里，须弥座在佛塔造型中是常见的。

那么，须弥座与中国佛塔的中国化又有什么关系呢？

其实，须弥座不是别的，它是古代印度佛教教义中须弥山之巅的一种神圣的佛座,别名须弥坛。而须弥山——佛经所说的佛山,梵文写作Sumeru。

佛教认为,须弥山是处于"世界""中心"的"山"。"凡器世界之最下为风轮,其上为水轮,其上为金轮即地轮,其上有九山八海,即持双、持轴、担木、善见、马耳、象鼻、持边、须弥之八山八海与铁围山也。其中心之山,即为须弥山。"①又认为此山入水八万由旬(注:天竺路程单位名称,据说帝王一日行军里程称"由旬",一说天竺40里,一说30里),出水八万由旬,其顶上为帝释天所居,其半腹为四天王所居,其周围有七香海七金山,其第七金山有咸海,其外围曰铁围山,"故云九山八海"②。僧肇《注维摩经一》指出:"须弥山,天帝释所住金刚山也。秦(指中国)言妙高,处大海之中"。

这就是佛教所想象、弘扬的一种佛国本相、世界面貌与秩序境界。

由此,可见佛教须弥山具有如下文化特性:其一,须弥山处于"世界"的"中心"。其二,其性坚固不坏。须弥山既然是"天帝释所住金刚山"、"其性坚利,百炼不销","故佛经中常以金刚喻坚利之意。"③那么,须弥山的"特性",当然也其固难摧了。其三,此山"入水"很深,"出水"很高,可谓"妙高"无比,并且处于"大海之中"。

而所谓须弥座,不就是须弥山上的佛座吗?既然须弥座与须弥山是密不可分的,那么根据佛经所言,所谓须弥山的三大"特性",其实须弥座也是具备的。

正是佛教教义中关于须弥座的这些"特性",在一定的文化历史契机中,首先被魏晋南北朝人所看中了。

古代中国人有一种顽强的"尚中"意识(后详),他们将自己所居住、活动的那一个区域称为"中原"、"中州"、"中国",相信自己处于"天下之中",而且认为,"中国"四周围绕着"大海",故"中国"又称为"海内"。地处"中州"的河南嵩岳、洛阳、告成,自古是华夏生息繁衍之地,故嵩山被称为"中岳",洛阳有"中国"别称之说。关于这一点,只要读读何尊铭文即可明了。《逸周书·作洛解》还将洛阳称为"土中",至于告成,相传也被周公定为

---

① 丁福保:《佛学大辞典》,文物出版社,1984,第1127页。

② 同上。

③ 同上。

"土中"，立土圭测景（影），至今犹存观星台。

可见"中原"古地，自古被称为处于"天下之中"的。那么，依靠什么来象征居于"天下之中"的这一民族传统文化与审美意识呢？

首先是依靠建筑，因为这是一种体现文化模式的非常有力而形象的文化方式。当佛教须弥座观念随整个印度佛教入传中土，须弥座这种处于"大海之中"的观念意识、"世界"之"中"的文化思想意绪，恰与"中国"居"天下之中"的"尚中"传统观念一拍即合，于是在魏晋南北朝直至以后的佛塔上，出现以覆莲（有时是仰莲）为造型的须弥座建筑文化，就不足为奇了。

中华古代建筑物一般以土木为材料，石材或其他材料偶然用之，对这种建筑材料的"嗜好"是中国自古的农业文化在建筑营造活动中的生动反映。以土木为材，由于土木的可塑性大，加工方便而备受历代中国匠师的青睐，但土木材料容易被自然力或人力所损蚀，无数木构建筑被很快地毁灭于历史长河之中。偏偏中国人将对都城、宫殿、坛庙、陵寝、民居等建筑的建造，看作"立万世之基业"一样的，这在"速朽"与"不朽"之间产生了尖锐的矛盾。由于这一矛盾无法得到解决，常令中国人深陷于精神痛苦之中，比如当洛阳永宁寺塔于北魏永熙三年（534）被雷火所焚，"悲哀之声，震动京邑"[1]，就是一个明证。可是现在好了，人们从印度传入的佛典中找到了"百炼不销"的须弥座，并且通过想象，把它物化为中国佛塔的一个构件，象征永不毁伤，永垂不朽。

由于中华古代建筑文化一般以土木为材，群体组合，由于土木的长度和力度有限，因而中国建筑一般向地面四处横向铺排，本不以十分高峻见长。中国的传统楼阁、台观以及佛塔之类，应该说是比较高峻的，然而这种高度总是有限的，无法满足中国人追求无限的精神需求，现在人们惊喜地发现，佛教须弥座"出水"很高、"入水"很"深"的"妙高""特性"，一下子提升了中国建筑文化追求"无限"的精神意义，因而，须弥座作为一种建筑构件在中国佛塔上的运用，可谓理所当然。

须弥座后来还出现在比如明清北京紫禁城的太和殿甚至建国以后所建造的北京人民英雄纪念碑上，走上了进一步中国化、世俗化的文化历程。

---

① 杨衒之著、吴若准注：《洛阳伽蓝记》卷一，吴氏刊本，第12页。

第三节　玄学与园林建构

当本书在此试图将魏晋玄学与这一历史时期的园林文化联系起来加以探讨时，这就似乎产生了一个矛盾：本书以中国建筑的文化历程为研究对象，而这里却要以魏晋南北朝的园林文化为论题，好像超出了本书的学术宗旨。

其实并非如此。笔者以为，对建筑文化及其文化历程问题可有广义、狭义两种理解。

在西文里，建筑Architecture（而非Building）这个词，其义为"巨大的工艺"。因而，凡是人工造作的"工艺"，凡以沉重、坚固的物质材料构筑，凡大规模地对大自然进行改造、美化者，均可称为广义的"建筑"。无疑，中国园林文化，便是这样一种广义的Architecture（建筑）文化，它是以狭义的建筑物（Building）、山石、道路、水域、植物以及其他人文因素（如绘画、书法、雕刻，甚至音乐等）所构成的一种东方大地文化。

德国古典哲学家、美学家黑格尔曾经指出，园林"不是一种正式的建筑"（注：这里的"建筑"，取狭义理解），却是融合着以科学规律和美学规律所建造、营构的一种"高级建筑艺术"（注：这里的"建筑"，作广义理解）。这种见解看似矛盾，实际上包含对园林、对建筑的辩证理解。

中国园林，其实是房屋（Building）这种狭义建筑型式的一种历史性的必然发展。

远古东方大地上，本无什么房屋、园林之类，两者都是人们以一定的实践方式，在与大自然的"交往"、"对话"中诞生的。从中国建筑的文化历程看，最原始的中国穴居和巢居，是原始初民对一定自然空间的第一次具有伟大历史意义的"人化"，是人与大自然的对立关系在居住问题上的第一次成功的解决。这说明，人有能力摆脱远古洪荒的叵测空间，为自己开辟一方属人的居住空间环境，建造一个躲避盲目自然力、供栖身于其间的庇护所。

但是，最原始建筑物的诞生，虽将大自然的盲目力量关在了门外，使人获得生存的安全，却也同时无情地将整个大自然（包括自然美）拒之门外。这无疑切断了人与大自然的生命的联系。当我们的老祖宗住进了地穴、檐巢继而住进村舍、城镇与宫殿之时，盲目的自然力确实一般不能加害于他了，然而他发现自己与大自然的亲缘距离拉大了。一种生命的渴望，勾起人们对自然野趣的强烈眷恋之情。向往大自然这一人类故乡，要求以自然主人身分重新回到大自然的怀抱，从而打破那种尤其是实用、功利性建筑实体与空间环境和自然天趣的对立，这是人的顽强的生命本能与生命意识。

于是，已经走进了房舍的人类，又强烈要求重新从房舍中走出来，或者在门口、通过窗户，以审美的观赏悦乐的人生态度放眼大自然，欣赏、享受空气、阳光、蓝天、白云、山峦、川流、鸟语、花香。正是在这里，中国园林文化开始蒙起。其第一步，是以大自然为题材、以大自然的美为主题，来美化室内空间的居住环境，以美化居室的绘画、雕刻等艺术作品，呼唤大自然"魂兮归来"；犹嫌不足。其第二步，便是营构中国建筑所独有的庭院空间，在小小一方庭院之中，种花植树，堆石引流，接纳清风、阳光、雨露。其第三步，便是进一步突破庭院的域限，相地建造园林。这里，园林的文化雏形是庭院，庭院是从狭义的建筑（Building）走向广义的建筑（Architecture）的一个文化中介。

因此，中国人在居住、欣赏大自然问题上经历过一次精神的解放。此即为躲避盲目自然力量加害于人而走进了房舍，又不满足于房舍的安全、从房舍中走出、走向庭院，进而终于走向由他自己所营构的再造的自然、"人化的自然"——中国园林之中。

中国园林文化，一种特殊的出于人对大自然的依恋与向往而创造的广义的"建筑"空间，一种人欣赏人化的自然美的特殊方式，它是人对大自然欣喜的回眸与复归，是人化的自然美、建筑美（狭义）、山石道路植物以及其余人文因素的相互渗透与和谐统一。或者可以说，中国园林，在精神文化意义上，是人及其人性的"返朴归真"，就是说，人通过自身的实践、劳作与营构，不是离自然越来越远，而是回到"本然如此"的、自然而然的时空境界中去。英国培根指出："文明人类先建美宅，营园较迟，可见造园艺术比建筑（注：指狭义）更高一筹。"① 这种"更高一筹"的园林的文化境界，是明代造园家计成《园冶》一书所说的"虽由人作，宛自天开"。"天开"者，自然也，本然如此也，"道"

---

① 童寯：《造园史纲》，中国建筑工业出版社，1983，第1页。

也。老庄所倡言的"道"，无疑是中国园林文化的基本文化品格。①

中国园林文化发轫较早，在世界三大园林流派（中国、西亚、古希腊）中独树一帜。据古籍记载，早在魏晋南北朝前一二千年，炎黄子孙已在东方大地上从事园林营构活动。甲骨文有"囿"字，为📦，像一个区域的绿色植物的种植。古代园林有"囿"和"苑"的区别，"有墙曰苑，无墙曰囿。"②前者"囿"仅植栽植物，"无墙"可矣；后者"苑"不仅植栽植物，而且饲养动物，正如许慎《说文》所说，"苑，所以养禽兽也。"故"有墙"。《周礼·地官》说周代筑有灵囿。《孟子·梁惠王下》称："文王之囿（苑）方七十里，刍荛者往焉，雉兔者往焉。与民同之，民以为小，不亦宜乎?"（注：先秦古制：一里为1 800尺，周代一尺约为0.227米，七十里约为28 602米）这时的园林带有原始古朴的特点，基本是本然存在的地形、地貌与自然植被，人工因素少弱，略加圈划，范围很大，主要供帝王、官宦等游猎取兴、观赏娱目，具有较浓烈的自然野趣风味。

先秦时期的中国园林文化发展到秦代，有过一次历史性飞跃。秦始皇曾在咸阳大规模兴建宫苑，以炫文治武功，在渭水之南兴修上林苑，苑中千花万树，离宫巍巍。始皇又极好神仙方术，笃信神仙家（方士）所谓渤海之中有蓬莱、方丈、瀛洲三神山之说，多次派人入海求不老之药，而终于不可得。然而这种神仙幻想却反映在园林营构之中，始皇曾在咸阳"作长池、引渭水"、"筑土为蓬莱山"。在历史上首开人工掘土堆山之举，并且使园林这种中华大地文化样式不仅是一种实在的空间环境，而且成了具有某种神秘氛围的思想幻想和想象的空间，其精神意义变得丰富、深刻起来。这就开拓了中国园林文化的艺术构思。不过，此时的园林文化主题，还并未是崇尚"无为"、"自然"的道家之"道"。

秦之历史短暂，园林营构昙花一现。连年战事使园林荒废。直到汉武帝国力渐强之时，才复苏至于昌盛。当时汉室将南山以北、渭水之南、长杨、五柞以东、蓝田之西大片土地辟为帝苑，修复并拓建在咸阳的秦时遗园上林苑，广植奇花异树，以供采集观游。"帝初修上林苑，群臣远方各献名果异卉三千余种

---

① 王振复：《中国园林文化的道家境界》，《学术月刊》，1993年第9期，第68—76页。

② 刘安著、高诱注、庄逵吉校：《淮南子》卷八，武进庄氏刊本，第121页。

植其中，亦有制为美名，以标奇异。"①并大片续建宫殿楼观，如观象观、远望观等曾名噪一时。如建章宫作为上林苑宫城之一，其规模之宏敞令人叹为观止。它"周回三十里"，包括"骀荡、驳娑、枍诣、天梁、奇宝、鼓簧等宫。又有玉堂、神明堂、疏圃、鸣銮、奇华、铜柱、函德二十六殿，太液池、唐中池"②等景观，使人目不暇接。建章宫"度为千门万户，前殿度高未央，其东则凤阙，高二十余丈。其西则商中，数十里虎圈。其北治大池，渐台高二十余丈，名曰泰液，池中有蓬莱、方丈、瀛洲、壶梁，像海中神山龟鱼之属。其南有玉堂壁门大鸟之属，立神明台、井干楼，高五十丈，辇道相属焉。"③这种皇家宫苑，具有浓烈的政治意蕴和一定的宗教意味，具有向往彼岸神山圣水的象征意义。由于秦汉园事始有堆山、掘池之举，实际上奠定了中国园林长此以往的"模山范水"的基本构思与造园方法。

汉代园林开始了向官宦私家的发展。除了皇室有大规模的宫苑，当时一些官僚、贵戚甚至一般富殷人家亦造园林。如丞相曹参、大将军霍光雅好园事。董仲舒发愤攻读授讲，以至于"三年不窥园"，可见筑有私园。"茂陵富户袁广汉……于北山下筑园。东西四里，南北五里。激流水注其中，构石为山，高十余丈……奇树异草，靡不培埴……重阁修廊，行之移暑不能遍也。"④这类园林，往往冲淡了摹拟想象中仙水神山的不老之思，变得有些世俗化起来，它从皇室"高标"上"走"下来，开始具有趋向于民间的发展态势。

那么，"文脉"发展到魏晋南北朝，这一历史时期的广义的建筑——园林，究竟有些什么新的时代格调呢？

魏晋南北朝，是一个儒学暂衰、玄学兴起与佛学流渐的时代，并且在这一时代，三"学"在一定程度上趋于融合。《宋书·谢灵运传》称："有晋中兴，玄风独振。"玄学的文化、哲学之根，在于先秦老子。《老子》以为，道乃"有"与"无"的统一体，"万物生于有，有生于无"，"此两者同出而异名，同谓之玄。玄之又玄，众妙之门。"既然"有生于无"，因而"以无为本"是魏晋玄

---

① 张宗祥：《校正三辅黄图》，古典文学出版社，1958，第29页。
② 同上书，第16页。
③ 同上书，第15页。
④ 同上书，第29—30页。

学的基本文化与哲学命题。《晋书·王衍传》说:"魏正始中,何晏、王弼等相述老庄立论,以为天地万物,皆以无为本。无也者,开物成务,无往而不存者也。""无","无往而不存",可知乃万物之本根。玄学家都是崇"无"弃"有"论者,王弼所谓"得象忘言"、"得意忘象"说,就是玄学的"以无为本"论。

魏晋玄学与两汉经学的基本区别,或者说从两汉经学到魏晋玄学,中华民族的文化思想,实现了三个转变:一,从以先秦原始儒学为基本的"天道"论对王权、政治伦理合理性、权威性的证明,转向了对宇宙本根之终极的哲学追问,沿着先秦老庄所开辟的哲学之路,将历史从始于先秦、盛于秦汉的政治伦理昌盛的时代推进到魏晋玄学的哲思昌明的时代。当整个时代的"话题"由执滞于世间道德转向玄虚的"无"(道)时,人们突然有一种从传统儒学所倡言的生活规矩中解放出来的感觉。二,在人格修养层次,从先秦到秦汉传统儒家所推崇的人格理想遭到了怀疑甚至终于被唾弃,这主要集中表现在文人学子(魏晋名士)逐渐疏远甚至断然拒绝在社会群体之中实现个人道德伦理价值的人格理想,转而追求个人人格的独立与自由。所谓"魏晋风度",首先是这一种人格风度,人格魅力。早在先秦,老庄就倡言那种"遗世而特立"的"游世"的人生态度,到了魏晋,这一人生态度变得更自如、更潇洒、更为时人所激赏。"目送归鸿,手挥五弦。俯仰自得,游心太玄。"名士们谈"玄"说"无",口若悬河,手执麈尾,风度飘然,以"虚无"为至真,视道德为泥尘。三,从秦汉神神鬼鬼的方术、谶纬的迷氛之中走出来,转向比较清醒地注重"玄悟"的现实生活境界(注:当然,南北朝佛教隆盛,道教也颇为活泼,这是另一种宗教迷氛)。由此三方面,某种程度上可以说,这一历史时代尤其是魏晋,其文化、思想,实现了从儒学伦理学不追问人生之"终极"的"肤浅"到玄学关于哲学思辨的深刻、从群体人格到个体人格价值、从宗教迷狂到颇为清醒的生活情调的时代转换。

玄学以"道"为旨归。道本无为,道本自然。"自然"有三层含义:其一,未经人力污染、改造的大自然、自然界;其二,人体自然;其三,人的心灵自然,即一般未经社会伦理"污浊"所濡染过的心灵、或虽经"污染"却重新加以洗涤的心灵。所谓"淡泊、无为"就是这样的心灵自然。魏晋南北朝时期的中国园林,就是这样一种体"道"、悟"道"的文化方式,一种"以玄对山水"①的文化方式。

因为山水自然象征"玄"、"无",象征"道",所以魏晋时人尤钟爱于山水自然,从山水中、自然中体"道"、悟"道",与自然神契情投,天人一如。古人所谓"峨峨东岳高,秀极冲青天。岩中间虚宇,寂寞幽以玄。非工复非匠,云构发自然"②,所谓"扬素波以濯足,泝清澜以荡思"③,"流咏太素,俯赞玄虚"④等,都在以淡泊、无为的心灵(即心灵自然),以山水自然为悟对之对象,达到风清气爽、荣辱皆忘、身心通泰、消魂大悦的境界。

与先秦、秦汉时期相比较,魏晋南北朝的中国园林文化具有如下特点:

第一,从规模看,这一历史时期的中国园林的规模、尺度逐渐变小了。正如本书前述,先秦、秦汉时期的园林规模宏大,一是因为那往往是些帝苑,帝王权倾天下,"溥天之下,莫非王土",帝苑规模之巨,比如"文王之囿方七十里",无可比拟;二是由于那些往往是宫苑,即园林建造于宫殿区域内,或宫殿坐落在园林之中,其规模安得不大?如秦之阿房宫苑、汉之上林苑等都是如此。杜牧《阿房宫赋》称阿房宫苑"覆压三百余里,隔离天日",虽属文学描述,但到底可由此想象其规模、范围之宏巨。魏晋之际的苑囿凡是与"帝"、"皇家"沾边的,确实依然具有相当规模,如曹魏年间,有铜雀台、金虎台等园景,依左思《魏都赋》所言:"延阁胤宇以经营,飞陛方辇而径西,三台列峙以峥嵘。"张载注云:"铜爵园西有三台,中央有铜爵台,南有金虎台,北则冰井台。有屋一百一间,金虎台有屋一百九间,冰井台有屋百四十间。"曹魏乃至北朝诸帝的帝苑,一般具有继承汉代帝苑"尚大"之风,然则毕竟大汉风范已成过去,其所处世道之混乱,割据、偏安于一隅的国土狭小,尤其国力、财力相对不济,在精神气候上也已经不是气势如虹的年代,因而此时诸多帝王尽管欲承汉制,到底已是强弩之末了。据《后汉书·杨赐传》所记,汉灵帝酷爱园林,造毕圭灵琨苑,分东西两苑,"东毕圭苑周一千五百步"、"西毕圭苑周三千三百步",如此规模的帝苑,如与"气吞万里如虎"的阿房宫苑或上林

① 刘义庆:《世说新语》卷下之上,刘孝标注,明袁氏嘉趣堂刊本,第157页。
② 谢道韫:《登山》,处囊斋主人辑:《诗女史》卷四,明刻本,第6页。
③ 张华:《归田赋》,张惠言辑:《七十家赋钞》赋五,清道光元年合河康氏家塾刻本,第3页。
④ 嵇康:《四言诗》,《嵇中散集》卷一,明刊本,第14页。

苑比较，真乃小巫见大巫了。可见这种园林尺度缩小的时代趋势，早在汉末就开始了。魏晋南北朝时的都城范围都已变小了（见本书前文）。宫殿规模亦是如此，因而还想建造往昔那种伟大的帝苑、宫苑已是不可能的事。帝苑、宫苑尚且如此，一些官宦私家园林规模可能就更局促了，一是碍于个人经济实力有限；二是受制于伦理制度，如果私家园林建得比帝苑还要伟大，那是不可想象的。

第二，作为园林民间化、世俗化趋势的加强，是士人园林的诞生，并且成为这一历史时代中国园林文化富于个性魅力的代表。魏晋之际，从皇家苑囿到士人园林的转型，已经开启了后代明清文人园林发展的历史之门。

正如前述，中国园林原是帝王游憩之地，最早发展起来的是帝苑，其间灵台、灵沼及高伟之宫殿成为园林的重要景观，在对自然的审美之中不忘对煊赫王权的宣扬，所以帝苑的文化主题比较复杂，除了体现对山水自然的钟爱，儒学、功利、政治意味相对浓郁，并且往往渗透以一定的宗教意绪。平民百姓甚至官宦，起初是与园林景观、园事活动无缘的。只是自汉代始，才逐渐出现官宦私家苑囿，向园林文化的民间化、私家化跨出了一步，改变中国园林起初只是"帝苑"独此一家的局面。并且自东汉之后，先秦园林中诸如灵台、灵沼之类的景观，模仿蓬莱、方丈、瀛洲之类的神仙之境，就再也不能引起人们的游观兴趣。魏晋园林，确实具有相当的平俗的特性，它历史地摆脱了政治功利、宗教信仰等的纠缠，向着比较纯粹的山水自然的审美方向发展。

这一历史时期，由于自东汉以来的门阀制度酷严，士子求进无门，理与势的矛盾变得十分尖锐，经过两度党锢之祸，士大夫不得不怀着痛苦的心情，将自身的学问、才气和抱负"消费"在从"清议"到"清谈"的历史转变之中。士人一般与时政抱着不合作的态度，又要在这个纷繁、动荡不已的世界中寻找一块"静地"、"洁处"来安顿自己的"心"，他们除了谈"玄"说"无"，崇尚玄学或皈依佛学之外，别无他途。凡崇尚玄学者，必推重山水自然，故在条件许可的前提下，筑园自娱以怡情于山水自然，理所当然。

然而，考汉末、魏晋士人园林兴起的文化成因，仅仅归之于政治避世，是欠妥的。余英时指出："吾国避世思想起源远古，本未可以内心自觉一端说之，即汉代之隐逸亦多出于政治原因。唯独汉末（注：魏晋亦然）士大夫之避世，颇有非外在境遇所能完全解释者。今观《乐志论》可知士大夫之避世虽云有激而然，但其内心实别有一以个人为中心之人生天地，足资寄托。"①余先生援引《后汉书·逸民传》序"然观其甘心畎亩之中，憔悴江湖之上，岂必亲鱼鸟、乐林草哉？亦云性分所至而已"后说，"性分本内生于心，非可外求"②，所言极是。玄学倡"道"，士人雅好山水园事，包括此时士人之避世，时政的压迫固为一重要外因，而根本之因，是人的"性分"使然，是生命的自觉，建立在生命意识上的生命个性的觉悟。淡泊、无为、自然的"道"，不是由某种时势、时政作为一种外在力量所逼迫出来的，它是山水自然、人体自然和心灵自然本在的"天人合一"。

魏晋之际，士人园林由于玄学的深潜于人之内心而获得一个根本的思想动因，获得空前的发展。"竹林七贤"中的一批魏晋名士一般不与时政为伍，西晋灭吴，陆机、陆云兄弟回归田园、隐居于园林达十年之久，其因难以简单地归之于时局所致。诸多士人比如嵇康、王羲之、谢灵运、陶渊明等，都有造园或赏园的人生乐事。今天我们读《世说新语》，对魏晋时人如此钟情于山水园林深为感动。"王子猷尝暂寄人空宅住，便令种竹。或问：'暂住所烦尔？'王啸咏良久，直指竹曰：'何可一日无此君？'""（王献之）尝经吴郡，闻顾辟疆有名园，先不相识，乘平肩舆径入。时辟疆方集宾友，而献之游历既毕，傍若无人。"暂寄人空宅小住，却不厌麻烦种竹以自娱，是何缘故？因为生命现实中不可一日无此君。这便是魏晋士人所认同的人的生命现实与自然如此合契所体悟到的"玄"、"道"。苏州（吴郡）顾辟疆园为当时吴地第一士人私园，王献之偶经吴地，虽与园主不相识却如此急迫地、旁若无人地入内观游，这不是游园以遣兴，而简直是到此寻觅一种精神上的"终极"。

第三，先秦、秦汉时期的园林的精神意义，一般具有"体象乎天地，经纬乎阴阳，据坤灵之正位，仿太紫之圆方"的天地意识、宇宙意识，所以以规模宏伟见长，魏晋南北朝的园林的精神意义，却是人物品藻、体现个人人格魅力的生动、具体与形象的写照，它不是出现于公元14、15世纪日本室町时代

---

① 余英时：《士与中国文化》，上海人民出版社，1987，第331页。

② 同上。

的所谓"枯山水"。中国园林可居、可游、可观、可悟，尤其是魏晋之际的园林，其哲学与美学品格，已经从先秦、秦汉时代筑园以象法天地、宇宙时空转型为人格理想的塑造与宣弘。魏晋名士竞以名行相高，人物品藻的文化传统使名士很是看重自己的名节与风度，"故独行之士辈出，各绝智尽虑以显一己之超卓"①。园林与山水自然不是什么别的，它们是士人人格的美好象征。《世说新语》称："顾长康从会稽还，人问山川之美，顾云：千岩竞秀，万壑争流，草木蒙笼其上，若云兴霞蔚。""王武子、孙子荆各言其土地人物之美。王云：其地坦而平，其水淡而清，其人廉且贞。孙云：其山崔巍以嵯峨，其水㳽渫而扬波，其人磊砢而英多。"把园林景观与山水自然看作人格的延伸。

正因如此，魏晋之际的园林尤其是士人园林，多不以宏阔争胜，而向园景的小巧、清雅与含蓄、宁静方向发展。江淹所筑庭园，仅在"两株树，十茎草之间"②，一二遗石，三二株树，或幽篁一丛，傍溪水凝碧，所谓"暂园"、"半亩园"虽然规模甚小，其人格之象征，却无高下。人格的问题，不是一个大、小的问题，而是深、浅的问题，高雅或是庸俗的问题，这与园景之大小无涉。庾信筑园"欹侧八九丈，纵横数十步，榆柳两三行，梨桃百余树"③，孙绰"建五亩之宅，带长阜，倚茂林"④，虽然占地不大，但仍然是一种审美的"精神家园"。

魏晋士人园林尤其注重丰富的水景营构，如谢灵运园"修营别业，傍山带江，尽幽居之美"⑤，"会稽孔珪家起园，列植桐柳，多构山泉，殆穷真趣"⑥，"茂林修竹"、"曲水流觞"，士人之园可以没有山景，却不可以没有水趣。水题材在魏晋园林中的活跃，是因为溪水、流泉、湖泊涵玄、雅洁，比较能体现玄学之"道"。中国园林水景尤其是魏晋园林水趣，往往以静水为主，即使是动水，也以静静地流淌为格调。类如西方园景中的喷泉、"大水法"之类是绝对没有

---

①　余英时：《士与中国文化》，上海人民出版社，1987，第310页。
②　江淹：《江文通集》卷三，梁氏校刊本，第21页。
③　庾信：《小园赋》，张惠言辑：《七十家赋钞》赋六，清道光元年合河康氏家塾刻本，第33页。
④　刘义庆：《世说新语》卷下之上，刘孝标注，明袁氏嘉趣堂刊本，第48页。
⑤　沈约：《宋书》卷六十七，武英殿本，第6页。
⑥　郑樵：《通志》卷八十二，四库全书本，第4页。

的。这种园林水景，水面有限，亭榭台舫楼堂之类，往往依水就建，安谧宁静。"静"水初观似不如"动"水招人，且如果处理不当或不作任何艺术处理，一任其散漫、芜杂之自然形态，确有令人单调之感，甚至弄成"死水一潭"，但中国园林中的水景恰恰因其宁静、含蓄而给人以美感。魏晋园林的"静"水，正如后人所言，或碧波平静似镜，令人敛神沉思、返照自家心性，有的"静"水称"镜潭"，其"既皎而澄，可以烛须眉"①，有的水藻繁茂，藕华亭亭，"水若醹醪，渚草艳漾"②，聊作出污泥而不染之思；或于晨曦夕月、蓝天云浮之时，平静之水面倒影清丽，光影变幻，回栏曲槛，望之如浮，嫣然有致，其美难以名状。或清风徐至，波光涟涟，一泓波纹，温柔娴静。或水尤清冽，游鳞历历可数，皆若空游无所依。园林"静"水，恰有《老子》所谓"致虚极，守静笃"的美。

---

① 王世贞：《弇州山人续稿》卷之六十，明万历年间王氏世经堂刻本，第4页。

② 邹迪光：《愚公谷乘》，锡山先哲丛刊第一辑之二，第6页。

第五章 大气磅礴的隋唐宫室

史学家称隋唐是中国古代社会的鼎盛时期。其实，隋唐也是中国建筑文化发展的鼎盛时期。尤其是唐代建筑，给人印象最为深刻的，是其城市、宫殿、里坊、陵寝、寺塔与道观之类所强烈体现出来的磅礴之气。李白《古风》云："天地皆得一，澹然四海清。"作为中国古代最强盛的历史时代，建筑是唐代这一历史"巨人"屹立于东方大地的伟大身影，任何人都不怀疑它所具有的英雄史诗般的恢宏气度和不可抑制的内在激情。人们总是说，唐诗处于中国诗歌的"青年时代"，它是诗的高峰，却似乎忘记补充一点，唐代建筑在总体上，可以说是以如椽之笔"写"在大地之上的壮伟诗篇，那种在实用前提下所升腾而起的阳刚之气，成为那一时代光辉的文化标帜。就诗而言，如"初唐诗人的壮志，都具有并吞四海之志，投笔从戎，立功塞外，他们都在做着这样的悲壮之梦"；盛唐比如李白被称为诗魂，何等潇洒、飘逸、雄放；"中唐诗人的慷慨激烈，亦大有拔剑起舞之概"，如处于盛、中唐之际的杜甫诗的沉雄顿挫，正如《易传》所言，"大哉乾元，刚健中正"，此之谓也。"唐代的诗人怎样的具有'民族自信力'，一致地鼓吹民族精神！"[1]这种强健的文化"自信"与"精神"，其实在唐代建筑形象的文化意蕴中一点也不缺乏。建筑虽然不能像诗篇那样向读者进行具体的"叙事"、给出一个具体的文化事件，而且建筑首先是为了实用而存在的，然而建筑的空间意象，却可以比诗更真实、有力、抽象地传达时代的

---

[1] 宗白华：《美学散步》，上海人民出版社，1981，第248—249页。

文化意绪和氛围，唐代建筑与唐代诗歌所运用的语言、符号不同，然而两者所"诉说"的，是同一种文化心灵，唐代建筑同样具有雄健的文化性格。

隋代始于公元581年，公元589年杨隋灭陈而最后统一天下，到其为李唐所覆灭（公元618年），仅37年光景，可谓"二世而斩"，历史短暂。隋结束了魏晋南北朝长达三百多年的分裂局面（其间仅西晋有短暂的全国统一）。在建筑方面，隋文帝代周次年，就开始规划、营建大兴城（即后来的唐之长安）。隋大业元年（605），又营建东都洛阳。隋代开掘了与建筑文化建设相关的伟大水利工程大运河，它成为北起涿郡（北京），南到杭州，跨越黄河、长江，全长2 500公里贯通南北交通的大动脉。隋代的另一项伟大工程，是名匠李春所设计、建造的河北赵州安济桥（又名赵州桥），它是世界上最早的敞肩券大石桥，其工艺之高超与精湛，堪称古代世界桥梁史之一绝。不过，隋代建筑文化未能历史地充分展开，它仅仅是大唐宫室辉煌历程的序幕。

唐之前有隋，正如汉之前有秦。秦代与隋代，都是"匆匆过客"，却分别迎来了汉、唐盛世，历史真是惊人地相似。

唐代建筑文化及其文化特征、文脉历程，是本章论述的重点。

第一节　有容乃大的大唐气象

唐代历经近三个世纪（618—906）之久。唐代疆域广阔，极盛时期的势力影响，东至朝鲜半岛，西北达于葱岭以西的中亚，北接蒙古，南临印度支那。其经济、文化的繁荣程度，在唐之前未曾达到过，它是中国封建时代国力强盛的巅峰时期，在世界上，与西方基督教文化圈、东正教文化圈、回教文化圈及印度文化圈齐名的中华文化圈（影响及于日本、朝鲜、越南等国），是在唐代形成的。

唐代文化的繁荣，是建立在经济繁荣的基础之上的。太宗朝的"贞观之治"、玄宗朝的"开元之治"，都是昌盛之世。贞观时期有斗米仅值三四钱的史载记录。人们也可以从杜诗"忆昔开元全盛日，个邑犹藏万家室。稻米流脂粟米白，公私仓廪俱丰实。"领略个中消息。南方经济自魏晋南北朝时的晋室南渡，其发展速度一直胜于北方，到此时已经成了全国经济的重要支柱。即使在

"安史之乱"之后，南方经济如苏州、杭州、南京、广州、成都等地仍在发展之中。来自东南的"漕运"，通过运河，维系了南北经济与文化的联系，支持了中央政权。

唐代文化的主要特点，是谓有容乃大。

其一，民族大融合推进到了一个新的历史水平。

早在魏晋南北朝，中华民族的民族大融合已经开始，不过，当时是冲突多于融合。如南北朝时，所谓"胡"族和汉族之间的文化观念、生活方式、风俗习惯、价值尺度与宗教信仰的冲突尤为尖锐。属于"胡"族的匈奴、鲜卑、羌、羯、氐等民族入驻内地，纷纷建立政权，统治者的文化心态处于两难之境。一方面，作为入主内地的统治者，由所谓赫赫战功所培养起来的民族"傲气"和"蛮气"，使得他们从心底里蔑视汉人，如将男性汉人蔑称为"汉子"。《北齐书》《北史》将男性汉人蔑称为"汉小儿"、"无赖汉"、"恶汉"、"痴汉"与"贼汉"等在在多是。尤不足以解恨者，就只好消灭其肉体，乞助于"武器的批判"了，"狗汉大不可耐，唯须杀却。"①南宋大诗人陆游《老学庵笔记》说："今人谓贱丈夫曰：'汉子'，盖始于五胡乱华时。"一点不错。另一方面，作为北方传统的游牧民族，又不能不在相对优越、文明的汉族农耕文化面前产生卑惧的文化心理，对汉族比较先进的典章礼义制度、生活方式且恨且羡，茫然无措，"用夷变夏"既不可得，"用夏变夷"又心不甘，其文化心态只能在农业文明与游牧文明之间来回奔突。这自然不等于说，所谓夷、夏之间，此时绝对没有融合的一面，实际上，所谓胡族的汉化自"五胡乱华"之日起已在潜移默化之中，如北魏孝文帝曾于公元493年，把首都从地处西北的平城（现山西大同）迁移到地处中原的洛阳，这种迁徙行为，是对"用夏变夷"无可避免地认同。有的胡族统治者为求巩固统治，也不得不任用满脑瓜"子曰诗云"、尊崇汉文化"祖宗家法"的汉族儒士，随之而来的文化之"恶果"，在"时鲜卑共轻中华"②的历史岁月之中，实难以保持胡文化的所谓纯粹了。同时，汉人也在一定程度上沾濡了胡文化的一些剽悍之气。尽管如此，以汉文化为文化基调的这种民族文

---

① 李百药：《北齐书》卷五十，中华书局，1972。
② 李百药：《北齐书》卷二十一，中华书局，1972。

化的历史性大融合，此时远远没有完成，所谓胡、汉文化之间根深蒂固的相互敌视和疑虑，远胜于彼此之间的"笑脸相认"。

然而时至唐代，这一民族大融合的历史进程，已基本上完成了，其特点是融合多于冲突。

首先，由于战争逼迫的人口迁移或自然迁徙，造成南北地域胡、汉杂处与相互通婚，在血缘意义上是对汉族的某种更新和重构。魏晋南北朝时，战乱不断，移民而居即为常事。当时有以所谓"外夷"而掠"外夷"者，如慕容皝伐宇文归，徙其部属五万余众，居于昌黎；石虎伐段辽，迁其户二万有余，居于雍、司、兖、豫等地。当时有以"外夷"而掠"中国"者，如石虎使夔安等伐汉东，拥七千余户迁于幽、冀。这一时代，迁多就寡，移百姓以充实由于战争而荒废的田园、村落、城镇或险要之地，所在多有。如石勒之移民于襄国，李寿以郊甸未实，都邑空虚，工匠械器事未充盈，就徙旁郡户三千以上，以实成都。甚至刘曜之移民于长安等等，都是如此。吕思勉曰："当时割据之国，初兴之时，多务俘掠，或则逼徙其民，以益其众。"[①]移民促成了血缘的融合。

这一融合，由于历史的力量，发展到唐代，所谓原先胡、汉之间的隔阂消解了，溥天之下，汉人的血缘里，可能融渗了胡族因素。据考证，就连一些皇室帝王，如杨隋王朝的隋炀帝杨广、李唐王朝的唐高祖李渊之母，都是鲜卑人，属独孤氏，唐太宗李世民之母属鲜卑族纥豆陵氏，至于有胡族血缘因素的唐代天下细民百姓，不知凡几。所以有的学人说，唐代百姓，是具有"胡气"的新汉族，看来并非无根游谈。

这一文化态势直接造成了两个结果。一是某种程度上改造了汉人的秉性、气质和性格。我们今天可以从初、盛唐、甚至中唐文人的诗文中强烈地感受到唐人的刚雄、豪迈与奔放，正如明胡应麟《诗薮》指出，如"盛唐句如'海日生残夜，江春入旧年'，中唐句如'风兼残雪起，河带断冰流'"，此言不谬。这看来可以说明，唐人的秉质之中具备了一些"胡"的因素。二则有可能影响唐朝统治者的治国之策包括文化政策。在唐人眼中，即使有"夷夏之别"，也是不重要的，"夷夏无别"，是自然而然的事。所以唐人的民族眼界尤其宽阔，

① 吕思勉：《两晋南北朝史》，上海古籍出版社，1983，第947页。

很少民族忌讳。唐太宗曾自述其治国有方、治世有策,其中之一,是对汉族、非汉族一视同仁,文成公主远嫁藏王松赞干布,就是一个显例。太宗作为唐朝皇帝,又被尊称为西北诸非汉族的"天可汗"则是又一显例。

其次,一定程度上改造了唐代汉人的风俗习惯与文化爱好。这便是在唐人的衣食住行的日常生活和艺术生活之中所体现出来的尚"胡"倾向。穿"胡服"、食"胡食"、奏"胡乐"、跳"胡舞"之类,一时竞为时髦。《旧唐书·舆服志》指出:"(开元以降)太常乐尚胡曲,贵人御馔尽供胡食,士女皆竞衣胡服。"比如盛唐音乐,所谓西凉乐、高昌乐、龟兹乐、疏勒乐、安国乐、天竺乐、扶南乐与高丽乐等,都相当流行。"自破阵舞以下,皆播大鼓,杂以龟兹之乐,声震百里,动荡山岳。""惟庆善乐独用西凉乐,最为闲雅。"[①]这种尚"胡"嗜好,不是缺乏自信力、盲目追捧的表现,恰恰是包举宇内、兼收并蓄、"万物皆备于我"、充分自信的表现。

又次,民族大融合的政策,文化扩展到世界范围,即唐人以博大的胸襟开展广泛的国际交流。唐代不是一个闭关锁国、夜郎自大的朝代,它在从事国际交流时,可谓慧眼独具、"百无禁忌"。据有关史料,唐代的对外交流十分频繁,人员往来的规模空前。且不说中印佛教徒的相互交往,《大唐西域求法高僧传》《续高僧传》称,如来自天竺的高僧那提三藏曾活跃于长安,另有罽宾国僧徒般若三藏也在长安从事佛经的译介活动。又如武则天时,从事译经之最著要者,是来自于阗的实叉难陀,并在洛阳大遍空寺译《八十华严》,菩提流志译《大宝积经》120卷,中印度沙门日照,即地婆诃罗,于武后垂拱(685—688)末年,在长安、洛阳译《大乘显识经》《大乘五蕴经》等18部。玄宗朝时,印度僧、龙树弟子善无畏(即戌婆揭罗僧诃)、金刚智(即跋日罗菩提)和不空金刚(即阿目佉跋折买,金刚智弟子)相继来华,其中仅不空金刚一人,译经108部。且不说中国第一名僧玄奘(600—664)曾于唐贞观三年(629)从长安出发往印度取经,自天山北路入印,历经千难万险,遍访名师,历时17年,于公元645年(贞观十九年)得印度佛经650部而东归,在朝廷主持以及房玄龄的监护之下,与其弟子道宣等,译经凡74部1 338卷。且不说唐时

---

① 李泽厚:《美的历程》,文物出版社,1981,第136页。

日本佛教徒来华求法者众，如日本佛教真言宗著名创始者空海，曾居长安青龙寺求问于名僧惠果。仅就长安人口组成而言，其百万总人口中，侨民和外籍人口竟占总人口的2%，"加上突厥后裔，其数当在百分之五左右"①。其移民与侨民程度之高，为中国古代都城所绝无仅有。不仅如此，有唐一代，当局还允许来自中亚、西亚、东亚地区的商人在长安等地开设店铺，从事商贸活动；曾有3万余名外国留学生就学于唐代的国子监与太学，其中以日本来华学生为最多；同时，长安的外交机关"鸿胪寺"曾接纳过来自70多个国家的外交使团；尤其值得称道的，唐朝统治者还选择日本、朝鲜等贤能（在华居住者）在朝廷任职，表现出博大的文化胸襟。

其二，儒、释、道三教的融合达到了一个历史新水平，其文化融合的根本特点，是宗教观念、文化的世俗化，趋于泯灭彼岸与此岸的思想界限。

人们知道，唐代是儒、释、道三教并行不悖的时代，朝廷的文化政策可能因帝王个人的好恶，时代的不同而有所偏斜，但从总体上看，有唐一代对所谓三教并不偏废、均采取了宽容的态度。因此，就儒学而言，原在魏晋南北朝暂时受到压抑的处境此时得到了一定程度的改变。一般认为，如英主唐太宗是好"道"而喜"佛"的，但他也同时宣称："朕今所好者，惟在尧舜之道、周孔之教，以为如鸟有翼，如鱼依水，失之必死，不可暂无耳。"②就道教而言，由于道教以老子李聃为教祖，故而深得这一李姓王朝的青睐，诸多唐代帝王追认老子李聃为"先祖"，如高宗封老子为"太上玄元皇帝"并在东都洛阳建玄元皇帝庙。长安的道观太清宫里，居然在老子教祖的塑像左右，侍立着唐高祖、太宗、高宗、中宗、睿宗和玄宗的塑像，这种庙制使得这一道观俨然成了李姓王朝的"家庙"，说明在道教文化中已经渗入了儒家追祖认宗的传统因素。就佛教而言，唐代佛教的发展呈曲折之势，如既有武周佞佛又有武宗"法难"之时。武周时代，北宗神秀上座深得则天之心，这位女皇帝曾经大举佛事，在洛阳龙门大规模地开凿佛窟，塑卢舍那大佛高17.14米，据说其创作思想在"佛犹人、人犹佛"之际，其佛像既庄严又亲切感人，世俗气十足。据造像铭记载，武则

---

① 沈福伟：《中西文化交流史》，上海人民出版社，1985，第156页。
② 吴兢：《贞观政要》卷六，明刊本，第15页。

天曾"助脂粉钱两万贯",并率群臣参加大佛的开光(落成)盛典。唐武宗会昌年间"灭佛",有诏书称"驱游惰不业之徒五十万,废丹腹无用之室凡六万区",一时声势浩大,然而仍准许保留部分寺院僧尼,可见佛教在三教融合中的地位。

就唐代文人学士、知识阶层来说,同样体现出三教融合的思想趋势,一般的士大夫、读书人的思想往往以某一教的思想为主,又融合多种思想因素。如诗人王维,崇佛是出了名的,他的许多禅诗足以证明这一点,尤其到了晚年,其心态更常在禅境之中,"晚年惟好静,万事不关心",然而其早期诗作,怀有积极进取的儒家精神,其《不遇咏》自述其志有言:"济人然后拂衣去,肯作徒尔一男儿。"在《少年行》其二中说:"孰知不向边庭苦,纵死犹闻侠骨香。"在《老将行》中又吟唱:"犹堪一战立功勋",可谓"儒"味十足。李白诗豪放、飘逸、想象力丰富奇特,其人蔑视权贵,傲岸高迈,确乎"天子呼来不上船,自称臣是酒中仙",其文品、人品颇近于"道"。但是即使如李白这样的人,在仕途经济上原也是不甘于寂寞的。他的《侠客行》一诗唱道:"男儿百年且乐命,何须徇书受贫病。男儿百年且荣身,何须徇节甘风尘。"其《在寿山答孟少府移文书》中所表露的心迹是"立登要路津"。他的《蜀道难》,实际是历经仕途挫折之后的穷发牢骚,其骨子里是崇"儒"的。所以清人龚定盦《最录李白集》所谓"儒、仙、侠实三,不可以合。合之以为气,又自白始也",可谓一言击中。再说杜甫,其崇"儒"的思想精神与道德人格是一目了然的,也许只有他才能唱出"穷年忧黎元,叹息肠内热"、"致君尧舜上,再使风俗淳"如此炽热入世的诗句,他的"三吏"、"三别"等名篇集中体现了儒家思想情绪,不过,即使伤时忧国如杜工部诗,也不是没有任何一点庄禅意蕴,他一方面写出诸如"感时花溅泪,恨别鸟惊心"这样的诗句,另一方面也不是没有情味闲适的吟唱,如《水槛遣心》一诗:"细雨鱼儿出,微风燕子斜。"《遣意》:"云掩初弦月,香传小树花。"以及《陪郑广文游何将军山林》:"绿垂风折笋,红绽雨肥梅。"等,体现出庄禅那般对自然的钟爱之情。杜甫的佛禅信仰,在其诗作中也时有表现,如《秋日夔府咏怀》云:"身许双峰寺,门求七祖禅。落帆话宿昔,衣褐向真诠。"又如《夜听许十一诵诗》诗人自己说:"余亦师粲可(引者注:粲,指禅宗僧粲祖师;可,指禅宗慧可祖师),身犹缚禅寂。"这说明在这位"诗圣""入世"一生之中，也具有一点"出世"之思。

要之，在唐代三教融合的总体文化格局中，一般而言，"儒"是其基质。崇"儒"其不能，才不得不皈依于"道"或"佛"，这是唐代士大夫一般社会人生的常格。"始三家若矛盾然，卒而同归于善。"①"善"指道德之"善"，大凡属于儒家人生境界。唐代的教育制度和科举制度比较发达，诸如国子学、太学和常科、制科等等的设立与实施，既是三教融合之中文人学士崇"儒"的表现，也培养了大批文人学士代代相传的奔求功名、建功立业与属"儒"的文化思想。这一伟大时代的总体文化，是以"儒"为基质的三教趋于融合。使唐代佛教的所谓中国化、世俗化，主要也是消解印度佛教原先所具有的彼岸与此岸、世间与出世间的对立界限，而向标举此岸、入世的中国传统的儒、道思想靠拢。《坛经》敦煌本称："法元在世间，于世出世间。勿离世间上，外求出世间。"《坛经》通行本则说："佛法在世间，不离世间觉。离世觅菩提，恰如求兔角。"人生在入世、出世之际，离开世间去求出世是徒劳的，只有"不离世间"，才得"觉"悟"菩提"，这是经佛禅濡染之后的儒、道首先是"儒"的哲学。

唐代文化确实特具"有容乃大"的文化精神，而且在三教融合之中是以"儒"为基干的（注：这才能理解，何以中唐韩愈、柳宗元倡言"古文运动"，能够开始儒学的复兴。其原因之一，是中唐之前的唐文化中早就存在着儒学的基因。后详），这对唐代建筑文化的发展及其文脉建构，具有深刻影响。

（一）这一文化精神首先体现在规整恢宏的大唐帝都形制上

公元582年隋文帝立国伊始，深感长安遗存的区域太狭窄，水质又欠佳，且城区平面的建筑布局缺乏统一规划，遂命大臣宇文恺主持，在汉长安旧址东南辟地兴建新都大兴城，后在唐代获得进一步发展，这便是大唐帝都长安。

长安城北临渭水，东依灞水与浐水，城址地形南高北低，有龙首渠、黄渠、永安渠和清明渠等水系自南部岗原流贯全城，供水系统良好。

长安城东西为9 721米，南北为8 651.7米，其面积为84.10平方公里，这是中国古代第一帝都。

---

① 陈鸿墀：《全唐文纪事》卷五十，清同治十二年广州巴陵方功惠广州刻本，第3页。

这里有一份资料，可资比较：

汉代长安（内城）：35平方公里；

北魏洛阳：73平方公里；

隋唐洛阳：45.2平方公里；

元大都：50平方公里；

明南京：43平方公里；

明清北京：60.2平方公里。

显然，这些中国古代著名都城的面积不可谓不大，与公元3世纪末的罗马城（13.68平方公里）、公元5世纪的拜占庭城（11.99平方公里）或公元8世纪末的巴格达城（30.44平方公里）相比，其恢宏气度毋庸赘述。唐都长安无疑为包括中国古代都城在内的古代世界帝都之冠，它的面积，几乎是世界古代名城巴格达的2.8倍；罗马的6.2倍；拜占庭的7倍。

别的暂且不论，据考古发掘，仅就长安宫城与皇城之间的横街宽220米这一点而言（一般的街道最窄的也有50米），也可想见这座建造于"川原秀丽，卉物滋阜"之地的唐都范围之巨了，这是名副其实的"天下第一大街"。

据考古发现，唐都长安的宫殿建筑群，也是体量巨硕、尺度宏伟。大明宫位于长安城外东北（遗址位于现西安市东北），故称"东内"，始建于唐贞观八年（634），平面呈不甚规则的南宽北窄的长方形，面积约为3.3平方公里，可见其占地之广了。大明宫的含元殿，建于龙首原高十余米的高地之上，有据高俯瞰之雄姿。它以龙首原为殿基，殿面阔为十一间制（中国古代建筑最高品位面阔九间制的变则，九间制所以文化品位最高，源于《易经》的崇"九"文化观念，"九"为阳刚、乾元、上天、男性，帝王的象征），其前辟大道长75米，可见含元殿面阔的长度了。含元殿平面为"凹"字形，其主体殿宇左右前方，又建翔鸾、栖凤两阁，在建造观念上可以见到中国传统庭院所谓"一正两厢"的文化遗影。含元殿前广场宽阔，又据以高地，其形象雄伟、气宇轩昂，有"仰瞻玉座，如在霄汉"之势，唐人李华《含元殿赋》称其"如日之升"，写尽了它的辉煌。大明宫的另一宫殿麟德殿，建于大明宫址西北部高地，由纵向三座殿阁所构成，面阔也为十一间制，进深竟达17间，其面积相当于明清紫禁城太和殿的三倍，而太和殿是中国现存尺度最大的古代宫殿，由此不难想象当时唐人嗜"大"的文化口味了。

同时，前文所述长安宫城与皇城之间的宽阔横街，即使看作是一个广场（注：中国古代的广场文化很不发达，这一点不同于西方古代。中国古代建筑布局几乎到处可见的是庭院，庭院的扩大、变则，在功能上类似于西方的广场。如现今所谓天安门广场，在明清之时，实际是天安门前的一个扩大了的庭院。如果发育为人群集散、休憩游乐之地，即为广场。如果兼备交通功能，就可看作是宽阔的横街了。如北京故宫太和殿前大片空地，明十三陵之长陵祾恩殿前大平野，是两处扩大了的庭院。在功能上，具有发育为广场的文化潜质），其面积也远远超出西方古代诸如古罗马恺撒广场、奥古斯都广场、图拉真广场与圣·马可广场。这种建筑的文化特点，正如清初顾炎武《日知录》所言："予见天下州之为唐旧治者，其城郭必皆宽广，街道必皆正直，廨舍之为唐旧创者，其基址必皆宏敞。"

唐东都洛阳，其规模之宏巨自然不如长安，其实也很了不起，同样体现了有容乃大的唐代文化精神。

洛阳总体规划始于隋，其主持营造者为宇文恺以及封德彝和牛弘，在城规构思上，与长安颇多相似之处。贞观初年，有窦琎"为将作大匠……于宫中凿池起山，崇饰雕丽，虚费功力。太宗怒，遽令毁之。"[①]这倒有些类似汉初当年汉高祖刘邦阻斥萧何营建未央宫，不过，高祖终于纳萧何之谏言起造未央而太宗"令毁之"。然而到了唐高宗时代，洛阳的建设即已备受重视。《旧唐书·高宗本纪》云："朝廷敕习农少卿田仁佐，因东都旧殿余址修乾元殿，高一百二十尺，东西三百四十五尺，南北一百七十六尺。"武周期间，据《旧唐书·武后本纪》，则天嫌乾元殿格局小而毁之。继而于其地作明堂，以僧怀义为使，凡役数万人。明堂高二百九十四尺，方三百尺，凡三层，下层法四时，各随其色。中层法十二辰，上为圆盖，九龙捧之。上层法二十四气，亦为圆盖，以木为瓦，夹纻漆之，上施铁凤，高一丈，饰以黄金。中有巨木十围，上下通贯，栭、栌、橑、檩，藉以为本。下施铁渠，为辟雍之象，号曰万象神宫，又命怀义作夹纻大像，其小指中犹容数十人"。后明堂为火所焚，于是更造通天宫，以铸铜铁

---

① 宋祁、欧阳修等：《旧唐书》卷六十一，中华书局，1975。

为天枢,立于端门之外,以铭记功德。所谓天枢,梁思成称其造型"若柱",先由当时名匠毛婆罗造出模型。该柱实物"其高一百五尺,径十二尺,八面,径各五尺。下为铁山,周百七十尺。以铜为蟠龙,麒麟萦绕之。上为腾云承露盘,径三丈,四龙人立捧火珠,高一丈。"这天枢造型巨大,且从其上之雕饰题材看,蟠龙捧珠之类,所表现的是中华传统儒家文化关于"龙"的主题,而其上又出现"承露盘"这佛教名物,故又渗融着释家思想。

洛阳面积亦不在小,其平面略呈方形,其东西最宽处达7 290米,南北最长处为7 312米,同样体现了大唐气象。

值得注意的是,唐代帝都这种宏大风度,秦汉之时似乎早已达到过。汉承秦制,汉制又潜越于魏晋南北朝而下启于隋唐,唐代帝都的伟大品格确实早在秦汉之际种下了"基因",否则古人就不会"汉唐"并称了。然而同样推崇其"大",秦汉的帝都宫室,正如本书前文所引:"其宫室也,体象乎天地,经纬乎阴阳,据坤灵之正位,仿太紫之圆方。"①其文化的哲学底蕴是"法天象地",重在象征自然宇宙之浩大,秦汉之际盛行的阴阳五行说与自然哲学,是该时代的帝都的哲学之魂。相比之下,唐代帝都的宏大风貌一般并不执着于象征什么自然宇宙,而是直接体现与歌颂人工、人力之伟大,重现世、重现实的人生哲学渗融在伟丽的帝都形象之中。王维《和贾舍人早朝大明宫》之作固然高吟"九天阊阖开宫殿",似在体现自然宇宙的宏伟无比,到底还是注重"万国衣冠拜冕旒"的人生自豪。唐代帝都,并非疑似"天上宫殿"坐落在人寰,而是直接就是充满自信与恢宏之胸襟的人的现实生活环境。如果说秦汉时人的伟大,只有拿到"天"上去才能求得证明,那么对于唐人而言,其伟大力量就直接体现为帝都以及其他类型的宫室(后详)本身,因而不证自明,人亦天,天亦人也。

(二)从唐代帝陵文化看,所谓"因山起陵",是唐代建筑象征人之伟力的又一体现

"因山起陵"的帝陵之制,首起于太宗之长孙皇后。长孙皇后临终前立遗嘱表节俭求薄葬,《旧唐书》称其"请因山而葬,不须起坟"。实际是葬制虽不起

---

① 班固:《两都赋》,张惠言辑:《七十家赋钞》赋三,清道光元年合河康氏家塾刻本,第36页。

坟丘，在观念上却以整座山峰为陵，反而凭山体、山势的博巨、崇高，象征帝王的伟大。《旧唐书·太宗本纪》有云："王者以天下为家，何必物在陵中，乃为己有。今因九嵕山为陵，不藏金玉、人马、器皿，皆用土木形具而已，庶几奸盗息心，存设无累。""因山起陵"确有薄葬之意，然而这一"贫乏"的葬制却体现了另一种精神的富有。

九嵕峰山势峻伟，海拔1 188米，高巨雄浑。它南临汉中平原，与太白、终南诸峰遥对，东西层峦护持、沟壑交错，前有渭水，后有泾水环抱，唐太宗的昭陵就在这九嵕峰峦之中。据史籍记载，昭陵由唐代画家、著名工匠阎立德、阎立本兄弟参与设计，因山凿石为墓穴、从埏道至墓室深度达75丈（约现制230米），埏道设石门五道，墓室有如"中宫"，墓主遗骸安卧其间。从昭陵地面建筑遗存看，北有祭坛，其规模东西约为53.5米，南北约为86.5米。有司马门，门内陈置唐贞观年间14个少数民族（即所谓胡人）之酋长石雕像，现仅存"突厥答布可汗阿史那杜尔"等三像的像座，其上刻有题名。在赫赫帝陵区内，居然有"胡人"的一方地盘，看来只有有容乃大的唐代建筑文化才得如此雅量。昭陵有著名的"昭陵六骏"石刻浮雕之作，最初也是陈列于此的，其风格浑朴，极有力度，鲜明地体现了大唐风范。陵山正南设朱雀门有如一座古代城市的正南门（注：依古代四灵四方观，中国古代都城的门制，为南朱雀、北玄武、东青龙、西白虎），体现了"事死如事生"的现实生活情调。其陵的西南设"下宫"，俗称"皇城"，此乃西南"奥"之所在，在风水观念上，正应在《周易》文王八卦方位的"坤"位上（注：正如前述，秦代始皇陵的墓冢也筑于这一风水方位），其东西337米，南北334米，平面近似正方形，这里曾是地面陵寝建筑集中之地。据《旧唐书》记载，仅唐德宗贞元十四年（798），重建殿宇378间，这些地面建筑现在当然见不到了，但从献殿遗址出土的一件屋脊鸱尾高约1.5米，底长7米，宽0.65米，重达150公斤看，当时这殿宇的体量是何等崔嵬博大！

昭陵的特点是"因山起陵"，其建造观念原初确实具有不重厚葬之意，这从五代军阀温韬对太宗墓室的盗掘已经证实了这一点。但是，由于"因山起陵"，使整个山体都是陵体了，所以昭陵的巨硕，令人瞠目。其周围60公里，面积30万亩，试问天下陵墓谁个能比？确为大唐气魄。唐代大诗人杜甫《重经昭陵》一诗这样描述昭陵气象:"灵寝盘空曲,熊罴守翠微。再窥松柏路,还见五云飞。"我们今天读唐诗,常为高适诗的崔嵬、李白诗的奔放和杜甫诗的沉雄等所深深感动,其实这种大唐"诗格",在唐代陵寝以及前文所述的帝都等一系列"土木之功"中也能让人体悟到,它们都是从同一文化之根中所生长起来的辉煌之花。

昭陵有陪葬墓167座,其间存在严格的伦理等级关系,是传统儒家"礼"文化的反映。其表现为:其一,主陵陵体最巨,陪葬墓次之;其二,主陵居高,陪葬墓居下;主陵居中,陪葬墓居侧;其三,就陪陵而言,也分等级,公主、嫔妃墓都建在山上,其余臣属墓建于山下。如长乐公主、新城公主、城阳公主及妃子墓,多位于帝陵附近,有的筑为覆斗形,前后各设土阙;或其前设双峰,形制丰富,而非嫡出的公主陪陵,其形制就简陋一些。

虽然如此,昭陵同样反映了唐代文化有容乃大的兼容性。如在昭陵陵区的西南凤凰山,居然出现了谏臣魏征的陪陵,也是凿石为墓穴,陵前树土阙,气势雄伟。李靖墓也建于陵山南部的台地之上,规模也较大,这种情况,在其他朝代的陵寝文化中是不可设想的。

(三)"有容乃大"的唐代文化精神,在这一时代的佛教寺塔文化现象中也充分地体现了出来

唐代是中国佛教的黄金季节,当时建造寺院之风尤盛。据晚唐段成式《寺塔记》,当时仅唐长安"左街"(注:唐长安外郭,以位居城之中轴的朱雀大街为界,分东西即左右两部分。朱雀大街以东部分称"左街",以西称"右街")有名寺15所(注:《寺塔记》述名寺16所,据笔者考见,其中永安坊永寿寺位于右街)。其实,这仅是长安左街的部分寺院,其中大半由于作者"所留书籍,前坏居半"而未能在《寺塔记》今传本上、下卷中反映出来,但所述寺院数目已颇可观。如左街靖善坊大兴善寺,其"寺殿崇广,为京城之最",寺尽一坊之地,可见其面积之广。该寺始建于隋,香火极盛于唐。《隋书·炀帝本纪》称其大殿"曰大兴佛殿,制度与太庙同"。这一记载,很值得注意。我们知道,中国传统都城的平面布局,有"左祖右社"的特点,即都城的左前方建造祖庙(太庙)而右前方为社稷坛。因此,按传统古制,隋、唐之都城大兴、长安的左街本为祖庙（太庙）的所在，然则在此建"佛殿"，"制度与太庙同"，在文化观念上使佛殿与太庙合一，这只有隋代尤其唐代才能出现的建筑文化现象。按印度佛教教义，主张"沙门不敬王者"，且无祖无宗，而中国隋、唐之际，却建佛殿同于太庙，使崇佛合于崇祖，这的确是佛教及其寺院建筑的中国化，在这座"天王阁其形高大，为天下之最"①的隋、唐著名佛寺中，却允许崇祖文化因素的渗入，这种文化的"宽容"，是这一特定时代一道奇丽的文化风景线。

唐代寺院的平面布局，以殿堂、门廊等构成以庭院为单元的群体，实际是居住类建筑的佛教化。大型寺院可有院落十几个，如《寺塔记》所记慈恩寺："凡十余院，总一千八百八十九十七间，敕度三百僧。"该寺为高宗母文德皇后所立，始建于高宗为太子时、贞观二十二年（648），故以"慈恩"名之。该寺恢宏无比，赫然唐风，会昌灭佛，为诏留，得幸免。唐代寺院独多壁画，所表现得多为涅槃变、地狱变以及佛本生及佛传故事等，有时兼以世俗现实生活情事如供养人事迹，一方面是狞厉的佛教彼岸世界，另一方面是开朗、平易的世俗情调，两方面无有偏废、相安无事，这便是大唐风范。唐代著名画家、雕塑家吴道子、卢稜迦、张孝师与杨惠之等的佛教壁画或雕塑之作的主题，往往定位在彼岸、此岸之际。《寺塔记》称："吴生（注：吴道子）画勇矛戟攒，出奇变势千万端。苍苍鬼怪层壁宽，睹之忽忽毛发寒。"将佛教所想象的彼岸世界表现得阴森可怖；然而即使是这位唐代善画地狱变之类的丹青第一高手，其佛教壁画也同时充满了对世俗现实、自然山水之美的领悟与表现，吴道子"因写蜀道山水，始创山水之体"②，比如"画龙点睛"之典故出在这位"下笔有神"的著名画家身上，就绝不是偶然的，如"不食人间烟火"，一味向佛，何能如此？

这种在世间、出世间之际所建构的唐代绘画观念，实际上也便是唐代建筑的文化观念。据考古，现存于地面的、已发现的中国最早（宋以前）木构建筑，凡106例，且多在山西境内，其中以属于唐代者凡4例，即山西五台山南禅寺正殿、佛光寺正殿、芮城广仁王庙正殿和平顺天台庵正殿，都属佛教建筑。尤其

① 徐松：《唐两京城坊考》卷二，清道光杨氏刻连筠簃丛书本，第5页。
② 张彦远：《历代名画记》卷之九，汲古阁本，第9页。

南禅寺、佛光寺正殿，堪称"国之瑰宝"。南禅寺正殿建于唐建中三年（782），面阔三间，进深三间，可见其平面为正方形。其单檐歇山顶，一条主脊与四条垂脊几乎处于同一水平线上，就是说，四条垂脊下垂幅度不大，这就使得这座建筑的殿宇的屋顶坡度十分平缓，且四个翼角略微上翘，四条檐口线呈曲度轻微的平缓之弧线状，整座建筑给人的总体印象十分强烈，其坡度平缓之屋盖檐部重实，出挑深远，檐部下方的斗栱造型因十分雄硕而显得非常醒目，而且，其台基略有"升起"之势、侧柱"收分"明显，给人以坚如磐石的"岿然"之感，又如大鹏展翅，有欲飞之态，虽然这座佛殿形体不大，却体现出大唐时代建筑的雄浑、有力与坚稳的文化风格。佛光寺正殿的建造年代（唐大中十一年，857）虽然比南禅寺晚75年，而在技艺上，比南禅寺正殿更值得称道，是唐代木构殿宇的典范之作。佛光寺正殿面阔七间，进深四间，平面为长方形。除了如南禅寺正殿那样具有雄硕、浑朴、疏朗、稳定的造型之外，这座佛殿采用"内外槽"平面布局，以列柱和柱上的阑额构建内外两圈的柱架结构，"再在柱上用斗栱、明乳栿、明栿和柱头枋等将这两圈柱架紧密联系起来，支持内外槽的天花，形成了大小不同的内外两个空间，而在天花以上部分还有另一套承重结构"[①]。其屋架结构颇为复杂。由于"在柱上用连续四跳斗栱承托明栿；明栿不是直接与天花相连，而在栿上以斗栱构成透空的小空间，加以明栿的跨度大，所以在视觉上自地面至明栿底的高度比实际高度为大；再加以天花与柱交接处向内斜收，更增加内槽的高度感"[②]。由此不难理解，唐人在运用一定的科学与美学规律建造佛殿时，总是把文化美学意义上的对阳刚、浑穆、庄严美学意蕴的追求，放在重要地位来考虑并加以实现。作为佛殿，南禅寺和佛光寺的建筑形象却没有任何神秘、阴怖的风格特征，其造型风格倒是有类于唐代宫殿，是一种神圣、明丽、雄巨的造型。也许只能说，这类佛教建筑在思想意蕴上，由于以佛入儒、或曰融儒入佛而打破了此岸、彼岸的严格界限，从而铸造了一种新的文化品格。

这一文化特点，在唐代寺院的另一样式即石窟寺形制上也能见出。

---

① 刘敦桢主编：《中国古代建筑史》，中国建筑工业出版社，1980，第124页。

② 同上。

仅就敦煌莫高窟的唐窟而言，其数量之巨（现存唐窟凡213个），几为整个莫高窟的二分之一。

唐代石窟寺的特点是颇为鲜明的。

其一，窟室仍为前后室制，这是沿袭南北朝遗风的，但中心塔柱式的窟内空间布局，已经不见了，这是石窟寺自南北朝以来的进一步中国化。

其二，窟室平面多作正方形，窟顶作覆斗式，有藻井，多呈正方形，为规整、庄严之制，这种崇"方"的审美情趣，导源于中国文化传统尤其是儒家追崇严正、大方，崇尚理性的文化传统。

其三，窟室不仅平面多正方形，而且空间开拓广大，佛像多安置于后室的佛龛之中，这种空间的扩大，自然符合唐人的文化脾性，有大唐之概。

其四，与巨大窟室相一致的，是唐窟佛像的高显和巨硕，既体现了佛力、也体现了人力的伟美。莫高窟现存佛像670多躯，其作者除"塑圣"杨惠之，还有宋法智、安生、吴智敏、张智藏、王温、赵云质、张宏度与刘意儿等人。其塑造的佛像有些十分高大，如第96窟坐像高度为33米，因山凿成躯体，与大地、山岳相构，格局与气度不凡。这尊佛像之巨，使得须用一幢九层之楼宇才能让其容身其间。第130窟坐像也高达23米，为了庇护它，工匠们凿通了三层崖壁，壮伟之状可见。唐代佛教雕像一般面相温和、庄严，形相富态，大多盘膝作趺坐之状，其手势作说法、思维或召唤式。其衣饰褶折流畅，并显露内部肉体轮廓。其菩萨造型以袒胸露臂式为多见，显示了唐代思想、艺术开放与随意的性格。有些女菩萨如观音身段婀娜、气质娴雅，一副很高贵的样子。有的观音像有修长的眉眼，小巧的嘴，唇角漾起浅浅的笑意，其亲切、温婉与神秘，一点也不亚于蒙娜·丽莎。有的肌体袒露，表现肌肤的细腻与滋润。还有的衣裙薄薄地贴在身上，凸显女性人体的曲线之美，凡此，都体现了很世俗化的审美要求。

其实，诸如富于生气、尊严、自信与欢愉情调这些特点，在唐代建筑形象中也不缺乏，唐代建筑形象一般具有高昂、舒展与大方的特点，说明唐代文化尤其是盛唐文化的"心情"很好。

总之，唐代石窟寺几乎处处显示了壮丽、雄放的大唐文化本色。《大唐陇西李府君修功德碑记》云："尔其檐作飞鹰翅，砌盘龙鳞，云雾生于户牖，雷霆走于阶陛。左豁坪陆，目极远山。前流长河，波映重阁。"这景象，也与唐代龙门石窟颇具相似之处。龙门石窟之大多数，其建筑部分已不自崖体凿出，而在窟前构筑简易木构，如奉先寺卢舍那大佛，原筑木构，为大殿七间制，两侧为配殿三间，其屋顶皆倚崖壁作一坡，可以想见其当年的壮伟风貌，其窟前崖上，现存安梁、卯孔及屋顶斜槽痕迹。

唐代佛塔，也颇为有力地传达了唐代文化的真实信息。

在唐之前，造塔之风已很盛行，其惯例是塔、寺共建，且以木构之塔为主。如南朝时期，各代帝室造塔、建寺甚多，其中以梁武帝为最力。如梁武帝曾舍身为奴的同泰寺，"楼阁殿台、房廊绮饰，凌云九级，俪魏永宁"[①]，大智度寺"殿堂宏壮，宝塔七层"[②]，其他如皇基寺、光宅寺与开善寺等著名佛寺，都同时建有佛塔。北朝时期，塔、寺建筑也极一时之盛。如北魏道武帝曾于天兴元年（398）在平城"作五级浮图，耆阇崛山及须弥山殿，加以绘饰"。献文帝皇兴元年（467）又在平城"起永宁寺，构七级浮图，高三百余尺，基架博敞"。在天宫寺"构三级石佛图高十丈"，"为京华壮观"。孝文帝迁都于洛阳，塔、寺之建造高潮迭起，据史载，当时洛阳有寺院一千余所，自然，塔也有一千多座，真可谓"招提栉比，宝塔骈罗"[③]。隋文帝笃好佛教，相传得天竺佛"舍利"，曾三度号示天下建塔供奉。首者公元601年文帝六十诞辰，令全国30州立塔；次者公元602年正逢"佛诞日"时，又令全国53州建塔；再者公元604年又逢"佛诞日"，再度建塔110座。其中以大兴善寺、东禅定寺最为著名。炀帝所造西禅定寺、隆圣寺及其佛塔也极宏伟。尤其是东禅定寺，"驾塔七层，骇临云际。殿堂高耸，房宇重深。周闾等宫阙，林囿如天苑。举国崇盛，莫有高者。"[④]

唐代佛塔，自然亦以木构为主。如武后则天始信道教，继而佞佛，曾倾四海之财，殚万人之力，穷山之木以为塔，木塔深得人们的青睐。由于木构易遭天摧人毁，现存唐塔，大凡都是砖塔（个别为石塔），如唐代著名的玄奘塔、

① 释道宣：《大唐内典录》卷四下，清顺治十八年嘉兴楞严寺刻径山藏本，第12页。

② 释道宣：《续高僧传》，碛砂藏本，第10页。

③ 杨衒之著、吴若隼注：《洛阳伽蓝记·序》，吴氏刊本，第1页。

④ 释道宣：《续高僧传》，碛砂藏本，第10页。

香积寺塔、大雁塔、小雁塔、千寻塔等，一律如此。砖塔得益于唐代砖艺的成熟和砖产量的提高，然而，诸多唐代砖塔在造型上依然是对木塔的仿造，虽以砖为材，却要做得好像木塔一般，这在用材意识与建造观念上，是传统崇尚木材之文化"情结"在唐塔上的反映。当然，唐代砖塔也往往并非纯粹以砖筑成，许多塔例各层外壁有逐层收分之势，虽不设平座，却隐隐筑起柱枋、斗栱的造型，并覆以腰檐。在结构方面，唐塔有"实心"和"空心"两类，其中"空心"砖塔，多将塔壁砌成上下贯通的空筒状，并向上逐渐收分，最上部结顶，其内部往往有数层木构，这里木材的使用为的是加强塔体拉力，也是对木材的留恋。

唐代佛塔的文化特色，概括而言，大约有：

其一，如果说两晋南北朝的佛塔，由于未曾彻底摆脱源自印度"支提"窟中心塔柱式布局的影响而以塔为整座佛寺建筑组群之中心的话，那么，唐代的佛塔，往往已经不位于这个组群的中心位置，也就是说，虽然塔、寺共建，但佛塔在平面位置上，已经有脱离整座佛寺平面位置的趋势，这种趋势发展到宋及宋之后，是塔不但不建于寺内，不在整座佛寺的重要位置上，而且可按所谓"风水"之需建于寺的附近，甚至不建寺而单独建塔。这种中国佛教建筑的文化现象，是使佛寺和佛塔在地理位置上，同时得到了"解放"。

本书前文早就说过，中国佛寺的平面布局，脱胎于中国传统庭院式民居，这种民居制度渗透着以儒家伦理为主的"家"的观念和生活秩序，自唐开始到宋代，如中国禅宗寺院的"伽蓝七堂"制，以山门、主佛殿、法堂、僧房、库厨、西净和浴室组成了井井有序的礼佛和佛徒生活场所，它在建制上从不宣扬宗教的神秘性，相反，倒是洋溢着以儒家伦理文化为主题的"家"的氛围和亲切意味，并且要求其平面布局四平八稳，形象疏放而明朗。

正因如此，"为了不打破中国佛寺那种平缓、对称和阔大的建筑格局，作为佛寺的标帜且高耸的塔，假如再要挤在寺区中，无论就崇拜还是审美意义而言，都是多余的了，显然不合中国人的传统审美口味与崇拜观念，因而将塔'请'到寺外，甚至另造塔院，独立于寺。"①

其二，唐代佛塔的平面，除极个别塔例外，全部都是正方形，无论密檐式、

---

① 王振复：《建筑美学》，云南人民出版社，1987，第222—223页。

楼阁式还是其他型式的佛塔，其平面为正方形是最为常见的。如唐总章二年（669）所建的兴圣教寺玄奘塔的平面、唐开耀元年（681）所建西安香积寺塔以及建于公元8世纪初的著名的大雁塔（现存形体已经修缮，在其外包砌了一层，并非原貌）以及稍后所建的小雁塔的平面，都作正方形，这种文化现象，就佛教意味而言，正方形平面所具四角，象征佛教教义"四圣谛"（正如平面为正六边形、正八边形、正十二边形、圆形之塔，依次分别象征佛教教义的"六道轮回"、"八正道"、"十二因缘"与"圆寂"一样），其佛性意蕴自是很葱郁的。而在世俗文化意义上，这"方形"显然与最早中国把印度"窣堵坡"（塔）译为"方坟"有关，这是受中国传统陵墓平面造型影响之故。中国坟墓（坟台）平面以"方"为贵（"方"者，象征"天圆地方"观念之"方"。"方"为地。地者，土也。故坟台尚"方"，取遗骸与灵魂回归于大地，入土为安之意），汉代坟丘多作方形，皇陵、后陵的坟丘以正方形平面为最多见，只有汉高祖和吕后等的坟丘为长方形。唐承汉制，唐代确有圆锥形坟墓出现（为后代中国坟台圆形平面之端绪，这是另一个问题），但大凡地位高显者，都作正方形双层台阶式坟台，以示其崇高。在文化审美上，"方形"显得大气，这正是唐文化的一个特点。

其三，在大量唐代佛塔中，有相当一部分是唐代佛徒的墓塔，如高僧玄奘和尚的玄奘塔（陕西西安）、净藏禅师塔（河南登封）、明惠大师塔（山西平顺）、青莲寺慧峰塔（山西晋城）等都是著名塔例，这种中国塔文化现象的出现值得注意。因为一般佛塔，均以崇佛为主题，这墓塔的文化主题，自然也是崇佛的，然而，一般佛塔的传统歌颂对象是佛陀释迦牟尼，而这类唐代墓塔虽与佛陀及其教义相关，其直接崇拜与赞颂的，却是某个中国具体的佛徒张三李四，虽为一代名僧，到底不是佛陀本人，如何在建塔以求供奉这一点上，可与释迦平起平坐呢？

其实这种文化现象，是与唐代中国佛教的世俗化有关的。早在东晋，有名僧及佛教学者竺道生倡言佛性人人"本有"，提出"一阐提迦也可成佛"（后《涅槃经》在凉州译出，果如所言）的佛教主张。发展到唐代，这种佛教观念在比如天台宗、禅宗（南禅）已经很普及了。《坛经》认为人人皆有佛性、皆可成佛、"即心是佛"。这种佛学观，一是暗合由印度入传的大乘关于"普渡众生"

的义理；二显然是先秦儒家孟子所谓"人皆可以为尧舜"、人性本善、人皆有"善端"之思想的佛学表述，或者可以说是这一儒家思想对佛教的影响；三则表明了佛教中心教义的被消解、被世俗化了。主张人人皆有佛性、皆可成佛，无异于打破佛与人、世间与出世间、彼岸与此岸以及佛陀与和尚之间的严格界限，是将人提升为佛，同时将佛降格为人。唐代名僧"圆寂"之后享受着建塔以供奉的崇高待遇，虽然并没有彻底泯灭佛陀与佛徒之间的区别（墓塔一般都比较低矮），但毕竟是佛犹人、人犹佛世俗思想的表现。在社会等级观念上，名僧墓塔的出现，有类于本书前文所言唐代帝陵区域内一些大臣、甚至"胡"人首领墓的出现，都反映出唐代朝野"心情"的放松、宽容和具有一定的"自由"度。

（四）道教建筑，也是"有容乃大"唐代文化性格的典型体现

正如前述，唐代道教在朝野之际曾邀宠于一时，道教宫观的大量建造是必然的。早在汉末五斗米道中，道人已筑有"静室"，这可以看作是后代道教宫观的前身。南北朝时，宫观的建造不仅颇具规模，而且很有规范。据《要修科仪戒律钞》卷十引《太真科》：

> 立天师治，地方八十一步，法九九之数，唯升阳之气。治正中央，名崇虚堂，一区七架六间十二丈，开起堂屋、上当中央二间上作一层崇玄台。当台中央安大香炉，高五尺，恒焚香。开东西南三户，户边安窗……崇玄台北五丈起崇仙堂，七间十四丈七架，东为阳仙房，西为阴仙房。（崇）玄台之南，去台十二（丈），又近南门，起五间三架门室。门室东间南部（为）宣戚祭酒舍。门室西间（为）典司察气祭酒舍。①

不难见出，这里所记载的道观称"治"，是专为张天师而建的，其主要建筑分别命名为"崇虚"、"崇玄"、"崇仙"与"阳仙"、"阴仙"等，道教文化氛围甚为浓郁。从其"地方八十一步，法九九之数，唯升阳之气"来看，显然

---

① 朱法满：《要修科仪戒律钞》，载卿希泰：《道教与中国传统文化》，福建人民出版社，1992，第269页。

采纳了基本属于儒家文化思想的《易传》的崇"九"文化观念，且其平面布局，堂、台居中而房居两侧，呈对称之态势，这又让我们见到了颇为熟悉的家居、庭院模式。而所谓"中央安大香炉"、"恒焚香"之类，是对佛教礼佛仪式的借用。

唐代宫观建筑的繁盛是空前的，这与帝王的倡导有关，不过，这里有一个过程。如玄宗年轻时不信道教的神仙方术，开元十三年（725），玄宗与群臣宴于集仙殿，大谈"仙者凭虚之论，朕所不取"[①]，并改"集仙殿"为"集贤殿"，"仙"、"贤"一字之差，有道、儒之别。而到开元二十二年（734），已是召见自言知神仙方术的张果至宫中并试食所谓"不老"之药。开元二十九年（741），又自称梦见老子（有如孔子梦周公），制造老子降显、灵符出现等神话，在全国遍建"老子庙"，如开元二十九年，下诏"两京及诸州各置玄元庙一所"。天宝二年（743）三月，又"提升玄元庙为宫，西京及亳州的称太清宫，东京的称太微宫，天下诸州的称紫极宫"。然则，在这崇"道"文化中，又不可避免地糅合了"儒"的文化因素，"诸宫皆拟宫阙之制，祭献太清宫的礼仪与祭献太庙同"[②]，崇"道"同时崇祖，这便是唐人脾性。

据《唐六典·祠部》，唐代道教宫观为1 687处，其中白云观在今北京宣武区，为道教全真派著名宫观，它建于唐开元二十七年（739），是唐玄宗尊崇老子、"皈依"道门的一个"劳绩"。起初唐玄宗赐名天长观。金代泰和三年（1203）曾遭火焚，重建后取名为"太极宫"。元代成吉思汗十九年（1224），著名道人邱处机（自号"长春子"）为此观"住持"（注：原为佛寺主僧，长老，这里称"住持"，可见宫观制度受佛教影响），故称为"长春宫"。后来由邱处机弟子改名为"白云观"，该观在明洪武二十七年（1394）、清康熙四十五年（1706）因屡遭火灾而重建。在漫长的历史演替中，白云观的建筑有许多变化，我们不能将现存白云观的建筑认作唐时旧物，但唐代文化旧制，毕竟会对其后多次重建产生深远影响。比如，从建筑平面布局看，白云观属于典型的庭院式格局，现存全观南北主轴线上，排列着牌坊、山门、灵官殿、玉皇殿、七真殿、

---

① 司马光：《资治通鉴》卷二百十二，鄱阳胡氏仿元刊本，第22页。

② 任继愈主编：《中国道教史》第一卷，上海人民出版社，1990，第283页。

邱祖殿、四御殿、戒台和云集山房等，其总体布局是中国传统庭院之形制在道教建筑中的运用，有类于佛寺。当然，这座白云观的主轴线左右，即东、西副轴线上还排列着诸多殿宇，如华祖殿、火祖殿、真武殿、南极殿（东院）与八仙殿、先祖殿、娘娘殿、五祖殿、后土殿（西院）等，尽管从现存宫观殿宇上颇难找到唐代宫观之原型，但唐代旧制尚不出这庭院模式，当可肯定。并且，这座始于唐代的著名宫观的细部装饰与彩绘，以灵芝、仙鹤、八仙与八卦图为题材，渲染了道观文化主题。许多有名的碑刻都保存在这一道观之中，其中文化价值最高的，是属于唐代旧物的老子石雕座像，可以称之为"镇观之宝"，有大唐磅礴之气。

总之，唐代建筑文化的雄大风格几乎处处可见。这里值得加以补充的，是唐代建筑环境中往往会出现的异域文化符号，如在五台山佛光寺正殿中，有释迦玉石像，其"佛体肥硕，结跏趺坐在须弥座上，发卷如犍陀罗式"[1]；在乾陵，出现了"天马"雕像两翼的具有波斯、希腊风格的缠枝卷叶忍冬纹样；在长安里坊的民居上，可以见到来自西域的忍冬图案和葡萄纹样；还有，据考证，在一些长安宫殿和贵族府第上，居然有来自拜占庭的引水上屋装置。唐代建筑的文化胸襟是博大而海纳百川式的。

第二节 "中国"形象

何谓"中国"形象？宋代石介有一句名言，叫做："天处乎上，地处乎下，居天地之中者曰中国，居天地之偏者曰四夷。四夷外，中国内也。"[2]《易经》六十四卦，按汉人理解其每卦六爻有三重结构，第五、六爻象征"天"；第一、二爻象征"地"；第三、四爻象征"人"。在爻序空间位置上，每卦的三、四爻处于五、六爻与一、二爻的中间，象征"人"处于"天"、"地"之"中"。居于这一"天"、"地"之"中"的"人"，对自己所处的空间地位即"中国"非常自豪，其自信、自尊有时也难免盲目自大的理念与精神溢于言表：

---

① 梁思成:《记五台山佛光寺的建筑》，载《凝动的音乐》，百花文艺出版社，1998，第176页。
② 石介著，徐坊、徐埴校注:《徂徕集》卷十，钦定四库全书本，第8页。

中国者，聪明睿知之所居也，万物财用之所聚也，贤圣之所教也，仁义之所施也，诗书礼乐之所用也，异敏技艺之所试也，远方之所观赴也，蛮夷之所义行也。①

古代中国人一向以为自己及自己的国家居于天下之"中"，将今之河南一带，称为"中州"、"中土"、"中国"。商已有"中央"的观念，甲骨文有"立中，允亡风"②与"立中，亡风"③之说。《周书》称："王来绍上帝，自服于土中。"《逸周书》说："作大邑成周于土中。""土中"，即"天下土地中央"④之谓也。又，所谓"正中冀州曰中土"⑤、"其国则殷于中土"⑥、"事在四方，要在中央"⑦，以及"世有大人兮，在乎中州"、"中州，中国也"⑧，此类记载，真是太多了。这种尚"中"意识及尊崇"中国"的文化观念，是很典型的只有中国人才具有的"文化"。

正如前述，战国邹衍有所谓"九州"之说，《史记》记其学说云："所谓中国者，于天下乃八十一分居其一分耳。中国名曰赤县神州。赤县神州自有九州，禹之序九州是也，不得为州数。中国外如赤县神州者八，乃所谓九州也。"《盐铁论》称"邹子疾晚世之儒墨"，邹衍以为："中国名山通谷川至海外，所谓中国者，天下八十一分之一，名曰赤县神州，而分为九。川谷阻绝，陵陆不通，乃为一州，有大瀛海环其外，此所谓八纮而天下际焉。"⑨并有"邹衍大九州图"。中国古人想象之中的天下（世界），不是现实世界的真实面貌，因为中国并未居于天下（世界）之"中"。可是，这种世代相传的关于中国居天下之

① 高诱注、黄丕烈劄记：《战国策》卷十九，土礼居黄氏覆剡川姚氏本，第10页。
② 罗振玉辑：《殷虚书契续编》卷4，上虞罗振玉殷礼在斯堂，民国22，第45页。
③ 王襄：《簠室殷契征文（附考释）》，天津博物院，1925。
④ 贺业钜：《考工记营国制度研究》，中国建筑工业出版社，1985，第56页。
⑤ 刘安著、高诱注、庄逵吉校：《淮南子》卷四，武进庄氏刊本，第58页。
⑥ 范晔著、李贤注：《后汉书》卷一百一十八列传，第2011页。
⑦ 顾广圻：《韩非子》卷二，吴氏宋乾道本景刊，第27页。
⑧ 班固：《汉书·列传》卷五十七下，武英殿本，第1591页。
⑨ 桓宽：《盐铁论》卷第九，长沙叶氏观古堂藏明刊本，第11页。

"中"的顽强的文化意识，对整个中国文化尤其是建筑文化的建构与发展的影响是巨大的。

原来在中国古人看来，天下（世界）是一个"大九州"，中国是"大九州之一"的一个"小九州"，所谓"赤县神州"是也，而"赤县神州"又有"九州"。这种"九州"模式，被简要地概括在八卦方位与中宫图式之中。

这一关于"中国"居天下之"中"的文化观念，源远流长，它往往现实地表现在一些古代都城平面规制上。中国古城，如果不受地形、地理（所谓"风水"）条件或经济、技术力量等的限制，追求和力求实现"棋盘格式"的平面布局、秩序，是其一贯的理想和目标。《周礼·考工记》早就指出："匠人营国，方九里，旁三门。国中九经九纬，经涂九轨。"若按这一平面制度建造都城，其平面必"棋盘格式"无疑了。《三礼图》一书关于王城的图解，是《周礼·考工记》所规定的营国制度的一种典型的王城模式。在这一模式中，实现了所谓"旁三门"、"国中九经九纬"、且宫城居中的都城平面的主要理想，它是文王八卦方位及中宫观念在营国制度上的体现，它所强调和突出的，是一个"中"。是都城平面秩序的中轴线，以象征"中国"。

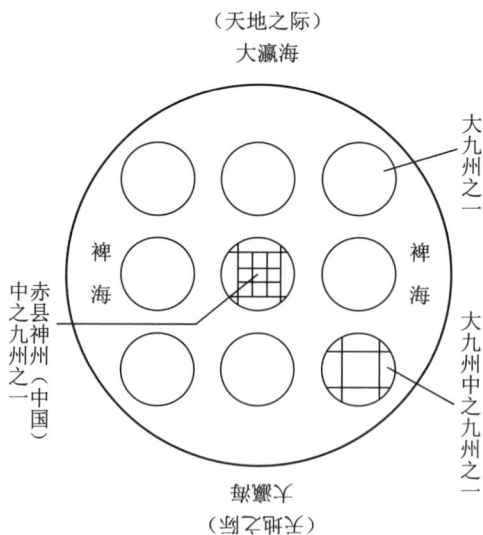

邹衍大九州图解

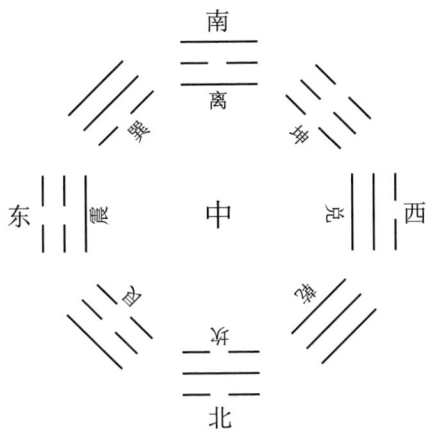

文王八卦方位图及中宫简示

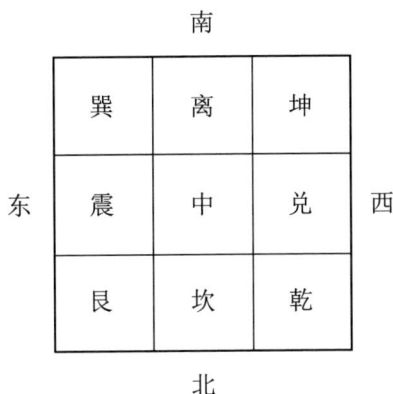

文王八卦方位及中宫简示

问题是，这种"理想"的营国制度以文字或图形来表达是容易的，而要按此模式进行实际建造，却并非易事。因而唐之前的中国都城平面布局，完全按《周礼·考工记》模式进行实际建造的，可谓绝无仅有。如秦之咸阳，尽管其规模宏伟得实在惊人，《三辅黄图》一书称其"因北陵营殿，端门四达，以制紫宫象帝居，引渭水灌都以象天汉，横桥南渡以法牵牛"。在象法宇宙方面是很出色的。但其城市平面布局尚不是井井有序、中轴对称的。又如西汉的长安，该都城的规模，仅其内城就达35平方公里，不可谓不气派。但整座城市的平面，依然缺乏严谨的城市布局，总平面呈很不规则的方形，主要是城市平面的东南和西北隅各缺了一大块，而且主要宫殿未央宫和长乐宫并非居于全城中央位置，前者位于城的西南隅，后者则在东南角。不过，该城已经部分地实现了《周礼·考工记》所规定的营国制度。据发掘，汉长安的四周城墙和城内八条主要道路都呈直线状，其中安门内大街长达5.5公里，是纵贯全城南北的"中轴"，且全城四面有城门共12座，每面3门，正合《周礼·考工记》"旁三门"之旨。再如古都洛阳，地处"中州"之域，早在公元前11世纪，周公就在此营造，称洛邑，为西周国都镐京的陪都，由此开始了中国都城史上的两京制与陪都制。洛阳最早因周平王东迁而首次成为东周国都，此后东汉、魏、西晋与北魏等王朝都在此建都。洛阳位于邙山南麓、洛水之北，地势较为宽阔平坦，且自北向南地势逐渐降低，这种有山有水的地形地貌，是古人心目中的好"风水"，北倚高山，南临流水，"龙脉"清奇而葱郁，"水气"流贯，洛阳建于"龙穴"之上。但考其平面（比如北魏洛阳），并不是严格的中轴对称、呈"棋盘格"式，大凡按其山势水系，自然分布。不过，北魏洛阳的城市平面布局显然是经过规划的，如宫城，大致居于全城中心位置，宫城前有一条南北纵向的通衢大道铜驼街，标示出全城的中轴线，宫城前铜驼街的左侧为太庙、右侧为太社口，这体现出《周礼·考工记》的"左祖右社"的营国思想。而该城东部青阳门外有洛阳小市，西部西阳门外有洛阳大市，在城市发展史上，这实际上已是唐代长安东市、西市的雏形了。

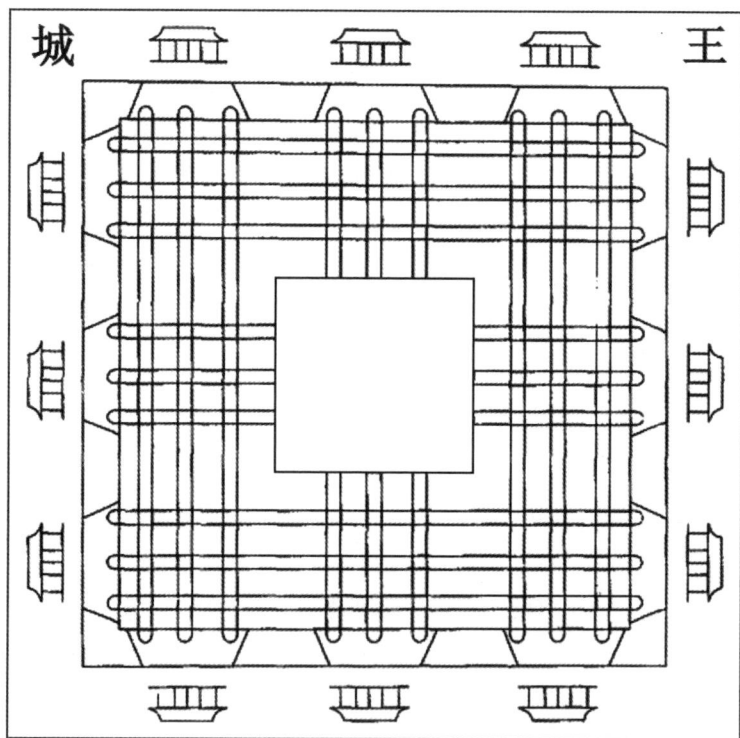

《三礼图》之王城平面图解

相比之下，唐代长安的平面布局，是典型的"棋盘格"式，在功能分区上，具有中心突出、中轴与大致对称的鲜明特点。

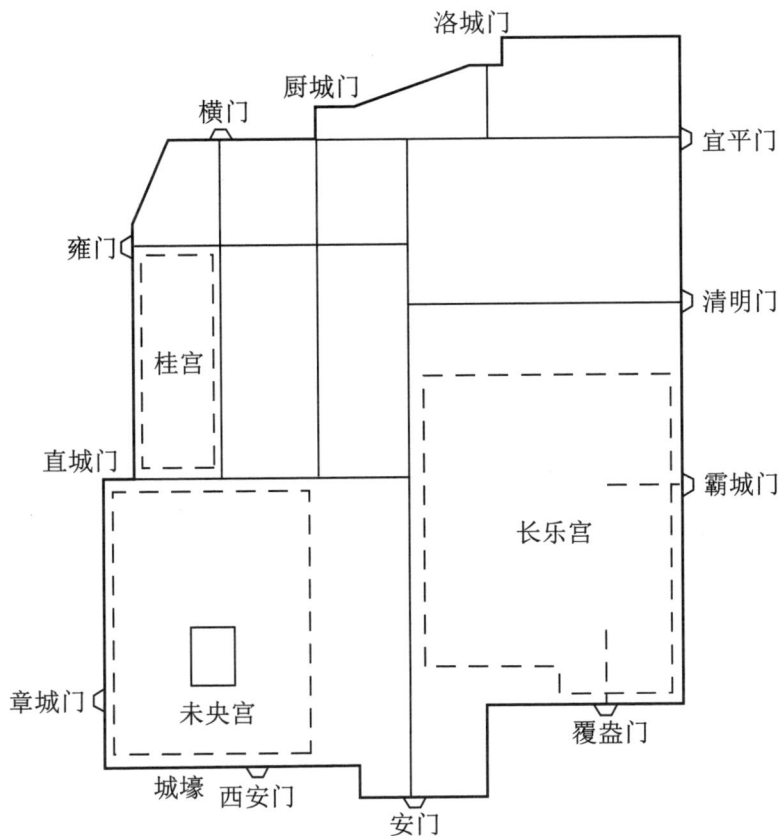

汉长安城遗址平面简示

　　唐代长安的城市规划基础奠定于隋。在汉代，长安自东汉迁都于洛阳成为陪都之后，在许多个世纪中处于沉寂时期，直到隋文帝杨坚建都于此。但这里屡遭战乱、破坏严重，且水质含盐碱量高难于饮用，故在开皇二年，弃旧城而在旧城东南龙首山之南另择新址建造新都，由于杨坚在后周时曾封为"大兴公"，为突出王权重威，遂赐名"大兴城"。

　　大兴城体现了城市功能分区的条理化，理性色彩很强，并且更强调其政治性功能。我们知道，无论在西汉还是晋之后诸多帝都，都有皇城、官署、民居杂处的情况出现，自大兴城始，这种情况有了根本改变。

　　唐都长安的基本格局，是沿袭隋大兴城的，同时有了不少发展。

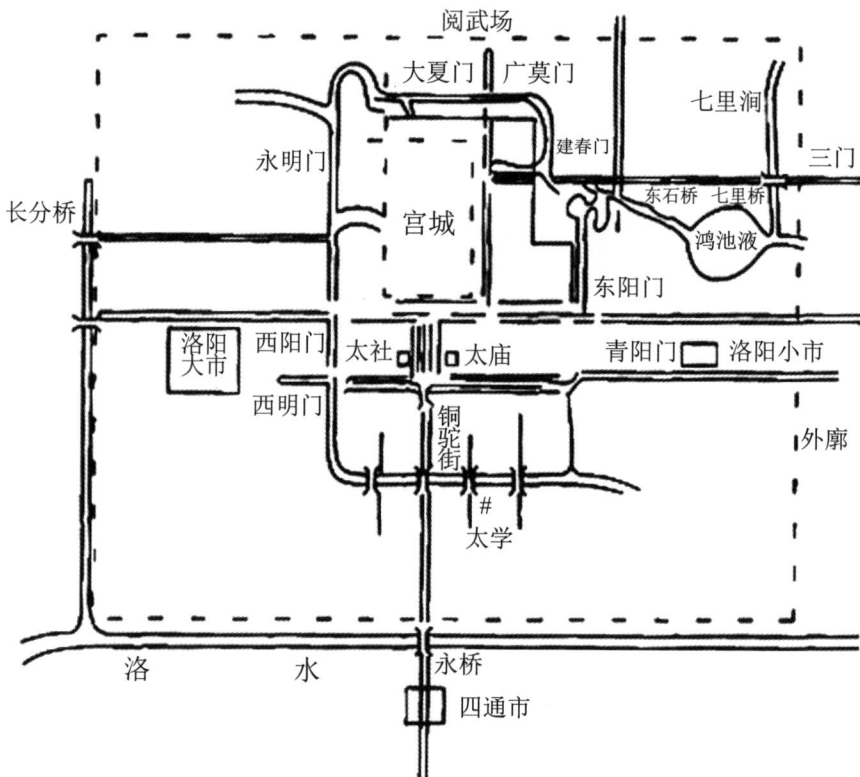

北魏洛阳平面简示草图

其一，正如本书前文已述，唐都长安面积约为84平方公里（顺便指出，冯天瑜先生等著《中华文化史》称唐长安面积"八千平方公里"，有"一百零九个坊"，此说不确），这在中国古代是空前而绝后的，突显了泱泱大国的帝都风貌。

其二，沿袭隋大兴城"棋盘格"式平面遗制，使皇城、宫城处于全城北部的中位，由于所居地势较高，且皇城、宫城的建筑形体最为高巨，故有坐北朝南、地位尊显，俯瞰全城、小视天下之意。整个长安的平面几乎是严格的方形，城内道路宽敞，纵横绳直，井然有序地布置着108（注：108=9×12，具有《易经》崇"九"的象征意义）里坊，里坊平面均为方形，有城北为大、城南趋小的特点。且里坊及东西两市对皇城、宫城有簇拥、烘托之势。

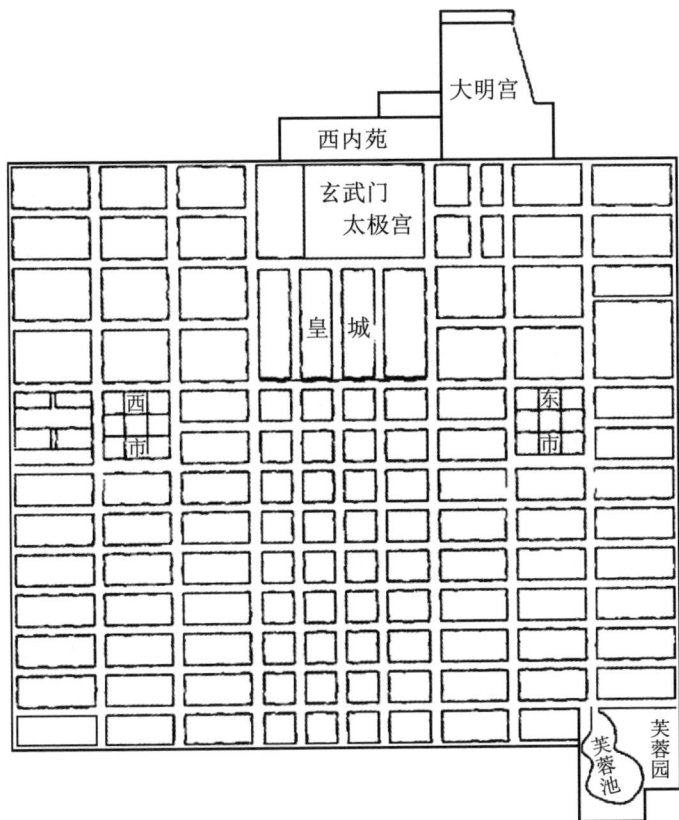

唐代长安平面简示

其三，贞观八年，唐太宗在长安城东北龙首原高地上，为其父李渊建造恢宏的大明宫，以备其夏日避暑之需，这工程直到唐高宗龙朔二年才告完成。大明宫的建造并未打破长安全城谨严、规整、突出中心的"棋盘格"式城市布局，从表面看，其城市规划"语汇"似乎是硬拼接上去的，有多余之感，实际上，恰恰是一种对皇城与宫城、对尊显的"中"的隐在的强调和变通处理。无论怎么说，唐代帝王对隋大兴城的平面旧制是认可的，没有像秦末项羽"西屠咸阳"那般"灭其国，必毁其宗庙、社稷、宫殿"，放一把火来烧了，他们并没有失去理智。然而，每一个新朝统治者，总是愿意将自己的意志、德功和力量在首都的建设上留下烙印、显出成就。当不愿意或无法打破原有的都城格局时，于是就择地另行营造。大明宫建造于全城东北的龙首原高地，有"风水"上的考虑。据《易经》先天八卦方位即伏羲八卦方位观念，东北为"震"，"震，动也"、"震为雷"、"震为龙"，在古人看来，震是兴旺、发达、鸿运高照的勃爆之象，是吉利之位。因此，在唐人看来，大明宫的建造不仅不是多余的，而且恰恰是必须的。在地理位置上，大明宫固然不居于全城的中位，而在文化观念上，由于大明宫处于"震"位，反倒成了对本居于全城中位的太极宫的补充与崇"中"观念的强调。

现在，且让我们对这一节作一小结。古人云："古之王者，择天下之中而立国，择国之中而立宫，择宫之中而立庙。"[①]这里，值得加以注意的，是一个"国"（繁体"國"）字。國，甲骨文为𢆶，像持戈守卫一片土地。國，从"口"、从"或"，王献唐指出："国者，域也，有域始有国。"[②]"国"在这里并非国家之"国"的意思，国家之"国"实际是"国"字的引申义。而"国"之本义，指四周围合（以沟洫、土坯、围墙之类）、有人守卫的那一个区域，实际上指都邑、城市。《周礼·考工记》所谓"匠人营国，辨方正位"，成语"水乡泽国"，以及这里所引《吕氏春秋》这段引文中的"国"字，都取本义，都指与乡野相对的都城。

因此，这里之所以称唐都长安体现了宏大的"中国"形象，是因为长安确是"古之王者，择天下之中而立国，择国之中而立宫"的典型，它体现了中国人顽强的地理意义和文化观念上的崇"中"心理。德国哲学家恩斯特·卡西尔说过："人总是倾向于把他生活的小圈子看成世界的中心，并且把他的特殊的个人生活作为宇宙的标准。"[③]并且称这是一种"小心眼儿的、乡下佬式的思考方式和判断方式"[④]。话虽不错，然而，中国人历来相信"中也者，天下之大本也"[⑤]的宇宙观以及与此相应的"中国"形象的建筑文化观念，并不仅仅因古代这一民族"生活的小圈子"而完全是"小心眼儿的、乡下佬式的"，诸如唐都

① 高诱注、毕沅校：《吕氏春秋》卷十七，毕氏灵岩山馆刊本，第15页。
② 王献唐：《炎黄氏族文化考》，齐鲁书社，1985，第414页。
③ ［德］恩斯特·卡西尔：《人论》，上海译文出版社，1985，第20页。
④ 同上。
⑤ 朱熹：《四书章句集注：中庸》，吴县吴氏仿宋本，第5页。

长安如此强烈的崇"中"布局，也不能简单地说成仅仅是对王权的崇拜与肯定，文化是很复杂的。从文化意识与观念上分析，如唐代长安以及后文将会论及的明清北京这些"中国"形象，是自古中华民族的民族向心力与团聚力的典型体现。不管历史上的某种崇"中"观念是如何的荒唐甚至虚妄，一个民族有没有这种崇"中"文化是大不一样的。它是五千年中华文明史从未间断并且必然得以延续无坚不摧的一种重要的精神力量，这便是我们从豪迈、磅礴的唐都这一"中国"形象中得到的启示。

第六章　清逸而严谨的宋元营造

　　大唐帝国衰亡之后，中国建筑文化历史，经历了约半个世纪的所谓"五代十国"的战乱、"休眠"期。公元960年，"黄袍加身"的后周归德军节度使检校太尉赵匡胤统一天下，建立宋朝。宋代历时319年，包括北宋（960—1127）和南宋（1127—1279）两个历史时期，中国建筑文化完成了意义深远的历史性转型。同时，在两宋之际，北方有耶律氏辽（907—1125）、完颜氏金（1115—1234）的相继崛起与覆亡（公元1125年金灭辽），辽代的建筑文化曾经辉煌于一时。两年之后，金又扫灭北宋。公元1234年，蒙古族孛儿只斤氏铁木真灭金，这便是于公元1271年由忽必烈定国号为元的元朝（1206—1368）。元代历时162年，而自其灭南宋（1279），统一中华算起，则仅为89年历史，元代的建筑文化，亦曾灿烂于当时，遗响于后代。总之，宋元时代的中国建筑，上承隋唐，下启明清，在颇为纷繁复杂的历史形态中，一般地具有清逸严谨的文化品性，是中国建筑理论的成熟"季节"。

第一节　宋型文化与理学品格

　　据王水照先生主编《宋代文学通论》一书，所谓"宋型文化"这一学术命题的倡言，大约始于台湾学者傅乐成《唐型文化和宋型文化》一文。该文将唐、宋两"型"文化作了比较："大体说来，唐代文化以接受外来文化为主，其文化精神及动态是复杂而进取的……到宋，各派思想主流如佛、道、儒诸家，已趋融合，渐成一统之局，遂有民族本位文化的理学的产生，其文化精神及动态亦转趋单纯与收敛。南宋时，道统的思想既立，民族本位文化益形强固，其排拒外来文化的成见，也日益加深。"①水照先生在这一段引文后说："这里提出的从类型上来探究唐宋文化各自特质的命题，甚为精警，尽管在内容的界定上不无可商榷之处。"并认为："而从文化上看，唐朝代表了中国封建文化的上升期，宋朝则是由中唐逐渐发展起来的新型文化的定型期、成熟期。"②这一见解可谓中肯。

毫无疑义，任何时代的建筑，都是该时代总体文化的重要构成，又是总体文化精神，尤其是哲学、宗教、伦理与科技文化精神的体现。宋代以及染乎"宋调"的元代建筑，是宋型文化的土木营构，一种以城市、乡镇、里居、陵墓、寺塔以及园林建筑等具体形态，展现于中华大地的文化。

从文化历程的转型角度分析，任何文化类型的历史性转变，都不是突然出现、瞬时完成的，必有一个漫长的历史酝酿过程。

有人说，"渔阳鼙鼓动地来，惊破《霓裳羽衣曲》"，"安史之乱"（爆发于公元755年）这一历史事件，不仅标志着唐史从大开大合的盛唐趋于如"风兼残雪起，河带断冰流"的中唐，下启于如"鸡声茅店月，人迹板桥霜"的晚唐，此后，唐代在"安史之乱"中失却的元气和豪迈一直未能好好地恢复过来。再也不是李诗的风流豪放、杜句的沉雄悲怆，再也没有张书的笔走龙蛇、颜字的恢宏博大，而代之以晚唐李商隐"相见时难别亦难，东风无力百花残。春蚕到死丝方尽，蜡炬成灰泪始干"式的低吟小唱，金戈铁马的开边雄心变成了在"花间"的寻寻觅觅，时代意绪与文脉的转换，确实令人深为感慨。而且，"安史之乱"，还是一个中国封建社会及其文化由唐代的"上升期"逐渐转化到"新型文化的定型期、成熟期"的历史性契机。"安史之乱"并非文化转型的历史动因，它仅是一种"信号"。

在文化转型历程中，更为值得注意的，是"安史之乱"以后的中唐时期韩愈（768—824）、柳宗元（773—819）所倡导的"古文运动"。这一"运动"的

---

① 王水照：《宋代文学通论》，河南大学出版社，1997，第2页。

② 同上。

重大历史意义，不仅仅是一场革骈文流弊、倡散文新风、复原古文的文体"革命"，更重要的，是大力鼓吹原始儒学的复兴，即恢复"古道"。韩愈《答陈生书》说："愈之志在古道。"又说："愈之为古文，岂独取其句读不类于今者邪？思古人而不得见，学古道而欲兼通其辞。通其辞者，本志乎古道者也。"①韩愈撰《原道》等大文，确是"合仁与义言之"。他有感于他所处的世道人心不古，"至于人情，则溺乎异学，而不由乎圣人之道，使君臣父子夫妇朋友之义沉于世，而邦家继乱，固仁人之所痛也。"②他以为释、老二学作为"异学"，尤其佛学，乃乱世之由。故大力排佛（虽说他自己的某些诗文及其思想也不能不受到当时佛学的一些影响，这是另一个问题）。他以继道统者自居，认为自唐尧虞舜、文武周公到孔孟，"古道"之不传亦久矣。孟子之后，荀子、扬雄之辈虽宗儒却难当大任，而唯有他本人，才能承接儒学"香火"，"使其道由愈而粗传，虽灭死万万无恨"③，其复道倡儒志向之高伟，令人深为感动。

中唐韩愈倡儒，是有社会思想基础的。首先得到柳宗元的呼应，柳氏主张"文以明道"，他说："本之《书》以求其质，本之《诗》以求其恒，本之《礼》以求其宜，本之《春秋》以求其断，本之《易》以求其动，此吾所以取道之原也。"④《书》《诗》《礼》《春秋》《易》为儒家经典，柳宗元将其看作"道之原"，其崇儒倾向明显不过。"古文运动"这面旗帜是有号召力的。所谓唐宋八大家（韩愈、柳宗元、欧阳修、曾巩、王安石、苏洵、苏轼、苏辙），自唐至北宋，大凡以宗儒复道为圭臬，实际上他们所发起的，是一项思想运动，成为以儒为本，融合释、老的宋、明理学的一个思想前导。

因此可以说，以理学为哲学旗帜的宋型文化，承传了唐型文化"中唐"时期韩、柳倡言"古文"的宗儒思想因素，始于中唐的"古文运动"，在文化思想史上的意义不可小视。清人叶燮《百家唐诗序》有云："贞元、元和（引者注：贞元：唐德宗李适年号；元和：唐宪宗李纯年号。公元785至821年）之际，后人称诗，未为'中唐'，不知此'中'也者，乃古今百代之'中'，而非

---

① 韩愈：《题欧阳生哀辞后》，《昌黎先生集》卷二十二，宋廖氏和世彩堂学院刻本，第4页。

② 张籍：《上韩昌黎书》，《昌黎先生集》卷十四，宋廖氏和世彩堂学院刻本，第22页。

③ 韩愈：《与孟尚书书》，《昌黎先生集》卷十八，宋廖氏和世彩堂学院刻本，第9页。

④ 柳宗元：《答韦中立论师道书》，《柳河东集》卷三十四，三径藏书本，第7页。

有唐之所独得而称'中'也，'中'既不知更何知……后此千百年无不从是以为断。"①真是说得精彩至极。这里虽是论诗，其实用以论文化、论从唐型文化向宋型文化的转变，也是合适的。这里所言"中唐"，大致与韩、柳提倡"古文运动"同时，可见其在文化思想史上的重要地位。

历史漫步到宋代，中国建筑的文化土壤与文化背景，已有变更。

首先，与唐代相比，宋代社会经济的总体水平，有了较大提高。其一，据《文献通考》，宋初太祖开宝九年（976），垦田达295万余顷。45年之后，即宋真宗天禧五年（1021），垦田总数已达524万余顷，增约229万顷，增幅为44%。这说明，宋代初期全国耕地面积的迅速扩大，开垦荒地，扩大播种面积，是恢复、发展农业生产的重要措施。其二，据考古，从宋代墓葬中出土的农具，已有成套的铁制农具，有犁、镢、耧、耙、锄和镰等。并普遍使用水车（当时称为翻车、今称龙骨车），利用畜力（牛、驴之类）或人力，将水从低洼的河流、湖泊引入田垅，用以浇田。其三，与农业经济发展相应的，是市镇手工业的发展。从作为古代手工业命脉的矿冶业来看，冶铁所用的工具，据曾公亮《武经总要》记载，已淘汰了皮囊而改为木风箱，使鼓风效果更好。多数冶铁炉冶铁以煤（石炭）作为新燃料，缩短了冶炼时间，提高了生铁的质量。据史载，宋仁宗年间，全国铁的年产量已达到724万斤，产量之高是空前的。宋代，著名的中国古代发明家毕昇发明了活字版印刷术，使中国书籍出版事业跃上了一个历史新台阶，领先于欧洲400年。作为中国古代四大发明之一的指南针，不仅用于看"风水"（这是迷信对科学技术的"奴役"），而且用于航海，这极大地发展了航运事业。宋代的造船业已相当发达，用于外海航行的所谓"客舟"或朝廷海船"神舟"，普遍使用指南针导航，也具备在当时堪称一流的抛锚、起碇、转帆、测深尤其驾驶等先进设备和技术。内河航行的所谓"万石船"，载重量竟达12 000石，实在很了不起。同时，据许洞《火利》五三，宋代火药已用于军事，制成"火炮、火箭之类"，称为"霹雳炮"、"火枪"等，说明宋代由于技术的进步，战争已经开始由传统"冷兵器"向"热兵器"的转变。宋代手工业的分工趋于细密化、专业化。城市经济的繁荣，促进了城市的发展，原先唐

---

① 叶燮：《百家唐诗序》，《己畦集》卷八，清康熙叶氏二弃草堂刻本，第215页。

朝十万户以上的大城市仅十余个，到北宋已达四十多个。北宋东京（今开封）是继东晋建康、唐代长安之后，中国古代第三个人口逾百万的大城市，城市建筑的繁荣是必然的。

其次，在政治方面，宋代是典型的文官政府，推行中央集权制。文人出身的官吏握有行政重权甚至兵权。赵宋王朝的权力结构引进了多种平衡机制。首先是相权对皇权的牵制。宋朝立国之初，采取了中书主民、枢密院主兵、三司主财各不相涉的建制，对相权予以限制和分割，皇权从制度上得到前所未有的提高。

同时，实行讽谏制度，君臣关系相对宽松，并非十分酷严。而党争，一般起于政治分野，以社稷为重，并非纯属私怨，如王安石与苏东坡之争。由于外侮深重，敌兵压境，和、战往往成为国家统治集团内部争论的焦点，以致于你死我活，酿成如抗战名将、民族英雄岳飞横遭死难的历史悲剧。

但北宋与南宋的皇权政治、文官政府以及由此而决定的国家军事力量，是相对软弱的。先是北宋被欺于辽、金，继而南宋又覆没于元兵的马队。一系列令人屈辱的割地、赔款，直至"靖康之耻"的发生，不仅使宋朝统治者的政治与军事心理遭受沉重打击，而且连年兵荒马乱、国库空虚、百姓生活在困苦之中，必然对宋代建筑的发展带来深远影响。但这一历史时期，一般处于非农业文明发展阶段的北方民族在政治、军事上的暂时胜利，并未改变以汉民族为主的农业文明的文化优势，这在宋代建筑上也顽强地表现了出来（后详），元代建筑所谓染乎"宋调"，也说明了这一点。

又次，从文化教育、思想意识角度看，宋代文化教育发展的重要标志，是各地用以授徒讲学的书院的发展。据《唐会要》六四，《新唐书·艺文志》一，唐代已有书院，是修书或侍讲的文化机构。著名的丽正书院，设立于唐玄宗开元六年。开元十三年，又改集贤殿书院，置学士、直学士、侍读学士与修撰官等，从事辨明典章、搜求佚籍遗书、编辑经籍等工作，服务于宫廷，以备应对问难。唐代承袭先秦、魏晋私人讲学之风气，自然也开展私人授徒讲习活动，如著名学者卢鸿、元德秀讲学于河南嵩山与陆浑等地。江西庐山更是传统的讲学"圣地"。唐刘轲《上座主书》云："结庐于庐山之阳"，干什么呢？"农圃余隙，积书窗下，日与古人磨袭前心。岁月悠久，浸成书癖。"可见庐山乃读书佳胜之处。

宋代书院比唐时有了更大发展。一是数量剧增，据陈元晖等《中国古代的书院制度》一书，从宋代各省通志统计，宋代有书院397所（亦有认为229所）之多。二是创立了不少著名书院，如白鹿洞书院、石鼓书院、应天书院和岳麓书院，为宋代四大书院，还有嵩阳书院与茅山书院等也较有名。三是宋代书院自有朝廷、官府与私家创设多类，这一点似与唐代无异。然而唐代书院以修书、侍讲为其重要功能，偏重于朝廷决策、官府行为。宋代讲学风气有下行的趋势。由于宋时极大地扩大科举取士名额（如北宗末年一次科考取士800人，超过唐开元29个年头取士之总和。据史载，北宋凡开科69次，取士之总数竟达数万人，年平均约360人），使大量寒门学子奔求功名有望，这除了刺激官学的兴盛，也推动书院的建造。宋代讲学风气的下行，实际上是文化教育一定程度的普及，是其从贵族化向平民化的转递。四是宋代理学兴盛，书院一定条件下成为国家未来官吏的"孵化器"、培养机构，而且更重要的，一般地提供了理学家们讲习学理的场所，有助于学派的创立。如创立濂学的周敦颐，于宋神宗熙宁元年（1068），在邵州兴建州学，聚徒授讲，孔延之《邵州新迁州学记》说："吾友周君敦颐茂叔……患其学舍弊隘，乃择地于东门之东南，因故学之材，徙而新之。"又如创立闽学的朱熹，筑白鹿洞书院尽人皆知，又在65岁那年（1194），在湖南长沙修复岳麓书院。朱熹的学生说："先生穷日之力，治郡事甚劳，夜则与诸生讲论，随问而答，略无倦色，多训以切己务实，毋厌卑近，而慕高远，恳恻至到，闻者感动。"[1]再如创立心学的陆九渊，于淳熙十四年（1187）在江西贵溪应天山讲学，四方学子云集。陆建"精舍"（书院），为宣讲之所。淳熙十五年（1188），改应天山为象山，其书院，犹如佛寺，陆九渊"常居方丈。每旦精舍鸣鼓，则乘山箩至。会揖，升讲坐，容色粹然，精神炯然。学者又以一小牌书姓名年甲。少亦不下数十百，齐肃无哗。"讲学之风度，显得庄严而神圣。

书院的大量出现，是宋代建筑一个特有现象。

---

① 黄中编：《朱子年谱》卷四，清康熙刻本，第21页。

同时，在社会意识形态上，宋代直至元代，理学之风崛起。北宋周敦颐、张载、邵雍、程颢和程颐为该时代的"理学五子"。周为理学开山，张倡言气一元之论，邵擅象数，二程洛学提倡"天理"，都推崇儒学，都从《周易》采撷学识与灵感，糅合道、释，自创新说。南宋大儒朱熹高举"理"字大旗，以"理"为"本"、以"气"为"具"，建构其理学宏大体系。他说："天地之间，有理有气。理也者，形而上之道也，生物之本也；气也者，形而下之器也，生物之具也。"①而归根结蒂："未有天地之先，毕竟也只是理。有此理，便有此天地；若无此理，便亦无天地、无人无物，都无该载了。"②朱子将儒、道、释关于自然宇宙与社会人生的本源融为一"理"，将致知、正心、诚意、修身直至齐家、平天下纳为一"理"。相比之下，陆九渊主张"心即理"、"宇宙便是吾心"说。认为"心是理，则是心外无理，理外无心"③，"人皆有是心，心皆具是理。心即理也。"④并与朱熹进行过剧烈的驳问辩难。一个崇尚理本气末之论，将本源、本体之"理"纳于"气"这一"具"之中，来展开其理学建构；另一个则将"理"拉回内心，倡导理界即为心域、理本即为心源之说，使理学心学化、内敛化。而两者都是崇"理"之论。

在宋代，理学既是人的思辨哲学，也是实践理性，是礼治秩序的理性表述，也是穷理灭欲的人生准则，宋代因为理学的建构与流播，使得自先秦以来以儒为主的中华民族的道德伦理准则哲理化了，此其一。

其二，自唐至宋，这两个伟大时代的社会意识形态，都具有儒、道、释三学融合的文化特点。然而它们各自融合的方式与程度是不同的。唐代的三学融合，主要体现为朝廷倡导与文人士子的生活方式和佛教的中国化过程之中，除了韩愈、柳宗元、李翱等人鼓吹儒学复兴（实际上他们所说的"儒学"已是融渗着道、释因素）之外，一般无多理论建树，特别缺乏哲理思辨。宋代的三学融合，一定程度上贯彻于朝野。宋人不认为这种融合是要全社会大声疾呼的

---

① 朱熹：《答大黄道夫》，《晦庵先生朱文公文集》卷五十八，上海涵芬楼藏明刊本，第15页。
② 黎靖德编：《朱子语类》卷一，明成化九年陈炜刻本，第1页。
③ 王夫之：《读四书大全说》卷十，清同治四年湘乡曾氏金陵节署刻船山遗书本，第61页。
④ 陆九渊：《象山先生全集》卷十一，上海涵芬楼藏明刊本，第10页。

思想任务，而是渗透于社会各阶层，尤其士林之中的自然而然的事情。并且在此基础上，作出了深刻的哲学建构，这便是宗门多出、学派林立，最终统归于"理"的理学。理学是三学融合高度成熟的理论形态。这是唐型文化与宋型文化的根本区别。

其三，由此我们不难理解，唐代是一个重情轻理的时代，唐代文化的磅礴与豪迈、具英伟之气，犹如英年勃发、激情飞扬，或因情感的遭受重创而痛心疾首，但思虑未力、文化之心的沉潜力度不足，确为事实，唐代是登峰造极的中国诗歌的时代，却同时是一个哲学思想相对贫乏的时代。宋代重理轻情，甚至可能导致"灭欲"，它比唐代显得有思想得多，所谓三学融合，更多地表现为一种理性自觉，继先秦、魏晋之后，中国文化史上第三个"哲思"季节到来了。它是社会文化思想的内省化、内圣化与深刻化。

总之，宋代是一个文弱而文雅的时代，其思想感情已由唐代的热烈奔放而渐渐变冷从而收敛自己，犹如从崇拜旭日而转为崇拜明月，从敢于面对喷薄之朝阳转而遥望明寂之星空，其间禅悦之风时时掠过心头，显得宁静而沉虑。如果说，宋初太祖面对北方契丹族欲南下骚扰的野心尚能大喝一声："卧榻之侧，岂容他人鼾睡？"那么其后的一代代帝王，在异族侵扰面前，都往往只能加倍小心了。"祖宗基业"尚且守不住，哪里还敢存开边的雄心！在外忧阴影几乎笼罩整整一个时代之际，爱国志士以及文人学子的民族忧患意识空前严重。比如在宋词中，自然并非没有豪壮的呐喊与沉雄的呼吸，在稼轩词、陆游诗中，不乏阳刚之咏，即使李清照，还有"生当作人杰，死亦为鬼雄"的凛然吟咏，然而更多的，毕竟是"帘卷西风，人比黄花瘦"式的怨愁之作。再如秦观《浣溪纱》："漠漠轻寒上小楼，晓阴无赖是穷秋，淡烟流水画屏幽。自在飞花轻似梦，无边丝雨细如愁，宝帘闲挂小银钩。"均细细体验到一种忧伤得深切而入骨的时代意绪。所谓文弱而文雅或者秀逸，正是女性的特点，宋型文化主调中，无疑具有一种"女性化"的阴柔倾向。又因宋代理学思辨的趋于细密、严谨而深到，又有几分"中年男子"般的明彻、睿智与成熟。宋型文化的复杂与丰富在于，既具秀逸神韵，又有严谨态度，这也同时是宋以及染乎"宋调"的元代建筑的一般文化性格。

第二节　宋型建筑的基本文化特征

宋代直至元代，诸多城市由于手工业和商业的发展而获得空前繁荣的历史机会。北宋首都东京（今开封）、南京（今洛阳）、南宋首都临安（今杭州）、辽代南京与金代中都（均位于今北京西南郊）、元代大都（今北京）以及南地手工业、商业都会扬州、平江（今苏州）、广州与泉州等，形成了群星璀璨的文化景观。

与唐代相比，宋元之际的中国建筑，有些什么特点呢？

一、尺度缩小

北宋首都东京，原是唐代汴州，位于黄河中游平原，大运河交通之中枢。据清徐松《宋会要辑稿》，该城设城墙三重，每重城墙外侧有护城壕沟，为三重城制，此即外城、内城与宫城（大内）。今考古测得其外城周长仅为19公里，城墙每百步（约155米）设防御设施一。城门门制并不规范，其南为三门，另筑水门二；西设五门，北与东各为四门，不符《周礼·考工记》所规定的古制。其内城原为唐汴州之外城，位置在外城中部稍偏西北，周长仅9公里，每面各设三门，颇符《周礼·考工记》之制。这里是部分宫殿、衙署、寺观、贵族住宅以及作坊、商店的集中地。宫城面积更小，大约只有内城的七分之一，位于内城之中部偏西北，每边仅设一门，凡四门。城的四角建角楼，南城墙有正门丹凤门（宣德楼），设五门洞，颇具皇家气象。显然，这东京的规模，已远逊于唐代长安。东京城内的主要街衢，一般都通向城门，也有较宽敞的，但绝无长安那条横街宽200米（一说220米）者。相反，许多街道相当狭窄，而且除南北纵向有些直街之外，东西向的道路以弯曲者多。虽然东京面积不大，但人口密度相当高。如太宗年间，东京城内"比汉唐京邑繁庶，十倍其人"[①]，致使"甲第星罗，比屋鳞次，坊无广巷，市不通骑"[②]。以至于在北宋盛世，令人有"栋宇密

---

① 曾巩：《隆平集》卷三，四库全书本，第13页。

② 杨侃：《皇畿赋》，陈元龙：《历代赋汇》卷三十四，清康熙四十五年刊本，第23页。

接，略无容隙。纵得价钱，何处买地"[①]之叹。可见其占地未广却是人口众多。

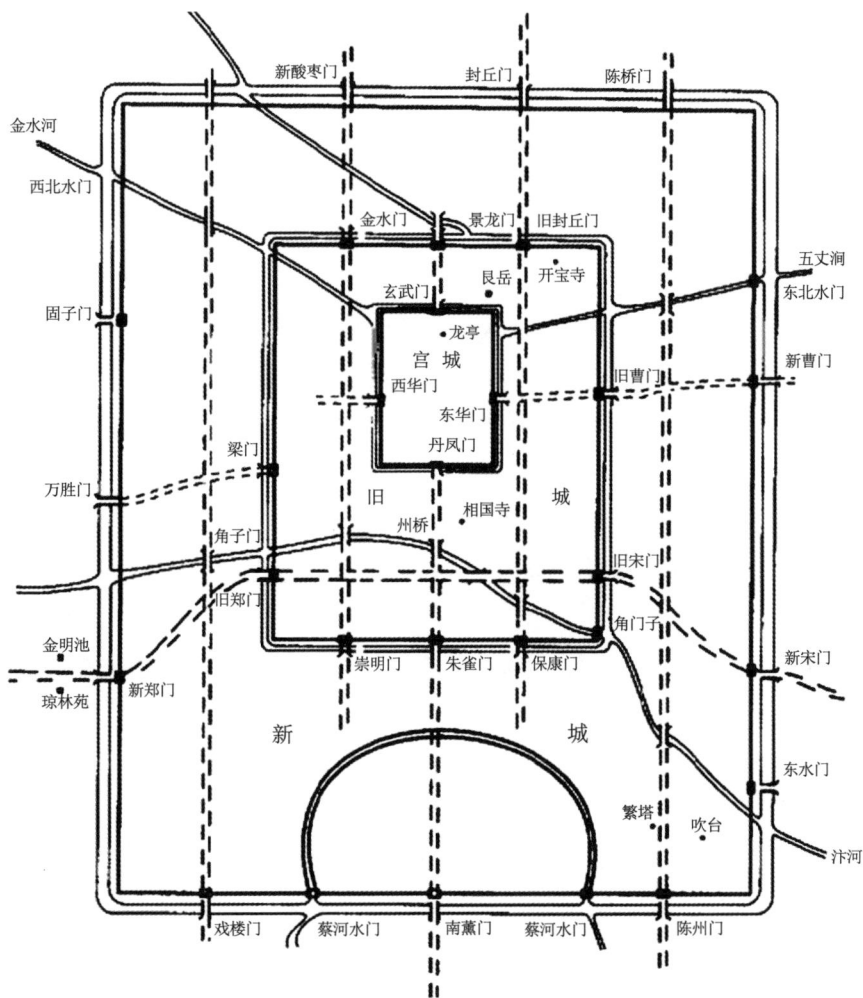

北宋东京平面简示图

又如元大都，其规模不可谓不广，南北7 400米、东西6 650米，其周长约为28公里，比北宋东京的周长大约长三分之一，面积约为50平方公里，但比起面积约为84平方公里的唐都长安，又相去甚远。这种城市面积的普遍缩小，说明

① 赵汝愚：《诸臣奏议》卷第一〇〇，宋淳祐刻元明递修本，第12页。

宋元时代的中国人的文化心态与审美理想，已有趋"小"、恋"小"的趋势。

这一点，也表现在宫殿与陵寝建筑上。据宋《东京梦华录》卷一，北宋首都的主要宫殿，位于宫城南北轴线的南部，前面是面阔为九间制的大庆殿，东西对称设挟屋，为五间制，以全《周易》"九五"之制，是皇帝举行大朝之所，虽尊古制，而格局不大。又有紫宸殿、文德殿与垂拱殿等宫殿组群安排在宫城中轴线之西。宋人很重"风水"，他们不大在意城市的规模，却很讲究"风水"吉凶之位这一套，为了所谓"风水"好，宁可打破城市平面对称格局而在所不惜，至于城市、宫殿规模的大小，反倒不在优先考虑之列，可谓反唐人而行之。如北宋东京外城西郊建一宫苑，取名金明池，这是反映了南火、北水、东木、西金与中土这五方五行的原始"风水"观念的。又如在东京内城的东北角，又建一座宫苑，据宋张昊《云谷杂记·补编》卷一，这一宫苑取名为艮岳，实际这一地方原本无山（岳，山也），是一座在平地之上以人力叠山理水修造起来的宫苑。据《易经》后天八卦方位观念，东北为艮位。据《易传》，"艮为山"，故名"艮岳"。想来一定是内城东北由于原本无山而认为"风水"不好，因此，以土石堆筑人工之山，为的是在"风水"上企图收"厌胜"之效。古人认为"风水"不好的地方，可以通过人工行为加以"补救"，艮岳的存在，就是观念上的一种"补救"，至于宫苑规模的大小，倒在其次了。

至于陵墓建筑尺度之趋小，也很明显。以北宋从太祖之父的永安陵到哲宗的永泰陵这八陵为例，它们比较拥挤地集中在河南巩县洛河南岸的台地上，仅分布在相距不过10公里的地域范围内。宋陵的葬制大体沿袭唐风，但再也不会有唐代因山起陵那般的大气了。这固然因为宋代外患严重，致使国力贫弱，封建帝王再怎么搜括天下，也国库空虚，他们拿不出更多的钱物来修造豪巨的陵寝建筑；也固然因为宋代帝王一般不在生前为自己修建陵墓（他们认为生前为自己修建陵墓不吉利），并规定在驾崩七个月内必须下葬（以求入土为安也），因而从选择陵址、采石运料至建造完毕，时日十分紧促，这限制了陵寝的规模，但更重要的，依然是营造观念问题，即但求"风水"吉利，不以陵墓巨大为尚。以宋仁宗的永昭陵为代表，由鹊台到北神门，南北轴线仅长551米，这远不如唐陵。即使与后代的明十三陵相比，也差得很远（如明十三陵的长陵，从其陵区入口到陵体，长约9公里）。而陵体墙长242米，陵台底边长56米，高13米，亦不算高巨。南宋诸多帝陵的规模更显"寒酸"。由于心理上总感到是暂居于临安,日后收复中原,还将回葬于中原大地,因此,其帝陵的修建带有临时性质。如在绍兴一地兴建的陵墓,虽设上下宫,而无神道之石像生,且将棺木藏于上宫献殿后部的龟头屋内,用石条密封,以待迁移,其陵寝的规模必然是狭小的。

刘敦桢主编《中国古代建筑史》有云:"宋朝建筑的规模一般比唐朝小,无论组群与单体建筑都没有唐朝那种宏伟刚健的风格。"[1]《中国建筑史》也指出:"北宋宫殿布局不如唐代恢廓"。比如东京宫城,"因为它的宫城是在州级子城的基础上扩张而成,仅2.5公里周长,规模受到局限,它的轴线从宣德门直到主殿大庆殿为止,内廷不复保持对称格局,这些都是气局不大之处。"[2]此言甚是。

二、布局随意

唐代都城及其宫殿平面追求方正、严谨、大气,其布局具有严肃性。为了这种严肃,可以不顾其使用功能,其严格的棋盘方格,造成了四平八稳、坦荡广阔的平面态势,确有阳刚、雄健之美。如长安分108个里坊,里坊区域内对称地设东市、西市,其平面是一个一个方格,这里道路纵横,充满了直线,通衢直路传达出严肃的情趣与风韵。

然而时至宋代,这种唐风几乎被宋人忘得一干二净。虽然从北宋东京平面想象图来看,其城平面大致仍为方形,几条南北大路,仍然是直挺挺的,然而,整个城市平面,早已失去了严格的棋盘格式布局。东西向的街衢,没有一条是直线贯通全城的,至于南北大道,已不能做到条条南北贯通。道路与道路之间的间距也参差不齐。除了宫城,其外城与内城的城墙,其实没有一处是笔直的,曲线因素糅入了城市总体规划之中,曲线给人的感受是比较自由与随意。这种随意,可能由于特殊的地形、地貌所致,实际上任何地形、地貌都是曲折而无直线因素的,直线是人工产物。当崇尚方正、笔直的平面观念一旦被破除,建筑的布局就有点松弛、自由、随意起来。当人们已经不把都城、宫殿与陵寝之类的直线与方格作为必须执着追求的目标时,城市建筑的曲柔因素就变得丰富起来。

---

① 刘敦桢主编:《中国古代建筑史》,中国建筑工业出版社,1980,第164页。
② 同上书,第57—58页。

宋代建筑布局的相对随意，体现了城市市民意识和实用观念的开始苏醒。

从里坊制度看，到了宋代，自汉、唐以来那种严格的里坊布局终于被打破。原先，里坊被严格地组织、束缚在整个城市的棋盘方格平面之中（如唐长安），又将市民的生活、生产活动限制在里坊之中。商贸、交易活动也可在里坊内进行，但大量、集中的"市"，自然要到人为划定的市场（如唐长安的东市、西市）去进行。这一点自北宋中期以后有了改观。据《东京梦华录》与《续资治通鉴长编》天禧二年六月乙巳条，东京已经拆除里坊四周的围墙，使住家和商业贸易、手工业作坊等直接面对街道，形成了临街设店的平面布局，并且取消夜禁制度。大量作坊、邸店、酒楼、市场沿街兴建起来，有的街道，还形成了按行业成街、成市的局面，无疑，这是城市市民生活、市民意识的一次解放与觉醒。其内在的推动力，是从市民生活、生产的实际情况与实用需求出发。

同时，自唐代后期起，中国南方的一些城市如扬州等已设有灯火辉煌、人影憧憧的夜市，洛阳、汴州城的外围、近郊之地，还出现了自然形成的草市①，这种情况到了北宋，则更见发展。如南方水网城市平江（今苏州），市内水道密布，到处是桥（据史载，当时城内、城郊有大小桥梁凡300余座），前街后河，临街设商店或作坊之类。在馆驿东侧，形成了米市和仓储区。在乐桥一带，开设了许多商店、旅舍和酒楼，并有夜市。南宋末年的临安（今杭州），人口已逾百万，为当时全国第一大城市。尽管在城市人口组成中，由于北宋皇族贵戚与官吏大量南撤，使得皇族和官吏人数约占全城总人口的23%，但从事手工业、商业活动的人数竟达20万之多。临安夜市尤为繁荣，酒肆、歌馆、瓦舍以至于沿街叫卖的小吃挑担的营业往往深夜未歇，令人有"不夜"之叹。南宋大诗人陆游歌吟道："近坊灯光如昼明，十里东风吹市声。"似乎并非虚辞夸张。柳永《望海潮》词有云："钱塘自古繁华。烟柳画桥，风帘翠幕，参差十万人家。"又说："市列珠玑，户盈罗绮，竞豪奢。""羌管弄晴，菱歌泛夜，嬉嬉钓叟莲娃。千骑拥高牙，乘醉听箫鼓，吟赏烟霞。"几说尽所谓"天上天堂，地下苏杭"②的繁富景象，近乎醉生梦死。

---

① 洪迈：《容斋随笔》卷九，宋本配明弘治本，第11页。
② 范成大：《绍定吴郡志》卷五十，择是居丛书景宋刻本，第13页。

三、清雅柔逸之风

从宫殿建筑看，正如前述，不仅巨大尺度的宫殿组群在宋元已不多见，而且其个体形象也多清雅柔逸之风采。宫殿乃中国古代的政治类建筑，政治文化的严肃性，不允许它的形象过于柔逸、欢愉，而宋元宫殿的造型尤其其屋顶形象，颇具清雅、秀逸之气。一般宫殿的屋顶檐口，已不如唐代宫殿那般厚重。坡度稍有加大，不像唐代宫殿屋顶那般舒展。屋脊、屋角有起翘之势，给人以轻灵、柔美、秀逸的感觉，不像唐代那样的浑朴。斗栱尺度趋小，雕饰与彩绘丰富、细腻，尤其建筑的大木作、小木作做工趋于精细，这增添了宋元宫殿建筑形象的清逸之神韵。

宋代建筑屋顶的秀逸形象

从祠庙建筑来看，园林之清雅柔逸气质渗融于建筑空间环境，是颇值得注意的。这种经人工改造过的自然美因素，增添了土木建筑的清丽秀雅之特色。山西太原晋祠圣母殿，就是糅合了园林柔逸因素的一座著名建筑。晋祠位于今山西太原西南25公里的悬瓮山麓，现存主要建筑为宋、金所建。其中主题建筑圣母殿位于晋祠西端，建于北宋天圣年间（1023—1031）。"圣母"，指西周初叶武王后、唐叔虞之母邑姜，该殿宇是专为祭祀这位"圣母"而修造的。殿坐北向南，为面阔七间、进深六间制、重檐九脊顶式建筑。其四周设以围廊，前廊竟深达两间，使廊宇显得十分舒展，下部留下大片阴影。由于角柱升起很多，上檐的角柱升起更甚，使得整座殿宇的重檐大屋顶有微微反翘之势，檐端呈平缓曲折的弧形，而檐口较薄，更显得这座著名建筑具轻灵、舒缓之美。该殿前廊实际是一个深达7米的敞厅，8根木雕蟠龙柱，为宋时原物。圣母殿殿内现存彩绘塑像43尊（其中包括居中的圣母坐像），除圣母像两侧小像为后补者外，其余均为宋初原作。

从陵寝建筑看，汉、唐时期，帝王陵体平面一般为方形，这在哲学观念上，体现了传统"天圆地方"观念中的"地方"意识；在伦理观念上，体现了墓主高显的社会等级地位；在美学观念上，则是理性与阳刚之气的象征。这种被称为"方上"的陵制一直沿袭到北宋。北宋八陵即永安陵、永昌陵、永熙陵、永定陵、永昭陵、永厚陵、永裕陵与永泰殿和陵台平面，均为方形，为方截锥体、由夯土所筑。其上宫也由正方形平面的神墙所围绕，四面各设神门，也是方形。因此，北宋时的帝陵，以"方"为主要形象特征。

自北宋之后到明代，中国古代帝陵陵体的平面经历过一个历史性转变，即渐渐由方形向圆形转化，如经过元代到明初，明太祖朱元璋与马皇后的合葬墓孝陵的平面，就筑为圆形（注：至清代又一变，为前方后圆形）。这种历史性的传递，不是突然发生，迅速实现的，从北宋之后到明初，是中国古代陵寝建筑平面由方形向圆形转化的过渡期。南宋帝陵的平面制度已不很严格。西夏王陵的平面不遵"方上"遗制，其平面有圆形与八角形两种方式。元太祖成吉思汗陵曾于1954年进行复原重建，重建后的陵园主体建筑由三座蒙古包式大殿和与之相应的廊屋构成。大殿平面为八角形，重檐蒙古包式穹顶，高达20多米。东西两殿又是八角形（但不等边）平面。这里，"圆形"语汇是颇丰富的。而"河北井陉县柿庄的宋金墓葬群，有方、圆、六角、八角四种平面"[1]，显然是在由"方"向"圆"转型的历史过程之中。

这种陵制从"方"向"圆"的转化，在文化观念上是从"地方"向"天圆"的转化。以"方"为平面，象征帝王对大地的主宰与统治，有"亲地"、"恋

---

① 刘敦桢主编：《中国古代建筑史》，中国建筑工业出版社，1980，第225页。

土"之意蕴，"普天之下，莫非王土"也。帝王，天之代表，又是土地社稷之主，帝王要求臣民像大地一样顺从天的意志，又好像自己如大地一般宽厚仁慈，此所谓"地势坤，君子以厚德载物"的意思。而从南宋到明初，帝陵的平面由"方"向"圆"的趋势已在开始，到明太祖彻底地改方形为圆形，这是因为圆形象征天穹与天的运行、天的德性，圆形直接显示了天子的身份和人格，是直接尊天、崇拜王权的象征。从文化传承和儒、释相互影响来看，大约圆形象征佛教的"圆圆海"、"圆寂"，八角形象征佛教"八正道"；六角形象征佛教"六道轮回"之类，这种象征性文化意蕴在中国佛塔上是很多见的，由此影响到历来深受儒家思想影响的帝陵平面观念的改变，也未可知。而从美学上看，自北宋之后宋元陵墓平面的趋于圆形，却由于圆曲之造型，陡增柔和、曲致的审美特征。

　　尽管在物质层面上，宋型建筑一般地具有尺度缩小、布局随意和清雅秀逸的基本特征，这并不等于说，宋型建筑在精神意义上是很"小气"、很肤浅、很柔靡的，相反，宋型建筑自有其精神境界。这精神境界不外与理学有关。理学推崇传统儒学自不待言，它以探讨"道体"为中心命题；以"穷理"、"格物致知"为知识论；以"存天理、去人欲"、"内圣"为人格修持"存养"工夫；以"齐家"、"治国"、"平天下"为目的论，走的是一条"内圣外王"之路。然而，理学又是在先秦诸子之学、两汉经学、魏晋玄学和隋唐佛学的基础上发展起来的，因此，它是历史地糅合了道、释思想的一种新儒学。道家的"独与天地精神相往来"的自由意识、"心斋"、"坐忘"的"静笃"观、佛禅的"明心见性"、"即心是佛"的思想等重视内心静虑、精神境界开拓这一点，使得儒家本来就提倡的内心修养、心性之学变得更幽微、深邃、更细密、深致了。先秦孟子曰："吾善养吾浩然之气"，以为这是人格、内心的"至大至刚"，然则如何才算得"善养"？则必须实现于人的伦理行为，"必先苦其心志，劳其筋骨"，做到"富贵不能淫，贫贱不能移，威武不能屈"，颇有些"内圣外王"的味道，而且"内圣"与"外王"比较起来，是更偏重于"外王"的。理学虽推重"外王"，即重视道德伦理实践，但比较而言，"内圣"的倾向性更大。别的且不论，宋代建造了那么多的书院，都是文人士子坐而论道的场所，熟学深思、问难辩疑、注重内心体验，正是理学尤其是陆王心学的共同特点。在宋代，中国文人学子及其整个民族的文化心态，有"向内转"、"内敛"、"内倾"的特征，这不能不是道、释思想在与儒学融合过程中，对儒家思想加以改造的结果。深受道、释思想濡染的新儒学即理学，自然并没有迷失自己"心性之学"的本性，然偏重于"心"，以"心"释"性"这一点，是很明显的。

这种心理、精神的开拓，影响到宋型建筑，就是在物质层面上，一般并不求其宏大，而在精神象征意义上，依然具有深广的文化心理内容。关于这一点，只要读一读宋代著名理学家、易学家邵雍的《伊川击壤集》即可明了："心安身自安，身安室自宽"，"谁谓一室小，宽如天地间"。①"墙高于肩，室大于斗"，"气吐胸中，充塞宇宙"。②"室小"而"气"不小，"室小"却"生气灌注"。这"气"，既然能"充塞宇宙"，自当有"浩然"之性，这无疑具有儒学文化的底色，但它又与"室大于斗"的建筑现象而不是"弥山跨谷"的建筑现象相联系，因而，邵雍所言这"充塞宇宙"的胸中之"气"，实际上与孟子当年所倡言的"浩然之气"已有不同，它是一种以"浩然"之性为底蕴的、胸中的"逸气"、"秀气"和"静气"。

宋型建筑的清雅、秀逸犹如宋画、宋雕，它甚至还有宁和、宁静、幽远、以小见大的特点。我们今天欣赏马远、夏珪这些尤其是南宋时代的文人绘画小品，其所选择的题材及所蕴涵的主题，往往都是深堂境自幽，一琴几上闲；柳溪暮云垂，归牧夕照际；千山万岫雪，寒江叹独钓；渔火愁永夜，秋江泊眠舟之类及其人生喟叹，一些作品的意境幽深、淡雅，而一般较少洋溢着生命骨力的宏大拙浑之美。其"题材、对象、场景、画面是小多了，一角山岩、半截树枝都成了重要内容，占据了很大画面，但刻划却精巧细致多了"，"像被称为'马一角'的马远的山水小幅里，空间感非常突出，画面大部分是空白或远水平野，只一角有一点点画，令人看来辽阔无垠而心旷神怡。"③同样，宋型建筑的形体及空间造型、平面布局，虽较唐代建筑为小，但其精神意蕴与境界不但并未萎缩，而是向心灵的深处开拓、以少胜多。以宋雕而言，一般宋代作品尤其是南宋时代的作品，往往缺乏先秦的狞厉、两汉的浑穆、魏晋六朝的激越悲慨

---

① 邵雍：《伊川击壤集》卷十一，涵芬楼本，第13页。

② 邵雍：《伊川击壤集》卷十四，涵芬楼本，第57—58页。

③ 李泽厚：《美的历程》，文物出版社，1981，第177—178页。

以及隋唐之世的雄伟英气，代之以柔美细腻的风格见长，甚至过于纤巧而难以激起心灵的狂放、激荡，但它的雅致、秀丽，它的技巧的圆熟、以及造型的小巧与接近于世俗生活（如敦煌莫高窟的某些宋雕）的审美文化性格，凡此一切，其实在宋型建筑如宋代楼阁、宋塔（典型如上海松江方塔）与某些民居上也可以发现、领悟到。

最后，在结束本节之前，还有两个问题必须作一点简约的补充说明。

第一，当笔者谈到宋型建筑文化时，是包括元代建筑在内的，这是为什么呢？

元朝统治者入主中原和南地，施行残酷的针对汉人的民族歧视与专制政策。元最高统治者对汉民族尤其是其中的"南人"（长江以南的汉人）的不信任甚至仇视，说明当时的草原游牧民族与农耕民族之间是怎样的"语言"不通。在血缘、地域、语言和生活方式上，作为北亚游牧民族的蒙古人和北亚、中亚以至南俄草原的突厥系民族具有更多的历史联系和相互影响。据《元史》之记，畏吾儿学者哈剌亦哈赤北鲁，就曾经深得蒙古帝王的信任，被聘为蒙古王子之师；另一畏吾儿学者塔塔统阿，更为蒙古可汗所信赖，委以重任。蒙古文字，也有借用畏吾儿字母的因素，这一切都说明蒙古文化与"西域"文化的某种亲缘关系。而当时蒙、汉之际的关系要严峻得多。首先是元朝统治者看不惯汉民族的文化，他们对汉民族的哲学、宗教、典章制度、文化艺术与生活方式、饮食起居、服饰打扮、风俗习惯等相当隔膜，取之弃之都疑虑重重，因此，盲目排斥，似乎是唯一可供选择的文化态度。

可是，任何文化尤其像汉文化如此具有深厚历史传统的文化一旦存在，就成为一种伟大、坚如磐石的历史力量，任何政治力量、军事力量如果无视它并且想要毁灭这一文化力量，其结果只能为这一文化所无视与毁灭。当时处于文明劣势（其政治、军事当时却占优势）的元朝政权如果要在汉民族地域站稳脚跟，除了"用夏变夷"，推行"汉法"，可谓别无选择，而统治者及其幕僚在这一点上的个人好恶、推重或拒绝倒还在其次了。

元代建筑，一般仍染"宋调"。之所以具有某些宋型特点，其原因在于元蒙不得不推行"汉法"、面对这一必然的历史选择。史载元世祖忽必烈雅爱许衡、郝经等大批儒士，不过是顺应这一历史抉择罢了。《元史·世祖纪一》云，忽必烈早在1244年就曾向一批理学之士"问以治道"。至元元年（1264），名士徐世隆对元世祖说："陛下帝中国，当行中国事。"①郝经也说："今日能用中国之士而能行中国之道，则中国之主也。"②忽必烈纳谏以推行"汉法"，使中国传统的保存在宋型文化中的帝号、官制、重农、赋税、书院、祭祀与营造等政治、军事、经济、文教、典章与宫室等制度与政策不因元朝统治而中断，这其实并非汉文化之大幸，而是理该如此。

虽然元代建筑毕竟不同于宋代建筑，比如元大都（今北京），始建于忽必烈即帝位的至元元年、历时八载而成，在这座元人统辖的首都里，常常能见到元人文化的符号，比如在其平面布局上，它居然将宫城设计在整座城市中轴线的南端、而不是汉民族帝都的传统位置（通常位于帝都平面中轴的中部偏北或是北部），表示不尊"汉法"。在宫内装修上，其主要宫殿用方形立柱（这是出格了），而且墙壁挂以毛皮和毡毯等，将蒙古包内的"语汇"居然带到宫殿里来了。又据元陶宗仪《南邨辍耕录》卷二一所述"宫阙制度"，宫城内出现了很多具有喇嘛教题材和风味的壁画和雕刻，建造了一批畏吾儿式殿、带有野趣的棕毛殿和屋顶拱起的盝顶殿，说明蒙古族在入主中原及南地之后，其关于草原游牧以及深受"西域"影响的文化"情结"依然解不开。而且，由于喇嘛教的影响，出现了一种新型佛塔即覆钵式塔（如北京妙应寺白塔之类），其造型犹如覆钵，完全不同于传统的楼阁式塔与密檐式塔等。而且就元大都的平面而言，其东西宽6 650米，南北长7 400米（注：这是考古发掘测得的范围），其规模之大有类于大唐风范，比宋代京都大得多。

但是，凡此种种仍旧不能掩盖元代建筑的许多宋型特点。

其一，宋人尤重风水迷信（本书前文已述），元大都亦推崇"风水"。该城位于华北大平原的北端，其北部与西北部以燕山山脉为屏障。在文王八卦方位上，北为坎，西北为乾，西北乃"龙脉"之所在，北有高山峻岭，在"风水"上说明"靠山"很好。元大都坐北面南，南部是大平原，在"风水"上说明帝王能俯视天下，极目千里，视野十分开阔。其西、南两面有永定河流贯，既背

---

① 曾廉：《元书》卷五十五，清宣统三年层漪堂刻本，第7页。

② 郝文忠：《郝文忠公集》卷一九，载陈得芝：《元代奏议集录》，浙江古籍出版社，1998，第57页。

山，又抱水，而且东南为渤海湾，津门扼守要冲，这在"风水"上是"水口"的位置，这一切在古人看来，是理想的"吉地"（难怪自明永乐年起到清，这里均为首都）。

其二，元大都的范围果然很大，似乎离"宋型"有些远了，但其平面基本为方形，已具汉人的都城风格。尽管正如前述，其宫城位置全城之南端，这有悖于"宋调"，但是，该城仍有中国传统的中轴线，而且，毕竟宫殿仍处于中轴线之上，这不是草原民族的建筑风范，它属于汉民族。而且就平面布局来看，皇城中包括宫殿三组以及太液池和御苑。皇城正门称承天门，其南为整座京城的正门，称丽正门，两门之间的一个大空间两侧建千步长廊，这大空间，实际是一个扩大了的"庭院"，这完全是汉人的做派，是承传了宋型建筑的文脉的。在皇城的东、西两侧，还建造了祖庙（太庙）和社稷坛，一看便知是《周礼·考工记》所谓"左祖右社"的传统布局。

其三，元代初期因蒙、汉两种文化的剧烈冲突及元蒙统治对汉民族地区经济、文化的压制，使汉民族地区的经济、文化一度停滞、甚有倒退。而元朝中叶之后，"用夏变夷"政策的胜利使经济尤其是城市手工业和商业经济得到了恢复和发展，诸多城市如沿海、沿江的城市广州、泉州、扬州、苏州、镇江、杭州以及京兆（今西安）、中定（今济南）、太原和涿州等都逐渐繁荣、兴旺起来。在不少城市里，继续发展了临街设店、按行业设市成街的城区商贸与手工作坊布局。在元大都，依然设"坊"（共设60个坊），但元代的"坊"，仅仅是行政管理的基层单位，它不是汉、唐里坊那样空间封闭的，有类于宋代京城的行政管理制度。[①]

其四，就宫殿平面布局而言，宋代宫殿尤其主要宫殿的平面往往为"工"字型，即一座宫殿分前、后两部分，前为"朝会"之所，后作"居住"之地，中间以穿廊连接，元代的主要宫殿平面，也是"工"字型的。

其五，宋代建筑有世俗化、平民化倾向，这是前文已经说到过的。在这方面，元代建筑在一定程度上继承、发展了这一"宋型"倾向。如山西洪洞县的水神庙（位于广胜下寺之旁）的大殿，建于元泰定元年（1324），为一座重檐

① 阚铎:《元大都宫苑图考》,《中国营造学刊》六卷三期，1936。

歇山顶建筑。有趣的是，这座庙宇的殿前庭院造得很大，除了供信徒拜神之用，更重要的，在这庭院里搭建戏台，用以演戏、观赏。勾栏瓦舍与神圣庙宇几成一体；"浪子班头"、倡优看客和善男信女共一个空间，这固然由于元代杂剧太嫌发达，似乎演出、观赏之场所多如繁星，拥拥挤挤不得不借庙宇一块宝地，落脚"谋生"，实际上是自宋开始的、关于"神"之观念与信仰的淡化，神被世俗化、平民化了，这并非表明中国人对神之崇拜的三心二意，实在是在神与人、此岸与彼岸之际所表现出来的一种随意、达观的人生处世态度。难怪后代的所谓"赶庙会"，其实并不专为求神拜佛，而是既不妨碍人们参见在神佛之像面前拜一拜、烧炷香，又兼听戏文，观杂耍、购买东西，吃吃喝喝甚至幽会谈情，大约这种世俗的、平民文化的建筑原型，就表现在这山西洪洞的水神庙之中，它是属于元代的新型建筑现象，而其文化精神，不能不与宋型文化的世俗、平民化有关。

第二，在两宋之际，中国北方还有辽、金两个王朝的相继存在。辽建朝于公元916年，原为中国东北契丹族的一个部落，过着游牧生活。其建国后势力达到山西、河北北部。在政治制度上，辽进行两手统治，即一手"以国制治契丹"，针对游牧民族；另一手"以汉制待汉人"①，针对农耕民族汉族。在文化政策上，则全面接纳"汉法"。阿保机（辽太祖）采纳侍臣耶律倍之见，认为"孔子大圣，万世所尊"，祭祀"宜先"②，可见尊儒之倾向明显。辽太宗耶律德光也推崇汉典古籍。汉文学、音乐以及宫室制度等，也为辽所雅爱。据考古，契丹族早期的居住样式是"穹庐"（毡包），南下后即吸纳汉民族建筑制度，使用汉族工匠、工艺、宫室样式兴建都城、宫殿、民居与寺塔等，由于崇信佛教，辽代建筑现存者，大凡是木结构的佛寺佛塔，其中最有名的，是山西应县佛宫寺释迦塔（俗称应县木塔），建于辽清宁二年（1056），是中国现存最古的一座木塔。塔平面为正八边形，九层式，其中四层为暗层，因此外观似为五层。为楼阁式，有檐六层，其中最下层为重檐，故建造观念上为"假五层檐"。此塔高为67.3米，其底层直径为30.27米，形体造型之高巨，在现存佛塔中极为少见。

---

① 脱脱：《辽史》卷四十五，清乾隆四年武英殿刻本，第1页。
② 脱脱：《辽史》卷七十二，清乾隆四年武英殿刻本，第1页。

由于各层塔檐出挑较深，配以平坐与走廊（此塔可供登临），因此如此庞然大物，看起来一点不显得蠢笨，给人以雄浑的美感。最值得称道的是，该塔除了向上的塔刹为铁制品，全塔不用一颗铁钉，而结构严谨、严密，作为世界上现存最高的木结构建筑，该塔的工艺技巧，称得上"鬼斧神工"。

辽代建筑有雄浑之气，又如河北蓟县独乐寺观音阁与山门、山西大同下华严寺薄伽教藏殿与善化寺大雄宝殿等，莫不如此，完全不是宋型建筑那般秀逸、轻灵的模样。这是因为，辽朝虽重"汉法"，而当时辽、宋对峙，是不可能接受宋型建筑文化之影响的。从文脉上看，辽代建筑所接受的，较多的是唐风的影响。从唐末至五代，中国北方陷入藩镇割据局面，唐代文化的历史遗存加上以后辽、宋交战，这是辽代建筑拒绝宋型文化之影响的重要历史原因。

金也是中国东北地区的一个部落，称女真。金迅速崛起，灭了辽和北宋之后，也尊"汉法"。在建筑上，所用工匠多为汉人，其建筑形制，杂糅辽、宋。如上华严寺大殿与善化寺的风格，接近于辽代建筑的雄大之特点[1]。而在细部及其装修上，则造型柔丽、纤巧，有精工细作的工艺特点，显然，这又具有宋型建筑文化的特征。

凡此，在我们探讨宋型建筑的基本文化特征这一课题时，是需要加以简略补充说明的。

第三节 《营造法式》：中国建筑的"文法课本"

宋型建筑多具灵秀、清逸之气，已如前述。宋型建筑还具有严谨、严肃的另一面，这是以新儒学的道德伦理为重要内容的理学哲理精神和宋元科学技术理性在建筑文化中的体现。

宋代出现的《营造法式》一书的基本内容，就体现了这样的理性精神，它是宋型建筑文化的重要理论收获。

并且更重要的，《营造法式》有超越宋型文化的理论性意义，它实际上是中国建筑的一部重要的"文法课本"。

---

[1] 梁思成、刘敦桢：《大同古建筑调查报告》，《中国营造学刊》四卷三、四期（合刊），1933。

梁思成《中国建筑之两部"文法"课本》一文指出："中国古籍中关于建筑学的术书有两部，只有两部：清代工部所颁布的建筑术书《清工部工程做法则例》和宋代遗留至今日一部宋《营造法式》。"①认为这两部著作，是"中国建筑之两部'文法课本'。"梁思成说：

> 每一个派别的建筑，如同每一种的语言文字一样，必有它的特殊"文法"、"词汇"。（原注：例如罗马式的"五范"［five orders］，各有规矩，某部必须如此，某部必须如彼，各部之间必须如此联系……）此种"文法"在一派建筑里，即如在一种语言里，都是传统的演变的，有它的历史的，许多配合定例，也同文法一样，其规律格式，并无绝对的理由，却被沿用成为专制的规律的。……
>
> 中国建筑的"文法"是怎样的呢？以往所有外人的著述，无一人及此，无一人知道。不知道一种语言的文法而要研究那种语言的文字，当然此路不通。不知道中国建筑的"文法"而研究中国建筑，也是一样的不可能，所以要研究中国建筑之先，只有先学习中国建筑的"文法"然后求明了其规矩则例之配合与演变。②

这位中国建筑大师在此将《营造法式》一书的巨大的理论价值概括出来了，即该书指明了中国建筑的"文法"、"规矩"。

《营造法式》，凡36卷，北宋李诚（今人疑为李诚之误）编纂，是北宋时期由官方所颁布的一部关于古代建筑科学技术、材·分模数制度与宫室伦理学的建筑设计与施工的规范书，是中国古籍中论述和保存最完整的一部建筑技术专书，所谈大多为建筑技术方面的问题，却不可避免地具有一定的建筑理论与文化意义。《营造法式》由北宋李诚奉敕编备于元符三年（1100），刊行于崇宁二年（1103）。李氏（约1060—1100），北宋著名建筑学家，字明仲，河南郑州管城（今河南新陆）人，为北宋汴京（今开封）将作监主簿（专门管理宫室营造

---

① 梁思成：《中国建筑之两部"文法"课本》，载《凝动的音乐》，百花文艺出版社，1998，第26—31页。按：本文原载《中国营造学社汇刊》，1945，第7卷第2期。

② 同上。

的官职）。李氏博学多才，著述颇丰，如《续山海经》十卷、《续同姓名录》二卷、《六博经》三卷与《古篆文说》十卷等，均亡佚。《营造法式》是其代表作，成于晚年。今本《营造法式》内容齐备，原为由中国营造学社创始者朱启钤于1918年（民国七年）在南京江南图书馆所发现的手抄本。1925年，陶湘以该手抄本为底本，参以文渊、文溯、文津各本进行校勘，为陶本。1954年，由商务印书馆据陶本缩小影印为《万有文库》本，是谓今本。该书凡357篇，3 555条，分释名、各作制度、功限、料例与图样五个主要部分，为34卷，加上看详、总目各一卷，成36卷规模。

"看详"，记述宫室各工种制度的规定与历史依据；"总目"概括了全书的目录；一、二卷为《总释》《总例》，考定建筑术语的历史沿革；三至十五卷记述各作制度，记录壕寨、石作、大木作、小木作、雕作、旋作、锯作、竹作、瓦作、泥作、彩画作、砖作、窑作等13个工程作法；十六至二十五卷按各作制度内容，规定诸如壕寨、石作、大木作、小木作等各作"功限"即各工种的劳动定额和计算之方法；二十六至二十八卷为"料例"，即各工种用料及工作质量规定；二十九至三十四卷为"图样"，为各式图样如建筑平面图、断面图、构件详图及各种彩画、雕饰图。

《营造法式》所述建筑"文法"，是"材·分"模数制度。建筑是按一定的科学与美学规律，对材料的加工与营造。材以及对材的加工、结构，是建筑的基本要素。该书云："凡构屋之制，皆以材为祖。"这指明了观察与分析中国建筑文化的基本视角，大凡建筑，其基本的物质"语汇"，是材以及对材的处理。该书接着说："材有八等，度屋之大小因而用之。"所谓"材有八等"，具体规定如次：

一等材：高9寸厚6寸，用于九间或十一间大殿；

二等材：高8.25寸厚5.5寸，用于五间或七间大殿；

三等材：高7.5寸厚5寸，用于三间或五间殿、七间厅堂；

四等材：高7.2寸厚4.8寸，用于三间殿、五间厅堂；

五等材：高6.6寸厚4.4寸，用于三间小殿、三间大厅堂；

六等材：高6寸厚4寸，用于亭榭或小厅堂；

七等材：高5.25寸厚3.5寸，用于小殿或亭榭；

八等材：高4.5寸厚3寸，用于殿内藻井或小亭榭用斗栱者。

这种规定自然不是随心所欲的，它所遵循的，是双重原则。就木材的自然属性、性能而言，其承重能力是一定的、有限的。根据营造经验，规模、规格愈大、愈高的建筑，其梁柱的承重程度可能愈大，因而材分八等，以相应地用于大小不等的建筑物上，应当说，这是有一定的物理科学依据的。但是，中国建筑尤其是其中的宫殿、厅堂、亭榭之类，除了供人居住的实用价值以外，它们同时还是一定的伦理文化的符号。在中国古代，由于宫室是分等级的，因此"材有八等"，用于不同规格、品次的建筑，这反映了《营造法式》所规定的用材制度是浸透了封建伦理思想的。

《营造法式》又说："各以其材之广，分为十五分，以十分为其厚。凡屋宇之高深，名物之短长，曲直举折之势，规矩绳墨之宜，皆以所用材之分以为制度焉。"这是说，前述"材有八等"的大木作制度规定，材的高度分为十五"分"，又以十"分"为其厚，大木作的一切构件都以这一"规矩绳墨"为准，如斗栱的两层栱之间的高度定为六"分"（称为"栔"），是有一定之规的。梁思成曾经说过："大木作的则例是中国建筑结构方面的基本'文法'"。[1]这里所指，其实就是以大木作为基础的"材·分"模数制。

《营造法式》又规定斗栱的做法，斗栱是该书（以及清代《工程做法则例》）解释、记述最为详尽的。梁思成认为，斗栱"是了解中国建筑的钥匙"，其重要性"犹如欧洲希腊、罗马建筑中的'五范'一样"[2]，这说明，斗栱的做法则例，是中国建筑的技术、文化、伦理与美学"语汇"的关键。通俗地说，斗栱是中国木构建筑为了加强梁架的承重能力而发明的一种承重构件，它是"柱以上、檐以下，由许多横置及挑出的短木（栱）与斗形的块木（斗）相叠而成的。其功用在将上部屋架的重量，尤其是悬空伸出部分的荷载转移到下部立柱上，它们亦是横直构材间的'过渡'部分。"[3]在不同时代，斗栱的大小，与大木作（屋架）之间的度量比例是不尽相同的。在宋代，斗栱中的栱（短木）的

---

[1] 梁思成：《中国建筑之两部"文法"课本》，载《凝动的音乐》，百花文艺出版社，1998，第27页。按：原载《中国营造学社汇刊》，1945，第7卷第2期。

[2] 同上。

[3] 同上。

高度与厚度（指其断面）之比为三比二，这成了建筑物的大木作全部比例的度量。前引所谓"各以其材之广，分为十五分，以十分为其厚"，说的就是由斗栱之栱的高、厚之比（三比二）所规定的"材·分"模数（十五比十即为三比二）。所以梁思成又言："由此看来，斗栱中之所谓'材'者，实为度量建筑大小的'单位'，而所谓'分'者，又为'材'的'广'内所分出之小单位。他们是整个'构屋之制'的出发点。"[①]可谓深得"材·分"模数之堂奥。

《营造法式》一书在中国建筑文化历程中的历史地位无疑是相当重要的。华夏宫室起源极古，历代宫室的建造成就巨大，尤以春秋战国、秦汉、隋唐和明清诸时代为一个又一个的高潮期，中国建筑文化的灿烂与辉煌，使其无愧自立于世界建筑文化之林。中国建筑也不是没有精彩、深刻的理论和思想，其哲学意蕴、文化精义和审美理趣尤其"土木之功"所达到的高度，是别具一格的，为世界上其他民族所无可比拟的（其他民族自有其伟大的建筑成就）。而就中国建筑文化的理论与思想而言，以散见于经、史、子、集为多见。如《尚书》"盘庚"篇记"盘庚五迁，将治亳殷"；《易经》关于中国原始建筑"风水"及大壮卦关于"上栋下宇"的象征；《诗经》所谓"相其阴阳，观其流泉"（"风水"）和诸如"作庙翼翼"之记；《礼记》对宫室之"礼"的阐述；一部二十五史，所记中国古代的建筑现象，可谓汗牛充栋；在子籍中，《老子》所谓"当其无，有室之用"，是从建筑的空间与实体之关系来阐述其哲学思想，也是中国建筑哲学与建筑美学之最早、最精深的体悟与表述；孔子关于"里（引者注：里，居也）仁为美"的建筑伦理思想也很精彩；《管子》关于"宙合"、《尸子》关于"四方上下曰宇，往古来今曰宙"以及《淮南子》对"宇宙"的解说"往古来今谓之宙，四方上下谓之宇"等所谓"宇宙即建筑，建筑即宇宙"的思想，是中华民族建筑文化之理论部分的精华之所在；另外，在大量、无数的历代文艺作品中所记述的建筑现象及其所蕴涵的建筑思想，更是难以述说，在楚辞、汉赋、唐诗、宋词、元曲以及明清小说，还有历代"园记"中，都有意、无意地让宫室及其思想一展风流。其中，如屈原的《天问》、王勃的《滕王阁序》、杜牧的

---

① 梁思成：《中国建筑之两部"文法"课本》，引自《凝动的音乐》，百花文艺出版社，1998，第27页。按：原载《中国营造学社汇刊》第7卷第2期，1945。

《阿房宫赋》、刘禹锡的《陋室铭》、范仲淹的《岳阳楼记》、李格非的《洛阳名园记》、欧阳修的《醉翁亭记》、《丰乐亭记》、苏东坡的《喜雨亭记》、《凌虚台记》、《超然台记》、《三槐堂铭》、王守仁的《尊经阁记》、《象祠记》、归有光的《沧浪亭记》以及诸如《红楼梦》关于虚构之中的"大观园"建筑形象的描述等，是为大家所熟知的。

　　然而在中国古代，也许是历来将宫室看作"匠艺"、不登文化之大雅的缘故，也许中国古人的理论嗜好集于诗艺的原因，关于系统的、专谈宫室制度的著作其实并不多见。在漫长的历史岁月中，比较重要的，大约只有《考工记》（可能为春秋齐人所作，为《周礼》一部分，并且建筑内容仅为《考工记》之一部分）；《洛阳伽蓝记》（北魏，杨衒之撰）；《三辅黄图》（疑成书于六朝，佚名）；《宅经》（又称《黄帝宅经》，疑成书于唐，佚名）。在北宋《营造法式》成书之前，关于建筑的专书，毕竟不多，因而，《营造法式》的出现，就具有特别的历史意义。该书虽为建筑术书，却是有系统的，也是具有一定的理论底蕴的，它在一定程度上，比较全面地总结了北宋以前尤其是北宋的木结构建筑经验，定出建筑操作的种种规范，因此具有很强的可操作性。在钦定的种种建筑规范中，具有丰富的中国古代建筑的科学技术内容以及伦理内容。尤其该书所总结的"材·分"模数制度，具有重大的建筑理论价值，可以看作中国古代建筑理论趋于成熟的标志。宋代成书的，还有著名木工喻皓所撰的《木经》、宋敏求所撰的《长安志》以及疑为宋时佚名作者所撰的《葬书》（旧题为晋人郭璞所撰）。明末，有著名造园家计成所撰的《园冶》（原名《园牧》，涉及到园林环境中的建筑问题），有文震亨所撰的《长物志》以及疑为明代成书的佚名作者所撰的《鲁班经》。其他，还有明末清初顾炎武所撰的《历代宅京记》、清代李渔所撰的《闲情偶寄·居室部》（又称《一家言·居室器玩部》）、清代佚名作者所撰的《清工部工程做法则例》（官书，刊行于雍正十二年，1734）以及近代姚承祖所撰的《营造法原》和近现代时期、1934年中国营造学社出版、由梁思成所撰《清式营造则例》。

　　在这一系列著作中，《营造法式》在中国建筑理论的建树意义上，起到了承上启下的重要作用。正如前述，它不仅总结了北宋及北宋以前的中国宫室制度，由于抓住了中国建筑的关键即"材·分"模数，使得它比之前的建筑理论要成熟、深刻得多。也正因如此，它的巨大影响远播于后代，北宋之后的中国古代建筑理论及近现代建筑理论中未受西方建筑理论影响的那一部分，都无例外地深受其濡染。尤其《清工部工程做法则例》一书所阐述的中国建筑的"斗口"制度，是《营造法式》所言"材·分"模数制度的历史沿承与发展。

《营造法式》所钦定的中国宫室的种种规范制度，是从北宋及北宋之前甚为严谨的中国建筑现象中总结出来的，尤其北宋，由于理学已经开始使中国人的头脑趋于条理化起来，种种做人、作物的规范、制度趋于严格、严密、严谨甚至严厉，展现于中华大地之上的北宋建筑也逐渐变得严谨起来，这种严谨，不是唐代长安平面棋盘格那样的严谨与大气，而是在秀逸之中的建筑形体及构件、细部处理的工细与一丝不苟，犹如宋画的"工笔"，它如律诗或词，一般总非执着于诗意、气魄的宏大，却必须耿耿于格律与词牌规矩。《营造法式》自颁行于天下，中国建筑虽然不可能绝对地按这一"法式"去做，但自宋之后，好比做人一样，宫室营造是愈发规矩起来了，一直发展到清末，除了园林环境中的建筑，一般宫殿、陵寝等建筑独多文化禁忌，缺乏生气和诗意想象，严厉得近于僵死，可谓天下通病。在理论上考其端绪，大约与宋型建筑中的严谨之风以及总结在《营造法式》中的规矩绳墨（两者都以理学为文化背景）不无一点历史联系。

第七章 明清建筑的古典终结与近代趋新

明清，中国封建社会、封建文化之发展的后期阶段。它在建筑文化史上，可以说是充满了冲突、曲折、融合与痛苦的一个时代，也是百川归海式的时代，它是中国建筑的古典终结与近代趋新，它的剧烈的变动及内在的矛盾，也许是中国其他时代所没有过的，它是一种颇为复杂、丰富的文化现象。

第一节 文化背景

明清两代一共经历了近五个半世纪（明：1368—1644；清：1616—1911），可谓历时弥久。这里，当本书将这一颇为漫长历史时段的中国建筑文化放在一起加以讨论时，并不准备按朝代更迭，把它绝对地分为明与清两个阶段。原因是，尽管在中国，自古以来，政治是社会与历史、现实与未来之最强有力的因素，它往往支配或严重影响诸如经济、哲学、宗教、伦理、文学艺术与科学技术等的历史进程，而中国建筑文化所走过的历程，除了政治必然对其施加重大影响之外，社会经济的嬗变对它的巨大制约力，是不可低估的。同时，其他文化因素，诸如社会意识、观念及时代思想和学术的递转等等，也会直接间接、或多或少地在建筑文化上打上烙印。一个民族、时代之文化的诞生、发展与嬗变，有时并不与朝代的更迭同步。

应当指出，明清时代的建筑文化历程，大体上是与自明中叶开始经济及社会思想文化观念的变迁相应的。当然，这里仍然不能排除强有力的政治因素的制约。明清时代的中国建筑文化，可以以明中叶为界分为彼此相连的前后两个历史阶段。总体上，明代前期即明中叶以前偏于承袭、总结自汉唐以来的古典传统；明中叶之后直至清末，则在继续承传古典传统的同时，具有走向民族综合与开新的一些历史新趋势。当然，所谓以明中叶为界，也不是绝对的，因为在明中叶之前所发生的一些社会现象与文化现象，实际上在明中叶之后可能再度出现，历史往往发生"意外"。但是，中国经济史与思想史注意到，在这个老大帝国的明代中叶，确实具有一定意义的新经济因素诞生了，而且在时代思想上，明代（尤其明中叶之前）基本上是一个承接宋元以来之理学和理学走向式微的时代，而清代则在晚明批判阳明心学的基础上推崇朴学（实学），时代的经济因素与文化氛围已经发生了变化。由此笔者注意到，以往文化史以1840年鸦片战争为中国古代、近代文化的分水岭的观点可待商榷。实际上，中国人的近代意识因素，整个社会的近代文化因素，早在明中叶就开始萌生了。不妨把自明中叶到鸦片战争这一历史时期，看作中国近代文化其中包括建筑文化的启蒙期、酝酿期。

这里就这一问题作一点简略阐述，并解读明清建筑文化之一般意义上的文化背景。

明朝是由"朕本农家"、通过领导农民起义而起家的朱元璋建立起来的。在中国历史上，由农民造反而坐上"龙廷"的，可谓独此一家，绝无仅有。这当然不能保证这位布衣出身的帝王能够替天下农人说话。明太祖、明成祖以及此后数代明朝皇帝用以治理天下的"主流"社会意识形态，依然是古典文化意义上、自宋元沿袭而来的程朱理学，以强化三纲五常的思想控制，达到"牧民"的目的。当时宋代诸如理学家尤其是集理学之大成的南宋大儒朱熹及其理学学说，备受推崇。明太祖曾诏告天下："一宗朱子之学，令学者非五经、孔孟之书不读，非濂洛关闽之学（引者注：周敦颐濂学、程颢程颐洛学、张载关学与朱熹闽学）不讲。"[1]这种思想专制的治国、治人"方略"，也为明成祖朱棣所继承、发扬。永乐年间的一个重大文化事件，是朝廷敕纂修儒家之《四书大全》《五经大全》与《性理大全》并颁行于天下，以统一全国思想。通过树立朱熹及

---

[1] 陈鼎：《东林列传》卷二,四库全书本,第14页。

其理学学说的绝对权威，达到"舆论一律"，"世之治举业者，以《四书》为先务，视《六经》（引者注：《乐经》自古亡佚，实为五经）为可援"①。明王朝还规定科考的命题与答案，以朱熹关于儒家经典的注为评判是非的标准，使天下士子莫敢违逆。自明初至成化年间，又逐渐形成僵化的"八股取士"模式，居然规定八股文字数，并其内容不准触及当朝之事，只能"代古人语气为之"②。

为求翦除社会新鲜与异端思想，明开国伊始，就已撒下恢恢文网，疏而不漏，所采用的，是通过消灭人的肉体来企图消灭其思想之最残暴、最愚蠢的"国策"。如朱元璋一手制造了左丞相胡惟庸和大将蓝玉两起"谋反"冤案，诛杀数万之众，几乎杀尽所有的开国功臣，真可谓"狡兔死，走狗烹"。并乘机废除自秦汉以来延续达十多个世纪的宰相制度，大权独揽，真正的"天上地下，唯我独尊"，满朝文武噤若寒蝉，普天之下思想禁锢。古人有云，"达则兼济天下，穷则独善其身"，中国自古的文化传统之一，是允许"士""穷"之时有"独善""归隐"的权利，但朱元璋却诏示天下云："寰中士夫不为君用"者，"罪至抄劄"③（抄家诛灭），这彻底泯灭了士大夫为避祸去做隐士的人生选择。严酷的文字狱，不知造就了多少冤魂怨鬼（大概只有清代文字狱，可以与此相比）。比如在表章中以"作则"二字，本意在歌颂皇上，而在朱元璋听来，这是影射皇帝"作贼"，遂一怒之下，将浙江府学教授林元亮以及北平、福州与桂林府学训导赵伯宁、林伯璟与蒋质一并推上断头台。很难想象的是，就连正常的文学创作也会遭杀身之祸，如金事陈养浩有诗云："城南有嫠妇，夜夜哭征夫。""太祖知之，以其伤时，取到湖广，投之于水。"④因所谓"暴露黑暗"而草菅人命，可谓残忍、荒唐之极。

明代早期这种残酷的政治、文化、思想政策的实施，将官吏、士子、百姓逼入了要么作朝廷奴才、要么遭杀戮的历史死胡同，它所显示的，是封建王权的绝对权威和绝对威慑力，同时说明，明统治者的内心及整个社会文化心情的极度紧张与虚弱以及整个社会文化内部所潜在的剧烈的矛盾冲突。

---

① 朱彝尊：《曝书亭集》卷三十五，曹寅刊刻本，第6页。
② 万斯同：《明史》卷七十，清抄本，第1页。
③ 同上。
④ 刘辰：《国初事迹》，引自冯天瑜等：《中华文化史》，上海人民出版社，1991，第760页。

这种以文字狱为典型代表的"国策",显示出中国文化之最黑暗的政治专制与神性特征,这在离明中叶之后许多年,在清代的政坛、文坛上又残酷地重演了一次,并且比明代有过之而无不及。所谓"康乾盛世",人们印象最深的,似乎是普天之下世道的安定、经济的繁荣与文化、典章制度等的灿烂与辉煌,殊不知在这"大盛之年",尤多淋漓的鲜血。如康熙朝庄廷钺的《明史稿》案与戴名世的《南山集》案,雍正朝吕留良诗文案与乾隆朝(乾隆帝在位60年,1736—1795)早、中期几乎每年都要发生的文字狱,都曾经杀人如麻,冤情空前,成为明代文字狱这一黑暗文化现象的历史延续。

凡此,只有一个文化主题,就是在中国文化之大泽中,唯有封建王权至高无上,顺之者未必生,而逆之者必亡。似乎除了王权,其他都是不值得肯定的。

从这一文化背景来观察明清时期的一些建筑现象,我们才能理解比如北京故宫的平面布局和立体造型,何以如此严正和严肃(后详),那是王权至上这一文化主题的体现。今天,我们自然不可能在那皇城根下、金水桥边或是太和殿里"读"出历史的殷殷血痕,这座中国历史上之最后的宫殿的庄严、神圣、伟大与静穆,令人惊羡。而且,如果将明清两朝的文字狱之类与北京故宫简单地联系在一起,也似乎有点儿不伦不类。但是,揭示这样的文化背景,无论如何是有必要的,它使我们看到了建筑之复杂的文化性格,今日我们所歌颂、仰慕与肯定的,曾经是一种令人诅咒的文化现象,而在过去异化劳动中所创造的建筑的伟大和美,是那黑暗背景所显示出来的中国文化辉煌之亮色。

值得注意的,是明代中叶经济、文化的发展对建筑的发展具有重要意义。中国历史上,自晋室南渡,东南沿海地区的经济、文化的发展开始优于北方。元末东南沿海地区城市的手工业与商业经济已是相当繁荣。明初由于元、明之际的战争破坏与政治压制,一度经济、文化很是萧条。尤其朱元璋对东南沿海地区的诸多豪富推行"迁徙"或罗织罪名以抄没家产等政策,并且实行海禁,下令"片板不许下海",使该地区经济、文化的发展遭到重创。不过这种严厉的经济政策,主要是用来对付城市手工业和商贸活动的,明初的朝廷对农业经济还是相当看重的,它鼓励垦荒、兴修水利,使农民回到土地上来。不久海禁渐开,作为其重要标志的,是永乐年间郑和七次"下西洋",航程甚至远达波斯湾的霍木兹等地。虽然这并非一种纯粹的商贸行为(据说明成祖派遣郑和下海是为寻找失踪的明惠帝朱允炆），毕竟显示了明初造船技术和航海术的先进，成为早于哥伦布、麦哲伦航海许多年的世界航海史的伟大创举。更值得肯定的，是中国人的经济、文化空间开始向海洋拓展（虽然航运区域仅局限于近海并且不久就停顿下来）。明代中期，东南沿海地区的城市经济空前繁荣起来，苏州、杭州、松江与嘉兴等地，成为经济重镇，以纺织业为"龙头"的城市经济所取得的成就令人瞩目。从成化、弘治、正德到嘉靖年间（1465—1522），尤以苏州为代表，有一个城市经济从恢复元气（明初的苏州经济曾遭受沉重打击）到繁华昌盛的历史时期。王锜的《寓圃杂记》称苏州"闾阎辐辏，绰楔林丛，城隅濠股，亭馆布列，略无隙地"，描述了经济的繁荣推动城市发展的历史景象。明中叶城市经济的新因素，是在规模较大的手工作坊里，出现了雇佣劳动关系，并且不是个别的。有的纺织手工作坊雇"织帛工及挽丝佣各数十人"①，正德年间，纺织设备也有更新。这一趋势还向内地扩展，如江苏南京、江西景德镇与皖南徽州的工商业也是风头正健。尤其景德镇的瓷业，以其工艺的精湛、水平的高超而独步天下。在雇佣劳动范围不断扩大之同时，商业的繁盛，成为明中叶之后城市经济、文化的又一显著特征。徽商、晋商、吴越商、闽商、粤商与关陕商各成帮派，在中华城市与乡间大做生意，他们聚集了社会的大量财富，"非数十万不能称富"②，"藏镪有至百万者"③。成为社会的注目人物。

城市工商业的崛起，造就了大批城市居民，其价值观念必然发生变化，传统的"重义轻利"遭到冲击，开始代之以"竞富"为时髦，尚奢之风遍于域中。"风俗自淳而趋于薄也，犹江河之走下，而不可返也。"吴江地区万历以后迄于天启，"民贫世富，其奢侈乃日甚一日焉"④。三教九流、声色犬马、五光十色，甚至巧取豪夺，犹如小说《金瓶梅》所描述的，成为城市文化一道奇丽得近乎妖冶的风景线。作为文化新因素，在市民意识的陶铸之际，人心真是大大

① 陆粲：《庚巳编》卷一，明万历刻纪录汇编本，第39页。

② 王士性：《广志绎》卷之三，清康熙十五年刻本，第39页。

③ 谢肇淛：《五杂俎》卷四，明万历四十四年潘膺祉如韦馆刻本，第25页。

④ 曹一麟：《吴江县志》卷三八，引自冯天瑜、何晓明、周积明：《中华文化史》，上海人民出版社1991，第770页。

地变"坏"了。"舆马从盖，壶觞榼盒，交驰于通衢。永巷中光彩耀目，游水之舫，载妓之舟，鱼贯于绿波朱阁之间，丝竹讴歌与市声相杂"[①]，古老的民族之魂开始"移情别恋"，对金钱的钟爱与追逐，只能导致对王权的轻视与对礼教的背离，"铜臭明知是祸由，每日家蝇营狗苟"（这是晚明时代流行的民歌《题钱》中的两句），"农工商贾虽然贱，各务营生不辞倦"[②]。读书人终于有些明白，寒窗苦读、科举高中、加官晋爵、封妻荫子的人生果然很"理想"，但这一人生道路的空间实在太逼仄，"读书个个望公卿，几人能向金阶走"[③]。而混迹于江湖码头、厕身于店肆坊间大约也不错。在这一时代，祖宗、父亲的权威开始遭到嘲讽，甚至还发生过子孙后裔挖掘祖坟的事。在婚姻制度上，中华民族一贯以严谨、自律为风尚，由儒家教导出来的女子尤须尊"三从四德"。然则在冯梦龙的作品中，人们却读到了这样一首《山歌》："结识私情弗要慌，捉着子奸情奴自去当！拼得到官双膝馒头跪子从实说，咬钉嚼铁我偷郎！"[④]真正是闻所未闻，"吓煞人哉"。

这说明，自明中叶之后，由于城市经济、文化的兴盛，市民意识的抬头，中华民族的思想灵魂，颇有些"解放"的意味，古典、传统意义上的文化的严谨、神圣与崇高性已经悄悄地开始消解。首当其冲的，是所谓精英文化中的朱夫子的理学权威遭到了同属于理学的另一派阳明心学的挑战。所谓"心即理"这一命题的意义，自然有吾"心"从"理"之樊篱中解脱出来的意思。王阳明以"我的灵明"（洁净、良知、诚笃之"心"）为天地宇宙万物之本体，无异于承认"万物皆备于我"式的一定主体意识的合理性。所谓"满街都是圣人"的话头，表面看是证明圣人的肯定性存在，却一不小心，等于承认圣人即为凡夫俗子、满街并非圣人。

在理学内部，王阳明几乎成为一名"逆子贰臣"，这是始料所未及的。但王阳明毕竟大致上仍然遵循着理学的种种规范与规矩，所以反理学的历史任务，只能依靠在王阳明之后的思想家、哲学家们去完成。李贽倡言"童心"，他说，

---

① 卢熊:《苏州府志》卷三，明洪武十二年刻本，第17页。
② 冯梦龙:《警世恒言》第十七卷，明天启叶敬池刊本，第1页。
③ 同上。
④ 冯梦龙:《山歌》卷二，明崇祯刻本，第4页。

"童心"者，"绝假纯真，最初一念之本心"①，"童心"不等于阳明学所谓"我的灵明"。"我的灵明"为与"理"合一之"心"，而"童心"却是未经社会因素"污染"，或虽经"污染"而在修养中加以"洗涤"、得以返朴归真的"本心"，此乃违"理"、反"理"之"心"。明代后叶，阳明后学以狂禅之态走向狂放、空疏与空谈，便有接纳西学"第一人"的徐光启首倡"实学"，对阳明心学给以迎头一击。他称理学百无一用，不过"虚玄幻妄之说"而已。②徐氏认定西学为"实用之学"，试图以此改造"世道人心"。当然，徐光启所谓"西学"，不仅指西方先进的科学知识，而且包括西方神学之类，其历史局限性是不言而喻的。方以智也推崇西学，撰《物理小识》等著作，述历算、物理、化学、医学、水利、采矿、造船与火器等从西土入渐的一些自然科学知识和工艺技巧。宋应星《天工开物》一书，也对随西方耶稣教入渐的自然科学知识抱欢迎态度。明代晚期曾经有一个容受、接纳西方"实学"的小小热潮。尽管如此，已在中国传统文化中加入了新因素，其历史意义非同小可。晚明时期的东林党人抨击王学末流"凭是天崩地陷，他也不管，只管讲学快活过日"③，要求"不贵空谈，而贵实行"④。出现于明末清初的王夫之的哲学与易学等，对历史上的老庄、佛禅与程朱、陆王理学等，都进行了理论上的总结，同样也是一位提倡"实学"的时代大家。黄宗羲、顾炎武与颜元等人的学说，也为清代朴学的出现与繁荣奠定了基础。

那么清代朴学是怎么产生的呢？这里本书并不是要对这一学术课题作出专门研究，问题的复杂性也可能使得本书的探问挂一漏万。简略地说起来，清代朴学的文化品格，是"以复古为解放"，梁启超指出：

> 第一步，复宋之古（引者注：指程朱理学），对于王学而得解放。第二步，复汉唐之古，对于程朱而得解放。第三步，复西汉之古，对于许郑而得解放。第四步，复先秦之古，对于一切传注而得解放，夫既已复先秦

---

① 李贽：《童心说》，引自《李温陵集》卷之九，明刻本，第1页。
② 徐光启：《几何原本》序，清海山仙馆丛书本，第1页。
③ 高攀龙：《高子遗书》卷十一，四库全书本，第81页。
④ 高攀龙：《高子遗书》卷五，四库全书本，第24页。

之古，则非至对于孔孟而得解放焉不止矣。[①]

清代朴学以考据、训诂入手，做的是中国学术、文化的"还原"工夫，即寻找中国传统文化（以先秦为古）的语言、文字之原型。在"朴学"观看来，中国历代学术、文化的发展历程，是一个中国文化之原型不断受到遮蔽、异化的过程，朴学的任务就是要把种种历史之遮蔽、异化剥去，还原型之本来面目。因而在梁启超看来，这种"复古"，其实就是"解放"。

考清代朴学的兴起之近因，则是对宋明理学之一大反动。这里包含对于程朱理学与阳明心学两层意义上的"反动"；明、清酷严的"文字狱"，恐怕是朴学之兴起的助因；还与有清一代图书编纂、出版的兴旺、文化典籍的丰富与集大成具有密切联系；而在其思想成因上，又与入渐的、崇尚实际、不务虚谈的西学精神有关，当然，这种从"实"做起的思想与学风，又是与"先秦之古"相契的。

清代朴学的全盛期的代表人物，是惠栋、戴震、段玉裁、王念孙与王引之等人。朴学的最大功绩，是对中国历史文化进行了空前规模与深度的总结。朴学在乾嘉时期分为两派，一为以惠栋为代表的吴派，一为以戴震为代表的皖派。吴派从古文字入手，重视音训，以此追求微言大义，遵循"有文字而后有训诂，有训诂而后有义理"的治学原则；皖派重在关于"三礼"的研究，从小学、音韵入手，遵循"由声音文字以求训诂，由训诂以求义理，实事求是，不偏一家"的治学原则，两派均以学风严谨著称，此即要求治学"凡立一义，必凭证据"；"选择证据，以古为尚"；"孤证不为定说"；"隐匿证据或曲解证据，皆认为不德"；"罗列事项之同类者，为比较的研究"；"凡采用旧说，必明引之"；"所见不合，则相辩诘"；"辩诘以本问题为范围，词旨务笃实温厚"；"喜专治一业，为'窄而深'的研究"；"文体贵朴实简洁，最忌'言有枝叶'。"[②]这便是著名的朴学治学十要，其间充分体现具有一定科学意义的实学精神。

正因如此，朴学貌似"复古"之学，却具"趋新"的风格。清代的思想文

---

① 朱维铮校注：《梁启超论清学史二种》，复旦大学出版社，1985，第6页。

② 同上。

化无疑是属"儒"的，当朴学家一再倡言"复古"之时，人们发现，其实它并没有也不可能绝对地回到先秦三代中去，由于西学之东渐，即使如封建帝王康熙帝也对西学发生浓烈兴趣，其亲政之时，曾任用传教士南怀仁（中文名）、闵明我、徐日升与安多等洋人在朝廷任职，又启用传教士白晋（将两张易图传入欧洲者）等洋人在华传布西洋文化，所以，清代朴学文化的新时代精神是葱郁的。

清代的中国疆域辽阔、人口众多，是一个多民族的国家。早在鸦片战争被强行打开国门之前，中西的交往已有一定程度的开展。在思想文化方面，也有一些初步的中西、古今的交流与贯通。

总之，从文化背景看，明、清大致以明中叶为界的两阶段文化对建筑的影响是重大而显然的。

明代初叶，自汉、唐以来的建筑传统即大规模宫殿的建造，成为这一时代建筑的突出表现，便是北京紫禁城和明长城的兴建，此后虽有因天灾人祸时有部分或个别宫殿的修缮或重建，而大规模的宫殿建造史已经到此终止。清代有避暑山庄、圆明园和颐和园等大型皇家宫苑与园林的建造，但都不是典型而真正意义上的皇家宫殿，不是纯粹意义上的政治类建筑，而是具有一定政治意义和政治性功能的园林建构，它们都是处于封建末世的帝王及皇族追求享乐、以疲惫之身心想要在此息一息的逍遥"圣地"。

当然，作为宫殿建筑的文化之延续如坛庙、陵寝等建造在明清两朝是一以贯之的、并不以明中叶为界，这是因为这类重大建筑都特具文化的严肃性与神圣意义，必须恪守"祖宗家法"，传统的力量尤为强大。

明清两朝的宗教类建筑也有新的时代特点，即喇嘛教建筑与一些西洋教堂的出现，并且打上了汉文化与中国文化的烙印。

自明中叶起，中国建筑中的城市民居、市场与店肆，尤其是精神意义与象征性文化因素相稍少弱的生产类建筑如工场、仓库与码头等以非常"实在"的形象，声势浩大地登上建筑舞台，具有鲜明的平民化、世俗化的文化倾向。

明清两朝，尤其到了清代，中国南北东西各种各样具有地域风格的民居，发展到了"烂熟"的阶段，这种天下百姓平易而亲近、温馨的家园，也体现了这一历史时期中国建筑文化辉煌而趋新的一面。

明清两朝的园林建筑尤其是江南文人园林环境中的建筑达到了很高的技术与艺术成就。苏州、杭州、扬州、南京以及上海等地，都有大批文人园林的建造，这种园林及其建筑的建造，主要有两个原因，一是由于政治失意或文人为避"文网"之祸；二则由于城市经济、文化的发展以及宋之后诗画文化的演进、影响，使得人们以构筑"城市山林"为人生快事，乐此不疲。

这一历史时期还有某些所谓新型建筑样式如祠堂、牌坊等的大量建造，体现了理学所推崇的对祖宗的崇拜和对贞洁"女德"的"歌颂"。

由于理学与朴学的影响，这一历史时期的中国建筑依然不愿放弃它那传统的伦理主题，而严谨、严峻得有时近于僵化的建筑（以清代建筑为典型）造型，具有抑制情欲（园林建筑除外）、张扬理性的显著特点。《清工部工程做法则例》所规定的"斗口"制度等，显然是宋代《营造法式》的历史性发展，它的尺寸、尺度规定的严格，说其具有一定的"实学"精神，是毫不为过的。

第二节　宫殿、坛庙与帝陵的精神意蕴与古典传统

明代伊始，朱元璋本建都于南京，这一六朝故都之地，钟阜龙盘、石城虎踞，在明太祖看来，可谓"风水"尤佳。虽然公元1403年由于明成祖朱棣夺取帝位而迁都北京，致使南京宫殿以及作为帝都的建设尚来不及充分展开，但是，南京城的宫殿建筑以及作为帝王宫殿之文化延续的帝陵的尚"大"之风，已露端倪。如果不是由于人力、物力、财力与科学技术上的局限，中国帝王在土木营构上的好大喜功，本是无休无止的。别的暂且不论，比如明太祖建于南京的孝陵，仅采石一项就曾动用民工上万，花时三年。所采石碑坯料之巨，世所未闻。其碑身之石长达60米，宽12.5米，厚4.4米，体积3 300立方米，重89 000吨，加上碑座、碑头的重量，总共重达177 000吨，这是中外自古最巨大的墓碑坯料。因为当时实在无力搬运，只得将这庞然大物，遗落在南京麒麟门外的阳山，迄今成为一大历史文化景观。

这种尚"大"之风，在建于明初的北京紫禁城及整个北京帝都的宏大范围上再度体现出来。

北京城的平面规模为外城——内城——皇城——宫城制，其尺度之巨，十

分可观。其内城是在元大都的基础上建造起来的，东西6.65公里，南北5.35公里，面积为35.577 5平方公里。外城在内城之南，其东西7.95公里，南北3.10公里，面积为24.645平方公里，是明嘉靖三十二年（1553）所扩建的一个区域。由此可见，整座明、清北京帝都，其平面总面积为60.222 5平方公里（35.577 5+24.645）。

这在15、16世纪的世界著名大城中，是最巨大的城市。

在内城区域的平面中部稍微偏南，是皇城，东西2.5公里，南北2.75公里，总面积为6.875平方公里；皇城之中偏于东南设宫城，东西0.76公里，南北0.96公里，总面积为0.729 6平方公里，都不可谓不大。

建于明初的故宫，是现存世界上最大的宫殿建筑群，它占地72.96万平方米，现存建筑面积15.5万平方米。

故宫正殿太和殿（俗称金銮殿），是现存世界上和中国面阔最大的木构建筑。太和殿建成于明永乐十八年（1420），清乾隆三十年（1765）重建，基本保持原貌。初建时面阔为自古至明最高等级的九间制，进深为五间制，象征"九五"之义。按《易经》，乾卦九五爻爻辞云："九五：飞龙在天，利见大人。"乾为阳、乾卦是龙卦，乾乃帝王之象征，九五爻又是"得正"之爻，因而"九五"具磅礴、阳刚之乾德，象征中国帝王被尊称为"九五之尊"。太和殿在清康熙八年（1669）一次改建时筑为面阔十一间制（进深仍为五间制），这不是清代帝王不遵《易经》"九五"之制，相反，改"九"为"十一"，意在宣扬帝德、皇威较之以往有过之而无不及。其十一间制（其中两间为暗间）的面阔跨度为60.01米，其纵深宽度为33.33米，殿高35.05米，稳稳地建造在面积为2 377平方米的须弥座之上，显得雄伟、高峻而庄严。

在故都北京，巨伟居"天下之最"的建筑现象还有不少。如明长城分属九镇，全长11 300华里，如计算长城复线长度，则更不止这个数。始建于明永乐十八年（1420）的天坛，占地约273公顷。明十三陵陵区面积为54平方公里（南北9公里，东西6公里），其中长陵建成于明永乐二十二年（1424），是十三陵中规模最大的一座。长陵的祾恩殿，是世上面积最大的地面陵寝建筑，面阔九间制，殿内有内柱32根，外柱30根，柱数之多，世所罕见。其中间四柱尤巨，柱径竟达1.17米，高12米，为整根香楠木制成。明十三陵的南部入口处，建造了一座石牌坊，是世界上体量最大的石构牌坊。

凡此一切，都雄辩地说明，明代初期的封建帝王在土木营造方面，继承了自秦汉、隋唐以来的贪求高巨、宏阔的文化传统。秦构、汉筑、唐制，都是非常大尺度的，这种历史文化的心理影响，培养了明统治者（此后延续至清）关于"尚大"的文化心理定势，"尚大"既然是祖宗遗规，不"尚大"决不罢休，不"尚大"就是失了脸面。

比较而言，同样是追求城市、宫殿、坛庙与陵寝之类的巨大尺度，中国建筑文化史上各个重要时代的建筑所具有的文化意义，是有所不同的。本书前文已经说过，秦汉帝都、宫殿与陵寝之伟巨，在于"法天象地"，具有"体象乎天地，经纬乎阴阳，据坤灵之正位，仿太紫之圆方"、笼盖宇宙的文化胸襟，由于秦汉之际原始宗教的观念比此后时代要浓郁得多，所以宫室形象在象征王权之伟力的同时，偏重于人对神秘、神圣之天地的崇拜与审美。隋唐之世帝都与宫殿、陵寝的伟巨，尽管不乏象法天地阴阳的文化意蕴，而英气勃勃的唐帝国（尤其在初、盛唐之际）如丽日中天，人们从伟大建筑物与城市构筑上所看到的，主要是人的伟大智慧和力量，是人之伟力的象征。而始建于明初，一直辉煌于明、清两代之北京故宫等建筑的伟巨，则更多地体现出人的意志的力量和王权的威严，可以说是一种属于末世的辉煌，这集中地表现在宫殿建筑上。

明初永乐年间的北京大兴土木，自永乐五年至十九年（1407—1421），短短的十四年时间，明成祖调集全国匠师，征召民工、军工二三十万人，建成了故宫这雄伟的宫殿组群，集中体现出巨大的王权意志。

这种王权意志及政治伦理意义，首先强烈地体现在故宫的平面布局上。人们可以看到，由于明代城市手工业与商业的繁荣，中国的城市布局，自宋代开始，已经冲破了如唐代长安那样的严谨、整齐、刻板的里坊制度，明初北京的平面布局其实并不十分规则，由内城与外城所构成的北京，总平面呈"凸"字形，这可以看作是本来至高无上的封建王权，对这一帝都的手工业与商业之发展所作出的一点妥协与让步。但是就北京故宫的平面布局而言，则具有井井有序、尊卑有别、严格对称的特点。它将主要建筑整齐而严正地排列在自南至北一条长达7.5公里的城市中轴线上。由大明门（清代改称大清门）到景山，建筑空间序列严格有序、浩浩荡荡，主次分明。其空间观念及设计、建造手法，实际上采用了一般民居平面轴线居中、庭院重重选迭的做法，仅仅在建筑规模上大大超越一般民居罢了，由此呈现帝宫气象。自南部大明门向北至天安门为第一"庭院"，它以千步廊构成一个纵深的空间环境（这里现已改造为世界上最大的广场天安门广场），凸显天安门的庄重形象；自天安门北进至端门，在端门之前近似方形的一块空地为第二"庭院"；再北进自端门至午门为第三"庭院"，为了突出午门的高大，这一空间有狭长、纵深的特点，两旁建有低矮的廊庑，具有烘托午门形象的作用；再北进在午门与太和门之间，又是一个近于方形的空间，为第四"庭院"。这里视野开阔，"庭院"里以柔曲的金水河横贯，并列五座汉白玉金水桥凌驾于曲水之上，"庭院"北接太和门，太和门在整座故宫组群的门制中尤为重要，其面阔九间，重檐歇山顶，尺度最巨，有并列于左右的昭德、贞度两侧门作为烘托；进入太和门又是一个空间，为第五"庭院"。其东为协和门，通向文华殿，西为熙和门，通向武英殿。太和门是故宫三大殿即太和、中和、保和主体建筑的南大门，在这里，故宫宫殿的雄浑"乐章"和严正的"话语"开始推向最高潮。三大殿东西约236米，南北约426米，四周以廊庑、殿门、体仁、弘义两阁等围成殿庭，殿庭中间有平面为"土"字形的巨大三层汉白玉构筑的须弥座，上筑自南至北的太和殿、中和殿与保和殿。太和殿是故宫中尺度最巨、位置最显、用材最精、品格最尊的建筑。其大屋顶为庑殿式，此为政治、伦理品位意义最崇高的中国大屋顶形制，整座殿宇显得坚如磐石又气宇轩昂。殿身共72根立柱，寓崇"九"之意。前檐设前廊，廊进深一间，殿前有大平台，向南突出，又在丹陛之上陈列18座铜鼎，不仅也寓崇"九"之意，而且鼎为国家重器，庄严而神圣。又设铜龟、铜鹤各一对，象征国运永久而吉祥。又置日圭、嘉量各一，是敬天制天、经纬天地阴阳之文化意蕴的表现。殿南居中有踏步三道，正中一道中间是云龙御路，为汉白玉石雕杰构。从御路两侧踏步登上大平台，进入前廊、跨进太和殿，只见殿内六根立柱顶天立地一般，都是沥粉蟠龙金柱。柱顶上部为八角藻井，也是蟠龙装饰。柱间设宝座（即帝王上朝时的座位），金碧辉煌。这宝座高高在上，象征帝王威权无比，恰好位于故宫以及整座北京帝都的中轴线之上。太和殿内巨柱高擎着华贵的殿宇，空间显得从容而阔大，下部槛墙以琉璃镶砌，正与屋顶之黄色琉璃瓦阵相应，而其殿内彩画装饰，也极精美，其歌颂王权这一主题的"符号"如龙等随处可见。在太和殿和中和殿、中和殿和保和殿之间，构成了第六、第七"庭院"。中和殿为方形攒尖顶，为皇帝入太和殿理政之前的休憩之所；保和殿为重檐歇山顶，为举行殿试之处，亦为皇家重地。至此，故宫的外朝到此中止，沿中轴线再北进，便是内廷区域。在外朝与内廷之间为第八"庭院"。内廷是皇室的居住区，位于乾清门向北到顺贞门之间。乾清门为五间单檐歇山屋顶，中门左右设内门，通东西六宫。内廷也是中轴线对称排列的宫殿群，位于中轴者，有乾清宫、交泰宫、坤宁宫。东西六宫与乾东、西五所在两侧。

  据记载，故宫在设计时是想以乾清宫和坤宁宫象征天地，以乾清宫左右的日精门、月华门象征日月，以东、西六宫象征十二辰，以乾东、西五所象征众星，以仰法天象来表示其统治之上应天命。[①]

此言甚是。尽管在建造观念上，故宫具有象法天象、天时等的抽象文化意蕴，但到底还是落实到"上应天命"的人间"统治"上来。

  故宫宫殿组群所刻意安排的，是一种人间秩序，以中轴线与严格对称的平面布局手法，将这一自明至清的宫殿建筑群之强烈的政治伦理意义表达得淋漓尽致，王权主题十分醒目。故宫是国家的"标志性建筑"，又设计为一进又一进的中国民居"庭院"式，且其内廷更具"家"的文化氛围，自外朝到内廷，体现出国即家、家即国、家国一统、帝王"家天下"的文化性格。这种人间秩序虽然不乏"家"的因素，却由于王权笼罩一切，显得十分严厉、规范和贵族化，处处是帝王之"家"，也是帝王之"国"的重重规矩。故宫的主体建筑群，基本上是遵循《周礼·考工记》和《礼记》的礼制建造起来的，如太庙（祖庙）位于宫城东侧（左）、社稷坛位于宫城西侧（右），这是《周礼·考工记》所言"左祖右社"制度的体现。而外朝内廷的平面布局，是传统"前朝后寝"制度的历史重演。自大明门、天安门、端门、午门到太和门的空间序列安排，则遵循了自古传承的宫殿建筑"五门"制度。

  由此不难发现，故宫及整座北京这一自明至清的帝都文化，是非常古典的，

---

① 建筑历史研究所编：《北京古建筑》，文物出版社，1986，第15页。

某种意义上，可以说是以儒学道统自居的程朱理学思想在东方大地上的一种展现。

这种文化精神意蕴和古典性格，在北京坛庙建筑上也有反映。

古代所谓"坛"，指平地以土堆筑的高台。《尔雅·释宫》有云："四方而高曰台。"《释名·释宫室》也说："台，持也。言筑土坚高能自胜持也。"《诗经》所言"灵台"，以"台"之高显成为人、天之际在精神意义上进行"对话"的一种建筑样式，因而大凡"坛"（台），都不乏某种宗教拜天的文化意义。《礼记·祭法》称："燔柴于泰坛，祭天也。"中国人自古崇天，便燔柴以祭，燔柴有烟火上腾，在观念上便是亲天的表示；燔柴以祭之犹嫌不足，便筑高台（坛）以祭，便是更显隆重而神圣了。

"庙"，中国自古用以祭祀祖宗、土地的一种建筑样式。中国人由于尤其钟爱生命，总是愿意将巨大的敬意献给生我养我的祖先与土地，于是自古宗庙与社稷坛之类建筑一向繁荣。《易经》所谓"王假有庙"，《诗经》所言"肃肃在庙"、"作庙翼翼"的"庙"，都指宗庙（太庙）。《史记·封禅书》所谓"而雍有日月参辰"、"诸布、诸严、诸逑之属，百有余庙"的"庙"，兼有拜祭天帝、地祇之类的意义。因此，坛与庙在功能与意义上自是不同，却也有某些交叉之处，两者都是用以祭祀天地、祖宗的，合称"坛庙"。

中国古代极重坛庙的建造与祭祀，历代都设礼官、专门从事祭祀活动。《周礼·春官》所言"典祀"，负责坛庙之郊祭。汉代奉常之属设诸庙令以为祭天拜地之职。魏晋六朝有太庙令。唐代改作郊社令，主持隆重祭典。到了明代，因北京坛庙建筑空前繁荣，开始专设天坛、地坛、帝王坛与祈谷坛等各奉祀之礼官。清代除设祭署奉祀外，更设尉官，掌管祭坛祭庙之事，有社稷坛尉、堂子尉等，统称"坛庙官"。

北京坛庙建筑的代表之作，是始建于明永乐十八年（1420）的天坛。

天坛包括圜丘、祈年殿、皇穹宇、斋宫、神厨、神庠、宰牲亭、七十二间廊庑、丹陛桥、回音壁及四周围墙等，其中以圜丘与祈年殿尤为重要。天坛原位于北京古城南郊，公元1553年增修北京外城，即被包建在外城区域内，处于永定门大街东侧，与西侧的先农坛相望。它设两重坛墙，外墙东西1 725米，南北1 650米，占地约28万平方米；内墙东西1 046米，南北1 242米，面积约13万平方米。坛墙原为土筑，以附古制，清乾隆年间在墙表包砖，以求实用与观瞻。

圜丘是天坛的重要建筑，位于天坛南北中轴线的南端。明嘉靖九年始建。现存圜丘，是在明代圜丘基础上于清乾隆十七年（1752）重建的，其尺度是明代圜丘的两倍，而继承了明制。圜丘以白石铺砌，三层圆台，据实地测得其下层直径为54.7米，最上层直径为23.5米。坛高5米。

圜丘最独特之处，是无屋宇覆盖，露天坛面，广博而壮阔，有情接蓝天苍穹之意蕴。实际在观念上，是以天宇为"屋顶"，有人工之建筑融入天地宇宙空间的磅礴构思，因而在意境上，进入了"天垂示于人，人拥入于天"的文化高度。

圜丘的文化象征很是强烈。圜丘三层的白石用料数，是对《易经》"太极"与易数"九"的反复强调。《易经》以"太极"为天体万物、人类社会之"本根"。作为太极的象征，圜丘中央砌一圆形石，称为"太极石"。其第一层以"太极石"为中心，在这周围砌9块扇形白石板，构成第一圈；第二圈砌18块；第三圈为27块……直到第九圈为81块，于是，圜丘最上层即第一层的白石用料数，组成了一个逐圈向外递进的数的序列：1×9、2×9、3×9、4×9、5×9、6×9、7×9、8×9、9×9，凡"四十五个九块"，共由405块同样大小和同样形状的白石板组成。圜丘第二层的白石用料数共为18圈，也以"太极石"为中心，其第一至第九圈重复第一层的做法，其第十圈为90块；第十一圈为99块……直到第十八圈为162块，构成10×9、11×9、12×9、13×9、14×9、15×9、16×9、17×9、18×9的逐圈向外递进的数的序列，自该层露于地面的第十圈至十八圈，凡"一百二十六个九块"，共由1 134块同样规格的白石板组成。圜丘第三层即最下层直径最大，用白石数共为27圈，也以"太极石"为中心，其第一至第十八圈重复第二层的做法，第十九圈为171块，第二十圈为180块……直到第二十七圈243块，构成19×9、20×9、21×9、22×9、23×9、24×9、25×9、26×9、27×9逐圈向外递进的数的序列，自第十九至二十七圈，凡"二百零七个九块"，共由1 863块白石板组成。总之，圜丘三层台面的白石用料数，是九与九的倍数。前文已经指出，"九"这一易数，象征阳数之最，象征阳刚，它与"五"相配，是帝王之象征，所谓"九五之尊"。从圜丘三层的直径看，按明、清之际的尺寸计算，为一层直径9丈（1×9）、二层直径

15丈（3×5）、三层直径21丈（3×7），这里隐含着《易经》古筮法中的所谓全部奇数即阳数：1、3、5、7、9。而三层直径长度之和为9+15+21=45（丈），45=9×5，看，这里又是"九五"之义。又，圜丘四周石栏上的石板数也不是随意设置的，同样是对"九"的崇拜与审美。其三层坛台四周栏板依次为（2×9）×4=72；（3×9）×4=108；（5×9）×4=180，亦即古人所谓"八个九块"、"十二个九块"、"二十个九块"，共40个九块，凡360块，象征历法"周天"与昼夜运行360度或一年约360天之意，当然，这里同样不是无聊的数字游戏。

同样，天坛的另一座重要建筑祈年殿，据《奇门遁甲》，其形象也专注于象征。它与圜丘一样，其平面造型为圆形，寓"天圆"之义。祈年殿位于天坛平面中轴的北端，耸立于一个砖砌的高台基之上，其平面直径按柱中心计，为24.5米，高为38米，三重檐，攒尖顶，琉璃瓦覆盖。殿身以内外二圈檐柱、金柱稳稳撑持，每圈十二柱，承托下层与中层腰檐；中部另加四巨柱承载上檐与屋顶，柱高19.2米，通体红地金花缠枝莲彩绘，以及天花、藻井极为灿烂。

在历史长河中，祈年殿改建多次，如明嘉靖十九年（1540），原为长方形大祀殿，被改筑为圆形三层，当时所覆琉璃瓦上者为青色，象征天宇；中者为黄色，象征大地；下者为绿色，象征植物五谷，而殿作金顶，以示辉煌。直到清乾隆十六年（1751）殿顶全部改用蓝色琉璃瓦，在高远之飘飘白云苍穹的衬托下，其美令人惊羡。1889年毁于雷火，1890年即光绪十六年按原貌原式重建，即现存佳构。

无疑，祈年殿的文化主题虽在"祈年"，仍不出于拜天、敬帝（人王）。在古人看来，年成之丰歉决定了国计民生的命脉，也决定于"天"的恩赐，所以"祈年"当先"祈天"，"拜地"还在其次。而帝王贵为"天子"，是替"天"在人间行仁道的。天子祈天，祝愿年年风调雨顺、国泰民安，这便是祈年殿的文化意义。祈年殿的象征性意蕴丰富而隽永。如按明、清间尺寸计算，祈年殿高为九丈九尺，寓易数"九"也；殿顶周长为三十丈，表示每月约为30天；殿内金龙藻井下设楹柱四根，表示一年四季春秋代序、冬夏交替；中间一层有立柱十二，象征一年十二个月；外层也设十二立柱，象征子丑寅卯辰巳午未申酉戌亥一天十二时辰；里外立柱凡二十四根，是一年二十四节气的暗示；再加上藻井下部另设的四根楹柱，代表所谓二十八宿；另外，殿顶四周有短柱三十六根，象征三十六天罡星；于是，在祈年殿内域墙东门外的所谓"七十二连房"，又有"七十二地煞"之义。

总之，北京天坛的文化主题是"崇天"，但"崇天"不是其终极意义，是通过对"天"的崇拜来歌颂王权，因此，这里王权是第一义的。文化有一个定则，为了人在文化意义上对人自身实现自我肯定与自我欣赏，人宁愿将目光转向天上去寻求有力的证明，从而往往使得这种文化具有一个宗教崇拜或世俗崇拜的背景，由此可能过滤出一定的哲学与美学的因素。恩斯特·卡西尔指出："为了组织人的政治的、社会的和道德的生活，转向天上被证明是必要的。似乎没有任何人类现象能解释它自身。"而要借助于"天"这一"充满魔术般的、神圣的和恶魔般的力量"。

因此，"如果人首先把他的眼光指向天上，那并不是为了满足单纯的理智好奇心。人在天上所真正寻找的，乃是他自己的倒影和他那人的世界的秩序。"①

天坛的文化性格，难道不是如此吗？

明、清两代的帝陵也富于文化特色，具有古典性格。

这一特定历史时期的帝陵的代表作，是"明十三陵"，它位于北京北部45公里的天寿山南麓，陆续建造于公元15世纪初到17世纪中叶，始于明成祖年间。当时朱棣选择陵址，可谓费尽周折，那风水、地望与避讳等原是极讲究的。朱棣曾派礼部尚书携带术士在北京周围乡野看"风水"，费时两年。起初选中一处"吉地"叫屠家营，因皇帝讳姓"朱"，"朱"与"猪"同音，如果以屠家营为陵地，岂非犹如"猪"进"屠"场，等于"朱"进了"屠"场？大凶。又选址在北京昌平西南的羊山脚下，岂料不久发现那儿有个地名叫狼儿峪，"朱"（猪）遇到"狼"，也是要命的事。再选址在京西燕家台，仔细一想也觉得不吉利。什么缘故呢？因为"燕家"与"晏驾"（皇帝去世称"晏驾"）音谐，所以也断然放弃了。帝王其人，天之骄子，高高在上，但终究也有死去的一天，不能"万岁"的，这一点与庶民百姓没有什么两样，不过，皇帝去世称"晏驾"之类，是天下独一无二的"崇高"称谓，哪怕有与此称谓音谐、音同的地名，

---

① ［德］恩斯特·卡西尔：《人论》，上海译文出版社，1985，第62页。

也被认为是要不得的。因而煞费苦心、寻寻觅觅，耸动朝野，直折腾到永乐七年，才"大吉大利"、心满意足地择定现"十三陵"这块"风水宝地"，以为从此入土为安，可举不朽之盛事，奠万世之基业。

从古人所迷信的"风水"看，明十三陵整个陵区北、东、西三面由群山环抱，南望则地势平缓，视野开阔。依"文王八卦方位"，西北为乾位，这在"风水"上是"龙脉"之所在；北为坎位，这在"风水"上称"祖山"、"主山"。从西北"龙脉"、山势逶迤而至北，见北部的天寿山山峦雄伟，可谓"形势"大好。东为震位，西为兑位，这在"风水"上称为东"青龙"，西"白虎"，构成左、右屏障，成环抱之势。

明十三陵整个陵区东西约为6公里，南北约为9公里，其主陵是长陵，它是明成祖朱棣的陵墓，其余十二陵各依地势分布于长陵的东南、西南与西北等处，彼此相距在四五百米到千余米之间。

十三陵以长陵为主体，在平面布局上充分体现出"院落"式、三重进深、"事死如事生"的中国帝陵的古典风格。陵区最南端，是"天下第一"石牌坊，坊为六柱五间式，六大汉白玉石柱拔地挺立，最高高度达14米，坊阔近29米，显得十分雄浑肃穆。北进200米处为大红门，它既是长陵的门户，也是整个十三陵区的门户，琉璃瓦覆盖与丹朱色陵墙相得益彰，显得雄伟而庄严。再北进两里许，这里楼阁巍峨峥嵘，色调上仍以琉璃黄瓦、配以丹朱色墙体，十分绚烂，这里是长陵碑亭的所在处。此亭四面洞开，亭内树"大明长陵神功圣德碑"一座，高三丈有余，上面刻有明仁宗御撰碑文3 000余字，颂先王功德。碑下以巨龟为础，神龟负碑，既示其孝义又象征永垂。碑亭四近，有四座华表拔地标立，高10余米，以浮云与龙的浮雕形象为文饰，其顶部雕出异兽形象，称"望天吼"。见其形象，仿佛那异兽正吼如巨雷贯耳，有震天动地之感。接着便是漫长的神道了。神道两旁石像对立，翁仲静持。石狮、犀、驼、象、麒麟与马以及文臣、武将等造型，或站或卧，或蹲或立，形象古朴而浑厚，但却没有汉代帝陵石雕或唐代帝陵石雕那般的浑雄、力度和大气了。每对石雕间距大约为50米，并以葱茏的大柏树为衬托。这种帝陵石像生的文化意义，重在显示帝王的威仪。石兽（不管其最早的石虎也罢，还是后来的石狮、象、麒麟及天禄、獬豸之类也罢），其文化意义在于驱除妖孽或是象征吉祥如意（因为在中国古人看来，陵区是"阴气"很重的地方）；石人（不管文臣、武将也罢），都是帝王御前的侍从，是警卫与"摆设"。同时，对帝陵拜谒者来说，漫长神道的设立，具有酝酿与积累崇拜感情的作用。石像生这种文化现象大约始于汉。《太平御览》称："墓上树柏，路头石虎。《周礼》：'方相氏葬日入坊，驱魍象'，魍象好食亡者肝脑，人家不能常令方相氏立于墓侧以禁御之，而魍象畏虎与柏，故墓前立虎与柏。"明十三陵神道两旁的石像生的文化意义，亦在"驱邪"而已。经过神道，跨过汉白玉七孔大桥，迎面就是祾恩门。祾恩门又称"天门"。进入"天门"，迎面是一片大平野，接着便是坐北朝南的祾恩殿。祾恩殿在建造观念与文化意蕴上，是帝王生前所坐的"龙廷"即金銮殿的翻版，建造祾恩殿，象征帝王虽死犹生，仍在管理朝政一般。再北进是内红门，进门见"方城"、"明楼"，这里的建筑，风格凝重深沉，气氛静穆而苍凉，有李白《忆秦娥》"西风残照，汉家陵阙"的韵味。"方城"高近3丈，下有30余米的甬道，直达"明楼"。"明楼"是宝顶，这便是明成祖的陵冢了。整座长陵的地面建筑，到此才告终结，其主体建筑平面布局与立面造型四平八稳、赫赫扬扬、气魄不凡，活现出封建王权的显赫威风。

并且，帝王陵区历来都是皇家禁地，百姓千众当然无缘擅自入内。朱元璋的孝陵，设守陵军户竟达5 500户，陵区又设下马坊，树有一方刻着"诸司官员下马"的石碑，规定"车马过陵者及守陵官民入陵者，百步外下马，违者以大不敬论"。明十三陵的陵禁也十分酷严，擅入山陵门者杖，潜入陵域砍树者鞭，取土取石者斩。

明代的帝陵古典风格具有深重的历史传统，并且沿袭到清（当然，清帝陵与明帝陵有两个区别：一是明代采取帝后合葬制，清代则如遇后妃后亡，采取帝与后妃分葬制；二是按昭穆制度，将昭辈与穆辈帝王，分别葬于河北省遵化县和易县，是谓清东陵和清西陵）。比如就中国古代帝陵的平面造型来说，正如本书前述，有一条基本的历史发展线索，这便是始以方形、继以圆形、终以前方后圆形。

早在战国时期，如秦惠王的公陵与秦武王的永陵等，其陵体平面为方形。《水经注·淄水》所谓"四王冢"，是"方基"之坟。燕国的帝王及王室陵墓，也是方形平面。因而，早期帝陵又称"方上"，即在地宫之上，以黄土夯筑，建造一种上小下大的方形高大陵台。

这种"方上"的典型之作是秦始皇陵。其陵台的底部平面为方形，顶部好似又被截去，使其成为方锥体形。陵台四周围以两道墙垣，即所谓"内城"与"外城"。"城"域呈长方形"回"字形，其"方上"就安设于"回"字形平面之中。

汉代帝陵的平面布局，基本上为正方形，陵体呈覆斗式。武帝、文帝、景帝，光武帝、明帝以及昭帝等陵墓的平面莫不如此，连一些陪葬墓也作正方形平面。汉高祖刘邦的陵墓平面为长方形，整个陵体呈四角锥台式，体现了汉初帝陵的样式。这说明，西汉初曾有正方形与长方形陵台平面的交替出现，这与汉以前的情况一致，发展到后来，就多见于正方形了。如汉武帝的茂陵，位于五陵原上，其规模巨大且不说，四周围以城垣，城垣呈正方形，每边长400米，陵冢呈四角正方平顶锥状，据《关中胜迹图志》称："汉诸陵皆高十二丈，方一百二十步，惟茂陵高四十丈，方一百四十步。"

汉代帝陵形制以方形为贵，这崇"方"之风流渐于唐代，其势未减。唐代帝陵，大多"因山为陵"，有些地面建造的陵台，也以其平面方形为基本特色。如"因山为陵"的昭陵，其"下宫"设于陵区西南角，据勘测，其东西宽近240米，南北长约330米，周围的墙垣，围成一个方形区域。又如，唐高宗与武则天的合葬陵即乾陵，在陕西省乾县西北的梁山之上，其地面建筑也分内、外两个"城"域，勘测其遗址，可知其"城"东西1 450米，南北1 580米，是一个规整的方形平面。这当然不是说唐代绝对没有圆形平面的王室坟墓，但大凡地位尤为高显者，则非方形而莫属。即使不是帝陵，不少皇族嫡系的陪陵，也具有这一特征。如唐中宗之子即懿德太子墓与唐高宗之孙女即永泰公主墓，均为方形平面，陵台为四角双层台阶式。唐高宗之次子即章怀太子墓，也是方形平面，陵台为四角单层台阶式。而昭陵的陪陵，比如长乐公主与城阳公主墓，也都是方形覆斗式。也有其平面作圆形的，比如清河公主与兰陵公主墓便是如此，这是因为其墓主是庶出皇女的缘故。

唐代帝陵的"方形"又为北宋所沿袭。北宋八大帝陵的平面也呈方形。据勘测，永安陵：23×29；永昌陵：62×60；永熙陵：60×62；永定陵：57×55；永昭陵：57×55；永厚陵：58×55；永裕陵：60×57；永泰陵：

55×50（平方米）。[①]

可是，这种崇尚方形的平面布局，到了明初太祖朱元璋的孝陵，却流风突变，弃方形而为圆形。

明孝陵为明太祖与马皇后合葬陵，它坐落于南京紫金山独龙阜玩珠峰下。这里峰峦峻秀巍峨，草木葱茏，地势雄伟，气象非凡，确有"虎踞龙盘"之势。在独龙阜上，有所谓"宝顶"，即一个圆形大土丘，直径长达400米，周围筑以宝城，周长约两华里半，以砖环砌。在圆形大土丘即陵体之上，广植松树，参天蔽日，气势肃穆，据说当时整个陵区种植松树十万株，养鹿千头，景象非同一般。

这种崇尚圆形的帝陵平面形制，到了清代，又为之一变，即呈前方后圆形。

这种历史性的演变的文化之因，是对传统"天圆地方"观念的执着以及这一观念与王权思想的契合关系。古人认为，天穹是圆的、动的，大地是方的、静的。据《周易》，天地的"德性"，是天为乾、地为坤。"大哉乾元，万物资始，乃统天。""天行健，君子以自强不息。"天的乾德，是"刚健中正，纯粹精也。"《周易》又称："至哉坤元，万物资生，乃顺承天。坤厚载物，德合无疆。"地的坤德，在于坤有"伸"的意思。"伸"者，舒展也。也具"顺"的含义，"坤者，顺也"，即顺从天的特性，是"坤"（大地）所具有的。故大地一为舒展、博大、坦荡，二为顺从。它顺从天的意志，大地的主宰在于天。中国帝陵的平面造型，自北宋之前崇尚方形，偏重于"坤厚载物，德合无疆"之义的表达，有回归于大地、入土为安的意思。明代崇尚圆形，则是直接对天的歌颂、对乾德的表达，帝王为天子，他是代表天的，明代帝陵的关于"天"即王权的文化主题十分鲜明。朱元璋作为一名布衣出身的皇帝，当然完全承继了历代封建帝王的政制与礼教，但也有一点"拗"的劲头，做一点不同于前代的事情。比如朱元璋登基之后的第二年，便在老家安徽凤阳为其父母修建陵墓，立大碑，这是继承古制的，完全没有什么新花样。但涉及到写什么内容的碑文时，这位开国皇帝宁可不要陪臣、文吏的阿谀，居然自己亲自动笔，称："皇陵碑记，皆儒臣粉饰之文，恐不足为后世子孙戒。"他要"特述艰难，明昌运，俾

[①] 罗哲文、罗扬：《中国历代帝王陵寝》，上海文化出版社，1984，第78页。

世代见之"，故叙家史不讳贫贱，将"朕本农家"、"予本布衣"之类作为一面光荣的旗帜来挥舞，所以在帝陵平面形制上他"造"历史的"反"，改方形为圆形，原是可以理解的，也体现了这位"朝为田舍郎，暮登天子堂"、"王侯将相，宁有种乎"的明太祖雄心勃勃的政治抱负。至于清代帝陵改圆形为前方后圆形，其建筑象征意义，自然也是明显的。清代帝王为自己营造陵墓，面临着一个历史难题，即如按明代遗制，则违背了明以前的中华礼俗古制，倘取古制，又有违于明制。于是，索性来了一个"前方后圆"，方圆合璧，"天圆地方"之意，均在其中，它综合了天地、乾坤、方圆的文化象征意蕴，它是一个"句号"，是古典建筑文化传统意义上的终结。

第三节　各类建筑文化发展齐备与趋新因素

中国建筑文化发展到明、清时期，各种门类的建筑已较齐备，并且，在某些门类的建筑中蕴涵着一定的趋新与异质文化因素。除了前文所述宫殿、坛庙与帝陵等政治礼制性建筑之外，其他建筑门类诸如居住类、园林类、文化类、宗教类、城堞类与少数民族类建筑等，都曾呈现出活跃而多姿的文化生命。

一、居住类

自从中国人发明最原始的穴居与巢居，居住类建筑是漫长之建筑文化史上最普遍、最常见也是最普通的建筑门类。明、清时期的各类民居，应当说发展到了顶峰。且不说型类之众多，在技术与艺术上也是颇为高超的。

居住类建筑无疑是最古老的建筑样式，《易传》所谓："上古穴居而野处，后世圣人易之以宫室，上栋下宇，以待风雨。"揭示了居住类建筑从上古"野处"到后世"宫室"定居的古典传统意义。明、清之前的地面上的居住类建筑，由于岁月悠远、天摧人毁，今已不存。据考古，比如属于仰韶文化期（约6 000年前）的关中、晋南和豫西等地的民居遗址，迄今已发现一千多处。《新中国的考古收获》一书云："仰韶文化的居民已经过着较为稳定的定居生活。当时最流行的房屋是一种半地穴式的建筑，平面呈圆角方形或长方形。门道是延伸于屋外的一条窄长狭道，作台阶或斜坡状。屋内中间有一个圆形或瓢形的火塘。墙壁和居住面均用草泥土涂敷。四壁各有壁柱，居住面的中间有四根主柱支撑着屋顶。屋顶用木椽架起，上面铺草或涂泥土。复原起来大致是四角锥式屋顶的房子。储存东西的窖穴，常挖在房子附近，有圆袋形、圆角长方形和口大底小的锅底形等几种类型。"[①]

　　半地穴式的居住类建筑，在明、清之时，自然是见不到的。作为中国远古穴居文化的直接继承与发展，是多见于西北、华北广大黄土地域的窑洞。在陕北、陇东、晋中尤其豫西荥阳、渑池一带，人们挖洞而居。窑洞的优点，是施工较为简便，土尽其用，因不占用大量地面，较少破坏地面植被和自然风貌，在审美上，有一种特殊的"融于自然"的情趣，窑洞保持着某种来自上古穴居文化的古风野蕴，在文化品格上自然是很"古典"的。而明、清时代的窑洞，经过数千年岁月陶冶，洞内空间已经极大地扩大了、功能丰富了，除了作为居室，窑洞内还开辟了用以进行生产活动的空间，如粮仓、菜窖、鸡窝、猪圈甚至磨房与织机房等。明、清时，中国窑洞已发展为三大类型，这便是靠崖窑、地坑窑与锢窑。靠崖窑建于黄土崖壁之上，自崖壁向内开掘，挖出横洞，往往数洞构连，上下构为数排，每排由若干窑洞呈一字横列，成台阶式窑洞组群。在技术上，这一历史时期的窑洞有的在洞内加砌砖券或是石券，有的在洞口外侧砌砖、石为护墙，以求安全、坚固与美观。还有的在土窑之外续建石窑或砖窑，称为"咬口窑"，甚至在崖外建造院落，说明此时的窑洞已在试图突破"洞"的限制，向地面空间发展。地坑窑又称为天井窑，建于无崖的黄土地域。人们就地向下挖掘深坑，坑平面以方形为多见，或作长方形、丁字形。方形者边长已达到10米左右，长方形、丁字形有的长达50米，而地坑深度至少在5米，以便地坑挖好之后，在四壁（相当于崖面）上向四处挖掘横向洞穴。这种地坑窑在建造观念上，已经受到地面四合院形制的影响，即在向南的坑壁（人工崖面）上挖出并列的三眼窑洞，为三间制，中间为明间，尺度较大，两侧为稍间或耳房。明间（主室）为家长、老人、夫妻居住，子女住于西窑，东窑为厨房、仓房之类，其居住制度类于地面四合院，有一定的家庭伦理色彩。锢窑是以土坯或砖石砌作拱券窑顶和墙身，上覆厚度约1至1.5米的泥土，必须夯实。

① 中国科学院考古研究所编著：《新中国的考古收获》，文物出版社，1961，第7—8页。

锢窑有地面式与半埋式两种，可以看作是地下穴居到地面建筑的一种过渡形式，而基本的建造观念依然是"向下"的，即向地下要居住空间。

窑洞这一类居住性建筑在用材上具有环境所限、因地制宜的特点。在文化观念上，表现出一种极端的、令人感动的亲地倾向。所谓："上山不见山，入村不见村，院落地下藏，窑洞土中生。"人们掘土而居，以土为生，世代繁衍，是大地养育了生命，生命还原于大地的一种居住类建筑。

与窑洞相比，所谓北京四合院是一种高级文化形态的民居类型，作为华北地区居住类建筑的典型，以明、清为其鼎盛期。

这种民居的代表作，为四合形制，方形平面，四周建房，以房之外墙体为围。其正房尺度最大、用材最优、位置最为显眼，坐北朝南，古人以为，非如此不足以"阳气"充足。正房前为庭院（天井），为一家人公共活动场所、交通要道与绿化区域。庭院左右两侧为东厢、西厢。东厢住兄弟、西厢住姐妹。如儿子成家、女儿出嫁之后，则东厢住"兄"一家子，西厢住"弟"一家子。庭院南端中央设一垂花门，尺度较大而装饰华丽。自庭院向南出垂花门，有一狭长的东西向小院，小院之南即为"倒座"，呈坐南朝北的逆向态势，称南房，其南墙就是整座四合院的南围墙，墙上只开一扇门，在东南隅。倒座是男佣居住的地方，或用以堆放杂物之类。在正房之北，与倒座相对的是北房，虽然坐北向南，由于它处于整座四合院的最北端，在文化观念上的地位也不高，这里是供女佣居住的地方。整座四合院四周围墙几乎封闭，正如前述，仅在东南隅设一扇门，供出入。这种封闭性，首先是气候、环境等自然条件使然，北方天气寒冷，四周几乎不设门、窗，有利于取暖保温。更重要的，是在文化观念上，体现了明、清时代民族心理的内敛性和向心力。北京四合院平面的布局之文化原型，实际是一个文王八卦方位兼中宫模式，此即离南、坎北、震东、兑西、巽东南、坤西南、艮东北、乾西北兼中宫。这里，尤其值得注意的，是南房（"倒座"）处于离位，按《易传》，离者，火也，自然是吉位，然而南房坐南朝北，成"背阳"、"背离"格局，所以大凡为男仆所居或堆放杂物；北房处于坎位，坎者，为水、为黑、为冬，坎坷之意也，北房虽然坐北朝南，而处于"坎"位总亦不妙，因此这里只配女佣居住，其住房尺度也较小。震者，雷也，长男也，故东厢为家族男性儿辈所居之所。兑者，说（悦）也，少女也，故西厢为家族女性儿辈所居之所。难怪

《西厢记》里崔氏小姐与张生的情爱故事会发生在西厢。巽位在东南，巽为风，为入，因此整座四合院的大门要设在东南隅，在此设门，在明、清人看来，正应在"入"字上，是吉利的。而且巽位比邻于东方震位与南方离位之间，即雷与火之间，自然寓含着家族门庭"兴旺"的意思。又，东北为艮位，艮为止。这里据"风水"说是所谓"鬼门"，本不"吉利"。但明、清时人也能自我"解救"，故在此设炊室厨房，为举火之处。在文化心理上原属"阴暗"之处，却由明火来"照亮"，便是"风水"术的"自圆其说"。而在"中宫"位置设庭院以及在"中宫"之北建造主房，自然是"上上大吉"了。

由此可见，明、清北京四合院的空间与家庭居住秩序合乎传统之易理，且与"风水"观念纠结在一起，是以易理、风水观念来企图证明这种居住秩序的合理性，它是典型的理学文化在居住类建筑上的体现。

明、清北京四合院的基本形制如此，也有例外，其规模可大可小。大型四合院在纵横方向上都可有几进院落。小型者正房与厢房时作三间面阔，有的在正房东西两侧和厢房之南接构附属小屋，正房两侧称为"耳房"，厢房南侧为"盝顶"。小型四合院的宅门只占一间或半间，比较简朴，硬山式屋顶，阴阳合瓦覆盖，其色调，正房前檐廊、柱梁与门窗多用红、绿与黑色，屋顶采用青灰色。大型者在富贵与豪华上做文章，多为土财主式的文化情调。有的明、清北京四合院由两个或两个以上院落组构在一条中轴线上，每重院落称为一进。或者更设东西跨院，其正房、厢房时作三间制或为五间制。其大门自当设于东南隅、面阔一间。进门迎面有砖砌照壁或吉祥文字照壁。垂花门很是讲究，其前檐有垂莲柱、雕花木板。如北京王府为清式建筑，是四合院中最豪华的一种。王府大门有点特别，即并非设于东南隅，而是设在四合院中轴线上，自然是破了四合院门制的常则了，但这种强调中轴线的做法，说明这座四合院形制中渗入了宫殿文化的"中轴"伦理观念，它所强调的，是"王权"。不仅如此，王府大门面阔达三间（亲王府有的竟至五间），二门之内有正殿与左右翼楼，这已经有类于故宫的外朝形制，"王权"色彩更为浓烈。

与北京四合院相比，皖南徽州民居同样具有鲜明独特的地域建筑文化特色。

所谓徽州，据史籍记载，其名由元代设"徽州路"而来，统辖安徽歙县、休宁、祁门、黟县、绩溪、婺源等地，史称徽州。今日徽州，已不是一个行政地理概念，而毋宁说是一个文化学概念，徽州传统建筑以明、清遗留至今民居、祠堂与牌坊等闻名于天下。

其中明、清时代的徽州民居，以平面布局严谨而著称。民居平面的基本形制，是方形内向制，常见的有正方形与长方形两类。其空间序列，有独立一单元式、两进单元前后序列式、两进之旁侧并列单元或跨院式等。如独立单元式民居，常为二层楼房，三合或四合，呈中轴左右对称型式，很是讲究规矩。其正房多取三间制，天井在明间之前，开间较小而结构紧凑，入口多设于面对明间堂屋与天井的中轴线上，或限于地形环境，也有设门于东者，但绝对拒绝在西、北两面设门，以防"漏气"，破坏了好"风水"。这种民居的楼梯多设于明间后壁与后墙之间，一坡直上，较陡，且光线欠佳。其天井为自然采光之源，兼作交通、排水与植物绿化点缀，在"风水"观念上，天井是所谓"气口"。而屋之几乎所有的门窗都面向天井。

明、清徽州民居，是在传统所谓"高床楼居"（南地干阑式）与传入徽州的"地床院落"式之北地中原的四合院的基础上发展起来的。"它汲取了'院落式'的特征，院落改造为狭小的天井；汲取了'地床式'的特征，住宅主要活动均在一层，只不过原来四合院内正房和东南厢房合并为正厅和两侧卧房；汲取了'梯居式'的特征，普遍构成二、三层，而在一层亦架设木地板留通气层，并开设通气孔以防潮湿；汲取了干阑巢居开敞的堂屋和挑台特征，将正中厅堂扩大并作成半开敞式，与天井空间连成一片。"所以，"徽州民居实际上是'地床'＋'高床'＋'天井'的新型厅井楼居式民居"[①]。这是说得很不错的，徽州民居有熔裁旧制、自创新格的特点。

中国木结构形制，南地干阑式巢居一般为穿斗式，北方四合院多为抬梁式，徽州民居的木构往往将两者结合起来。结果是，中间开敞式厅堂因跨度大、多装饰而采用抬梁式；而两侧私密性卧室因跨度小便于分隔而采用穿斗式，创制出一种融南北两地为一体的混合式木构架。

明、清徽州民居的空间形象具清新、隽逸之气，比例和美，尺度宜人。它

---

① 单德启：《冲突与转化—文化变迁、文化圈与徽州传统民居试析》，《建筑学报》，1991年第1期，第46页。

们几乎都是双向坡顶、青瓦覆盖，时以单坡顶为附属房舍的屋顶，使得群落之际，坡顶一片，错落有致，很美。其山墙处理尤为讲究，多数作硬山封火墙，"墙头部分的造型丰富多彩：有的露出人字双坡屋脊，山尖突出，墙脊一体；有的高出屋脊，作成弓形或云形，舒展自由；更多的是将高出屋脊、屋面部分的顶端作成层层跌落的水平阶梯形，南山称之为马头山墙。"①马头山墙呈阶梯形，层层跌落，少则为一二跌；多者五六跌。在一片村庄、群落之际，许多马头山墙似群马奔腾之势，十分精彩。山墙全部以白灰粉刷，"墙头一概做成蝴蝶青瓦小山脊，横出粉白墙上脊端还坐灰起垫，角部微微飞翘，脊头也作人字小封檐，虽小而格局齐全。"②有灵秀、淡朴、平易兼飞动之美。

徽州民居木雕精美，早在明代已达到很高的艺术水平。其木雕的重点部位，是围绕天井的楼层栏板、栏杆、檐柱、柱梁节点或叉手、驼峰以及门、窗、挂落等处，其刀法圆熟，线条流畅。其砖雕工艺也达到很高成就，门罩、窗楣以及墙面等处的砖雕有清雅、浑朴之美，其题材有龙凤、松石、梅竹与人物之类，富于文化意蕴。徽州民居也时以彩画装饰，其装饰部位以在楼板天花之上为多见，其图案以"团窠式"花卉为多见，体现了一种"民间"情调。

同样具有鲜明地域特色的，还有浙江东阳民居。在东阳，有大量的明、清（主要是清代）民居群落保存至今。其中，作为全国文物保护单位的卢宅，即肃雍堂，始建于明景泰丙子年，建成于公元1462年，迄今已有近540年历史。该民居为九进式即具有九进院落，确有"庭院深深深几许"的特点。它占地竟达9 000余平方米，纵深230米，有房间360间，平面布局呈中轴对称式。其厅宇轩昂，马头墙木构架，木雕彩绘装饰，白墙灰瓦，显得既质朴又气势不凡。樟树乡下石坑村的德润堂，是清代东阳民居的又一代表作。它占地5 500平方米，平面布局设五条纵轴、三条横轴，呈棋盘格，其间组织了十余个院落，其空间序列显得十分有条理，它以走廊400余米连结各个居住单元，共有十一个出入口，也是以木构架、马头墙、木雕艺术等为其基本特色的。

浙江东阳民居的文化形象，具有严谨规矩、左右对称、方正简洁、不枝不

---

① 汪国瑜：《徽州民居建筑风格初探》，《建筑师》1981年第9期，第150页。

② 同上书，第152页。

蔓的理性特点。其平面造型的全部转角为九十度，一般拒绝圆弧线条，这在中国明、清民居中是少见的。它强调中轴逻辑。规模小型的为朝南正房三间制，东西两厢各为一间，洞头房各为二间（建于正房左右），称为"九间头"，它以三合式抱一院落为基本平面布局。其建造观念，自觉遵循明、清颁布的有关营造法式。如木构架合乎规矩绳墨，大厅中间一般为八架椽抬梁式、前后两檐柱，稍进则作两内柱，以及月梁、斗栱等等，处处符合"材·分"制度。厢房常为木构穿斗式，或采用"减柱造"，其结构颇为合理。马头墙作五山或七山制，洪铁城指出："东阳民居由甘蔗脊、瓦顶、壶细口、软抛枋、瓦顶脊、盖头灰、垛头墙等组成，均按规定比例、规定样式、规定尺度做，也无半点的走调，所以每每看它，都使人感到很舒服、很顺眼、很美，像骏马高昂，威耸蓝天；似燕尾翘秀，巧剪云霓，美极、巧极。"[①]所言甚是。

明、清东阳民居的空间处理，在大小、高低、长短、开合、明暗、虚实与续断等方面，显得既丰富多变又颇循章法。其木构全为榫卯结合，不用钉不用胶，紧密无缝，工艺水平已臻圆熟，有"鬼斧神工"之巧。东阳民居的装饰技艺高超，最主要的，是木雕、石雕与砖雕相互辉映于建筑空间环境之中，浮雕、圆雕与线雕等争奇斗胜。"真正独具异彩神韵的木雕装饰，这可以说在全国乃至全世界都是绝无仅有的。"[②]是否"绝无仅有"，诚不敢言。但就全国明、清民居而言，确是别具一格的艺术杰构。东阳乃"木雕之乡"，东阳木雕为中国古代四大木雕艺术流派之一，其特点是崇尚自然、不上漆色，刀工老到，其清峻、平易的艺术，自是极好的。这种木雕艺术与建筑相结合，不仅使木雕具有宏大气魄，而且使建筑更艺术化、精致化了。虽然其中一些捉襟之作难免匠气，而圆美之佳构可谓比比皆是。东阳木雕以"清水"见长，有清雅、素朴之美，它与民居的白墙、小青瓦之类相结合，构成了黑、白"交响曲"与雕刻艺术的"共鸣"，且庭院之种花植树，将自然美与人工美融为一体，可谓美不胜收。

学界有东阳民居的文化性格属于"儒家（理学）文化"之说，"以为东阳明清住宅是我国古代住宅中的一大体系。什么体系？抽象一点，可称为儒家住宅

---

① 洪铁城：《论东阳明清住宅的存在特征》，《时代建筑》，1992年第1期，第26页。

② 同上。

体系。"①这一见解可待讨论。

依笔者看来，东阳民居处处遵循法式规矩，可见深受儒学（理学）文化观念的影响，东阳民居的平面多直线营构，可以看作是儒家实用理性、道德伦理在家居文化中的反映。但是，这不能说东阳民居的文化精神纯粹是属于儒学（理学）的。东阳民居同样在一定程度上体现了崇尚自然的道家思想。比如其木雕艺术追求素朴、清雅、不施油彩等倾向，就是道家返朴归真精神的体现。儒家入世，热衷于朝堂之上，讲排场、威风、体面，追求的是绚烂之美；而道家出世，热衷于自然，其典型的审美口味是清淡、朴素而澹远。东阳民居的粉墙黛瓦，所谓"布衣白屋"，所谓"不要人夸颜色好，只留清气满乾坤"（元代王冕《题墨梅》诗），说到底是属于道家而非儒家的。从东阳民居一处的清代乔行简自题诗"生来厌喧嚣，性与丘壑便"、"解衣此盘礴"等，都渗融着鲜明的老庄思想，证明东阳民居的文化渊源并非只是儒家，同时还有道家的精神因素。

在地域上同处于江南的苏州民居，也颇负盛名。苏州是一座水城，被称为"东方威尼斯"，苏州城市水多、桥多，其民居景观往往总是与水景、桥梁建筑结合在一起，从而体现其独特的文化与自然氛围。

苏州在古代称为平江，其河道与街巷往往比邻，有"前街后河"的特点。其民居多建造于街坊一段垂直于河道与街巷的条状地带，以苏州人所谓"进"为单元，即每一厅、堂、楼前，都有一个天井（庭院），非常强调天井的平面与空间布置，其户前宅后有路有河。苏州历来繁华，至明、清时代，商业经济很是发达。尤其此间文人云集，文化积淀较为深厚。它地处东南，物产丰饶，气候条件颇佳且温暖湿润，故明、清苏州民居常为富商、官僚安居之所，也是文人雅士出没的地方。苏州民居外围往往包绕以高墙，一因出于防火之需，必须以高垣隔绝；二则一些深宅大院净高较大。大型民居很具气派，可有平行的二三条中轴线，由大门、轿厅、客厅、正房等主题建筑与两侧的花厅、书房、卧房与花苑等副题建筑构成。大门高巨，黑漆装饰，其正对处多有影壁，地位高显的，还将影壁建于隔河之对岸。大门之内为轿厅，空间开敞。轿厅之后为门楼，时有砖雕艺术集中体现在这里。进门楼为客厅（大厅），面阔常为三间

① 洪铁城：《论东阳明清住宅的存在特征》，《时代建筑》，1992年第1期，第26页。

制，是喜庆典礼的举办之地，也用以接待贵宾，再入内才是正房，私密性较好，是家长与女眷居住的地方，外人及执役男性不得入内。明、清时代的苏州民居，厅与庭配合得很得体，有一厅一庭、一厅两庭、二厅一庭、二厅二庭、三厅一庭、三厅二庭等多种型式，以一厅一庭、二厅一庭和一厅二庭者为多见。所谓一厅一庭者，大多是前庭后厅样式，也有庭在厅中、厅在庭中、亦厅亦庭、构思别致、不落俗套的布局方式；所谓二厅一庭的布局，是庭院在二厅之中，二厅坐落于庭院南北，互相对应，在厅中，人可共同观赏同一庭院的景色，这称之为"对照花厅"。所谓一厅二庭，即将厅分隔成南北各半，南厅对前庭，北厅对后庭，这便是所谓"鸳鸯厅"。

明、清苏州民居的文化特色，是与两大基本因素联系在一起的。一是特殊的自然地理，造成了它的亲水倾向，近水、用水与审水，以水为文化主题，做足了关于"水"的文章，是苏州这一水乡泽国的自然条件所决定的，这造成了苏州民居的灵秀而清丽的风格；二是苏州是一个园林城市，尤其在明、清时代，苏州的文人园林独步于天下。这哺育、培养和陶冶了一代又一代苏州人的审美文化品位，他们是以园林文化的眼光来看待、建造民居、并努力使民居园林化，所以，苏州民居中的庭院文化尤显重要。主客读书作画、吟诗赋词、赏曲抚琴、下棋猜谜等，常在花厅、书房进行，而庭院成了它们的延伸部分。在庭院里，叠石、理水、植树、种花甚至设亭、建廊等，将民居的庭院文化组织得富于文人书卷气。总之，以自然美因素糅合文人气质融入于庭院，是明、清苏州民居的基本文化性格。

四川称"天府之国"，盆地之域，阴雾多雨，气候湿热，其民居特点，首先是由于这种特殊的自然条件哺育出来的，受社会文化"气候"的濡染。

其一，四川民居由于地处山地丘陵地带，为地形所限，其平面布局与朝向均比较活泼多样。所常见的，当然还是中国传统的方形平面，但不一定非正方形不可，长方形或不规则的方形也可以。其平面不一定强调南北纵深发展，也时作横向铺排。其平面以院坝为中心，常以三合院形制出现，正中为堂屋，供奉祖宗牌位及宴宾行礼，侧室为家长居住，两厢作晚辈住房兼设炊厨与仓库等。如成都民居的正中上房，规模可有三间、四间、五间制。这"四间"的形制十分少见。中国建筑文化中的"间"，在各类建筑上一般取奇数，可有一、三、

五、七、九、十一间制，取偶数的"间"制，除出现于汉代，一般十分罕见。成都民居出现四间制，可能是因为地处西陲，对中原地区建筑文化观念的接受不很严格之故。同时，由于地形条件，四川民居努力坐北朝南，但对此并不执着，择向力争朝南，东、西亦可，而朝北者是极少见的。

其二，由于气候温润，四川民居比较讲究通透，不像北京四合院那般封闭，通风与采光充足，祛湿是其第一要旨。以成都地区为例，最炎热之时平均相对湿度达84.3%，夏季的闷热困扰着住户，因此在四合院除以天井通风采光之外，常在屋后与围墙间留出一米左右宽度的抽风天井或抽风口；沿街铺面住宅也设以天井，为的是争取良好的穿堂风。

这种自然条件严重地影响了四川民居所谓"天井"的文化发展。在明、清的四川，民居规模以天井数量来衡量，小型民居可有一至二三个天井，其面积最小的仅一至二平方米。大型民居可有24个天井，甚至48个天井。许多天井，"镶嵌"在整座民居的平面与立面环境中，如串串明珠，成为民居的通风口、"采光器"和审美的中心点。四川民居的"生气"与文化生命力，首先得益于天井。有的天井奇大，面积可在200至300平方米之间，其形状不一，因地制宜，设计手法多样。有的天井，如在川东一带，有所谓"亭子天井"，即有屋盖的天井，很是别致。

其三，从民居结构看，大多为木穿斗式。这使建筑结构造型显得轻巧而秀丽，没有北方那般的厚墙与重瓦屋顶，有的屋盖犹如一片帐幕，颇为自由、舒展。其檩椽裸露，封檐单薄，多设门窗，通透性较好，犹如有生命的"呼吸器官"在那里自由地吐纳。

最后，再来说说明、清民居中的奇葩——福建民居中的客家圆楼。所谓"客家"，传说西晋末年（约4世纪初），黄河流域部分汉人因避战乱而渡河南迁，至唐末（9世纪末）与南宋末年（13世纪末），又两度南迁，遂定居于赣、闽、粤东与粤北等地，被当地居民称为"客家"，意思是"客居于异地的人"。闽南客家是其中一支。千百年来，他们在这块土地上生息繁衍，创造了灿烂的文化。其中圆形土楼（圆楼）文化，可谓一枝独秀。

在闽南龙岩、上柱与永定一带，客家圆楼令人叹为观止。其以夯土为承重墙，可达五层之高，圆径最大者可达70米以上，俨然城堡，又有点罗马斗兽场那般的意味。但圆楼是中国"土特产",是聚族而居的堡垒式民居。圆楼很是坚固,其圆周形夯土墙可厚达一米,由土里拌掺少量石灰、砂粒、小卵石等材料筑成。圆楼一般可分三层,底层为烧炊、储藏、圈养家畜之用,不开窗;上两层为住房,向外开窗,其内侧设廊,贯连全楼。其中心建平屋,设祠堂,为家族祭祖与公共活动场所。

客家圆楼的基本功能在于居住,而居住的第一要求,必须安全,客家圆楼形似碉堡,无疑是为求居住安全。

从经济、省料角度看,同样周长所围合的圆形平面,是方形的1.273倍。因此,采用圆形平面可省料并扩大居住空间。而且圆楼外侧为弧弓形,作为迎敌、拒敌的建筑立面,比直线形的墙体在力学上更为坚固。

从"风水"观念看,所谓"煞气"是平面方形者所具有的,所谓"死角",是平面方形民居的"煞气"所在。按《周易》八卦方位观念,方楼东北角乃"鬼门"之位,不吉利。因而,古人常于楼角基石上刻"泰山石敢当"以埋之,为的是"制煞"。而圆楼平面无角,令人倒霉的"煞气",据说便无可藏匿作祟了。客家人由于对"风水"的迷信,建圆楼以趋吉避凶,确为自然之事。

其实,从科学角度看,闽地多风,以夏秋之际尤多暴风,圆楼较方楼对风的阻力要小。从美学角度看,圆楼还有为方楼所不具备的那种圆融的美。而且,圆楼的抗震性能也优于方楼。

从实地考察得知,永定圆楼"承启楼"具有约三百多年历史。总之,明、清时期的中国居住类建筑文化,已经发展得很充分、很丰富,不同地域的民居各具文化特色。汉族民居以木构系统的院落式为其基本特征,其间又以秦岭、淮扬为界,大致上形成南北不同风格。北方民居以北京四合院为最典型,其空间趋于封闭,一般有明显的中轴观念,它们的趋于古典的形制,是窑洞居式文化;南方民居一般也具有明确的中轴线,却由于南地气候趋于温湿且地形多变,因而,其空间的通透性较强,且有时为地形条件所限制,并不一律追求坐北朝南的朝向性。由于南地日照比较强烈,院子平面作东西横长形者较为多见,且围以高墙、院内植树以制造阴凉。江南民居的常见形制,是"凹"字形平面,即去掉四合院南部的一排房,使院落(天井)向南敞开,加强了空间的通透性。但无论南北,明、清民居均重视庭院的营构与布置,它是民居受纳阳光、通风、作为交通要道以及绿化的一个重要空间，是居住类建筑的重要标志与文化生命之所系。而凡是民居，尽管有的宅院用材考究、装饰华丽，显得雍容华贵，但一般都具有平易、朴素、清雅与宁静的居住性环境氛围与特点，它没有宫殿的辉煌、陵寝的肃穆与宗教类建筑的神秘感，民居具有亲切、宁和的文化情调，其文化性格是属"人"而非属"神"的。

　　同时，与明、清居住类建筑丰富发展同步，是民居内部空间及居住秩序的进一步开拓与建构，后代所谓明式家具以及继承"明式"的清式家具的制作与布置，达到了一个新的历史水平。从有关史籍记载、出土文物、敦煌壁画与一些其他绘画作品可知，中国古代有席地而坐的习俗。从先秦的战国、两汉到魏晋，人们席地而坐的起居方式是很普遍的。所以室内家具如床、几、案与衣架之类，都设计、制造得很低矮，如从河南信阳出土的木床、漆案、木雕花几以及广东广州等地出土的铜案这些实物看，都有放低"架子"、"匍匐"在地的造型态势。自隋唐到五代，席地而坐与使用低矮之床（榻）的生活习俗，依然广泛地沿承下来了。但是这一历史时期——主要在唐代，由于广泛、深刻地吸纳异族文化与生活习惯，"垂足而坐"作为一种时髦，首先在上层社会中开始流行并且日益流布全国。从唐代敦煌壁画与创作于五代的《韩熙载夜宴图》可见，当时已有方桌、长条桌、长条凳、椭圆凳、扶手椅、圆椅、靠背椅以及"〓"字形的床，在五代人王齐翰的《勘书图》中，绘有一个具有木座的三折大屏风，用以室内空间的临时隔断、视线的遮挡和可能的空间的美化。这些家具的共同特点，是尺度的加大与重心的抬高，"垂足而坐"符合人体需要舒展的生理要求。

　　比较而言，明、清时期民居的家具文化达到了前所未有的历史成就。其一，材料的优选。由于这一历史时期海禁相对松弛，海外交通与贸易日益发展，产自东南亚一带的优质木材如花梨、酸枝以及紫檀等进入中国家具市场。这些产于热带的木材质地坚硬、纹理清晰、断面光滑、不易腐损，提高了明、清家具的材料品位。其二，技术的进步。当时中国的匠人已能制作精密的榫卯，做到在结构家具时不用一颗铁钉或铜钉，并且由于材料性能好，可以使精美的木雕艺术在家具上大显身手、大放光彩，达到精致的程度，并利用材料本身的自然纹理与光泽，达到结构和造型艺术的完美统一。其三，建筑装修的系统因素。

对于建筑文化而言，家具的制作及其布置，属于建筑装修（装潢）范畴。明、清时期中国人的家具观，已能比较自觉地将家具的制作、布置与风格，纳入整个建筑形象创造的系统之中来加以考虑。比如有的城市如明代苏州、清代扬州与广州等地居民，由于这些城市是当时制作家具的中心，因而，人们率先接受"成套家具"的居住观念，在一些比较高级的府第里，或是在官宦、文人雅士或巨贾的厅堂、卧房与书斋之中，出现了成套家具的摆设，成为民居之室内空间形象创造的活跃因素。其四，审美风格的成熟。在审美风格上，明、清家具以造型简洁、典雅著称。由于工艺老到、选材优良、造型稳重、比例适度、漆艺与雕工考究，许多个世纪以来，一直受到人们的青睐。明、清家具的古雅之风格，可以看作是偏于崇尚理性的理学精神的一种体现。

二、园林类

从建造观念分析，中国园林的起源及其发展在建筑尤其是居住类建筑之后。中国文化史上，总是先有建筑（宫室）文化，然后才有园林的起始、建构。因此可以说，中国园林，是居住类建筑的延伸，或者可以说是居住类建筑的一种高级文化形态。中国园林不像日本室町时代的"枯山水"（它仅仅是观、悟的对象），中国园林具有可居、可游、可观、可悟的文化属性，而且，其居住性功能是基本的、首要的。正因为如此，在构成园景之三大要素即建筑、山水道路与动物、植物中，建筑的营构，往往是自古中国园林创造景观的最重要的手段，园林景观中的建筑物及其建筑形象，首先是作为可居的空间环境而存在的，同时才是可游、可观、可悟的审美对象。厅、堂、廊、轩，亭、台、楼、阁之类，一般地构成了中国园林之构景的主旋律。中国自古有"无水不成园"的说法，其实还应补充一句，即"无屋不成园"。

明、清时代，中国古典意义上的园林文化，发展到了它的巅峰时期，就园林景观中的建筑物及其建筑形象而言，达到了历史的"综合"水平并具有一定的时代新因素。

明、清园林之最繁荣与灿烂的，是皇家与私家园林两大类型。

明代皇家园林的代表作，是北京西苑。这里地处紫禁城西侧，原为金中都北郊离宫——大宁宫的所在地，元代被划入大都皇城区域之内，称太液池。明时沿用了这一皇家宫苑，并在其南部挖掘了一个水域，称南海，与原先的中海与北海，合称为三海。清代在三海景观中重新进行了许多营造，其景观比明时更丰富。明代三海中殿宇、楼阁的空间布置较为稀疏、空落，有些建筑物比如池北部的殿、亭之类甚至是草顶的，比较简陋。清顺治年间，皇家首先在琼华岛山顶建造一座白塔（喇嘛塔），山南建造佛教寺庙。乾隆年间，由于国力日渐强盛，为求满足帝王的好胜心，渲染皇家气象，曾大事营造，遂使万岁山四周楼阁灿烂、亭台辉煌。其中北海总面积约有70公顷，建筑布局以池岛为中心，沿着池周布置建筑景观，沿袭了唐代大明宫苑太液池的空间营构手法，而建筑物在园景中的空间密度显然是加大了。如琼华岛面积不大，乾隆年间却一下子营造了悦心殿、琳光殿与庆霄楼等，并在北部沿池岸建造一座长廊，高为二层，有诸多馆、轩、廊、亭景观，点缀在长廊与喇嘛塔之间的山坡上，在万岁山之南，又有团城隔水相望，其主要建筑是承光殿，构成了丰富、精致而又恢宏的景观天际线。

皇家园林的兴建集中在清代，圆明园、避暑山庄与颐和园，体现了中国皇家宫苑"艺术"的最高水平，其景观中的建筑部分具有"皇家气派盖古今"的特色。

被毁于1860年英法联军侵略之战火、1900年再度遭到"八国联军"掠夺的圆明园，由圆明、长春、绮春（后改名为万春）三园构成，其外围总周长近20华里，面积5 000余亩，位于现海淀之北的一片大平野上，从始建到被毁，历时约一个半世纪，从1709年到1860年，经历了康熙、雍正、乾隆、嘉庆、道光与咸丰诸朝。园内殿、堂、厅、台、馆、阁、楼、轩、亭与廊、桥等总建筑面积约为16万平方米，它几乎全由人工在平地之上堆山理水、叠石筑路，是对原始地形、地貌的彻底改造。其中建筑文化的成就尤高，依势列布，巧于因借，连属徘徊、布局均衡，或恢宏或俊逸，或小巧或雄放；它湖面辽阔，时宁静时激荡；溪流淙淙，时欢歌时低诉；山陂得宜，有突现有避让；花树嫣红姹紫，晨启露蕊，昏溢幽香，且有无数珍宝与艺术杰作藏、列在园中。它主要由四十景构成，大凡每一景都与建筑相关。清吴长元《宸垣识略》（该书成于乾隆五十三年，1788）记圆明园营造之事，载该园主要建筑景观及其地理方位颇详。其主要殿宇有"正大光明"、"勤政亲贤"、"九州清宴"、"缕月开云"、"天然图画"、"碧桐书院"、"慈云普护"、"上下天光"、"杏花春馆"、"坦坦荡荡"、"茹古涵今"、"长春仙馆"、"万方安和"、"山高水长"、"月地云居"、"鸿慈永祐"、"汇芳书院"、"日天琳宇"、"澹泊宁静"、"映水兰香"、"水木明瑟"、"濂溪乐处"、"多稼如云"、"鱼跃鸢飞"、"北远山村"、"西峰秀色"、"花港观鱼"、"四宜书屋"、"方壶胜境"、"澡身浴德"、"平湖秋月"、"蓬莱瑶台"、"接秀山房"、"别有洞天"、"夹镜鸣琴"、"涵虚朗镜"、"廓然大公"、"坐石临流"、"武陵春色"与"洞天深处"40处。更有诸多建筑配景,如"飞云轩"、"静鉴阁"、"生秋庭"、"碧芳丛"、"富春楼"、"清晖阁"、"露香斋"、"纪恩堂"、"五福堂"、"云岑亭"、"平安院"、"春雨轩"、"杏花村"、"素心堂"、"双鹤斋"、"静通斋"、"随安室"、"凝眺楼"、"镜澜榭"、"桃花坞"、"品诗堂"、"清会亭"、"安祐宫"、"澄素楼"、"楞严坛"、"稻香亭"、"文源阁"、"文渊阁"、"文津阁"、"香雪廊"、"耕云堂"、"涉趣楼"、"安澜园"、"普济桥"、"清音阁"、"临湖楼"与"启秀亭"等,可谓殿堂辉煌、楼阁峥嵘、处处胜景,集隋唐以降北方皇家宫苑与南地自然山水式园苑之精华,通过对景、引景、借景及显隐、大小、上下、主从、隐突、奇正、虚实与续断等造园手法,将"北雄南秀"的中国园林文化"语汇"加以综合、熔于一炉之中。它是帝王休憩、理政之地,是"准宫殿",又是"博物院"、"图书馆"与"艺术宫"。据史载,其书画器玩收藏之富,令人叹绝,可惜、可恨被外国侵略者掠夺、焚毁殆尽。《圆明园后记》(乾隆帝御制,勒石园内)云:"其规模之宏敞,丘壑之幽深,风土草木之清丽,高楼邃室之毕备,亦可称观止。实天宝地灵之区,帝王豫游之地,无以逾此。"这并非虚言夸饰。法国著名文学家雨果从当时来华的传教士那里了解了中国的圆明园,也是赞叹不已。他在《致巴特力尔上将》中说:"民众的想象力所能创造的一切几乎是神话性的东西,都体现在这座宫苑中……希腊有雅典女神庙,埃及有金字塔,罗马有斗兽场,巴黎有圣母院,东方则有夏宫(注:圆明园被西方人称为Summer Palace,因帝王常于夏季在此避暑而得名)。谁没有亲眼目睹它,就在幻想中想象它。这是一个令人震惊、无可比拟的杰作。"

圆明园作为皇家古典园林之杰构,于乾隆初期,在长春园区域内起造"西洋楼"建筑群,这标志着欧洲建筑与造园艺术在18世纪首次被引入中国皇家宫苑领域，体现了中西建筑与园林文化的交流、异质文化的吸纳与时代文化的新因素，这在中国建筑与园林的文化历程中，是一个了不起的历史事件。

乾隆在位六十年（1736—1795），对入传的西洋文化尤其天文、数理、宫室与喷泉之类，沿袭其祖康熙从传教士了解与赏玩前例，也有所雅爱。乾隆十二年，筑"西洋楼"名为"谐奇趣"，楼高三层，其南从左右两边曲廊伸出六角楼厅，作为演奏蒙、回与西域音乐之所。同时要传教士郎世宁仿制西方园景或建筑环境中多见的喷泉（中国称大水法）。郎世宁与王致诚、艾启蒙在主持"西洋楼"的设计、建造的同时，推荐蒋友仁（传教士）督造大水法。又建"蓄水楼"，高二层，位于"谐奇趣"之西北，专供喷泉用水。又建"西洋楼"、"方外观"，建成于乾隆二十五年（1760）。继建"海晏堂"与"远瀛观"。其中"海晏堂"是园中最伟巨的"西洋楼"，其主立面西向（注：不是传统的南向，可见，异质的西欧建筑文化观念在这里已经施加了影响），二层，面阔为十一间，中间设门、门外平台左右对称地布置弧形石阶及水扶梯形式扶手墙，沿石阶下达池域，池两侧各排六个铜铸喷水动物造型，代表十二时辰，每隔一时辰（相当于现在两小时）依次按时喷水。正午时分，十二铸体同时喷水，蔚为"奇观"。"海晏堂"以东又设石龛式"大水法"，其正北，是"远瀛观"。这里，曾经陈列过法国路易十六所赠的挂毯。其下布置水石、台榭，花木扶疏，曲韵入画，胜境天成。

"西洋楼"的平面布局突出地体现了西向轴线对称这一特点。其东西向的主轴线长为800米，与主轴相垂直是南北向的三条次轴。据著名建筑师童寯考证，从"西洋楼"区西部始，由"谐奇趣"与"花园门"组成第一次轴，这里靠西墙的"蓄水楼"面对"养雀笼"构成一个中国建筑意念中的四合院；第二次轴，由位于北部的"方外观"对应于南部的"竹亭"，再与东西相对的"海晏堂"和"养雀笼"，在东部构成又一个四合院。再往东，坐南的"观水法"宝座加靠壁、北对"大水法"与"远瀛观"、与西部的"海晏堂"和东部的"线法山门"，构成最后一个四合院。再往东，便是主轴的终端。这条中轴（主轴）与三条次轴的垂直性布局，似西非西，似中非中，反映了清代中西建筑与园林文化一场艰难而有趣的"对话"。虽然全部建筑的承重墙、柱式、檐板、玻璃门窗以及栏杆、扶手等，都是西洋"做法"，而屋顶却采用庑殿、硬山、卷棚与攒尖各式，且以筒瓦、鱼鳞瓦、花屋脊及鱼鸟宝瓶装饰（只是屋顶不起翘）、覆盖，装饰之小品与细部有竹亭、太湖石及中国式的传统纹样，多为中国"作派"，喷水装置也带有"华化"装饰。为求"讨好"中国口味，"海晏堂"西部的喷泉"水戏"忌用西方所惯用的裸体雕像，而代之以铜铸喷水动物"十二属"，但是就整个"西洋楼"建筑群而言，从用材、平面构图到立面布置，"西洋"式是其主要文化特征，尤其其艺术装饰，其主流倾向无疑是西欧"洛可可（Rococo）"式的。

避暑山庄建于河北承德，占地564公顷，比颐和园（后详）约大一倍，是现存中国最大的皇家园林，始建于清康熙四十二年（1703），建成于清乾隆五十五年（1790）。承德这个地方，论"风水"地理，群山环抱，如封似闭，草原莽林、流泉峡谷，意境深幽，极富山野韵味。

从建筑文化角度审视，这一帝苑具有三大特点：

第一，从地理形势看，任何中国皇家或私家园林，都具有崇尚"山水自然"这一文化模式。若园林建于山、丘地域，必以自然山水形势为基础，加以人工构筑，以人工模拟自然，且以不见斧凿之痕为佳；若园林之筑于平原无山地区，也必堆土为陂、掘地导流，做的依然是山水自然"文章"。因而大凡中国园林，都要求达到山水"和鸣"、花木相依、回归于自然与建筑谐调的境界。然而，同样是"山水自然"式，却仍然可以做到各具个性。如果说颐和园山水"合奏"，但水面辽阔，以水为主的话，那么，作为一个山水之优美的"蒙太奇"空间存在的承德避暑山庄，却以"山"为其主旋律，其中地形起伏之山地占全园面积的大约五分之四，平原草地约为五分之一，园内数条水系蜿蜒流贯，园外之北沿有狮子沟、东有武烈河沿围墙流过，但总的看来，其自然地理是水弱而山胜，这是一处以山取景、靠山营构的皇家园林，是名副其实的"山庄"而不是什么"水庄"。

第二，避暑山庄虽为帝苑，毕竟不是建在北京紫禁城的御花园，它自然蛮野色彩相当鲜明，并且有限地糅合了民野居室文化的某些因素。这说明，天子及其皇族虽然贵有天下，权倾全国，是一批"政治动物"，但他们毕竟也是人，在他们政治化的同时，也会向往某种寻常百姓的生活，追摄自然雨露对心灵的滋润。因此，建造比较自然的苑囿山居，成为森严宫殿的一个补充。避暑山庄分"宫殿区"与"苑景区"两部分,从前者看,从山庄之南的丽正门(整座山庄大门)进入,迎面就是由前后26幢建筑物相拥的"正宫",组成层次井然的九重院落。其中"十九间殿"尺度颇大,富于皇家气象。位于第三重院落前的主殿称为"澹泊敬诚"殿,用材精良、工艺智巧,因全部以南地出产的楠木建造,故别称"楠木殿"。不过,这些"宫殿"与北京紫禁城的宫殿相比,都已大幅度地缩小了尺度。它们台基低矮,屋宇不施"琉璃"、不用彩绘,如正殿"澹泊敬诚"殿,面阔七间,进深三间,比故宫太和殿小多了。它的屋顶用歇山式而不是政治伦理等级最高的庑殿顶。这种建筑设计构思,自然不是降低了帝王身份,而是表达对山水自然、民居野趣的某种亲和态度,就连这座正殿的命名,也包含着对道家"澹泊"文化精神的某种认同。当然,在崇尚"澹泊"的同时,还须"敬诚",这是对儒家文化精神与人生境界的认同,取放逸于山水却不忘社稷、家国及其政治道德修养之意。

第三,清代为中国封建王朝之终,其版图之广、民族之众,在中国历史上无与伦比。这一点表现在山庄的总体设计思想中,是较好地反映出封建帝王那种贵为天子、君临天下的踌躇满志与美好感觉。它将天下园林尤其南地园林之精华经过适度改造、缩小尺度,移建于北地皇家宫苑之中,这在圆明园与颐和园中可以见到,避暑山庄也有这一份"雅兴"。这称之为"移天缩地在君怀"。其取景、造景,多仿江南园林名胜。比如避暑山庄之烟雨楼一景,是浙江嘉兴南湖之烟雨楼的复现。当年乾隆南巡,深为南湖烟雨楼在雨濛之中的胧朦之美所感动,遂令在山庄复建。山庄烟雨楼建于山庄青莲岛,其岛面积仅为0.32公顷,四周为水域,该楼主楼为两层、五间面阔、四周设廊,东为"青阳书屋",屋南建方亭,北有一八角亭,有假山筑于岛之西南隅,假山之上立一六角亭,周围花木依扶,岛小而楼尤轻巧,远望有斯楼浮动于碧波之上的美好感觉。又如"文园狮子林"一景,是仿苏州狮子林的。"小金山"的创作灵感,触发于江苏镇江金山寺一景。而所谓"芝径云堤",又是对杭州西湖苏堤、白堤的仿造。这些景观,在审美上,自然表达了清代帝王对南地园林名胜的偏爱,但更重要的,则表现出君临天下,君拥天下、君小天下的强烈文化意识与政治观念。

第四,避暑山庄具有民族融合的文化意义。其中,有些建筑是为接待少数民族上层统治者而建造的。比如所谓"外八庙"就是如此。其中以普陀宗乘庙和须弥福寺在建筑上最为精彩。其形制，是对西藏布达拉宫与扎什伦布寺的仿造和改建，其平顶大红台，配以白台、喇嘛塔，十分辉煌灿烂，这些是藏族建筑的"语汇"，又采用宝塔、牌坊、碑亭与壁龛等，多用"琉璃"，又是传统汉族建筑"语汇"。两种民族建筑"语汇"的浑契，体现出天下各族尽收于眼底的所谓帝王"胸怀"。

颐和园建于北京西郊，全园总面积290公顷，其中水面占四分之三弱，山地、平地与岛屿占四分之一强。园区北部为万寿山，山南有昆明湖，西部遥对玉泉山与西山诸峰，风景佳丽。园内有建筑3 000余间，是现存中国最完整的大型皇家园林，建于清代末年。在清代之前，这里是一处名胜。康熙年间在此营造行宫，乾隆建为清漪园，咸丰十年清漪园被毁于英法联军侵略战火，光绪中叶，那拉氏慈禧挪用海军建设费用银2 000万两，大事修复，至光绪十四年（1888）建成，更名为颐和园。

在文化观念上，颐和园和圆明园、避暑山庄属于同一模式，但也具有其自身的一些个性特点。

第一，凡造园林，均以山水怡情、休憩为要。颐和园在供人游赏、休憩这一点上，与其他帝苑没有什么两样。因为是帝苑，其建筑部分又沾染了浓重的宫殿建筑的政治伦理意味。从颐和园主入口向东，有万寿山东部的东宫门、仁寿殿等构成所谓"宫殿区"。这些建筑布局规整、严谨，颇具宫殿气氛。仁寿殿，是当年慈禧接见大臣、议政之所，颇为庄严。但仁寿殿既为园林建筑，其面阔仅为七间，四周设以回廊，屋顶覆盖着灰瓦，取单檐卷棚歇山式，显然已是降低了"政治"规格。不是不要摆出"帝王"架子，作为园林，却努力做出亲山、近水、对人露出一点"微笑"的和善。从仁寿殿西面偏北的乐寿堂看，作为慈禧的寝宫，其面阔亦为七间，四周建回廊，前后设抱厦，南临昆明湖，建水木自亲殿，北为后殿，左右拥建两厢，又以抄手游廊与穿山游廊连构成一座两进式四合院，建筑形体较小，不施用琉璃瓦，庭院内种花植木以作点缀，富于居住类建筑"家"的文化气质。说明这种"宫殿"不像故宫那样老是森严地板着面孔，它们面对自然山水，也会适度地露出和悦的"笑意"。但毕竟是帝苑，所以大凡建筑的寓意，依然具有颇为强烈的政治伦理色彩。比如颐和园的十七孔桥，其造型优美流畅，亲水性强，但桥为"十七孔"者，却有寓"九"、崇"九"之意。因为无论从桥的这一头或那一头数起，其桥中部最高大的一孔，都是第"九"孔。"九"在《周易》中是阳爻的称谓与筮数之"老阳"，象征阳刚、男性、父亲、天、龙与帝王，所以十七孔桥的桥孔数的构思，包含着对封建王权的崇拜与歌颂。

第二，一般中国园林的基本文化属性，是老庄之道。[①]少数寺观园林的文化性格，在于庄禅合一。颐和园并非寺观苑囿，但是渗融着被儒（封建政治）、道（回归于自然无为）所濡染了的佛家思想意绪。正如圆明园中建有佛教建筑（避暑山庄亦然）那样，颐和园中的佛教建筑更为触目。颐和园有佛香阁，它高居于山顶之上，是全园景观的注目中心，在精神上更有"高蹈"的意义。它朱柱黄瓦，金碧辉煌。在颐和园的后湖区，长桥之南有喇嘛庙残址，原有须弥灵境殿（已毁），现存白石小塔。殿基后高台东西建有善现寺、云会寺，这一切都说明，颐和园的文化性格是颇为复杂的，其中，崇尚厌世的佛家色空观，奇妙地糅合于儒家政治、亲和于自然山水的道。其原因，中国文化发展到清代，儒、道、释早已走向了调和，这当然也与慈禧本人侫佛有关。

第三，从审美角度看，颐和园的艺术成就也是很高的。约四分之一的陆地与四分之三的水域，构成了颐和园宏观的自然。有山有水，正是造园家大显身手的好地方。由于水域大于山陆，造成了视野开阔的自然空间与水气迷濛之灵动的氛围。该园分为四个区域，即万寿山东部、前山部分、后山与后湖部分。东部设"宫殿区"和寝宫，有牌坊式的仁寿门、仁寿殿、乐寿堂、玉澜堂、宜芸馆、德和园等。前山以排云殿、佛香阁为中心，排云殿两侧设20组性质不同的建筑，于山坳树丛、藤萝掩映之际各自成趣。后山河道曲致多情，山重水复，垂柳古松，刚柔和谐，这里有长桥、寺庙之类，气氛颇为宁静古雅。其东端有仿无锡名园寄畅园的谐趣园，景观以水为主，亭台楼阁依水而建。后湖有仿杭州西湖之苏堤的西湖，堤西为南北两湖，北湖区中有圆城、南湖区岛上建藻鉴堂，除此还有龙王庙岛，岛东建十七孔桥，桥旁建八角亭。景观之丰富，达到了山水、花木与建筑合契浑和的审美境界。

第四，颐和园的文化个性，还表现在大胆采用了轴线的做法。全园以万寿

① 王振复：《中国园林的道家境界》，台湾《空间》，1995年第5期。

山为组景之中心，"从南湖北望，可以看到在万寿山上有三条轴线，主轴线居中，是排云殿佛香阁一组，西面次要轴线是听鹂馆、画中游一组。东面次要轴线是大戏楼一组和遥接山顶的景福阁。有了这三条主次轴线，提纲挈领，其他亭馆点缀其间，尽管高下错落，变化丰富，就不会有杂乱之感了。"①一般中国园林尤其是江南文人园林，忌用直线（轴线），必"曲径通幽"之类才具诗意，颐和园以轴线构图，是一孤例。它体现出一定的理性的秩序感，可以看作是讲究轴线的宫殿建造观念在皇家园林空间中的体现。同时，在尺度感上，因为万寿山与昆明湖尺度较大，所以建造了一条长达700米的天下第一长廊，不仅是游园人流的导向轴线，而且长廊本身是一个审美价值很高的对象，它将诸多自然山水与人文景观串联为一个有机整体，堪称中国园林设计中的大手笔。

总之，明、清皇家园林的文化性格很是丰富、复杂。它自然不乏可居的"家"的特征，又是封建王权的象征。它比一般园林远为广阔，某种意义上可以说是宫殿的园林化、园林的宫殿化。它在道家文化的氛围之中，糅进了佛释的"语汇"，并不时采撷江南私家园林、文人园林的精华来妆扮其自身的美丽，或者具有一定的异族文化的新因素。

相比之下，明、清时期的私家园林多集中于江南，以苏州为代表，亦多见于南京、杭州、上海、吴兴、宜兴、无锡、太仓、镇江与绍兴等地，扬州地处于长江北岸，又毗邻于江南，其园林的风格特征颇多南地园林的宁静、秀逸之气，兼有一些雄奇的风范因素。

苏州古称平江，自晋室南渡，已有造园之记载。晋代王献之所记顾辟疆园，可能是苏州最早的私园实例。自晋至唐，苏州私园发展不快。五代时，由于苏州较少遭遇战乱，偏安于东南一隅，成了辟建私园的好去处，史载贵族钱镠父子两代在姑苏造园。《古今图书集成》云："钱氏时，广陵王元璙（注：镠之子），实守姑苏，好治林圃。"宋代苏州私园建造渐多。北宋庆历四年（1044）苏舜钦获罪谪职，于次年避居苏州，购城南一处废园而筑沧浪亭，并自撰《沧浪亭记》云："家有园林，珍花奇石，曲池高台，鱼鸟留连，不觉日暮。"明、清时，苏州私家园林亦称文人园林建造之风极盛，绵延达三百年之久。著名的

---

① 建筑历史研究所编：《北京古建筑》，文物出版社，1986，第28页。

拙政园、留园、网师园、狮子林与怡园等，都建于或重修于这一历史时期。尤其明中叶以后，苏州的经济、文化更为繁荣，加上苏州气候、地理条件良好，文化传统葱郁，这里成为私家园林重镇，是理所当然的，并且造园之风流播于苏南、浙越地区。

如拙政园，始建于明正德年间，位于苏州城区之东北隅。第一个园主为明御史王献臣，后数易其主。明文征明《拙政园记》云：王献臣称"昔潘岳氏仕宦不达，故筑室种树，灌园鬻蔬，曰'此亦拙者之为政'也；余自笄仕抵今，逾四十年，同时之人，或起家至八坐，登三事，而吾仅以一郡悴老退林下，其为政殆有拙于岳者，园所以识也。"潘岳乃失意之人，有《闲居赋》，意谓为官从政，踌躇满志，春风得意，是一人生境界；无官可做的，筑室植树，浇园种菜，逍遥自在，也不失为一"政"，是"拙者"之"政"，乃人生另一境界。自嘲为"拙者"，可知失意者心底之不平。这是"拙政"之园名的文化寓意。

现存拙政园之远香堂，是该园最大的一座明代园林建筑。其四面无墙而嵌装玲珑精致、木作工艺水平颇高的长窗，夏迎临池之荷风、馥香盈堂，故取北宋周敦颐《爱莲说》中"香远益清"句活用之，拿来作了该堂的雅名。濂溪先生独钟情于莲花，称为"亭亭净植，出淤泥而不染"者也，其幽韵雅致，自比清高，正合失意者的人格与文化心态。拙政园有一著名大匾，上书"志清意远"四字，取古人"临水使人志清，登高令我意远"用意，也不失为文人"口味"。

又如留园，原系明代嘉靖年间遗园，曾有明大仆寺徐泰时置东西两园，其中西园后为戒幢律寺、东园即发展为后来的一代苏州名园留园。留园之名始称于清光绪初年，清嘉庆年间曾称为寒碧庄。此园总面积约为50亩，可分为四个区域，中区保存与重现徐氏东园与寒碧庄较多的历史遗构，文化价值最高。东、西、北三区为光绪初年官僚豪富盛康所扩建。

留园的建筑空间布局独具匠心。一般苏州私家大型园林以西北为山、中为池、东南为建筑较为常见，留园亦然。这种空间布局合乎"风水"之观念。《周易》后天八卦方位以西北为乾位，东南为巽位，中为中宫之位。乾为阳、为男、为父、为龙，可引申为祖。故"风水"中以西北为龙脉与太祖山、祖山之所在，故留园选址以西北有山，正应在"风水"之乾位上。从西北之山向东南延伸，有所谓"龙脉"流注于"龙穴"，这便是留园中部掘地为水池的"风水"文化观念的又一体现。而东南隅设以建筑，又应在巽位上。《易传》云，"巽为风"，"巽为入"，"风"自东南吹拂而"入"于"龙穴"（龙潭），在古人看来也是吉利的。"风水"术颇重卦气，气自西北沿"龙脉"流注于"龙穴"（池水），又从东南以"风"的自然形式吹"入"于"龙穴"，此乃生气灌注也。实际留园地形西北高而东南低，冬季可挡西北寒风而春夏又无碍于南风的吹拂，其山背阴向阳，中区之水域正处于朝阳的一面，整个园区有疏朗之感。

留园的建筑布置及其规模、数量可谓恰到好处。园内厅堂在苏州诸多园林中最为丰富宏敞。著名建筑学家刘敦桢以为，留园的建筑空间布置在美学上达到了精湛的程度，他说：

> 无论从鹤所入园，经五峰仙馆一区，至清风池馆、曲溪楼到达中部山池，或从园门进入，经曲溪楼、五峰仙馆进入东园，空间大小、明暗、开合、高低参差对比，形成有节奏的空间联系，衬托出各庭院的特色，使园景富于变化和层次。
>
> 如从园门进入，先经过一段狭窄的曲廊、小院，视觉为之收敛。到达"古木交柯"一带，空间略事扩大，南面以小院采光，布置小景三处，北面透过漏窗隐约可见园中山池亭阁。通过以上一段小空间"序幕"，绕至绿荫轩，豁然开朗，山池景物显得格外开阔明亮。由此往东，经曲溪楼等曲折紧凑的室内空间到达主厅五峰仙馆，顿觉室内宏敞开阔，都是对比手法的运用。[①]

再如网师园，位于苏州带城桥南阔家头巷。南宋时这里为官宦史正志万卷堂故址。后荒废，沉寂多年。清代乾隆中叶得以重建。因南宋万卷堂别称"渔隐"，清代园主光禄寺少卿宋宗元借"渔隐"原意，自比渔夫（典出《庄子·渔父》），渔夫者，网师也，遂改名为网师园。乾隆末年，该园再度遭废，后修复，奠定现存布局形制。

该园既名"网师"，自以水趣为主。水景居于园区中部，略呈方形，水面

---

① 刘敦桢：《苏州古典园林》，中国建筑工业出版社，1979，第59—60页。

平静、聚蓄而不显得漫溢无际。水景使该园景观具灵动、涵碧与清虚之气，建筑濒水而建者众，具有可人的亲水性格。如水阁、廊亭、小桥等都低临水面，具有感人而宁和的文化气质。加之池岸低矮，以黄石筑就的水岸叠石处理为洞穴吻水情状，虽半亩之水却有水广波延与源头无尽之意。池中未植莲荷，上下一碧，清澈见底，山色天光，廊宇树影，倒映于池水之中，素朴而清丽，体现了此园的文化主题，这是网师园理水与营造的成功之处。

水趣无疑是网师园点睛之笔。建筑及山石、花木多循水、依水、因水而建。小山丛桂轩是该园的主要建筑，为求在尺度上与小小水池和谐，其体量小巧，轩前后之叠石、南侧之湖石、花台均缩小尺度，使与水景相应。其余如蹈和馆、琴室、五峰书屋、集虚斋、看松读画轩、殿春簃等，均有此特点。建筑以造型精巧、雅致、秀逸见长，尤其临水亭阁，以小、低、瘦、透取胜。室内配以典雅、灵秀的家具陈设，处处推敲得相当周到，在文化艺术上有以小见大的意境。

清朝著名文人钱大昕撰《网师园记》有云，"网师"者，"盖托于渔隐之义"。网师园的文化主题，最鲜明地体现出道家情思。道家的人生理想，在出离俗世，寄情山林，放归田园，返朴归真。网师园以及其他江南文人园林，典型地寄托了老庄"任其自然"、遗世特立的文化品格，它们是一批蕴含"出世"之思、展现在东方大地之上的文化"文本"。

要之，明、清时代的中国园林类建筑，无论在技术或艺术文化层次上，都达到了中国古代建筑文化的巅峰，无论皇家还是私家园林或者这里未曾详说的墓园与寺观园林，在其文化精神意义上，都有许多深邃的寄寓与喟叹。尤其作为私家园林的江南文人园，其中的一些杰出之作，园境宁静而古雅、工巧达到了"虽由人作，宛自天开"的化境程度，是中国文化的无价瑰宝，其意境之哲理美韵，是静虑与参悟无尽的无上精神享受。文人园林的书卷气尤为葱郁，这种书卷气主要属于"庄禅"一路，是明、清文人士大夫其中主要是那些失意者文化心态的生动写照，是那个特定时代文人人格的一种特殊的空间意象。

三、文化类

这里所言"文化"，取狭义，专指明、清时代的文化教育之类。明、清的文化教育及其建筑，随时日之向前推移，西方传教士的来华从事宗教与文化教育观念的传播而颇具一些新的时代特色。这种趋势，在明中叶之后尤其到了清代后期，发展更为迅速。

首先是学校建筑。

中国古代学校，称为庠序。夏代称校、殷代称序、周代称庠。《孟子·滕文公上》："设为庠、序，学、校以教之"。又说："庠者，养也。校者，教也。序者，射也。夏曰校、殷曰序、周曰庠，学则三代共之，皆所以明人伦也"。

西周时又有"太学"之名，亦是中国古代学校。《大戴礼·保傅》称："帝入太学，承师问道。"到了西汉，太学这种教育机构与场所，成为传授儒学（经学）的重要建筑。汉武帝元朔五年（公元前124年），汉朝设五经博士，有弟子五十人。东汉时，太学得到了很大发展，据史载，汉顺帝年间，有太学240房，1 850室。汉景帝时，太学生即儒生达到3万之众。自魏晋直至明清，或设太学、或建国子学（国学、国子监），都是传授文化经典、培养书生的文化教育机构、学府。所谓国子学，始设于晋武帝咸宁二年（276年），它是在西周国学的基础上发展起来的。所谓国学，指西周设于王城及诸侯国的学校。西周国学分小学和大学两种。小学教授的内容以书、数为主；大学教授的内容以礼、乐、射、御为主，所教内容合称为"六艺"。其中大学又有东序、瞽宗、成均、上庠与太学等名称。而由天子所设的最高学府称为辟雍，诸侯所设的最高学府称为泮宫。南北朝时，太学与国子学两者并存。北齐别称国子寺。隋代时，隋文帝以国子寺总辖国子学与太学。隋炀帝则改国子寺为国子监。唐宋时期，仍以国子监统领国子学、太学与四门学。元代分国子学、蒙古国子学与回回国子学，也可以统称为国子监。明清以国子监为最高教育机构，具备国子学的文化性质。清光绪三十一年（1905）国子监制度终于被废，设立学部。现存国子监遗址，位于北京东北安定门附近。据史载，该国子监建于元代至元二十四年（1287），明清曾经增修过，内设彝伦堂、辟雍亭等，其东西两厢建六堂，其名为"率性"、"诚心"、"崇志"、"修道"、"正义"与"广业"，仅据这六堂的命名看，儒学氛围十分浓郁。其间陈设、收藏《十三经》石碑凡198座。六堂之东首有绳愆厅、博士厅和敬一亭等建筑。

另外，自唐代始，中国的书院诞生，虽然其起初是中书省从事修书或侍读之所，但自宋至清，已经发展为私人或官府授徒讲学的地方。

　　明代书院因士大夫、理学家倡言讲学而一度兴盛。《王文成年谱》一书记王守仁与诸多书院之因缘有云:"正德三年在龙场……乃伐木构龙冈书院以居之"、"正德四年在贵阳……提学副使席书聘主贵阳书院"、"正德十三年在赣……九月修濂溪书院"、"嘉靖三年,在越……辟稽山书院,聚八邑彦士,身率讲习以督之"、"嘉靖七年,巡抚两广……委原任监察御史降揭阳县主簿季本主教敷文书院"。后王守仁辞世,其门徒又修造不少书院以祀并大张其学。《王文成年谱》称,嘉靖四年十月,早在王守仁生前,其门人已为之"立阳明书院于越城"。"后十二年丁酉,巡按御史门人周汝贞建祠于楼前,匾曰'阳明先生祠'。""嘉靖九年,门人薛侃建精舍(注:此亦为讲学之所,非佛教寺庙)于天真山,祀先生"。"十三年,邹守益建复古书院于安福,祀先生"。"十六年,金事沈谧建书院于文湖,祀先生"。"十九年,周桐、应典等建书院于寿岩,祀先生"。"二十一年,范引年建混元书院于青田,祀先生。""二十三年,徐珊建虎溪精舍于辰州,祀先生。""二十七年,万安同志建云兴书院,祀先生。""陈大伦建明经书院于韶,祀先生"。"二十九年,史际建嘉义书院于溧阳,祀先生"。"三十三年,刘起宗建水西书院,祀先生"。"三十五年,赵镗修复初书院,祀先生"。"沈宠建仰止祠于崇正书院,祀先生"。"四十二年,耿定、罗汝芳建志学书院于宣城,祀先生"。

　　仅与王阳明有关的书院,竟有这么多,真天下书院,不知凡几。它是理学家讲道之处,是理学兴隆的产物。沈德符《野获编》云:"书院之设,昉(仿)于宋之泰山、徂徕及白鹿洞。本朝旧无额设明例。自武宗朝,王新建以良知之学,行江浙、两广间,而罗念庵、唐荆川诸公继之,于是东南景附,书院顿盛。"

　　明代末年,最著名的书院,是北京首善书院与江南东林书院。因"东林"党祸,魏忠贤毁京师、南地等天下一切书院。但魏氏阉党败衰之后,天下修营书院之风又起,其中最著名者,当推刘宗周的证人书院,"筑证人书院,集同志讲肆",意在恢复主诚、主敬的儒学之道,大有"为往圣继绝学"的劲头。

　　书院的建筑风格一般比较朴素,土木结构,庭院式,平面设计之最要,是"中轴",以中轴布置建筑的空间序列。大型一点的,可有几重进深与次轴布置。设授课的讲室、藏书楼、卧房与库厨等,或在书院前或在院内掘水井以供汲水之需,辟重要一室供至圣先师文宣王之位,有的添加某派某学"先生"祠堂以供瞻仰、膜拜之用。书院多筑于山林幽静、风景佳胜之地，有的也建在市肆之际，四周建围墙以隔阻市嚣，气氛雅静而深邃，有"市镇山林"之趣。

明、清书院建筑文化的基本品格，是它特有的书卷气与"家"一般的严厉而宁和的氛围，往往成为士子与一般平民百姓心目中神圣而向往的地方。

国子监与书院，是中国自古传统的文化教育类建筑及其机构、制度，由于明代之西学（主要是西方的宗教）东渐，面临着时代的挑战。

明代嘉靖年间，西方传教士开始来华传教。始有耶稣会创办者之一的圣方济由印度进入中国广东，这年是嘉靖三十年（1552）。31年之后的公元1583年（万历十一年），耶稣会士利玛窦和罗明坚继而来华，在广东肇庆传教。接着意大利的龙华民、高一志、熊三拔、艾儒略、毕方济、罗雅谷、利类思，西班牙的庞迪我，葡萄牙的阳玛诺、傅汛际，德意志的汤若望，法兰西的金尼阁与瑞士的邓玉涵等著名传教士，经过艰苦努力，在中国朝野传播与扩大西方文化影响。他们给自己取中文姓名、学习汉语、穿儒士衣衫、阅读儒家经典，入乡随俗，广交中国文人学子，以传教为渠道，大规模地译介欧西的学术文化，将西方古典哲学、历史学、宗教学、数理以及文学艺术、建筑等介绍给中国人。中国近代文化先驱如徐光启就曾经向利玛窦学习天文、历算与火器之说，并与其合作，翻译《几何原本》。结果，西学在明代中国的信徒日益增多。据沈福伟《中西文化交流史》一书记载，中国天主教信徒人数为：1584年，3人；1596年，100余人；1605年，1 000余人；1610年，2 500人；1615年，5 000人；1617年，13 000人；1644年，38 000人。发展到19世纪30年代至50年代，一批所谓新式学校即教会学校，首先出现在广州、香港、上海、澳门、宁波与福州等中国东南沿海城市里，以英文与神学等为主课，向中国人灌输西方思想及生活方式。第二次鸦片战争之后，西方列强更加强了在中国的殖民政策和文化侵略。据陈景磐《中国近代教育史》称，1876年，中国的教会学校总数已达350所；1898年，仅由美国传教士所开办的初级教会学校竟达1 032所，中级以上学校74所。1862年6月，中国新式学堂以官办方式首先开设英文馆；次年又续设法文馆和俄文馆；1866、1867年，奕䜣又奏请增设天文算学馆，这便是历史上有名的京师同文馆。同时，中国传统书院得到了更新，最令人瞩目的，是教学内容的更新，如1874年由中外绅商所捐资而创办的上海格致书院、1878年由张焕纶所创办的正蒙书院等，学生除了学习国文、经史与舆地等，还学习数学、格致、化学、矿产与歌诗等课程。现在上海的敬业中学，已有两个半世纪的历史，它最早也是一个书院，它是现存上海历史最悠久的中学。1895年，北洋军阀在天津创办中国第一所近代意义上的大学——北洋大学（现天津大学前身），在管理与课程设置、办学模式等方面，显然受到入传的西洋文化教育思想的影响。

明、清主要是清后期文化教育类建筑的历史步伐缓慢而艰难。所谓新式教育，起初往往沿用或借用中国传统书院、民居、官衙、店肆或寺观等一方空间来进行的。第一批教会学校是与教堂一起建造起来的。虽然传教士们总是愿意将西方教会学校的建筑形制的一切都搬到中国来，但所遇阻力之大，使一代一代的教会学堂在建筑样式与风格上，努力仿照中国建筑的传统样式，同时，也不失时机地引进某些西洋样式。比如西方建筑柱式、西方山花、屋顶与装饰纹样因素等等，相当生硬或相当"羞涩"地体现在这些建筑上，往往达到不中不西、不伦不类的造型效果。只有在第一次鸦片战争之后，在中国被迫开放的通商口岸、在被迫割让的殖民城市、在各种租界里，西洋古典式的石结构建筑包括这种样式的一些教会学校，才得以踌躇满志地矗立在古老的东方大地上。

明、清尤其清代，是一个学术文化综汇的时代。随着造纸与印刷术的更为完善、读书人数的众多、学术空气的浓厚、朝野对文化事业的推重，使编书、出书与藏书蔚为风气，这极大地刺激了书坊、书肆与藏书楼这一类建筑的繁荣，为前代所未见。

胡应麟《经籍会通》称："今海内书凡聚之地有四：燕市也，金陵也，阊阖也，临安也。""吴会、金陵，擅名文献，刻本至多，钜册类书，咸会萃焉"。又说："燕中书肆，多在大明门之右，及礼部门之外，及拱宸门之西。武林书肆，多在镇海楼之外，及涌金门之内，及弼教坊、清和坊，皆四达衢也。金陵书肆，多在三山街及太学前。姑苏书肆，多在阊门内外及吴县前。"而当时书坊、书肆尤以北京为要。据冯天瑜、何晓明、周积明所著的《中华文化史》转引自王钟翰《清史杂考》，当时北京"收"书之富，可谓空前，"九城之肆收九城之书，厂肆收九城之肆之书，更东达齐鲁，西至秦晋，南极江浙闽粤楚蜀，于是举国之书尽归京市"。这说得自然有些夸张，但仍可从中见出一些历史真实。

正是在大力搜求天下之书的基础上，清代完成了《古今图书集成》与《四库全书》两大图书的编纂、出版"工程"。前者"贯通古今，汇综经史，天文地理，皆有图记，下至山川草木，百工制造，海西秘法，无不毕具，洵为典籍之冠"①。后者"上沿虞夏，咸挹海以求珠，下采元明，各披沙而见宝"②。共搜集书籍3 503种，79 337卷，辑为3 600册，凡99 700万字，为法国狄德罗主编、世界著名《百科全书》总字数的44倍。

这必然催激作为藏书之用大型藏书类建筑的空前建造，成为中国近、现代图书馆的前身。

如《四库全书》修成之后，就专门建造了七大藏书阁加以珍藏。它们是：

文渊阁，建成于清乾隆四十年（1775），坐落在北京紫禁城内，这里原藏有第一份写成的《四库全书》本，现藏于台北故宫博物院。

文津阁，乾隆四十年建成于河北承德避暑山庄，1915年因避世乱而将全部藏书运至北京，现收藏于北京图书馆。

文源阁，乾隆四十年建成于北京圆明园内，咸丰十年（1860），被英法侵略者所掠夺与焚毁。

文汇阁，乾隆四十五年（1780）建成，原为江苏江都（现扬州）大观堂，咸丰四年（1854）毁于火灾。

文宗阁，乾隆四十四年（1779）建成于江苏镇江今金山寺，咸丰三年（1853）毁于火灾。

文溯阁，乾隆四十七年（1782）建成于今辽宁沈阳故宫西侧，全书原收藏于辽宁省图书馆，现藏于甘肃兰州。

文澜阁，乾隆四十九年（1784）由原杭州孤山圣因寺藏书堂改建而成，咸丰十年，该阁因破损失修而倒毁，藏书多有佚失。光绪六年（1880）重建文澜阁，全部藏书经过累年抄录补全，现属于浙江省图书馆。

这些国家藏书阁规模宏大，并且仅为收藏一部大书而几乎同时建造多座藏书阁，这只有在历史古悠、典籍无数、人文荟萃的中华文明之邦才得如此。藏

---

① 蒋良骐:《东华录》雍正一，清乾隆刻本，第14页。
② 张尔耆:《国朝文录》纪文达公一，清末刻本，第8页。

书楼阁的建筑样式，自然也是中国传统的土木结构式，处于高爽之地，在技术结构要求上，以追求坚固、通风与干燥为第一要旨。然正因其土木结构，易遭火焚。至于文源阁及其藏书为西方侵略战火毁于一旦，是当时衰弱的中国所经受的历史悲剧。

除了国家、官方藏书楼的兴建，私人藏书及其建筑在全国各地更是多见。其中最著名的，是浙江宁波天一阁。它始建于明代嘉靖年间，是中国现存最古的藏书楼，地处浙江鄞县（今宁波），阁主为范钦，字尧卿、号东明，嘉靖进士，官至兵部右侍郎。该藏书阁原有藏书七万余卷，是专供收藏不许外人进阁阅览的。后范钦后人破例允许清代大学者黄宗羲登阁阅览了全部"阁藏"，这年是康熙十二年（1673）。自清乾隆之后，数遭盗窃，藏书散失大半，现存一万三千余卷。天一阁藏书丰富，乾隆决定编纂《四库全书》时，天一阁进献珍贵古籍600多种，其中收录《四库全书》者为96种，有370多种存目。现存天一阁为一园林式庭院建筑。入门有照壁，折而进入，见院内有水有石有盆景，景物古雅，环境幽静，四周是高围墙，时见碑刻遗构。其主体建筑为藏书阁，二层，造型简朴无华，另有不少副题建筑。所有建筑白墙、灰瓦、大屋顶，其形象之古旧，激起人深沉的历史感。阁名"天一"，源自中国易学"河图"说的所谓"天一生水，地六成之"，取"生水"灭火之意。因藏书楼大凡都是木构建筑、书籍又是易燃之物，"天一"者，祈五行"水克火"的意思，并无深蕴存矣，也并非"老子天下第一"之意。

四、宗教类

明、清宗教类建筑文化的辉煌表现在诸多方面。其一，传统的中国佛寺、佛塔工艺发展到这一历史时期，可以说已经到了圆熟之境。一是规模大而布局合理。据《金陵梵刹志》，南京灵谷寺，在南京中山门外中山陵东，前身为开善寺，明洪武十四年（1381），朱元璋赐名"灵谷"，殿宇众多，占地500亩，自山门至大殿，长2.5公里，寺区内设万工池、无梁殿、梅花坞、宝公塔与八功德水诸景。又如山西崇善寺，为明太祖朱元璋第三子朱棡为纪念其母而修造，建于明洪武十四年，其总面积为16.5万平方米（南北长570余米，东西宽290多米），原有殿宇千余间，清同治三年（1864）十月遭火焚。现存大悲阁、山门、钟楼与东西厢。大悲阁面阔七间、进深四间，面积900余平方米，造型高大雄伟，结构壮硕，出檐深远，重檐歇山顶，十分大气。二是工艺精湛。如灵谷寺无梁殿，殿顶为重檐九脊式，殿内结构以砖券代替木梁，面阔五间，每间一券，每排五券，其中央一券洞最大，高达14米，横跨度达到11米多，故称"无梁殿"。明代琉璃砖瓦的烧制技术已相当高超，如山西洪洞县广胜上寺飞虹塔建成于明正德十年至嘉靖六年（1515—1527），此塔外壁以"琉璃"装饰，琉璃制的塔栏杆、斗栱以及天神、动物造型在材料质地与色泽上，都达到前所未有的华美程度。

其二，佛教寺、塔的品类增加、丰富了。这是说，在汉族地区，出现了更多的原属于藏传佛教地区的喇嘛教寺院。如承德避暑山庄，有外八庙（注：现存。原建十一组），它们是：溥仁寺（康熙五十二年，1713）、普宁寺（乾隆二十年，1755）、普佑寺（乾隆二十五年，1760）、安远庙（乾隆二十九年，1764）、普乐寺（乾隆三十一年，1766）、普陀宗乘庙（乾隆三十六年，1771）、殊象寺（乾隆三十九年，1774）、须弥福寿庙（乾隆四十五年，1780）。其中普陀宗乘庙模仿西藏布达拉宫，须弥福寿庙模仿西藏扎什伦布寺，并具有一定的汉族寺院建筑特色，一定程度上体现了汉、藏寺院建筑文化的融合。当然，从明、清时期比较多见的喇嘛塔来看，其造型一般取"覆钵形"，故称为覆钵式塔，更多地保留了印度佛教"窣堵坡"（Stupo）形制，其中国化（汉化）程度，反而不及建造年代更早些的楼阁式与密檐式塔等塔例。如建于清代顺治八年（1651）的北京北海琼华岛白塔，在康熙十八年（1679）与雍正九年（1731）因地震塌毁而两度重建，其造型为覆钵式，高35.9米，在主立面上，设壶门式眼光门，门内刻有藏文咒语，加强了塔的神秘感。塔之台基壮硕，塔身（即覆钵式造型）高耸，塔身上部为细长的"十三天"，"十三天"之上是两层铜质伞盖，其边缘高悬铜钟14座，最高部是鎏金火焰宝珠造型，这些构成了一个非常印度式的塔刹。这种佛教建筑文化的"返祖"现象，说明了印度"母文化"的顽强性。覆钵式喇嘛塔形制的兴盛，同样丰富了中国佛教寺、塔文化的品类。

其三，另一种外来宗教——伊斯兰教建筑逐步向全国扩展。伊斯兰教是一神教，作为现今世界三大宗教之一，由阿拉伯半岛麦加人穆罕默德创立于公元7世纪初，而7世纪中叶（唐代初年）已传入中国，起初仅在回族、维吾尔族与哈萨克族等少数民族地区流布，公元10至11世纪之际，在新疆拥有相当多的信众，明代初年，伊斯兰教的传教势力已深入汉族地区，其重要例证，是回族礼拜寺——西安化觉巷清真寺的建立。据说，该寺始建于明洪武二十五年（1392）①，由礼拜殿、唤醒楼、浴室、教长室及经文教室等所组成，尤以唤醒楼与礼拜殿的宗教气氛浓郁。唤醒楼的建筑原型，即中亚礼拜寺"密那楼"，是一种"塔形"建筑，故亦称为"密那塔"、"光塔"，其主要精神意义在于对信众的"召唤"。礼拜殿由前廊、前殿与后殿三部分构成，殿内空间高敞，可容千人礼拜。殿内装饰以褐红色、金色与棕色为基调，以蔓卷纹与阿拉伯文字构成繁丽的纹样，富于伊斯兰教的迷狂情调，这种"迷狂"，一般不表现为外在的、过分的激情洋溢，却给人以低沉宗教氛围的感受。

虽然如此，这一伊斯兰教建筑依然具有颇为强烈的中国化（汉化）情韵。从其平面布局看，由于原初回教徒朝觐麦加圣地必取"东向"，因而，中国的清真寺的平面轴线是东西向而非南北向的，其大门位于轴线之东端。不过，这种平面轴线的布局以及沿平面轴线左右对称的建筑布置，则体现出中国传统建筑的"样式"，全寺沿中轴有序地构成五进院落，以及前殿的藻井天花和斗栱、彩绘等，依然是典型的中国风格。

其四，随着理学的发展与深入，随着封建伦理、道德的日益宗教化，明、清宗教类建筑文化的最后一个特点，是一些礼制性建筑愈来愈具有"准宗教"的精神性意义，祖庙、文庙与祠堂、牌坊之类，可谓遍于域中，这在某种意义上可以说是模糊了宗教类建筑与礼制性建筑的文化界限，也是宗教类建筑的一种"变形"与"丰富"。

根据《周礼·考工记》所谓"左祖右社"这一古制，在北京天安门之东侧有太庙，是全国现存最大的祖庙，是明、清两代帝王的"家庙"，总面积为139 650平方米，始建于明永乐十八年（1420），后于明嘉靖、万历和清康熙、乾隆诸朝曾经多次重修，乾隆退位之前全面扩建其三大殿及配殿。该太庙建于三层汉白玉须弥座台基之上，前殿面阔为在礼制上最高品级的"十一间"（九间的变则与强调），进深为四间，用材精良，其主要梁柱用沉香木，其余木构均

---

① 杜仙洲：《西安清真寺》，《文物参考资料》，1957年第12期，第68页。

以金丝楠木为材料，殿顶覆盖着黄色琉璃瓦，为重檐庑殿式，其整体形象壮伟而崇高。

文庙是尊孔的产物，又称孔庙，以山东曲阜孔庙的历史最为古老、规模最大。明、清时期，尊孔的文化思潮十分高涨，几乎每个城市、每个州县都有文庙（孔庙）的建造或重建。如天津旧城东门里文庙，其大殿始建于明正统元年（1436），明天顺、万历，清康熙、乾隆等各代屡有重修、扩建，其建筑群，主要由照壁、泮池、极星门、大成门、大成殿、崇圣祠和配殿等所组成，殿宇造型与色调质朴而古雅。又如上海嘉定文庙，始建于南宋嘉定十二年（1219），当时称文宣王庙（孔子在唐代被御封为"至圣先师文宣王"），南宋淳祐九年（1249）增建兴贤坊与泮池等。明、清时期屡有重修，其平面布局为中轴对称，主要有棂星门（门前设仰高、兴贤与育才牌坊三座）、泮池石桥、大成门与大成殿，两侧建廊庑建筑，其东侧有礼门、明伦堂和书院，殿宇之前植古柏，形象苍郁而虬劲，其中大成殿宏伟高敞，虽经清光绪年间重修，其梁架部分仍为明代遗构。再如苏州文庙，始建于范仲淹任苏州刺史年间（宋景祐元年，1034年），现存文庙建筑为清同治三年（1864）、李鸿章任江苏巡抚时重修。其中大成殿始建于南宋绍兴十一年（1141），重建于明宣德八年（1433），重修于况钟任苏州知府年间（明正德元年，1506）。大成殿面阔为七间制，进深四间，重檐庑殿顶，现存大成殿前的棂星门为明时旧物。

文庙的文化命脉沿承于先秦儒学，历代修建不辍，尤以明、清为盛，其文化主题，专在祭孔以及在祭孔之中祝祈"文运昌隆"。在祝祈"文运昌隆"这一点上，颇有类于世俗化十分强烈的佛教之文峰塔（文风塔）。

相比之下，明、清时期的宗族祠堂比文庙更为多见，因为多如牛毛，反而觉得不必举例来说明。大凡人群聚居之处，就有宗族，有宗族就有祠堂。祠的原始意义为祭祀。《诗·小雅·天保》有云："禴祠烝尝，于公先王。"可见是对先祖先王的祭祀。然而明、清的宗族祠堂，一般是平民百姓的祭祖之所，更是一种被宗教化了的宗族、宗法伦理纲常的象征与族规的体现。在乡野、在市镇，在边陲或内地，宗族祠堂一般所具有的高墙和大门及其内部深邃而有点阴郁的空间，像族长那张严厉而冷冰冰的脸，体现了一种被宗教神圣化了的家族权威。宗族祠堂，既是整个血缘宗族内聚力与团结的以"土木"所造就的"语汇"，又是以土木之物铺展于中华大地的、宗族内部秩序近于酷严的一种建筑文化现象，它是中华所特有的，盛于明、清之际将宗族伦理宗教化的一个偶像。

牌坊，又称牌楼，中国古代一种别具一格的礼制性建筑，用以宣扬封建王权、忠臣功德、孝子或烈女（贞女）等道德风范，是浸透了封建政治伦理思想观念、标榜德治和善行与宗教化了的又一种建筑文化，其源远流长，以明、清为繁荣期。如北京明十三陵神道之南端的石牌坊、江苏常熟言子道墓牌坊、北京颐和园大门前牌坊与白云观牌坊等，蔚为大观。平民牌坊又以安徽歙县与福建各地、江西等地为多见。刘敦桢《牌楼算例》一文云："故都市街衢之起点与中段，及数道交汇之所，每有牌楼点缀其间，令人睹绰楔飞檐之美，忘市街平直呆板之弊。而离宫、苑囿、寺观、陵墓之前，与桥梁之两侧，亦辄以牌楼陪衬景物，论者指为中国风趣象征之，其说审矣。"[1]梁思成进一步指出："牌坊为明、清两代特有之装饰性建筑，盖自汉代之阙，六朝之标，唐宋之乌头门、棂星门演变形成者也。"[2]所言甚是。从材料看，牌坊一般分木、石与琉璃以及木石、木砖混合式多种。从其文化精神意义看，又可分皇家、官宦与平民牌坊三种。所谓平民牌坊，多为孝子坊或节女坊，在安徽、江西、福建、浙江与四川等地建造较多。明、清时理学至极盛而渐衰，而冷酷的封建礼教曾经造就了中国历史上最多的孝子与节女。如节女坊又叫贞节牌坊，"哪个女人死了丈夫，再不嫁人，就立下一个"牌坊。[3]它们有的至今仍屹立于田野阡陌、山间河畔，静静地向人"诉说"着当年充满辛酸甚至血泪的老故事，在这类牌坊优美而典雅的形象塑造中，这种为节女树碑立传的文化方式实际是很残酷的。安徽歙县的"七坊"系列，是由七座牌坊所构成的，这一牌坊组群逶迤屹立于平野之上，是所谓"立德、立功、立言三不朽"之神圣象征的一种建筑现象。

五、城堞类

所谓城堞，指中国古代都邑四周用以军事防范的墙垣，一般具有较大的空间规模。《诗经·小雅》的"城彼朔方"之"城"，指城堞。

---

① 刘敦桢：《牌楼算例》，《刘敦桢文集》（一），中国建筑工业出版社，1982，第195页。

② 梁思成：《梁思成文集》（三），中国建筑工业出版社，1982，第257页。

③ 余秋雨：《文化苦旅》，上海知识出版社，1992，第171页。

世界上最负盛名的城堞类建筑是中国的万里长城。而在建筑文化史上堪称"空前绝后"的，是明代长城。明太祖朱元璋即将统一天下之时，就采纳了休宁人朱升关于"高筑墙、广积粮、缓称王"的建议，其中"高筑墙"就是指长城的修筑。明长城代表了中国城堞类建筑的最高水准。

其一，据（明）魏焕《皇明九边考》（北京图书馆善本丛书本），明代长城原分属于九镇，即设九个区段，称为"九边"。这"九"数，源自《易经》，有象征阳刚、坚固与歌颂王权（阳九象征帝王）的意思。这九镇是，辽东镇、蓟州镇、宣府镇、大同镇、太原镇、延绥镇、宁夏镇、固原镇与甘肃镇。明嘉靖三十年（1552），为求加强对北京西北天寿山南麓之明十三陵的保卫，在九镇的基础上，又添设昌平镇与真保镇，凡十一镇，东起鸭绿江，西至嘉峪关，全长11 300余华里，如将长城复线（有的区段建有数道长城，称复线）长度计算在内，共14 600多华里，是世界和中国有史以来最伟大的建筑工程。明长城的修筑历时二百余年，至公元1600年前后才基本完成，其间所用军工、民工与材料之巨难以确记。明长城修成之后，仅守军就达976 600名[①]，叹为观止。不仅如此，作为军事防御工程，明代在东北、西北和东南沿海的不少地区（军事要地），都修筑了城防与关隘设施，如距嘉峪关西北数千里的哈密、沙州与吐鲁番等地，也设立了"卫所"，这是传统长城文化的发展。并且为了重点保卫首都北京，在山海关、居庸关与雁门关一带，修筑数重城墙（复线），有的地段竟多达20多重，可谓有"固若金汤"之功。

其二，在材料的运用与建造技术上，明代长城达到了中国历代长城的顶峰。长城的主体是城墙工程，在用材上，基本遵循历代长城"因地制宜"的传统，如辽东地段产木，因而辽东镇有的地方以木板、柳条为墙，黄河突口处冬季以冰筑墙，延绥镇以西与大同镇以夯土为墙，宣府与蓟州镇多用三合土外包条石为墙，但是，由于明代砖的烧制技术与产量都提高到一个历史新水平，砌筑工艺日趋精湛，灰浆的粘合性能提高，所以，许多重要的长城段（包括墙体和关隘、要塞），都用特制的、专供施用的明砖砌筑，一般城墙之构筑，以条石为基础，用大砖砌就，或砖、石混合施用。砖成为明代长城用材之主角，得力于

---

① 按：这是根据罗哲文《长城》（文物出版社版）一书的说法，对此，学界尚有不同看法。

明代制砖手工业的蓬勃发展。明代长城的重要地段，一般高度在3米与8米之间，顶宽度在4米与6米之间，其城墙横断面为梯形，其顶部一般可容五马齐驱或十人并行。为求防御性功能的更好实现以及修筑时省工省料，大凡山顶高峻处城墙较低、平缓或山谷处城墙较高，尤其陡峭的地段修成梯道，以便上下登临。如北京八达岭长城段，墙顶里侧，以砖砌成宇墙（女墙，即所谓堞），高约1米。外侧设有高约2米的垛口（雉堞）。垛口上部有瞭望口，下有一小孔，称射眼。城墙上设有排水沟，有吐水嘴伸出墙外。并且，墙面均以纯白石灰砌缝，砌缝很是严密，因不易渗水而不长野草，无论就技术与实用功能而言，都显得相当合理。

其三，明代长城除以城墙为主体外，敌台（城墙上驻兵的哨楼，有平面方形与圆形，实心与空心两种，其中空心敌台即具有内部空间者，是明代中叶的新创造）、烽火台与关城的建造，可谓匠心独运。尤其关城，著名的有山海关、嘉峪关、居庸关、古北口与雁门关等，地处险要而建筑造型雄伟无比，大有"一夫当关，万夫莫开"的气概。

山海关，位于今河北省北部秦皇岛市东北渤海湾边，建于明洪武十四年（1381），依山面海，素有"万里长城第一关"之美名。其关城平面为方形，周长4公里有余，城墙高筑，以宽五丈、深二丈五尺的护城河环绕，四周设关门四座，依次为东——镇东门、西——迎恩门、南——望洋门、北——威远门。关城内侧北部与南部各建翼城一座，作屯兵驻军之用，临海老龙头处又设宁海城堡。现存关城东门城楼，就是最著名的"天下第一关"（悬挂在城楼之上的匾额题字，为明代成化八年进士萧显手迹）。其城楼为五间、二层、歇山顶，屹立在高巨的城台之上。楼高三丈，其宽度，上层为五丈，下层为六丈，以灰色筒瓦覆顶，屋角起翘，屋脊安设吻兽，城楼向外的东、南、北三面外墙尤为厚重，其上辟箭窗68个，整座山海关坐落在青山、沧海之际，气势高凌，有"雄关漫道真如铁"的神韵。

关城的建造，总在形势险要之处，这里驻以重兵，是长城的枢纽，其建筑尤为高大而坚固，作为军事重镇，关城的建筑技术与艺术，都是服从于军事实用目的的。

其四，在文化审美方面，明代长城由于建筑材料以及建造技术与艺术的长足进步而改变了以往长城在用材与建造方面有些偏于简陋的历史。尤其在重要地段，长城的城墙比以往更为高大而稳固，城墙的加高与加宽，在实用功能得到进一步满足的前提下，更显出长城的凌然之气、英雄本色。城墙、关城、敌台、烽火台、城堡、罗城、翼城、障堠以及各镇军事与行政设施的建造，使原本作为军事工程的长城，在漫长历史的陶冶之中，丰富与积淀了它深厚的文化内涵。作为一个伟大民族的历史文化工程，它体现了民族的伟大意志力，在中华民族内部各民族走向融合的历史中，长城的历史存在，并不回避有些民族之间曾经出现过的纷争与冲突，也并不妨碍长城更强烈地象征着这个民族所特具的团聚力与向心力，长城所记录与反映的，是这个民族可贵的"天下家园"意识。作为世界七大建筑奇迹之一，明代长城是中国长城的历史终结，明代之后，再也不会有大规模的长城的修筑，它是中华民族建筑文化与整个民族精神的伟大背影。虽然，长城边的狼烟早已消散，铁马金戈的壮烈已是成了历史，但长城文化所焕发的伟大精神，却是不朽的，它穿越中国建筑文化的"古典"隧道，照耀着未来之路。

六、少数民族类

中国幅员辽阔，自古民族众多，在漫长的历史进程中，共同创构了一个中华民族文化共同体。章太炎说："中华之名词，不仅非一地域之国名，亦且非一血统之种名，乃为文化之族名。"①因而，中国建筑文化，除了汉民族，应该包括其余人口较少之民族（俗称"少数民族"）的建筑文化在内。明、清时期尤其清代，中华文化继汉代、魏晋南北朝时期与唐代之后，又经历过一次在冲突之中的融合。清王朝入关一统中华天下之后，曾对蒙古与西藏、新疆地区用兵，平定噶尔丹之乱、策旺阿拉布坦、采尔墨特之乱与准噶尔、大小和卓木之乱，并在云、贵地区，施行"靖边"政策。同时更重要的，在汉族地区，强制性地推行满族文化，最著名的，便是清代初年的"薙发易装"政策与残酷的"文字狱"，又通过汉文化典籍的译介与编纂、清廷有限地吸纳汉族士子入仕等"怀柔"政策，试图使汉人满族化。结果，除了汉民族文化在清代受到满族以及其

---

① 章太炎：《中华民国解》，载《民报》第十五号，1907年7月5日。

他少数民族的影响之外，更显著的，却是满族文化以及其他少数民族文化的汉化，在语言、伦理、婚制、艺文与生活方式包括衣、食、住、行等方面深染"汉调"，造成整个中华民族内部文化的融合，这是清朝满族统治者当时所未曾预料到的。

在建筑文化方面，正如本书前述，清代的藏传佛教建筑（如承德外八庙等）已经出现在汉族地区，同时又体现出汉族传统建筑样式的一些影响，建于清代的山西五台山咸通寺、北京的雍和宫与西黄寺等，也是藏汉建筑文化观念融合的产物。不仅如此，比如其中的北京雍和宫，其文化的主流性格无疑属于藏传佛教，而从雍和宫的平面布局、立面造型、细部装饰以及佛像、佛龛、五百罗汉像等的雕刻艺术来看，除了藏汉融合，同时渗融着满、蒙等文化因素。

清代少数民族建筑文化的汉化影响是明显的。

如藏族毡帐，其帐幕以藏区特产牦牛的毛来编结，其色调是牦牛毛的原本深黑或深棕色，其毡房平面多为长方形，以门框状木架为主框架，帐幕中央开一方孔以供排烟、通风与日照，帐幕四垂并在其垂地处以牛角、羊角或铁钉、木桩之类固定在地上，并将帐幕向四周拉紧，以便营构一个内部的居住空间。这种形制，都是"藏式"建筑文化。

但是，有些比较高级一点的毡房比如班禅的居所，却仿效内地汉族土木建筑的某些样式，虽然也以帐幕为屋顶，但也做出屋脊、大门甚至廊檐、围墙与照壁的造型。体现出汉族建筑的一些传统"语汇"。

在云贵省区，早在秦汉与三国时期，已有大量汉族居民，迁居于景颇、傣、佤、苗、白诸少数民族地域，同时将汉族传统的木构建筑文化传播到那里。于是，当地的所谓"土著"，吸收了汉族传统建筑的文化营养，来改造、建构自己的居室。如傣族与景颇族的传说中，一直认为本民族的建房和耕田技术，是"诸葛亮教的"。如称傣族的干栏式建筑即竹楼的屋顶形制，为"孔明帽"。明代修建的许多著名建筑，如云南昆明黑龙潭黑龙宫、官渡金刚宝座塔、丽江白沙大宝积宫、琉璃殿与大定阁，以及清代修建的昆明大观楼等等，一般都具有汉族唐代建筑的遗风。早在唐代，云南滇池、洱海等少数民族聚居之地的井干与干栏式建筑，接受汉族木构架和土坯墙、瓦顶建筑的样式，在长期的历史演替中，到明清之际，已形成了在技术与艺术上成熟的所谓"一颗印"民居。彝族"一颗印"的平面为方形，在方正平面之上布置正房三间，前设抱厦（单层廊），两侧设厢房（耳房），共为两层，这便是"三间两耳"式。这种建筑，在朝向上，体现出彝族自己的文化特色（朝向西北，如云南昆明阿拉分海子村的彝族"一颗印"大门，向西北方向开，有向西北方向的天山祈祭的意思，是山岳崇拜的体现），而其大门设在正房正前方围墙正中，这是接受汉族建筑的中轴线观念的体现；整座建筑三面为正房与两厢外墙，第四面是设有大门的围墙以及由两端厢房的山墙构成，这种方正而封闭、严谨的平面、立面造型，有"方方如印"的特色，显然受到汉族建筑（尤其民居）通常所具有的方形平面形制的影响，从文化角度看，方形平面观，可能是汉族"天圆地方"中"地方"文化观念的体现；而其封闭性，立刻使我们想到明、清北京的四合院。

云南西部大理白族民居的汉化倾向可谓更加明显，虽然在民居朝向上，保持其本民族"坐西面东"的风格，这种风格之形成，一在于适应风向，二为适应地形（当地多西风或西南风并有"大理三宝"说，民谚有云："大理有三宝，风吹不进屋是第一宝。"这里为云南横断山脉地区，山脉走向以南北向为多），但是即使在这种"朝向"观念中，也已经渗融着汉族的一些"风水"观念。白族迷信"正房要有靠山，才坐得起人家"，所以建房"坐西面东"，这一"靠山"论，实际是汉族建筑"靠山"论在白族民居上的反映，所不同的仅仅是，汉族以北方为"靠山"，而白族以西方为"靠山"。白族民居又有所谓"三坊一照壁"式，"三坊"即三合院，"一照壁"，即三合院的三边由正面的主房与两侧的厢房构成，其第四边是一个照壁，照壁正面对着主房。三边之屋舍及第四边的照壁都面向其所围合而成的庭院，这实际是一个汉族四合院或三合院的"亚型"，汉族四合院的四边都建有房舍，白族"三坊一照壁"式，是将原第四边的房舍改成了"照壁"；汉族三合院的第四边以院墙为堵或不设院墙，白族的这种民居仅以"照壁"为主房对面的对应之"屏障"，而"照壁"本身原为汉族建筑或园林空间中的一种建筑"语汇"，只是不像白族民居这样作为重要的"第四堵墙"罢了。白族民居的照壁造型比较宽阔、高大，可以达到四间正房的宽度，有敦厚大方之态，同时，由于其彩绘、装饰华美，又有"体态"轻盈、匀称与灵秀之气，显得大方、洁净、清雅而娟丽，是白族吸纳汉族建筑文化之后的再创造。

云南白族的典型民居还有所谓"四合五天井"式，即在一座四合院平面内安置了五个天井，这也是在吸收了汉族民居"天井"文化因素之后的白族民居的杰出创造。汉族民居往往设一个"天井"（即庭院），而白族的"四合五天井"式，是往往将院门设于平面的东北一隅，采用一个漏角天井做入口小院，在厢房山墙上开设二门通抵宽阔的厢廊，供人由二门进入中央的大天井，并且廊房、厢房与主房之间，设计、建造了其余三个小天井，使整座民居的天井增至五个，非常精彩地体现了白族民居的空间通透性，在美学上，也使得这种白族建筑的空间序列因天井的设立而显得错落有致。

纳西族的建筑文化，也具有融合汉族建筑文化的鲜明烙印。汉族建筑文化以祭祖、敬祖为其重要特色，并有诸多"风水"禁忌。纳西族建筑的"崇祖"、禁忌观念也十分强烈。其"火塘文化"规定，火塘一旦建成，绝对禁止跨越，连手、脚无意之中触动锅庄石都不能被允许，这是在力求维持火塘的神圣性，火塘应当长燃不熄，这是祖先所存传下来的生命之光、生命之火。有的火塘发展到后来使用铁三脚架（明、清时期已有使用），人不能踢踏三脚架及其架上的灰烬。人进屋后，不许背向神位而坐，祭祖、祭神必须绝对肃静（诵经与祭器发声除外）。家人出远门，当日禁止扫地或清除火塘灰，也不能将水洒泼于火塘三脚架上。喝茶时一家人围在火塘边，不能先喝第一口，必先滴几滴在火塘的锅庄石上，表示"以祖宗为先"。这种关于居住方式的禁忌与规矩，其祭祖、敬宗的文化精神，与汉族是相通的。就居室本身而言，也有不少禁忌。如三间正房的屋面应一般高度，屋面高低参差必不吉利，如为四开间，则左侧一间应"跌落"，这是该民族关于"左为下"空间与伦理观念的反映，恰与汉族（左为上）相反。但是，如为五开间，则左右两梢间应同时"跌落"，否则不吉利，这种观念，却体现了汉族建筑以中部（正中）为高、为大，以两边为低矮的建筑空间制度的影响。又如在平面布置上，道路不能直冲大门而来，如果这种方向上的"冲击"因地形所限而不可避免，则应该在门上书以对联压邪——上联：泰山石敢当；下联：箭来石敢当；横批：弓开弦自断。显然，这种建筑的禁忌与"风水"的"解救"观念，深受汉族影响是不言而喻的。

瑶族自古为一游耕民族，往往随时迁徙，居无定所。明、清之时，瑶族大致保持着"依山结茅"的居住方式，即以山体、山岩为屏障，主要以茅草、丛木为材，筑为茅庐，以栖其身。明、清时期，瑶族山寨有的规模较大，朝向不一。而平地瑶居一般不另建谷仓、柴寮之类，这种形制，有类于汉族民居。瑶族建房立屋也重视"风水"，可以看作是瑶、汉"风水"观念的一种糅合，或者说是基于汉族"风水"观念影响的、瑶人自己民族文化观念的再"诠释"。如瑶居大门的安设，注重与房主人所谓"命相"的对应，要求金命者，大门朝北；木命者，大门朝南；水命者，大门西向或北向；火命者，东向或南向；土命者，西向或南向。这金木水火土，是汉族"五行"说，至于"五行"与大门朝向的对应，则是瑶居的文化"规矩"。汉族建房上梁必选"黄道吉日"然后实施，其吉辞有云："立柱恰逢黄道日，上梁巧遇紫微星。"瑶人造屋筑舍时，全山寨的人都出死力帮忙，众人送来诸多祭品，祭山川、土地、祖宗之神。上梁之时，选梁木必染以红色，由房主人亲家赠与，并亲自抬到工地上，鞭炮轰鸣，并大声朗诵《上梁吉庆词》，其词第一句云："一步高，一步低，鲁班请我上云梯。"具体仪式自与汉族有别，而其建筑观念模式，两者是一致的。

总之，明、清时期中国少数民族的建筑文化，由于汉民族建筑文化因素的渗入，使其发展日趋齐备，从而也体现出不同于诸多少数民族建筑原朴风格的"趋新"因素，符合中华民族文化一统的历史潮流。

第八章　近现代欧风美雨的东渐与"海派"建筑

中国文化的近代意识萌生于明代中叶，而直到1840年鸦片战争之后，中国文化包括中国建筑才真正步入近代时期。西方列强用坚船利炮轰开了东方老大帝国古老的国门，强迫清王朝签订一连串割地赔款、丧权辱国的不平等条约，中国文化迅速地向着半殖民地与半封建方向增变。从1840年至1911年辛亥革命到1919年"五四"运动的爆发，中国文化的这一近代时期，作为中国古典建筑与现代建筑之文化历程的中介，大致上是在风雨飘零的晚清中西文化的剧烈冲突之中发展的。西方列强以强权、侵略的方式所播洒的欧风美雨，伴随着太平天国农民起义、戊戌变法、义和团运动与辛亥革命等一系列重大的历史事件，频繁的战争、动荡的政治、剧烈的异质文化之间的冲突与"对话"，以及濒于崩溃的经济的直接制约，促成这一历史时期的中国建筑文化，初步实现从传统古代到近代、并趋于现代之深刻而痛苦的文化转型。西风东渐，其势强劲而不可阻挡，它普遍、深刻的程度，一点也不亚于汉魏之际所曾出现的印度佛教文化及其建筑观念对中国建筑文化的有力影响。这种建筑文化的转型愈演愈烈，自1911年、1919年至40年代末，可以看作是中国大规模地接纳"西学"而形成"现代"建筑文化的一个高潮时期。

这一"现代"具有三个特点：

其一，在地域上，由于这一特定历史时期中国境内战事频仍，民生凋敝，不可能在全国范围内进行全面的经济建设及其营造活动，只在沿海、沿江少数开埠城市或受其影响与辐射的城市，尤其上海等地发展现代建筑，它以海派建筑为代表。

其二，海派建筑首先发生、发展于上海，然而从其文化性格来看，并不仅仅属于上海地域文化范畴。从其文脉看，它是以"西"为"体"、以"中"为"用"的一种新型的建筑文化。

其三，海派建筑文化崛起之时，正值西方现代主义建筑在西方盛行之际，然而，海派不等于是西方现代主义在现代中国的流播，也不是西方文化的亚型，它具有属于它那个时代的一些创造。海派建筑的主流文化性格，一般的颇具中国色彩却往往是对西方古典意义建筑风格的仿造。仿西方之"古"以改变中国建筑陈陈相因的"古代"与"近代"风貌，这大致便是中国海派建筑文化的现代性。海派建筑的现代性，却一般地以西方古典建筑的一些"语汇"来表达，这种建筑文化影响的时代错位现象，耐人寻味。当然，西方现代主义建筑流派的一些"语汇"，也部分地体现在海派建筑的诸如生产类与大众平民化的居住类建筑上，不过，它不是构成海派建筑现代性的主流因素。总之，所谓海派建筑的现代性，仅是相对于中国建筑的古典与近代传统而言的。中国崛起于20世纪上半叶的海派建筑的文化性格，实际上是滞后于当时正在蓬勃发展的西方现代主义建筑潮流的。

第一节　新型城市崛起

在中外古今建筑文化史上，城市总是某一特定历史时期建筑文化时代水准的光辉体现。世界文明史，是人类的城市建筑及其文化的时代发展史，人类几乎所有的伟大文化，都是从城市产生的，城市本身就是人类伟大文化的重要标志。

何谓城市？东汉许慎《说文解字》云："城，以盛民也。"城是一个四周以土墙围合、上以天宇为覆顶的"容器"，里面住着（盛着）许多民众百姓。汉代刘熙《释名·释宫室》又说："城，盛也，盛受国都也。"这也便是说，这土制的"容器"不仅可以"盛民"，而且是驭民的"国都"，是统治者的政治与军事堡垒、权力中心。本书前文早就说过，国家之"国"的繁体写作國，从口从或，指持戈守卫着一个领域。城即国，城是指四周以城墙围合、持戈守卫的那一个领域。

在功能上，中国古代城市，是一个实现一定政治与军事目的的土制"容器"，这不等于它没有任何经济、文化等方面的作用，但比较起来，这种作用总是次要的。《易传》在解释《周易》坎卦时说："王公设险，以守其国。险之时用大矣哉。"遇险（包括自然之险与人力之险，主要指外敌侵扰）而以城墙拒之，这便是"国"（城）的基本功用，因而在这样的城域之中，盘桓着军事上的原始酋长、君王，城墙须修筑得又高又厚以御外敌。同时，城中最重要的建筑一直是宫殿，而城域之中作为进行经济贸易活动而存在的"市"的发展，是次要而缓慢的。《周礼·考工记》的王城制度，规定把"市"设在"朝"（宫殿）之后，地盘极小而很不显眼。唐代长安地盘极大，其宫殿的辉煌无与伦比，相比之下，"市"的地盘很小，只在拥拥挤挤的里坊之际，设"东市"、"西市"而已。宋之前，中国城市中的具有商业贸易性功能的街市并未真正形成，商贸与手工作坊一般被限制在四周有墙、设坊门的里坊之中，直到宋代，才开始初步形成临街开店的街市。然而这种街市，直到明、清之际，在其规模、品位与重要性上，依然不能与宫殿、官邸以及宗教类建筑相比。

这可以说明，中国古代的"城"，是政治、军事上的巨人，却是经济上的侏儒。

这种政治、军事堡垒一方面是强有力的，它有效地管理全城并统辖其郊野，它是乡野的宗主；另一方面，由于城市主要不是一个生产、经济与商贸的"容器"，而是消费的"容器"，它的文化生命，不像乡野那样在经济上可以自产自用、自给自足，而是必须依靠广大乡野来"养活"它。因此，中国古代城市在文化上，其实没有完全走出乡野型自给自足经济包围与滋养的文化氛围，它在经济上没有独立地位，是一种"农村包围城市"的文化态势。

然而，在明中叶之后中国城市已在缓慢地改变其文化特性与功能。鸦片战争以血与火的野蛮的强制方式，残酷地刺激着中国的城市，古老、封闭而脆弱的国门被迫打开，导致西方文化的汹涌而至，并首先在沿海、沿江一带的一些城市中开始变革。

正如本书前述，早在16至19世纪中叶，虽有比如北京圆明园"西洋楼"的建成，甚至此后还有诸如广州"十三夷馆"这种对外贸易类（商贸类）建筑的构建，然而总的说来，那些在一定程度上中国化了的西式建筑，仅偶一为之，不成气候。当时的中国建筑包括古城文化，好比老僧般向壁禅寂的"内心独白"而不愿抬头眺望世界。

而自1840年之后到1894年这半个多世纪之间，中国城市建筑的"西化"即"现代"化的进程十分迅速。据有关资料，仅此50多年间，大江南北因外族入侵而建立的商埠已达到34处；上海、天津与汉口等城市辟有大片租界，广州沙面与福建厦门的鼓浪屿等分别成了西方某国的独占租界，香港、九龙、澳门和台湾的个别城市则完全殖民地化了。在这些首先受到西方文化严重冲击的中国城市中，雨后春笋般地出现西式、且带有一定古典风格、在功能与文化属性上可以称之为"近现代"的政治类建筑：领事馆与海关；商业类建筑：洋行、银行与商行；生产类建筑：厂房、仓库与码头；旅游餐饮类建筑：宾馆与饭店；文化教育类建筑：教堂、学校、医院与戏院等。这诸多新型的建筑类型，除部分教堂与学校之类有时建于市郊甚至乡野外，大都集中在城市。

19世纪60至90年代，清廷一部分封疆大吏如奕䜣、曾国藩、左宗棠与李鸿章等发起洋务运动以图挽救朝廷危局。结果，他们播下的是"跳蚤"，收获的却是"龙种"。其本意在于援西方"技业"之长，以匡扶摇摇欲坠的清室社稷，岂料"匡扶"之业未就，却成了中国历史上兴办近代"实业"的"始作俑者"。他们创办工厂与矿山等等，其产业分布有造船、军火、冶金、机械、纺织与采矿之类，伴随而来的，是中国第一批具有近代意义的新型生产类建筑的诞生。朝廷重臣不是去为"皇上"修造宫殿，而是构筑一批生产类建筑，世道与世风真的有些变了。自然，洋务运动的实绩，也仅是工矿企业不足50个，造轮船20余艘，总吨位5万之类，并且以"洋务"所造船舰去迎战的北洋水师，在1894年中日甲午战争中的一败涂地，从一个方面再好不过地说明，当时由工业水平所决定的中国军事力量何等衰弱。但是，与洋务实业相伴而生的一批新型近代建筑（主要是生产类的）在古老东方之地平线上的出现，开始改变中国城市的形象。据统计，自鸦片战争到甲午战争这50多年间，全国建成大小工业生产类建筑百余个，其中一半以上集中在上海。如造船，继曾国藩于同治元、二年间，驻扎安庆设局制造洋器、全部用汉人做工、未雇洋匠、制造成一小火轮之后，李鸿章创建江南制造局于上海。同治四年（1865）八月，奏请收买上海虹口洋人机器厂一座，改为江南制造局。《江南制造局记》称："同治四年创办之初，厂中机器均未齐备。先就原有机器推广，造成大小机器三十余座，用以铸造枪炮炸弹。六年始造轮船。十三年仿制黑色火药。光绪四年仿造九磅子、四十磅子前膛快炮。五年更造前膛四十八磅、八十磅各种开花实心弹。七年造桶式一百磅药、碰电、热铁浮雷。十年造林明敦中针枪。十一年停造轮船，专修理南北洋各省兵轮船只。"同时，南京机器制造总局设在南京南门外扫帚巷东首，同治四年兴工，五年七月告竣。天津机器局，自同治六年（1867）四月开局，由前任三口通商大臣崇厚等创办。福建船政局，设造在同治五年（1866），由左宗棠创办。可见，"洋务"的兴办，集中在短短几年中，开始营构中国诸多城市的近代建筑新景观，开近代中国生产类建筑风气之先。

近现代文化意义上的中国城市建筑一般具有如下特点：

其一，从城市总体规划角度看，一些中国城市是西方某国独占的割让地，殖民化程度颇高，当初进行城市建设时，可能有一些总体设想，但在文化观念与城市功能问题上，都不是目光远大与细可推敲的。如香港，开埠于1842年（1997年7月1日回归）；澳门，更被葡萄牙占领近400年（1999年12月20日回归）；1895年，九龙成为继香港之后由英国独占的第二块中国领土等，都曾进行过不同程度的营造活动，但未作全面规划。其原因，殖民者对这些中国城市的开发与利用，归根到底是掠夺性的，大约都有些"临时"观点。有些城市，比如上海与天津等，是数个殖民国家瓜分共占的租界，还有华界并存，更不可能进行总体规划。如上海，英、法、日等租界中的建筑，都是"分而治之"或多元杂糅的，往往建筑样式、风格不同，各搞一套，不可能有一个总体构思和统一"语汇"。上海的殖民化建筑集中建造在黄浦江西岸及邻近地域，对浦东地区未加开发。在西岸，首先繁荣起来的是沿岸一带（即所谓"外滩"），不断向西纵深推进，这是受经济利益驱使的缘故。因为沿江一带交通方便，更有利可图，也与各殖民者不作城市总体规划有关。因而，这些新型城市的平面一改中国传统的"棋盘格"，其建筑的分布，拥挤处寸土必争，疏放处荒芜漫漫，城市道路往往依原有地形发展，曲折甚或纠缠，呈现"无政府状态"，导致城市风貌千奇百怪，缺乏统一、均衡的美。而在一些西方人独占的城市区域里，其景观又显得单调，如哈尔滨的俄罗斯式、长春的日本式与青岛的德国式等等即是。

正因为如此，当时这些城市的功能分布区一般不甚合理，如上海的商业区集中在沿江一带及南京路，工业区多集中在杨浦等区，各式里弄住宅又有随地而建的随意性。且住宅的贫富风貌对比极为强烈，高级豪华住宅与贫民棚户区十分不协调地组织在同一城市里。如上海愚园路、衡山路，南京颐和路，唐山的西山，广州的东山，天津的重庆路以及蚌埠的国富街等，当时都是洋人、买办、官僚与巨商的"安乐窝"与"逍遥宫"，而上海的原蕃瓜弄、肇嘉浜地区，北京的原龙须沟等贫民区又不堪入目。租界与华界，无论道路分布、人口密度、建筑样式、质量与文化氛围，都不相协调，其绿化景观也悬殊。从建筑密度看，青岛德人占有区的独院型花园别墅，仅为20%左右，哈尔滨洋人别墅区，只有10%上下，而华人居住区，一般为60%以上，甚至超过75%，如上海南市华人居住区房舍低矮陈旧破败，街路狭窄而曲折，环境条件差而人口密度尤高，可谓当时中国之最。

其二，虽然这些深受西方文化濡染的中国城市总体布局往往都不甚合理，但却滋生了一些新的平面"语汇"。中国城市的典型平面布局是讲"规矩方圆"，通常的"做法"是"中轴对称"，最严谨的城市平面布局是前文所谓"棋盘格"。而这种城市平面布局规制与模式由于西风东传而遭到了毁灭性打击，即变有序为无序，无序是对有序的历史性惩罚。这一变化真是非同小可，它意味着，近现代的新型城市借助外来影响，已从肯定王权、秩序与伦理规范的历史"阴影"中走出来，向着以商贸、工业文化为时代主调的自由态势发展，城市的文化人格，已从传统的政治伦理向经济文化转移。比如，素有"虎踞龙盘"之美称的南京，是历史上诸多王朝的首都，尤其作为明代初年的首都，曾有一度的城市建设，成为当时世界上最大的砖石城垣的都城。但在1858年根据《天津条约》辟为通商口岸之后，南京的古都风貌开始改变。首先是新型的生产类建筑如1865年建造的南京（金陵）机器制造总局以及此后的自来水厂、发电厂等相继屹立在扬子江边。辛亥革命之后，国民参议院大楼、江苏省咨询局大楼以及劝业场等建筑也出现了。尽管作为当时国民党政府所在地，政治类、军事类建筑的发展在所难免，但发展更迅速、更显眼的，除了"总统府"、"国防部"、海、陆、空三军"司令部大楼"之外，除了各类兵工厂、飞机修配厂、船舶修配厂、军械厂、无线电厂以及所属仓库等之外，还有所谓中央、中国、交通与中国农民这四大银行大厦屹立在南京。据统计，1949年之前，南京有大小银行建筑70多处。同时，文化教育类建筑如金陵大学与居民住宅也得到了蓬勃发展，这里居住着属于四大家族、上层官僚阶层的大批人员，计30余万人，占全城总人口（135万）的22%，他们的高级住宅（别墅，花园洋房），为古都南京营构了浓厚的近现代文化气息。此时的南京，自然不可能不具有强烈的政治氛围，而工业、商业与文化教育、娱乐等建筑毕竟比以往大为发展了，这已在一定程度上更新了城市的功能。

相比之下，上海作为拒绝中华建筑传统的新型城市，自然是最典型的。历史上，上海从来不是哪一朝哪一代的首都，其政治性、伦理性的文化氛围在建筑形象中的体现，一向相对少弱。上海自1843年被迫开埠之后，西方列强以"越界筑路"的方式，不断沿浦江西岸向西蚕食大片中国土地，使租界急剧扩大。如英租界的占地面积，开埠不久的1845年，仅为830亩，到1848年仅过3年时间，已扩大为2 820亩。1915年，英、美、法三个主要租界的面积，比1848年猛增了12倍，总计达7万亩之巨。在这些租界里，建造了大量近现代建筑。其中，工业生产类建筑急剧发展。在上海，1863年建造全国第一座"上海自来火房"；1881年，建成全国第一个自来水厂；1882年，建成全国第一家发电厂"上海电光公司"。据统计，20世纪30年代，上海有大小工厂1 700余家，到1949年，已猛增至10 079家。里弄住宅的大量建造，是与这个城市总人口的急剧上升相应的，1880年，上海总人口为100万，1930年为300万，1949年则为506.3万。其他，如商场、银行、交易所、饭店、游乐场、学校、电影院、戏馆、报馆、印书馆、图书馆与博物馆等，也大批地建造起来，使上海迅速成了繁华的"东方大都会"。

其三，从建筑技术与结构看，中国传统建筑的基本模式是土木结构，数千年一脉相承。西风东渐，促使城市建筑的技术与结构不得不发生"革命"。当"洋务"派初起时，一些工业生产类建筑以土木为材，土木结构，一般规模也不大，仅占地在300至400亩之际，有的甚至仅为数十亩。但在由外资所兴办的工厂与洋行等建筑中，已引进西式砖木混合结构。如早在1866年建造的福州船政局，"占地六百亩，除各工厂、储藏所、煤栈、砖灰窑等共用地三分之一外，其他还有学校、兵营、戏院、大臣衙门、宿舍，以及外国技术人员住宅等区域，厂区内建有铁厂、水缸厂、轮机厂、铸铁厂、钟表厂、打铁厂、转锯厂等车间，小者几百平方米，大者二千余平方米，均采用砖木混合结构平房形式。规模巨大的汉阳铁厂，创建于1890年，全厂共有六个大厂（炼钢厂、钢轨厂、铸铁厂等），四个小厂，炼炉两座，其机器，厂房工料全部从英国、比利时订购，'烟囱高大过于大别山顶；屋做洋式，卤用铁铸'，除主厂房之外，都是砖木混合结构建筑"[1]。

自19世纪60年代开始，已有钢结构的应用。据记载，中国近现代第一座铁（钢）结构建筑，当推1863年建于上海的自来火房炭化炉房，这是由英国人开办的一家工厂。由中国人所经营的最早的铁（钢）结构建筑，是汉阳铁厂与湖北枪炮厂，这已是19世纪90年代的事了。20世纪初，全钢结构技术最早运用在青岛四方机车修理厂的厂房上，不久这种建筑技术开始普及，并且使钢桁架的跨度不断增大。

据《中国建筑史》，混凝土与钢筋混凝土的应用，始于英国人于1883年建成的上海自来水厂。1911年，上海日华纱厂最早采用钢筋混凝土结构的锯齿型屋顶，放弃了中国传统的砖瓦结构与大屋顶形制。1920年，上海振泰纱厂摇纱间，首次采用钢筋混凝土框架结构。1921年，上海电车公司汇山路停车场，最早出现拱形屋架，凡此等等，都是材料、技术与结构的革新和对中国建筑传统的背离。[2]

其四，近现代中国城市建筑的文化观念，一般地接受西方建筑文化的影响，但依然不同程度地遗存着中国传统建筑的文化烙印。当时北京并未处于接纳西方文化的前哨，但也多少受到西风的冲击。北京近代旧式商业类建筑，自是传统的一路，却以"洋式"装修门面。如商店里出售的已是"洋货"，而商店的建筑却是属于中国传统的，怎么办呢？就来普遍扩展商店的主入口，采用玻璃这种明亮、光滑的新材料装潢橱窗，以此突出商业类建筑的现代情调的炫耀性与招徕性。或者"用砖砌成圆券、椭圆券或平券，券旁做柱墩，墩上作几排横线脚，顶上立狮子、花篮等装饰。这是文艺复兴壁柱处理的变体"。或者"把

---

① 《中国建筑史》编写组：《中国建筑史》，中国建筑工业出版社，1982，第235页。

② 同上书，第237—239页。

正面山墙或女儿墙做成半圆或其他复杂形式，上刻繁琐的花纹。这实际上是从巴洛克或洛可可变来的。"或者"将商店门前架立铁架天棚，作两坡顶或弧形顶，天棚前面做成铁花栏栅，花纹扭扭曲曲，十分繁琐，这可能是从洋式围墙上的铁栏栅搬套来的"。或者在店铺正立面另筑高墙，做假窗，冒充"楼房"。[①]好比本为一个土气的中国女子，一定要生硬地进行西式化妆以赶时髦那样，是中西建筑文化碰撞初期一种比较常见的建筑文化现象。虽然努力"西洋"化，而骨子里还是中国建筑的文化血脉。当然，即使是一些小小的"西化"与改动，其在中国建筑文化历程中的历史意义，仍然是值得注意的。比如北京的百货店、酒肆、旅馆、戏院或澡堂等，有的在原先四合院、三合院的庭院（天井）之上加建一个钢架天棚，目的在拓展营业空间。岂料这么一来，庭院变成了一个室内空间，中国庭院历史性地消失了。中国庭院，在传统的居住类、宫殿类建筑中，本来是建筑的"气口"（风水意义上）和"呼吸器官"（生理、心理意义上），至此一改，遂由商业实利代替了传统的人文诗情，这不能不是在近现代意义上、中国城市建筑文化无奈之中进步兼退步的一个实例。

第二节 "海派"风流

近现代文化意义上接纳欧风美雨之影响最巨、最深与最典型的，当推上海为第一。在上海，西洋建筑文化与中国传统建筑文化的"对接"，首先形成了所谓的"海派"建筑文化。

在中国近现代历史上，上海这个城市有点特别。美国学者罗兹·墨菲《上海——现代中国的钥匙》一书指出："上海，连同它在近百年来成长发展的格局，一直是现代中国的缩影。就在这个城市，中国第一次接受和吸取了19世纪欧洲的治外法权、炮舰外交、外国租界和侵略精神的经验教训。就在这个城市，胜于任何其他地方，理性的、重视法规的、科学的、工业发达的、效率高的、扩张正义的西方和因袭传统的、全凭直觉的、人文主义的、以农业为主的、效率低的、闭关自守的中国——两种文明走到一起来了。两者接触的结果和中国

---

① 《中国建筑史》编写组：《中国建筑史》，中国建筑工业出版社，1982，第261页。

的反应，首先在上海开始出现，现代中国就在这里诞生。"①这一论述，突出了上海的重要地位。上海是一个既古老且更为年轻的城市。它的文化的发源地在松江（古称华亭）。松江之名，是古华亭县境内一条主河流的名称。《尚书·禹贡》有"三江既入，震泽底定"之记。所谓"三江"，历史上有的指为"松江、娄江、东江"。华亭之称，最早见于《三国志·陆逊传》，汉献帝建安二十四年（219），陆逊由于战功显赫，被孙权封为"华亭侯"。唐玄宗天宝十年（751），设华亭县，便是松江县前身。元至元二十八年（1291），又从华亭县治中划出一块地域设上海县，上海县是上海这个城市的直接的文化"摇篮"。因此，今人有"上海建城七百年"之说。明洪武年间（1368—1398），上海这个小小县邑的棉纺业获得了迅速发展，成为当时中国最大的棉纺业中心。清康熙年间（1662—1722），上海设立海关，从此在对内对外的生产、贸易方面地位日显重要，出现所谓"往来船舶，俱入黄浦编号"的水运盛况。虽然如此，当时上海与后来的上海相比，在地域、工商贸易与文化规模、成就等方面，不可同日而语。当时上海的经济文化，自然根本谈不上冲出传统的"中国农业文明"与自给自足农业经济的重围。比如，即使在从明永乐到清康熙所谓古代上海比较繁荣的漫长岁月里，仍有严厉的海禁之类，严重压制了上海城市经济文化的自由发展。

被迫开埠之后的上海，西方列强利用《南京条约》以及此后的诸多不平等条约的有关条款，首先在上海取得"居留地"（Settlement），推行强盗式"越界筑路"政策，强迫清廷修改《土地章程》，一次次扩大地盘，最后将"居留地"变成了租界。租界是以"租借"方式出现的殖民地，所谓国中之"国"。西方列强在租界制订与实施其本国法律，建立其最高行政机构，设置法庭、监狱，驻扎军队与警察，中国人无权干涉。

开埠之后的上海，城市面貌获得了急剧的改变。

如从1845年到1915年这70年间，上海的租界从占地几百亩扩展到几万亩，增加100倍。上海租界的人口，因避太平天国战争与北方尤其京津地区义和团和八国联军入侵的战乱而急剧膨胀。1855年仅为几万人；1865年忽已增至13万人

---

① ［美］罗兹·墨菲：《上海—现代中国的钥匙》，章克生等译，上海人民出版社，1986，第
4—5页。

（据有关资料，自1855至1865年这十年间，流落于全上海的难民达到50万人）。

租界的存在与华界的开拓（如后来在1927年，上海被确定为"特别市"，实施"大上海中心计划"，划出现江湾、五角场一带7 000余亩土地为华界；如南市），造成了"华洋杂处"的局面，各种频繁的战争与灾荒等，将大批"避地江南"、"进入孤岛"的国内人口聚集在上海，外国的商人、实业家与"冒险家"甚至流氓之类，出于经济实利，到上海来做"发财梦"。短时期内，上海成了国际上国际化、移民程度很高的城市之一，在这"东方巴黎"、"冒险家的乐园"、"十里洋场"里，居住了欧、美、亚、非近50个国家和地区的侨民，全盛时达到12万。

并且，一大批文化人的聚集于申城，很大程度上塑造着这个城市的文化品格。

近现代的上海各种工业门类齐备，尤以纺织、机械、造船、医药、印刷与建筑业为全国之冠。这里有全国最多、最大的商店，最大的港口，最高的对内、对外贸易额，集中了全国最大的银行、海关、洋行、饭店、公寓和百货公司。据杨东平《城市季风》一书记载，抗战前夕，上海拥有外国对华进出口商贸总额（除当时已被日本侵占的东三省）的81.2%、银行业投资的79.2%、工业投资的67.1%、房地产的76.8%。同时，民族工业、商业经济也得到了较快的发展，如自1932年至1933年间，上海拥有现代工厂1200家，约占全国总数（2 435家）的49%。工业资本总额为全国的40%，工人总数占全国的43%，工业生产总值占全国的50%。许多年间，上海直接对外贸易总值一直占全国一半以上，尤其1936年，为55.56%，对全国各通商口岸的贸易总值，竟达全国的75.2%。上海还光荣地扮演了全国金融中心的角色。如1932年，有67家中国现代银行的总行设于上海，占全国（除台港澳和东三省）银行总投资额的63.8%，上海26家会员银行占所有中国现代银行总资产的75%以上。在1935年，上海有27家外国银行，占全部在华的外国银行的93%。

工商业的繁荣无疑催化了文化事业的突飞猛进，短时期内，上海成为接纳西学的文化桥头堡。如当时全国有三个译介西学的官方机构即京师同文馆、江南制造局翻译馆与广学会，上海占有两席。自1849—1899年，上海地区翻译出版的西文著作共473种，占全国的85%以上。1898年，上海出版的西文报纸累计达到13种。戊戌变法前三年间，维新派一共在全国创办报纸近40种，其中上海占27种。

人口的高度集中、经济的繁荣与文化的发达，尤其是中西文化观念的剧烈碰撞，孕育与发展了中国的一种新型文化：海派文化。

尽管"海派"这一称谓，起于20世纪20年代与30年代，中国文化界内部的"京海之争"，是当时所谓"京派"对以上海商业文化为代表的一种城市文化的贬称；尽管"海派"文化自有其弱点与局限，如从其一开始就具有一定的崇洋文化因素，对中国传统文化"消解"过甚等等，然而，从中国历史角度看，"海派"文化无疑含蕴着中国近现代文化的新趋势，像当时一些"京派"作家企图骂倒"海派"的一切，是不公平的。

鲁迅先生曾经指出："北京是明清的帝都，上海乃各国之租界，帝都多官，租界多商，所以文人在京者近官，没海者近商，近官者在使官得名，近商者在使商获利，而自己也赖以糊口。要而言之，不过'京派'是'官'的帮闲，'海派'则是'商'的帮忙而已。"①虽然这是就当时的文人人格问题谈京、海的区别，将"帮闲"与"帮忙"的恶称分别给予"京派"与"海派"未必妥当，但是，鲁迅关于京派"近官"、海派"近商"的见解，却是很有见地的。

作为"海派"文化在东方地平线上巨大侧影的"海派"建筑，其文化性格的构成，是循着重商、开放、杂交与创新的格局发展的。

其一，重商。

"海派"文化性格丰富而复杂，而且随着时代的发展而变革，不过，"海派"文化及其建筑的核心性格，是在欧风美雨播洒的大背景下，由城市商业及与商业相关的一些因素所铸造的，商业，使得以上海为代表的一些中国城市，有可能突破中国传统农业经济及其文化重围，不同程度地走上近代、现代化的道路。

如前所述，上海是一个以商贸活动为主推动其他产业与文化蓬勃发展的新型城市。自开埠以来，上海建筑中的工业生产类建筑相对繁荣。与此相伴相生的，是商贸类建筑的高度发展。

早在20世纪20年代与30年代，甚至更早，作为上海形象标志与城市象征的现南京路、外滩建筑，其绝大多数属于商贸类或者为商贸服务的金融类建筑。在南京路一带，建造了许多百货大楼，比较著名的有先施公司大厦，今上海时

---

① 鲁迅：《鲁迅全集》第五卷，人民文学出版社，1957，第432页。

装公司大楼与东亚饭店，它们建于1915年，是上海较早的钢筋混凝土建筑的代表之一，集商场、酒楼与旅馆于一身。永安公司大厦（现华联商厦），1918年建，是当时部门分工最细、设施较为完备的大型商业楼，楼内首先设立游艺场。新永安公司大厦（今华侨商店），是一座高19层的钢筋混凝土结构建筑，建于1933年，三角形平面以切合基地地形，楼内装有冷暖气及快速电梯，设施新颖、先进。大新公司大厦（今市百一店），1934年建成，是一座崭新的现代建筑，它的框架间距较大，所以铺面尤为宽敞，采光通风均为良好。它的一至三楼设商场，装备以轮带式自动电梯，在当时属全国首创。大陆商场大厦（今东海大楼），原为大陆银行，后来一至四层作为中国国货公司营业大厅以推销国货，五、六楼层为写字间，楼顶有屋顶花园，形象与功能比较别致。在外滩一带，矗立着不少洋行与银行建筑。据资料，仅19世纪70年代，英租界外滩一带有大洋行22家。其中著名的，如旗昌洋行，地处现北京路、圆明园路转角处，该建筑被拆除于1895年。礼和洋行，今黄浦旅社，1877年4月设行，建成于1906年。另外，仁记洋行，1908年建于圆明园路。怡和洋行，1949年之后曾为上海市外贸公司。亚细亚火油公司，今上海冶金设计院，在1949年之前也是一座颇为著名的建筑。同时，如英国汇丰银行大厦，1925年建成，是外滩最著名的建筑。其他还有华俄道胜银行、中国银行（建于1937年）与金城银行等，都极负盛名。与此相关的，是诸多豪华饭店、旅馆的建造，如位于南京路外滩的沙逊大厦（今和平饭店）与国际饭店等，都是中国当时最著名的现代餐饮类建筑。国际饭店建于1934年，为当时及此后半个世纪中国大陆最高的建筑，高达82米，在现在看来，这高度当然不算什么，但在当时，却是了不起的。再如位于苏州河与黄浦江交界处、外白渡桥北部的百老汇大厦（今上海大厦）等也是十分著名的，它那庞大的空间体量具有阳刚之气。同时，与商贸类建筑相应的，是大批生产用房如工厂、码头、车站等在城市的各个区域相继建造，作为商品住宅的里弄街坊的建造几次掀起高潮。如1853年小刀会起义军迅速占领上海县城，有钱人纷纷迁入租界以寻求"安全"，又如1860至1863年，太平天国军队几度逼境，导致租界内人口激增，外商乘机大批搭建、改造砖木立贴承重结构的联排式房舍，构筑大批里弄房子，再如抗日战争期间，租界内又建造了大批里弄建筑。

　　显然，商贸类及与之相关的金融类、生产类以及作为商品住宅的建筑，是"海派"建筑的主角。重商，必然追求经济利润与商业的招徕性，讲究建筑的气派与装饰，并千方百计降低造价、提高实用空间的使用效率，成为"海派"建筑的显著特色之一。

　　在重视商贸竞争的文化背景下，建筑作为一种永久性的广告效应与形象，是再合适不过的了。因此，为经济实利所驱动，必须借用"文化"的力量。如在外滩这个金融中心区，西方殖民者所设计、建造的诸多高楼大厦，一般都取西方古典传统一路。尽管就当时世界建筑潮流来看，大致已处于现代主义时期，但外滩一带的建筑，却是传统的古典"西式"。建筑物一般均以石材为主构筑，这断然舍弃了中国以土木为材、土木结构的"文化"，讲究横三段与竖三段的对称构图及各部分之间的严格比例。高台基、敞门廊、古典柱式（陶立克、爱奥尼、科林新、塔什干或混合式）、屋顶显著的标志物、檐部和柱头的精致石雕花纹、室内装饰用材与造型的精雅考究以及人体石雕等等，都在努力显示欧西建筑文化的"优越感"以及主人的豪富与气派。尤其汇丰银行大厦，1925年新建于原银行旧址之上，五层，中央七层，建筑面积达32 000平方米，半球型屋顶，钢框架结构，外墙以金山石饰面，是对欧洲古典砖石结构的模仿，横向三段划分。其中段立面上有贯穿二至四层的仿古罗马科林新柱式双柱廊，其基座分为三个拱券，上部穹顶使人联想起古罗马的万神庙。室内也采用古典"语汇"，如爱奥尼式的柱廊以及藻井式天花等，大厅立柱、护壁与地坪均采用大理石贴面，装修极为讲究，显得富丽堂皇。而且在古典氛围之中具有现代气息，如室内装有当时很先进的冷暖气设备。该建筑是上海外滩建筑群中的主体建筑，当时被诩为"从苏伊士运河到远东白令海峡的一座最讲究的建筑"，充分显示出作为英国当时在沪金融集团总枢纽及外商在华最大银行的财产与实力。

　　同样由于经济实利的驱动，珍惜与充分利用每一块土地成为"海派"建筑的又一特色。外滩建筑群由于外滩寸土如金，故多数建筑只能以其窄面（主立面）面向黄浦江，显得很拥挤。"见缝造屋"、"寸土必建"态势在外滩建筑群中表现得很鲜明，在大量里弄住宅中更是如此。

　　里弄住宅是"海派"建筑独一无二的新型居住类型，它是由房地产商投资并迎合住户的不同需求而成批"生产"出来的，并分户出租或出卖。上海里弄与当时天津、唐山等地城市居民的住所具有相似性，实际上当时国外一些工业城市也有建造，但上海里弄具有独特的上海地域特性。上海里弄的设计、建造要旨，是节约土地及其造价。如减少每户平均所占面宽、加大房屋进深、缩小房间间距以及降低层高等，并且把每一块可以利用的户外用地，都尽可能组织到住户的使用范围之内。除了必要的户外通道之外，建筑物之间的空地（面积很小）安排为前院、后院及车库等辅助用房，即使户外的公共通道，实际上也往往成为居民共同的休息纳凉、晒太阳、聊天与儿童游戏的场所，其空间的巧于"剪裁"、组织与不可避免的拥挤，是"海派"建筑所谓"大上海，小里弄"的显著特色。

纵观里弄住宅的发展，大致上是老式石库门、新式石库门、新式里弄、花园里弄与公寓里弄这几种类型。在力求满足使用功能的前提下，房屋的层高愈降愈低，从4米多高降至不足3米，这种省材省钱省力的主意，只有"重商"的头脑才能想得出来。在里弄住宅中，一般主要居室层高略高，后部背阳处次要的辅助用房如厨房的层高较低，这样一座石库门的前后就产生了错层，在错层的楼梯平台处增加出了一间"亭子间"，其上部屋顶作为晒台之用，使得室内室外的空间组织合理，立面变得丰富生动，"亭子间"往往住着以卖文、卖画、卖艺为生的文人、优伶或是其他下层居民，由此衍生出一种所谓的"亭子间文化"，仿佛是很有诗意的，实质上，上海"亭子间"是实用与注重经济效益的范例。淮海中路的尚贤坊（1924年建）、延安中路的四明村（1928年建）与福明村（1931年建）等，也由于经济实利的充分考虑而使得其居住面积紧凑，通过门窗设置的变动把室外空间组织进来以扩大室内空间，把屋顶平台、天井院落处理为各种露天的活动室之类，达到所谓小处大用、合理多用、变无用为所用的目的，这种"精明"一般具有商人的习性与思路。

其二，开放。

由于上海是一个工商贸易程度相对很高的城市，导致"海派"建筑文化具有较强的开放意识。商品的易地交换，发生在上海内部各地区、上海与国内各地区、上海与国际之间，且以后两者为主，这就必然打破封闭的文化思路，产生在经济头脑支配下的文化开放意识，在建筑上形成中外、主要是中西交融或冲突的特色。在对待民族建筑传统的问题上，"海派"一般不固执于传统，不固守于传统，而是抱着开放、宽容的文化态度。

在"海派"建筑中，那种彻头彻尾的中国"老古董"、假古董没有任何立足之地（否则就不能称之为"海派"了），"海派"对民族传统建筑具有比较冷静、理智的选择态度，而一般不愿照搬中国传统样式。如果说有什么"狂热"的话，大概在其早期对西洋建筑样式过于偏爱。就外滩沿江一线的建筑群来说，现存建筑物中没有一座是彻头彻尾中国式的。有的建筑开始时是具有浓烈的民族风味的，后来经过一次次的改造，终于改变老面孔，使西方的建筑文化观念与样式因素大量渗入。

比如，上海江海关建筑风格的演变就说明了这一点。江海关，最初建于1846年，位于今十六铺的临江边，当时称为"新关"，1853年小刀会起义时被战火所毁。1857年在汉口路外滩重建江海关，建筑样式采用中国传统的土木结构歇山顶，看上去像一座古庙，这是早期的江海关。中期的江海关由英人设计，其使用期为1893年到1925年，它由古庙式改为西洋式，平面为门形，主屋三层，中建高五层的方形钟楼。其内部设有大厅，可容纳数百人，这是中国传统木构建筑的内部空间容量所不可想象的。该建筑内部装有软百叶窗与暖气设备，一派西洋装修风格，屋顶设以避雷针，但台基较高，主立面大门前设拾级而上的踏步，门两旁却安放着一对石狮，有中国衙门样式的遗制。后期江海关始建于1925年，竣工于1927年12月。这座建筑为钢框架结构、多层，造型为欧洲古典与近代建筑相糅合的折中式，临外滩的大门前设以粗巨、雄浑的希腊陶立克柱廊，顶部设钟楼，这显然是地道的西洋风格，真正可以说是以"西"为"体"的。相比之下，外滩沿江一线的另一座建筑中国银行大厦，其建筑风格具有较多的中华传统特色，比如其屋顶采用糅合民族传统因素之平缓的四方锥尖形，部分檐口做出石质斗栱模样，栏杆与窗的法式也具有一定的民族风味，但其整座建筑是钢框架结构而非土木结构，也不是大屋顶，主入口门廊采用稍作变化了的西洋柱式，所以仍是西式建筑，颇有以"西"为"体"、以"中"为"用"的韵味。

纵观"海派"建筑的发展历程，上海开埠之初，外人往往"迁就"于"中式"建筑传统，在其从事商贸、文化甚至外交活动等的用房上，较多地保留一些属于中国传统的东西，以求站稳脚跟。不久，便开始在租界内大规模地建造

二、三层砖石结构的西式建筑，其造型一般采用欧洲古典式、文艺复兴式或券柱式。到20世纪初，出现了钢筋混凝土结构的多层建筑，建筑造型趋于古典与近代相结合的折中式。而到了20至30年代，钢筋混凝土框架和钢框架结构已经相当流行，注重功能的现代建筑开始出现在"海派"之中，建造了十几层到二十几层的高层建筑，同时在这类建筑的细部装饰上，往往做出"中式"造型或图案。"海派"建筑的理路大致是，西方殖民者以"文化优胜"者的姿态，首先是趾高气扬、大规模地以西方古典取代中国古典，同时在后期的高层建筑（主要是商贸类建筑）和一些比较廉价、实用的平民用房上不拒绝现代建筑材料与技术的运用，追求其实用性功能。尽管如此，"海派"建筑的历史步伐，并不总是与当时正在崛起的西方现代主义（所谓"国际式"）建筑潮流相同步的，"海派"建筑不是起自西方的"国际式"的东方翻版。当然，如与中国近现代历史时期其他地域、其他类型的建筑文化（如依然忠实于中华传统的内地建筑文化）相比，"海派"建筑在观念、材料、技术、结构与样式等方面，都具有向当时西方"开放"的鲜明时代特征，不管这种"开放"是被迫的、无奈的还是狂热崇洋的，归根到底是对中国古典建筑传统的背叛。

这里，重要的是"海派"所特有的面对西方文化的文化态度。当20世纪初强烈的民族情绪在全国高涨，在"海派"的故乡上海却没有剧烈的排"夷"思潮出现。内地人蔑称西人为"洋鬼子"或"夷人"，即使在广州，也蔑称租界为"夷场"，以西人的洋行之类为"夷馆"。这种蔑称在当时流行的上海城市"话语"中是比较少的。姚公鹤在《上海闲话》中指出，"独上海则妇孺老少，在昔迄今，均称外人为外国人"。这种说法未免有些一概而论，却也道出了"海派"其人面对西方器物、制度与观念的东渐取一种比较平和与容纳的态度，这自然不是在外人面前"奴颜媚骨"的上海人的"软骨病"，而仿佛是天生的民族之间、人与人之间平等意识的表现，也说明上海人对民族传统其中包括民族建筑文化并不过于执着是可以理解的，开放是必然的。

其三，杂交。

重商而开放的时代，必然建构具有重商且开放特色的建筑文化，由于沪地万商云集、"万国"（华洋）杂处，又使得源自上海的"海派"建筑文化具有"杂交"的特色，而"杂交"出优势。特定的历史与地域条件，形成西西、中西与中中建筑文化的大掺合，造成风格各异、形式多样的建筑大"杂交"。从"海派"建筑的整体来看，这种"杂交"态势基本上可以分成两大类：一是纯粹西式建筑样式与风格的掺杂；一是中西之间的杂糅。

所谓西式建筑之间的掺杂，是指在建筑群体或单体上同时具有西洋不同国家、时代与民族的建筑风格。如上海外滩的建筑群体，总体上都是西式建筑，又具有西方古典、近代与折中式等多种风格。又如上海的花园里弄住宅，大多是当时有钱的外国人建造与居住的，建筑形式丰富多样，马勒住宅与哈同花园的美学风格大不一样。在所有的花园住宅中，最多见的，有法国古典式、英国古典乡村别墅式、西班牙古典式、美国殖民式、混合式、立体式甚至现代式，可以说是西式高级住宅的一个"博览"。再如作为西方文化输入最直接、最能体现西方建筑文化特色的教堂，其风格也是多种多样的。徐家汇天主堂是罗马式与法国高直风格的教堂①的"组接"，它的双尖顶使人联想到著名的巴黎圣母院。董家渡天主堂的正立面带有文艺复兴后期欧洲建筑的巴洛克形式特征。佘山天主堂典型地再现了罗马式教堂的造型。浦东唐墓桥天主堂为法国露德式。圣三一堂是西欧高直式教堂的类型。国际礼拜堂为英国式。慕而堂是美国式。至于东正教堂，又是典型的俄罗斯式。同时，在一幢建筑中出现了将不同国度的建筑文化杂糅，并存在一起的情况，最典型的当推沙逊大厦。这座建筑物在几个不同层面共汇集了9个国家不同风格的装饰与家具布置，如其第五层设有德国式、印度式与西班牙式的客房，第六层为法国式、意大利式与英国式，第七层是中国式……这种"杂交"，大约只有在"海派"建筑中才能见到。

所谓中西之间杂糅，主要表现在细部具有中国传统建筑"语汇"的西式建筑和在中国传统建筑上追求与体现"西洋"化的建筑。这是中西文化的对接在建筑上的又一反映，而且其数量在"海派"建筑中占有相当比重。如大量的里弄建筑，在初始阶段，其外形吸取了西欧联排式住宅的特点，呈毗连排列态势，因而在宏观上是西化的。但从微观看，每一单体又脱胎于中国传统的四合院、三合院，是将四合院或三合院的门堂改作石库门，其前院改为天井，成为三间二厢型建筑。老式"石库门"的门窗装修与山墙处理等都带有中国传统民

---

① 按：西欧中世纪的哥特式（Colic，又译为高惕式）教堂，具有"高直"风格。

居的特色。新式"石库门"在保持原有里弄型式的同时，在结构、内部装修与用材方面，更多地采用西制。花园住宅如已毁的、原国民党政府上海市市长吴铁城的住宅，外观是一座采用中国南方庙宇形式的大屋顶建筑，但其内部的装修与空间布置则完全是西化的。有一些花园住宅采用近代西洋住宅的外部造型而室内装修以中国花纹、布置中式家具。如前文所提到的马勒住宅，位于今陕西南路与延安中路口，是英国商人的别墅，典型的挪威风格，被当代上海人称为"蓝屋"，而其花园四周围墙上用中国传统的琉璃瓦压顶，其入口处曾以石狮"看门"。同时，在学校、医院等建筑中这种中西"杂交"的建筑实例，也是举不胜举的。如今华东政法学院的韬奋楼、院行政办公楼、思颜堂与思孟堂、今上海交通大学的上院与宏阁堂、今复旦大学的简公堂、仙航馆与相辉堂（原名登辉堂）和原上海医科大学的第一教学大楼、该校附属中山医院的主大楼等，都是中西建筑"语汇"杂于一体的建筑。即使在受到"保存国粹"设计思想影响较巨的所谓"大上海中心计划"的一批建筑上，如江湾"市府大厦"（今上海体育大学），"市立图书馆"（今上海同济中学），"市立博物馆"（今上海第二军医大学）等，也往往仅在西式建筑的顶部盖着一个中国式的大屋顶，内部加些宫殿式的藻井彩绘与木刻回纹而已，总体上仍不失中西"杂交"特色。

海派建筑中还有一种相当特殊的建筑样式，即弄堂公馆。这些公馆隐蔽在里弄住宅群体之际，外表造型与材料和一般的里弄住宅差不多，但其规模较大，室内布置尤为讲究。有些富人的大公馆不是堂而皇之地建在大街上，而是有意地建在里弄深处，以避人耳目。这种"藏富"的文化心态，是典型的中国旧式、土财主的心态，虽然吃洋面包、喝洋酒、抽洋烟，到底未褪尽"乡土"本色。确实是这样，这是"海派"的一种独特的建筑现象，但又何尝不是中西建筑文化的"杂交"体呢？这种公馆，在建筑观念与功能上，已经接受、实现了西方别墅的现代文化意识与"消费"思想，在空间布局与位置选择上，又具有中国北方封闭式四合院住宅及南地园林建筑崇尚含蓄幽深、忌直露的空间意识。因为是公馆、是别墅，它属于有钱人赶时髦、图享受的现代建筑，又残遗着东方"老土"那般怕露富、要藏富的传统心理因素。

除上述两大类建筑的"杂交"特色以外，"海派"建筑中的有些个案还具有不同地域建筑风格的"掺杂"因素，如里弄住宅中的"广式"，其外观类似广州城内的旧式住宅，但其内部空间的划分又是上海"石库门"式的，有的"海派"民居采用了浙江民居之传统的"马头墙"形式，同样表现出对故乡地域文化的依恋。上海这座西方文化浸淫很深的城市，同时也是中国各地域，尤其江、浙地域文化杂糅于一地的城市，因而在"海派"建筑中出现中国地域建筑的某些符号、造型，不足为奇。

其四，创新。

尽管总体上，"海派"建筑以"西"为"体"，以"中"为"用"，这不影响它具有一定的创新特色。就整个"海派"而言，重商即重视商品交换，交换在文化心理上总是外向与竞争的，所以交换必须引来公平意识与开放意识，开放又必然是多种文化的相互容受，从而在冲突之中进行杂交，杂交的结果是优胜劣汰，杂交导致综合，在综合的基础上，便有可能创新。

陈旭麓在论"海派"时曾经说过：

> 有人刻画三十年代的上海说：上海这块地方虽不大，却似另一个世界，另一个熔炉，最愚蠢的人到了上海不久，可以变为聪明；最忠厚的人到了上海不久，可以变为狡猾；最古怪的人到了上海不久，可以变为漂亮。拖着鼻涕的小姑娘，不多时可以变为卷发美人；单眼皮和扁鼻的女士，几天之后可以变为仪态大方的太太。说得有点近乎神奇，其实说怪也不怪，这是商品在改造人们的面貌，在溶解中国的固有文化。①

处于这一"近乎神奇"的"熔炉"中的"海派"建筑的发展，是充满了文化生气的，它往往得风气之先而较少沉重的历史包袱。它的创新，首先表现在材料、技术与结构方面。如体现"海派"建筑重要文化成就的上海工业生产类建筑，在近现代就常常"领导"着时代新潮流。《中国建筑史》一书指出：近现代"海派"建筑存在着一个突出现象，即是引进的新建筑技术往往首先在工业建筑中得到应用。以主体结构来说，近代的新结构主要有两大系统：一是钢（铁）结构；二是钢筋混凝土结构。中国近代第一个铸铁房架应用在1863年建造的上海

---

① 复旦大学历史系编：《中国传统文化的再估计》，上海人民出版社，1987，第368页。

自来火房。1913年所建的上海杨树浦厂一号锅炉房当是中国近代最早一座钢框架结构建筑。钢筋混凝土结构方面，1913年所建的上海福新面粉厂的六层主车间是采用钢筋混凝土高层框架结构的先例之一。大量的近代工业厂房多采用钢筋混凝土结构，并且发展了多种型式，如无梁楼盖、门架、桁架、拱架、拱形屋面梁等。这些新技术保证了近代工业建筑的稳固性、耐久性和高质量，比起传统的木架结构来显然是一个大的进展。"海派"建筑的创新，首先发生在上海并体现在材料、技术与结构层次，绝不是偶然的。其因在于，上海是近现代西方建筑文化传入的前沿，其地理位置的优越、交通的方便、物产的丰饶以及中国传统文化力量的相对少弱和人文素质的提高等等，当时并没有任何其他哪个中国城市能够与之匹敌，所谓"海天富丽，景物饶人"、"水陆辐辏，工商集合"，可谓地灵人杰，其发展之迅猛，简直无与伦比，建筑技术的更新，日新月异。同时，"海派"建筑的创新开始于材料、技术与结构的科学层次而不是其美学（艺术）层次，再度证明大凡建筑的文化本质，首先决定于科学因素而非美学因素，"海派"建筑自然不能例外。首先是科学技术而非美学文化决定了"海派"建筑创新的趋势与方向，这种科学技术水平体现在与工业、商业和金融业相联系的城市人口与人才的素质上。据邹依仁《旧上海人口变迁的研究》一书所载，比如1935年，上海公共租界就业人口中的工业人口，占18.28%，商业人口为16.36%。1946年上海就业总人口为290万，其中商业人口占19.76%，商业中心的黄浦区经商人数竟占全区人口的45%，商业的竞争最终决定于科学技术水平的竞争，这关键的一点折射到建筑文化上，便是极大地刺激与推动建筑技术的革新。因为建筑不仅给城市商业提供了一个无可替代的场所与人文环境，而且建筑直接就是城市商业是否繁荣的标志。

要之，"海派"建筑是西风东渐、中西建筑文化相互冲突与调和并且是冲突多于调和的时代产物。"海派"建筑的巨大历史贡献，是结束了中国传统土木建筑文化的漫长历程，历史翻开了新的一页。"海派"建筑是在重商、开放、杂交与创新的时代氛围中走过来的，其文化命题始终是，探索与实现西方近现代建筑"语汇"和中国博大精深的建筑文化传统如何达到真正的统一，从而建构真正具有中国特色的、新型的时代建筑。这一历史使命在近现代不可能彻底完成。近现代"海派"建筑的历史局限，是中国建筑文化被动地接受西方影响多于以民族主人翁的文化态度主动地选择与消化西方影响。"海派"建筑的伟大与辉煌，不能掩盖其某种"殖民"因素。

"海派"建筑发展到当代，已经开始走上民族现代化、现代民族化的光辉道路。改革开放以来，中国建筑包括"海派"建筑的大气磅礴以及熔铸中西、独创新格的发展趋势，是近现代时期"海派"建筑所曾经有过的昔日的"辉煌与荣耀"所无法比拟的。

当代中国建筑及其文化精神的恢宏与美丽，犹如喷薄的朝阳，云蒸霞蔚，作为中国当代文化在中华大地上的展现，非常值得关注和研究，而这，已经不是本书既定的论述范围了。

第九章　综论：中国建筑技术的文化之路

最后，在行将结束本书的全部论述之前，简略而综合地讨论一下中国建筑技术的文化历程问题，是必要与有意义的。

众所周知，在文化本质上，建筑，是一种以一定物质材料与结构建造，与一定自然环境相结合，使一定社会人生内容抽象性地展现于空间，具有实用、认知、审美有时兼崇拜诸种社会功能，一般地渗融着艺术等人文因素的科学技术。作为一种大地文化，建筑的主干无疑是科学技术。

因此可以说，在中国建筑文化的历程问题中，技术唱了主角。这技术文化的主旋律，是土木结构。

世界上没有哪一个民族的建筑文化，像中国这样，在近现代西洋建筑东渐之前，如此漫长地热衷于土木结构及其群体组合。从史前穴居、巢居到清代大木作、小木作与瓦作之类，千万年东方古国的建筑文化大潮，始终没有离开土木结构这个"主航道"。

梁思成曾经指出：

> 从中国传统沿用的"土木之功"这一词句作为一切建造工程的概括名称可以看出，土和木是中国建筑自古以来所采用的主要材料。这是由于中国文化的发祥地黄河流域，在古代有茂密的森林，有取之不尽的木材，而黄土的本质又是适宜于用多种方法（包括经过挖掘的天然土质、晒坯、版筑以及后来烧制的砖、瓦等）建造房屋。这两种材料之掺合运用对于中国

建筑在材料、技术、形式传统之形成是有重要影响的。[1]

中国古代不是绝对没有石材或其他材料构筑的建筑，如在山区，各种石料曾被比较广泛地、长期地运用于建造房屋，正如李约瑟《中国的科学与文明》所言："肯定地不能说中国没有石头适合建造类似欧洲和西亚那样子的巨大建筑物，而只不过是将它们用之于陵墓结构、华表和纪念碑（在这些石作中经常模仿典型的木作大样），并且用来修筑道路中的行人道、院子和小径。"而总的说来，土木结构是中国建筑文化亘古不易的传统，直到近现代，这一"文脉"才告中断。

中国建筑从其起源意义上的材料选择开始，就走上了土木结构这独特的文化发展之路。材料可分天然与人工两部分。最原始的材料自然都是自然材料，除了砂石、茅草与竹子之类，以土、木为材是最基本的。杨鸿勋《中国早期建筑的发展》一文提出，起源意义上的中国建筑的文化原型，是"穴居发展序列"和"巢居发展序列"，这两大序列，分别是后代土木混合结构和穿斗式结构的滥觞。"黄土地带源于穴居的建筑发展，是土木混合结构的主要渊源"，"沼泽地带源于巢居的建筑发展，是穿斗结构的主要渊源"。[2]无论何者，其材料的基本"语汇"，都是不能离开土与木的。侯幼彬《中国建筑美学》一书认为，这一"序列"说，"清晰地点明了中国原始建筑的主要发展脉络和木构架建筑生成的主要技术渊源"[3]。所言甚是。

本书第一章说过，起源意义上的原始穴居文化，是从纯用泥土、挖走部分泥土以开拓空间始，直至从地下空间、半地下空间、地上空间——地面之上原始茅屋的建造，则意味着在"土"这一材料系统中加入了"木"材料因素，并且"木"材料成为承重的构架；原始巢居文化，是从纯用木材、在自然空间中构筑居住（人工）空间始，直到在木材（植物）系统中加入泥土（以黏土涂抹墙体、屋顶）因素以完善这一空间，这意味着，木材一开始就作为承重构架。两者的区别，一在始向地下要空间，挖去泥土，做的是"减法"，终而有"木"

① 梁思成：《中国古代建筑史绪论》，《凝动的音乐》，百花文艺出版社，1998，第270页。

② 杨鸿勋：《中国早期建筑的发展》，引自：《建筑历史与理论》第一辑，江苏人民出版社，1980，118—141页。

③ 侯幼彬：《中国建筑美学》，黑龙江科学技术出版社，1997，第4页。

因素的加入即再做"加法";一在始于自然空间中营构一个领域,先立木构架,先"木"而后"土",无论木、土材料的运用,做的始终是"加法"。而两者的共同点,均以土、木材料为物质"生命"。

在笔者看来,原始建筑意义上的中国土木结构的文化成因,不是因为"中原等黄土地区,多木材而少佳石"[①];不是"因为人民的生计基本上依靠农业,经济水平很低"[②],因此不得不为之;也不是由于史前中华"缺乏大量奴隶劳动"以至于不能像亚述与古埃及那样"驱使大量的劳动力来运输巨大的石块作为建筑和雕刻之用"[③]的缘故;更不能同意李允鉌关于"中国建筑发展木结构的体系主要的原因就是在技术上突破了木结构不足"[④],因而迷恋于木结构传统、不思变革的看法,而是出于中华原始初民由原始植物采集发展而来的原始植物种植的生产方式,是源于这一原始生产方式的关于大地与植物的生命意识。

人类文化史的一条规律告诉我们,人类的生产方式决定生活方式,两者往往是同步对应的。建筑在人类社会中的角色,主要是作为一种生活方式出现的,它必然受一定的生产方式的制约。生产方式又深受时代、地理与种族因素的影响。史前时代人智未开,原始初民关于建筑的发明是一个不断积淀的、漫长的历史过程,人们对建筑材料的选择,不可能随心所欲,不是一种自觉而自由程度很高的行为,它处于所谓信手拈来的原始混沌状态,也就是所谓手边有什么,大自然为人们准备了什么,就以什么为建筑材料,遵循因地制宜原则。这里因地制宜的"地",指建筑材料的地理因素与自然条件。古希腊历史学家希罗多德主张,地理环境因素总是为一定时代、种族的文化包括建筑提供一个无可逃避的自然背景。亚里士多德创立环境地理学,认为包括建筑在内的人类文化多少决定于人类所处的地理环境。法国学者让·博丹说:"某个民族的心理特点决定于这个民族赖以发展的自然条件的总和。"[⑤]尽管正如黑格尔《历史哲学》所

---

① 李允鉌:《华夏意匠》,香港广角镜社,1982,第58页。

② 同上。

③ 同上。

④ 同上。

⑤ [法]让·博丹:《论国家》第五册,冯天瑜、何晓明、周积明:《中华文化史》,上海人民出版社,1990,第21页。

言："我们不应该把自然界估量得太高或者太低：爱奥尼亚的明媚的天空固然大大地有助于荷马诗的优美，但是这个明媚的天空绝不可能单独产生荷马。"[①]不过，地理条件，是某个民族、时代建筑的特性包括建筑材料特性得以历史地形成的一个必要条件，这是研究建筑文化应当加以注意的一个问题。

中华原始初民世代繁衍生息于"东渐于海，西被于流沙。朔南暨声教，讫于四海"[②]的广阔的亚洲北温带区域，这里气候湿润，土地肥沃，植被丰富，尤其在黄河与长江中下游，据考古发掘证明，早在7 000多年前的新石器时代，就逐渐实现从原始渔猎向农耕定居的生产与生活方式转型。从距今约7 000年的河姆渡文化遗址中发掘的大量稻谷与木构榫卯遗存证明，这种以稻作文化为代表的农业文明与干阑式建筑为代表的居住文明，是同步对应的。从已发掘的仰韶文化（距今约6 000年，首次发现于河南渑池仰韶村）、屈家岭文化（距今约4 000—5 000年，首次发现于湖北京山屈家岭）与龙山文化（距今约4 000年，首次发现于山东章丘龙山镇）诸多遗址看，最显著的，麦粒、粳稻粒等种子与石锄、石镰等农具和大量建筑遗存的出土，雄辩地说明原始意义上的中案文化，确是土、木（这里可以广义地看作植物）对应，土、木一体与土、木结构式的。《周礼》称"大宰之职"（农官之职责）："以九职任万民，一曰三农，生九谷；二曰园圃，毓草木；三曰虞衡，作山泽之材；四曰薮牧，养蓄鸟兽……"，是以司职农事为首，林业为要，以牧业为次的。而长期重视农耕，必然会以农业文明的文化视角去选择、决定建筑材料，培养成熟了关于土地与植物（木）的文化情结。因此，中国建筑自古基本以土木为材，是理所当然的。

中国又是一个非常重视生命的民族，此即《易经》所谓"天地之大德曰生"、"生生之谓易"。在原始初民看来，植物春华秋实，夏荣冬枯，死而复生，绵绵不绝，生命永存，比起石头之类"死物"来，自然是更富于生气的。同时大地本身，虽然不是生命本身，但它含蕴着生命之气，此亦即《易经》所谓"地势坤"，大地"厚德载物"，"含吐万物"，"应地无疆"。《管子·水地篇》所谓"地者，万物之本原，诸生之根菀也"，大地与生命是联系在一起的。

---

① ［德］黑格尔：《历史哲学》，潘高峰译，商务印书馆，1963，第123页。

② 段玉裁：《古文尚书撰异》卷三，清乾隆道光间段氏刻经韵楼丛书本，第81页。

因此，中国建筑自古以土、木为材，在文化观念与审美意识上，又是与远古农业文明相联系的，对大地（土）、植物（木）永存生命之气的钟爱与执着。

当然，这种建筑观念是很顽强的，后代一脉相承的土木结构的中国建筑的历史沿袭，是由于文化传统的力量。然而也正是出于传统，所以，当近现代中国建筑的历史发展，由于内外文化因素的催激而使文化能量积聚到一定程度时，即使再怎么顽强的文化传统也会嬗变，部分地消解中国建筑的材料因素，让生命之气"活"在新的建筑现实之中。这里，演变的是材料，而不易的是关于建筑文化的中国人所特有的生命气息与生命意识。

中国建筑技术的文化历程始于史前时代。史前最早的原始穴居与巢居，离不开土、木技术这一基本模式。

大约五万年前，原始氏族群落在黄河、长江中下游流域以及东北辽河流域与西南地区不同程度地出现。尤其是黄河中游地区的氏族群落，作为原始居住常式的土穴，是初民掌握挖掘泥土即"打洞"技术的证明，这种营造技术尽管是属人的，然而没有真正脱离本然的"动物状态"——因为动物也会打洞，打洞是动物行为。同样，在长江以南水网地区，初民的巢居即利用巨大树冠加以一定的结扎顶盖以构造一个居住空间，也并未彻底摆脱"动物状态"，因为筑"巢"也是鸟类的行为。原始初民比动物高明的地方，是尔后对穴壁有意的加工即以手或手握石块、木棍之类对穴壁进行拍打，目的使穴壁坚固、不使疏松的土壁坠坍，这是初民营造意识的觉醒，这种智慧，动物是不可能具备的。

这种对穴壁最原始的拍打，在建筑技术上的意义，是夯土技术的文化先导。据考古发现，比如在属于新石器时代的仰韶文化青莲岗遗址中，已能见出土穴之夯土技术的原始形态。所谓夯土技术，即人自觉地运用沉重的工具将穴壁与居住面的土层夯实，达到坚固这一目的。从出土的新石器时代的全穴居、半穴居以及夏末、商初的地面建筑遗址看，夯土技术随时代的向后推移而逐渐发展。全穴居的穴壁与穴底土层，几乎没有经过人工拍打过的遗痕。半穴居则不然。从商代宫室、宗庙或陵墓遗址的有关出土资料分析，其基地都是经过人工夯筑的，比较坚实，有的基地土层中还杂以卵石之类，以增加牢固度与承重能力。此时，关于台基的观念与"作法"已经产生。台基是运用夯土技术筑成的。在先秦颇为繁荣的所谓"灵台"一类建筑中，台基是很重要的。《诗》云："经始灵台，经之营之。"《孟子》称"文王以民力为台"、"谓其台为灵台"。这"灵台""孤高""于野"，"高二丈，周回一百二十步也"。①《释名·释宫室》也说："台，持也，筑土坚高，能自持也。""灵台"所以能如此"孤高"、"自持"，必以夯土为基。《老子》云："九层之台，起于累土。""累土"者，必须夯实，否则"孤高"的灵台是建不起来的。

由此观之，后代中国建筑台基技术的文化源头，是原始初民对穴壁的"拍打"即为原始夯筑，而成熟于灵台台基。

与原始夯土技术相联系的，是所谓原始"墐涂"。据考古，有的属于仰韶文化时期的半穴居遗址地面曾被"墐涂"过，即将粘土掺以黍穰，烧烤成红棕色或青灰色陶质地面，使地面土层变得细密坚硬，有利于隔潮，且不易磨损。在审美上，也可能比未经"墐涂"的地面光滑、美悦一些，由于这种粘土材料经烧烤之后呈为红棕色或青灰色，给原始建筑增添了人工创造的色彩之美。这种"墐涂"之法，实际是原始制陶术在原始营造活动中的最初尝试。制陶术起源于中华初民对火的发现与运用。开始，必然是无意之中发现经过"野火"即自然之火烧烤的泥土、地面变得坚硬了，进而便自觉地发明"墐涂"之术。因此可以说，"墐涂"是中国建筑之砖、瓦制造技术的滥觞。

与原始夯土、墐涂之术相联系的，是原始"版筑"。中国建筑的墙壁，作为围护与空间分隔的手段，一般不起承重作用（起承重作用的，是木构架）。《释名·释宫室》云："壁，辟也。辟御风寒也。墙，障也。所以自障蔽也。"《尔雅·释宫》又说："墙谓之墉。"疏曰："墙者，室之防也。"墙又称堵，《诗经·小雅》所谓"之子于垣，百堵皆作。"墙壁的文化原型，是穴居的穴壁即人工挖掘之穴的内立面。进而由穴居发展到半穴居，其露出地面的四周围护结构，有两种形制，一是由植物枝条编扎为篱，尔后改进为在篱上涂泥；二是以土筑墙。但土墙是否牢固，是一个亟待解决的技术问题。这时，便有版筑的发明。所谓版筑，就是将具有一定湿度与粘度的生土按人的需要夯实为墙，为求坚固，在生土之中适当地掺入小石块或植物纤维之类，如后代长城的有些地段，是版筑的土墙，生土中掺以小石与苇草等，以增强墙的拉力。商代已有版筑技术的

---

① 王棠:《燕在阁知新录》卷十一，清康熙刻本，第24页。

熟练运用，在高台建筑中运用得很普遍。西周一般居室均采用版筑技术，标志着整个民族建筑技术质量的提高。有些建筑遗存，如陕西扶风周原遗址的夯土墙、版筑墙遗迹，可以证明其技术水平之高，否则，绝不可能保存至今。

版筑为墙，应当说技术要求不是很高，所以其起源颇早。其技术缺陷也是明显的。即墙体的转角处与高处技术要求较高，施工难度较大，如处理不好，往往导致高墙的倒坍。同时，墙虽被夯实，毕竟以生土为材，渗水是难免的。一旦渗水，导致墙体膨松、剥落而倾倒。在这种情况下，将生土经过烧制以成熟土之材即砖的发明，是不可避免的。同时，木构架的发明，使木柱与墙体相互依持，就是必然的了。

本书第一章已经谈到，中国建筑的木构技术，同样始于原始巢居与穴居。南地浙江河姆渡的木构技术已经相当成熟，其榫卯技术的运用之圆熟令人惊讶，这说明在河姆渡之前许多个世纪，中国人早已发明了这种营造技术，只是这种发明现在还未被考古所证明罢了。北方黄土地区的穴居之原始形制中，据推测，有些直穴（或称袋穴、瓶形穴）建造在平地之下，为避雨雪、兽害，为通风、日照与按需要供人出入，必在其上加一以植物枝叶编扎而成的顶盖、且以木棍之类撑持它。这一顶盖，是中国建筑最原始的一顶"帽子"，无疑是中国大屋顶的滥觞。大屋顶"如跂斯翼"、"如翚斯飞"，其形象轻逸俏丽，"飞"意"流"韵。中国建筑的屋顶基本形制，在后代发展得多样而充分，主要有庑殿、悬山、硬山、攒尖以及卷棚、盝顶、盔顶、单坡、囤顶、平顶、圆顶、拱顶、穹窿顶、风火山墙顶与扇面顶等多种，其中以前五种为最主要，以庑殿顶为最高文化品位，以反宇飞檐的造型为常见。而如此众多的屋顶形制，其文化技术之原型，是穴居的那个原始顶盖与巢居之稍事编扎的那个树冠。反宇飞檐的大屋顶，从技术角度看，正如刘致平所言："中国屋面之所以有凹曲线，主要是因为立柱多，不同高的柱头彼此不能划成一直线，所以宁愿逐渐加举做成凹曲线，以免屋面有高低不平之处。"[①]中国建筑基本以土木为材，材料的物理特性，决定了建筑开间不能过大，否则，由于负重而必致梁柱变形。为避免变形与房屋倒坍，就须增加立柱数量，立柱过多，其高度又不易处于同一平面，所以索性

---

① 刘致平:《中国建筑类型及结构》，建筑工程出版社，1957，第98页。

以主脊为最高，成为"人"字形两坡顶或四坡顶。这种形制的起始，并非出于审美需要，而是技术使然。大屋顶有下斜的坡度，在实用上，有利于溜水。其檐部出挑深远，为的是保护台基、墙体、主柱与门窗免受日晒、雨淋。

大屋顶历史十分悠久。据考古，河南偃师二里头早商的宫殿建筑的屋顶，可能已是《周礼·考工记》所说的"四阿重屋"，即为庑殿重檐式，早已是一种大屋顶形制了。最早的大屋顶，必然是朴素的。依古籍所言，即所谓"两注"者，指双坡"人"定形屋顶，"注"是屋顶溜水的意思。"四阿"指四面坡，"阿"是垂脊之意。又有"四霤"之霤，"霤"即"流"或"溜"，"四阿"亦即"四注"。殷周之际，大屋顶形制随宫殿建筑的技术成熟而完善。殷末商纣王广作宫室，《史记·殷本纪》称："南距朝歌，北据邯郸及沙丘，皆为离宫别馆。"诸宫室，大凡离不开大屋顶。春秋战国时期，崇尚"高台榭，美宫室"，此宫室之形制，亦包括大屋顶。故宫博物院藏"采猎宫室图"，据梁思成云，其图所绘："屋下有高基，上为木构。屋分两间，故有立柱三，每间各有一门，门扉双扇。上端有斗栱承枋，枋上更有斗栱作平坐……平坐两端作向下斜垂之线以代表屋檐。借此珍罕之例证，已可以考知在此时期，建筑技术之发达至若何成熟水准。秦汉唐宋之规模，在此凝定。后代之基本结构，固已根本成立也。"[①]反宇飞檐的大屋顶，看来在春秋战国之际已趋发展。前文所引《诗经》的记载已是明证。在屈原的诗作中，所谓"翼飞"之反宇飞檐也隐然可见。《楚辞》所谓"筑室兮水中，葺之兮荷盖"。这里的"葺"，是一种用以覆盖屋顶的草，虽然"茅茨不翦"，但"经堂入奥，朱尘筵些。砥室翠翘，挂曲琼些"。"翘"者，反宇也。

秦汉之世，大屋顶风行于天下。在宫殿、陵寝、祠庙、阙与园林建筑上，到处可见其踪影。如汉阙之造型似碑而略厚，上复以略微起翘的檐。从四川、湖南的崖墓看，大者堂奥盛饰，有外檐多以风化，但堂之内壁隐起枋柱，上刻檐瓦之形象，有出挑起翘之状；或门楣之上刻出两层迭出之檐部形象，作出挑状。一般屋檐下用斗栱和具有卷杀的檐橼，并在檐下施用一层向外挑出的斜面，使檐部向外挑出更长，并抬高檐口，这不是反宇飞檐是什么？秦汉之屋宇以庑

---

① 梁思成：《梁思成文集》（三），中国建筑工业出版社，1985，第21页。

殿、悬山式为多见，庑殿式正脊（主脊）很短，其屋顶为上下两迭之制。班固《两都赋》、王延寿《鲁灵光殿赋》等，都有关于"反宇"的描述。从广州出土的汉代陶屋看，这种汉代明器的屋檐呈反翘之势。尽管秦汉多数明器与画像石上所表现的屋面檐口都是平直型的，但它们的正脊与戗脊之尽端均已微微起翘，且以筒瓦与瓦当、滴水加以强调。

魏晋南北朝时期，反宇飞檐之大屋顶已发展为屋顶之常式，这在石窟遗制与画像石上可以见得很分明。河南洛阳龙门古阳洞的窟檐有庑殿式，其屋脊呈曲线反翘式；又有歇山式，用鸱尾造型，使屋檐有曲线"生成"；山西大同云冈第九窟窟檐也作鸱尾作为曲线"生成"之势；河南洛阳所出土的北魏画像石，其上之屋角起翘的造型十分显然；河北涿县北朝石造像碑上的屋角反翘造型，表现得十分夸张；北朝石虎于邺地"起台观四十余所，营长安洛阳二宫"，有"穷极使巧"、"徘徊反宇"之态。又，石虎于铜爵台起五层楼阁，作铜爵楼巅，其造型"舒翼若飞"。[①]

隋唐之大屋顶厚重而舒展，显得大气磅礴。除现存山西五台山佛光寺大殿（中国现存地面最古老木构建筑之一）为四阿顶外，还有九脊、攒尖等屋顶形制，其屋檐有微微上翘之势。唐大明宫麟德殿复原图体现出屋角起翘的造型。敦煌壁画所绘唐代民居的屋檐，反翘之状十分明显。山西五台山南禅寺大殿的檐口，也呈优美的反翘弧线形，表现出技术结构与建筑文化的完美统一。

宋代大屋顶造型避免生硬的直线，普遍地使用卷杀之法，其屋顶坡度，从唐式之平缓向陡峻方向发展，并规定屋之开间与进深愈大，屋顶坡度愈显陡峻的做法，使得宋式大屋顶在优美之中透出一股峻肃之气。河北蓟县独乐寺观音阁的宋式大屋顶，曲线丰富，檐口变"软"，大有飘逸之气。河北正定县龙兴寺摩尼殿的大屋顶正立面的檐角缓缓上翘，其坡度比唐式坡度加大了，而檐中厚度与斗栱、柱径的尺度变小。山西太原晋祠圣母殿也具有这一文化特色。河南登封少林寺初祖庵大殿，建于宋徽宗宣和七年（1125），其檐角反翘之势强烈。又如宋代佛塔，如福建泉州镇国塔与上海松江方塔等，都是檐角反翘十分明显的塔例。

① 吴士鉴：《晋书斠注》卷一百六，民国嘉业堂刻本，第7页。

元明清时代的中国大屋顶，总的趋势向峻严、耸起方向发展。经过宋代《营造法式》的理论总结，整个中国建筑文化趋于理性化，而有时也不免显得僵直死板。大屋顶的伦理色彩更强烈了。比如屋顶琉璃瓦的运用十分重视表达不同的等级观念，以黄色为最显贵之色，故北京故宫的大屋顶构成了一片壮阔的黄色琉璃瓦海。此时院殿顶为至尊、歇山顶次之、悬山顶又次之，硬山再次之，而攒尖为卑。清代庑殿顶向两山逐渐屈出，谓之"推山"，使垂脊在45度角上的立面不作直线而为曲线。但清代大屋顶上的有些饰件往往过于理性化而少生气，如脊饰之制，宋代称为鸱尾者，清代改为正吻，其造型，由富于生趣的尾形变成了方形之上卷起圆形的硬抽装饰，成为某种几何形体的堆砌。正如梁思成所言，清代大屋顶的装饰"虽极精美，然均极端程式化，艺术造诣，不足与唐、宋雕饰相提并论也"[①]。

可见大屋顶形制，在中国建筑文化史上走过了一条由简入繁、由繁而化简的道路。起初比较简朴，显出"原生"状态；向前发展，因过分推重人工智巧而必导致进入繁丽、绚烂直至夸饰虚华；于是又向原朴回归。这在科学与美学上，可以说是一种文化的思想净化。由于中国文化历来非常倚重于伦理，所以大屋顶的思想净化，不得不滑向伦理意义上的严格的规范化，在逻辑清晰、简洁的同时，又不免有些僵化的趋势。

大屋顶的技术成就是杰出的。其历史轨迹，大约直到东汉年间，从画像砖、画像石与明器造型分析，以下斜之屋坡的平直造型为主。30年代末在旅顺南山里东汉墓内出土一件陶屋明器，其屋面呈为下斜之折面。近年在四川牧马山东汉崖墓出土的陶制二层楼造型，其屋面亦然。隋唐之前，一般的屋面曲线，也呈为折线，西安隋大业九年李静训墓的九脊殿式石室以及南北朝石刻所反映的凹曲屋面的结构，类似唐南禅寺大殿那种每坡仅由两段屋椽所构成的折面造型，只是在铺瓦时将泥浆填充于屋面转折处而形成凹曲屋面形象罢了。杨鸿勋说："这显示了曲面屋盖脱胎于折面屋盖的发展途径。"[②]这是中肯之见。从先秦直坡到东汉偶一为之的屋坡折面，再到后代放到檐椽前端，使檐部上反，使整个屋

---

① 梁思成：《梁思成文集》（三），中国建筑工业出版社，1985，第266页。

② 杨鸿勋：《建筑考古学论文集》，文物出版社，1987，第272页。

面呈反翘的弧线形，这已在隋唐之际。这当然不是说，隋唐之时已绝对没有下斜平直或折线形屋面的存在，实际上比如初唐的西安大雁塔门楣石刻佛殿的屋面造型，其檐部仍表现出平直之态。然而屋面渐趋柔曲及屋角起翘和檐口呈弧线形，自隋唐始，毕竟是中国大屋顶造型的流行式。而经过宋元发展到明清，在漫长岁月里，大屋顶造型中的曲线因素又渐渐减弱，同时是趋于严谨的直线因素的加强。

立柱，中国木构建筑的重要构件，它与整个木构架，无疑是中国建筑的"骨骼"。立柱支撑着沉重而庞大的梁架、屋顶，成为不可或缺的承重之物。《释名·释宫室》云："柱，住也。"立柱是建筑物稳固不移、风雨难摧的"根"，它直立向上的力学性格与挺拔的风姿，给人以强烈的印象。立柱的分类，如从建筑内、外部空间加以区分，可以分为内柱、外柱与嵌入墙体的亦内亦外柱三类。内柱即室内之柱；外柱指檐下之柱、室外之柱；亦内亦外柱指墙柱。如按其结构、功能加以区分，可分为金柱、中柱、童柱、檐柱、门柱与山柱等。从立柱断面看，中国建筑的立柱，一般为圆形，尤多见于早期木柱。其次是方形。另外还有八角柱、束竹柱、凹楞柱等。从柱身造型看，既可分为直柱与收分柱（直柱，即全柱圆径上下一律者，或断面通体相同的方柱、八角柱等；收分柱，即柱自下而上的圆径逐渐收杀）；又可分为素柱与彩柱（素柱，不加任何修饰，造型素朴；彩柱，或油漆、或彩绘、或雕刻、或楹书，造型华丽）。从立柱整体看，还有无柱础与有柱础之别。最原始的立柱，既无柱础，也无柱头上与柱相构连的额枋、平板枋与雀替之类，它直接与梁相构。由于无柱础承载有限，容易下陷，所以才有有柱础的产生。从材料看，可分木柱与石柱等，而最常见的，是木柱。

中国建筑的屋柱制度，其柱高、柱径之比，大约在十比一之际，即十个柱径长度之和约等于同一柱的高度。有时，比如在唐代及受唐代风格影响的辽代初期，中国建筑崇尚雄健之风，一般柱高与柱径之比，约在八比一、九比一之际，这使得立柱粗度增加，有雄壮之感。自宋代始，立柱趋于细长，虽然此时外檐柱的粗度基本因袭"唐风"，而内柱已明显变"瘦"，内柱的柱高与柱径之比，大约在十一比一，有的甚至达到十四比一。自元、明至清，不仅内柱，外柱的粗度也渐变小，外柱高与柱径之比，大概在九比一至十一比一之间。当然，不同品位、等级的建筑，不同时代、地域、民族的建筑，其比值往往各有不同。

中国立柱，有"侧脚"与"生起"之法。所谓"侧脚"，即立面上的列柱自两端向内微有些倾斜。《营造法式》规定："凡立柱并令柱首微收向内，柱脚微出向外，谓之侧脚。"其具体尺度是："每屋正面随柱之长每一尺即侧脚一分，若侧面每长一尺侧脚八厘，至角柱，其柱首相向各依本法。"这是说，宋代大木作制度规定，外檐柱的向内倾斜度，为柱高的百分之一。十尺之柱，向内倾斜度为十分即一寸；百尺之柱，则为十寸即一尺。在两山者，内倾度略小，为千分之八即百分之零点八。至于角柱，在纵横两个方向上都应有所倾斜。"侧脚"首先是一种建造技术，一座四边立柱均微微内倾的建筑物，柱的相互撑持的力度增加了，有利于建筑物的稳固。同时，也为了纠正视觉上的偏差。由于光影关系，倘檐柱绝对垂直于地面，在视堂上反而显得是不够"正直"的，因而从这个意义上看，柱"侧脚"又是"错觉"的"艺术"。所谓"生起"，其具体做法是，以当心间平面为基准，当心间柱脚不升起、不抬高。次间柱脚升二寸，梢间柱脚再升二寸，尽间柱脚再升二寸，依次递增。如建筑面阔为三间者，中间一间不升起，两侧间各升二寸，五间者四寸，七间者六寸，九间者八寸。一旦"生起"，有助于檐口立面向两端微微翘起，形成和缓、起翘的曲线。

中国建筑还有"移柱"与"减柱"之术。这在宋、金、元建筑中，为求更合理、更美观地组织室内空间，常采用"移柱"之法将一些内柱移位。如山西大同华严上寺金代所建的大雄宝殿，其中央五间前后檐的内柱，均向内移一椽长度，这改变了建筑的内部空间秩序与空间韵律，利于安置佛像。或者适当减去一部分内柱（以不影响承重结构为限），称为"减柱造"。比如山西五台山佛光寺的文殊殿建于金代，这座面阔七间、进深四间的殿宇，将内柱减少到只剩两根，不能不说是建筑大木作的一个创举。"移柱"与"减柱"之术，有时同时并用于同一建筑，如山西大同善化寺三圣殿，面阔五间进深四间，它将后檐次间的内柱内移一椽长度，又减去前檐全部内柱，如此"偷梁换柱"，不能不说是一种技术的革新，同时，确也带来了技术上的风险。立柱作为承重构件，如移、减某些立柱，在结构上不得不设以大跨度的额枋，造成梁架的不规则，必然降低整个木构架的安全系数，往往遇到设计与施工上的难题。因此，这种"移柱"、"减柱"之术，在明、清建筑中已基本难以见到。

中国最原始的屋柱究竟是什么样子的？目前的考古学尚难以提供确凿的证据。既然中国最原始的建筑样式是穴居与巢居，那么，在这最原始的居住样式中似可寻觅屋柱的技术原型。正如本书前述，在原始穴居中，初民用以支撑活动顶盖的那一根木棒之类，以及原始巢居中的树干，可以看作是中国建筑立柱的技术雏形。在半穴居中，立柱作为支撑屋顶重载的构件，已经得到了运用。

新石器时代晚期，中国土木结构的建筑早已屹立于中华大地，进化的程度已相当精彩。如七千年前的浙江余姚河姆渡建筑遗址，已有数量很多的各种木构件的出土，构件上有在当时来说技术精湛的榫卯，还包括立柱。

在约六千年前的西安半坡遗址，出土了方形、圆形居室遗存。方形者一般为半穴居式，圆形者多建造于地面之上，门多南向，有俗称所谓"大房子"的，考古发现了柱洞。

原始立柱大多为圆形断面，这是因为当时技术原始、尚无力进行深加工的缘故。最初立柱不用柱础，直接植立于夯实的地基上，因承重之故而导致立柱沉降，技术上自然是很不完善的。

著名的河南偃师二里头建筑遗址，考古证明这是一座早商宫殿。其夯土台基面积达到一万平方米，台基中央建造大殿，其面阔是很少见的八间制，进深三间，台基四周有廊庑围绕，大门南向，考古发现了其木柱腐损之后所留下的柱洞与柱洞底部的柱础。殷商时代的大型建筑一般都是有柱础的，从殷墟看，其柱础常以卵石为材。

秦汉时期，中国宫殿建筑的土木技术进步极快，很大程度上得益于战国以降铁器工具的发明及大量运用。所以，自秦代始，已经出现了经过深加工的方柱。汉代的立柱样式更趋丰富，除了木柱，还有仿木构的石柱出现。八角柱、凹楞柱、束竹柱甚至人像柱等都被创造出来，并且柱础露明（即露出地面），运用倒栌斗式，柱径出现"收分"现象。如汉代彭山崖墓中柱多八角形，间亦有方者，均肥短而收杀急。"柱之高者，其高仅及柱下径3.36倍，短者仅1.4倍。柱上或施斗栱，或仅施大斗，柱下之础石多方形，雕琢均极粗鲁"。①一般汉代立柱所以如此粗壮浑朴，首先与柱式材料观念有关。当时建筑工匠尚未科学地

---

① 梁思成:《梁思成文集》(三)，中国建筑工业出版社，1985，第37页。

测出立柱的负重力度，为确保重载安全，因而建造粗壮的立柱。同时，从技术到艺术，汉风重朴硕，故立柱务求粗矮，正是汉人所欣赏的。

魏晋南北朝时期中国佛教初盛，屋柱形象始染佛调。立柱、柱础的莲花（注：莲花为印度佛教佛性清净的象征）之饰，首先出现在佛寺、佛塔的装饰上，进一步向中国柱式的渗透，便是束莲柱与高莲瓣柱础的出现。在北魏、北齐的石窟中，仿木构的石柱多呈八角形断面，柱身"收分"明显，但无卷杀，其当心间柱，时以坐兽或覆莲为柱础之饰。有的立柱，又以忍冬或莲瓣包饰柱脚四角，以覆莲造型装饰柱头。而在柱身中段，再饰以仰覆莲花形象。

隋、唐时代的中国柱式获得了进一步的发展。主要是平面上檐柱和内柱（金柱）的排列纵横成列、规整严谨，如现存山西五台山佛光寺大殿，就是这方面的典型之作。同时，佛光寺大殿的内、外（檐）柱高度相等，柱高与柱径之比约为9∶1，柱头为覆盆之形，柱身上端略有卷杀，可以很明显地见出"侧脚"与"生起"。柱础显得较平、轻短，而柱高约等于明间面阔（面阔在5米上下），明间空间的立面形象显得方正而壮阔。而且，在唐代一些佛塔上有所谓"假柱"出现，如净藏禅师塔为八角柱，形体粗矮。而大雁塔与香积寺塔等的"假柱"，均显得极为细长，这不是唐柱典则，为强调某种装饰与象征意义，可作夸张与变形。至于前文所提及的"减柱造"，始起于辽代中叶，即平面中减去前金柱或后金柱。这种技术，发展到金、元时期，应用已较普遍，成为这一时期一些大型建筑的重要技术特征之一。如佛光寺文殊殿，面阔为七间制，进深四间，建于金天会十五年（1137），其平面仅用金柱四，前后各二，十分简洁。此后便渐渐少见，尤其在大型建筑上，不再采用这种技术。当然，在一些明、清时期的中、小型建筑上，往往还有减去正中前金柱的做法，可以看作是"减柱造"的遗构。

宋代是贯彻《营造法式》所钦定之柱法最得力的时代。如柱径与柱高之比，唐及辽代初年，大约在一比八、一比九之际。宋、金时期的檐柱"仍保留这种粗壮的比例，但内柱则较细长"[1]，大约在一比十一到一比十四之间。这种技术上的变化，与艺术、审美意义上从唐型文化崇尚雄伟到宋型文化推重秀逸的历

① 祁英涛:《怎样鉴定古建筑》，文物出版社，1981，第18页。

史发展趋势，是合拍的。宋代建筑柱身的趋于修长（先求变于内柱，再逐渐扩展到檐柱），使得明间的开间从唐代的方形变为纵向的长方形，加上斗栱的相对缩小、柱头变得轻盈，柱表又往往刻雕花饰，使整个立柱形象变得秀丽起来。这些，在《营造法式》中都有"规定"的依据。宋代建筑的立柱制度，有直柱、梭柱之法。如杭州灵隐寺及闸口白塔，柱身下部三分之二大体垂直，上段三分之一卷杀明显，与《营造法式》所规定的直、梭柱制度，大体符合。《营造法式》规定："若十三间殿堂，则角柱比平柱升高一尺二寸，十一间升高一尺，九间升高八寸，七间升高六寸，五间升高四寸，三间升高二寸。"这种关于平柱最低、角柱最高的立柱"生起"之法，不仅是对唐代建筑立柱制度的总结，不仅以宋代建筑为最典型，而且为明代以前的建筑工匠所大致遵守。当然，建筑是以一定的技术与艺术"语汇"，与一定的自然、人文环境，与大地，与一定的材料进行"对话"的一种文化方式。由于建筑必须因地制宜，因时制宜，因人制宜，因而宋代建筑及其柱式技术，在严肃地执行《营造法式》所钦定的种种规矩、绳墨的同时，据今人研究，实际上却没有一个建筑实例，是绝对死守"法式"的。

明、清之世，中国建筑的立柱总体上向修长方向发展，如明、清时期的楼阁一类建筑，由于在上下层柱间不设斗栱这样的承重构件，使得内柱通体直接升向上层，使得立柱更显修长而挺拔，典型的实例，是河北承德普宁寺的大乘阁。明、清一些重要建筑如宫殿、坛庙与帝王陵寝等立柱的用材十分讲究，如营构或修缮北京紫禁城与十三陵等建筑，曾经花费大量人力、物力与财力，从云贵、四川、湖广与江西等地采办檀木、楠木、花梨木、樟木与柏木等，吃尽千辛万苦，将其运抵北京。明代建筑立柱的尺度要求尽可能地巨大，如天安门明间的跨度长达8.5米，明十三陵长陵之祾恩殿内，有大柱32根，其中最为巨硕的4柱每柱高14.3米，其柱径竟达1.17米，巨柱如林，殿宇深邃，加强了寝陵形象的肃穆与神秘感。清代营造宫殿建筑时，大型木材已较匮乏，这反倒刺激了立柱工艺的发展，匠师们以小块木材拼接为柱，外加铁箍并油漆。明、清时期以直柱与梭柱为屋柱的常见型式，两者在北、南两地的发展不平衡。北方以直柱为常式，南地除直柱外，尚保留着梭柱形制，这种柱式的分流现象，是地域文化观念影响建筑技术的表现。北地之人豪放而刚直，偏重于欣赏直柱之美；

南域之人偏重于崇尚优渐之美，故对梭柱的曲弧柔和较能受纳。

总之，立柱作为中国建筑的承重构件，在技术上经历了一个由简朴到成熟、复杂，再趋于简练甚至有时（如清末）不免有些僵化的漫长的历史过程。其技术理性、其高度的标准化与定型化、制度化，被前后总结在宋代《营造法式》与清代《工部工程做法则例》之中，成为表达一定等级观念、政治伦理思想的一种特殊的技术"语汇"。在美学层次上，立柱技术又成为划分、组织、营构不同空间形象和建筑基本单位即"间"之韵律的手段，立柱与梁架一起，是中国建筑首先是由技术所决定的一种"风骨"意象。

中国建筑的梁架，主要由梁、檩、枋、椽、驼峰、雀替等所构成。所谓梁，《尔雅·释宫》所谓"疆，梁也"。疆有疆界之意，说明梁是屋架中的一种横跨构件，与立柱成垂直角度。从文字学角度看，梁字从水、从木，原为架凌于小河的木桥，即所谓"河梁"。又，疆者，强也。梁之功用，承受由上部桁檩转达的屋顶重载。主梁为直木，其两端接设于前后两金柱之上。若是无廊建筑，安放在两檐柱之上。梁的长短，决定了建筑开间的进深。在主梁之上用两短柱或短墩再支一短梁，逐层叠架而上，成叠梁式梁架。按梁在屋架中的位置，有多种分类，主要有单步梁、双步梁、三架梁、五架梁、七架梁、九架梁以及顺梁、扒梁与角梁等。比如一梁所负为七檩，则称为七架梁。梁的长度受制于木材的力度与建筑功能。其断面，最原始的为圆形、矩形或方形等，是成熟之木构的表现。宋代大梁断面的矩形高宽之比为三比二，明、清接近于一比一。这种断面的梁制显得条理清晰，形象整齐一律、线条纵直、简洁而美观。然而在实用功能即在承重上，由于对木材的深加工破坏了它的木材原生态，负载力因而降低，这也是造成中国木构建筑不易长存的原因之一。在明、清，江南民居及园林建筑，有以圆木为梁的，这种"圆作"形制，并不是建筑技术的倒退，而是在文化、美学上蕴涵着"回归于自然"的象征意义。自然，这样做在加强木构屋架的承重能力方面也是可取的。中国建筑中还有诸如四架或六架梁的，这些双数架的梁多没有屋脊，脊部做成圆弧形，称为卷棚式，亦称元宝脊，而此类屋顶形制之顶层的梁即为月梁。月梁的做法，是一种曲拱向上的造型，这无疑加强了梁的负重刚度，而且在审美上改变了那种凡是梁均为绳直的某种单调感。

所谓檩，亦称桁，或称桁檩，其它设于各梁头之上，上承椽。其尺度，大式桁径按清代"斗口"规制，小式桁与檐柱径略同。在宋代，檩径尺寸按建筑物品位作了规定，根据材·栔数制度，宫殿之类檩径为一材一栔至两栔，厅堂者次之，为一材三分至一材一栔。其余建筑型类相应递减。这种檩径规定，与各类建筑的形制、间之高广、间数以及斗栱等制度相对应。按桁檩所居位置，有脊桁、上金桁、中金桁、下金桁、正心桁与挑檐桁等各种形式。如在设有斗栱的较重要的建筑物上，正心桁位于正心枋之上，桁径为四点五"斗口"（清式）。在重檐金柱上有老檐桁，它就是上檐的正心桁，脊桁是屋架上最上方的檩，它是屋脊的骨架，在脊桁与正心桁之间设以金桁，可有上中下三桁之制。从最高的脊桁随坡顶斜落，桁檩构成了平行的序列。檩有出山与不出山两种。出山者即檩之两端伸出于山墙，称为"出际"，它的长度一般决定于屋椽数。宋代《营造法式》规定两椽屋出二尺至二尺五寸（营造尺），四椽屋者，为三尺至三尺五寸。

所谓枋，即主要设于檐柱之间的联系构件。因多位于檐部，又称额枋，是立柱的附件，又是梁架的一部分。枋上常满饰雕塑或彩绘，似屋架的"面额"有标示作用。早期的枋多为一根，称"阑额"，发展到后来，在这一根枋下又增设一较细的枋，构成大额枋（位于上部）、小额枋（位于下部）形制，二枋之间用垫板相构。枋具有某种承重作用。有的枋设于内柱之际，称内额，还有的设于柱脚处，称地栿。《中国古代建筑史》指出：

> 唐代阑额断面高宽比约二比一，侧面略呈曲线，谓之琴面，阑额在角处不出头。辽代阑额大致同唐，但角柱处出头并作垂直截割。宋、金阑额断面比例约为三比二，出头有出锋或近似后代霸王拳的式样。明、清额枋断面近于一比一[①]。

枋的断面高宽之比的变化是历史性的，从二比一、三比二到一比一，枋的断面越来越显得方正了。罗哲文主编《中国古代建筑》指出：

---

① 刘敦桢主编：《中国古代建筑史》，中国建筑工业出版社，1981，第163页。

在明清木构中还出现了若干加强结构的手法，如在内外柱之间施用穿插枋，在内檐通柱这间施用跨空枋，从而加强了柱与柱之间的水平联系，可防止柱子产生倾倚；在七架梁或五架梁等长跨度的荷重梁下附加随梁枋，可提高梁枋的负荷能力；在内檐金柱两侧加抱柱，可增强榫头的抗剪应力，这都是前所未见的新东西。①

所言是。

其他如椽、驼峰与雀替等，恕不一一论列。

与梁架相关的，是《营造法式》所说的"举折"（清代称"举架"）之法。《周礼·考工记》有云："匠人为沟洫，葺屋三分，瓦屋四分。"郑司农注："各分其修，以其一为峻。"葺屋，即是茅屋。无论茅屋、瓦房，早在周代都有关于屋面坡度的规制。举者，指屋架高度；折者，指屋面坡度由连接的曲线相构，所谓"举"乃"举屋"、"折"即"折尾"之谓。

举折之法，决定了屋架高度与屋面的坡度。宋代《营造法式》云："历来举屋制度，以前后橑檐方心相去远近分为四分，自橑檐方背上至脊槫（即脊檩）背上，四分中举起一分，虽殿阁与厅堂乃至廊屋之类略有增加，大抵皆以四分举一为祖。"这里的"祖"，是基本准则的意思。实际操作起来基本不离此则，但也视实际情况而定。《华夏意匠》一书云，中国木构举折的历史发展，大体上时代愈古、举高程度愈小，即造成的屋面坡度愈是平缓。如现存唐代山西五台山南禅寺大殿的举折，不是这里《营造法式》所说的"四分举一"，而是六分举一。南禅寺建于唐代中叶，而建于唐代后期的佛光寺大殿的举折，实际测得的结果，大约为四点七七举一，其屋面坡度已经陡于南禅寺。在宋代以及宋大致同时的辽、金以及此后的元代，中国屋架的举高程度进一步加大，一般大约在四分举一到三分举一。发展到清代，《工部工程做法则例》已明文规定为"三分举一"。而在实际操作中可能超越这一规定，比如清代所重建的山东曲阜孔庙大成殿的举折，为二点五分举一。这种屋架逐渐举高的态势，以清代为最。清代屋架举高程度的增大，在审美上表现为屋顶形象的峻起与严肃。从立柱之

① 罗哲文：《中国古代建筑》，上海古籍出版社，1990，第157页。

趋于细长，斗栱尺寸渐小，屋檐出挑的有所内收与屋架举高加大等因素一起综合审视，则清代建筑形象，在有所严谨之形制中显示出挺拔的风韵，这种美学风格，首先是由举折、屋架技术所"赐予"的。

与立柱、屋架相联系的，是中国建筑的独特技术文化斗栱。

斗栱作为技术构件，是较大型且重要建筑物立柱与屋架之间的一种过渡，它是由方形之斗、升和矩形之栱、斜向之昂所构成的。所谓斗，即其上凿有槽口的方木垫块。位于一组斗栱的最下方的，称坐斗，也称为大斗。汉时称栌，宋代叫栌斗。由于斗所在位置不同，故有多种名称，比如所谓"十八斗"，宋代称"交互斗"，位于挑出的翘头之上；"三才升"，宋代称"散斗"，位于横栱二端之上；"齐心斗"，又称"槽升子"，位于翘头与横栱等交叉位置上；而所谓"翘头"，亦称为"翘"，即方向与栱成直角者。所谓栱，是置于坐斗口内或跳头之上的短横木。栱的基本形状是矩形，也有表现为曲线、折线或曲折线混合形的。栱也依所处位置不同而名称有别。如清代所谓"翘"，即宋代所言"华栱"，指向内外出挑的栱。又有瓜栱、万栱、厢栱以及正心瓜栱、正心万栱等区别。据《中国古建筑修缮技术》一书所载，斗栱种类，还有内檐、外檐之分。外檐斗栱又有上、下檐者之别，两者位置均在檐部柱头与额枋之上。外檐斗栱位于柱头者，称柱头科；位于柱间额枋上者，称平身科；在屋角柱头上的，称角科斗栱；在外檐平座上的，或称为品字科斗栱；与内外檐构架相关联的，还有溜金斗栱。内檐斗栱除榴金花台科之外，还有位于梁架之间的隔架科斗栱与品字科斗栱。

斗栱之全部，称为攒。一攒斗栱，通常由方斗，曲栱、斜昂与枋子等几十个乃至百余个构件构成，纵横交错，层层垒叠向外伸跳，构成中国建筑技术文化的奇观。每一攒斗栱又可以分为三部分。其一，以檐柱缝为分界线，处于檐柱缝上的，称为正心栱，包括正心万栱、正心瓜拱；其二，在檐柱缝以外者，称外拽栱；其三，在檐柱缝以内者，又称为里拽栱。

斗栱众多构件之间存在一定的比例关系，即所谓"口分"，又称为"斗口"。与宋代所谓"材·分"模数相关的，指材厚，就是平身科坐斗垂直于面宽方向刻口尺寸的宽度。"斗口"在清代分为十一等，最大者，六寸，最小者，一寸。斗栱还有繁简之别。

斗栱是中国建筑技术的杰出创造，在物理力学功能上，作为承重构件应运而生。中国建筑多为土木结构，木构架承载全屋重量，这就造成立柱、梁架负载过大。要解决这一问题。一是加大立柱粗度；二是缩短梁、枋等的长度。但是要这样做是有困难的。首先是木柱自然长成，粗度有限；其次，如过分缩短梁、枋长度，必使开间变小，室内空间因立柱过密而显得狭小拥挤。因而，斗栱的诞生，是由木材承载力的有限所"逼迫"出来的，它对立柱、梁架的重载具有一定的承托与分力作用，加强了立柱与梁、枋、檩的结合，使木构接榫处不因过重和过于集中的压力而受到损害。由于斗栱（外檐斗栱）具有逐层挑出支撑荷载的分力之效，才使沉重的屋盖出檐深沉。不了解斗栱技术性能的人往往惊羡于斗栱形象的错综之美，其实这"美"是由技术所造就的，斗栱技术的原始创造，首先是为求实用而非审美。

在伦理功能上，斗栱后来成为中国封建社会伦理等级观念在建筑文化中的一种符号。斗栱技术之高超，匠心之独运，无与伦比。而且它一般总是出现在较大型较重要的建筑物上，久而久之，便成为社会权贵、统治者政治伦理地位、等级与品格的建筑象征。发展到封建社会的中后期，便只有宫殿、帝王陵寝、坛庙、寺观及府邸等一些高级建筑才允许在立柱与外檐的枋处安设斗栱，并以斗栱层数多少，来表示建筑的政治伦理品位。如北京明清紫禁城太和殿与明十三陵之长陵祾恩殿的斗栱，其品位无疑是最高的。即使紫禁城内部，其余殿宇的斗栱尺度，也不能与太和殿相比。一些寺庙的大雄宝殿的斗栱，也一定比其余配殿上的斗栱更为雄大、复杂，因为这是象征主佛释迦牟尼的建筑形象符号。印度佛教本来不重视政治伦理这一套，当初印度释迦牟尼创立佛教时，就包含着对婆罗门"种姓"等级的蔑视，但是印度佛教一旦中国化，就以中国所特有的斗栱技术符号，表达出中国人的政治伦理观念。当然，斗栱形象的政治伦理色彩总是以中国皇家宫殿、坛庙之类为最典型、最强烈，推崇王权，是以建筑技术所表达的斗栱文化的强烈主题。

斗栱技术究竟发明于何时？目前尚难考定。建筑学家杨鸿勋于1973年，对河南偃师二里头早商大型建筑遗址进行考察，"发现在主体殿堂檐柱遗迹的周围有遗存的小柱洞"，"这些小柱洞鉴定为擎檐柱迹（目前所知最早的擎檐柱遗迹，有洛阳王湾仰韶文化遗址F11、湖北红花套大溪文化遗址F111等，原注）"，进而结合安阳小屯殷墟材料的研究，得出擎檐柱是商殷时代高级建筑的一种主要承檐方式的结论①，认为"承檐的高级结构——向前后悬臂出跳的斗栱，是由承檐的低级结构——落地支承的擎檐柱，进化而来的"②。这一学术见解不为无据，能够以"考古"服人。但目前考古发现的擎檐柱迹，是否是中国建筑技术文化史上最早的擎檐柱遗存，这是难以断定的。又，考古发现，属于周代青铜器的"令殷"器足之上，有栌斗之造型，证明至少在周代，中国建筑已有栌斗的施用，栌斗是后代成熟之斗栱的雏形，"令殷"的四足为方形短柱，柱上置以栌斗，又在双柱之间，于栌斗口内施以横枋，于枋上安置二方块，类似后代"散斗"。

汉代，随宫殿之类大型、重要建筑物的大批建造，斗栱的施用渐趋普遍。虽然汉代斗栱实物至今荡然无存，但在汉代画像砖、画像石、建筑明器、壁画及有关文字记载中都有所反映。江苏铜山汉画像石有"一斗二升"形象造型，这是一种"转角斗栱"造型。汉代斗栱形制渐丰，有一斗二升、一斗三升、一斗四升、单层栱、多层栱等多种模式。在东汉石阙、崖墓上，也留下了斗栱的历史遗影。河南三门峡刘家渠73号墓曾出土东汉陶楼，该楼檐下有"一斗三升"造型，其底层转角处，又有龙头插栱造型；山东高唐东固河采集曾出土东汉绿釉陶楼造型，其檐下及顶层平座有"一斗三升"斗栱的造型。当然，此时斗栱形制比较简朴，如广州出土一件汉代明器上的"实拍栱"，四川冯焕阙、沈府君石阙上的"一斗二升"斗栱造型以及山东平邑石阙"一斗三升"斗栱形象等，均不复杂，具有中国早期斗栱的稚朴风貌。

在魏晋南北朝时期，中国建筑木构技术进一步发展，斗栱经受了历史考验，不仅作为承重构件，而且其文化内蕴，渐渐丰富起来。在敦煌石窟属于北魏时期的窟檐中，保存了数个单栱遗构。在河北响堂山7窟、山西大同云冈1窟与9窟以及河南洛阳龙门古阳洞等处，都有斗栱的优美形象。值得注意的是，河南洛阳龙门古阳洞的一个斗栱造型，呈出跳之势，而人字形斗栱造型，也出现在甘肃天水麦积山5窟中，其中有的还是人字栱与"一斗三升"形制的结合，证明当时的斗栱技术正由简朴向丰富复杂方向发展。

　　隋唐是中国斗栱技术发展的重要历史时期。从现存实物唐代山西五台山南禅寺大殿与佛光寺大殿以及石窟、壁画的有关史料分析，这一时期的斗栱，具有雄大、浑朴与明丽的造型特征，并正趋于理性、规范与成熟。如佛光寺的台基低矮，立面每间近于方形，立柱具有"生起"与"侧脚"，在各个柱头上，无论檐内、檐外，都直接安置众多斗栱，其形体硕大，造型颇为错综复杂。尤其檐外斗栱，一方面承托出挑深远、舒展雄浑的屋檐，另一方面其自身在宽大且呈翼飞之状屋檐的"庇护"之下，体现出雄强而壮丽的风姿。由于唐代建筑的屋宇坡度较小，显得比较平缓，所以位于外檐之下的巨大的斗栱组群，外露倾向明显、视感十分强烈，成为整座建筑的注意中心。其内檐斗栱组群，也琳琅满目，创造了一种丰富、灿烂的空间韵律。如唐代佛光寺大殿的外檐斗栱与柱高之比，竟然达到令人瞠目的一比二，这种斗栱巨大的尺度感，突出了它政治伦理意义上的炫耀性和审美文化意义上的伟大意象与文化魄力。

　　唐代斗栱技术还在向有比例、规范化的方向发展。从初唐壁画斗栱造型看，其栌斗之上安置了水平栱，出跳其上；在盛唐壁画中，出现了所谓双杪又下昂出跳的斗栱形象；隋与初唐时，建筑的补间铺作沿袭旧制，多采用人字形栱，但发展到盛唐，则出现了驼峰，并且相当完善地使用了下昂技术。技术的进步，必然带来斗栱的理性化和规范化，比如佛光寺、南禅寺大殿之所有建筑构件的尺寸，都以栱的高度为基准形成了系列的比例关系，成为宋代由《营造法式》加以总结的"材·分"模数制度的一种历史先导。

　　宋代是中国建筑之斗栱技术的真正成熟期。其表现为：其一，以"斗口"为基本模数，确定斗栱与整座建筑木构架之间的比例关系。《营造法式》规定材分八等，各有定规："各以材高分为十五分，以十分为其厚"。斗栱各件比例，均以"材·分"为度量依据，使斗栱各部尺寸以及出跳长度，不能随意更改，这是追求理性的宋代理学精神及其伦理观念在建筑技术上的体现，并影响到元、明、清三代。其二，与唐代相比，宋代斗栱尺度趋于小型化。如独乐寺观音阁、山西应县木塔与奉国寺大殿等，可能由于地处偏僻仍染唐风之故，其斗栱和柱高之比，依然在一比二之际。但是，如宋初榆次永寿寺雨华宫、晋祠大殿等，其斗栱尺度已见缩小。到北宋末年，如初祖庵，斗栱与柱高之比为二比七，这种变化是很剧烈的。发展到南宋，则斗栱尺寸更见缩减。这不是斗栱技术的退化与萎缩，而是审美口味、伦理观念的改变。如果说唐代巨大斗栱形象正契合唐人雄放文化心态的话，那么到了宋代，这种巨大斗栱已令人深感灼眼，是追崇秀逸、软糯口味的宋人所"消受"不起的，人们宁肯弃重拙、雄健而就秀丽、婉约，由阳刚之美向阴柔之美转换。

最后，时代发展到明清，中国人对斗栱巨大形象的热情已经彻底消退。随着屋顶的逐渐高耸，出檐变小，立柱趋于细长，斗栱尺度变得更小了。此时，一般斗栱的高度，只有柱高的五分之一、六分之一、七分之一，甚至十分之一。同时，建筑补间铺作日见增多，明初所建北京社稷坛享殿增至六朵，后来建造的长陵祾恩殿为八朵，此后凡明清宫殿的当心间所用补间铺作，均以八朵为一介"清规"。《工部工程做法则例》进一步将斗栱技术制度化了，以"斗口"为基本模数，走上了严格规矩的历史之路。

中国建筑的技术文化丰富而灿烂，想要在本书的这最后一章说尽它，是绝对不可能也不必要的，如墙壁、屋顶、门窗、台基、铺地与砖瓦技术等等，都曾经历了有声有色、轰轰烈烈的历史发展道路，限于本书篇幅，不在此一一赘述。这里，仅就中国建筑瓦技中的瓦当再稍作论述，也能收"窥一斑而见全豹"之效。

瓦当，中国建筑文化中以土为构的一种技术兼艺术、实用兼审美、理性兼情感的瓦饰构件。作为瓦族之中的"骄子"，是瓦技、瓦艺园地中的一朵奇葩。瓦技、瓦艺是泥土与用火的产物，瓦当是古代制陶术的一种。

据清代马骕《绎史》卷四引已散佚《周书》云："神农之时，天雨粟。神农遂耕而种之，作陶冶斧斤。"宋代类书《太平御览》卷八三三引《周书》又说："神农耕而作陶。"清代朱琰《陶说》卷二引《周书》也说："神农作瓦器"。这样的传说，还有不少，如《古史考》："夏世，昆吾氏作屋瓦"。《博物志》："桀作瓦"。制瓦技术的发明，其实是一个历史之谜，其始于实用之需的技术理性，被淹没在诗意朦胧的传说之中。

而明代宋应星的《天工开物·瓦部》有关于瓦之制作与种类的颇为具体的记载：

凡埏泥造瓦，掘地二尺余，择取无沙粘土而为之。百里之内必产合用土色，供人居室之用。凡民居瓦形，皆四合分片。先以圆桶为模骨，外画四条界，调践熟泥，垒成高长方条。然后用铁线弦弓线，上空三分，以尺限定，向泥不平戛一片，似揭纸而起，周包圆桶之上。待其稍干，脱模而出，自然裂为四片。凡瓦大小，苦无定式。大者纵横八九寸，小者缩十之三。室宇合沟中，则必需其最大者，名曰沟瓦，能承受淫雨不溢漏也。凡坯既成，干燥之后，则堆积窑中。燃薪举火，或一昼夜，或二昼夜，视窑中多少为熄火久暂。浇水转釉，与造砖同法。其垂于檐端者，有滴水；下于脊沿者，有云瓦；瓦掩覆脊者，有抱同；镇脊两头者，有鸟尊诸形象，皆人工逐一做成。载于窑内，受水火而成器则一也。若皇家宫殿所用，大异于是。其制为琉璃瓦者，或为板片，或为宛筒。以圆竹与斫木为模，逐片成造。其土必取于太平府。造成，先装入琉璃窑内，每柴五千斤烧瓦百片。取出成色，以无名、异棕桐毛等煎汁涂染成绿黛；赭石、松香、蒲草等涂染成黄。再入别窑，减杀薪火，逼成琉璃宝色。外省亲王殿与仙佛宫观，间亦为之。但色料各有，配合采取，不必尽同。民居则有禁也。①

中国历来瓦的品种繁多。以用材而言，自以泥瓦为最。有木瓦，以木为材。《绀珠集》："虢国夫人夺韦嗣立宅，以广其居室，皆覆以木瓦。后复归韦氏，因大风折木坠堂上，不损。视之皆坚木也。"有铁瓦，《明一统志》："庐山天池寺，洪武间敕建。殿皆铁瓦。"有铜瓦，《天中记》："西域泥婆罗宫中，有七重楼，覆铜瓦。"有竹瓦，《南征八郡志》："岭南峰州冀泠县，有大竹数围，任屋梁柱，覆用之，则当瓦。"有布瓦，《汉武故事》："武帝起神明殿，砌以文石，用布为瓦而淳漆其外，四门并如之。"自然还有琉璃瓦，又称缥瓦。《鸡跖集》："琉璃瓦一名缥瓦。"它是中国建筑瓦作中一个大名鼎鼎的成员，常覆于皇家宫宇之顶，由陶质筒瓦、板瓦、青瓦与檐头装饰物表层烧上一层薄而细密的彩色釉而成。

而瓦当，是瓦作的后继技术与艺术，俗谓瓦头，亦即前引《天工开物》所言"垂于檐端者"的"滴水"。钱君智等编《瓦当汇编》引清代日本刊印的

---

① 宋应星：《天工开物》第七卷《陶埏》，明崇祯十一年刻本，第112页。

《秦汉瓦当图》说："凡瓦蒙屋脊，曰甍，屋脊栋也。镇栋两端，曰兽瓦，又名鸱吻。弯中而仰覆其屋，曰板瓦。覆板瓦而下，曰筒瓦。又写作瓬。瓬之垂檐际而一端圆形有文者，曰瓦当。当者，当檐头也。"①瓦当一名，因清乾隆年间由于秦汉宫瓦出土引起学者注意与研究而给定的。原因在这些秦汉宫瓦瓦头的铭文中多有一个"当"字，如"兰池宫当"、"马氏殿当"、"宗正宫当"与"万岁冢当"等。瓦当的基本造型为圆形或半圆形。在这种类上，有文字瓦当与图案瓦当等区别。

考中国瓦当之历史，源于距今3 000余年的西周初年。近年考古发现，在陕西扶风召陈村发掘西周初大型宫室遗址，此为西周周原地域，有瓦筑遗存出土，带有瓦钉、瓦环，有穿孔者，全为泥条盘筑，背面饰以绳纹，显为瓦当之胚构。中国建筑之最原始的屋顶"茅茨不剪"，以茅草覆盖是其常式。但茅顶易被腐损，故作为改进的第一步，便是在茅顶表面涂泥。第二步则借助制陶术的发展，以瓦器代替茅茨。为了滴水需要，不使雨水渗漏，于是便有瓦头即瓦当的发明与运用。西周瓦当正值初起，采用泥条盘筑工艺，显得相当古朴原始。从扶风召陈西周宫室遗址所出土的两件半圆瓦当实物看，其纹样由弧形曲线构成，从纹样看，似卷云、似山，又似流水之漩涡，表达了周人对大自然的某种神秘感觉与情感冲动。

春秋战国期间的瓦当的题材扩展了，其纹样、图案从过去多见的朴素、神秘的绳纹转为动植物造型，有鱼、鸟、龟与鹿之类，植物图案以树为多见。比如有一片出土的战国树纹半圆瓦当，平面中部画刻一树，以两边略为对称的斜上树枝（左右各六条）表现出树的旺盛的生命力，尤其在树干顶部，刻画一个大圆，状硕果之形，表达了对生命繁衍的虔诚崇拜与美好祝愿。不少战国瓦当的图案同时以树、鹿为题材。有一片战国树纹、鹿纹半圆瓦当，直径为14.5厘米，中部有一长势蓬勃的生命之树形象，树下左右各有一鹿在追逐嬉戏，鹿象之上还以勾线（S形）画刻以云纹，表现出一种明丽、欢乐的生活情调。

秦代瓦当现多出土于陕西咸阳、西安与临潼等地。其瓦当纹饰丰富，表现动植物的灵动之态，也有诡谲的云纹与幻想中的动物如龙、凤与夔等，均有

---

① 钱君匋、张星逸等编：《瓦当汇编》，上海人民美术出版社，1988，第2页。

神异之相。秦汉瓦当的尺度尤为巨大，有一片俗称"瓦当王"的，其直径为61厘米，是一般瓦当尺寸的三四倍，这是秦始皇陵寝的遗物，可以由此想见当时"天下第一帝"的陵寝形象何等恢宏。同时，秦代瓦当的造型十分粗犷，龙身虬劲雄奇、夔凤粗拙有力，即使花卉与飞云之图案，线条也是厚实浓重，动势强烈，其无所畏惧的生命元气淋漓充沛。另外，有些瓦当的文字之饰，表现了趋吉避凶、祈福呈祥的文化心理。一是企求长生，如"羽阳千秋"、"羽阳千岁"瓦当；二是企求太平，如十二字瓦当，上画刻"维天陵灵，延元万年，天下康宁"的吉语。

时至汉代，迎来了中国建筑瓦当技术与艺术发展的巅峰期。从形制上看，虽然出土物中像秦代"瓦当王"那样的大尺度作品未曾见出，但大量动植物图案与文字纹样的瓦当之直径，一般均在20厘米上下，瓦当的题材进一步扩大。随着汉代阴阳五行说的流渐，所谓"四灵"（东青龙、西白虎、南朱雀、北玄武）的神秘之题材，多见于汉代瓦当的纹饰之中。随着汉代黄帝的威权深入人心，汉代以龙纹为饰的瓦当也不少见。出土物中还有不少豹纹、双瑞兽纹、凤纹、鹤纹、马纹、玉兔青蛙纹以及龟纹等大瓦当。据杨力民《中国古代瓦当艺术》一书记载，汉代瓦当的云纹有"网边云纹"与"绳纹边云纹"两种。前者在圆形瓦面外围画刻一周网眼形花纹，其圆心处有瓦钉，其四周分为四区，画刻涡卷形云纹；后者的构图模式与前者略同，仅将网边改作绳纹边而已。另有所谓"几何边云纹"，都在表现大自然的飞云形象，这可能与汉代神学观念中对大自然的云象尤为关切有关[①]。汉代巫术流行，其中"望气"这一方术，依据云气的色彩、形状与流动之方向等来占验人事吉凶。《吕氏春秋》云："至乱之化，君臣相贼，长少相杀，父子相忍，弟兄相诬，知交相倒，夫妻相冒，日以相危，失人之纪，心若禽兽，长邪苟利。"[②]这种"至乱"的时世，在云象上被认为是有先兆的，"其云状有若犬"、"其状若人苍衣赤首不动"、"有其状若悬釜而赤"、"有其状若众植华以长，黄上白下，其名蚩尤之旗"等等，都是不吉利的云兆，故汉代瓦当时以云纹为饰，是不奇怪的，它是以一定建筑技术为基

---

① 杨力民：《中国古代瓦当艺术》，上海人民美术出版社，1986，第8页。

② 高诱注、毕沅校：《吕氏春秋》卷之六，毕氏灵岩山馆刊本，第9页。

础的文化艺术观念的反映。

瓦当技术与艺术在汉代达到高潮之后，到了隋唐已成强弩之末，虽然隋唐之世的文字瓦当、植物图案瓦当（如莲花纹瓦当等）以及佛像瓦当等曾经流行，毕竟已是"黄昏"之作，不能与秦汉盛世相比，这种关于泥土的技术与艺术的渐趋没落，是一个值得研究的建筑文化学课题。瓦当造型浑朴，色彩灰暗，一点儿也不华秀晶莹，然而其朴素的技术与艺术，却具有一种沉凝的历史感，别有一股厚重的文化气息。

最后，在行将结束本书本章之前，有一个问题应该提出来稍加讨论，即中国建筑之群体组合的文化成因与土木技术的关系问题。

中国建筑在文化观念上象征自然宇宙，具有体象乎天地、磅礴于日月的伟大胸怀，一贯追求其"大"无比的境界。然而中国建筑的这种"大"，主要不是表现在它的建筑单体，而是表现在群体组合上。西方古典或近现代建筑，无论古希腊、罗马的大型神庙，中世纪大教堂还是近现代的摩天高楼，都以其单体的巨大体量与空间而取胜，它们往往将诸多功能都组织在同一个巨大的单体之中。中国建筑的巨大，比如北京明清紫禁城宫殿的巨大体量，是通过群体组合的构筑来实现的。所谓太和、中和、保和三大殿的总体功能都围绕着帝王理政这一中心，从功能出发，若将三大殿合并为一个体量巨大的建筑单体，也是未尝不可的，但是，中国人却不去进行这样的建筑构想与构筑，而热衷于自古以来一以贯之的群体组合。

考群体组合的文化成因，最流行的，是所谓"血亲家族伦理"说。王国维曾经指出，上古"宫室之始"时，"唯有室而已，而堂与房无有也"。"后世弥文而扩其外，而为堂；扩其旁，而为房；或更扩堂之左右而为箱（厢）、为夹、为个"。原因是："我国家族之制，古矣。一家之中，有父子、有兄弟。而父子、兄弟又各有其匹偶焉。即就一男子言，而其贵者，有一妻焉，有若干妾焉。一家之人，断非一室所能容，而堂与房又非可居之地也。"[①]这种从血亲家族及其居住伦理功能方面来阐述群体组合的文化成因的见解，自可备一说。然则笔者以为，大凡建筑的决定性文化因素，不是其功能之类，而是建筑材料及由材料

---

① 王国维：《明堂庙寝通考》，《观堂集林一》卷三，海宁王氏，1927，第130页。

性能所决定的结构（技术）方式。

中国建筑之所以走上了群体组合的历史之路，是由于土木这种由农业文明所规定的特殊建筑材料对建筑技术与结构的制约，是土木材料性能的长处与短处的生动表现。

土木之材相对比较轻盈，可塑性强，但其长度与强度不如石材。尤其是由泥土烧制而成的砖、瓦之类，其长度与强度是有限的。土木这种材料的性能，决定了更有利于建造尺度相对小一些的建筑单体。这并不等于说，以土木为材的中国古代建筑没有高大者，先秦的"台"就造得很是高大。从中国现存的一些绘画作品中见出，中国古代也曾经建造过体量巨硕的近乎集中式的单座高层楼阁和以土、木为材的高巨的木塔与砖塔等，其中许多迄今还矗立在广阔的神州大地上。问题是，以土木之特殊性能，要建造尽可能高伟的建筑单体，在技术、结构上是有相当难度的。因此，倒不如根据不同功能，建造多种多样、风姿绰约的形体相对小一些的建筑单体，且按一定文化观念加以有序组合来得灵活、自由。

土木材料比较怕水、怕火，其保存期远不如石材，因此，将具有不同功能的房屋分而建造，再进行群体组合，自然是较为经济合理的。原因在于，如综合各种功能建造一所体量巨大的"大房子"，一旦遇到水灾、火灾，所毁坏的，很可能是整座"大房子"，而群体组合中的建筑单体一旦遭遇水火，由于单体与单体之间是具有室外空间的，水漫或烧毁的，可能是群体组合中的部分房舍而不是全部。

由于以土木为材，使中国建筑的群体组合文化发展得淋漓尽致。其平面的"组织"与安排，除了重视单体，更重要的，是重在解决单体与单体之间的空间关系。由此，中国建筑的群体总平面中，就营构了许多情趣丰富的"朦胧空间"、"灰空间"（日本著名建筑师黑川纪章语），构成了丰富的整一、整一的丰富。据有关文献记载，唐代曾有一座天下最大的庙宇章敬寺，有48院，殿宇、房舍总数达到4 130余间，假如将这4 000余间集中建成一所"大房子"，在材料、技术与结构上，是不可能的。即使建成，必然是比较规整的，不会像群体组合这样多姿多态。设想将北京明清紫禁城（即现为北京故宫）的皇宫建成一座"政府大厦"，其单体体量自然是够巨大的，但已经不是中国式的丰富多采了。"在传统的概念上，中国建筑很早就产生了不同形式、不同功能的、有一定固定形式的单座建筑类型。"但"楼、台、殿、阁、门、廊正如棋子中的帅、车、马、炮、象、士、卒一样，各有各的任务和地位，巧妙之处就在于如何去布局，如何使棋子之间构成一种严密的关系。中国式的单座建筑虽然每座独立，但绝不是独处的，整体的观念从来就十分坚强，座与座之间多半用虎廊相连。主、从，虚、实，井然有序，它所表现出的高度的技术和艺术处理手法，在性质上已经和'原始型'的平面分布方式相去甚远，平面布局法则往往含义甚多，已经不是简单的'数'的累积了。"[①]

由于以土、木为材，使中国建筑的群体组合，往往体现出以庭院为技术意匠之中轴对称的平面布局。土木建筑由于材料性能的优越与局限，一开始就以离散型的平面形态即以若干单体构成彼此"联络"、又保持一定空间距离的群体组合面貌出现，那种集中式的建筑聚合形态如盛于先秦的高台建筑等，时至汉代就遭到了淘汰。唐代的有些建筑比如大明宫麟德殿与在宋画中反映出来的黄鹤楼与滕王阁等，都曾以较大的聚合体量出现，不过，这种聚合形制到宋代之后就基本上退出历史舞台。尤其在宫殿、住宅中，不管怎样巨大或娇小的建筑单体，都往往被巧妙地构思与构筑在一个统一的群体之中。而这个群体，又往往是一个具有中轴对称态势的庭院与庭院的群体组合。游览过北京故宫的人都知道，这座宫殿巨大的群体组合，是由自南至北一进又一进尺度扩大了的庭院所构成的，为渲染王权的神圣、庄严与崇高，其正殿（如太和、中和、保和三殿）总是安排在整座故宫的中轴线上，两边配殿对称而庭院方整。这种庭院式群体组合，首先是由土、木材料的性能所决定的，这宫殿的政治、伦理意义十分强烈，在这强烈的文化意义的深层，重要的是由材料所决定的技术因素与结构"语汇"。

---

① 李允鉌:《华夏意匠》，香港广角镜社，1982，第133页。

后　记

　　我学习与研究中国建筑，始于20世纪80年代初。当时，我还是毕业留校未久的一名青年教师，在文学专业之外，忽然对建筑文化这一陌生领域发生浓厚兴趣，确实不知那是自己学术上的不幸还是提供了一个新的机会。然而一旦兴趣来袭，是难以拒绝的。我试图去接近中国建筑，与它进行文化学与美学意义的"对话"，分明同时感觉到来自中国建筑的巨大学术魅力与不易被接近的推拒力。的确，一个并非建筑系"科班"出身的人，要真正地步入中国建筑的神圣殿堂，谈何容易。尤其在当时，建筑作为一种大地之上的文化尚未被人们所普遍关注，在门外学习与研究建筑文化，可以说倍加寂寞。

　　然而，我从不认为这样做是什么"不务正业"。当确实用了一点工夫、对中国建筑文化有了一点"感觉"之后，我的粗浅体会是，中国建筑文化与中国文学现象的强烈反差，正说明两者本自互补。建筑与文学，是作为同一个整体的中国文化与中国美学两种独特的"文本"。文本虽有不同，在研究理路、方式与成果方面自当各具特色、个性，各有所长。不过，两者的文化底蕴是一样的，它们所说的，其实是同一件事。无论从建筑还是从文学进入，都可以扪摸这一伟大民族文化脉搏的同一跳动。从学术中人来说，研究中国建筑与研究中国文学一样，都可以安顿自己的精神生活与精神生命。所不同的是，建筑首先是一种实实在在的人居环境与人居文化。它是由实在的物质营构走向其空间意象的精神超拔。文学作品中的环境却是虚拟的，它在艺术虚构之中使灵魂得到澡雪。我们当然不能离开建筑本在的物质材料、技术结构与实用功能等方面来空谈什么建筑的"哲理"与"诗",但是,符合一定科学规律与美学规律的美的建筑空间造型,却蕴含着丰繁而深邃的精神意蕴、哲思品格与诗性智慧。由于建筑比文学多了诸如物质材料、工程技术、结构营造、实用功能与环境等因素,建筑作为人的一种独特的生活、生产与精神家园,偏偏是注定的人的物质家园的高蹈方式。因此,学习与研究中国建筑的"诗性文化",应该从建筑的物质材料、技术结构、建筑与自然、人文环境的关系以及建筑的实用、认知、崇拜、审美之关系等等方面起步。把建筑等同于文学艺术那样的纯粹的"诗"或纯粹的"艺术",这是建筑研究的观念的错位,是不可取的,是对建筑的一种"误读"。

整整20年的学习与研究,使我有机会在中国建筑与中国文学"两栖"的学术历险中观赏一片美丽的风景。由于这20年间,我同时在学习、研究《周易》文化、中国古代美学,实际上,我是力图把建筑文化这一学术课题,放在易文化与中国古代美学的总体研究框架中来考虑与操作的。别的暂且不论,仅仅是中国建筑文化所蕴含的丰富、深刻的易理以及美学意义这一点,似乎足以说明这一总体考虑与操作是值得的。因此,不妨把这本小著及以前所面世的有关文字,看作易文化与中国古代美学总体学习与研究的"个案"。至于小著是否多少达到了既定的学术目标,则未敢肯定。我真诚地期待学界的批评。

小书撰写、出版过程中,曾先后得到上海人民出版社吴星才、胡小静先生与责任编辑杨承纮先生的热忱帮助。尤其杨承纮兄精心编辑、倾注了大量的劳动与心力,在此一并深表谢意。

复旦大学中文系王振复

2000年4月18日